Jack Kerouac

Sur la route

Le rouleau original

ÉDITION ÉTABLIE PAR HOWARD CUNNELL

Préfaces de Howard Cunnell, Penny Vlagopoulos,
George Mouratidis et Joshua Kupetz

Traduit de l'américain
par Josée Kamoun

Gallimard

Titre original :

ON THE ROAD
The Original Scroll

Jack Kerouac est né en 1922 à Lowell, Massachusetts, dans une famille d'origine canadienne-française.

Étudiant à Columbia, marin durant la Seconde Guerre mondiale, il rencontre à New York, en 1944, William Burroughs et Allen Ginsberg, avec lesquels il mène une vie de bohème à Greenwich Village. Nuits sans sommeil, alcool et drogues, sexe et homosexualité, délires poétiques et jazz bop ou cool, vagabondages sans argent à travers les États-Unis, de New York à San Francisco, de Denver à La Nouvelle-Orléans, et jusqu'à Mexico, vie collective trépidante ou quête solitaire aux lisières de la folie ou de la sagesse, révolte mystique et recherche du *satori* sont quelques-unes des caractéristiques de ce mode de vie qui est un défi à l'Amérique conformiste et bien-pensante.

Après son premier livre, *The Town and the City*, qui paraît en 1950, il met au point une technique nouvelle, très spontanée, à laquelle on a donné le nom de « littérature de l'instant » et qui aboutira à la publication de *Sur la route* en 1957, centré sur le personnage obscur et fascinant de Dean Moriarty (Neal Cassady). Il est alors considéré comme le chef de file de la Beat Generation. Après un voyage à Tanger, Paris et Londres, il s'installe avec sa mère à Long Island puis en Floride, et publie, entre autres, *Les Souterrains*, *Les clochards célestes*, *Le vagabond solitaire*, *Anges de la Désolation* et *Big Sur*.

Jack Kerouac est mort en 1969, à l'âge de quarante-sept ans.

l'avait composé en trois semaines, sur un long rouleau de papier télétype, sans ponctuation. Il s'était mis au clavier, avec du bop à la radio, et il avait craché son texte, plein d'anecdotes prises sur le vif, au mot près ; leur sujet : la route avec Dean, son cinglé de pote, le jazz, l'alcool, les filles, la drogue, la liberté. Je ne savais pas ce que c'était que le bop ou la benzédrine, mais je l'ai découvert, et j'ai acheté des tas de disques de Shearing et de Slim Gaillard. *Sur la route*, c'était le premier livre que je lisais, le premier même dont j'entendais parler, avec bande son intégrée.

Par la suite, chaque fois que je cherchais d'autres livres de Kerouac, j'avais droit à la même histoire. Sur la couverture de ma vieille édition anglaise de *Visions de Cody*, il est rappelé que *Sur la route* a été écrit l'année 1952, « en quelques jours de délire, sur un rouleau de presse ». L'histoire veut que Kerouac prenne son rouleau sous le bras et aille trouver Robert Giroux, éditeur chez Harcourt Brace qui avait travaillé avec lui sur *The Town and the City*, roman publié au printemps précédent. Kerouac lui déroule le parchemin de sa *Route*, et Giroux, qui n'y est pas du tout, lui demande comment les imprimeurs vont travailler à partir de *ça*. Vraie ou pas, l'histoire exprime on ne peut mieux le choc frontal entre l'Amérique « normale » et la nouvelle génération de hipsters *underground* venue parler du « *it* », de la « *pulse* ». Les livres, même imparfaitement normés ou équarris, ne ressemblent pas à ce rouleau. Kerouac récupère son manuscrit, qu'il refuse de réviser, et il reprend la route vers la Californie et le Mexique ; il découvre l'écriture automatique et le bouddhisme, il écrit d'autres romans « à toutes blindes », les consignant l'un après l'autre dans de petits carnets que personne n'ose publier. Des années passent avant que Viking n'achète *Sur la route*. Le roman publié n'a rien à voir avec le livre échevelé que Kerouac a tapé en 1951, déclare Allen Ginsberg; un jour, «quand tout le monde sera mort», ajoute-t-il, l'original sera publié en l'état, dans toute sa «folie».

Dans sa lettre du 22 mai 1951 à Neal Cassady, Kerouac expliquait qu'il était «au travail depuis le 22 avril, soit un mois jour pour jour, à taper et à réviser». Ses proches savaient d'ailleurs qu'il travaillait au livre depuis 1948, au moins. Cinquante ans après la publication effective du texte, pourtant, l'image que notre culture retient de Kerouac et de *Sur la route* demeure celle d'un écrivain qui aurait accouché dans la fébrilité d'une histoire vraie; on voit la machine à écrire régurgiter le rouleau de papier sans fin à l'image de la route elle-même; les T-shirts dans lesquels Kerouac transpire en tapant comme une mitrailleuse sèchent dans l'appartement comme autant de drapeaux de la victoire. Le crépitement de la machine à écrire de Kerouac trouve sa place aux côtés des coups de pinceau furieux de Jackson Pollock et des chorus de Charlie Parker à l'alto, spirales ascensionnelles, dans le triptyque qui représente l'innovation fracassante d'une culture d'après-guerre, qu'on juge fondée sur la sueur, l'immédiateté et l'instinct, plutôt que sur l'apprentissage, le savoir-faire et la pratique audacieuse.

Nous le savons depuis un bon moment, la vérité est plus complexe, de même que le roman est bien plus une quête spirituelle qu'un manuel du parfait hipster. *Sur la route* n'est pas un coup de tonnerre dans un ciel d'été. Les journaux que tient Kerouac nous apprennent que, de 1947 à 1950, il a accumulé le matériel nécessaire pour un roman de la route, qui figure nommément pour la première fois à la date du 23 août 1948. « *Sur la route*, qui m'occupe l'esprit en permanence, est le roman de deux gars qui partent en Californie en auto-stop, à la recherche de quelque chose qu'ils ne trouvent pas vraiment, au bout du compte, qui se perdent sur la route, et reviennent à leur point de départ pleins d'espoir dans quelque chose d'*autre*. »

Pourtant, c'est encore le mythe des trois semaines d'avril que l'imagination retient quand on pense à Kerouac. Le fameux rouleau de la version originale joue un rôle clef dans l'histoire de ce roman, qui est l'un des plus influents, l'un des plus populaires des cinquante dernières années. Il en constitue l'un des artefacts les plus significatifs, les plus célèbres et les plus provocants. Je me propose ici de retracer l'histoire de *Sur la route*, avec les circonstances de sa composition et de sa publication. On y verra l'écrivain au travail, ses ambitions, les refus qu'il essuie, mais c'est aussi l'histoire d'une métamorphose. Car il s'agit des années de transformation où Kerouac, jeune romancier prometteur, va devenir l'écrivain expérimental le plus doué de sa génération. Les textes clefs sont ici la version originale (le rouleau) de *Sur la route* et *Visions de Cody*, entrepris à l'automne suivant l'écriture du rouleau. Le rouleau est la fleur sauvage dont la graine donnera le jardin enchanté des *Visions*; c'est donc un texte pivot dans l'histoire de Jack Kerouac, un texte qui le situe dans la littérature américaine. Il va sans dire que l'histoire est aussi celle de Neal Cassady.

2

Alors même que Kerouac achève *The Town and the City*, à la fin de l'été et au début de l'automne 1948, il pense déjà à son deuxième livre. Il a travaillé sur le premier de 1947 à 1949, et l'ouvrage a paru le 2 mars 1950. La seconde moitié du roman annonce nombre des thèmes qui domineront le deuxième et, dans la version originale de *Sur la route*, le lecteur voit « Jack » en train d'écrire *The Town and the City*. Si le style de *Sur la route* se définit en référence à celui du premier roman et en réaction contre lui, la version originale, qui s'ouvre sur la mort du père tout comme *The Town and the City* s'achève sur cette mort, montre bien que le deuxième roman doit se lire comme la suite immédiate du premier.

Il faudrait un livre entier pour rendre justice au travail d'écriture abattu par Kerouac entre 1948 et 1951 sur son deuxième roman. Le plus souvent jusque tard dans la nuit, il truffe carnets, journaux, pages manuscrites, lettres, et conversations même, d'idées pour l'ouvrage. En octobre 1948, il écrit dans son journal que ses idées pour *Sur la route* l'« obsèdent au point qu'il ne peut plus les cacher ». Le 19 octobre, il écrit à Hal Chase que ses projets d'écriture « le débordent, même dans les bars, en présence de parfaits inconnus ».

Pour éviter de se perdre dans ce foisonnement, on peut considérer les trois proto-versions du roman, que Kerouac va écrire entre août 1948 et avril 1951. Il s'agit tout d'abord d'un texte de 54 pages, le «Ray Smith Novel», datant de l'automne 1948, puis des versions de 1949 avec Red Moultrie / Vern (plus tard Dean) Pomery Jr., dont la plus longue comporte aussi 54 pages, et enfin de «Gone on the Road», soit sept chapitres sur 30 pages, abondamment corrigées, que l'auteur tape à Richmond Hill en août 1950, avec pour protagonistes Cook Smith et Dean Pomeray. C'est dans ces histoires que Kerouac donne une expression formelle aux idées qui peuplent ses rêves et ses carnets.

Son propos délibéré est d'écrire un roman comme on les a toujours écrits, c'est-à-dire en mêlant souvenirs et inventions. Les choses doivent en représenter d'autres. Il faut poser un amont de l'histoire, des historiques, qui expliquent pourquoi ses personnages prennent la route. Il faudra qu'ils soient demi-frères de sang, en quête d'un héritage perdu, à la recherche d'un père, d'une famille, d'un foyer, voire d'une Amérique. Ils auront peut-être du sang comanche pour illustrer l'idée d'un patrimoine perdu[1]. Ses carnets permettent à Kerouac de thésauriser puis de retravailler ses propres figures imposées : le mythe de la nuit pluvieuse, diverses versions du rêve de l'inconnu voilé, le souvenir de l'horreur éprouvée à se réveiller dans une chambre d'hôtel minable sans savoir qui il

---

1. Dans la distribution de personnages d'un manuscrit intitulé «"On the Road" tel qu'il a été reconçu en février 1950», Chadwick «Chad» Gadwin, joueur de base-ball à Brooklyn, universitaire, taulard et vagabond, est le demi-frère de Dean Pomeray Jr., «hipster, coureur automobile, chauffeur, taulard et fumeur de thé». Les deux hommes sont demi-frères de sang — avec un seizième de sang comanche.

est ni où il est, sinon qu'il prend de l'âge et que la mort approche. La mort du père est un sujet auquel il revient sans cesse.

Quand Kerouac travaille, il a pour amie-ennemie la douceur-piège du monde à sa fenêtre. L'écriture du roman, entrepris en décembre 1948, c'est-à-dire avant même la première virée avec Neal Cassady, est remise en question, battue en brèche et rectifiée par les voyages transcontinentaux qui vont suivre, et qui constitueront à terme la trame du récit. À quitter New York pour aller vers l'Ouest, revenir et faire une incursion plus profonde dans l'Est, puis dans l'Ouest, et plonger enfin jusqu'au Mexique, son champ s'élargit. Les points où le livre imaginé recoupe l'expérience vécue vont faire l'objet d'une transaction, et ce qui se négocie là, c'est le rapport entre vérité et fiction, vérité signifiant pour Kerouac « la manière dont la conscience s'imprègne *véritablement* de tout ce qui se passe ».

Penny Vlagopoulos l'explique dans l'article qui suit, Kerouac s'inscrit en faux contre une culture de la guerre froide, monologique et pusillanime, qui pousse les Américains à s'autosurveiller et s'autocensurer pour ne véhiculer que des niveaux de réalité politiquement acceptables. Pendant qu'il travaille au roman, en 1949, Kerouac va souvent rendre visite à John Clellon Holmes pour lui montrer l'œuvre en devenir. Holmes écrit :

> Quand il venait, en fin d'après-midi, il apportait généralement de nouvelles scènes, mais ses personnages restaient largement dans les limites de la composition classique, contrairement à tout le déracine-

> ment, toute l'émancipation à venir. Il faisait de longues phrases complexes, à la Melville [...] Moi, j'aurais donné n'importe quoi pour écrire une pareille prose fleuve, mais il jetait tout au panier, et se remettait à l'ouvrage, *de nouveau en proie à un sentiment d'échec qui le déstabilisait et le chagrinait.*

La fiction, même et surtout lorsqu'elle est bien écrite, coïncide dans l'imagination de Kerouac avec la culture de l'autocensure. Les formes traditionnelles occultent le sens, empêchent de dépasser les apparences. *Sur la route* marque le début d'un processus qui permet à Kerouac de déconstruire pour redistribuer radicalement les éléments appris à l'école du roman, pour parvenir à « libérer son champ de conscience sur la page », comme le dit John Holmes.

Dans le « Ray Smith Novel » de l'automne 1948, Smith, qui reparaîtra sous les traits du narrateur et auto-stoppeur chevronné des *Clochards célestes*, ne prend que très peu la route. Il décide de quitter New York pour la Californie quand il apprend que Lullubelle, sa maîtresse quadragénaire, entretient une liaison avec un homme d'âge en rapport. Pour s'être étourdiment figuré qu'il pourrait suivre la Route 6 jusqu'à la côte Ouest, il se retrouve bloqué par la pluie sur Bear Mountain, au nord de New York. C'est là qu'il rencontre Warren Beauchamp, un blond, mi-français mi-américain, désaxé mais fils de famille, qui le persuade de revenir avec lui à New York, où il empruntera de l'argent à ses parents pour continuer le voyage vers l'Ouest. Le récit finit en impasse, une nuit de beuverie à New York. Le père de Beauchamp, alcoolique, vient de sombrer dans l'inconscience, et les deux jeunes gens s'en vont à Times Square chercher les deux amis de Ray Smith, Leon Levinsky (Allen Ginsberg) et Junkey (Herbert Huncke), ainsi qu'un coin où dormir. Smith rencontre Paul Jefferson, le demi-frère de Lullubelle, et Smith et Beauchamp finissent par rentrer s'encanailler à Harlem et coucher par terre chez Lullubelle, tandis que le nouvel amant de celle-ci prend sa place dans le lit de la dame.

Dans son Journal, Kerouac admet ne pas savoir où il va avec ce roman. Le 1er décembre, il écrit à la main un passage et l'insère dans un chapitre intitulé « Tea Party », qu'il tapera le 8 décembre. Dans l'histoire, Smith et Beauchamp, ainsi que divers hipsters *underground* de la côte Est, dont Junkey et Levinsky, se retrouvent chez Liz, la sœur de Peter Martin, pour fumer de la marijuana et se shooter à la morphine. Kerouac écrit ici le rêve du mouvement, la virée au point mort et la compensation apportée par la drogue, adjuvant possible au voyage intérieur, qui permettrait du moins l'illusion de changer le monde. Ainsi, Liz Martin déguise son appartement en taudis prolétaire alors que la pièce du fond, décorée de rouge et de noir, a des murs peints, des draperies, des chandelles et des bouddhas de bazar qui crachent leur encens.

The Town and the City montre comment la génération d'après-guerre tend à se disperser dans ces quartiers que William Burroughs dira « équivoques et transitionnels » (*Junky*). Une contre-culture est en train d'émerger à New York, au sein de cette mosaïque de communautés *underground*, où se côtoient écrivains et artistes, tapins, drogués, homosexuels et musiciens de jazz; mais Peter Martin et Ray Smith ne trouvent qu'un refuge inconfortable dans ces quartiers transitionnels où ils se sentent parqués, enfermés. Eux, ils ont besoin de *bouger*.

John Clellon Holmes a noté finement que la «désagrégation du foyer Kerouac à Lowell, le chaos des années de guerre et la mort de son père ont laissé l'écrivain désemparé, à la dérive; lui, profondément traditionaliste, est mis en porte à faux, ce qui le rend extrêmement sensible à tout ce qui a trait au déracinement, à la déshérence, qu'on y réagisse par le désarroi ou la persévérance». Le sentiment de perte et d'intranquillité inspire à Kerouac sa foi dans les vertus du mouvement, en résonance avec le credo historique des Américains, qui voient dans le déplacement un travail sur soi. De Whitman avec *Song of the Open Road* à Cormac McCarthy avec *La Route*, diamant noir post-apocalyptique, le récit de route a toujours occupé une position centrale dans la représentation que l'Amérique se fait d'elle-même. Quand, en 1949, Kerouac évoque au fil de ses carnets sa décision de situer son deuxième roman sur la route, il y voit «un message de Dieu, qui indique une voie sûre».

La route va occuper Kerouac du début à la fin de sa vie d'écrivain. Dès 1940, il écrit une nouvelle de 4 pages intitulée «Where the Road begins» («Là où la route commence»), qui explore les charmes également puissants de la grande route et du retour au bercail. *The Town and the City* est en partie un récit de route, puisque Joe Martin, enivré par le parfum des fleurs de printemps et «l'odeur astringente des gaz d'échappement sur le highway, la chaleur du highway lui-même, qui fraîchit sous les étoiles », se sent irrésistiblement voué à entreprendre « une virée sauvage et fabuleuse vers l'Ouest, n'importe où, partout ». Le mois de sa mort, Kerouac soumet à son agent Sterling Lord des éléments éliminés de *Sur la route* puis retravaillés, qui paraîtront à titre posthume sous le titre *Pic* (en 1971).

Kerouac comme tous les Américains, écrit Holmes, « est un nostalgique de l'Ouest, pour lui synonyme de santé, d'ouverture d'esprit, avec son rêve immémorial de liberté et d'allégresse ». La tribu de marginaux en mouvement dans *Sur la route* traduit sa conviction que cet idéalisme américain élémentaire, cette foi en un lieu, au bout de la route, où établir son foyer et prendre sa place dans la société, ont été, pour reprendre la formule de Holmes, « mis hors la loi, exilés à la marge par les temps qui courent ». Son désir le plus permanent, à cette époque, était de raconter ce qui se passait à la marge, précisément.

Car c'est bien depuis la marge qu'il écrit. L'amour de l'Amérique, qui caractérise *Sur la route* comme *Visions de Cody,* vient du fait qu'il se perçoit à la fois comme américain et comme canadien français. L'hypothèse qui fait de lui un écrivain post-colonial se voit confirmée en particulier dans le réalisme magique de *Docteur Sax*, où il va inscrire l'expérience d'un Canadien-Français dans l'épopée américaine, un peu comme Salma Rushdie inscrit l'expérience anglo-indienne dans *Les enfants de minuit.* Il n'est pas indifférent de savoir qu'il écrit en même temps *Sur la route* et *Docteur Sax*, et qu'il a même envisagé de fusionner les deux romans. Au cours de l'été 1950, il garde encore un narrateur canadien-français dans *Sur la route*, mais Sax y est réduit à quelques vestiges.

Par-dessus tout, à chaque page, *Sur la route* est le roman de Neal Cassady, frère perdu et retrouvé de l'auteur ; son héros de western aventureux, tant attendu et éternellement jeune, expression vivante de la composante dionysiaque de sa propre nature. Cassady, il l'écrit dans *Visions de Cody*, c'est celui qui « regarde le soleil décliner, accoudé à la rambarde avec moi, en souriant ». Mais sa philosophie de fou de la vitesse et de truand en fait aussi un destructeur, que Kerouac éprouve parfois le besoin de fuir. Ils se sont rencontrés en 1947, mais devront attendre décembre 1948 pour partir ensemble, et, à chaque nouvelle aventure, Kerouac lui donne un rôle plus central. Au fil des versions, il s'appelle Vern Pomery Jr., Dean Pomery Jr., Dean Pomeray Jr., Neal Cassady, Dean Moriarty et, dans *Visions de Cody*, Cody Pomeray. Dans le rouleau, Kerouac explicite le rapport :

> « Je m'intéresse à lui [Neal] comme je me serais intéressé à mon frère qui est mort quand j'avais cinq ans, s'il faut tout dire. On s'amuse bien ensemble ; on mène une vie déjantée, et voilà. Vous savez combien d'États on a traversés ? [...] »

Fin décembre, Kerouac et Cassady font deux virées avec LuAnne Henderson et Al Hinkle, pour rapatrier les affaires de la famille depuis Rocky Mount, en Caroline du Nord (où il est en train de passer Noël avec les siens) jusqu'à Ozone Park, dans l'État de New York, où habitent les Kerouac. Après des fêtes de fin d'année à New York, le quatuor descend à Algiers, en Louisiane, pour rendre visite à Bill Burroughs et sa famille. Herber Huncke et Helen, qui vient d'épouser Al Hinkle, sont aussi hébergés dans la maison branlante de Burroughs, au bord du bayou. Laissant les Hinkle en Louisiane, Cassady, LuAnne et Kerouac se mettent en route pour San Francisco, et, en février, Kerouac retourne à New York en solo.

Le 29 mars 1949, il apprend que Harcourt Brace vient d'accepter *The Town and the City*. Dans sa jubilation, il continue à travailler à *Sur la route* et remplit des carnets entiers de projets ; le 23 avril, il écrit à Alan Harrington : «Cette semaine, je me mets pour de bon à mon deuxième roman.» Il raconte l'arrestation de Bill Burroughs à La Nouvelle-Orléans pour détention de drogues et d'armes, et celle d'Allen Ginsberg à New York, en compagnie de Herbert Huncke, Vicki Russell et Little Jack Melody — la police a fait une descente chez Ginsberg, et y a trouvé de la drogue et des marchandises volées. L'arrestation de ses amis, la peur d'être interrogé lui-même, l'acceptation de son manuscrit enfin, conduisent Kerouac à écrire qu'il est à un tournant : «la fin de ma jeunesse». Il est bien décidé à «entamer une vie nouvelle». Dans cette version du roman, il n'y aura plus de Ray Smith. À sa place, Red Moultrie, marin dans la marchande, détenu à New York pour une affaire de drogue, va se mettre en quête de Dieu, d'une famille et d'une demeure dans l'Ouest.

En mai, Kerouac part pour Denver, avec une avance de mille dollars en poche, lui, le jeune écrivain sur le point d'être publié. Par souci d'économie, il y va en stop; l'idée le «démange» d'établir sa famille dans la demeure dont il rêve depuis des années. Un dimanche après-midi, fin mai, il écrit : «J'ai du mal à démarrer *Sur la route*, ici comme à Ozone. J'ai écrit pendant toute une année avant de commencer [*The*] *T*[*own and the*] *C*[*ity* (en 1946)] — mais il ne faut pas que ça se reproduise. Écrire est mon boulot [...] alors il faut que je *bouge*.» Le 2 juin, Gabrielle, la mère de Kerouac, et Caroline, sa sœur, ainsi que Paul Blake, son beau-frère, et Paul Jr., leur fils, viennent le retrouver dans la maison qu'il a louée à Denver, 6001 West Center Avenue. Le 13 juin, il écrit qu'il en est au «vrai début» de *Sur la route*.

Dès la première semaine de juillet, Kerouac se retrouve tout seul. Gabrielle, Caroline et son mari ne se plaisent pas dans l'Ouest; ils sont retournés chez eux. Le 16 juillet, Robert Giroux, l'éditeur de Harcourt, arrive en avion pour travailler avec lui sur le manuscrit de *The Town and the City*.

Kerouac tape, revoit et corrige une nouvelle version du roman, qu'il intitule «Shades of the Prison House ["Ombres de la prison"]. Chapitre Un, Sur la route, mai-juillet 1949». Le manuscrit indique : «New York - Colorado», ce qui signifie qu'il a été écrit dans l'État de New York, puis transporté dans l'Ouest. «Shades of the Prison House» est inspiré par les virées avec Cassady un peu plus tôt, cette année-là, et par les histoires que Cassady lui a racontées sur son enfance; on y trouve aussi l'espoir que donne à Kerouac la publication imminente de *The Town and the City*, il y est question de l'arrestation et de l'incarcération de ses amis en avril. Il pense peut-être aussi à sa propre arrestation suivie d'une brève mise en détention en qualité de témoin assisté et de complice après le meurtre de Dave Kammerer par Lucien Carr, en août 1944. Surtout, en cette période d'optimisme fragile, la nouvelle version de *Sur la route* est portée par un amour de Dieu sans faille.

Dans une cellule de la prison du Bronx donnant sur la Harlem River, Red Moultrie s'appuie contre les barreaux usés et regarde le soleil se coucher rouge sur New York, la veille de sa libération. Pour les flics, Red « n'était qu'un gars des rues parmi tant d'autres — sans nom, anonyme, et *beat* ». Des yeux bruns « rouges dans la lumière du soleil ; grand, rugueux, têtu, l'âme sobre », Red a vingt-huit ans, et il « vieillit à vue d'œil, sa vie lui échappe ». Il a l'intention d'aller à La Nouvelle-Orléans, et « Old Bull » lui a donné dix dollars pour la route. Depuis La Nouvelle-Orléans, il ira à San Francisco avec son demi-frère, Vern Pomery Jr. et, de là, il rentrera à Denver, chercher sa femme, son enfant et son père. Pomery est censé représenter Cassady et il apparaît là pour la première fois dans le projet de roman, sous la forme d'une idée, d'une présence fantomatique à l'horizon du texte.

Red est hanté par « les grandes réalités de l'autre monde, qui lui apparaissent en rêve, dans celui de l'inconnu voilé, par exemple, qui le poursuit à travers l' « Arabie » jusqu'à la « Cité Refuge ». En regardant le coucher de soleil splendide, Red décide de suivre la direction qu'il voit dans le ciel :

> Le coucher de soleil rosissant, lors de sa dernière nuit en prison, c'était l'immense nature qui lui disait qu'il lui suffirait de prier pour que tout lui soit rendu

> [...] « Dieu, fais que tout aille bien », murmura-t-il. Il
> frissonnait. « Je suis tout seul. Je veux être aimé. Je
> n'ai nulle part où aller. » Cet obscur objet qui lui
> manquait sans cesse [...] n'avait plus aucune impor-
> tance. Il lui fallait rentrer chez lui.

En août, Kerouac ferme la maison de Denver et
part voir Neal et Carolyn Cassady à San Francisco.
Dans *Sur la route*, il écrit :

> J'étais impatient de voir ce qu'il avait en tête et ce
> qui allait se passer à présent, car je ne laissais rien
> derrière moi, j'avais brûlé mes ponts, et je me fichais
> de tout.

À son arrivée en Californie, il trouve le couple
en train d'imploser. Carolyn, qui est enceinte, jette
Neal à la porte, et Jack suggère à ce dernier de rentrer à New York avec lui. Les voilà partis vers l'Est,
où ils vont voir Edie, la première femme de Kerouac,
à Grosse Pointe, dans le Michigan. « Voyage mémorable, écrit Kerouac, décrit un jour, quelque part »
(dans le livre « Rain & Rivers »). Le Journal « Rain
and Rivers » est un carnet que lui a donné Cassady
en janvier 1949 et dans lequel il consigne la majorité
des virées et des aventures particulières qui constitueront la trame du récit. Il s'efforce d'y dégager et
d'y articuler les thèmes de son roman, de sorte que
ces journaux de voyage constituent une proto-fiction
qui s'ignore peut-être tout d'abord.

Fin août, les deux amis sont arrivés à New York,
où ils vont arpenter Long Island parce que, comme
le dira Kerouac dans *Sur la route*, ils ont tellement
l'habitude de bouger ; mais ici, « plus de terre, rien

que l'océan Atlantique, impossible d'aller plus loin. Nous sous sommes serré la main, en nous jurant d'être amis à la vie à la mort. » Le 25 août, Kerouac reprend ce qu'il appelle son « travail décousu » sur son roman de la route, tandis qu'avec Robert Giroux il prépare *The Town and the City*, à paraître au printemps. Il tape une version revue et corrigée de « Shades of the Prison House », soit 54 pages à interlignes doubles. Le couchant est désormais « doré », dans une « éclaircie du firmament entre de grands bancs de nuages noirs » :

> La source centrale et joyeuse de l'univers n'avait pas disparu, elle était aussi claire que jamais, lorsque enfin une étrange confluence terrestre écarta les nuages et, comme on tirerait des rideaux, révéla la lumière éternelle : la perle du paradis dans tout son éclat.

La longue nuit de Red se termine par une liste de noms et d'images venus des voyages de Kerouac et de sa mythologie personnelle. Son incantation couvre les pages 49 à 53, qui sont à interlignes simples, contrairement au reste du tapuscrit. Elles préfigurent le livre à venir, le livre qui reste à écrire, et qu'on devine par ces fragments qui résonnent :

> Fresno, Selma, la Southern Pacific ; les champs de coton, les raisins, le crépuscule couleur de grappe ; les camions, la poussière, la tente, San Joaquin, les Mexicains, les Okies, le highway, les fanions rouges des chantiers ; Bakersfield, les wagons de marchandises, les palmiers, la lune, les pastèques, le gin, la femme [...]

Le tapuscrit s'achève sur le matin où Red est libéré.
Il entend les oiseaux chanter, et, «à sept heures, les
cloches du dimanche se mirent à carillonner».

Au verso de la page 54, Kerouac a écrit à la
main : «Papier pour le Nouveau Début de *Sur la
route*, 25 août 1949 — réserver le dos de ces pages
pour l'ouverture de la nouvelle Deuxième Partie —
L'HISTOIRE NE FAIT QUE COMMENCER.» À
la main, il fait débuter la nouvelle histoire là où il
vient de passer l'été, dans le Colorado. On est en
1928. Le vieux Wade Moultrie possède une ferme
d'une centaine d'hectares, qu'exploitent son fils,
Smiley, et le meilleur ami de celui-ci, Vern Pomery.
Le vieux Wade a gardé quelque chose de l'Ouest tra-
ditionnel et, le jour où il dégaine son revolver devant
une «bande de voyous» qui tentent de lui voler sa
Ford, il se fait abattre. Ça n'a rien à voir, écrit
Kerouac, avec «nos héros, Red Moultrie et Vern
Pomery Jr.». À la date du 29 août, il note dans son
Journal :

> Me remets sérieusement au boulot et m'aperçois
> que je manque de cœur à l'ouvrage [...] Pourquoi ça,
> d'abord, et indirectement, je n'arrive pas à com-
> prendre pourquoi mon père est mort [...] aucun sens,
> tout à fait choquant, et incomplet.

Le 6 septembre, ce même Journal est devenu le
«Carnet de bord officiel de la "Hip Generation"»,
ainsi qu'il appelle à présent *Sur la route*. «Je n'avais
pas vraiment travaillé depuis mai 1948, écrit-il. Il est
temps que je m'y mette [...] Voyons si je suis capable
d'écrire un roman.» La nouvelle «Hip Generation»,

dix-huit pages, qu'il entreprend alors poursuit l'histoire commencée au dos de « Shades of the Prison
House », le 25 août, alors qu'il en était au stade de la
coupe de l'uniforme de prisonnier.

Mary Moultrie, la mère de Red, a une liaison avec
Dean Pomery, dont elle a un fils, Dean Pomery Jr.,
qui la fait mourir en couches. La ferme de Wade
Moultrie est tombée en ruine au fil des années qui
ont suivi sa mort, mort dans laquelle Kerouac veut
représenter la fin des valeurs du vieil Ouest, la perte
d'une boussole morale, étoile polaire incontestable-
ment égarée pour les voyageurs sans pères de son
roman.

La route demeure son sujet. Elle existe dans l'avenir, et sera parcourue quand Red sortira de prison,
ou bien quand lui et Vern émergeront de l'amont de
l'histoire que Kerouac construit à la place des épisodes en prison. Il est en train d'écrire le pourquoi de
la route, et non pas la route elle-même. Il se consacre
aux aspirations qui sous-tendent l'histoire, alors
même que les éléments qui les ont inspirées, ramener
sa famille dans l'Ouest, accéder au statut de jeune
romancier plein d'avenir, se sont effondrés, ou ont
révélé leur fragilité. S'il n'arrive pas à fonder un
foyer dans l'Ouest, alors peut-être que le roman est
voué à l'échec, lui aussi. Comment parler de Red,
qui va sortir de la prison de la vie pour rentrer chez
lui, toucher son héritage et retrouver sa famille, alors
qu'il est lui-même sans feu ni lieu, son rêve brisé,
alors que son mariage avec Edie a connu une fin
retentissante et que l'« héritage » de mille dollars
versé par Harcourt s'est envolé en fumée ?

Les trois quarts du mois de septembre, Kerouac

retravaille le manuscrit de *The Town and the City* dans les bureaux de Harcourt Brace, à New York. Cela fait, il écrit qu'il est « prêt, une fois de plus, à reprendre *Sur la route* », pour avouer le 29 septembre :

> Je dois bien le reconnaître, je bloque, avec *Sur la route*. Pour la première fois depuis des années, *je ne sais que faire. Je n'ai pas la moindre idée de ce que je dois faire.*

Le lendemain, il écrit qu'il n'est pas un hipster, et qu'il n'est pas non plus Red Moultrie, ni même Smitty, qu'il n'est d'ailleurs aucun d'entre eux, mais qu'il croit bien avoir résolu le problème de son incapacité à écrire :

> Le monde, en soi, n'a aucune d'importance. Mais Dieu l'a fait tel qu'il est, et il a donc de l'importance en Dieu, qui a un dessein pour lui, dessein que nous ne pouvons connaître sans comprendre l'obéissance. *Nous ne pouvons donc que rendre grâces à Dieu.* Telle est mon éthique de l'« art », et voilà pourquoi.

Le 17 octobre 1949, il écrit qu'il lui est encore « impossible de dire que la *Route* a commencé pour de bon. En fait, j'ai commencé *Sur la route* en octobre 1948, il y a un an. Ma production est un peu maigre, pour un an, *mais la première année on avance toujours lentement.* » Pourtant, il persiste à croire que le roman va « *démarrer* ». À la fin du mois, il écrit : « Et puis, flûte, ne t'en fais pas ; écris, et voilà tout. » Il est sûr que dans l'œuvre elle-même il va « trouver sa voie », mais il ajoute : « Je n'ai toujours pas le sentiment que *Sur la route* a commencé. »

En novembre, au dos des «Lectures et notes pour *Sur la route*», Journal entrepris au printemps précédent où il consigne des notes relatives aux épisodes du roman, dont «The Tent in the San Joaquin Valley» et «Marin City and the barracks cops-job», Kerouac écrit : «Nouvel itinéraire avec plan». Au-dessus d'une carte où sont placées les villes traversées par l'action, il inscrit : «*Sur la route*» et «Revenir à un style plus simple — nouvelle version + début — Nov. 1949». Le roman va commencer à la prison de New York, après quoi il se déroulera à La Nouvelle-Orléans, à San Francisco, dans le Montana, à Denver, pour revenir sur Times Square, à New York. La liste des personnages comprend désormais Moultrie et Dean Pomeray, ainsi que Slim Jackson, frère de Pic, Old Bull et Marylou.

Dans les notes et les fragments de manuscrits écrits depuis le Nouvel An, Kerouac revient aux thèmes de la perte, de l'incertitude et de la hantise de la mortalité. Un manuscrit de 10 pages, daté du 19 janvier 1950, écrit à la main et en français, puis traduit par lui («*On the Road* ÉCRIT EN FRANÇAIS»), commence en ces termes :

> Après la mort de son père, Peter Martin se retrouva seul au monde; or que faire quand on vient d'enterrer son père, sinon mourir soi-même dans son cœur, en sachant que ce ne sera pas la dernière fois qu'on mourra avant la mort définitive de son pauvre corps mortel, où père soi-même, ayant engendré une famille, on retournera à sa forme première, poussière aventureuse dans cette fatale boule de terre.

Le motif de la quête du père mort, et du Père éternel, nous donne à entendre que, selon la formule de Tom Clark, la mort était, pour Kerouac, « le fondement de la compréhension de la vie, la force sous-jacente qui animait les courants profonds de son œuvre, et lui valait ce qu'il appelait lui-même [...] "cette profondeur de tristesse à laquelle on n'échappe pas et qui lui donne son éclat" ». La mort de Gerard, son frère, de Léo, son père, de Sébastian, son meilleur ami. Ses amis morts noyés lors du naufrage du *S.S. Dorchester*, coulé par une torpille, le 3 février 1943, les morts de la guerre, les morts d'Hiroshima. Cette bombe qui était tombée pouvait, il l'écrivait, « faire exploser nos ponts et nos rives et les réduire en miettes, comme une avalanche ». Et c'est bien la mort, sous la forme de l'inconnu voilé, qui poursuit le voyageur d'un bout à l'autre du pays.

Bien avant ses lectures sur le bouddhisme, Kerouac tentait d'instinct de passer d'une vision du monde où la conscience implacable de sa mortalité frappe d'absurdité le vécu de l'homme à une vision où, précisément, ce vécu mérite d'être célébré dans ses moindres aspects, puisque, comme il l'écrit dans *Visions de Cody*, « nous allons tous mourir bientôt ». Il échappe à cette aporie par l'acte d'écrire. Pour dire ce qui s'est passé. Pour coucher les choses sur le papier avant qu'elles ne se perdent. Pour mythifier sa vie et celle de ses amis. Cette urgence le conduit à élaguer ses écrits des passages inventés. L'impermanence de la vie, le caractère inévitable de la souffrance sont au principe même de sa sensibilité et de sa réceptivité aiguisées au monde des phénomènes. Avec ce qu'Allen Ginsberg appelle son « cœur ouvert », cet écri-

vain « soumis à tout, réceptif, à l'écoute », comme il
se décrit lui-même, produit une œuvre dont la carac-
téristique la plus frappante est la capture magique
du détail fugace, fascinant, triomphalement vital.

En 1950, pendant les premiers mois de l'année,
il attend avec anxiété la publication de son premier
roman, en se demandant : « Serai-je riche, serai-je
pauvre ? Célèbre ou bien oublié ? » Le 20 février, il
avoue : « L'éventualité de devenir bientôt riche et
célèbre me réjouit de plus en plus. » *The Town and
the City* paraît le 2 mars et, le 8, il reconnaît que
le « tourbillon » qui accompagne cette parution a
« interrompu son travail sur la *Route* ». À mesure
qu'il se rend compte que *The Town and the City* ne
fera pas de ventes fracassantes, il retombe dans ses
soucis d'argent, pour lui et pour sa mère, qui « ne
pourra pas travailler indéfiniment ». Ces inquiétudes,
jointes à l'accueil mitigé qui est fait au roman, le
laissent dans l'incapacité d'écrire. « *Le livre se vend
mal*. Pas né pour être riche. »

En juin 1950, à l'invitation de William Burroughs,
il quitte Denver avec Frank Jeffries et Neal Cassady
pour se rendre à Mexico. Après le départ de Cassady, Jeffries et lui emménagent dans un appartement situé en face de la maison que louent William
et Joan Burroughs, sur Insurgentes Boulevard. Dans
une lettre datée du 5 juillet à son ami de Denver Ed
White, il explique qu'il est bien décidé à explorer les
« sommets de conscience vertigineux » auxquels on
parvient en fumant de la marijuana mexicaine, « surtout en ce qui concerne les nombreux problèmes et
considérations du deuxième roman qu'il me faut
écrire ». La défonce comme sésame.

Parce que ses « pensées profondes et subcons-
cientes » lui viennent souvent dans son joual natal, il a
créé un héros, Wilfred Boncœur, qui est, comme lui,
canadien français, mais dont le statut post-colonial
ambigu est révélé par son « imbécillité anglaise ».
Revendiquant son texte fondateur quant à la tradition narrative, il explique qu'il va faire voyager Boncœur avec un compagnon nommé Cousin, qui sera
« le Sancho Pança de ce Quichotte-là ». Il prend des
notes pour le roman de Freddy Boncœur dans le
« Carnet de route » de 120 pages qu'il tient cet été-là,
à Mexico. On a dit à Boncœur que Smiley, son père,
était mort mais il n'y croit pas. À quinze ans, il s'entend en effet révéler que ce père est vivant, mais que
personne ne sait où. C'est alors que Cousin et lui
partent à sa recherche sur la route.

Craignant finalement que ce narrateur de quinze
ans ne raconte pas le roman « comme il faut », Kerouac
change de cap une fois de plus ; le narrateur sera bien
un Canadien-Français, mais ce sera « lui ». Il écarte
cependant l'idée d'écrire une « pure autobiographie
à la Thomas Wolfe », car elle ne pourrait plus
« constituer un archétype ». Son narrateur sera donc
le Canadien-Français vagabond « Cook » Smith. Il
écrit dans son Journal du Mexique :

> Mais on peut continuer de penser et d'imaginer
> indéfiniment, sans jamais se décider à prendre ses
> cliques et ses claques pour démarrer. Il faut mettre
> les idées à profit dans l'œuvre, en faire un livre.
> Assez de notes sur cette affaire de *Route*, depuis
> octobre 1948 (un an et demi et plus !), écris le truc.
> J'y suis.
> Ce cuisinier est mon homme.

Au mois d'août, rentré à Richmond Hill, Kerouac tape le «Manuscrit personnel de "Gone on the Road" — *premier traitement complet, avec corrections artistiques mineures*». Le cuisinier Smith, «pas encore prêt, tant s'en faut, pour la route», se réveille «dans une chambre d'hôtel à Des Moines, Iowa, sans savoir qui il est ni où il est», seulement conscient dans sa «tête creuse» qu'il vieillit et que la mort approche. Au fast-food où il fait la cuisine, il offre un hamburger à un vieux clochard noir, qui, pour le remercier, lui chante un blues sur la mort de son père. Au bout de plusieurs mois dans l'Iowa, Smith décide de rentrer à Denver, voir sa femme Laura, parce que Dieu, «dans un coup de toison sur [sa] cervelle», lui dit qu'elle est toujours sa nana. En échange de seize dollars pour les frais du voyage, il accepte de transporter une caisse de livres, européens pour la plupart, qui appartiennent à son propriétaire, allemand. Dans la lumière «rouge, triste, européenne» de l'Iowa, il n'arrive pas à les vendre, ni même à les donner.

En route vers l'Ouest, il rencontre un jeune Noir — peut-être Slim Jackson — qui fait de l'auto-stop comme lui. Après l'avoir regardé disparaître, il est pris par un camionneur texan, qui le laisse dormir. C'est alors qu'il fait le rêve de Red Moultrie, où il se voit poursuivi par l'Inconnu Voilé, et tente de lui échapper en gagnant la Cité Refuge. À son réveil, Smith est déposé par le camionneur à Stuart, Iowa. Il y rencontre un jeune voleur de plaques minéralogiques, volubile, libre et décontracté, qui s'en va vers l'Est voir un match de football à Notre-Dame, en faisant du stop le jour et en volant des voitures la nuit. Le jeune homme, qui s'appelle Dean Pomeray, rappelle à Smith qu'ils se sont déjà rencontrés à Denver, à l'angle de Welton Street et de la 15ᵉ. L'histoire se termine sur leur conversation dans la salle d'attente d'un bureau du télégraphe, à Stuart.

« Gone on the Road » met en scène de façon plus aboutie le conflit intérieur de Kerouac en quête de sa voix propre et en passe de s'émanciper de la tradition européenne, intimidante, où il se sent prisonnier. Dans un *diner,* sous les yeux de la serveuse désœuvrée, il reçoit une avalanche de bouquins sur la tête, car la caisse dans laquelle il les transporte est trouée. Il ne lui échappe pas que ce biblio-déluge le met en mauvaise posture auprès de la jeune Américaine qui le regarde. Ce symbolisme appuyé sera atténué dans la version publiée : Sal Paradise, qui fait le même rêve de perte d'identité au carrefour de l'Est de son passé et de l'Ouest de son avenir, est dans un car, où il lit le paysage plutôt que *Le Grand Meaulnes,* roman des amitiés adolescentes, du culte des héros et de la perte. Quand Cook Smith rejoint Dean Pomeray, Kerouac laisse derrière lui la « lumière rouge, triste, européenne » et l'affectation de la littérature européenne, pour « revenir vers tout le monde », en Amérique.

À la fin de l'histoire, l'exaspération qu'il éprouve après plus de deux ans passés à travailler sur un roman qui refuse obstinément de démarrer se résout en un appel direct à Dieu :

> Pomeray était trop survolté pour remarquer ces choses qui en temps norm(mon dieu, aidez-moi, je

suis perdu)al le poussaient à se lancer dans toutes
sortes d'explications survoltées.

Au verso de la page de titre, il écrit son autocritique : « Tu enjolives la vie comme un fumeur de
joint. »

Kerouac envoie « Gone on the Road » à Robert
Giroux, qui, sans refuser catégoriquement le texte,
lui suggère de réviser l'histoire. À l'automne 1950,
Kerouac fume « trois bombes par jour », et « ne cesse
de penser au malheur ». Il lui est arrivé d'imaginer
Sur la route comme faisant partie d'une ambitieuse
« Comédie américaine » avec pour narrateurs les
Américains eux-mêmes. Pic, le petit Afro-Américain
de onze ans, raconterait les « Aventures sur la route » ;
d'autres livres de la série seraient racontés par « des
Mexicains, des Indiens, des Canadiens-Français, des
Italiens, des gens de l'Ouest, des dilettantes, des tau-
lards, des clochards, des hipsters et bien d'autres ».
Mais sa voix, à lui ? Plutôt que de réviser « Gone on
the Road », il recommence.

Le mercredi 20 décembre 1950, il commence à la
main une nouvelle version, qu'il intitule cette fois
« Souls on the Road ». Le manuscrit de 5 pages commence ainsi :

> Un soir, en Amérique, après le coucher du soleil
> — qui se couche à quatre heures de l'après-midi,
> l'hiver, à New York, en versant dans l'atmosphère
> ses rayons d'or bruni, qui transfigurent les vieux
> immeubles crasseux en murs du temple universel [...]
> puis, plus vite que ses ombres, s'envole cinq mille
> kilomètres par-dessus la bosse de la terre brute vers
> la côte Ouest, avant de sombrer dans le Pacifique,

pour laisser le vaste linceul d'arrière-garde de la nuit
s'avancer sur la terre, faire le noir sur les fleuves,
poser sa chape sur les sommets et border le rivage
ultime — on frappa à la porte de Mrs. Gabrielle
Kerouac, au-dessus d'un drugstore, dans la ville
d'Ozone Park, qui fait partie de l'agglomération de
New York.

Celui qui frappe à la porte, c'est Neal Cassady.
Les images du soleil qui se couche sur la terre « bosse
de la terre brute » de l'Amérique, de la nuit qui vient
« faire le noir sur les fleuves, poser sa chape sur les
sommets, et border le rivage ultime », sont tirées de
« Shades of the Prison House » et referont surface
dans le dernier paragraphe du texte publié. Redistri-
bués, les épisodes écrits ici, et dans lesquels « Jack
Kerouac » narre sa rencontre avec « Neal Cassady »
dans un taudis de Spanish Harlem, et à Ozone Park
où il vient demander à Kerouac de lui apprendre à
écrire, possèdent déjà tous les éléments du livre
publié.

Dans ce manuscrit, Kerouac a barré le nom « Benjamin Baloon » à la ligne « Et Benjamin Baloon alla
ouvrir » et l'a remplacé par celui de « Jack Kerouac ».
Il avait tout d'abord placé « Dean Pomeray » derrière
la porte avant de le remplacer par « Neal Cassady ».
C'est donc dès la page 3 que Ben et Dean deviennent
Jack et Neal.

3

Mais qu'est-ce qui déclenche la fièvre scripturale
d'avril 1951, qui va durer trois semaines ? Parmi les

influences clefs, il faut citer l'émulation essentiellement amicale avec John Clellon Holmes (dont il
va lire dès mars 1951 le roman, *Go*, publié un an
plus tard, où figurent son portrait et celui de Neal
Cassady), la prose-locomotive de Dashiell Hammet,
le manuscrit linéaire de Burroughs, qui s'appelle
encore « Junk ». Il faut aussi et surtout souligner
l'importance cruciale de « Joan Anderson and Cherry
Mary », lettre de 13 000 mots envoyée par Neal, que
Kerouac trouve sur le paillasson de sa mère, à Richmond Hill, le 27 décembre 1950. Il y répond le jour
même avec exubérance, situant ce trépidant récit
d'une mésaventure sexuelle « parmi les meilleures
choses qui aient été écrites en Amérique ». Il faut
croire que les effets de la lettre sont aussi immédiats
que complexes (Joan Haverty a écrit à Neal, elle
aussi, le même jour, pour lui raconter que Jack a lu
sa lettre en partant de chez lui, « sur tout le trajet de
métro jusqu'en ville », puis « encore deux heures au
café »).

« Souls on the Road » montre que Kerouac est déjà
passé à l'autobiographie, sans oser encore le virage
déterminant du récit à la première personne. Ce qui
va l'encourager, le conforter dans son intention, c'est
précisément le récit de Neal Cassady, qui dit « je »
sans tabous, seulement interrompu par ce qu'il appelle
ses « flashbacks hollywoodiens ». Ce qu'il reste de cette
lettre a été publié sous le titre « To have seen a specter
isn't everything... » dans le livre de Cassady *The First
Third*. Le fragment est intéressant, entre confession
et forfanterie, et aussi à cause de la voix « racoleuse »
de Cassady, pour reprendre l'expression de Lawrence Ferlinghetti, qui note en outre que sa prose est

« artisanale, primitive [et] a un certain charme naïf, mi-drolatique mi-homérique, non sans maladresses ni redites, comme quand on parle vite ».

« Le cirque que vous faites, tous les deux, autour de ma Grande Lettre, écrit Cassady à Ginsberg le 17 mars, me dilate la rate, mais n'oublions pas quand même que je ne suis qu'un souffle et qu'une ombre. Malgré tout, même si j'ai honte de ce qui cloche dedans, je tiens à ce que vous sachiez qu'il m'a fallu trois après-midi et trois soirées de défonce à la ben-zédrine pour écrire cette vacherie. J'ai donc travaillé comme une brute pour extraire un peu de jus de ma cervelle, et si ce putain de machin vaut de l'argent, formidable. »

La réaction de Kerouac suggère que ce qui l'excite le plus, dans l'affaire, c'est comment reprendre cette méthode à son profit. Par moments, on a en effet l'impression qu'il s'adresse à lui-même, qu'il se fixe des règles à appliquer toutes affaires cessantes. « Tu rassembles les styles des plus grands [...] Joyce, Céline, Dosto et Proust, et tu les intègres dans la foulée athlétique de ton propre style narratif et de ton enthousiasme [...] Tu as écrit avec une rapidité douloureuse et tu n'auras qu'à lisser plus tard. »

Dans les dix lettres qu'il va envoyer à Cassady au cours des deux semaines suivantes, il lui emprunte sa méthode en l'amplifiant, tant et si bien que, comme le note Allen Ginsberg, il aboutit à un style qui est

> celui de la confidence, de deux potes qui se racontent tout ce qui leur est arrivé, dans les moindres détails, au poil de con près, le moindre impact de néon orangé sur la prunelle, à la gare routière de Chicago ;

tous les dessous de l'imagerie cérébrale. Ça nécessite des phrases qui ne suivent pas nécessairement l'ordre canonique, mais qui permettent au contraire l'interruption, les tirets, des phrases susceptibles de se diviser, de bifurquer (avec des parenthèses qui durent un paragraphe). Ça autorise la phrase indépendante qui ne parvient à son terme qu'après plusieurs pages de réminiscences, d'interruptions, d'accumulation de détails, de sorte qu'on aboutit à un courant de conscience centré sur un sujet spécifique (le récit de la route), et à un point de vue spécifique (deux potes, tard le soir, qui se retrouvent et se reconnaissent mutuellement comme des personnages de Dostoïevski, et se racontent leur enfance).

Les lettres de Kerouac, qu'on a tendance à lire comme des réactions spontanées, sont cependant, pour bien des épisodes et des détails, le développement de notes et de fragments d'histoires datant du 13 décembre 1950, sous le titre « Souls on the Road ». Parmi ces notes, trente-cinq « souvenirs » numérotés, qui vont de l'histoire de sa mère qui « allait lui chercher les vers dans le cul » à sa descente « bride abattue » d'une rue près de Lupine Road, jusqu'au récit hanté de « One Mighty Snake Hill Castle », sur Lakeview Avenue, dont il a glissé de nombreux éléments dans ses lettres à Cassady. Ce qui ne diminue en rien le rôle de catalyseur qu'a joué la « lettre de Joan Anderson » pour Kerouac.

John Clellon Holmes se souvient d'avoir entendu Kerouac dire : « Je vais me trouver un rouleau de papier pour couvrir les étagères, je vais le glisser dans la machine et je vais taper à toute vitesse, exactement comme c'est arrivé, à tous berzingues, au diable les structures bidons — après quoi, on verra. »

Dans le rouleau, Kerouac prédit que « d'ici quelques années, Cassady deviendra un très grand écrivain », et il laisse entendre que c'est la raison pour laquelle il raconte son histoire. Après avoir lu « la lettre de Joan Anderson » et rédigé toutes ses réponses, il a acquis la conviction que *Sur la route* devra être écrit en style linéaire et oralisé, et qu'il doit « renoncer à la fiction et à l'inquiétude, pour n'avoir plus affaire qu'à la vérité. Car il n'y a pas d'autre raison d'écrire. » Le roman va raconter par le menu les cinq virées en Amérique depuis la rencontre avec Cassady, en 1947, jusqu'au voyage de l'été précédent au Mexique.

Quelles sont les méthodes de travail de Kerouac pendant ces trois semaines d'avril 1951 ? Quelques années plus tard, Philip Whalen nous en fait un récit qui nous permet d'imaginer le protocole :

> Il s'asseyait à sa machine, avec tous ses calepins posés ouverts sur la table, à sa gauche, et il tapait. Je n'ai jamais vu personne taper aussi vite. On entendait le chariot revenir sans trêve, avec un claquement. Le petit grelot faisait ding dong, ding dong, ding dong. À une vitesse incroyable, plus vite qu'un télétype [...] Tout d'un coup, il faisait une faute, et ça le mettait sur la piste d'un nouveau paragraphe éventuel, d'un riff amusant, qu'il ajoutait tout en copiant. Et puis il tournait une page de calepin, il la regardait, il la trouvait nulle et il barrait tout, ou parfois une partie seulement. Ensuite il tapait un instant, tournait la page, la tapait toute, puis la suivante. Et puis quelque chose déconnait de nouveau, il poussait une interjection, il riait, et il continuait, en s'amusant comme un fou.

Selon Holmes, Kerouac travaillait dans une pièce « avenante et spacieuse » à Chelsea. Ses carnets et ses lettres, son « pense-bête » étaient posés à côté de la machine pour lui rappeler l'ordre des chapitres. Le papier dont il se servait n'était pas du papier pour télétype, mais un papier à dessin en longues feuilles fines, qui appartenaient à Bill Cannastra, un de ses amis. Kerouac avait hérité du papier en s'installant dans son loft de la Vingtième Rue Ouest, après la mort de Cannastra dans un accident de métro. Quand a-t-il eu l'idée lumineuse de coller les feuilles entre elles ? Un long ruban de papier, analogue à celui de la route, remémorée, sur lequel il puisse écrire à toute vitesse, sans s'arrêter ; de sorte que les feuillets ainsi assemblés ne deviennent plus qu'une page unique.

Il est clair que ce rouleau est un objet façonné par Kerouac, lequel n'est pas tombé sur lui par hasard. Il a découpé le papier en huit feuilles de longueurs inégales, et il l'a retaillé pour qu'il puisse passer dans la machine. Les marques de crayon et les encoches aux ciseaux sont encore visibles sur le papier. Ensuite, il a scotché les feuilles. On ne sait pas s'il les a scotchées au fur et à mesure, une fois tapées, ou s'il a attendu d'avoir achevé le tapuscrit avant de coller les feuilles.

Contrairement à la légende, le rouleau est classiquement ponctué dans l'ensemble, Kerouac appuie même sur la barre d'espacement avant de commencer chaque phrase. Le texte se compose d'un seul paragraphe. Comme le roman publié, il se divise en cinq livres. Quant à la légende qui veut que Kerouac ait carburé à la benzédrine, voici ce que l'auteur confie à Cassady : « J'ai écrit ce livre sous l'emprise du CAFÉ, rappelle-toi mon principe : ni benzédrine,

ni herbe, rien ne vaut le café pour doper le mental. »
Il déclare écrire en moyenne « 6 000 [mots] par
jour », et en avoir écrit « 12 000 le premier jour, et
15 000 le dernier ». Dans une lettre à Ed White, après
environ 86 mots, il confie : « Je ne sais plus quel jour
on est et je m'en fiche, la vie est un bol de cerises
juteuses que je veux croquer l'une après l'autre, en
me tachant les dents avec le jus — comment ? »

« J'ai rencontré rencontré Neal pas très longtemps
après la mort de mon père » : la première ligne du
roman bégaie, mais c'est bien la seule. Ensuite, tête
baissée, dans un style intime, discursif, débridé et
« vrai », avec des notations impromptues ponctuées
de points de suspension et de tirets, et des phrases
qui se recouvrent en vagues successives, avec des
personnages qui portent leur vrai nom, Kerouac
dynamite la distinction entre l'écrivain et le « je » du
récit, sans renoncer pour autant aux techniques
d'écriture établies, dont le récit à double focalisation,
qui contrôle l'avancée du texte.

Il se dessine ici une différence stimulante avec
tout ce qu'on a pu lire auparavant, ou presque. La
tonalité intime, de ce que Ginsberg appelle « le discours qui vient du cœur », sincère et tendrement
empathique. On peut se laisser éblouir, au début,
par l'énergie incandescente de Neal, qui brûle tout
ce qui l'entoure, mais on n'en comprend pas moins
que c'est la quête de Jack qui est au cœur du roman,
et qu'il se pose les questions mêmes qui empêchent de
dormir, la nuit, et remplissent les journées. Qu'est-ce
que la vie ? Qu'est-ce que ça veut dire d'être vivant
quand la mort, cette inconnue voilée, vous talonne ?
Est-ce que Dieu montrera un jour sa face ? Est-ce

que la joie peut faire échec aux ténèbres ? Cette quête est intérieure, mais les leçons de la route, la magie du paysage américain, appréhendée et décrite comme dans un poème, servent à illuminer et à amplifier le voyage initiatique. Kerouac écrit pour se faire comprendre ; la route est la voie de la vie, la vie elle-même est une route.

Il ne cache pas que la route a un coût — pour ceux qui vont la prendre, comme pour ceux dont l'itinéraire est dicté par de tout autres responsabilités, selon la formule de Carolyn Cassady. Ce qui est électrisant, dans le roman, c'est l'idée que Dieu, l'épanouissement, la liberté qui vous transforme, se trouvent là-bas, c'est-à-dire de l'autre côté de cette fenêtre auprès de laquelle on est enfermé à l'école ou au travail, aux confins de la ville ou derrière la colline. Voilà de quoi faire battre le cœur, mettre le sang aux tempes ; Kerouac, écrivain de la quête religieuse, des rêves et des visions, est une source à cet égard ; si on est déterminé à chercher les réponses, quand cette lumière s'allume sous votre toit, elle n'est pas près de s'éteindre, la quête dure toute une vie. Il avait dit à Cassady : « Je me propose d'employer tous les styles, et pourtant, j'ai envie de ne pas être littéraire. » Parce qu'il perturbe de propos délibéré notre perception de ce que nous sommes en train de lire quand nous lisons le rouleau original de *Sur la route*, son affirmation que le livre « se démarque radicalement de [*The*] *Town* [*and the*] *City*, et d'ailleurs de tout ce qui le précède dans la littérature américaine » semble justifiée. *Sur la route*, c'est le roman sans la fiction, avec dix ans d'avance.

4

La parution de *Sur la route* attendra six ans, mais, fait remarquable, aucun des éditeurs susceptibles de le publier ne lira le rouleau. Kerouac se met aussitôt à réviser le roman. Comme le note Paul Maher, son biographe, «*Sur la route* est désormais tapé sur des pages séparées, pour lui donner un aspect plus conventionnel, et par conséquent plus engageant pour les éditeurs [...] Jack a annoté certaines pages, ajouté des consignes typographiques, barré certains passages et proposé d'en insérer d'autres [...] ses coupures anticipent la suggestion faite par Malcolm Cowley qu'il abrège le manuscrit, contrairement à ce qui a été dit par de précédents biographes, qui voudraient que Kerouac ait tenu à garder son texte dans la version originale d'avril 1951.» Le 22 mai, il dit à Cassady que, depuis l'achèvement du rouleau, il ne cesse de taper et de réviser, «trente jours à ce rythme». Il a attendu d'avoir fini pour lui écrire, ajoute-t-il; Robert Giroux, lui, «attend de voir» le roman.

Pour autant que l'on sache, deux autres versions complètes vont suivre : l'une de 297 pages, abondamment revue et corrigée, avec de nombreuses lignes barrées, et des passages entiers ajoutés au verso; l'autre de 347 pages, revue par Kerouac et un éditeur, qui pourrait bien être une éditrice, Helen Taylor, de chez Viking. Les deux manuscrits sont sans date. Il faudra d'autres travaux de recherche pour comparer et interpréter les rapports entre les trois versions au total. S'il semble assez probable que la version de

297 pages ait été écrite après que Kerouac a fini le rouleau, la date d'écriture de celle de 347 pages est moins évidente. Il y a lieu de penser que Kerouac et Viking travaillaient déjà dessus à l'automne 1955. Les lettres échangées entre l'auteur et Malcolm Cowley en septembre-octobre mentionnent les noms de « Dean Moriarty », « Carlo Marx » et « Denver D. Doll », qui n'apparaissent que dans la version de 347 pages. La pagination à laquelle se réfère l'avocat Nathaniel « Tanny » Whitehorn (du cabinet Hays, Sklag, Epstein & Herzberg, engagé par Viking pour relire le manuscrit) dans sa compilation des passages susceptibles de provoquer des attaques en diffamation, compilation qu'il soumet à Viking le 1er novembre 1955, correspond aussi à celle du manuscrit de 347 pages[1].

1. Le recto du feuillet de couverture de ce manuscrit de 297 pages porte, écrit avec soin, le titre holographe « The Beat Generation », titre barré au profit de celui, écrit au-dessus et avec moins de soin, de « On the Road ». Au verso du même feuillet, « ON THE ROAD » est tapé en majuscules, et il y a un sous-titre de cinq mots (dont les trois premiers sont « On the Road ») barré ; sous le titre, l'auteur a tapé « par John Kerouac », puis il a barré « John » pour écrire à la main, au-dessus et en majuscules, « JACK ». Au bas de la page, à droite, il a dactylographié son nom, en barrant de nouveau le « John ». Au-dessous, son adresse est dactylographiée : « Chez Paul Blake », son beau-frère ; suivi d'une adresse partiellement lisible en Caroline du Nord ; adresse ensuite barrée, et Kerouac a écrit à la main : « Chez Allen Ginsberg, 206 E, 7ᵉ Rue, New York, N.Y. »
    Sur une autre page, il a écrit à la main les titres des cinq livres qui composent le roman : « Se défoncer sans redescendre » (au-dessus d'un autre titre illisible, tapé à la machine et barré), « Je peux rester au volant toute la nuit », « Cent soixante à l'heure », « Le bout de la route » et « Peux plus parler ».
    Le texte, à double espacement, commence par un paragraphe de huit pages, abondamment corrigé, qui s'ouvre en ces termes : « J'ai rencontré Dean peu après [dactylographié] la mort de mon père, quand je pensais que tout était mort [écrit à la main]. »
    La version de 347 pages est dactylographiée, à double interligne, sur

Par ailleurs, les révisions de *Sur la route* vont nourrir *Visions de Cody,* entrepris à l'automne 1951, et ces textes entretiennent des rapports fort complexes. S'il est clair que les lecteurs seront curieux des différences entre le rouleau original et la version publiée, ramener ces différences à des « coupures » équivaudrait à court-circuiter le rôle de Kerouac et à le marginaliser lui-même par rapport à son œuvre. Il y a certes des scènes et des épisodes du rouleau qui n'apparaissent pas dans la version publiée, mais ce texte est l'aboutissement d'un travail de réécriture commencé par lui et influencé par de nombreux lecteurs, éditeurs et avocats, dont Robert Giroux, Rae Everitt, Allen Ginsberg, Malcolm Cowley, Nathaniel Whitehorn et Helen Taylor.

Parmi les scènes significatives présentes ici mais absentes du texte publié, on trouve le récit hautement comique du séjour de Neal et Allen chez Bill Burroughs à l'automne 1947 ; une discussion poignante entre Jack, Neal et Louanne, qui traversent Pecos au Texas pour se rendre à San Francisco, sur le thème « qui on serait si on était des personnages du Far West » ; une soirée débridée qui tourne au massacre chez Alan Harrington, dans sa maison de torchis, en Arizona, au cours du même voyage, et qui renforce l'impression que Cassady le bolide est affligé d'une sexualité débordante ; le deuxième

---

un papier qui n'est pas uniforme. Le texte est revu et corrigé par Kerouac, avec des ajouts et des suppressions de sa main, et d'autres, plus abondants encore, de celle d'un éditeur de chez Viking, qui pourrait bien être Helen Taylor. Page 347, en bas à droite, on peut lire : « JEAN-LOUIS, chez Lord & Colbert, 109, 36e Rue E., New York, N.Y. » Le manuscrit commence ainsi : « J'AI RENCONTRÉ DEAN peu après que ma femme et moi nous sommes séparés. »

retour de Jack de San Francisco, et sa traversée du continent «gémissant» vers New York; la visite de Jack et Neal à la première femme de Jack, dans la ville de Detroit, vers la fin de la troisième partie.

Comme on se propose de le montrer en détail, il y avait bien des raisons de supprimer ces scènes, ainsi que d'autres; l'une de ces raisons, c'est qu'avec les années Kerouac désespère de plus en plus de voir son roman publié, alors que *Go* de Holmes et *Howl* de Ginsberg ont connu un grand succès. En septembre 1955, il dit à Malcolm Cowley qu'il accepte d'avance «toutes les modifications qu'il voudra apporter». Il élague lui-même le deuxième retour de San Francisco pour alléger le récit. Sur les conseils de Malcolm Cowley et de Nathaniel Whitehorn, soucieux d'éviter un procès en diffamation, il va aussi couper, après bien d'autres scènes, le passage à Detroit, où son ex-femme Edie apparaît comme une grosse fille en salopette qui boit de la bière et se bourre de bonbons. Bien qu'il ait censuré nombre d'allusions au sexe dans les faits ou les expressions, et singulièrement la composante homosexuelle, d'autres scènes qui demeurent encore dans le manuscrit de 347 pages, dont l'histoire du singe sodomite dans un bordel de Los Angeles, seront ultérieurement coupées pour obscénité.

Détail intéressant, de nombreuses scènes coupées par Kerouac dans la version en 297 pages ressortent, réécrites, dans celle en 347 pages et dans le roman publié. Ainsi, au début de la deuxième partie, dans le rouleau, au moment où Neal et Jack se préparent à quitter Ozone Park pour aller chercher Gabrielle en Caroline du Nord, ils reçoivent la visite d'Allen

Ginsberg qui leur demande : « À quoi rime ce voyage à New York ? Sur quelle affaire sordide est-ce que vous êtes ? Enfin, quoi, où vas-tu comme ça, mec, quo vadis ? » Neal ne sait que répondre. « La seule chose à faire, c'était d'y aller. » Kerouac a barré les 26 lignes de cette scène dans le rouleau, et elle ne figure pas à l'endroit correspondant (page 121) dans la version en 297 pages. On la retrouve pourtant dans la version de 347 pages ; Allen y apparaît sous le nom de Carlo Marx, Hinkle sous celui de Ed Dunkel, Neal sous celui de Dean Moriarty, et Jack est devenu Sal Paradise. Ils sont à Paterson, dans le New Jersey, à la veille de partir en Virginie récupérer la tante de Sal. Après que Marx a posé la question cruciale : « Où vas-tu ? », Kerouac a ajouté une ligne manuscrite, qui confère à la phrase une dimension politique et non plus seulement personnelle : « Où vas-tu, Amérique, carrossée de lumière, dans la nuit ? » Kerouac avait tout d'abord consigné cette phrase dans le Journal « Rain and Rivers » ; dans la version publiée, la scène figure avec cet ajout.

Tout aussi importants sont les passages au lyrisme rugueux dans le rouleau que Kerouac a peaufinés au cours de la réécriture. Ainsi la célèbre image de Cassady et Ginsberg en « cierges d'église » est retravaillée au cours des versions suivantes. Dans le rouleau, il écrit :

> Ils ont foncé dans la rue tous les deux, tout ce qui les entourait les bottait, façon première manière, qui est devenue depuis bien plus triste, et plus lucide aussi ; mais à l'époque, ils dansaient dans la rue comme des ludions, et moi je traînais la patte derrière eux,

comme je l'ai toujours fait quand les gens m'intéressent, parce que les seuls qui m'intéressent sont les
fous furieux, les furieux de la vie, les furieux du
verbe, qui veulent tout à la fois, ceux qui ne bâillent
jamais, qui sont incapables de dire des banalités, mais
qui flambent, qui flambent, qui flambent, jalonnant
la nuit comme des cierges d'église.

Kerouac a introduit des corrections holographes sur
les derniers mots du passage ; il a notamment ajouté
l'adjectif « jaunes » au mot « cierges ».

Dans le rouleau, Kerouac couronne et érotise
l'image en la liant à la relation homosexuelle entre
Neal et Allen. « Allen était pédé, à l'époque, et il tentait sur lui-même des expériences où il s'investissait
jusqu'à la garde, et Neal l'a bien vu, ça, surtout qu'il
avait tapiné, quand il était môme, dans la nuit de
Denver, et qu'il voulait très fort apprendre à écrire
de la poésie comme Allen, alors il a fait ni une ni
deux, et il t'a attaqué Allen avec sa grande âme
amoureuse, apanage des truands ». Jack est dans la
même pièce : « Je les entendais dans le noir, ça m'a
donné à penser, et je me suis dit : "Hmm, là, il y a
une histoire qui démarre, mais moi je reste en
dehors." » Kerouac a barré la deuxième partie de
cette dernière phrase sur le rouleau.

En page 5 de la version de 297 pages, il a bien tapé
le passage sur la relation homosexuelle entre Neal et
Allen, mais il l'a ensuite barré. Dean ne fait que
mener en bateau Justin Moriarty (Ginsberg) pour
qu'il lui apprenne à écrire. L'image des cierges a été
retravaillée comme suit :

> [...] mais qui flambent, qui flambent, qui flambent
> comme des cierges d'église jaunes, effilés, dont le
> cœur brûle bleu dans la nuit.

Kerouac a ajouté à la main : « Comment appellerait-
on ces gens dans l'Allemagne de Goethe ? »

En page 6 du manuscrit de 347 pages, le passage a
été remanié et dactylographié par Kerouac, puis
recorrigé à la main, peut-être par Helen Taylor. Les
corrections sont ici données entre crochets, et c'est le
passage corrigé qui apparaît dans la version publiée :

> [...] mais qui flambent, qui flambent, qui flambent
> comme de fabuleux cierges d'église jaunes, et qui
> explosent comme une araignée à travers les étoiles, et
> au milieu on voit éclater la lumière centrale bleue et
> tout le monde fait « Ahh ! ». Comment appelle-t-on
> [appelaient-ils] ces jeunes gens dans l'Allemagne de
> Goethe ?

Ce passage, l'un des plus connus de *Sur la route*,
est un bel exemple du processus complexe de révision
et de réécriture qui permet à Kerouac d'édulcorer le
contenu sexuel de son roman. En l'occurrence, il
gomme le caractère sexuel de la relation entre Neal et
Allen, ce qui a pour conséquence d'occulter la dimension érotique de l'image qu'il tente en même temps
de peaufiner. Significatifs aussi, les changements édi-
toriaux ultérieurs, qui coupent en deux les longues
phrases de Kerouac. Ce sont les changements de cet
ordre, plutôt que la suppression de certaines scènes,
qu'il regrettera le plus vivement après la publication.
Il reprochera à Malcolm Cowley ses « révisions sans
fin », ses ajouts de « milliers de virgules inutiles »,

même s'il est plus vraisemblable que ces changements soient l'œuvre de Helen Taylor. Empêché de
voir les épreuves finales avant l'impression, il décla-
rera qu'il n'a « pas pu défendre [son] style, pour le
meilleur ou pour le pire ».

Le rouleau est-il le « vrai » *Sur la route* ? La question vient d'autant plus spontanément que le roman
traite avec insistance du problème de l'authenticité ;
pour autant, c'est peut-être un faux problème. Le
rouleau ne remet pas en question l'authenticité de la
version publiée, il est plutôt en rapport dialogique
avec elle et avec toutes les autres, y compris les proto-
versions et *Visions de Cody*, de sorte que ce roman de
la route devient le *Song of Myself* de Kerouac. La version rouleau est cependant nettement plus sombre,
plus problématique et désinhibée que la première
version publiée. Aussi bien cette version-rouleau est-
elle l'œuvre d'un homme plus jeune : au printemps
1951, Kerouac n'a que vingt-neuf ans ; il en aura
trente-cinq lors de la publication.

Si l'histoire du roman de l'automne 1948 au printemps 1951 est celle d'un auteur qui s'efforce de
trouver le style intimiste si puissamment abouti
dans le rouleau, ce qui va suivre raconte comment,
pour reprendre la formule de Malcolm Cowley, son
éditeur, le roman va devenir « publiable selon les
critères » de chez Viking.

5

Le 10 juin 1951, le mariage éphémère de Kerouac
avec Joan Haverty s'était défait. Joan, enceinte, était

retournée chez sa mère puisque Kerouac refusait de reconnaître l'enfant. Dans une lettre datée de ce jour, où il quitte l'appartement qu'ils occupaient sur la 20ᵉ Ouest pour emménager dans le loft de Lucien Carr, à une rue de là, il annonce à Cassady que «le livre est fini et remis; il attend l'accord de Giroux».

Dans une interview de 1997, Giroux décrit Kerouac déroulant le manuscrit dans son bureau. L'éditeur lui représente qu'il faut absolument le découper en pages et le retravailler, mais Kerouac refuse catégoriquement, arguant que c'est «le Saint-Esprit» qui lui a dicté ce roman. Kerouac a donné plus tard sa propre version des faits. Il est possible qu'il ait revu et corrigé le texte après cette entrevue, mais l'histoire fait partie de la légende qui entoure *Sur la route*[1].

Si cette rencontre s'est effectivement produite, c'est sans doute dans les jours qui ont suivi l'achèvement du manuscrit; il se peut qu'elle ait induit

---

1. Interviewé dans le documentaire *On the Road to Desolation* (réalisation David Steward, coproduction BBC/NVC Arts, 1997), Giroux raconte : «Ça se passait, je dirais, au cours du premier semestre 1951, j'étais dans mon bureau chez Harcourt Brace et le téléphone sonne. C'est Jack qui me dit : "Bob, j'ai fini ! — Formidable, je réponds, c'est une merveilleuse nouvelle. — Je veux passer, il me dit. — Quoi, tout de suite ? — Ouais, il faut que tu voies, il faut que je te montre. — Eh bien d'accord, passe, viens au bureau." Nos bureaux étaient sur Madison Avenue, au niveau de la 46ᵉ. Il arrive et il a l'air... il a l'air euphorique, comme quelqu'un qui a bu, quoi. Et il a sous le bras un rouleau de papier qui ressemble à ces essuie-tout qu'on trouve dans les cuisines, un gros rouleau de papier sous son bras gauche, il est dans un état... enfin, disons que c'est un grand moment pour lui, je l'ai bien compris. Il attrape le rouleau par un bout, et il me le jette à travers la pièce comme un gros serpentin, pour qu'il atterrisse sur mon bureau. Là, je me dis : drôle de manuscrit, comme ça, je n'en ai jamais vu. Lui, il me regarde, il guette ma réaction. Alors je dis : "Jack, tu comprends bien qu'il va falloir le découper, ce rouleau, il va falloir le travailler." Et là je le vois rougir, et il me répond : "Ce manuscrit-là, pas question d'y toucher. — Et pourquoi ? — Ce manuscrit-là, il a été dicté par le Saint-Esprit." »

Kerouac à retaper son texte sous une forme plus conventionnelle, mais j'ai la conviction qu'il était arrivé à cette décision lui-même. Le 24 juin, il rapporte que, si Giroux déclare aimer le livre, une fois soumis au format conventionnel, Harcourt Brace l'a refusé : « Trop nouveau, trop insolite, il invite la censure avec ses histoires de hipsters, d'herbe et de pédés. » Kerouac part dans le Sud avec sa mère, « pour se reposer l'esprit et l'âme », dit-il à Cassady.

Le 6 juin, son agente, Rae Everitt, de chez M.C.A., lui écrit chez sa sœur en Caroline du Nord en lui faisant l'éloge des passages de « pure magie poétique » qui jalonnent le roman. Elle a lu le livre depuis un moment, mais, avant d'écrire cette lettre, il lui a fallu beaucoup réfléchir :

> Je me demandais si, cette fois, je pouvais exprimer ma réaction en toute honnêteté sur certains autres aspects du livre, sans que vous me l'arrachiez des mains.

Everitt préfère les trois dernières parties aux deux premières, parce qu'elle trouve « une forme et une intensité particulières dans les voyages de Dean et Sal ». Elle lui dit que le texte commence de façon un peu empruntée, comme s'il essayait d'habituer le lecteur à « ce style si particulier ». Du coup, le roman est beaucoup trop long.

> Une page du manuscrit actuel représente une fois et demie la page imprimée standard, ce qui vous amènerait à un total de 450. Voulez-vous faire ça maintenant, ou pas ?

Le calcul d'Everitt suggère que le manuscrit comporte environ 300 pages.

Le 16 juin, Kerouac écrit à Ginsberg sous le nom d'« Allen Moriarty ». Or Allen Moriarty, transformé en « Justin Moriarty » dans une correction manuscrite, est le nom qu'il lui donne dans le manuscrit de 297 pages. Dans sa lettre, Kerouac raconte qu'il continue de faire des coupes et des ajouts. La lettre d'Everitt n'est peut-être pas étrangère à ces nouvelles révisions.

En Caroline du Nord, Kerouac a une crise de phlébite et, du 11 août à la fin de la première semaine de septembre, il est hospitalisé au Veteran Hospital, sur Kingsbridge Road, dans le Bronx. C'est de là qu'il écrit à Ed White, le 1er septembre, pour qu'il vienne le voir à New York. Au dos d'ajouts sommaires, en français et en anglais, et sous le titre *Sur la route*, il note : « Oui — je suis en train de réécrire l'épopée de Neal de fond en comble. » Cette réécriture inclut peut-être certains des ajouts trouvés dans la version en 297 pages de la *Route,* mais, pendant la même période, Kerouac vient également d'entreprendre *Visions de Cody*.

En octobre, avec sa nouvelle technique du « croquis », il entame le premier des neuf carnets qui comporteront au total 955 pages manuscrites. La première page du premier carnet, datée d'octobre 1951, est intitulée « On the Road. A Modern Novel ». La couverture de ce même carnet porte le titre « Visions of Cody ». Le 9 octobre, Kerouac annonce à Cassady qu'il lui envoie « ces trois pages dactylographiées, nouvelle version revue et corrigée de la *Route* » et que, depuis qu'il réécrit, il lui « vient des phrases et des *visions* plus grandioses, des phrases encore plus complexes ».

À l'automne 1951, il reçoit une offre de Carl Solomon, éditeur chez A. A. Wyn, qui lui propose de publier *Sur la route* dans leur collection Ace, comme premier terme d'un contrat portant sur trois livres. Là-dessus, Kerouac rejoint une fois de plus Neal et Carolyn, à San Francisco. Il va y rester jusqu'au printemps, en prenant un emploi à la Southern Pacific, ce qui ne l'empêche pas de travailler *Visions de Cody*. Ne pouvant se résoudre à rendre un manuscrit qui devient de plus en plus radicalement expérimental au fil des pages, il écrit le 27 décembre à Carl Solomon : « Je n'ai pas fui les éditions A. A. Wyn, je suis simplement parti gagner de l'argent par mes propres moyens, pour que ces considérations n'entrent pas en ligne de compte quand je leur vendrai mon livre ; de toute façon, il n'est pas fini. » Le 12 mars suivant, il dit à Ed White qu'il l'a achevé, dans le grenier de Neal. Ce roman-là, c'est *Visions de Cody*.

Le 26 mars, A. A. Wyn écrit à Kerouac chez les Cassady, au 29 Russell Street :

> Vous trouverez ci-joint votre exemplaire du contrat pour *Sur la route*. Une première avance de 250 dollars est envoyée à votre mère... Nous avons hâte de voir le texte dans son état actuel.

Le 7 avril, Kerouac répond à Solomon pour suggérer que Wyn publie une version abrégée du livre, en poche, qui comportera le récit d'une aventure érotique de Cassady, d'une longueur de 160 pages,

récit qu'il va extraire de ses manuscrits. Le récit
auquel il fait allusion, « I first met Neal Pomeray in
1947 », correspond à la dernière partie de *Cody* tel
qu'il a été publié ultérieurement. Peut-être Kerouac
essaie-t-il de préparer Solomon au choc que risque
fort de lui causer le reste de *Visions de Cody*. « Je
crains seulement que vous refusiez de publier la
Route intégrale [*Cody*] en édition brochée... croyez-
moi, Carl, la *Route* intégrale vaudra à Wyn une réputation de premier plan. » Pour ne pas avoir à regretter
de sacrifier le prestige à la rentabilité, « faisons deux
éditions », suggère-t-il.

Le 17 mai, il raconte à Ginsberg qu'il vient d'envoyer le manuscrit à Solomon, qui devrait le recevoir
autour du 23, pense-t-il. Le 18 mai, il lui donne une
explication enthousiaste de la technique du « croquis »
qu'il a mise au point pour changer les « conventions
du récit panoramique », qui est celui de *Sur la route*,
en une « invocation multidimensionnelle, à la fois
consciente et subconsciente, du personnage de Neal
au cœur de ses maelströms » présente dans *Cody* :

> Voici donc en quoi consiste le croquis. Il faut
> d'abord se rappeler que Carl a commandité le livre
> sur Neal pour la première fois en septembre der-
> nier... La technique du croquis m'a frappé de plein
> fouet le 25 octobre [...] tellement fort d'ailleurs, que
> l'offre de Carl n'avait plus d'importance et que je me
> suis mis à croquer tout ce que je voyais. Si bien que
> *Sur la route* a bifurqué, et que ce qui n'était qu'un
> récit panoramique conventionnel de virées sur la
> route est devenu une invocation multidimensionnelle
> à la fois consciente et subconsciente du personnage
> de Neal au cœur de ses maelströms. Avec le croquis
> (c'est Ed White qui a employé ce terme incidemment

au 124, le restaurant chinois près de Columbia :
«Pourquoi tu ne fais pas tes croquis dans la rue,
comme un peintre, mais avec des mots?»)... tout
prend vie devant toi en une myriade confuse, et il ne
te reste plus qu'à te purifier l'esprit pour qu'il libère
le flot des mots (ces anges de la vision qui volent sans
effort quand on se place devant le réel), il ne te reste
plus qu'à écrire avec une parfait honnêteté personnelle, tant psychique que sociale etc., à balancer l'affaire sans vergogne, bon gré mal gré, en vitesse, tant
et si bien que parfois, dans mon inspiration, j'en arrivais à oublier que j'écrivais. Source traditionnelle :
Yeats et l'écriture de la transe, bien sûr. C'est la *seule
façon d'écrire*.

Le roman, dit-il à Ginsberg, est «tout bon» :

> On peut présenter la *Route* chez Scribners ou
> Simpson ou Farrar Straus [Stanley Young] si néces-
> saire, changer le titre en *Visions de Neal* ou n'importe
> quoi d'autre, et j'écrirai une nouvelle *Route* pour
> Wynn.

Or, ce qu'il vient d'envoyer à Carl Solomon et que
Ginsberg va lire, c'est le manuscrit de *Visions de
Cody* et non pas celui de *Sur la route*, et les tentatives
qu'il a pu faire pour préparer le terrain de sa révolution en prose sont restées lettre morte. Dans *Cody*, la
langue qu'il adopte paraît magiquement maîtrisée.
C'est un texte où, Holmes l'écrira plus tard, «désormais, les mots ne sont plus des mots mais des choses.
Une sorte de circuit émotionnel ouvert s'est établi
entre la conscience de l'auteur et l'objet du moment,
et le résultat est aussi déconcertant pour le lecteur
que s'il était prisonnier du regard d'un autre. »

À l'époque, Holmes lit le texte avec un mélange de colère et d'incrédulité. Il lui arrive de souhaiter que Kerouac «émousse le fil» de son écriture, pour qu'elle obtienne la reconnaissance qu'elle mérite :

> Je me rappelle être allé me promener sur les bords de l'East River, en maudissant intérieurement Kerouac d'écrire si bien dans un livre qui, j'en étais convaincu, ne serait jamais publié... Je me rappelle l'avoir maudit, *lui*, plutôt que les éditeurs, les critiques ou la culture qui l'excluaient. Quelques années plus tard, en relisant *Cody*, j'ai découvert mon erreur avec stupéfaction, et avec une honte à la mesure de celle-ci.

Allen Ginsberg lit le texte, lui aussi, dans la perspective du succès commercial. «Je ne vois pas comment on pourrait publier ça», dit-il à Kerouac le 11 juin. Il y a des passages qui sont «parmi ce qui s'écrit de meilleur en Amérique», mais le livre est parfois «délirant au mauvais sens du terme», avec son «brouillage chronologique», ses passages surréalistes qui «n'ont ni queue ni tête», et ses transcriptions de bandes magnétiques qu'il faudrait abréger.

Solomon est plus horrifié encore. Le 30 juillet, il écrit une lettre ulcérée à Kerouac, qu'il lui adresse chez sa mère, à Richmond Hill :

> Nous avons mis *Sur la route* en lecture, et, tout en comprenant bien qu'il ne s'agit que d'un «brouillon en l'état», nous sommes absolument interloqués par presque tout ce que vous avez fait depuis les 23 pages d'ouverture envoyées en avant-première, et le synopsis. Les 500 pages qui suivent ne correspondent en rien au roman que vous aviez commencé, et que nous attendions [après signature du contrat]; c'est au

point qu'on ne voit pas le rapport... Après la page 23, les neuf dixièmes du texte nous paraissent un fatras incohérent[1].

Kerouac va faire suivre la lettre à Carolyn Cassady, avec cette note manuscrite : «Voici l'accueil reçu par *Sur la route* [*Cody*] — Ginsberg et Holmes sont encore plus irrités — c'est sans aucun doute un grand livre.» Dans sa réponse du 5 août à Solomon, il concède que cette «nouvelle vision» des *Visions de Cody* (qu'il continue d'appeler *Sur la route*) «sera considérée comme impubliable encore quelque temps», mais que cela tient à la myopie des éditeurs. Taxer le livre d'incohérence «n'est pas seulement une erreur sur le terme, c'est aussi une preuve de lâcheté et de mort intellectuelle».

> Voici ce qui va se passer : *Sur la route* [*Visions de Cody*] sera publié... et, avec le temps, il sera dûment reconnu non seulement comme un «roman», forme européenne après tout, mais comme le premier ou l'un des premiers livres en prose moderne écrits en Amérique... Et vous, tout ce que vous aurez réussi à publier à sa place, c'est un livre de cuisine de plus pour combler le vide que j'aurai laissé. Vous pourrez bien tourner toutes les épigrammes que vous voudrez pour prouver que le moindre livre de cuisine vaut mieux que les visions débridées de Neal Pomeray et

1. Le tapuscrit revu et corrigé de *Visions de Cody* exposé à la Berg Collection porte sur la page de titre cette inscription holographe : «Visions of Cody, Jack Kerouac, 51-52». Une seconde page de titre holographe indique : «On the Road», inscrit à l'encre, raturé et réintitulé «Visions of Neal (Cody)» au crayon. La première page du tapuscrit est intitulée : «Visions of Enal»; il comprend 558 feuilles. Il n'existe pas de version intégrale de *Sur la route* qui excède 347 pages.

de la *Route*. On en reparlera quand les vers se met-
tront à table, mes frères, mes sœurs.

Je n'ai pas écrit *Sur la route* [*Cody*] dans la vin-
dicte, je l'ai écrit la joie au cœur, convaincu que, tôt
ou tard, quelqu'un saura le voir sans les œillères du
temps présent, et qu'il y saisira la liberté d'expression
encore à venir.

Solomon répond à l'«étrillage en règle» de
Kerouac : «Il se peut tout à fait que vous ayez raison
de nous accuser de manquer de clairvoyance, et de
nous laisser dicter nos goûts par la télévision. Mais
enfin, nous n'avons jamais prétendu être des pro-
phètes... Il se peut très bien que, comme vous le
pensez, le refus [de publier *Cody*] en 1952 nous
expose au ridicule dans vingt-cinq ans.» Mais Solomon se doit de juger les manuscrits en fonction des
critères actuels, et le roman, «à partir du moment où
vous avez découvert votre "technique du croquis",
est une expérience qui nous échappe». La publication de *Visions de Cody* devra attendre 1972, soit trois
ans après la mort de Kerouac.

Pour Kerouac, les années qui suivent l'échec de ses
deux manuscrits auprès des éditeurs sont des années
d'obscurité et d'errance misérable entre la Caroline
du Nord, San Francisco, le Mexique et New York.
L'été 1952, il quitte le Mexique et retourne à Rocky
Mount, où il travaille quelque temps dans une usine
textile. À l'automne, il est de retour sur la côte
Ouest, employé des chemins de fer ; il habite le plus
clair de son temps une chambre d'hôtel dans les bas-
fonds de San Francisco, et il met de l'argent de côté
pour retourner au Mexique.

Chose remarquable, alors même qu'il est rejeté,

seul, pauvre, sans feu ni lieu, cette prose brillante qui est la sienne depuis *Sur la route* et *Visions de Cody* ne tarit pas. Son écriture prend au contraire son essor. Cet été-là, au Mexique, il achève *Docteur Sax*. Dans l'Ouest, il écrit « October in the Railroad Earth ». De retour à Richmond Hill pour le Nouvel An, il écrit *Maggie Cassidy*. Lors de son trentième anniversaire, le 12 mars 1952, alors qu'il quitte San Francisco pour le Mexique, il écrit à John Holmes :

> Je suis aujourd'hui au faîte de ma maturité ; je joue un son poétique et littéraire tellement dingue que dans des années, quand j'y repenserai, je me dirai avec stupéfaction et chagrin que ça c'est devenu impossible, mais personne n'en saura rien avant quinze, vingt ans, sinon moi, et Allen peut-être.

En juillet 1953, après avoir reçu une lettre d'Allen Ginsberg, Malcolm Cowley se met à s'intéresser activement à l'œuvre de Kerouac. Comme le note Steve Turner, Ginsberg a jadis travaillé dans la publicité et dans le journalisme, et ce n'est pas par hasard qu'il a contacté Cowley, figure de tout premier plan dans l'histoire de la littérature américaine au XXe siècle, qui s'est fait le champion d'Hemingway dès les années vingt et qui a beaucoup œuvré à restaurer la réputation déclinante de William Faulkner en éditant *The Portable Faulkner* pour Viking en 1946. Né en 1898 et engagé, à l'instar d'Hemingway, dans la Première Guerre mondiale comme ambulancier, il a été le rédacteur en chef de *The New Republic* de 1929 à 1944, à la suite d'Edmund Wilson, et il va devenir président de l'Institut national des arts et des lettres en 1956. Conseiller littéraire chez Viking, il a fait partie des plus éminents historiens des lettres sur la « Génération perdue » ; on lui doit la formule : « Les écrivains dont on se souviendra ne surgissent pas isolément, mais apparaissent en cohortes et en constellations, sur fond d'années relativement vides. » Il peut donc représenter un atout pour Kerouac — à cela près qu'il n'a jamais vraiment compris son œuvre, quand il ne lui a pas été carrément hostile sur le mode paternaliste. Il ne cautionnera pas son projet d'«interminable » « Légende Duluoz ».

Dans sa lettre du 6 juillet, Ginsberg raconte à Cowley que Kerouac vient de lui demander de « mettre de l'ordre dans ses affaires » et qu'il travaille à une autre version de *Sur la route*. « Je crois comprendre, ajoute-t-il, que vous n'étiez pas au courant de ses intentions de poursuivre sur ce livre. » Cowley, qui considère Kerouac comme «le plus intéressant des écrivains non publiés à l'heure actuelle », répond le 14 juillet : « Le seul manuscrit que j'aie lu et qui ait une chance d'être publié dans l'immédiat est la première version de *Sur la route*. Ce que j'ai pu voir de la seconde version contient des passages d'une écriture puissante, mais pas l'ombre d'une intrigue. » Cette réponse suggère qu'il a dû voir le deuxième brouillon de *Sur la route* et des passages de *Visions de Cody*; cependant, comme Ginsberg écrit que Kerouac travaille sur une « autre version » de *Sur la route,* il pourrait s'agir d'une troisième version qu'il viendrait d'entreprendre.

À l'automne, la deuxième version est en lecture chez Viking. Dans son mémorandum du 20 octobre, Malcolm Cowley écrit :

Sur la route est le récit de plusieurs voyages trans-continentaux de 1947 à 1949. Le livre a été écrit bride abattue par l'auteur, nuit et jour, sur un rouleau de papier à dessin d'une longueur de 30 mètres. Je crois qu'il l'a achevé en trois semaines, qu'il l'a apporté à son éditeur d'alors, Bob Giroux, de chez Harcourt Brace, et qu'il a essuyé un refus. Il a, par la suite, largement réécrit ce brouillon en le dactylographiant de manière conventionnelle, et cet été il l'a repris en y faisant de nombreuses brèves coupures ainsi que quelques ajouts. Il est à l'heure actuelle entre nos mains, et l'auteur nous donne toute latitude pour y apporter les changements que nous voudrons — ce qui ne l'empêche pas de le reprendre aussi lui-même : il a ainsi coupé le second retour de San Francisco, et fait passer sur la côte Ouest un chapitre situé à Denver. Ces remaniements paraissent aller dans le bon sens, ils vont resserrer le récit.

Il me semble que nous avons là un document essentiel sur la vie de la *hip* ou *beat generation*. Quelques réserves : l'auteur y est bien sentencieux quand il parle de lui ou de Dean ; parmi les meilleurs épisodes, certains risqueraient de faire censurer le livre pour obscénité. Je pense tout de même que c'est un livre qu'il faudrait, qu'il faut publier. La question demeure de savoir si c'est nous qui devons le publier, et comment l'adapter à nos critères. J'ai quelques idées, qui consistent toutes à couper ici et là.

Viking refuse la version en 297 pages au mois de novembre 1953.

L'été 1954, sur recommandation de Cowley, Arabelle Porter, rédacteur en chef au *New World Writing*, accepte de publier « Jazz of the Beat Generation », qui fusionne certains éléments de *Sur la route* avec d'autres de *Cody*, et qu'on dit tirés de *The Beat Gene-*

ration, roman écrit en 1951. Dans sa lettre de remerciements datée du 6 août 1954, Kerouac dit à Cowley que *Sur la route* s'appelle désormais «Beat Generation», titre qu'il va lui-même adopter jusqu'en 1955. Le livre a été «longtemps» en lecture chez Little Brown, qui l'a refusé. Il est pour l'instant chez Dutton. En septembre, Sterling Lord, le nouvel agent de Kerouac, dit à Cowley que «*Sur la route*, ou *The Beat Generation*, son titre actuel, n'est toujours pas vendu». Le 23 août, Kerouac dit à Ginsberg qu'il donne ce titre au roman en espérant le vendre. Ce «petit merdeux de Little Brown Seymour Lawrence» vient de le refuser.

En avril 1955, paraît «Jazz of the Beat Generation», et, bien que ce soit son premier texte publié depuis cinq ans, Kerouac le signe du pseudonyme «Jean-Louis». C'est «à cause de [son] ex-femme, qui veut [l']envoyer au bagne pour non-versement de la pension alimentaire», explique-t-il à Cowley. Ce n'est d'ailleurs pas un pseudonyme puisque son nom complet est «John (Jack) (Jean-Louis) Kerouac». Cowley, qui espérait que la publication d'extraits de *Sur la route* aiderait à obtenir un contrat pour l'intégralité du roman, répond : «J'ai effectivement pensé que vous aviez tort : Jack Kerouac est un bon nom pour se faire connaître dans la littérature, et puis, en signant votre œuvre Jean-Louis, vous vous privez de la réputation que vous vous êtes faite.»

Après la parution de «Jazz of the Beat Generation», Kerouac va se débattre comme un beau diable pour intéresser le monde des lettres à son œuvre, et il sera dépité du sort pourtant réservé à ses nombreux manuscrits. Le 4 juillet, juste après leur entrevue à

New York, il écrit à Cowley qu'il est prêt à «enjamber le parapet d'un pont».

Le 12 juillet, Cowley répond que Peter Matthiessen vient d'accepter «The Mexican Girl», un épisode de *Sur la route*, pour la *Paris Review*. En 1956, Martha Foley fera figurer le texte dans son anthologie *The Best American Short Stories*. Cowley explique à Kerouac : «*Sur la route* est toujours en lecture chez Dodd Mead. Mais s'ils nous le renvoient, Keith [Jennison, éditeur chez Viking] et moi allons de nouveau tenter notre chance pour le faire publier chez Viking.» Il propose aussi d'écrire une préface au livre pour que Viking le considère d'un œil plus favorable. Il a par ailleurs écrit à l'Institut national des arts et des lettres pour demander qu'on attribue des fonds à Kerouac par le Writers' and Artists' Revolving Fund. «Ne vous découragez pas, lui dit-il, des temps meilleurs s'annoncent.»

Le 19 juillet, Kerouac écrit à Sterling Lord : «Cette lettre magnifique et chaleureuse m'a mis du baume au cœur. Je préfère de loin que *Sur la route* soit publié chez Viking, grâce à l'intégrité d'une pareille préface.» Le jour même, il exprime ses remerciements à Cowley : «Votre lettre m'a fait chaud au cœur, et m'a réconforté mieux que n'importe quoi d'autre ces dernières années. J'espère bien que Dodd Mead va se dépêcher de vous renvoyer le manuscrit.» Une préface de Cowley donnera au livre un statut littéraire, «un coup de pied aux fesses littéraire... Être publié chez Viking, c'est ça que je veux !». Il accepte de signer de nouveau de son vrai nom, mais il a décidé avec Sterling que ce sera «*Jack* et non *John*, plus naturel à mon avis».

Au mois d'août, Cowley reçoit un prix de l'Institut des arts et des lettres, et Kerouac, alors au Mexique, lui écrit qu'il vient d'«apprendre la bonne nouvelle» :

> Vous avez été d'une grande gentillesse, vous avez fait preuve d'un tact divin... et conservé une sérénité, une paix du cœur, pour venir en aide aux anges en déshérence.

Le 11 septembre, il lui écrit encore : «Je suis ravi que vous ayez enfin le manuscrit de Sal Paradise. Il faut absolument que Keith et vous réussissiez. »

Le 16 septembre, Cowley est porteur de bonnes nouvelles. Il pense que *Sur la route* est le titre qu'il faut au livre, que Viking envisage désormais sérieusement de publier ; il y a de fortes chances que la chose aboutisse — sous trois conditions cependant :

> que nous parvenions à faire les changements nécessaires (coupures et remaniements) ; que nous ayons la certitude que le livre ne sera pas censuré pour immoralité ; qu'il ne nous attirera pas de poursuites en diffamation.

Dans une note interne sans date sur la question, il fait de nouveau état de ses inquiétudes ; on risque surtout d'attaquer l'œuvre pour obscénité et pour diffamation. Cependant, fait-il valoir, la plupart des personnages évoqués dans le récit ne sont pas du genre à les traîner devant les tribunaux, «d'ailleurs beaucoup d'entre eux ont lu le manuscrit, et sont plutôt fiers d'y figurer, c'est du moins ce que je crois comprendre ». Ce qui l'inquiète davantage, ce sont les points de l'histoire où l'on rencontre des personnages respectables. Ainsi, il faudra maquiller «Denver D. Doll» au point qu'on ne puisse plus le reconnaître. «Old Bull Balloon» (Burroughs) ne risque guère de les poursuivre non plus : «Il appartient à une famille assez en vue, il ne tiendra pas à fréquenter les prétoires.» Cowley voudrait bien un deuxième avis pour être sûr qu'on peut publier le roman sans risque; et c'est ainsi que Viking fait appel à l'avocat Nathaniel Whitehorn.

Si l'on ne peut dater avec précision le manuscrit de 347 pages, la lettre du 11 septembre 1955 laisse à penser que c'est bien celui que Kerouac vient d'envoyer à Cowley, à moins que ce ne soit le texte que Dodd Mead n'ait renvoyé, et qu'il l'ait dit à Kerouac. Une chose est claire en tout cas : c'est celui-là que Cowley a en main. Justin W. Brierly, le «phare» de Denver, qui prépare ses jeunes poulains prometteurs à entrer à Columbia et qu'il moque copieusement dans la version originale, apparaît sous le masque de «Beattie G. Davis» dans le manuscrit de 297 pages; c'est seulement dans la version de 347 pages que Kerouac le nomme «Denver D. Doll».

Le 20 septembre, Kerouac donne son accord à Cowley sur le titre du roman : ce sera *Sur la route*, et non *Beat Generation*, et il décrit allègrement les mesures qu'il a prises pour éviter les poursuites en diffamation. Ainsi, Denver D. Doll enseigne à l'université de Denver et non plus au lycée. La ville du Mexique où est situé le bordel ne s'appelle plus Victoria mais Gregoria. Quant à «Galatea Buckle», il est resté très proche d'elle, et elle «est ravie de figurer dans un livre». Il ajoute :

> Toutes les modifications que vous voudrez appor-
> ter m'iront. Rappelez-vous votre idée de fusionner
> les deuxième et troisième voyages ? Je suis à votre
> disposition pour tout remaniement, bien sûr.

Cowley trouve que Kerouac prend à la légère le
problème de la diffamation. Le 12 octobre, il lui écrit
chez Allen Ginsberg, à Berkeley, où il se trouve en
visite. L'avocat engagé par Viking est depuis deux
semaines sur le manuscrit. Du fait que le roman
porte essentiellement sur des aventures vécues,

> il ne suffit pas de changer le nom des personnages et
> quelques-uns de leurs traits physiques pour prévenir
> des poursuites en diffamation, si le personnage peut
> encore se reconnaître à tel ou tel détail... Je préfère
> vous avertir que cette question est grave... Les chan-
> gements que vous mentionnez dans votre lettre sont
> loin de suffire. Il vaut mieux en imaginer d'autres,
> qui préviendront toute poursuite [de la part de Doll].

Pour des personnages comme Moriarty, conseille
Cowley, «le mieux serait de leur faire signer une
décharge». Il répète qu'il ne faut pas prendre ces
problèmes à la légère.

Deux jours plus tard, Kerouac expédie une
seconde lettre tout aussi optimiste que la première.
Rapportant qu'Allen Ginsberg vient de faire sensation en lisant *Howl* à la soirée «Six poètes à la galerie
Six», le 7 octobre, il écrit que ce problème des poursuites devrait se résoudre «sans peine». Il obtiendra
«promptement» des décharges et, quand ce ne sera
pas possible, il effectuera «tous les changements

pertinents » ; sa pleine collaboration est acquise à Cowley. La solution qu'il finira par proposer pour prévenir toute attaque de la part de Brierly, c'est de couper du manuscrit de 347 pages la majorité des scènes où il apparaît sous le nom de Denver D. Doll.

Après le battage déclenché par la lecture à la galerie Six, Viking est impatient de sortir le roman de Kerouac. Le 31 octobre, Tanny Whitehorn envoie des formulaires de décharge à Helen Taylor, chez Viking. Ils devront être signés par tous les amis de Jack Kerouac que l'on pourra trouver ayant, « de près ou de loin, partie liée avec *Sur la route* ». Le lendemain, Whitehorn remet son rapport sur le roman.

Ce rapport de 9 pages renvoie à la pagination de la version en 347 pages, où les personnages, déjà travestis par Kerouac, pourraient encore se reconnaître et prendre ombrage du portrait qui est fait d'eux. À côté des divers noms et des numéros de pages qui leur sont associés sur son exemplaire du rapport, Kerouac a rédigé des notes précisant les mesures qu'il a prises. Devant le nom de Denver D. Doll, il a noté : « supprimé, à l'exception de références tout à fait anodines ». « Supprimé » figure ainsi devant de nombreuses notes. Whitehorn signale la référence à « Jane, qui déambule hallucinée par la benzédrine ». Il s'agit de Joan Vollmer Burroughs, que William Burroughs a tuée accidentellement en septembre 1951. À côté de son nom, Kerouac a noté : « Jane décédée ».

Le 2 novembre, Helen Taylor, l'éditrice, remercie Whitehorn pour les formulaires de décharge et pour le travail méticuleux qu'il a effectué. « C'est maintenant à nous de faire le travail fastidieux d'excavation et d'édition ; ensuite nous passerons à l'étape suivante. Mais, malheureusement, il faudra sans doute que vous relisiez de nouveau. »

Une fois qu'il a reçu les formulaires, Kerouac s'assure de la réponse des « deux héros », « Dean Moriarty » et « Carlo Marx ». « Je peux obtenir la signature de tout le monde », déclare-t-il. Allen Ginsberg a assorti la sienne de la mention : « Dans l'intérêt des lettres américaines, X. Carlo Marx — à quelque chose près. »

Kerouac a beau obtenir les signatures « instantanément » et faire suivre les formulaires aussitôt, Cowley, à son grand chagrin, ne lui répond pas. « Avez-vous reçu les deux signatures ? lui demande-t-il dans une lettre du 23 décembre. Je vous les ai transmises sur-le-champ, ne me dites pas qu'elles ne vous sont pas parvenues ! Ça fait des semaines. » Il est d'autant plus frustré qu'il ne voit venir ni le contrat ni la liste des changements recommandés.

Au printemps 1956, Kerouac attend toujours. Après une série de chassés-croisés, qu'il met au compte d'un « destin adverse », Cowley promet d'envoyer la fameuse liste à temps pour que Kerouac puisse la prendre en compte au fil de ses relectures dans la Skagit Valley de l'État de Washington, où il travaille comme garde-feu, cet été-là, sur Desolation Peak. Ce retard, qui vient s'ajouter à la longue attente de voir le manuscrit publié, met la résolution de Kerouac à rude épreuve, et, le 10 avril, il se plaint à Sterling Lord que cette « saga » prenne les « proportions d'un martyre absurde », qui lui devient insupportable. Il menace plus d'une fois de retirer son manuscrit de chez Viking, mais revient toujours à de meilleurs sentiments, convaincu que cette mai-

son d'édition représente sa meilleure chance, même
si tout le monde continue d'y traîner les pieds toute
l'année 1956. La plupart du temps, c'est dans des
lettres à Sterling Lord qu'il laisse libre cours à sa
colère, ou dans d'autres à Cowley, qu'il n'envoie pas.

En septembre 1956, Kerouac, toujours anxieux,
écrit à Sterling Lord : «Qu'est-ce qui se passe, à présent? Dites-moi ce que vous pensez de la situation
chez Viking. Peut-être faudrait-il leur proposer de
changer le titre en *Wow* pour publier le livre tout de
suite[1]...» Le 7 octobre, depuis Mexico, il lui demande
de retirer *Beat Generation* à Cowley. «Dites-lui que
je respecte sa sincérité, mais que j'ai des doutes sur
les autres, chez Viking, et puis dites-lui que *je m'en
fiche* [...] il n'y a qu'à vendre le livre chez les bouqui-
nistes, dans les rues, c'est un livre *sur* la rue. Faites
ce que vous pouvez [...] J'ai subi les pires avanies,
alors qu'on accepte mon texte ou qu'on le refuse, ça
ne changera rien à cet abominable sentiment d'être
déjà mort — d'être un mort-vivant.»

Le rapport d'acceptation définitive remis par
Cowley pour Viking ne porte pas de date, mais il a
dû être rédigé fin 1956. Cowley y retrace les tribulations du manuscrit. On l'a refusé en 1953, «tout en
stipulant qu'on aimerait bien le revoir». Viking a
œuvré par la suite pour «venir à bout de deux problèmes majeurs, l'obscénité et la diffamation [...] Sur
ce dernier point, Kerouac lui-même a opéré la plupart des changements nécessaires à titre préventif

1. À Londres, en avril 1957, impressionné par la culture des Teddy
Boys, Kerouac écrit à Sterling Lord qu'on «doublerait peut-être les
ventes en changeant le titre pour *Rock and roll Road*».

[...] et Helen Taylor a relu le texte pour venir à bout du reste ; elle s'est également chargée du problème de l'obscénité, et de resserrer le récit. »

D'après Cowley, *Sur la route* n'est pas un grand roman, ni même un roman qu'on puisse aimer. Les bohèmes échevelés qu'on y rencontre sont « des machines déréglées [...] sans beaucoup d'autre émotion qu'un acquiescement de principe à toute nouvelle expérience ».

> Le livre, je le prédis, recevra un accueil mitigé mais *intéressé* ; il se vendra bien (très bien peut-être), il ne fait guère de doute qu'il sera réimprimé en poche. En outre, il restera longtemps comme l'évocation honnête d'un mode de vie différent.

Le 1er janvier 1957, Kerouac se trouve en Floride, où il raconte à Sterling Lord : « Le manus. de la *Route* est prêt à partir chez l'imprimeur. S'il vous plaît, dites à Keith et à Malcolm qu'ils peuvent avoir confiance dans le travail que j'ai fait pour prévenir tout risque de poursuites [...] ils seront contents. » Rentré à New York en Greyhound, il remet le manuscrit à Cowley le 8 janvier. Le contrat entre « John » Kerouac et les éditions Viking pour le roman « provisoirement intitulé *Sur la route* » est daté du 10 janvier 1957. Kerouac reçoit un à-valoir de 1 000 dollars, soit 250 à la signature, 150 à l'acceptation du manuscrit, et le solde par paiements de 100 dollars sur les six mois à venir. Quant aux droits, Kerouac recevra 10 % des ventes sur les 10 000 premiers exemplaires, 12,5 % sur les 2 500 suivants, puis 15 % sur les autres. Le 10 janvier, il annonce à John

Clellon Holmes que « cette fois, c'est sûr, [il] signe demain avec Viking ».

Le 24 février, Cowley écrit à Kerouac pour refuser son nouveau roman *Anges de la Désolation*, mais il lui précise que, pendant ce temps, le chantier de *Sur la route* est en bonne voie : « Bientôt, le texte sera typographié, et les représentants prendront la route avec *Sur la route*, et j'espère qu'ils en vendront beaucoup d'exemplaires. »

Le contrat signé, le livre à la fabrication, Kerouac se retrouve isolé par Viking. En juillet, depuis Berkeley, il s'inquiète des retentissements possibles sur son propre roman du procès intenté contre *Howl* pour obscénité, procès qui va s'ouvrir en août. Il se plaint à Sterling Lord de ce « silence surnaturel » : « Je suis vraiment inquiet de ne plus avoir de nouvelles du tout, comme si quelque chose clochait, à moins que ce ne soit un effet de mon imagination ? J'ai écrit une longue lettre à Keith Jenisson, pas de réponse non plus. Est-ce qu'on va publier *Sur la route* ? Et si oui, qu'en est-il des épreuves finales qu'il me faut voir, de la photo de moi, est-ce qu'il ne va pas y avoir un genre de promo, de business, dont je devrais être au courant ? Sans nouvelles de personne, je vous le dis, je me sens très seul, et j'ai peur. »

En juillet, le petit magazine littéraire *New Editions* publie un extrait de *Visions de Cody* intitulé « Neal and the Three Stooges », et Kerouac en envoie un exemplaire à Cowley ; il lui écrit non sans arrière-pensées : « Je me suis dit que ça vous amuserait de voir ma prose imprimée sans retouches. » Il demande aussi à quel moment on va lui envoyer les épreuves finales de *Sur la route*, mais sa lettre est interrompue par la livraison de jeux d'épreuves brochés du roman. Comme il le raconte dans *Anges de la Désolation*, au moment même où il est en train de défaire le paquet, Neal frappe à la porte. Se sentant pris « la main dans le sac », il ne peut faire autrement que d'en donner le premier exemplaire au « héros de ce pauvre livre triste et fou ».

Les tensions culturelles qui transparaissent dans ces échanges et ces marchandages, le mélange d'effervescence et de réprobation dont font montre les personnalités influentes chez Viking envers Kerouac et son œuvre, les efforts tentés pour édulcorer et commercialiser ce livre débridé, la vulnérabilité enthousiaste et la complicité de Kerouac dans ce processus, et le vague sentiment, partagé par tous, qu'on est à la veille d'un tournant historique dans la littérature et la culture, vont se traduire sur la place publique par une avalanche d'articles dès que le roman est enfin publié, le 5 septembre 1957.

Dans *Minor Characters*, Joyce Johnson raconte que le 4 septembre, peu avant minuit, Kerouac et elle vont à un kiosque à journaux de Broadway à la hauteur de la 66ᵉ Rue, attendre la livraison du *New York Times*. Dès que les journaux sortent du camion et que le vieux marchand a coupé les ficelles qui les retiennent, Joyce et Jack en achètent un exemplaire et lisent l'article de Gilbert Millstein à la lueur d'un réverbère, pour le relire ensuite à loisir chez Donnelly, un bar de Colombus Avenue.

Selon Millstein, le livre est « une œuvre d'art authentique », « un roman majeur » ; il qualifie sa publication d'« événement historique ». Il fait l'éloge du style de Kerouac, de sa virtuosité technique ; pour lui, « les excès de Sal et de Dean, leur quête enfiévrée de toutes les sensations, servent un propos spirituel ». Il se peut que la génération de Kerouac ne sache pas « quel hâvre elle cherche, mais elle en cherche un ». Et c'est dans ce sens spirituel, soutient Millstein, que Kerouac a choisi la voie la plus exigeante, la plus difficile pour l'écrivain américain d'après guerre, tel que John Aldridge l'a défini dans son étude « After the Lost Generation » : Kerouac a énoncé « le besoin de croire, même dans un contexte où croire est impossible ».

Ce besoin de croire était aussi l'aspect privilégié par John Clellon Holmes dans « This is the Beat Generation », article demandé par Millstein pour le *New York Times* du dimanche, en 1951, et dont il cite des passages dans sa critique de *Sur la route*. Holmes avait fait valoir que la différence entre la « *Lost* » *Generation* (la Génération « perdue ») et la « *Beat* » *Generation*, c'était que cette dernière « veut croire, même devant l'impossibilité de le faire en termes conventionnels ». « *Comment* vivre » devient alors bien plus « crucial que *pourquoi* vivre ».

Si Millstein voit *Sur la route* comme une profession de foi au sein même d'une société américaine timorée et frappée de stérilité spirituelle, et cherche ainsi à établir le critère d'évaluation du roman, son point de vue est contredit par des critiques moins favorables qui, sans pouvoir ignorer la beauté et la fraîcheur exubérantes du style de Kerouac, refusent de reconnaître à son œuvre le sérieux d'une dimension spirituelle. Dans le *New York Times* du dimanche 8 septembre, David Dempsey avance : « Jack Kerouac a écrit un livre prodigieusement distrayant et agréable à lire, mais on le lit comme on entre dans une baraque foraine : les monstres nous fascinent, sans pour autant faire partie de notre vie. »

D'autres critiques seront plus franchement hostiles. Dans son article du *New York World-Telegram & Sun*, Robert C. Ruark voit *Sur la route* comme un « aveu sans vergogne » que Kerouac « traîne la cloche depuis six ans ». Ses personnages « pleurnichards » sont des « paumés » qui ont besoin d'un bon « coup de pied aux fesses ». Dans le *New Leader* du 28 octobre, William Murray concède que le roman prend toute sa place dans « l'humeur et le discours » de son temps, mais pour lui « Kerouac n'est en rien un artiste, car pour cela il faut une discipline et une unité de propos absentes de son écriture ». *Sur la route* est un livre important « en ceci qu'il communique directement, de manière non littéraire, une expérience émotionnelle de notre temps ».

Le 6 février 1958, Patricia McManus, attachée de presse chez Viking, parle dans une note interne de l'« effet de résonance malgré les discordances » qui s'attache au roman — de fait, trois réimpressions vont promptement suivre. Cette même Patricia McManus avait d'ailleurs anticipé le phénomène avant la publication : « Si l'on en juge par les premières lectures, le roman va susciter bien des débats animés, entre partisans et adversaires. » Dès janvier 1958, elle rapporte que « deux universités l'ont déjà inscrit à leur programme de littérature moderne (reste à déterminer quel usage elles en font... on le lit peut-être après le couvre-feu) ».

La controverse autour de Jack Kerouac et de *Sur la route* devient le noyau d'une bataille culturelle qui la dépasse. L'auteur, Canadien-Français d'origine prolétaire, attaché à la dimension spirituelle de son œuvre et promu du jour au lendemain, bien malgré lui, chantre et fer de lance d'une contre-culture hostile à la guerre froide et à la politique qui en découle, va constituer une cible de choix. Son roman, écrit six ans plus tôt, raconte la jeunesse exubérante, tendance « *hot* », des années quarante ; qu'à cela ne tienne, on va s'acharner à y lire un discours social direct sur la jeunesse « *cool* » de la fin des années cinquante. On ne s'apercevra guère que la technique qui lui permet de dynamiter la frontière entre biographie et fiction l'apparente, de même que ses thèmes et ses structures, aux grands romans du canon américain, *Moby Dick*, *Huckleberry Finn* et *Gatsby le Magnifique* ; bon nombre de lecteurs, c'est bien commode, se contenteront de confondre Jack Kerouac et Dean Moriarty.

« The Cult of Unthink » (« Culte décérébré »), l'article publié dans *Horizon* du 15 septembre 1958 par Robert Brustein, associe Kerouac aux « tribus menaçantes » des émules de Marlon Brando et de James Dean. La *Beat Generation*, dit Brustein, est une génération d'aigris, « tout dans les muscles et rien dans le crâne », « prêts à réagir par la violence à la moindre provocation ». Il n'y a pas bien loin entre « ce poète qui cherche à "prendre son pied" et l'adolescent qui, pour "prendre son pied", plonge son couteau dans la chair de sa victime, en la remerciant pour cette "expérience" ».

Kerouac, de tout temps pacifiste, Kerouac qui a abandonné son fusil dans le champ de manœuvres quand il était en camp d'entraînement dans la Marine, répond à Brustein le 24 septembre, soit une

semaine avant la parution des *Clochards célestes*, livre
résolument pacifique et mystique :

> On ne voit pas mes personnages se déplacer en
> « hordes » ; ils ne font pas partie de « bandes de délin-
> quants », ils n'ont pas de couteaux sur eux. Avec *Sur
> la route*, j'ai voulu écrire un livre sur la tendresse
> entre des jeunes gens turbulents, indisciplinés, comme
> votre grand-père a pu l'être vers 1880. Je n'ai jamais,
> au grand jamais, exalté un personnage violent [...]
> Dean Moriarty et Sal Paradise sont des êtres sans
> vindicte, contrairement à leurs détracteurs.

Malgré ses tentatives pour engager un débat
sérieux avec ses critiques, nous dit Joyce Johnson,
Kerouac découvre à ses dépens que la plupart des
interviewers ne veulent qu'un « récit d'initié sur la
Beat Generation et son avatar ». Et, par-dessus tout,
ils veulent se faire expliquer le sens du mot « *beat* »,
qu'on commence à entendre un peu partout. Joyce
Johnson rappelle que

> le mot a été employé pour la première fois à Times
> Square en 1947 par l'ange hipster Herbert Huncke,
> dans un transport évanescent ; par la suite, il a fait
> écho dans l'esprit de Jack, où son sens s'est chargé
> d'autres connotations, pour finir par rejoindre le latin
> d'Église *beatific* [« béat », bienheureux]. « Il faut donc
> relier "*beat*" et béat, vous voyez ? » disait Jack sou-
> cieux de bien se faire comprendre de son interviewer,
> parce qu'il respectait le souci d'exactitude qu'ont les
> journalistes, tout en sachant bien qu'exactitude et
> vérité font deux.

Kerouac va s'évertuer à remonter cette étymologie,
avec une lassitude croissante, raconte Joyce Johnson,

au point de finir par marmonner sans conviction. C'est ainsi que s'amorce le cauchemar de son «succès calamiteux». Ce buveur invétéré se met à boire au-delà de toute mesure, et le roman entamé près de dix ans plus tôt, à Ozone Park, le condamne à demeurer le mythique «roi des beatniks», ce qui nous ramène à notre point de départ.

Cet essai s'est proposé de contribuer à la réécriture du phénomène Kerouac qui a cours à l'heure actuelle, pour dépasser le mythe et retrouver l'écrivain en Kerouac, l'écrivain d'abord, l'écrivain toujours. «Dans mon souvenir, écrit William Burroughs, Kerouac reste un écrivain qui parle des écrivains, ou alors qui va s'asseoir dans un coin tranquille avec un calepin, pour prendre des notes [...] On avait l'impression qu'il passait sa vie à écrire, qu'il ne pensait qu'à écrire, qu'il ne voulait rien faire d'autre.»

RÉÉCRIRE L'AMÉRIQUE

Kerouac et sa tribu
de « monstres souterrains »

PENNY VLAGOPOULOS

Souvent, quand on entre dans une librairie, à New York, on ne trouve pas Kerouac en rayon, mais plutôt derrière la caisse. S'il faut en croire la légende, *Sur la route* est, avec la Bible, un des livres les plus volés. On n'a pas coutume de considérer les livres comme des marchandises qui invitent au larcin, et pourtant Kerouac possède encore un potentiel subversif qui laisse à penser qu'en ce qui le concerne l'attrait du défendu traverse les générations. Son roman le plus célèbre a beau être le produit de son temps, il fonctionne comme une sorte de modèle où la mémoire historique devient le vecteur d'une solidarité qui prend tout son sens et son opportunité. Au cœur même de cette qualité, il y a l'injonction faite au lecteur d'approfondir les questions les plus difficiles à cerner par une archéologie des lieux qui nous définissent comme si nous les découvrions pour la première fois, c'est-à-dire en étrangers. Kerouac dédie ses *Visions de Cody*, récit expérimental de voyages avec Neal Cassady, à « l'Amérique, quoi que l'on mette derrière ce nom ». Davantage encore, peut-être, que n'importe quel autre romancier de sa génération, il aborde les ambiguïtés de l'Amérique comme une aventure enracinée dans le processus de création qui consiste à «émerger du sous-sol», selon la formule employée dans *Sur la route*. Ainsi, les années passées à écrire son expérience sur la route sont une interrogation sur la façon de construire une nation à partir des fondations.

«Un soir, en Amérique, après le coucher du soleil» : tel est le début du premier brouillon de *Sur la route*, en 1950. Cette image trouvera sa place définitive dans le dernier paragraphe de la version publiée, mais, si on la lit en ouverture, elle met en lumière la perspective panoramique du roman, sur laquelle se déroule «la pauvre vie *beat* elle-même, avec son noyau et son jus... triste drame de la nuit américaine». Le 4 juillet 1949, Kerouac confie à son Journal ses plans pour aller du Mexique à New York, et il se sent «plombé par une mélancolie proche du plaisir» qu'il décrit en ces termes : «La grande nuit américaine ne cesse de se refermer sur nous, toujours plus sombre, plus rouge; on n'est chez soi nulle part.» S'il n'a jamais su renoncer aux lieux et aux gens intrinsèquement liés à la sphère du foyer — en particulier à sa mère, vers qui il revint sans cesse, et à sa ville natale de Lowell, dans le Massachusetts —, l'idée d'être sans feu ni lieu en terre natale lui inspira toujours un singulier mélange d'exubérance et de désespoir. L'intensité paroxystique que l'on trouve dans ses écrits, et qui, souvent, place le lecteur dans une oscillation insoutenable entre le jugement rationnel et la décharge émotionnelle, montre bien l'enjeu qu'il y a pour lui à trouver les mots qui rendent compte des rapports entre l'individu et la nation.

« C'est l'histoire de l'Amérique », écrit-il dans *Sur la route* quand il évoque la tentative avortée de Sal Paradise pour ruser avec les règles lors de son bref passage chez les vigiles, « chacun fait ce qu'il croit devoir faire ». L'après-guerre, marqué par le début de la guerre froide, reposait sur le mythe de l'unité nationale. Dans NSC 68, rapport classé « secret défense », rédigé pour le Conseil de sécurité le 14 avril 1950, soit un an avant que Kerouac se mette à composer le rouleau de *Sur la route*, on voit trois réalités émerger au fil d'un chapitre intitulé « Le propos fondamental des États-Unis » : « notre détermination à conserver les traits essentiels de la liberté individuelle telle qu'elle est définie dans la Constitution et dans la Charte des Droits, notre détermination à créer les conditions où notre système libre et démocratique puisse vivre et prospérer, et notre détermination à nous battre s'il le fallait pour défendre notre mode de vie ». Dans ce chapitre, la rhétorique utilisée pour la défense de la liberté est sans conteste agressive, pour ne pas dire impérialiste. Près d'un siècle plus tôt, Whitman écrivait dans *Democratic Vistas* : « Le parfait individualisme est bien ce qui colore en profondeur l'idée d'agrégat et lui donne tout son relief. » Dans les années cinquante, on a le sentiment que le paradigme s'inverse : c'est l'État qui structure les exigences de l'individu, à la fois à l'intérieur des frontières, où le sacrifice de chacun correspond à l'effort de guerre, et à l'extérieur.

L'année où Kerouac compose le rouleau de *Sur la route*, les États-Unis vont étendre leurs essais nucléaires du Pacifique Sud jusqu'au désert du Nevada, portant ainsi littéralement la guerre dans la mère patrie ; le Comité sur les activités anti-américaines entame sa deuxième série d'auditions, artistes et intellectuels sont sommés de prouver leur innocence, leur loyauté envers les États-Unis, et de renoncer à leurs liens avec le communisme ; tout délit mineur a vite fait de devenir déviance, et les citoyens voient rogner leurs libertés civiques au nom de la liberté majuscule face au totalitarisme. Cette période d'aveux contraints est la traduction scénique d'un vaste mouvement d'occultation reposant lui-même sur « la fragmentation et le cloisonnement concertés de l'information », pour reprendre la formule de Joyce Nelson. Moins les gens comprennent les rouages de la culture et de la politique et les liens qu'elles entretiennent, plus il est facile au gouvernement de manipuler son peuple tout en recherchant influence et hégémonie à l'échelle mondiale.

Dans « Les sources de la conduite soviétique », célèbre article écrit en 1947 et source de la politique répressive de la guerre froide, George Kennan a souligné le lien entre la paix sociale à l'intérieur des frontières et le contrôle de l'outremer. Il faut que les États-Unis se vendent comme un pays qui « parvient à faire face à la fois à ses problèmes intérieurs et à ses responsabilités de puissance mondiale », un pays capable de « faire entendre sa voix dans les grands courants idéologiques de notre temps ». Tout signe de faiblesse, nous dit Kennan, pourrait avoir des conséquences irréparables sur le reste du globe, car « les démonstrations d'indécision, de désunion et d'effritement qui nous sont propres risquent bien

d'exalter le mouvement communiste dans son entier».
En d'autres termes, dissidence et contradiction sont
perçues comme des tumeurs de nature à menacer la
souveraineté même de la nation, et donc à galvaniser
l'ennemi. L'antidote implicite, c'est l'homogénéité et
le consensus, quitte à les imposer.

Parmi les nombreuses caractéristiques de la *Beat
Generation*, Kerouac évoque «le ras-le-bol vis-à-vis
de toutes les formes et de toutes les conventions». Et
s'il se sent étranger sur sa terre natale, c'est aussi
parce qu'il a compris que quelque chose l'a rongé au
point qu'il veuille s'en «démarquer» absolument. Il
se sent proche de ceux qui sont «trop *sombres,* trop
étranges, trop "souterrains"» pour correspondre aux
critères d'une société, où, selon Stephen J. Whit-
field, «l'expression culturelle est brimée à tous les
coins de rue». *Sur la route,* qui exalte la vie vécue
dans la «joie extatique et dépenaillée de l'être pur»,
fait figure de réponse à un certain degré de conformisme, si présent dans la conscience culturelle du
pays qu'il en devient anxiogène. Ainsi William H.
Whyte Jr. met en garde contre une société composée
de travailleurs des classes moyennes, qui sont «partis
de chez eux, matériellement et spirituellement, pour
entrer dans le système comme on entre en religion»
(*The Organization Man,* best-seller de 1956). Cette
forme d'autocritique, suscitée par la crainte d'une
société-système, ne fait que produire un espace de
dissidence inoffensif où les contrôles les plus occultes
peuvent continuer de s'exercer sans obstacles.

Pour Kerouac, l'erreur est à chercher dans les
systèmes mêmes qui laissent filtrer l'ordre bureau-
cratique et militariste. En juillet 1951, il écrit à Allen

Ginsberg : « Je suis content d'avoir compris avec précision ce que c'est qu'être un homme à son bureau, dans le monde. À mes débuts, quand j'étais reporter, j'avais un bureau, un téléphone, mais c'était une manière trop facile d'être dans le monde, un automatisme, presque. » Kerouac va brièvement s'engager comme réserviste dans la marine, en 1943, mais dès qu'il s'aperçoit que, selon le psychiatre qui l'examine, « l'individu est soumis à l'obéissance et à la discipline » et que celui qui ne se « conforme pas à ce régime n'est d'aucune utilité à l'institution », il feint la folie pour se faire réformer, et se réengage, dans la marine marchande cette fois. Dans son essai le plus corrosif, « Après moi, le déluge », écrit à la fin de sa vie pour tenter de se démarquer à la fois du mouvement hippie et du « gratin » de la société américaine, il décide : « Je m'en vais retourner à ces gauchistes amers, dont on comprend parfaitement l'amertume, pour ne pas dire l'écœurement, devant le paysage actuel. » Il les trouve hypocrites et improductifs, certes, mais ceux qui sont engagés dans le ronron décérébré de la course à l'argent lui paraissent pires encore.

Pour autant, on aurait tort de lire *Sur la route* comme le manifeste d'un porte-parole de sa génération. Rançon du succès immédiat, Kerouac va devoir sauver l'idée de *Beat Generation*, tout en se débarrassant du surnom de « roi des beatniks ». À la fin de sa vie, constamment sommé de définir ses options politiques et sa relation à la contre-culture naissante, il explique que *Sur la route* n'est guère « un brûlot d'agit-prop ». Pas question de se laisser sacrer grand timonier d'une génération qu'il comprend au contraire fort peu. Dès 1959, il déplore la beatnikmania à la télévision, n'y voyant qu'« une nouvelle mode vestimentaire, de nouveaux codes, un épiphénomène historique » : « on va changer de nippes et remiser les fauteuils du salon pour s'asseoir par terre, on aura bientôt des secrétaires d'État *beat*, on instituera de nouveaux oripeaux, on trouvera de nouvelles malveillances, de nouvelles vertus, de nouveaux pardons ». Kerouac a assisté en personne aux dérives absurdes de l'avant-garde culturelle, qui s'écartent souvent dangereusement des idées fondamentales dont elles sont pourtant issues. Il a bien compris que le potentiel subversif de l'art est soluble dans les pâles imitations qui minent de l'intérieur les articulations créatives de l'original.

Pour faire échec à cette erreur dans son côté le plus sinistre, Kerouac remet en question l'absolutisme que les classifications imposent, malgré toutes leurs nuances. À la fin d'« Après moi, le déluge », sa seule solution est de voir « dans tous les hommes des orphelins inconsolables, qui ne cessent de brailler et de hurler, cherchant une astuce pour gagner leur vie » et se retrouvent, au bout du compte, « si *esseulés* ». Il refuse les catégories idéologiquement rigides, et par là même inopérantes. *Sur la route* postule qu'on trouve de la beauté aux voyages ratés, dans la découverte de ses propres excès, dans l'aiguillon de ses propres limites, car ce sont les frontières autour desquelles l'humanité se construit. Et d'ailleurs, les étiquettes « sous-culturelles » évacuent parfois ce qu'elles sont censées recouvrir. Kerouac critique « ceux qui pensent que la *Beat Generation* est synonyme de crime, de délinquance, d'immoralité, d'amoralité », comme il l'écrit en 1959. Ses détracteurs sont dans l'erreur, car ils ne comprennent rien ni à l'histoire ni aux désirs de l'âme humaine... « Malheur à ceux qui ne voient pas que l'Amérique doit changer, va changer et change déjà — en mieux, c'est moi qui vous le dis. » Au lieu d'écrire en résistance opiniâtre contre l'Amérique moyenne, il définit la géographie humaine d'un « pays qui n'a jamais été, et doit être pourtant », selon la formule de Langston Hughes. Dean, le personnage inspiré par Neal Cassady, déclare : « Les gens me bottent, mec ! » Mais pour Sal, qui représente Kerouac dans le livre, les gens sont de « fabuleux cierges d'église ». Les hommes amusent Dean, qui profite d'eux ; Sal voit en eux des porteurs de lumière.

Kerouac n'éprouvait que trop profondément le décalage entre la vie qu'on veut et celle qu'on vit. Dans son Journal, en 1949, il déplore : « J'ai l'impression d'être le seul au monde à ne pas connaître ce sentiment de calme irrévérence et, par conséquent, d'être le seul fou au monde, le seul canard boiteux. Tous les autres se contentent de vivre pour vivre, pas moi. Je veux comprendre pour comprendre, après quoi, vivre pour vivre. » Il éprouve une profonde solitude, due en partie à son appréhension spirituelle de la souffrance humaine, si enracinée dans son éducation catholique, mais due aussi à son intériorité d'artiste, qui exaspère le sentiment de sa différence, tout en lui inspirant une connivence avec « les fous furieux, furieux de la vie, furieux du verbe, furieux du salut ». Sal comprend le besoin compulsif de collaborer qu'éprouve l'esprit créatif. « Mais ils se sont mis à descendre les rues en dansant comme des ludions, et moi je les ai suivis en traînant la patte comme je l'ai fait toute ma vie, après les gens qui m'intéressent.» À la marge, il est encore unique, quand il cherche à définir les paramètres spécifiques de l'être. Lors de sa première virée sur la route, Sal se réveille à Des Moines, au centre de l'Amérique, et il ne sait plus qui il est. «J'étais quelqu'un d'autre, un étranger, toute ma vie était hantée, une vie de fantôme.» Ici, la route le prive temporairement de son identité pour le situer dans une longue lignée de vagabonds et d'hommes en quête.

Sur la route respire l'espoir que les communautés puissent fonctionner sans la médiation des forces de sublimation inhérentes à la société moderne. Quand Sal quitte San Francisco pour aller à Denver, au début de la troisième partie, il se voit s'installer «au milieu de l'Amérique, en patriarche». Mais, une fois là-bas, il se retrouve au contraire «dans le quartier noir de Denver, regrettant de ne pas être nègre, avec le sentiment que ce que le monde blanc m'avait offert de mieux manquait d'extase, manquait de vie, de joie, de plaisirs, d'obscurité, de musique, manquait de nuit». Il précise : «J'aurais voulu être un Mexicain de Denver, ou même un pauvre Japonais se tuant à la tâche, tout sauf ce que j'étais si lugubrement, un Blanc désenchanté.» Les critiques ont souligné avec justesse le côté «bon sauvage» de ce propos, qui pourrait occulter les vraies conditions de vie des Noirs à l'époque. Mais pour Kerouac, cependant, ces minorités opprimées sont l'évocation la plus honnête de l'«*underground* américain». Ce n'est pas par hasard si le «pays magique» qui s'étend au bout de la route n'est autre que le Mexique. Sur la route de Mexico, «les Indiens fellahins du monde dévisagent les Américains pleins aux as et m'as-tu-vu en cavale chez eux», et ils savent fort bien «qui est le père et qui est le fils, de l'antique vie sur terre»; Kerouac en est bien d'accord. Il éprouve un profond désir d'empathie avec les marginaux, tout en réaffirmant son engagement dans des «ambitions blanches», comme il dit dans le roman; il est bien conscient de la quasi-impossibilité de revendiquer à parts égales ces deux identités politiques et sociales en 1949, mais le désir lui en est inspiré par ses propres origines ethniques et sociales, conflictuelles.

Né Jean-Louis Lebris de Kerouac, à Lowell, Massachusetts, de parents canadiens-français ayant émigré en Nouvelle-Angleterre pour trouver du travail, il sera élevé en joual, dialecte des classes populaires; durant toute sa carrière de romancier, il se dira plus à l'aise dans cette langue qu'en anglais, qu'il a appris à l'âge de six ans seulement. Dans son introduction au *Voyageur solitaire*, il précise qu'il descend à la fois d'ancêtres bretons et indiens. Fier de ces deux héritages, il louvoie entre «la ferme-pilier de Faulkner» et «une Amérique d'acier qui couvre un sol rempli d'ossements de vieux Indiens et d'aborigènes», comme il l'explique dans *Les Souterrains*. Pour Tim Hunt, c'est l'histoire personnelle de l'immigrant Kerouac qui le met en porte à faux, «ni homme de couleur ni Blanc des classes moyennes, incapable de résoudre le décalage entre la logique d'ethnicité et de classe alors en vigueur (en vertu de laquelle lui, qui est blanc, occupe la catégorie socio-culturelle dominante) et son sentiment d'être un marginal, de n'être finalement rien d'autre qu'un étranger, un élément extérieur». Ceux qui se reconnaissent comme américains au tout premier chef jouissent d'une légitimité qui n'appartient qu'à eux. Et cela, seuls les immigrants, ou les Américains de la première génération, peuvent le comprendre, le sentiment de propriété leur demeure à jamais étranger. Un écrivain ne dédie pas son livre à une nation qui lui appartiendrait d'office; il écrit encore moins une phrase attestant de la difficulté de la définir (l'Amérique « quoi qu'on puisse mettre derrière ce nom »).

Les discordances identitaires de Kerouac braquent la longue-vue anthropologique du roman sur les marges de la vie quotidienne dans l'Amérique des années cinquante. Ann Douglas raconte que, après la première lecture de *Sur la route*, elle et ses amis ont découvert qu'ils « faisaient partie d'un continent plutôt que d'un pays » et qu'en outre « ce continent se voyait vidé des individus habituellement saisis par l'objectif, au profit d'autres, en mouvement, de diverses races et ethnies, parlant une myriade de langues, travailleurs migrants saisonniers, vagabonds auto-stoppeurs, trimardeurs, qui se croisent en de brèves et pourtant durables rencontres ». Même si le fait d'être blanc (quelque défavorisé qu'on soit par ailleurs) garantit un statut privilégié dans *Sur la route,* Kerouac accorde aussi aux parias, sans-logis qui grimpent à l'arrière des camions, saxophonistes dans la dèche par exemple, un certain « champ d'action », ne serait-ce que parce qu'ils partagent la scène en tant que sujets de l'expérience de la route. Pour Howard Zinn, raconter l'Amérique en termes de héros et de victimes, ce qui implique d'« entériner implicitement la conquête et le meurtre au nom du progrès », n'est jamais qu'une approche historique parmi d'autres, «une lecture du passé du point de vue des gouvernements, des conquérants, des diplomates et des leaders». Si *Sur la route* se préoccupe de définir l'Amérique, il s'agit aussi d'intervenir sur les concepts officiels d'histoire et de nation.

En présentant dans leur diversité ceux en qui il voyait les *vrais* Américains, Kerouac éclaire d'un nouveau jour les concepts de classe et d'ethnicité, mais il remet aussi en question les limites du sexe et de la sexualité. Après guerre, entraient dans des catégories potentiellement «dangereuses» tous ceux qui ne correspondaient pas aux normes blanches et hétérosexuelles. Dans *Jeunes, blanches et malheureuses : grandir femme dans les années cinquante*, Wini Breines écrit : «Les changements survenus pendant la formation d'une société capitaliste avancée ont été perçus et vécus comme des menaces à l'extérieur de nos frontières, mais aussi à l'intérieur par les exclus : les femmes, les Noirs et les homosexuels.» Si l'intérêt que porte Kerouac à la question raciale est flagrant, tant dans la première version publiée que dans le rouleau, toutes les références explicites au sexe, et à l'homosexualité en particulier, ont été expurgées de l'édition de 1957. Dans le rouleau, au contraire, les relations sexuelles sont plus franches et plus égalitaires. Selon Ginsberg, LuAnne est «tout à fait d'accord» pour divorcer de Neal et lui permettre d'épouser Carolyn, mais «elle dit qu'elle adore sa grosse bite — Carolyn aussi, et moi aussi». Cette version envisage la sexualité des femmes à une époque où, comme l'écrit Joyce Johnson dans *Minor Characters*, on ne voyait pas d'un bon œil qu'une fille «de bonne famille» quitte le foyer de ses parents, car on savait très bien «ce qu'elle allait faire en prenant une chambre en ville». Les femmes n'avaient pas la même marge de manœuvre que les hommes, se révolter leur coûtait beaucoup plus cher. «Dès que nous avions trouvé nos homologues masculins, nous avions en eux une foi trop aveugle pour remettre en question les vieilles règles de fonctionnement entre les sexes; mais nous savions que nous avions fait quelque chose de courageux, d'historique ou presque. Nous étions celles qui avaient osé quitter la maison.»

Même si la route que Kerouac évoque ne s'ouvre tout à fait qu'à ceux qui peuvent s'offrir le luxe de la prendre sans trop de conséquences, son potentiel libérateur s'étend à qui trouve moyen de l'adapter à son profit. Marylou, la compagne de Dean, passe une bonne partie du roman sur les routes, et, dans le rouleau, sa présence a plus de relief encore. On n'entend guère le son de sa voix dans aucune des deux versions, pourtant elle est témoin, et se sert des hommes comme ils se servent d'elle, en siphonnant leur énergie, leur connaissance de la route, sans avoir de comptes à rendre. Or il y a là une forme de liberté. Le livre est une quête du père perdu, mais c'est aussi un roman sur la possibilité qu'ont les femmes de gagner de haute lutte la maîtrise de leur destin, en parvenant à l'expérience qui leur est ordinairement refusée et en créant leur propre variante du récit de la route. Elles sont aussi les catalyseurs de plus vastes changements. Dans le rouleau, Jack se souvient que, selon sa mère (qui devient la tante de Sal dans la première version publiée), les hommes devraient demander pardon aux femmes, ce qui suscite une série d'associations supprimées avant publication :

« Dans le monde entier, dans les jungles du Mexique, dans les bas-fonds de Shanghai, dans les bars de New York, les maris vont se soûler pendant que leur femme reste à la maison avec les enfants d'un avenir qui s'assombrit à vue d'œil. Si ces hommes-là arrêtent la machine et qu'ils rentrent chez eux — et qu'ils tombent à genoux — et qu'ils demandent pardon — et que leurs femmes leur donnent leur bénédiction — alors la paix descendra aussitôt sur la terre dans un grand silence pareil à celui dont s'entoure l'Apocalypse. » Dans ce passage, il fonde les relations entre l'Amérique et le reste du monde sur un redressement collectif des torts, qui apparaît ici comme une critique de la répartition sexuelle des rôles. Il suggère que les frontières, nationales et intérieures, peuvent s'éroder si nous nous mettons à débrouiller nos affaires humaines d'amour et de honte.

Sur la route nous demande de considérer, à défaut de les partager tout à fait, des perspectives qui dépassent celles de l'homme blanc ; mais le roman valide aussi de nouvelles marginalités. La représentation de l'Amérique chez Kerouac est une réaction contre la mauvaise foi de la guerre dite « froide », plus funeste dans son déni des coûts véritables du conflit que son équivalent explicite, la guerre « chaude ». Deux ans après la parution du roman, Kerouac écrit qu'il y a deux sortes de hipsters : le *cool*, « barbu laconique et sagace », qui « parle bas et sans chaleur humaine, s'entourant de petites amies en noir qui n'ouvrent pas la bouche », et le *hot*, « doux dingue volubile à la prunelle allumée (souvent innocent et ouvert), qui court de bar en bar et de piaule en piaule, à la recherche des uns et des autres, braille, agité qu'il est, un peu ivrogne, et s'efforce de "se faire reconnaître" auprès des beatniks *underground* qui l'ignorent». Les artistes de la *Beat Generation* «sont le plus souvent tendance *hot*, et c'est naturel puisque la flamme adamantine a besoin d'un peu de chaleur». Dans la logique de guerre, être «*hot*», c'est être incapable de se dissimuler sous le masque du secret. On est alors vulnérable, on prête le flanc à toutes les critiques. Pour Kerouac, il est plus important d'être sincère que d'être «*cool*». En 1949, il déplore : «Je me suis remis au travail, pour découvrir que je suis devenu paresseux dans mon cœur.» Le manque de sérieux qu'il observe chez ses pairs le frustre, et il se demande : «Est-ce ainsi que le monde va finir, dans l'*indifférence ?*» Lorsqu'un interviewer lui demande ce qu'il cherche, il répond qu'il «attend que Dieu montre son visage». Si, au niveau national, la «vérité» n'est qu'un terme écran récupéré par le politique et qui cache une idéologie bien précise, pour Kerouac, écrire ses romans-histoires vraies est une façon de répondre à la «question adolescente : "Pourquoi est-ce que les hommes continuent à vivre ?"».

Sur la route répond à un besoin urgent chez ses lecteurs, et leur donne les mots pour repenser leur vie quotidienne dans une relation plus intuitivement organique que clairement formulée. C'est un peu comme d'apercevoir tout à coup une pleine lune énorme émerger à l'horizon, tellement bas qu'on se demande si d'autres la voient aussi. On devient acteur de sa vie, on a la chance de recevoir des informations privilégiées. Comme le dit Douglas, «à l'ère de l'information classée "secret défense", Kerouac s'efforce de mettre au jour les secrets de l'âme et du corps ». Kerouac a toujours privilégié l'honnêteté, envers lui-même au premier chef, coûte que coûte, et, loin d'être directif, il demeure le plus souvent dans la suggestion. Dans l'un des passages les plus mémorables de *Sur la route*, Sal comprend sans qu'il ait besoin de le dire que Dean sent qu'il ne s'est « jamais compromis en ce qui concernait son existence encombrante », et les deux hommes vivent alors un moment difficile d'émotion et de découverte mutuelle. « On était tous deux incertains de quelque chose. » Après cet échange sans tapage où « un déclic s'est fait en chacun de nous » (« dans nos deux âmes », dit le rouleau), ils reprennent leur virée. Le moteur de *Sur la route*, c'est précisément ce qui n'est pas dit, pas fait, c'est ce qui ne peut pas être tenu en lisière, réduit à des catégories, commercialisé. L'engagement soudain de Sal en faveur de son ami se résout en une question sur lui : « Il était *beat* — la quintessence, l'âme du *béat*. Quelle connaissance était en train de lui venir ? » Plutôt que « que savait-il ? », formulation plus classique de la façon dont nous creusons chez les autres pour trouver des idées que nous convertissons en capital personnel, l'usage par Kerouac de l'aspectuel induit une connaissance sans terme prescrit, un espace de contestation créatif qui commence aux marches du langage.

Ce qui frappe tout d'abord quand on lit le rouleau, ce n'est pas tant la restitution des passages coupés, ou le fait que les personnages portent leur vrai nom, ni même que l'on parle de sexe sans périphrases, c'est plutôt que la langue diffère finalement très peu de celle de la première version publiée. Il n'en reste pas moins que l'impression produite est tout à fait nouvelle. Les procédés de lecture et d'écriture émergent comme des pratiques artistiques cruciales. Kerouac nous laisse caresser la possibilité que, comme il l'écrit dans son Journal, « ce ne sont pas les mots qui comptent, mais l'urgence de ce qui est dit ». Dans un article sur *Les clochards célestes* pour *The Village Voice*, Ginsberg évoque *Sur la route* et dit tous ses regrets « que le roman n'ait pas été publié sous sa forme la plus excitante — tel qu'il a été découvert — mais haché menu, ponctué, brisé — ses rythmes et son *swing* rompus — par les conseillers littéraires présomptueux des maisons d'édition ». Le rouleau de *Sur la route* représente le premier stade de la technique de Kerouac, qui sera de plus en plus innovante. Dans une lettre à Ginsberg, l'année suivante, il écrit que la méthode du « croquis », inspirée par son ami Ed White, lui a permis d'écrire des pièces qui hésitent entre les élucubrations délirantes et la prose brillante. C'est dans ce style-là qu'il compose le *Sur la route* qui va devenir *Visions de Cody*, au grand désarroi des éditeurs, qui ne cessent de l'accuser d'incohérence. Cette impression de surfer aux marges de la conscience et de la santé mentale dans la langue est bien plus sensible dans la version rouleau. On a presque scrupule à la lire tant on a l'impression de surprendre un catalogue de faiblesses intimes. Parfois le texte paraît très brut, peu travaillé, mais ces réactions sont tout à fait justes. « Et comme tu le dis, écrit Kerouac à Ginsberg en 1952, c'est toujours ce qu'on a écrit de meilleur qui fait l'objet des pires soupçons. »

Le rapport si particulier de Kerouac à la langue

est en partie dû à son éducation. Il a d'ailleurs écrit à un de ses critiques : « Si je manie les mots avec une telle aisance, c'est parce que l'anglais n'est pas ma langue, et que je dois le refondre pour l'adapter à des images françaises. » Cette dualité, propre aux Américains de la première génération, citoyens anglophones sans avoir hérité de la facilité linguistique qui leur permettrait une relation désinvolte à la langue, se fait jour chez Kerouac dans la force viscérale et la teneur inattendue de l'écriture. On dirait qu'il prend les mots à revers, comme des objets trouvés qu'il s'approprierait pour en faire un usage inédit. Le style de *Sur la route*, qui, porté à son aboutissement, deviendra la « prose spontanée », est fortement influencé par le jazz de son temps, « comme un sax ténor, mettons, qui inspirerait un bon coup, et jouerait sa phrase jusqu'à ce qu'il n'ait plus d'air dans les poumons, après quoi il aurait dit ce qu'il voulait dire [...] moi, c'est comme ça que je sépare mes phrases, comme des respirations mentales ». En 1950, il écrit dans son Journal : « Je voudrais évoquer la musique triste que fait la nuit en Amérique — pour des raisons jamais plus profondes que *la musique*, précisément. Le bop ne fait qu'effleurer le sens de cette musique américaine. C'est le son intérieur d'un pays. » Si *Sur la route* nous donne à entendre le *son* de l'Amérique tel qu'il s'échappe d'une fenêtre au loin, lire le rouleau fait l'effet d'avoir pris par hasard l'entrée des artistes.

Dans le rouleau, Kerouac écrit : « Ma mère voyait d'un bon œil ce voyage dans l'Ouest ; j'avais tellement travaillé tout l'hiver, j'étais si souvent resté entre mes quatre murs, elle pensait que ça me ferait du bien. Elle n'a même pas poussé des hauts cris quand je lui ai dit qu'il me faudrait faire un peu de stop, ce qui l'inquiétait d'habitude.» Dans la première version publiée, la tante «ne s'est même pas plainte quand je lui ai dit qu'il faudrait que je fasse un peu de stop». «Elle n'a même pas poussé des hauts cris» colle plus étroitement à la langue parlée que «elle ne s'est même pas plainte», de même que «d'ordinaire ça lui faisait peur» est le genre de détail qu'on ajoute au fil de la parole. Dans la première version, la spontanéité rythmée du vocabulaire rappelle les improvisations syncopées du jazz. La fébrilité de Jack transparaît dans sa pratique des répétitions, technique qui domine le rouleau. En outre, il n'utilise que le point-virgule, de sorte que ses propositions ne sont pas hiérarchisées comme dans la version publiée et que la marque syntaxique de la causalité s'efface. Tous les sentiments ont une égale importance, ce qui va de pair avec la recherche du plaisir immédiat dans le roman. Les changements subtils de ponctuation opérés par les éditeurs modifient la cadence du passage, mais ils rendent l'effet de sens plus conventionnel.

Dans la version publiée, les tirets et les ellipses sont souvent devenus des virgules, les virgules des points-virgules et des deux-points. Le flot est interrompu. Suivre une incise d'un tiret à l'autre, sans s'arrêter pour construire sa phrase sur une logique attendue, mime au plus près l'impression d'être sur la route avec Neal; il en va de même pour les incises descriptives sans subordonnées. «Je cabriolais torse nu en chino sur l'épais tapis soyeux» devient dans la version publiée : «Je cabriolais sur l'épais tapis soyeux, seulement vêtu de mon chino.» La seconde version noie l'égalité vigoureusement affirmée de tous les termes de l'expérience. À lire le rouleau, on comprend ce que Kerouac veut dire quand il répertorie comme essentiel, dans son « Croyance et technique pour la prose moderne », le fait d'être « soumis à tout ce qui vient, ouvert, à l'écoute ». Le rouleau, c'est une forme de *jive*, un code pour initiés, une façon de subvertir les règles de l'anglais classique, d'en faire la critique et la révision, de contester le pouvoir de la langue dominante. Qui plus est, c'est l'ultime rempart contre la récupération. Thelonious Monk disait de son jazz : « On va créer un truc qu'ils ne pourront pas nous voler parce qu'ils ne sauront pas le jouer. » Dans une ère de contrôle de l'information, restructurer les outils de base de la communication pour les soustraire à l'idéologie dominante est un acte subversif.

Kerouac donne l'impression qu'il cherche à connaître l'Amérique d'une manière qui encoderait une démarche éditoriale occulte, une démarche qui permette de compenser les pertes et les manques inhérents aux structures de la langue. Début 1950, après une soirée où il avait écouté plusieurs des plus grands noms du jazz, dont Dizzy Gillespie et Miles Davis, il avait compris qu'« un art qui exprime l'esprit de l'esprit, au lieu d'exprimer l'esprit de la vie (l'idée de la vie mortelle sur terre), est un art mort ». Tout comme l'avant-garde européenne des décennies précédentes, il cherche à abolir les frontières entre la vie et l'art. Pour expliquer l'influence du groupe punk les Sex Pistols, dans les années soixante-dix, Greil Marcus écrit que le disque du groupe devait « changer la façon dont chacun accomplirait son métroboulot-dodo». Un jour que je lisais le rouleau dans une coffee-shop, récemment, je me suis surprise à regarder les gens qui passaient, et j'ai compris, à mi-rêverie, que *Sur la route* doit changer la façon dont on boit son café. Il s'agit aussi bien des détails les plus ténus du quotidien que de la cartographie la plus démesurée, la plus monumentale du désir humain, dans son immensité comme dans son insignifiance. Dans *Jack Kerouac, a Chicken Essay*, biographie saturée de prose spontanée, Victor-Lévy Beaulieu, écrivain québécois, explique que la question «Qui étais-je?» se trouve au principe même du projet de l'écrivain Kerouac, parce qu'il sait que «la révolution sera intérieure ou ne sera pas».

Les questions que Kerouac pose sur l'être doivent changer notre connaissance de l'Amérique. Moi qui avais parfois honte de mes parents immigrants, dans mon enfance, hélas, je me souviens d'avoir un jour reproché à ma mère d'avoir trahi ses origines étrangères. Elle m'avait répondu : «Ce n'est pas si facile de se fondre.» En lisant *Sur la route*, je pense aux épreuves qu'ils ont traversées, la violence de deux guerres brutales, la pauvreté et le deuil à longueur de temps, pour s'installer là où le désir de se fondre a été promptement remplacé par le besoin d'un espace où survivre puisse prendre un sens plus personnel. *Sur la route* cartographie ces espaces et nous inspire une image résiduelle de l'idéalisme qui n'existait peut-être que dans les livres, quelque chose comme «cet avenir orgastique qui, année après année, ne cesse de reculer devant nous», comme le dit Jay Gatsby. En même temps, il y a un certain confort dans le sentiment d'être étranger, d'être absolument en dehors, sur le fil, comme les *beats*, « un pas de plus vers cette dernière génération pâle, qui ne connaîtra pas non plus les réponses ». Kerouac permet à son lecteur de se perdre avec délectation. On entre en phase avec ce qu'il faut bien appeler un au-delà du langage, un vague fredonnement de sens qui ne se ressent qu'aux tréfonds de l'être. La meilleure manière de vivre *Sur la route*, je crois que c'est de s'asseoir à une fenêtre tout seul et de laisser monter l'émotion du poème, du tableau, de la chanson, qui va naître, la tête légèrement penchée vers des forces invisibles qui assurent, envers et contre tout, que les artistes continueront de « traduire l'intensité passionnée de la vie », selon la formule de Kerouac. On a le sentiment d'être habité par les gens, les lieux et les instants singuliers, qui vous mènent, comme Kerouac, « aux marges du langage, là où commence le babil du subconscient », avec l'espoir d'accéder au bouton secret « pause » avant la révélation, pour faire durer ce plaisir mystérieux.

tinctes du personnage, si bien que nous, lecteurs, passons de l'une à l'autre pour nous faire une opinion sur son évolution et le relief qu'il prend aux divers moments de l'œuvre. La parution du rouleau original met encore mieux en lumière le processus à l'œuvre dans cette mutation, en nous en fournissant une image à la fois plus vaste et plus cohérente, depuis « Neal Cassady » (dans le rouleau) à « Dean Pomeray » (second manuscrit), en passant par « Cody Pomeray » (de *Visions de Cody*, publié à titre posthume), jusqu'au « Dean Moriarty » de la première version publiée de *Sur la route*, après laquelle il apparaîtra comme le « vieux pote » perdu de vue, et quasi mythique, sous le nom de « Cody Pomeray », dans *Les clochards célestes*, *Big Sur* et *Anges de la Désolation*. À mesure que Kerouac émancipe le « vrai » Cassady de l'idée romantique qu'il s'en fait, on passe du symbole au mythe, de l' « humain » à la « vision ». À travers ses réactions au personnage, Kerouac pose à la fois le problème existentialiste de l'authenticité propre à l'après-guerre et celui, plus contemporain, de la représentation de l'authenticité ; et il démontre que l'un comme l'autre sont insolubles. La relation changeante entre les deux personnages, leur quête du « *it* », de la « *pulse* », ainsi que les métamorphoses de Cassady au fil des romans mettent en relief l'importance du *processus* d'authentification — c'est ici le parcours qui compte, plus que la destination — et démontrent du même coup que la prime d'authenticité ira au *devenir* plus qu'à l'état. La publication du rouleau contribue à cette mise en évidence ; elle montre au lecteur qu'il ne saurait y avoir de version « authentique » de *Sur la route*, mais seulement un

va-et-vient permanent entre les diverses «incarna-
tions» du récit.

Le contexte dans lequel Kerouac rencontre Cassady est très révélateur de l'importance personnelle
et symbolique qu'il va revêtir dans son œuvre. On est
en décembre 1946, à la fin d'une année où Kerouac a
connu l'hôpital pour une thrombose, la mort de son
père Leo (le 16 mai) et l'annulation de son premier
mariage, avec Frankie Edith Parker, le 18 septembre.
De quatre ans son cadet, Cassady va représenter
pour lui la vie et la jeunesse qui reprennent leurs
droits, et il voudrait transcender le caractère forcément éphémère de cet élan pour contester la sujétion
de l'être au temps, lui faire échec. Ce sentiment de la
mortalité et de la perte inévitable, qui le hante et
l'étouffe et qui l'accompagnera toute sa vie, remonte
plus loin encore : à la mort, en 1926, de son frère
Gerard, alors âgé de neuf ans. Kerouac voit donc en
Cassady le frère dont la mort a constitué le centre
même de son éducation de catholique pratiquant, et
ce d'autant mieux que Cassady est lui-même catholique. Dans ses romans comme dans sa correspondance, il l'appelle son «frère», et leur lien est exprimé
de manière encore plus explicite dans le rouleau : «Je
m'intéresse à lui [Neal] comme je me serais intéressé à
mon frère qui est mort quand j'avais cinq ans, s'il
faut tout dire. On s'amuse bien ensemble ; on mène
une vie déjantée, et voilà. » Dès la première ligne du
rouleau, il fait ressortir le sentiment de perte et
d'abandon, ainsi que l'absence du père, qu'il partage
avec Cassady, dont le père est un miséreux en rupture de ban : «J'ai rencontré Neal pas très longtemps
après la mort de mon père... Je venais de me remettre

d'une grave maladie que je ne raconterai pas en détail, sauf à dire qu'elle était liée à la mort de mon père, justement, et à ce sentiment affreux que tout était mort.» Cassady devient donc un substitut de père, de frère, un maître et un guide dans sa quête pour renouer avec tout ce qu'il a perdu, son frère, son père, sa femme et son foyer; une manière de faire échec à l'éphémère qui créé ce sentiment d'abandon et d'évanescence, une manière aussi de transcender la culpabilité et le fardeau de cette vie dans leur sillage. «La vie ne suffit pas», écrit-il dans son Journal en 1949. Ce qu'il cherche se caractérise par une tension entre la vérité subjective des origines, à l'intérieur comme à l'extérieur des institutions socioculturelles et des frontières temporelles, et l'idée qu'il se fait d'une réalité objective qui tienne à distance ces vérités «authentiques», toujours absentes et, en leur absence, mythifiées, parées d'une aura romantique.

Le rouleau et la version publiée l'attestent, l'absence de Cassady se fait présence par l'effet de la légende. Cela entre en résonance avec le sentiment de l'authenticité, qui s'établit en absence, davantage défini en creux, par ce qu'il n'est pas. Le proche de Kerouac, Hal Chase, comme Cassady originaire de Denver, lui a fait voir les lettres de ce dernier, et il lui a dit tout ce qu'il savait de ce mystérieux voleur de bagnoles qui parle à toutes blindes, tombeur de filles, gosse des rues, jeune marié et fraîchement sorti de maison de redressement. C'est ainsi que Cassady prend d'emblée dans son esprit une place de «marginal intégral», incarnation de l'individu sans concession, personnage qui ne peut que plaire à Kerouac, le déplacé-déclassé. «Merde pour les Russes, merde pour les Américains, merde à tous. Je vais vivre ma vie de feignant et de bon à rien, un point c'est tout », écrit-il dans son Journal le 23 août 1948 ; Cassady va devenir l'instrument lui permettant de vivre cette existence. À la même entrée du Journal, il explique que son nouveau roman, *Sur la route*, parlera de « deux gars qui partent en virée pour trouver quelque chose qu'ils ne trouvent pas vraiment » ; telle est la thématique centrale, telle est la colonne vertébrale des récits dans toute l'évolution du roman, ce qui caractérise la relation entre Cassady et lui, et tout particulièrement le portrait qui en est fait dans sa prose.

Kerouac écrit le rouleau en avril 1951, à une époque qui voit se multiplier les œuvres existentialistes. Dans *L'homme révolté* (1951), où il affirme que la contestation permanente est ce qui permet de rendre ses droits à la vie au milieu du conformisme des masses, Albert Camus écrit : « Chaque révolte est nostalgie d'innocence et appel vers l'être. » Camus est surtout célèbre pour son roman *L'étranger* (1942). Dans ce roman comme dans d'autres de la même veine, la grande affaire, pour le héros, qui est le plus souvent un antihéros, c'est la quête de l'essence de l'être, la quête de l'« authentique ». En Cassady, Kerouac voit la possibilité d'accéder à cette authenticité, à une existence totalement subjective, impulsive, hors normes, si l'on s'en tient aux institutions conservatrices de la société et de la culture du temps, et puis, surtout, une existence qui transcende les entraves du temps objectif et immuable, qui tient en lisière l'expérience et l'expression. « Je veux un ravissement ininterrompu », écrit Kerouac dans l'un de ses carnets préparatoires à *Sur la route*. «Pourquoi devrais-je me contenter lâchement d'autre chose, ou du calme "bourgeois" de la pelouse du jardin.» Ce fervent désir fournit cependant le contrepoint au calme qu'il recherche dans ses relations personnelles et dans une existence de patriarche en son foyer, image d'Épinal fissurée par l'éphémère qu'il voudrait tant dépasser.

Pour Kerouac, la quête d'authenticité fait donc partie de la dualité qui marque sa vie et son œuvre, prises entre deux impératifs distincts mais néanmoins liés, la vie familiale et les plaisirs immédiats, la tradition et le progrès, la nostalgie et les possibles, ambivalence qui va jouer tant au niveau personnel qu'au niveau socioculturel. Il est nostalgique d'un passé américain qu'il embellit et mythifie, l'Amérique d'avant guerre, celle de la crise, l'expansion vers l'Ouest, le Far West, qu'il croit joyeux, honnête, débonnaire, plein de singularité débridée et de confiance en soi. Ce désir de renouer avec le folklore de l'Ouest est en même temps lié à sa jeunesse idyllique et pourtant hantée à Lowell, Massachusetts. Parce qu'il situe les impératifs de l'individualité et de l'innocence dans le passé — le sien propre et celui de l'Amérique, sa quête de l'authenticité le soustrait à la tendance socioculturelle dominante et le décale par rapport à son époque.

Dans les différentes versions de récits de la *Route*, nous voyons le sens de l'authenticité s'imposer par son absence même, comme un présupposé, un virtuel. Tant que l'idéal d'authenticité demeure intact, il reste accessible. La qualité de vie qui existait, pour Kerouac, hors des limites objectives repose sur la

quête d'authenticité, transgressive en termes socio-
culturels ; cette quête de la « perle » qui s'offre au
voyageur, du paradis promis au bout de la route.
« La perle était là, la perle était là », dit Jack Kerouac
/ Sal Paradise — là, mais toujours hors de portée.
L'accessibilité est fondée sur la foi de Jack / Sal et
sur son mouvement plutôt que sur la certitude de sa
réalisation imminente. Quand on poursuit la « *pulse* »,
il faut se décentrer, aller « partout à la fois » et ne
jamais se « laisser coincer ». Il n'empêche que Jack /
Sal est bien coincé. « Nous avons conscience du
temps », refrain de Neal Cassady / Dean Moriarty, est
un appel à la spontanéité, à un mode de vie exclu-
sivement fondé sur la subjectivité et l'instant. De
cette façon, il suspend la mainmise du temps sur
l'individu. « Le bon moment c'est maintenant », dit
Neal en faisant écho au classique de Charlie Parker.
Cette rupture avec le temps-contrainte est aussi le
moyen pour Kerouac, via son homologue du récit,
d'exprimer son désir de rompre avec l'éphémère
de l'histoire — son histoire personnelle et celle de
l'Amérique au passé légendaire, tel qu'il existe dans
son imagination.

À travers les représentations changeantes qu'il en
donne, Kerouac fait de Neal Cassady le médiateur
de sa quête d'authenticité. Il lui permet d'exprimer
l'instabilité et la fébrilité de sa propre vie, les ambi-
valences et la dualité auxquelles il est confronté. Neal
/ Dean c'est le mouvement perpétuel, il oscille entre
des projets professionnels, le mariage et la famille
d'une part, et la « folie », la poursuite de la « *pulse* » de
l'autre. Jack / Sal est moins insoumis et moins intran-
sigeant dans ses mouvements entre les deux dyna-

miques, où il voit souvent une impasse psychologique et émotionnelle. Son regard sur la route authentifiante est — comme celui de Kerouac sur l'Amérique de l'après-guerre et sur Cassady lui-même — le point de vue de Janus.

On voit progresser l'image de Cassady sur deux lignes en même temps. Tout d'abord mythe, légende et idéal, Cassady devient réalité au fil de l'expérience que Kerouac fait de lui. Cependant, quand leur relation s'effrite, Jack se replie sur le mythe, la légende et l'idéal pour le représenter. Dans cette progression, on observe un mouvement en avant, cependant éclairé par un regard rétrospectif, une récapitulation des pertes et des impossibilités. Cette dualité ressort bien dans un passage du rouleau où il est en train de rentrer vers l'est « à quatre pattes, en quête de sa pierre », cruellement déçu et de l'Ouest et de Neal. Il s'agit d'un passage absent de la version publiée, mais correspondant à « Rain and Rivers », son Journal publié en 2005 sous le titre *Windblown World*. Dans le rouleau, il explique la rime et la raison de la quête :

> Tout ce que je voulais, tout ce que Neal voulait, tout ce que le monde voulait, c'était pénétrer au cœur des choses, comme dans le ventre maternel, pour s'y blottir et y dormir du sommeil extatique que connaissait Burroughs avec une bonne giclée de M. et que les cadres de la publicité connaissaient en descendant douze whisky soda à Stouffers avant de reprendre le train des poivrots pour Westchester — mais sans la gueule de bois. J'avais bien des rêves romantiques, à l'époque, et je levais les yeux vers mon étoile en soupirant. Le fond de la question, c'est que quand on meurt, on meurt, et pourtant tant qu'on vit, oui, on vit, et ça, c'est pas des menteries de Harvard.

Ici, Kerouac reconnaît le caractère inaccessible de l'authenticité et la perte de la forme idéale qu'elle peut revêtir, ou sur laquelle on peut la projeter, mais, en même temps, il souligne l'inévitabilité, sinon la nécessité, d'en prendre acte.

Il commence par faire de Neal / Dean l'incarnation du potentiel d'authenticité, en le situant à la marge de la société et de la culture, lui le délinquant, le « jeune taulard auréolé de mystère ». Impulsif, à fleur de peau, sans détours et dénué de timidité, il suggère de nouvelles possibilités d'expérience, non pas tant par ce qu'il est en tant que personne, mais plutôt par ce qu'il symbolise, ce qui reste à connaître, cet Ouest où Jack / Sal n'est encore jamais allé.

Le voyage de New York à San Francisco, dans l'espoir de trouver la « *pulse* » grâce aux « plaisirs immédiats », est l'événement significatif pour Jack et Neal personnages. Pour souligner l'importance du mouvement et la fluidité de la quête elle-même, ils écoutent comme de juste *The Hunt* de Dexter Gordon avant de se mettre en route. Ce voyage, dans la version publiée comme dans le rouleau, est le moment où la vision que Jack a de Neal commence à se déliter, celui ou ce dernier, incarnation et instrument de l'authenticité potentielle, est remis en question. « Cette année-là, j'ai perdu foi en Neal », dit Jack / Sal, abandonné sitôt arrivé à San Francisco. Dans le « Rain and Rivers » Journal, il décrira son départ désenchanté non pas en termes de rejet ni d'échec, mais de catharsis, puisqu'il vient d'« échapper au caractère compulsif de la *mystique* et du *haschich* de Neal ». Il comprend que le « vrai » Cassady est distinct de ce qu'il projette sur lui. Dans le rouleau, cette séparation imminente est explicitée dès le départ de ce voyage crucial. « On s'attend toujours à trouver une forme de magie, au bout de la route. Curieusement, Neal et moi, nous allions la trouver *tout seuls*, avant d'en avoir fini » (c'est moi qui souligne).

C'est seulement après qu'il a douté de lui que Neal / Dean va devenir « grand », et c'est une grandeur qui le sépare de l'absolu zénith du corps et de la vitalité qu'il représente, lui, le formidable fou du volant, le mystique porté aux élucubrations. C'est lorsqu'il le perçoit dans son humanité que l'idéal de Jack / Sal évolue. Plus il lui apparaît que Neal n'est pas à l'abri du temps, de l'âge et de la mortalité, plus son image prend de hauteur, de distance, moins elle est humainement accessible. Dans le troisième livre du récit, il le compare à Gargantua, le géant rabelaisien, qui parcourt le pays « dans l'incandescence ». En ce point de l'histoire, Neal / Dean devient l'Idiot sacré, puisque la vision romantique se délite — miséreux, son pouce emmailloté dans une poupée, plus que jamais pris dans le monde corporel, et pourtant plus que jamais distinct de lui dans sa sainteté et dans l'humilité que les épreuves lui imposent. À la fin du roman, Neal / Dean a brûlé toute son énergie, et il ne peut plus parler ; on le voit s'effacer au coin de la rue, et retraverser furtivement le continent. C'est en ce point précis que la vision de Neal Cassady commence à prendre une forme plus complexe et plus profonde.

La présentation de Dean Moriarty et le traitement des événements dans *Sur la route* sont une reformulation, mythique et idéalisée, de la légende, mais il faudra d'abord distinguer les faits de la vision romantique. Le rouleau et la version publiée encadrent la métamorphose de la réaction de Kerouac envers Cassady, alors que dans *Visions de Cody* les événements racontés et les personnages qui les vivent, dont Cassady, sont généralement distincts des passages visionnaires, mythologiques.

Comparé au Dean de la version publiée, le Neal du rouleau est moins mythifié, plus humain. Sa jeunesse à Denver, ses relations personnelles, surtout celles avec Allen Ginsberg, Louanne Henderson et Justin W. Brierly, sont expliquées dans les moindres détails, ce qui donne au personnage un contexte plus large, des coordonnées. Les éléments coupés dans la version publiée font ressortir le profil d'autres personnages de l'histoire, en atténuant la centralité de Neal dans le récit, surtout celui du voyage de Jack. Il demeure pourtant spectaculaire jusque dans son absence, avec cette compulsion qu'éprouve Kerouac de «préparer la scène pour lui». La démystification qui en résulte, quand on compare le rouleau à la version publiée, modifie par contrecoup la relation de Jack personnage avec l'authentique antihéros; elle devient plus distante, davantage basée sur une absence physique, avec une évocation plus fidèle de leurs rapports dégradés au fil du récit.

Si Denver D. Doll joue un rôle accessoire dans la version publiée, Justin W. Brierly est au premier plan du rouleau, surtout du fait de ses rapports avec Neal dans la vraie vie. Professeur d'anglais au lycée, juriste, marchand de biens, entrepreneur de Denver, c'est un citoyen de premier plan et plein d'entregent, au moment où le roman s'écrit. Il a aussi été le mentor de Neal, son parrain quand il était en maison de correction. Dans une lettre à Ed White datée du 6 août 1953, Kerouac désigne la version rouleau comme celle où « Justin a un grand rôle, vraiment grand [...] y a des chances que Cassady me poursuive ». Le lien avec le passé réel de Cassady, sa vie privée est ici plus fort, approfondi. L'échec de Neal quand il était le protégé de Justin, par exemple, fournit le contexte de la guerre essentiellement sociale qui le brouille avec ses amis de Denver, ce qui n'est jamais clairement expliqué dans la version publiée. Son statut de marginal est accentué par ce déplacement, et il faudra attendre la version publiée pour que ce statut soit pleinement mythifié.

Le recul permis en plusieurs points du rouleau souligne que Jack reconnaît l'échec de sa vision de Neal; il éclaire de même les contradictions de l'auteur quant à ses propres attentes et l'ambivalence de sa quête de l'authenticité. De même que Kerouac avait écrit *The Town and the City* pour « tout expliquer », il esquisse dans le rouleau une interprétation du personnage de Cassady. Une fois ce manuscrit achevé, il va tenter de réécrire l'histoire, mais c'est un livre tout à fait différent qui voit le jour sous le titre approprié de « Visions of Neal ».

Dans cette nouvelle version de *Sur la route*, entreprise en mai 1951, à mesure que Neal Cassady est mythifié, le personnage se distingue de l'homme. Dans une lettre à Cassady datée du mois d'octobre, Kerouac le rassure : « Je t'envoie trois pages tapées au propre de ma réécriture de la *Route* [...] pour te faire voir que "Dean Pomeray" est *une vision* » (c'est moi qui souligne). En avril 1952, il en a achevé une autre version encore, au foyer même de Neal, à San Francisco. Dans une lettre du 18 mai 1952, il informe Ginsberg, qui est alors son agent : «*Sur la route* vient de prendre forme...» Parmi les nombreuses remarques sur la nouvelle version, ce dernier lui écrit le 11 juin : «1° Tu n'as toujours pas couvert l'histoire de Neal; 2° Ce sont tes propres réactions que tu as couvertes.» Le nouveau roman n'est pas, en effet, une biographie : il s'agit d'une cartographie du paysage intérieur et extérieur; il y livre sa vision évolutive de Cassady, dans tout son relief. C'est une façon de savoir où il en est. Cette nouvelle version de *Sur la route* sera un jour publiée sous le titre *Visions de Cody*.

Lorsque, dans *Visions de Cody*, Kerouac réconcilie les sentiments complexes que lui inspire Neal Cassady, nous sentons que la quête de l'authenticité se déplace, quittant le domaine existentiel pour entrer dans le domaine artistique. Il examine Cassady comme un phénomène, dans une prose exploratoire et kaléidoscopique. Il problématise l'idée d'authenticité en donnant à Cody Pomeray des dimensions plus vastes et une représentation plus fouillée. Le lecteur y trouve son compte, plus de «détails infimes», comme disait Blake, que s'il lui attribuait une signification symbolique. On a donc le sentiment que c'est l'expérience de ce traitement qui est plus authentique, parce que plus sensorielle, plus évocatrice, même si l'on se trouve devant la représentation de Cody la plus éloignée de la vérité et la plus proche du mythe et de la déification. L'auteur attribue à Cody des langues et des niveaux de langues très divers, le dissociant ainsi de l'homme réel et de leur amitié qui s'effrite, ce qu'on pourrait considérer comme peu authentique. Cody devient alors davantage un véhicule qui lui permet d'illustrer l'effet que le monde produit sur lui. Or, justement, au lieu de distinguer Cody du monde, il le fond dans une vision générale. « La façon dont la conscience s'imprègne *véritablement* de tout ce qui se passe », comme Ginsberg le dira par la suite de la « forme profonde » de Kerouac. Kerouac présente désormais Cassady sous la lentille panoramique sensorielle et polyvalente qui lui permet de voir le monde en général. Une fois qu'il a examiné dans les moindres détails et sous tous les angles sa vision de Cassady, avec les paysages embellis et les projections idéalisées qu'il symbolise et où il s'intègre, la phrase : « Cody, c'est le frère que j'ai perdu » prend tout son sens. Kerouac comprend alors que sa vision romantique — celle de son passé, celle du passé de l'Amérique et celle de l'authenticité — est finalement irréalisable si elle se focalise sur une seule personne, un seul lieu, une seule époque. Cody, c'est la vision et l'idéal dont Kerouac accepte désormais qu'ils lui échappent, éventuellement à jamais. Il lui faut traverser et détricoter cette vision pour y renoncer, pour la détacher de l'homme réel. « Cody n'est pas mort, écrit-il. Il est fait de chair et de sang, comme vous et moi (bien sûr). » Le personnage de Cassady n'est qu'un humain parmi une infinité d'autres, extraordinaire car ils le sont tous, comme l'est le monde pour Kerouac, un monde re-né qui se déploie et qu'il déploie. Vers la fin de *Visions de Cody*, il écrit : « Mais la grandeur de Cody ne vient pas de ce qu'il est moyen [...] comment serait-il moyen : c'est la première fois que je le vois, c'est la première fois que je vous vois tous, moi, l'étranger dans ce monde. » « Accepter la perte à jamais », comme il le prescrit dans « Croyance et technique pour la prose moderne », c'est s'attaquer à la tâche *tout de suite*, et immortaliser ainsi le monde et les gens qui s'y trouvent, avant de les voir disparaître, irrémédiablement, dans l'éphémère et la mortalité. À la fin de son examen « métaphysique vertical » de Cassady, dans *Visions de Cody*, il écrit : « La perte, non seulement je l'accepte à jamais, mais j'en suis fait — je suis fait de Cody aussi. »

Que le Cassady personnage corresponde ou non au Cassady homme de chair importe donc moins que la vérité subjective découverte dans la vision de l'authenticité qu'il a fini par séparer de Cassady et du sentiment d'une réalité objective irréfutable. À la lumière des nuances textuelles et des contrastes que le rouleau présente, ce qui demeure le plus significatif, c'est la façon dont l'auteur renonce à sa vision romantique et à ce qu'elle représente pour lui. C'est ainsi qu'il commente la mort de son père telle qu'il l'a romancée dans *The Town and the City* : « George Martin est mort et enterré. Je ne me souviens même plus si Leo Kerouac était tout à fait comme ça. C'était dans ma tête, tout ça. » Les romans de la *Route* expriment précisément cette perception de l'échec d'une vision incarnée de l'authenticité.

Au cours de la période qui a précédé l'écriture du rouleau, lorsqu'il travaillait à sa nouvelle prose, il lui était capital de refuser l'objectivisme factuel au profit d'une vérité subjective impulsive, immédiate et, par-dessus tout, valide pour l'auteur lui-même.

« Ce ne sont pas les faits qui intéressent les gens, mais les exclamations qu'ils nous arrachent », écrit-il en décembre 1949 dans son *Journal*. Dans ce sens, ce qui sera jugé authentique, c'est la fidélité de Kerouac à ses réactions et à ses expériences, intérieures et extérieures. C'est quand il traduit en texte sa vision de l'authenticité qu'il parvient à s'y situer lui-même ; la vision ne se projette plus sur Cassady, elle l'implique, lui. Cette traduction en texte éclaire la place de l'authenticité dans le processus lui-même. Ce qu'il voit en Cassady — et ce qu'il voit est éminemment changeant — est donc aussi authentique que ce qu'il voit dans le monde, et ce qu'il découvre dans une relation plus ouverte, plus directe avec lui.

Les romans de la *Route* forment un vaste territoire textuel englobant, où le lecteur se repère grâce à la vision de Cassady que l'auteur déploie sous ses yeux. C'est par ce mouvement que nous transgressons les limites de ce qui serait considéré comme une œuvre littéraire vraie, classique, au sens moderniste du terme, c'est-à-dire une œuvre réductrice et exclusive — autarcique, érudite, impénétrable. Ce mouvement illustre la « mutation », au sens barthésien, qui fait de l'œuvre littéraire un « texte » discursif. Le rouleau, les *Visions de Cody* et la première version publiée de *Sur la route* sont ainsi des « fragments » distincts et interdépendants tout à la fois, et c'est notre mouvement de l'un à l'autre texte qui génère la signifiance, tout comme le voyage transgressif en quête de la « *pulse* » qui se dérobe. Le *Sur la route* « authentique » est une lumière qui se reflète entre deux miroirs. Que l'on considère le rouleau comme un artefact ou comme faisant partie d'un texte discursif postmoderne, les trois versions sont dans un rapport dialogique, elles se reflètent et s'éclairent mutuellement. Comme les musiciens de bop à Chicago, qui continuent de jouer après le départ de George Shearing et de chercher de nouvelles phrases, de nouvelles explorations en miroir et en ricochet. « Il restait encore quelque chose à sortir. Il y a toujours un plus, un plus loin — ça ne finit jamais. »

« LA LIGNE DROITE NE MÈNE QU'À LA MORT »

*Le rouleau à la lumière
de la théorie littéraire contemporaine*

JOSHUA KUPETZ

Dans la petite université des sciences humaines où j'ai fait mes débuts, un collègue d'histoire chevronné m'a demandé un jour : «Qu'est-ce que les étudiants d'aujourd'hui peuvent trouver chez Kerouac?» C'était à l'automne 2004 et les États-Unis étaient en guerre contre un adversaire plus nébuleux que le communisme ou le fascisme — la terreur. Je me suis retenu de lui répondre : «C'est vous l'historien, à vous de me le dire», non seulement parce que ça aurait été désinvolte, de fait, mais aussi parce que ce type de réponse n'aurait fait que conforter les préjugés mêmes que je combattais dans mon cours, à savoir que Kerouac compterait surtout en tant qu'homme et que ses textes vaudraient d'être lus parce que leur substance viendrait croiser l'histoire culturelle.

Si l'on choisit cet angle de lecture, le rouleau et la version publiée sont en effet très révélateurs du discours social dominant dans l'Amérique de l'après-guerre; il n'en reste pas moins qu'il faut les considérer au premier chef comme des constructions littéraires et non pas comme des documents historiques. En

tant que récits, ils font partie intégrante d'un continuum de prose de fiction, et ce sont des structures
frontalières entre le moderne et le postmoderne. S'il
est clair que toute description de ce continuum est
contingente et subjective — car personne ne saurait
décider objectivement des textes qui comptent et de
ceux qui ne comptent pas dans une tradition —,
situer l'œuvre littéraire dans son contexte historique
est tout de même susceptible de révéler ses structures, ses procédés et ses conventions idéologiques.
À l'époque où Kerouac écrit le rouleau, la critique
littéraire s'applique essentiellement à découvrir le
sens du texte ; de nos jours, elle se préoccupe davantage de comprendre *comment* le texte signifie que *ce
qu'*il signifie.

Le rouleau comme la version publiée démontrent
que Kerouac devance l'évolution de la narratologie
américaine. Un an après qu'il a composé le rouleau,
Carl Solomon, éditeur chez A. A. Wyn, dédicataire
du *Howl* de Ginsberg, refuse le dernier état du texte,
où il voit un « fatras incohérent » (cette version sera
publiée ultérieurement sous le titre *Visions de Cody*).
Or, voici ce que lui répond Kerouac : « L'*Ulysse* [de
James Joyce], considéré en son temps comme difficile à lire, est aujourd'hui salué comme un classique,
et tout le monde le comprend [...] Le *Sister Carrie*
[de Theodore Dreiser] est resté des années bloqué
chez l'éditeur parce qu'on le considérait comme
impubliable. De la même façon, je suis convaincu que
Sur la route [c'est-à-dire *Visions de Cody*], dont la
vision s'inscrit à rebours des idées reçues, sera considéré comme impubliable encore un bon moment. »
Kerouac voit juste : *Sur la route* sera publié par Viking

en 1957, et après de nombreuses révisions qui seront autant de concessions aux conventions, *Visions de Cody* devra attendre 1972, et il a fallu plus de cinquante ans pour que le premier état du roman, sur rouleau, soit publié.

Bien des lecteurs seront tentés de voir de l'outrecuidance pure et simple dans la position de Kerouac ; et pourtant la correspondance entre Solomon et lui illustre le schisme croissant que va connaître la critique américaine au XXᵉ siècle. Solomon ne refuse pas le manuscrit au prétexte qu'il n'aurait pas de valeur artistique ; il reproche au roman son prétendu manque de cohérence et d'intelligibilité. Autant dire qu'un roman publiable est nécessairement *cohérent*, c'est-à-dire fait montre d'unité dans ses structures langagières et livre un message sans équivoque. Or, Kerouac refuse cet axiome et réfute du même coup la définition du roman qui lui est liée ; pour lui, « les masses rattrapent l'incompréhensible ; ce qui est incohérent s'articule en une page intelligemment dactylographiée ». Il n'y a pas de texte inintelligible, il n'y a que des lecteurs aux perceptions limitées. Selon lui, les récits novateurs deviennent compréhensibles une fois que le temps a fait passer leur singularité dans les conventions.

La position de Carl Solomon est en phase avec la Nouvelle Critique, théorie littéraire dominante dans l'Amérique des années cinquante. Basée sur des stratégies d'interprétation formulées par Cleanth Brooks et Robert Penn Warren dans *Comprendre la poésie* (1938), cette Nouvelle Critique situe le sens dans les qualités intrinsèques des œuvres littéraires, en particulier l'unité de leurs structures langagières multiples. Autant la Nouvelle Critique valorise l'unité et la convergence, autant elle écarte l'intention de l'auteur et le contexte historique comme bases d'interprétation, tout en leur reconnaissant la possibilité d'ajouter à l'intelligibilité. Les critères de la Nouvelle Critique, tout comme les arguments de Carl Solomon, situent le sens à l'intérieur de l'œuvre, elle-même interprétée par un lecteur-analyste qui en extrait le principe actif à partir de structures unifiées et ignore l'excipient de la prose « in-signifiante ».

La Nouvelle Critique est la forge où Kerouac a façonné *The Town and the City* ; c'est par conséquent le creuset d'où il devra s'échapper pour écrire *Sur la route*. Tout en s'efforçant de mettre ses idées au net, il comprend que cette histoire de l'après-guerre qu'il se propose de raconter ne pourra jamais se réaliser pleinement à l'intérieur des conventions romanesques existantes. Pour surmonter ce handicap, il note dans son Carnet de bord pour la *Route* qu'il lui faut « une structure différente et un style différent de ceux de [*The*] *T*[*own and the*] *C*[*ity*] [...] Au lieu que chaque chapitre soit un énoncé en prose, un vaste flot, dans un roman épique, il faut que chaque chapitre soit un vers dans le poème épique. » En évitant résolument le récit conventionnel, il comprend bien que son projet ne va pas déboucher sur un « roman », mais sur un récit en prose de type hybride. Pour développer sa poétique, il tente des solutions expérimentales en matière de technique et d'intrigue, dans le rouleau surtout, et déborde les limites du récit conventionnel tout en contribuant à les définir.

Selon Wolfgang Iser, l'artiste novateur risque toujours d'être marginalisé par les lecteurs qui jugent son œuvre à l'aune de critères esthétiques que «l'art a déjà abandonnés», et, de fait, les expérimentations de Kerouac n'ont généralement pas bonne presse auprès des critiques. Son mépris délibéré des conventions, cependant, n'est pas sans précédent. Ainsi, cent cinquante ans avant la première version de *Sur la route*, William Wordsworth reconnaît ce décalage dans la préface de 1800 aux *Ballades lyriques*. Lui qui représente aujourd'hui le canon littéraire au sens le plus strict avoue : «L'auteur s'engage formellement à satisfaire l'habitude des lecteurs quant à certaines associations connues.» Pour défendre sa poétique non conventionnelle, il avance :

> Qu'il soit du moins épargné [au lecteur] toute impression déplaisante de déception, et que je sois moi-même lavé d'avance de cette accusation infamante entre toutes pour un Auteur, celle d'une indolence qui l'empêcherait de déterminer où est son devoir et, quand il l'aurait déterminé, de s'en acquitter.

Or, Wordsworth évoque ce «devoir» non pas pour s'y soumettre, mais pour s'en dispenser. Kerouac, lui, n'a rédigé de préface apologétique ni au rouleau ni à la version publiée (il en écrira tout de même une pour *Visions de Cody*), mais sa correspondance et son journal de travail engrangent des arguments solides pour justifier les changements introduits dans son récit en prose.

Il a abandonné les techniques conventionnelles de *The Town and the City* pour être «libre comme Joyce» de composer *Sur la route*. Tout en continuant à valoriser la forme («l'écriture est bonne ; être atten-

tif aux structures, et à la Structure »), l'idée qu'il s'en
fait est en train de changer du tout au tout. En dernière analyse, la conception de la forme qui s'exprime
dans le rouleau anticipe le credo du structuralisme,
première école des années soixante à décentrer la
Nouvelle Critique. Kerouac écrit que le roman ne
l'intéresse pas, et qu'il veut être « libre de s'écarter
de ses lois telles que les ont édictées les [Jane] Austen et les [Henry] Fielding ». Il suggère par là que le
roman est une combinatoire de conventions identi-
fiables, de « lois » qui ne lui seront d'aucune ressource
pour écrire l'histoire qu'il a en tête. En rejetant Austen, Fielding et leurs épigones, il refuse le roman
comme « forme européenne » et pose le principe de ce
qu'il appelle une nouvelle prose américaine.

Fervent lecteur de Whitman, Kerouac revendique
une « prose moderne pour l'Amérique », comme en
écho à la prophétie de Whitman sur le « génie enfant
de l'expression poétique américaine ». Le génie en
question « est endormi bien loin, heureusement
inconnu et inattaqué par les coteries, les écrivains
d'art, les beaux parleurs et les critiques de salon, ou
les professeurs d'universités ». Selon Whitman, ce
nouvel écrivain emploiera des dialectes natifs des
États-Unis, originaires de « terreaux rudes et gros-
siers », mais « seules ces origines et cette généalogie
pourront faire advenir, greffer et bourgeonner, avec
le temps, des fleurs à l'arôme authentiquement américain, et des fruits qui n'appartiennent qu'à nous ».
Kerouac adopte ces dialectes dans le rouleau et il les
exploite à fond dans sa construction du personnage
du Dean Moriarty de *Sur la route*, mais l'innovation
qu'il a en tête ne s'arrête pas là. Son effort pour

atteindre une « moelle spirituelle plus profonde »,
espace métaphorique inaccessible par la prose classique, exige qu'il ait recours à la poésie épique.

L'association d'éléments poétiques et d'éléments
prosaïques donne de la vigueur à sa prose ; elle permet les transformations les plus radicales du récit.
Dans son Carnet de bord pour la *Route*, il écrit ainsi :
« Il faut croire que ces huit derniers mois, j'ai appris
à travailler sur [...] la poésie. Ma prose a changé, sa
texture est plus riche. » Cette richesse de texture est
nécessaire, avance-t-il, si *Sur la route* doit être « un
roman-poème, ou plutôt un poème narratif, une
rhapsodie épique ». L'usage qu'il fait du mot « *epos* »
est révélateur, car le terme décrit un poème narratif
non fixé par écrit, qui ne satisfait pas à la définition
du poème épique. En octobre 1949, dans son Journal, il décrit son projet narratif comme une sorte
d'*epos* : « Je veux [...] m'affranchir du récit européen
pour écrire les Chapitres d'Humeur d'une poésie
américaine "tentaculaire", si l'on peut dire tentacu-
laires des chapitres scrupuleusement écrits dans une
prose soignée. » Si son récit a bien un caractère « tentaculaire », il souligne cependant son intention d'en
maîtriser la structure. Comme il l'explique dans une
lettre à Solomon, sa technique nouvellement conçue
va engendrer de nouveaux éléments conventionnels,
une « grammaire » qui deviendra compréhensible
aux futurs lecteurs une fois expliquée.

Les nombreux faux départs qui se succèdent entre
la fin des années quarante et le début des années cinquante, ainsi que les entrées correspondantes dans
le Journal où il se plaint de ses problèmes, laissent
à penser qu'il s'efforce de mettre sa théorie en pra-

tique dans les premières versions de *Sur la route*. Comme les peintres sur le motif comptent sur les tubes de couleur et le chevalet portatif pour réaliser pleinement le potentiel de l'impressionnisme, il lui faut découvrir une nouvelle technique de composition s'il veut entreprendre la structure tentaculaire qui va devenir *Sur la route*. Le rouleau lui permet de repousser les paramètres de la prose conventionnelle, en redéfinissant la limitation première de l'écriture par le medium. Dès les premiers stades des brouillons, on voit à quel point le medium compte pour lui. Dans les premières pages de son Carnet de bord pour la *Route* de 1949, un cahier comptable à spirales, il écrit : « Mon âme est malade, et je refuse de livrer mes sentiments et mes souffrances à ce carnet monétaire. » Même lorsqu'il est assis à son bureau, sa machine à écrire devant lui, il s'efforce de trouver la voix de *Sur la route*. Il va lui falloir un medium qui corresponde à sa vision pour appliquer sa nouvelle technique, et libérer l'expansion tentaculaire du récit poétique nécessaire à son histoire.

Outre la technique, il innove du côté de l'intrigue. En privilégiant des cultures et des pratiques marginales en Amérique, il savait bien qu'il s'attirerait des critiques acerbes. Sa poétique populiste, sa conviction qu'« un art qui n'est pas manifeste pour tout un chacun est un art mort » était et demeure impopulaire dans la république des lettres. C'est ainsi qu'il écrit : « Comment voulez-vous qu'un pauvre auto-stoppeur présente un intérêt quelconque [...] pour Howard Mumford Jones, qui n'accepte que ceux qui lui ressemblent (classes moyennes, intellectuel, "responsable")? » Écrivain, critique et professeur à

Harvard, Mumford Jones incarne pour Kerouac l'antithèse même du public qu'il vise et de l'opinion critique qu'il espère conquérir. Au tout début des brouillons, il choisit un auto-stoppeur pour protagoniste, non pas pour témoigner de ses propres expériences sur la route, assez minces à l'époque, mais pour des raisons esthétiques. Dans son Journal, il se demande : « Est-ce que Dostoïevski aurait pu faire de Raskolnikov, figure du lumpenproletariat, autre chose qu'un clochard pour un gars comme Jones aujourd'hui ? Pour cette classe littéraire-là ? » Dans ce contexte, son choix de sujet devient une figure renvoyant à la « moelle spirituelle » qu'il veut évoquer dans le texte.

Outre le choix de sujet, il réinvente la fonction de l'intrigue et les bases du récit selon cette nouvelle fonction. Si les intrigues conventionnelles unifiées sont faites d'épisodes clos et suggèrent des liens de cause à effet entre les événements, la structure du rouleau est au contraire contingente et repose sur le concept de « cercle du désespoir ». Selon Kerouac, le « cercle du désespoir » reflète l'idée que « la vie est une série de détournements réguliers ». Quand on est détourné de son but, explique-t-il, on s'en trouve un nouveau, dont on sera tout aussi immanquablement détourné. Cette série de détournements n'est cependant pas assimilable au cours du vaisseau qui irait au lof, c'est-à-dire en avançant tout de même. Au contraire, ces détournements successifs sont comme autant de tournants à droite répétés jusqu'à ce qu'on ait accompli une révolution complète, le cercle circonscrivant alors une « chose » inconnaissable et pourtant « centrale dans [...] l'existence ». Toute tentative pour échapper au cercle se solde par un échec, car, il le dit, « la ligne droite ne mène qu'à la mort ».

On trouve trace du « cercle du désespoir » dans le rouleau comme dans la version publiée. Les voyages des protagonistes dominent la plus grande part du récit dans le rouleau, et leurs efforts pour trouver un sens à leurs mouvements perpétuels et leurs projets contrariés illustrent le motif du cercle comme élément du dessein. Malgré leur frustration, Kerouac et Cassady continuent de rencontrer la « *pulse* », état de conscience flou qui donne un propos à leurs expériences divergentes. Avant de connaître la *pulse*, Kerouac demande à Cassady de la lui définir. « Alors là, mec, tu me parles d'im-pon-dé-rables », répond celui-ci. Indéfinissable, la *pulse* existe paradoxalement comme un état inconcevable et ineffable, et pourtant accessible par l'expérience.

On devine le « cercle du désespoir » également à l'œuvre dans des scènes apparemment mineures du rouleau, où sa prédominance laisse entrevoir un schéma, une « grammaire » qui permette de comprendre l'intrigue contingente. Lorsque Kerouac prépare sa première virée vers l'Ouest, il décide de traverser les États-Unis en auto-stop par la Route 6, « une longue ligne rouge [qui] menait de la pointe de Cape Cod jusqu'à Ely, dans le Nevada, et de là plongeait direct sur L[os] A[ngeles] ». Les auspices sont défavorables, il tombe en rade sur Bear Mountain, se fait rincer par l'orage ; le conducteur de la voiture qui le prend lui annonce qu'« il passe personne, sur la Six » et lui suggère un autre itinéraire. Kerouac médite la chose : « J'ai bien compris qu'il avait raison. C'était mon rêve qui déconnait au départ, cette

connerie de gars au coin du feu, qui se raconte comme
ce serait chouette de suivre une des grandes routes
marquées en rouge pour traverser l'Amérique au lieu
d'emprunter divers chemins et itinéraires. » Son but
existentiel, son centre inconnu, la « perle » ultime
n'ont pas changé, mais il découvre que le parcours
sera marqué par des bifurcations et que ses efforts ne
seront pas nécessairement couronnés de succès.

Ses avancées narratologiques quant à la technique
et à l'intrigue lui permettent de créer des textes qui
focalisent les problèmes traités par la théorie littéraire contemporaine. Outre qu'ils mettent en œuvre
l'intrigue non-linéaire et discontinue de Kerouac
auteur, les moments de frustration de Kerouac narrateur à Bear Mountain sont une métaphore des
changements survenus dans la théorie littéraire américaine à la fin du XXe siècle. De même que la
méthode d'extraction du sens de la Nouvelle Critique a été supplantée par celle des structuralistes et
des poststructuralistes, qui s'intéressent aux lecteurs
et à leur lecture et contestent la notion d'une connaissance fondée sur le « bon sens », entre autres questions,
le dilemme de Kerouac met en jeu une redéfinition de
ses attentes quant à la route. N'oublions pas que son
errance est causée par une « idée stupide conçue au
coin du feu », que son erreur est d'avoir pris les
textes au pied de la lettre. Dans le rouleau, en effet,
il déclare : « Depuis des mois, à Ozone Park, j'épluchais les cartes des États-Unis, je lisais même des
livres sur les pionniers, je savourais des noms comme
Platte, Cimarron, etc. » pour préparer son départ
vers l'Ouest. Leurré par la linéarité de la Route 6, il
se laisse séduire par la perspective « fabuleuse » d'al-

ler droit au but. Il compte sur les cartes et les romans de gare pour lui livrer le sens des choses et se base sur leur lecture superficielle pour déterminer son itinéraire.

Ses stratégies de lecture le trahissent presque tout de suite, à l'instar de celles du lecteur conventionnel. Il va lui falloir découvrir un nouveau mode d'interprétation discursif s'il veut avancer. Au moment où les «coups de tonnerre» le «rappellent à la crainte de Dieu» au pied des pics que l'orage lui dérobe, Kerouac représente l'échec de l'homme qui mise sur la linéarité et l'unité. La ligne droite de la Route 6 menace en effet de ne le «mener qu'à la mort». Impatient d'avancer, mais détourné de son but, il comprend enfin que ce n'est pas le parcours prévu qui compte, mais qu'on avance au contraire par rectifications successives de l'itinéraire. Son lecteur se retrouvera en rade lui-même s'il aborde la montagne de son texte sans chapitres en comptant qu'il va leur proposer un sens inhérent, et si ses attentes et ses stratégies d'interprétation se fondent sur la linéarité ou sont déterminées par des conventions romanesques. Au contraire, s'il aborde cette prose tentaculaire en laissant le récit faire retour sur lui-même à l'issue de détournements en chaîne, s'il accepte comme faisant partie intégrante de l'expérience que l'horizon du sens se déplace, alors il peut avancer et «se diriger là-bas enfin».

Détournements en chaîne, les récits en prose de Kerouac annoncent les théories de la réception qui établissent le lecteur et non plus le texte comme lieu de la signifiance. Pour autant, la théorie contemporaine est incapable de prouver que le sens advient chez le lecteur de manière catégorique ; de sorte qu'il faut bien le considérer comme résultant de l'interaction entre le texte et le lecteur. Au lieu de fonctionner comme une œuvre qui renferme sa signification dans des structures étanches, le récit kérouacien implique le lecteur dans le processus de découverte du sens en le confrontant à des structures insolites.

Le postulat de Jorge Luis Borges selon lequel le roman est un «axe de relations innombrables» se trouve assez bien étayé par les développements narratifs de la technique et de l'intrigue, dans le rouleau comme dans la version publiée. Dans la mesure où cette nouvelle prose narrative américaine sape les conventions, le rouleau et les divers manuscrits de *Sur la route* ont été observés à la loupe par toutes les tendances de la critique littéraire américaine. Un panorama exhaustif des analyses qui en ont été faites remplirait des volumes, voire des étagères. Cependant, un bref exemple de la façon dont le déconstructivisme, théorie issue du structuralisme et qui partage ses méthodes avec bien d'autres écoles poststructuralistes (dont la théorie féministe et les discours des minorités), éclaire le rouleau peut montrer toute la gamme des lectures possibles marginalisées par les discours antérieurs.

À la base, le déconstructivisme cherche à déstabiliser les hiérarchies et oppositions qui pourraient paraître naturelles ou inhérentes au texte littéraire. La lecture déconstructive repère les contradictions du discours écrit — non pas pour en discréditer l'argument, ou en prouver l'invalidité logique, mais pour resituer le sens de ces contradictions en perturbant ce qui était jadis considéré comme un donné de

connaissance. La déconstruction est un outil particulièrement efficace pour l'analyse du rouleau ou de la
première version publiée, car ces textes contiennent
l'un comme l'autre des contradictions apparentes où
l'on a d'abord vu des incohérences d'écriture au lieu
de les analyser.

Ainsi, quand Sal arrive chez Old Bull Lee dans la
version publiée, on considère souvent son incapacité
à percevoir l'incendie dont parle Jane Lee comme
une marque de naïveté ou de manque de fiabilité. En
examinant le passage dans le rouleau, passage repro-
duit presque mot pour mot dans la version publiée,
le lecteur tombe sur une série d'énoncés contradic-
toires qui s'annulent et se corroborent tout à la fois.
Quand Kerouac dit : « Je ne vois rien », Joan répond :
« T'as pas changé, Kerouac », sous-entendant qu'il
est aveugle à la réalité empirique, qu'il ne saisit pas
le monde matériel devant lui. Cependant, Joan se
fonde sur l'ouïe pour percevoir la scène ; elle dit :
« J'ai entendu des sirènes, de ce côté », ce qui revient
à miner sa critique des perceptions visuelles de Jack.
En outre, elle a des hallucinations, poursuit Kerouac :
« Elle cherchait toujours des yeux son incendie ; à
l'époque, elle descendait trois tubes de papier-benzédrine par jour. » En employant le possessif — « son »
incendie —, Kerouac suggère qu'elle est la seule à
percevoir l'incendie en question, qu'il lui « appartient » en quelque sorte. En coordonnant cette proposition avec la suivante, sur sa toxicomanie, il
suggère qu'il y a un rapport entre le fait de consommer de la drogue et celui de voir des incendies,
l'incendie en question n'étant qu'un effet de son
imagination nourrie de benzédrine. On constate donc

que, dans cette scène, la critique initiale de la perception se retourne; la perception rationnelle, celle qui n'est pas sous influence, se trouve privilégiée par rapport à la perception irrationnelle et altérée. Néanmoins, on ne va pas tarder à voir s'inverser les termes de cette opposition binaire, puisque le texte va mettre en valeur le caractère également intuitif de la perception.

Lorsque Kerouac joue aux courses avec Burroughs, à Graetna, il devine le gagnant, circonstance qui donne l'avantage à la perception non littérale et subjective sur la perception littérale et objective. Kerouac regarde la liste des participants, où figurent aussi des données empiriques pertinentes dans des courses avec handicap. Et là, il tombe en arrêt devant un nom, et non pas une statistique, qui lui rappelle son père : Big Pop. Burroughs mise sur Ebony Corsair, et Big Pop arrive premier, à cinquante contre un. Burroughs, qui a parié rationnellement à partir des informations du bulletin, s'écrie, validant ainsi l'intuition de Kerouac : « Tu as eu une vision, mon gars, une VISION. Il faut être un sombre crétin pour ignorer les visions. » Si l'on juxtapose ces deux scènes, la réévaluation de l'opposition classique et normative du rationnel et de l'irrationnel est dénoncée; les deux termes deviennent des modes équipossibles, à parts égales dans la perception globale.

Dans le rouleau, Kerouac développe un autre argument, basé sur les deux termes de cette opposition présumée, en mettant au premier plan les tentatives des protagonistes pour se libérer des contraintes du temps. Les techniques de Cassady pour échapper au temps se fondent sur sa stricte adhésion à son écoulement. En représentant les innombrables emplois du temps et horaires du personnage, Kerouac illustre ce que Michel Foucault a appelé l'« usage exhaustif du temps », technique qui soumet l'acteur au temps pour lui promettre de mieux s'en émanciper. La chose requiert une subdivision méticuleuse, qui en promet un « usage toujours plus intensif » par l'« extraction de moments disponibles plus nombreux ». D'un bout à l'autre du roman, Cassady prend des rendez-vous soigneusement minutés, et il oblige ses amis et ses amantes à se conformer à cet agenda, tout en tentant de subdiviser ses heures pour avoir plus de temps disponible, pour faire usage effectif de son temps.

Même si Allen Ginsberg dénonce ce planning délirant comme un subterfuge pour cacher ses infidélités à Louanne et à Carolyn, c'est aussi une technique grâce à laquelle Neal tente de « faire tout à la fois ». L'arrivée de Kerouac à Denver, nouvelle variable, doit trouver sa place dans les horaires, et pour cela, de nouvelles divisions s'imposent. Kerouac est là depuis quelques minutes, que Neal dit déjà à Carolyn :

> « Il est maintenant (il consultait sa montre) très exactement une heure quatorze... je serai de retour à TROIS heures quatorze précises, pour passer avec toi une heure de rêverie, de vraie rêverie toute douce, ma biche, et puis, comme tu sais, et comme nous en sommes convenus, il faudra que j'aille voir Brierly pour les papiers — en pleine nuit, aussi curieux que ça puisse paraître, et je te l'ai trop sommairement expliqué (ça c'était la couverture de son rencart avec Allen, toujours en coulisses) — si bien qu'à présent, sans plus tarder, il faut que je m'habille, que je mette

> mon pantalon, que je retourne à la vie… la vie exté-
> rieure j'entends, dans les rues et Dieu sait où, comme
> convenu, il est à présent une heure QUINZE et le
> temps file, le temps file… »

Son agenda le suggère, pour Cassady, s'émanciper du temps veut dire s'y soumettre strictement. Ainsi, en déconstruisant la fugue des protagonistes, en examinant leurs techniques, on apprend qu'on n'échappe pas au temps et qu'il nous envahit ; du même coup, le don que fait Neal de sa montre à la petite Mexicaine, sur le bord de la route, loin d'apparaître comme une victoire sur le temps, n'est plus qu'un acte de colonisation et de subjugation par lui.

Malgré sa pertinence par rapport aux problèmes de la théorie critique contemporaine, la publication du rouleau révèle un danger immanent au texte. Dans la mesure où il a une incidence sur le discours concernant *Sur la route* et contribue ostensiblement à « remettre les pendules à l'heure » en faisant du texte un « roman sérieux » et de Kerouac un « auteur sérieux », le fait qu'il soit censément plus proche des expériences vécues pourrait bien corroborer un certain nombre de préjugés qui, formulés, ont assuré la célébrité du texte sans en affirmer la littérarité. Ce risque ne fait pas de la publication présente une erreur de jugement.

Publier cette version crée au contraire un paradoxe nécessaire, qui problématise la notion de signifiance et mine la capacité du lecteur à faire sans équivoque la part entre le fait et la fiction. Si l'on interprète le rouleau, à tort ou à raison, comme une version plus authentique, le caractère fictif du roman et la fonction de Kerouac comme auteur sont mis en évidence par une lecture comparée. En outre, dans la mesure où le rouleau déstabilise la véracité présumée de *Sur la route*, roman qu'on a longtemps lu comme intermédiaire entre le journal et l'autobiographie, cette instabilité d'interprétation se transfère au manuscrit lui-même, par autoréflexivité. Le rouleau discrédite lui-même sa véracité, il s'établit comme un récit de fiction en prose.

En renégociant les conventions sociales dans le texte et en donnant la vedette à des cultures et des pratiques reléguées à la marge chez les auteurs de son temps, Kerouac restructure les conventions et les allusions littéraires d'une façon qui reste, aujourd'hui encore, à valider par le récit. Ainsi, *Sur la route* et le rouleau surtout continuent de se lire comme des textes avant-gardistes un demi-siècle après avoir été écrits. La publication du rouleau ouvre de nouvelles voies à l'interprétation des deux textes ; elle permet de découvrir l'avance narratologique de Kerouac, de mettre en lumière la technique littéraire de *Sur la route*, de consacrer l'œuvre comme un roman — fût-ce un roman hybride qui fait le lien entre la « manière "classique" de présenter l'expérience » et le « monde "fibreux" [...] avec son ombre d'unité organique » du postmodernisme — et le rouleau comme « le premier, ou l'un des premiers livres américains en prose moderne ».

Cinquante ans après la publication de *Sur la route*, les lecteurs du rouleau vont peut-être mettre à mal la hiérarchie dominante, de sorte que le Kerouac mythique passe au second plan par rapport à l'auteur qui, dès 1951, avait mis au point une nouvelle forme

de récit en prose et pouvait écrire : « On dit souvent
que je ne sais pas ce que je fais, mais bien sûr que si,
je le sais. Burroughs et Allen disaient que je ne savais
pas ce que je faisais à l'époque de [*The*] *Town and*
[*the*] *City*; maintenant ils savent qu'il n'en est rien. »
À présent, nous aussi.

REMERCIEMENTS

Notre première dette, la plus importante, est envers John Sampas, qui nous a incités à entreprendre ce projet, et nous a apporté un soutien et une confiance sans faille. Nous tenons aussi à remercier Joyce Johnson, Ronna C. Johnson, Sterling Lord, David Orr, Dawn Ward et John Shen-Sampas pour leur aide et leur gentillesse. Paul Slovak, notre éditeur, mérite une mention particulière pour l'enthousiasme avec lequel il a accueilli ce projet, sa clairvoyance et sa sagacité, ses réponses à toutes nos questions. Mille mercis à Isaac Gewirtz, conservateur de la collection Berg à la New York Public Library, pour sa bonne grâce et son œil aigu, ainsi qu'à ses collègues Stephen Crook, Declan Kiely et Philip Milito. Pour leur gentillesse nous remercions aussi David Amram et Audrey Sprenger. Merci à Hilary Holladay, directrice du Jack and Stella Kerouac School of American Studies à UMass Lowell, et à Melissa Pennell, directrice du Département d'anglais à UMass Lowell.

HOWARD CUNNELL : Je voudrais dire toute ma reconnaissance à la British Association for American Studies, qui m'a accordé une bourse d'études pour me rendre à New York au printemps 2006. Merci à Alan Stepney, Matthew Loukes, Jim MacAirt et à toute l'équipe de Karma Divers qui m'a installé l'électricité. Merci à Jackie et Donald et à ma famille : Gillian ma maman, mon frère Mark, toujours sur la route vingt ans après, Jesse, Lily et Daisy, mes filles magnifiques qui sont toujours une source d'inspiration pour moi. Merci encore, tout particulièrement, à Jeremy Cole et à Frank et Rosemary Andoh qui ont réussi à me tenir à l'écart du chantier cet hiver. Et surtout, merci à ma femme Adjoa. Comme tout le reste, ceci lui est dédié.

Penny Vlagopoulos : Je souhaite remercier Ann Douglas pour ses conseils d'expert et sa vaste culture *beat*. Une mention spéciale à Rachel Adams, Robert O'Meally et Maura Spiegel pour leur précieux enseignement et l'inspiration donnée à cette recherche ; merci à Baz Dreisinger, Mike Johnson et Nicole Rizzuto, qui m'ont aidée et encouragée. Enfin, je voudrais exprimer ma gratitude envers mes parents, Marika et Triphon, ainsi qu'envers mon frère Pete, pour leur soutien inconditionnel.

George Mouratidis : J'aimerais remercier Kris Hemensley de la librairie Collected Works pour son expertise et sa passion, Gemma Blackwood pour sa présence de Minerve tout au long du projet, Garry Kinnane et Peter Otto pour avoir éclairé cette recherche et l'avoir encouragée. Je souhaite aussi remercier mes parents, Chris et Georgina, mon frère John, Chris Ioannou et Lucy Van pour leur soutien constant et leur compréhension. Par-dessus tout, merci à mes collègues et amis Howard Cunnell, Joshua Kupetz et Penny Vlagopoulos pour leur précieux appui, leur aide et leur inspiration.

Josua Kupetz : J'aimerais ici remercier Dan Terkla et mes collègues Carol Ann Johnston, Wendy Moffat et Robert Winston qui m'ont encouragé à enseigner Kerouac en cette « ère de science frivole ». J'aimerais aussi remercier Michele Fleming, ma mère, Tabatha Griffin, ma sœur, et Ty Dellinger pour leur confiance sans limites. Sans le soutien de ma femme, Shana Ageloff-Kupetz, je n'aurais jamais su finir ce projet particulier, je n'aurais d'ailleurs pas su par où commencer, d'une manière générale.

NOTE SUR LE TEXTE

Le manuscrit du rouleau a été édité dans l'intention de présenter un texte aussi proche que possible de celui que Kerouac a écrit entre le 2 et le 22 avril 1951.

Le rouleau est dactylographié avec soin, il y a relativement peu de fautes pour un tapuscrit de cette longueur, compte tenu de la vitesse à laquelle Kerouac travaillait. Il a ajouté à la main quelques corrections et révisions qui sont autant de notes pour revoir tout l'ensemble. Dans une lettre à Neal Cassady datée du 22 mai 1951, il écrit : « Bien entendu, depuis le 22 avril, je ne cesse de taper et de réviser. Trente jours à ce rythme. » Même si l'on n'est pas certain qu'il évoque là les corrections effectuées sur le rouleau, dans la mesure où il avait pu commencer à corriger son texte n'importe quand, ce qui est sûr, c'est qu'il corrigeait un texte dactylographié par lui-même. J'ai éliminé ces corrections et ces révisions, et rétabli le texte dactylographié de façon linéaire, sauf dans les endroits où l'ajout manuscrit est de toute évidence le mot qui manque, souvent un connecteur. Je n'ai pas inclus les lignes barrées (xxxxxx) par Kerouac.

J'ai corrigé l'orthographe de Kerouac pour des raisons d'intelligibilité. D'un bout à l'autre du rouleau, il a recours à de nombreuses abréviations ainsi qu'à des mots « soudés » (« premièrefemme », « noctraverser », etc.). J'ai laissé les abréviations intactes pour rendre la vitesse à laquelle Kerouac tapait. Pour la même raison, et parce que ces mots sont une marque de la musique ludique et inventive qui caractérise la prose de Kerouac, je n'ai séparé que les mots qui me paraissaient fortuitement soudés. Contrairement à ce que dit la légende, le rouleau est pour l'essentiel classiquement ponctué. Les exceptions que j'ai laissées telles quelles concernent cette habitude de Kerouac de ne pas mettre de point d'interrogation à la fin de ses questions, et de ne pas signifier par la ponctuation qu'on a changé de locuteur dans un dialogue rapporté.

Il y a près de quarante ans, Sterling Lord révélait à Kerouac que son manuscrit lui paraissait « friable », et que le papier était déchiré en plusieurs endroits. Comme on pouvait s'y attendre, les déchirures se situent au début du texte, là où la feuille extérieure et les premières volutes du rouleau sont exposées et vulnérables. En général, le mot ou la lettre qui manquent sont évidents. Dans les rares cas où il n'en est pas ainsi, j'ai consulté les versions suivantes et le texte publié.

Et parce que la chose évoque magnifiquement un moteur de voiture qui a des ratés au départ d'un long voyage, j'ai laissé telle quelle la première ligne du manuscrit.

HOWARD CUNNELL
Brixton, Londres, 2007

À la mémoire de Neal Cassady et d'Allen Ginsberg

Camerado, je te donne ma main !
Je te donne mon amour, plus précieux que l'argent,
Je te fais don de moi avant le prêche et la loi ;
Me feras-tu don de toi ? Viendras-tu voyager avec moi ?
Resterons-nous unis tant que nous vivrons ?

WALT WHITMAN

Sur la route

Le rouleau original

si justement célèbre. À un moment, Allen Ginsberg et moi, on avait parlé de ces lettres, en se demandant si on finirait par faire la connaissance de l'étrange Neal Cassady. Ça remonte loin, à l'époque où Neal n'était pas l'homme qu'il est aujourd'hui, mais un jeune taulard, auréolé de mystère. On a appris qu'il était sorti de sa maison de correction, qu'il débarquait à New York pour la première fois de sa vie ; le bruit courait aussi qu'il avait épousé une fille de seize ans, nommée Louanne. Un jour que je traînais sur le campus de Columbia, Hal et Ed White me disent que Neal vient d'arriver, et qu'il s'est installé chez un gars nommé Bob Malkin, dans une piaule sans eau chaude, à East Harlem, le Harlem hispano. Il était arrivé la veille au soir, et découvrait New York avec Louanne, sa nana, une chouette fille ; ils étaient descendus du Greyhound dans la 50ᵉ Rue, et ils avaient cherché un endroit où manger ; c'est comme ça qu'ils s'étaient retrouvés chez Hector, à la cafétéria que Neal considère depuis comme un haut lieu new-yorkais. Ils s'étaient payé un festin de gâteaux et de choux à la crème. Pendant ce temps, il abreuvait Louanne de discours sur le mode : « Maintenant que nous sommes à New York, chérie, même si je ne t'ai pas dit le fond de ma pensée en traversant le Missouri, et surtout quand nous sommes passés devant la maison de correction de Bonneville, qui m'a rappelé mes démêlés avec la prison, il faut absolument oublier les menus contentieux de nos problèmes-mamoureux pour envisager désormais nos projets de vie professionnelle... » etc., à sa manière, qui était celle de sa prime jeunesse. Je me pointe à la piaule sans eau chaude, avec les copains, et Neal

nous ouvre en calcif. Louanne saute du lit, vite fait.
Il faut croire qu'il était en train de baiser avec elle :
il passait sa vie à ça. L'autre, le propriétaire, Bob
Malkin, était là, lui aussi. Mais, apparemment, Neal
l'avait expédié à la cuisine, faire du café sans doute,
pendant qu'il avançait dans ses problèmes-mamoureux... parce que pour lui le sexe était sacré, la seule
chose qui comptait dans la vie, même si par ailleurs il
lui fallait la gagner, cette vie, à la sueur de son front,
et en pestant. La première fois, il m'a fait penser à
Gene Autry jeune : soigné, les hanches étroites, les
yeux bleus, un pur accent de l'Oklahoma. D'ailleurs,
il venait de travailler dans un ranch, chez Ed Uhl,
dans le Colorado, avant d'épouser Louanne et de
partir pour l'Est. Louanne était une petite mignonne
adorable, mais bête comme ses pieds, et capable de
faire des coups pendables, elle allait le montrer. Si
je rapporte cette rencontre avec Neal, c'est à cause
de ce qu'il a fait. Ce soir-là, on a tous bu de la bière,
moi j'étais bourré, j'ai pas mal bavassé avant de me
coucher dans l'autre divan, et le matin, pendant qu'on
était tous assis à fumer sans un mot les mégots laissés
dans les cendriers sous la lumière grise d'un jour
morne, le voilà qui se lève nerveusement, et qui
arpente la pièce pour réfléchir à la marche à suivre ; il
conclut qu'il faut convaincre Louanne de préparer le
petit déjeuner et de balayer l'appart. C'est là que je
suis parti. Voilà tout ce que je savais de lui, au début.
Mais, au cours de la semaine suivante, il a confié à
Hal Chase qu'il fallait absolument qu'il lui apprenne
à écrire ; Hal lui a dit que c'était à moi qu'il fallait
demander ça, vu que j'étais écrivain. Entre-temps,
Neal s'était trouvé un job de gardien de parking, et il

s'était disputé avec Louanne dans leur appartement
de Hoboken, Dieu sait pourquoi ils étaient allés crécher là-bas; toujours est-il qu'elle était tellement
furieuse, et tellement teigneuse de nature, qu'elle l'a
balancé à la police en l'accusant d'un truc bidon,
cette hystérique, et qu'il a dû calter en catastrophe
de l'appart. Il se retrouvait donc sans logis. Il est
venu tout droit à Ozone Park, où j'habitais avec ma
mère, et un soir que je travaillais à mon livre, ou à
ma peinture, appelle ça comme tu voudras, on frappe
à la porte, et c'est Neal, qui se répand en salamalecs
dans la pénombre du couloir : « Bonjour, je suis Neal
Cassady, tu te souviens de moi? Je t'ai demandé de
m'apprendre à écrire... — Et Louanne, où est-elle? »
Il me répond qu'elle a dû tapiner pour se faire
quelques dollars, à tous les coups, et qu'elle est rentrée à Denver... « cette pute ! ». Alors on est sortis
boire des bières, vu qu'on n'aurait pas pu parler
comme on voulait devant ma mère, qui lisait son
journal dans le séjour. Un coup d'œil lui avait suffi
pour décider que Neal était dingue. Elle était loin de
se douter qu'elle aussi traverserait la dinguerie de la
nuit américaine avec lui, et plus d'une fois. Au bar,
j'ai dit à Neal : « Écoute, mec, je me doute quand
même que t'es pas venu me trouver seulement parce
que tu veux devenir écrivain, et d'ailleurs, qu'est-ce
que j'y connais, moi, sinon qu'il faut s'accrocher
avec l'énergie d'un gars qui bouffe du speed. » Et il
m'a répondu : « Oui, bien sûr, je sais exactement ce
que tu veux dire, et d'ailleurs, j'y ai pensé moi-même
à ces problèmes, mais moi ce que je veux, c'est la
réalisation de ces facteurs qui, si on s'en tient à
la dichotomie de Schopenhauer pour tout ce qui est

réalisé au fond de soi... » etc., dans cette veine, des trucs auxquels je ne comprenais rien, et lui non plus ; ce que je veux dire c'est qu'à l'époque, il disait vraiment n'importe quoi, c'était un jeune taulard complètement polarisé par l'envie de devenir un intellectuel, un vrai ; c'est pour ça qu'il se complaisait à tenir ces discours, et à parler sur ce ton, sauf qu'il mélangeait tout ce qu'il avait entendu dire aux « vrais intellectuels », mais attention, il n'était pas naïf comme ça pour tout, et quand il a rencontré Leon Levinsky, il ne lui a fallu que quelques mois pour se mettre complètement au diapason des intellos, les termes, le jargon, le style. N'empêche que je l'aimais pour sa dinguerie ; et ce soir-là, on s'est soûlés tous les deux au Linden Bar, derrière chez moi, et j'ai accepté qu'il s'installe chez nous le temps de trouver du boulot, et on est convenus d'aller dans l'Ouest un de ces quatre. C'était l'hiver 1947. Peu après avoir rencontré Neal, j'ai commencé à écrire, ou à peindre, mon immense *Town and City*, et j'en avais quatre chapitres lorsque, un soir qu'il dînait chez moi et qu'il avait déjà un job dans un parking de New York, celui de l'hôtel NYorker, sur la 34ᵉ, il se penche par-dessus mon épaule, moi je tapais comme une mitrailleuse, et il me dit : « Allez , viens, mec, les nanas vont pas attendre, grouille-toi ! » Moi je réponds : « Une petite minute, je finis ce chapitre et je suis à toi. » C'est ce que j'ai fait, et c'est un des meilleurs chapitres du bouquin. Après ça je me suis habillé, et on a décollé pour New York, où on avait rendez-vous avec des filles. Comme tu sais, d'Ozone Park à New York, ça prend une demi-heure par le métro aérien et le métro tout court, et pendant qu'on

roulait au-dessus des toits de Brooklyn, penchés l'un
vers l'autre, on parlait, on braillait, en gesticulant un
peu, et moi sa folie me contaminait. Au fond, c'était
par-dessus tout un fervent de la vie. Et si c'était un
truand, il ne truandait que par appétit de vivre, et
puis aussi pour se mêler à des gens qui ne l'auraient
pas remarqué autrement. Il me truandait, si tu veux,
et je le savais. Et il savait que je le savais, c'est la base
de notre relation, mais je m'en fichais, et on s'entendait bien. Il commençait à m'apporter autant que je
lui apportais, je crois. Quant à mon œuvre, il me
disait : « Tout ce que tu fais est grand, fonce ! » Nous
voilà donc partis pour New York. Je ne me rappelle
plus la situation exacte, toujours est-il qu'il y avait
deux filles à la clef. Or pas de filles ; elles étaient censées l'attendre quelque part, et macache. On est allés
jusqu'au parking où il avait deux-trois choses à faire
— se changer dans la guérite, se faire beau devant le
miroir cassé, etc. — et puis on a redécollé. Et c'est ce
soir-là qu'il a rencontré Léon Levinsky. Rencontre
extraordinaire, Neal et Léon Levinsky, je veux dire
Allen Ginsberg, bien sûr. Ces deux esprits affûtés
ont accroché au quart de tour. Chacun a croisé le
regard perçant de l'autre, le truand mystique et le
grand truand mélancolique de la poésie qu'est Allen
Ginsberg. À partir de ce moment-là, je n'ai plus
beaucoup vu Neal, et je l'ai un peu regretté... C'était
le choc frontal de leurs énergies, moi j'étais un mou-
jik à côté. Je ne pouvais pas suivre. C'est de là qu'est
parti le tourbillon dingue de toutes ces choses à venir,
où seraient mêlés tous mes amis et tout ce qui me
restait de famille, dans un grand nuage de poussière
au-dessus de la nuit américaine. Ils ont parlé de Bur-

roughs, de Hunkey, de Vicki... Burroughs au Texas,
Hunkey en prison à Riker, Vicki accro de Norman
Shnall, à l'époque... Et Neal a parlé à Allen de figures
de l'Ouest comme Jim Holmes, le bossu, requin des
salles de billard, as des cartes, et sainte pédale ... Il lui
a parlé de Bill Tomson, d'Al Hinkle, ses copains
d'enfance, ses copains des rues... Ils ont foncé dans
la rue tous les deux, tout ce qui les entourait les bottait, façon première manière, qui est devenue depuis
bien plus triste et plus lucide aussi ; mais à l'époque,
ils dansaient dans la rue comme des ludions, et moi
je traînais la patte derrière eux, comme je l'ai toujours fait quand les gens m'intéressent, parce que
les seuls qui m'intéressent sont les fous furieux, les
furieux de la vie, les furieux du verbe, qui veulent
tout à la fois, ceux qui ne bâillent jamais, qui sont
incapables de dire des banalités, mais qui flambent,
qui flambent, qui flambent, jalonnant la nuit comme
des cierges d'église. Allen était pédé, à l'époque, et il
tentait sur lui-même des expériences où il s'investissait jusqu'à la garde, et Neal l'a bien vu, ça, surtout
qu'il avait tapiné, quand il était môme, dans la nuit
de Denver, et qu'il voulait très fort apprendre à
écrire de la poésie comme Allen, alors il a fait ni une
ni deux, et il t'a attaqué Allen avec sa grande âme
amoureuse, apanage des truands. Moi j'étais dans la
pièce, je les entendais dans le noir, ça m'a donné à
penser, et je me suis dit : « Hmm, là, il y a une histoire qui démarre, mais moi je reste en dehors. » Si
bien que je ne les ai pas vus pendant deux semaines
au cours desquelles ils ont cimenté leur amitié, qui
a pris des proportions furieuses. Et puis est arrivée
la grande période des voyages, le printemps, et dans

la bande dispersée, tout le monde se préparait à faire
telle ou telle virée. Moi je travaillais d'arrache-pied à
mon roman, et quand je suis arrivé à la moitié, après
être descendu dans le Sud voir ma sœur en compagnie de ma mère, j'ai fait mes préparatifs pour partir
vers l'Ouest, pour la première fois de ma vie. Neal
avait déjà quitté la ville. Allen et moi, on l'avait
accompagné à la gare routière des Greyhound, sur la
34e. Au premier étage, il y a un coin où on peut se
faire photographier pour vingt-cinq *cents*. Allen a
retiré ses lunettes; il avait une mine sinistre. Neal
s'est mis de profil, avec un regard timide. Moi j'ai
pris une pose toute simple, et comme disait Lucien,
j'avais l'air d'un Rital de trente ans prêt à fumer le
premier qui parlerait mal de sa mère. Cette photo-là,
Allen et Neal l'ont coupée en deux, bien proprement, avec une lame de rasoir, et chacun en a mis la
moitié dans son portefeuille. J'ai vu les deux moitiés
plus tard. Neal avait mis un vrai costume de business-
man de l'Ouest pour son grand retour à Denver. Sa
première escapade new-yorkaise était bel et bien
finie. Escapade c'est vite dit, il avait travaillé comme
une brute dans les parkings, parce qu'il n'y a pas
plus génial comme employé de parking; il te gare
une bagnole en marche arrière à soixante à l'heure,
en pilant au ras d'un mur de briques, il descend d'un
bond, se glisse comme une anguille entre deux pare-
chocs serrés, saute dans une autre caisse, fait demi-
tour à soixante-dix dans un mouchoir de poche,
rétrograde, se glisse en marche arrière dans un cré-
neau étroit, cinq centimètres de chaque côté, pour
piler d'un bond en serrant le frein à main; après quoi
le voilà qui court jusqu'à la guérite en battant des

records du monde, donne son ticket au client, saute
dans la bagnole qui arrive en plongeant quasiment
sous l'estomac du conducteur avant même qu'il
mette pied à terre, démarre portière battante, et s'ar-
rache jusqu'à la première place disponible : voilà
comment il trimait sans pause, huit heures par nuit,
au coup de feu de la sortie des cinémas, dans son
pantalon graisseux de poivrot, sa peau de mouton
effrangée et ses chaussures éculées. Là, il venait de
s'acheter un costard tout neuf, pour rentrer chez lui,
bleu à rayures, gilet et tout et tout, montre gousset
avec chaîne, plus une machine portative, pour commencer à écrire dans une pension de Denver, dès
qu'il trouverait un boulot sur place. On s'est offert
un dîner d'adieux dans un Riker de la 7e Avenue,
francforts fayots, et puis Neal est monté dans un car
marqué « Chicago » et il s'est arraché dans la nuit. Je
me suis promis de prendre la même direction quand
le printemps fleurirait pour de bon et m'ouvrirait le
continent. C'est ainsi que notre cow-boy est parti. Et
c'est vraiment comme ça que toute mon expérience
de la route à commencé, et la suite est bien trop fantastique pour ne pas la raconter. Je n'ai tenu sur
Neal que des propos liminaires, parce que c'est tout
ce que je savais de lui, à l'époque. Sa relation avec
Allen, je suis resté à l'écart, et par la suite Neal s'en
est lassé, de la pédérastie surtout, et il est revenu à
ses amours naturelles, mais peu importe. En juillet
1947, j'avais fini une bonne moitié de mon roman et
économisé dans les cinquante dollars de mes primes
d'ancien combattant. Mon ami Henri Cru m'avait
écrit de San Francisco, il me disait de venir le
rejoindre, pour embarquer sur un paquebot qui fai-

sait le tour du monde. Il jurait qu'il pourrait me faire
entrer dans la salle des machines. J'ai répondu que je
me contenterais d'un vieux cargo, du moment que
je puisse faire quelques longues virées dans le Pacifique, et revenir avec assez d'argent pour vivre chez
ma mère le temps de finir mon bouquin. Il m'a dit
qu'il avait une baraque à Marin City, où j'aurais tout
le temps d'écrire vu les tracasseries pour trouver un
bateau. Il vivait avec une fille nommée Diane, elle
faisait génialement la cuisine, il y aurait de l'ambiance. Henri était un vieil ami de prep school ; un
Français qui avait grandi à Paris et dans le reste de la
France, un fou furieux, un vrai dingue, dingue au-
delà de ce que j'imaginais. Il m'attendait donc dans
une dizaine de jours, et j'ai écrit pour confirmer, en
toute méconnaissance des péripéties qui allaient me
retenir sur la route. Ma mère voyait d'un bon œil ce
voyage dans l'Ouest ; j'avais tellement travaillé tout
l'hiver, j'étais si souvent resté entre mes quatre
murs, elle pensait que ça me ferait du bien. Elle n'a
même pas poussé des hauts cris quand je lui ai dit
qu'il me faudrait faire un peu de stop, ce qui l'inquiétait d'habitude, tellement elle était convaincue
que le voyage me serait bénéfique. Tout ce qu'elle
voulait, c'était que je rentre entier. Et voilà comment, un beau matin, j'ai posé mon demi-manuscrit
sur mon bureau, replié mes draps douillets pour la
dernière fois, mis quelques effets indispensables dans
mon sac en toile, laissé un mot à ma mère, qui était
au travail, voilà comment je suis parti pour l'océan
Pacifique, comme un vrai Ismaël, avec mes cinquante
dollars en poche. Galère immédiate ! Quand j'y
repense, c'est incroyable ce que je pouvais être cré-

tin! Depuis des mois, à Ozone Park, j'épluchais les cartes des États-Unis, je lisais même des livres sur les pionniers, je savourais des noms comme Platte, Cimarron, etc. Sur la carte routière, il y avait une longue ligne rouge qui s'appelait la Route Six; elle menait depuis la pointe de Cape Cod jusqu'à Ely, dans le Nevada, et de là plongeait direct sur L.A. « J'ai plus qu'à rester sur la Six jusqu'à Ely », je me suis dit, et me voilà parti, plein d'assurance. Pour trouver la Six, il me fallait monter jusqu'à Bear Montain, la montagne de l'Ours, dans l'État de New York. Des rêves plein la tête sur ce que j'allais faire à Chicago, à Denver et enfin à San Francisco, j'ai pris le métro dans la 7ᵉ Avenue, jusqu'au bout de la ligne, c'est-à-dire jusqu'à la 242ᵉ Rue, près de la prep school Horace Mann, où j'avais connu Henri Cru, celui-là même que je partais voir; de là j'ai pris un trolley pour Yonkers, et une fois au centre un bus extérieur, qui m'a conduit aux limites de la ville, sur la rive gauche de l'Hudson. Si on laisse tomber une rose à la mystérieuse embouchure de l'Hudson, près de Saratoga, imagine tous les endroits qu'elle va traverser avant d'arriver à la mer pour toujours... imagine cette extraordinaire vallée de l'Hudson. J'ai commencé à y faire du stop. Il m'a fallu cinq voitures bien espacées pour arriver à ce pont tant désiré, sur Bear Montain, où la Route Six, en provenance de Nouvelle-Angleterre, faisait le gros dos. J'en avais pourtant eu des visions, mais je n'aurais jamais cru que ça ressemblait à ça. Pour commencer, il pleuvait des cordes quand on m'a déposé. C'était la montagne. La Six surgissait d'étendues sauvages, elle faisait le tour d'un rond-point au débouché du pont, et retournait se perdre dans la nature. Non seulement il ne passait pas une bagnole, mais il pleuvait à seaux, et rien pour s'abriter. J'ai dû courir me cacher sous un bouquet de pins; ça n'a servi à rien. Je me suis mis à pleurer, à jurer et à me frapper le front devant ma propre niaiserie. J'étais à un peu plus de cinquante kilomètres de New York. Sur le chemin, je m'étais inquiété de voir qu'en ce grand jour inaugural j'allais vers le nord au lieu de me diriger vers cet Ouest tant désiré, tant attendu. Et voilà que je me retrouvais coincé au point le plus septentrional. J'ai couru trois-quatre cents mètres pour parvenir à une station-service désaffectée, style anglais, coquette, et je me suis mis sous l'auvent qui dégoulinait. Au-dessus de ma tête, tout là-haut, la grande Bear Mountain velue m'envoyait des coups de tonnerre qui me rappelaient à la crainte de Dieu. Je ne voyais qu'un brouillard d'arbres, et cette nature sinistre, jusqu'au ciel. « Mais qu'est-ce que je fous ici ! » je me maudissais, je pleurais d'envie d'être à Chicago. « Dire qu'en ce moment même, ils s'amusent tous, ils font des trucs, et moi j'y suis pas, quand est-ce que j'y serai », etc. Enfin, une voiture s'est arrêtée à la station-service déserte, un homme et deux femmes, ils voulaient consulter leur carte. Je me suis approché, en gesticulant sous la pluie; ils se sont concertés : j'avais l'air d'un dingue, faut dire, avec mes cheveux mouillés, mes chaussures détrempées... pauvre imbécile, j'avais pris mes huaraches mexicaines (plus tard, dans le Wyoming, un gars m'a dit : mec, ces pompes, si tu les plantes, sûr qu'il te pousse quèque chose), des passoires végétales pas faites pour les soirs de pluie, en Amérique, pas faites pour la route en géné-

ral, avec ses nuits brutales. Mais ils m'ont pris quand
même, ils m'ont raccompagné jusqu'à Newburgh,
c'était toujours mieux que d'être coincé dans la
nature toute la nuit, à Bear Mountain. « En plus, m'a
dit le type, il passe personne, sur la Six... si vous voulez aller à Chicago, il vaudrait mieux prendre le tunnel
Holland, à New York, et passer par Pittsburgh. » J'ai
bien compris qu'il avait raison. C'était mon rêve qui
déconnait au départ, cette connerie du gars au coin
du feu, qui se raconte comme ce serait chouette de
suivre une des grandes routes marquées en rouge pour
traverser l'Amérique au lieu d'emprunter divers chemins et itinéraires. Voilà donc ma tragique Route Six
— on en reparlera, d'ailleurs. À Newburgh, la pluie
avait cessé ; je suis descendu jusqu'au fleuve, et par-
dessus le marché il m'a fallu rentrer à New York en
car avec une délégation de maîtresses d'école qui
revenaient d'un week-end dans les montagnes, et
patati, et patata, de vraies pipelettes, et moi qui râle
tout ce que je sais pour avoir perdu mon temps et mon
argent ; je me dis : « Je voulais aller dans l'Ouest,
et voilà que je passe un jour et une nuit à monter et
descendre du nord au sud, comme un moteur qui
patine. » Je me suis juré d'être à Chicago le lendemain, et de prendre un bus s'il le fallait, quitte à y
dépenser les trois quarts de mon fric, rien à foutre,
du moment que j'y serais le lendemain. Le car partait à deux heures du matin de la gare routière sur la
34e — seize heures avant j'étais passé devant en partant vers la Six. C'est ainsi que j'ai tout bêtement
posé mon cul sur un siège, pas fier de moi, et que je
me suis fait véhiculer vers l'Ouest. Au moins, cette
fois, j'étais enfin dans la bonne direction. Je ne te

décris pas le voyage jusqu'à Chicago : classique, bébés
qui pleurent, gens du cru qui montent à tous les
patelins de Pennsylvanie, et tout et tout, jusqu'à ce
qu'on arrive dans la plaine de l'Ohio, et là, on a roulé
pour de bon, passé Ashtabula, et traversé l'Indiana
dans la nuit direction Chicago. Je suis arrivé en ville
de très bonne heure, j'ai trouvé une chambre au
YMCA, et je suis allé me coucher avec très peu de
dollars en poche, conséquence de ma niaiserie. Mais
après avoir dormi toute la journée, Chicago m'a
botté. Le vent qui soufflait du lac Michigan, les
fayots, le bop au Loop, les longues promenades du
côté de Halsted Street Sud et de Clark Street Nord,
sans compter une longue balade après minuit dans le
maquis des ruelles, où j'ai été suivi par une voiture
de police en maraude, qui m'avait pris pour un individu louche. À cette époque, en 1947, le be-bop faisait
fureur dans toute l'Amérique, mais il n'avait pas
évolué comme maintenant. Les gars du Loop souf-
flaient, mais d'un air fatigué, parce que le bop était
dans sa phase intermédiaire entre la période ornitho-
logique de Charlie Parker et la suivante, qui ne commencerait qu'avec Miles Davis. Et moi, assis là à
écouter ce son qui est devenu le son de la nuit pour
nous tous, je pensais à tous mes copains, d'un bout
du pays à l'autre, et je me disais qu'ils étaient tous
dans la même cour immense, dans un trip tellement
frénétique, tellement viscéral. Et pour la première
fois de ma vie, l'après-midi suivant, je suis parti dans
l'Ouest. Il faisait beau et chaud, une journée idéale
pour le stop. Voulant éviter les embouteillages inextricables de Chicago, j'ai pris un car jusqu'à Joliet,
Illinois, je suis passé devant le pénitencier, et je me

suis stationné à la sortie immédiate de la ville, où m'avait mené une balade sous les frondaisons des rues délabrées. En somme, j'étais allé de New York à Joliet en car, moyennant quoi il me restait vingt dollars en poche. Le premier véhicule qui m'a pris, c'était un camion de dynamite avec son fanion rouge, et au bout de cinquante kilomètres à travers l'Illinois le chauffeur me fait voir l'endroit où la Six, sur laquelle on roulait, croise la 66, et où elles foncent toutes deux vers l'Ouest jusqu'à perpète. Sur le coup de trois heures de l'après-midi, j'avais pris une tarte aux pommes et une glace dans une buvette, au bord de la route, quand une femme s'est arrêtée pour me monter dans son petit coupé. J'ai couru après la voiture, tout émoustillé, en voie de bandaison. Mais c'était plus une jeunesse, d'ailleurs elle avait des fils de mon âge. Elle roulait vers l'Iowa et cherchait quelqu'un qui la relaie au volant. Moi, ça m'allait. L'Iowa, c'est tout près de Denver, et une fois à Denver, je pourrais souffler. Les premières heures, c'est elle qui a conduit. Elle a tenu absolument à ce qu'on s'arrête visiter une vieille église, quelque part, en touristes. Ensuite, j'ai pris les commandes, et sans être un as du volant, j'ai traversé le reste de l'Illinois, jusqu'à Davenport dans l'Iowa, via Rock Island. Et c'est là que, pour la première fois de ma vie, j'ai vu mon Mississippi bien-aimé — desséché dans la brume de chaleur, en basses eaux, avec sa vaste odeur putride, celle du corps nu et cru de l'Amérique, à force de le baigner. Rock Island, des voies ferrées, des baraques, un centre de rien du tout, et puis, une fois passé le pont, Davenport, même genre de ville, qui sent la sciure sous le chaud soleil du Midwest. C'est là que la dame bifurquait pour rentrer chez elle, dans l'Iowa ; je suis descendu. Le soleil déclinait. Quelques bières fraîches, et puis j'ai gagné les abords de la ville — une sacrée tirée, quand on est à pied. Les hommes rentraient chez eux, après leur journée ; ils portaient des casquettes de cheminots, des casquettes de baseball, toutes sortes de casquettes, comme à la sortie du travail, dans toutes les villes, partout. L'un d'entre eux m'a fait passer la colline, et déposé à un carrefour isolé, à l'orée de la prairie. C'était beau, cet endroit. De l'autre côté de la route, il y avait un motel, le premier des nombreux motels que j'allais voir dans l'Ouest. On ne voyait que des voitures de fermiers qui me regardaient de travers et passaient sans s'arrêter dans un bruit de ferraille, les vaches rentraient au bercail. Pas un camion, quelques voitures qui filaient. Une jeune tête brûlée est passée comme une flèche, foulard au vent. Le soleil est tombé à l'horizon, et je me suis retrouvé dans l'obscurité violette. Là j'ai eu peur. Iowa, rase campagne, pas une lumière ; encore une minute, et je serais complètement invisible. Par chance, un homme qui rentrait à Davenport m'a ramené au centre-ville. Retour à la case départ. Je suis allé à la gare routière, pour méditer la situation, et j'ai repris une tarte aux pommes et une glace, c'est d'ailleurs à peu près tout ce que j'ai mangé pendant ma traversée du continent : je savais que c'était nourrissant, et en plus, c'était fameux. J'ai décidé de tenter ma chance. J'ai pris un bus depuis le centre-ville, après avoir passé une demi-heure à mater la serveuse de la cafétéria, et je suis retourné aux marges de la ville, mais, cette fois, près des stations-service. C'était là que les gros

camions passaient dans un bruit de tonnerre, braoum,
et au bout de deux minutes il y en a un qui s'est
arrêté dans un grincement. J'ai couru après, l'âme en
fête. Et quel chauffeur ! Un grand costaud, un dur à
cuire, des yeux à fleur de tête, une voix rauque et
râpeuse, vas-y que je te claque les portières, que je
shoote dans l'embrayage, il fait décoller son bahut
presque sans s'apercevoir de ma présence, moment
de répit pour mon âme lasse... parce que l'une des
tracasseries majeures, en stop, c'est qu'il faut faire la
conversation à des tas de gens, leur montrer qu'ils se
sont pas trompés en te prenant à leur bord, il faut
quasiment les amuser, parfois, et tout ça, c'est lourd,
quand on va loin, et qu'on n'a pas l'intention de coucher à l'hôtel. Ce gars-là braillait pour couvrir le
bruit du moteur, il me restait plus qu'à brailler de
même pour lui répondre, c'était relax pour nous. Il a
mis le cap sur Rapid City, Iowa, pied au plancher, il
m'a fait tordre en me racontant comment il tournait
la loi dans toutes les villes qui avaient des limitations
de vitesse iniques. « Ces vaches de flics risquent pas
de me rattraper vu comment je file. » Il était fabuleux, et il m'a rendu un service fabuleux. Au moment
où on déboulait dans Rapid City, il a vu un autre
camion arriver derrière nous, alors comme il devait
bifurquer, il lui a fait un appel de feux arrière, et il a
ralenti pour que je puisse sauter en marche, ce que
j'ai fait, avec mon sac, et l'autre camion, qui avait
compris la manœuvre, s'est arrêté pour moi, si bien
que de nouveau, en un clin d'œil, je me retrouvais
grimpé dans ce maxitaxi, prêt à rouler des centaines
de bornes dans la nuit, ah la joie ! Et le nouveau
chauffeur était aussi dingue que le premier, il

braillait tout autant, il me suffisait de me carrer dans mon siège, de me détendre, et roulez jeunesse ! À présent, je voyais Denver se profiler devant moi comme une Terre Promise, tout là-bas, sous les étoiles, passé les prairies de l'Iowa et les plaines du Nebraska, et je devinais la vision plus grandiose encore de San Francisco, joyau dans la nuit. Il a mis toute la gomme, et il m'a raconté des histoires deux heures durant. Et puis à Stuart, petite ville de l'Iowa, où Neal et moi on s'est fait contrôler plus tard parce que les flics croyaient que notre Cadillac était volée, il a dormi quelques heures sur son siège. Moi j'ai fait de même, après quoi je me suis promené le long du mur de pierres solitaire, éclairé par une unique lampe, la prairie rêvant au bout de chaque petite rue, et l'odeur du maïs, rosée de la nuit. Le chauffeur s'est réveillé en sursaut au point du jour, et nous voilà repartis dans un bruit de tonnerre. Une heure plus tard, les fumerolles de Des Moines apparaissaient au-dessus des maïs encore verts. À présent, c'était l'heure de son casse-croûte, et il voulait pas bâcler l'affaire, si bien que je suis entré dans Des Moines, six kilomètres plus loin, à bord de la voiture de deux jeunes étudiants à l'université de l'Iowa. Ça me faisait bizarre d'être assis à l'arrière de leur voiture toute neuve, très confortable, et de les entendre parler de leurs examens, tout en filant sans heurts sur la route de la ville. À présent, il fallait que je dorme une journée entière, après quoi je me remettrais en route jusqu'à Denver. Je suis donc allé au YMCA, mais il n'y avait plus de chambres, alors mon instinct m'a conduit le long des voies ferrées, pas ce qui manque à Des Moines, et je me suis retrouvé dans une vieille auberge sinistre, près de la rotonde de la locomotive, un vieil hôtel, où j'ai passé une longue journée fabuleuse à dormir sur le matelas dur d'un grand lit tout propre et tout blanc, avec des saloperies graffitées à mon chevet, et des stores jaunes décrépits tirés sur le théâtre enfumé des voies de chemin de fer. Je me suis réveillé à l'heure où le soleil rougissait, et ça a été la seule fois précise de ma vie, le seul moment tellement bizarre, où je n'ai plus su qui j'étais... Loin de chez moi, hanté, fatigué du voyage, dans une chambre d'hôtel à bon marché que je n'avais jamais vue, j'entendais les trains cracher leur fumée, dehors, et les boiseries de l'hôtel craquer, les pas, à l'étage au-dessus, tout ces bruits mélancoliques, je regardais les hauts plafonds fissurés, et pendant quelques secondes de flottement je n'ai plus su qui j'étais. Je n'avais pas peur, j'étais simplement quelqu'un d'autre, étranger à moi-même ; toute ma vie était hantée, une vie de fantôme... J'avais traversé la moitié de l'Amérique, je me trouvais sur le fil, entre l'est de ma jeunesse et l'ouest de mon avenir, c'est peut-être pour ça que ça s'est passé là et pas ailleurs, en cet étrange après-midi rouge. Mais il fallait que je me remette en route, au lieu de pleurer sur mon sort, alors j'ai pris mon sac, j'ai dit au revoir au vieil aubergiste assis à côté de son crachoir, et je suis allé casser la croûte. J'ai mangé de la tarte aux pommes et de la glace ; la qualité s'améliorait à mesure que je m'enfonçais dans l'Iowa, la tarte était plus grosse, la glace plus crémeuse. Cet après-midi-là, à Des Moines, partout où je regardais, j'ai vu des hordes de jeunes beautés, qui rentraient du lycée ; mais j'avais autre chose à penser, et je me promettais de me rattraper à Denver.

Allen Ginsberg y était déjà ; Neal y était ; Hal Chase et
Ed White y étaient, ils étaient là chez eux ; Louanne y
était ; on m'avait dit que ça faisait une sacrée bande,
avec Bob Burford et sa sœur Beverly, une belle blonde,
et les sœurs Gullion, deux infirmières que connaissait
Neal ; même Allen Temko, mon vieux pote de fac
écrivain, était sur place. J'avais hâte de les retrouver
tous, je m'en faisais une joie. J'ai donc dépassé en
quatrième vitesse les jolies filles, or les plus belles
filles du monde habitent Des Moines, dans l'Iowa.
Un dingue au volant d'une caisse à outils montée
sur roues, un plein camion d'outils qu'il conduisait
debout, laitier moderne, m'a déposé de l'autre côté
de la longue colline. Là, j'ai aussitôt trouvé une voiture, un fermier et son fils, qui allaient à Adel, dans
l'Iowa. À Adel, sous un grand orme, près de la
station-service, j'ai fait la connaissance d'un autre
auto-stoppeur qui allait effectuer avec moi une grande
partie du reste du trajet. Coïncidence, il venait comme
moi de New York, c'était un Irlandais, qui avait
passé le plus clair de sa vie active à conduire le
camion des postes, et partait alors pour Denver,
retrouver une fille et changer de vie. Il m'avait tout
l'air en cavale, en délicatesse avec la loi, sans doute.
C'était un vrai poivrot de trente ans, nez rouge, il
m'aurait barbé, en temps ordinaire, mais là, tout
mon être aspirait à faire ami avec mes semblables. Il
portait un pull en triste état, un pantalon informe,
pas le moindre sac de voyage — une brosse à dents et
des mouchoirs, c'est tout. Il a proposé qu'on fasse du
stop à deux ; j'aurais dû dire non, parce qu'il avait
vraiment une allure patibulaire, vu de la route. Mais
on est restés ensemble, et on s'est fait prendre par un

taiseux qui nous a conduits jusqu'à Stuart, dans l'Iowa, ville où le sort a voulu que je reste carrément en rade. On s'est plantés devant le guichet des billets à la gare de Stuart, pour attendre les voitures qui rouleraient vers l'Ouest, jusqu'au coucher du soleil, cinq heures d'horloge. Au début, pour tuer le temps, on s'est un peu raconté nos vies, et puis il a raconté des histoires grivoises, et on s'est retrouvés à lancer des petits cailloux et à émettre toutes sortes de bruits bizarres. On se faisait suer. J'ai décidé d'investir un dollar dans une bière, et on est allés dans un saloon cambrousard turbulent, à Stewart, s'envoyer quelques verres. Il s'est soûlé exactement comme chez lui, sur la Neuvième Avenue, la nuit, et il s'est mis à me brailler joyeusement à l'oreille tous les rêves sordides de sa vie. Il me plaisait bien, dans un sens. Non pas que c'était un chic type, comme on le verra, mais il ne manquait pas d'enthousiasme. On est retournés sur la route en pleine nuit, et bien entendu il ne s'est arrêté personne, vu qu'il ne passait pas grand monde, de toute façon. Comme ça jusqu'à trois heures du matin. On a bien essayé de dormir sur le banc, devant le guichet, mais le télégraphe cliquetait sans arrêt, pas moyen de fermer l'œil, avec les grands trains de marchandises qui passaient dehors. On savait pas sauter dans un hiball, on l'avait jamais fait, on savait pas s'ils allaient vers l'est ou vers l'ouest, ni à quoi ça se voyait, ni quels wagons choisir, et tout et tout. Alors quand le car d'Omaha est passé, juste avant l'aube, on a grimpé dedans, et rejoint les passagers endormis — ce qui fait qu'entre son billet et le mien, j'ai dépensé le plus clair de mes derniers dollars. Il s'appelait Eddie, il me faisait penser à mon

cousin par alliance, à Brooklyn. C'est pour ça que je
suis resté avec lui. J'avais l'impression d'être avec un
vieil ami... un brave benêt sympa, avec qui faire
l'imbécile. À l'aube, on est arrivés à Council Bluffs;
j'ai regardé par la vitre; tout l'hiver, j'avais lu que
dans le temps des grands rassemblements de chariots
y tenaient conseil avant de prendre les pistes de
l'Oregon et de Santa Fe. Aujourd'hui, bien sûr, ce
n'était plus que des pavillons de banlieue mignards,
tous du même style cucul, bien alignés dans l'aube
grise et morne. Puis Omaha est arrivé, avec, Bon
Dieu, le premier cow-boy que je voyais de ma vie, il
marchait le long des murs sinistres des hangars à
viande, un grand chapeau sur la tête et des texanes
aux pieds, mis à part les sapes, il ressemblait trait
pour trait à un *beat* de l'Est, comme on peut en voir
le long des façades de briques, à l'aube. On est descendus du car, et on a mis le cap sur le haut de la
colline, cette longue colline formée par le puissant
Missouri au cours des millénaires, et au flanc de
laquelle Omaha est construite, on est arrivés en rase
campagne, et on a levé le pouce. On s'est fait avancer
de quelques bornes jusqu'au carrefour suivant par
un riche propriétaire de ranch, avec un immense
chapeau, qui disait que la vallée du Nebraska, dit
aussi Platte, était aussi large que la vallée du Nil.
Pendant qu'il disait ça, je voyais les grands arbres,
au loin, qui épousaient les méandres du fleuve, et
les grands champs verdoyants, et j'étais tenté de le
croire. Puis, une fois là-bas, le temps s'est couvert, et
c'est là qu'un autre cow-boy, un grand type d'un
mètre quatre-vingts, avec un chapeau plus modeste,
nous a hélés. Il se demandait si on savait conduire,

Eddie savait, bien sûr, et en plus il avait son permis, contrairement à moi. Le cow-boy rentrait dans le Montana avec deux voitures. Sa femme dormait au motel de Grand Island, et il voulait qu'on lui amène la voiture là-bas, après quoi elle prendrait le relais, il bifurquerait vers le nord, et nos routes se sépareraient. Mais ça nous avançait tout de même de cent cinquante bornes dans le Nebraska, alors on s'est pas fait prier. Eddie a pris le volant de l'autre voiture, et moi je suis monté avec le cow-boy, qui le suivait ; on n'a pas plus tôt quitté la ville qu'Eddie écrase l'accélérateur ; il fait du cent trente ou cent quarante, par pure exubérance. « Bon Dieu, qu'est-ce qui lui arrive au gamin ? » s'écrie le cow-boy, et le voilà qui le prend en chasse. Ça commençait à ressembler à une course poursuite. Il m'a même traversé l'esprit qu'Eddie essayait de se tirer avec la voiture, et d'ailleurs il en avait sans doute l'intention. Mais le Vieux Cow-Boy te lui colle au train, il le rattrape et il se met à le klaxonner. Eddie ralentit. Le cow-boy reklaxonne pour qu'il s'arrête. « Vingt dieux, mon gars, tu vas éclater un pneu, à cette vitesse ! Tu peux pas rouler un peu plus lentement ? — Ah bon, je faisais du cent trente ? Oh la la, qu'est-ce qui m'a pris, j'ai pas fait gaffe, la route est tellement lisse ! — Eh ben, lève un peu le pied, comme ça on arrivera tous entiers à Grand Island. — Sûr. » Et nous voilà repartis. Eddie s'était calmé, il devait même avoir sommeil. C'est comme ça qu'on a fait 150 bornes dans le Nebraska, en suivant les méandres du So Platte parmi les champs verdoyants. « Pendant la Crise, m'a dit le cow-boy, je brûlais le dur au moins une fois par mois. De ce temps-là, tu voyais des centaines

de gars sur les bennes et dans les voitures fermées;
pas seulement des clochards, toutes sortes de types
qui avaient perdu leur emploi et qui devaient aller
quelque part, ou même qui roulaient sans but.
C'était pareil dans tout l'Ouest. Les serre-freins te
foutaient la paix, de ce temps-là. Aujourd'hui, je sais
pas. Moi, le Nebraska, j'en ai rien à foutre. Au milieu
des années trente, c'était rien qu'un gros nuage de
poussière à perte de vue, t'arrivais pas à respirer.
Même le sol était noir. J'y étais, à l'époque. Si ça tient
qu'à moi, le Nebraska, ils peuvent bien le rendre aux
Indiens. Je peux pas le blairer, cet État-là. J'habite
dans le Montana, à présent, à Missoula. Si tu y
montes, un jour, tu verras ce que c'est que le pays du
Bon Dieu. » Un peu plus tard dans l'après-midi, je
me suis endormi, et j'ai récupéré, quand il en a eu
marre de parler — c'était intéressant, de l'entendre
parler. On s'est arrêtés sur le bord de la route pour se
reposer et manger un morceau. Le cow-boy est parti
faire mettre une rustine à son pneu de secours, et
Eddie et moi on est allés s'attabler dans une cantine
de bord de route, cuisine familiale. J'ai entendu un
grand rire, un rire tonitruant, et voilà que s'amène
un vieux fermier du Nebraska, le vrai vacher, avec
une bande d'autres gars. Ce jour-là, sa voix rauque
faisait trembler les plaines, elle déchirait toute la grisaille du monde. Tous les autres riaient avec lui. Il
n'avait pas le moindre souci dans l'existence, ce qui ne
l'empêchait pas de respecter son monde. Je me suis
dit : « Woua! Écoute-moi ce gars rire! Ça c'est
l'Ouest, je suis dans l'Ouest. » Il est rentré dans le bistrot en braillant le nom de Maw d'une voix de stentor, elle faisait la meilleure tarte aux cerises de tout

l'Ouest, et j'en ai mangé, avec une montagne de glace
par-dessus. «Maw, fricote-moi quèque chose, avant
que je me bouffe les deux mains, ça serait pas bien
malin!» Il s'est jeté sur un tabouret. «Et puis t'y
mets des fayots, hyaw, hyaw, hyaw.» J'avais le génie
de l'Ouest incarné, assis à côté de moi. J'aurais bien
voulu connaître les détails de sa vie de rudesse, et ce
qu'il avait fait toutes ces années, à part rire et brailler
comme ça. «Mazette!» je me suis dit, et là-dessus
notre cow-boy est revenu, et on est repartis tous trois
pour Grand Island. On y est arrivés en un temps
record. Il est allé tirer sa femme du sommeil, et ils
sont partis vers leur destin pour les années à venir; et
Eddie et moi on a repris la route. Deux jeunes gars
se sont arrêtés, des cow-boys, des ados, des gars de
la campagne, dans leur bagnole bricolée; et puis ils
nous ont déposés quelque part, sous le crachin.
Ensuite un vieux qui n'ouvrait pas la bouche — Dieu
sait pourquoi il nous avait pris — nous a emmenés
jusqu'à Preston, Nebraska. Eddie s'est planté au
milieu de la route, tristement, devant une bande
d'Indiens trapus, qui n'avaient rien à faire et nulle
part où aller. De l'autre côté de la route passait la
voie de chemin de fer, derrière un château d'eau
marqué Preston. Eddie n'en revenait pas. «Bon Dieu
de moi! Je suis déjà venu dans ce patelin, il y a des
années, pendant cette vacherie de guerre, en pleine
nuit, tout le monde dormait. Je suis sorti sur la plate-
forme pour fumer, et là, au milieu de nulle part, il
fait noir comme poivre, je vois écrit Preston sur le
château d'eau. On allait vers le Pacifique, ils ronflaient
tous, les pauvres cons, on est restés que quelques
minutes, le temps de réactiver la chaudière ou je sais

pas quoi, et puis on est repartis. Merde alors, Preston ! J'ai toujours détesté ce bled depuis. » Voilà
qu'on était bloqués à Preston. Comme à Davenport,
dans l'Iowa, il ne passait que des bétaillères ; ou pire
encore, une fois de temps en temps, une voiture de
tourisme, avec un vieux au volant, et sa femme qui
lui montrait le paysage ou qui lui lisait la carte ; bien
carrés dans leur siège, ils étaient dans toute l'Amérique comme dans leur salon, à tout regarder de leur
œil soupçonneux. Il s'est mis à bruiner plus fort.
Eddie avait froid ; faut dire qu'il était peu couvert.
J'ai déniché au fond de mon sac une chemise en laine
à carreaux, et il l'a mise. Ça allait déjà mieux. Moi
j'avais un rhume. Je suis allé m'acheter des gouttes
dans une vague échoppe indienne toute branlante, et
puis je suis entré dans une poste minuscule, pour
envoyer une carte à ma mère. On est retournés sur
la route grise. Nous revoilà devant l'inscription Preston, sur le château d'eau. Le train de Rock Island est
passé comme un boulet de canon. On a aperçu le
visage des passagers du Pullman, tout flous. Le train
hurlait en traversant les plaines, il roulait vers nos
désirs. La pluie redoublait. Mais j'étais sûr que j'y
arriverais. Un grand gars dégingandé en chapeau de
cow-boy s'est arrêté de l'autre côté de la route, et il a
traversé pour nous rejoindre. On aurait dit un shérif ;
nous on a préparé notre baratin, l'air de rien. Il a pris
tout son temps pour arriver : « Vous allez quelque
part, les jeunes, ou bien vous vous baladez ? » On ne
comprenait pas sa question, qui était d'ailleurs une
excellente question. « Pourquoi ? » on a dit. « Ben,
moi, je suis propriétaire d'une petite fête foraine, qui
est installée à quelques bornes d'ici, et je cherche des

petits gars qu'aient envie de se faire quèque dollars.
J'ai un stand de loterie, et puis un stand de lancer
d'anneaux, vous savez, on lance l'anneau autour de
la poupée, on tente sa chance. Si vous voulez travailler pour moi, je vous donne 30 % des gains. — Nour-
ris logés? — Je peux vous donner un lit, mais pour
manger, non, faudra aller en ville. On bouge pas
mal. » On a réfléchi. « C'est une bonne occasion », il a
dit. Après quoi, il a attendu patiemment qu'on se
décide. On se sentait tout bêtes, on savait pas quoi
répondre, moi le premier, qui ne voulais pas me laisser bloquer par une fête foraine alors que j'étais tellement pressé de retrouver la bande à Denver. J'ai
dit : « Je sais pas, moi je suis à la bourre, je crois pas
que j'aie le temps. » Eddie a dit pareil. Le vieux nous
a fait au revoir de la main, il est retourné sans se
presser à sa voiture et il a démarré. Et voilà tout. On
en a ri un petit moment, en spéculant sur ce que ça
aurait été. Moi je me figurais les nuits sombres et
poussiéreuses sur les plaines, le visage des familles
du Nebraska qui passeraient, des Okies pour la plupart, avec leurs enfants aux joues roses, bouche bée
devant le spectacle ; je savais que je me serais fait
l'effet d'être le diable en personne si je les avais
truandés avec ces tours de magie à deux sous qu'on
vous fait faire. Et la grande roue, tournant dans
l'obscurité des basses terres et, Dieu tout-puissant,
la musique mélancolique du manège, et moi qui ron-
gerais mon frein, et qui dormirais dans une roulotte
dorée, sur des sacs de jute. Eddie a montré qu'il était
un compagnon de route assez distrait. Un drôle d'engin est arrivé, avec un vieux au volant ; c'était une
tire en aluminium, une boîte cubique, un genre de

caravane, à coup sûr, mais une caravane cousue main, un spécimen local, complètement dingue. Le vieux roulait très lentement et il s'est arrêté, nous on a couru. Il n'avait pas la place de nous prendre tous deux. Alors sans un mot, sur un simple regard de moi, Eddie grimpe et disparaît lentement dans un bruit de ferraille, ma chemise en laine à carreaux sur le dos, la chemise avec laquelle j'avais écrit la première moitié de mon roman. Et voilà, pas de pot, je peux lui dire adieu, mais c'est vrai qu'elle n'avait qu'une valeur sentimentale, et en plus, je m'en doutais pas, mais j'allais la récupérer en aval de la route. Me voilà donc en train d'attendre dans Preston, notre bête noire de ville, longtemps, longtemps, plusieurs heures. On n'était qu'en début d'après-midi, et je n'arrêtais pas de me dire que la nuit tombait, tellement il faisait sombre. Denver, Denver, pour y arriver comment faire ? J'étais sur le point de renoncer et je me proposais de prendre un café quand une voiture encore assez neuve s'est arrêtée, conduite par un jeune type. J'ai couru comme un dératé. « Tu vas où ? — À Denver. — Je peux t'avancer de cent cinquante bornes... — Génial, génial, tu me sauves la vie. — J'ai fait du stop, moi aussi, dans le temps, alors je prends toujours les gars. — C'est ce que je ferais si j'avais une bagnole. » On s'est mis à parler, et il m'a raconté sa vie, qui n'était pas passionnante, si bien que je me suis assoupi et, le temps que je me réveille, on était aux abords de North Platte, où il m'a déposé. J'étais loin de m'en douter, mais l'étape la plus mémorable de ma vie d'auto-stoppeur m'attendait : un camion-benne, avec déjà cinq gars vautrés à l'arrière, et les chauffeurs, deux jeunes fermiers blonds du Minnesota, qui ramassaient tous les gens qu'ils trouvaient sur leur route — on n'aurait pas pu rêver deux culs-terreux plus souriants et plus joyeux, tous deux en chemise de coton et salopette à même la peau, des poignets puissants, et de grands salussava pour tout ce qui croisait leur chemin. Je cours jusqu'au camion, je dis : « Y a de la place ? » et ils me répondent : « Et comment, grimpe, y a de la place pour tout le monde. » J'ai grimpé, baba devant la simplicité des circonstances. Je n'étais pas sur la plateforme que le camion démarrait déjà en trombe, j'ai piqué du nez, un des gars m'a rattrapé, j'ai réussi à m'asseoir tant bien que mal. Quelqu'un faisait tourner du tord-boyaux, un fond de bouteille. J'en ai pris une bonne lampée, dans la bruine lyrique et sauvage du Nebraska. « Yeepi, c'est parti ! » s'est écrié un môme avec une casquette de base-ball sur la tête, les conducteurs étaient montés à plus de cent, ils doublaient tout le monde. « On est sur ce putain de camion depuis Omaha. Les gars font pas de halte, alors de temps en temps t'es obligé de brailler pour t'arrêter pisser, sinon t'as plus qu'à pisser en l'air, et là, mon frère, rappelle-toi qu'il faut te cramponner. » J'ai regardé la compagnie. Il y avait deux jeunes fermiers du Dakota du Nord, avec des casquettes de base-ball rouges, comme ils en portent tous là-bas, ils partaient faire les moissons : leurs vieux leur avaient donné la permission de tailler la route pour l'été. Et puis il y avait deux gars de la ville, venus de Columbus, Ohio, qui jouaient dans l'équipe de football de leur lycée ; ils mâchaient du chewing-gum, te faisaient des clins d'œil, chantaient au vent de la marche ; ils disaient qu'ils allaient faire le tour des

States en stop pendant l'été. «On va à L.A. », ils
braillaient. «Qu'est-ce que vous allez faire, là-bas ?
— Alors là, on en sait rien, et on s'en cogne ! » Et
puis il y avait un grand type mince, nommé Slim,
qui disait venir du Montana et qui avait une mine
sournoise. «T'es d'où ? » j'ai demandé. J'étais allongé
à côté de lui dans la benne, vu qu'on pouvait pas rester assis, à cause des cahots, et parce qu'il y avait pas
de ridelle. Il s'est tourné lentement vers moi, il a
ouvert la bouche, et il m'a dit en traînant sur les syl-
labes : «Du Mon-ta-na. » Et puis enfin, il y avait
Mississippi Gene et son protégé. Mississippi Gene
était un petit brun qui traversait le pays en brûlant le
dur, un trimardeur de trente ans mais avec une
expression juvénile, si bien qu'on avait du mal à lui
donner un âge. Assis en tailleur, il regardait défiler
les champs sans rien dire, sur des centaines de bornes.
À un moment donné, il a fini par me demander : «Et
toi, tu vas où ? » J'ai dit : à Denver. «J'ai bien une
sœur là-bas, mais ça fait un bail que je l'ai pas vue. »
Sa langue était lente et mélodieuse, son protégé un
môme de seize ans, un grand blond, en haillons de
trimardeur, lui aussi ; c'est-à-dire qu'ils portaient des
hardes toutes noircies par la suie des voies ferrées, la
crasse des bennes, et les nuits à dormir par terre. Le
môme blond était du genre taiseux, lui aussi, tout
l'air d'être en cavale, flics aux fesses sans doute, il
regardait droit devant lui, et se passait la langue sur
les lèvres, comme un qui cogite, pas tranquille. Ils
étaient assis côte à côte, complices dans leur mutisme,
ils parlaient à personne. Ils trouvaient rasoir les
fermiers et les lycéens. Montana Slim leur parlait
quand même de temps en temps, avec un sourire

Sur la route 183

sardonique et insinuant, mais ils ne l'écoutaient pas.
Montana Slim, c'était l'insinuation faite homme.
J'avais peur de son long sourire dingo, qu'il affichait
en permanence comme un demeuré, cette façon de
se fendre la pêche presque agressivement. « T'as de
l'argent ? » il m'a demandé. « Putain, non, de quoi
me payer une pinte de whisky d'ici Denver, et encore.
Et toi ? — Je sais où en trouver. — Où ça ? — N'importe où. On peut toujours assommer un gars dans
une ruelle, au besoin, non ? — Mouais, sans doute.
— J'en suis encore capable en cas d'urgence. M'en
vais dans le Montana, voir mon père. Va falloir que
je débarque à Cheyenne et que je prenne une autre
route, vu que les deux autres dingues, ils vont à L.A.
— Direct ? — D'une traite. Si tu veux aller à L.A., te
v'là tranquille. » J'ai médité la chose. À l'idée de noctraverser comme une flèche le Nebraska, le Wyoming
et le désert de l'Utah au matin, puis, probablement,
celui du Nevada l'après-midi, le tout dans des délais
prévisibles, j'ai bien failli changer mes batteries.
Mais je tenais absolument à aller à Denver. Je devrais
donc descendre à Cheyenne, moi aussi, et couvrir les
cent trente derniers kilomètres en stop. Quand les
deux fermiers du Minnesota qui pilotaient le camion
ont décidé de s'arrêter à North Platte pour manger,
j'étais bien content, curieux de les voir de plus près.
Ils sont sortis de la cabine le sourire aux lèvres : « On
s'arrête pisser », a dit l'un des deux. « C'est l'heure
de casser la croûte », a dit l'autre. Mais ils étaient les
seuls du groupe à avoir de l'argent pour s'acheter à
manger. On les a tous suivis en traînant les pieds,
jusqu'à un restaurant tenu par une bande de femmes ;
et on s'est attablés devant des hamburgers pendant

qu'ils engloutissaient un repas énorme, comme dans
la cuisine de leur mère. C'étaient deux frères ; ils partaient chercher des machines agricoles à Los Angeles
pour les livrer dans le Minnesota, et ça payait bien.
Alors à l'aller, vu qu'ils étaient à vide, ils ramassaient
tous les gars qu'ils trouvaient au bord de la route. Ils
en étaient à leur cinquième circuit ; ils s'amusaient
comme des fous. Tout leur plaisait. Ils souriaient en
permanence. J'ai essayé de leur parler — tentative
imbécile et vaine pour me concilier les bonnes grâces
des capitaines de notre vaisseau, qui traitaient tout
l'équipage avec le même respect. En retour, ils m'ont
souri de leurs dents blanches, ces mangeurs de maïs.
On les avait tous rejoints au restau, sauf les deux trimardeurs, Gene et son jeune protégé. Quand on est
revenus, ils étaient toujours dans la benne, solitaires
et inconsolés. À présent la nuit tombait. Les chauffeurs ont grillé une cigarette ; moi j'en ai profité pour
aller chercher une bouteille de whisky, histoire de
nous tenir chaud quand soufflerait l'air glacé de la
nuit. Je le leur ai dit, et ils ont souri : « Vas-y, mais
traîne pas, hein ! — Il y en aura bien un petit coup
pour vous », j'ai promis, rassurant. « Oh non, nous
on boit jamais, vas-y. » Montana Slim et les deux
lycéens sont venus zoner avec moi dans les rues de
North Platte en quête d'un débit de boissons. Ils ont
payé leur écot, les gamins et Slim, si bien que j'ai pu
acheter trois quarts de litre. Des grands types maussades nous regardaient, devant des immeubles aux
façades en toc. La rue principale n'était qu'un ali-
gnement de boîtes à chaussures. Au bout de chaque
rue triste, l'immensité des plaines. Je sentais comme
un changement dans l'air, sans savoir au juste lequel ;

cinq minutes plus tard, j'ai compris. On est rentrés au camion, on s'est arrachés et on s'est mis à rouler à fond. La nuit tombait vite. On a tous bu une lampée, et là, sous mes yeux, les champs verdoyants du South Platte ont bientôt fait place à de longues étendues de sable à perte de vue, plates, hérissées d'armoise. J'en revenais pas : « Putain, c'est quoi, ça ? » j'ai crié à Slim. « C'est le début des rangelands, mon ptit gars, repasse-moi la bouteille. — Yeepi ! criaient les lycéens, adios Columbus ! Qu'est-ce qu'ils diraient, Sparkie et les potes, s'ils étaient là. Yo ! » Les chauffeurs venaient de se relayer au volant. Celui qui était tout frais avait mis le pied au plancher. La route aussi avait changé ; une bosse au milieu et des accotements non stabilisés bordés par un fossé de plus d'un mètre, si bien que le camion faisait de méchantes embardées — par miracle il avait pas rencontré de voitures en face — et je me disais qu'on finirait par se retrouver cul par-dessus tête. Mais les fermiers étaient des as du volant. Ils se relayaient depuis le Minnesota jusqu'aux palmiers de L.A. l'oasis sans jamais s'arrêter plus de dix minutes pour manger. Fallait voir comment ce camion s'est arrangé du moignon du Nebraska, ce bout d'État qui mord sur le Colorado. Et bientôt j'ai compris que j'étais enfin passé par-dessus le Colorado, sans y être entré officiellement, tout en regardant vers le sud-ouest, et la ville de Denver elle-même, à quelques centaines de kilomètres. J'en ai poussé un cri de joie. On s'est repassé la bouteille. Les vastes étoiles incandescentes sont sorties, le lointain dissolvait les dunes. Je me faisais l'effet d'une flèche, prête à crever sa cible. Et soudain, Mississippi Gene, patiemment assis en tail-

leur à rêver, s'est tourné vers moi, il a ouvert la bouche
et s'est penché pour me confier : «Ces plaines, ça me
met dans l'ambiance du Texas. — T'es du Texas? —
Non, m'sieur, j'suis de Green-vell, Muzz — ssippi»,
il a répondu. «Et le jeune, d'où il est? — Il s'est
attiré des embrouilles, là-bas, dans le Mississippi,
alors je lui ai proposé de l'aider comme je pouvais. Il
était jamais sorti de chez lui, alors je lui ai donné un
coup de main. J'm'en occupe du mieux que j'peux,
c'est qu'un môme.» Gene était blanc, mais il avait
en lui quelque chose du vieux nègre sagace et las, et
quelque chose de Hunkey, le camé de New York,
mais un Hunkey de la route, un Hunkey de l'odyssée
de la route, qui traversait et retraversait le territoire
tous les ans, vers le nord en été, vers le sud en hiver,
uniquement parce qu'il n'avait nulle part où rester
sans s'ennuyer, et nulle part, c'est-à-dire partout, où
aller, alors il roulait sa bosse sans trêve sous les
étoiles, celles de l'Ouest en général. «J'suis bien été
à Og-den une-deux fois. Si tu veux y aller, j'ai des
potes, on pourra toujours crécher avec eux. — Moi
je vais à Denver par Cheyenne. — Putain, t'arrête
pas en route, c'est pas tous les jours que tu vas te
trouver une course comme celle-ci!» Cette proposition était tentante, elle aussi. Mais qu'est-ce qu'il
y avait, à Ogden? «C'est quoi, Ogden? — C'est la
ville où presque tous les gars passent un jour ou
l'autre, c'est là qu'ils se retrouvent, t'as des chances
de croiser n'importe qui.» Quand j'étais plus jeune,
j'avais pris la mer avec un gars de Ruston, Louisiana,
nommé William Holmes Hubbard qu'on appelait
Big Slim Hubbard, un grand gars taillé à coups de
serpe, trimardeur par vocation. Quand il était tout

petit, il avait vu un trimardeur demander un morceau de tarte à sa mère, qui le lui avait donné, et
quand le trimardeur avait repris la route, le petit
avait dit : « M'man, qu'est-ce que c'est que ce gars-
là? — C'est un trimardeur, voyons. — M'man, moi
aussi, quand je serai grand, je serai trimardeur. —
Veux-tu te taire, on fait pas ça chez les Hubbard. »
N'empêche qu'il n'avait jamais oublié cette journée,
et qu'une fois adulte, après avoir brièvement joué
dans l'équipe universitaire de football, il était bel et
bien devenu trimardeur. Slim et moi, on passait des
nuits entières à se raconter des histoires et à cracher
notre chique dans des gobelets en papier. Gene avait
quelque chose qui me rappelait tellement Big Slim
Hubbard dans ses façons, que j'ai fini par lui demander : « T'aurais pas croisé un gars nommé Big Slim
Hubbard quelque part, toi? — Tu veux dire un grand
gars, qui rit aux éclats? — Ben, ça m'a l'air d'être ça,
oui. Il venait de Ruston, Louisiana. — C'est ça, y en
avait qui l'appelaient Louisiana Slim. Oui, m'sieur,
et comment que je l'ai rencontré, Big Slim. — Il travaillait dans les champs de pétrole du Texas? — Dans
l'est du Texas, parfaitement, et maintenant il conduit
le bétail. » Et c'était tout à fait vrai. Pourtant je n'arrivais pas à croire que Gene ait vraiment rencontré
Slim, que je recherchais plus ou moins depuis des
années. « Et il travaillait sur les remorqueurs, à New
York? — Ah, ça je pourrais pas te dire. — Ouais,
bien sûr, toi tu l'as connu dans l'Ouest. — Ben, si tu
veux, moi j'suis jamais été à New York. — Merde
alors, j'en reviens pas que tu le connaisses, le pays est
grand quand même. Pourtant, j'en étais sûr, que tu
le connaissais. — Ouais, m'sieur, je le connais même

très bien, Big Slim. C'est le gars qu'est pas chien quand il a du blé. Mais c'est un dur à cuire tout de même, je l'ai vu étendre un flic par terre, dans la gare de triage, à Cheyenne, d'un seul coup de poing. » Ça ne m'étonnait pas de Big Slim ; il entraînait toujours son punch à vide ; on aurait dit Jack Dempsey, mais en jeune, et en poivrot. « Merde alors ! » j'ai crié dans le vent, et j'ai bu une lampée. Là, je commençais à me sentir vraiment bien. Chaque rasade que je buvais était balayée par les courants d'air froid qui passaient sur la benne, les miasmes de l'alcool s'envolaient pendant que ses bienfaits me descendaient dans l'estomac, et je chantais : « Cheyenne, me voici ; Denver, ouvre l'œil, ton fils arrive ! » Montana Slim s'est tourné vers moi, et il a dit, en désignant mes chaussures : « Tu crois pas que si tu plantes ces machins, il va germer quèque chose ? » Sans l'ombre d'un sourire, naturellement, et les autres l'ont entendu, ils étaient écroulés. C'est vrai que c'étaient les pompes les plus grotesques d'Amérique. Je les avais achetées spécialement pour pas transpirer sur la route, dans la chaleur, de peur de faire une nouvelle crise de phlébite, et de fait, à part sous la flotte à Bear Mountain, c'étaient les chaussures les mieux adaptées à ma virée. J'ai donc ri avec les autres. Elles étaient en lambeaux, à présent, les lanières de cuir multicolores s'étaient détachées de la semelle, on aurait dit des fibres d'ananas frais, mes orteils passaient au travers. Là-dessus, on a bu encore un coup, et bien rigolé. Comme en rêve, on traversait à toute blinde des villages carrefours surgis des ténèbres, on passait devant d'interminables files d'ouvriers agricoles nonchalants et de cow-boys, dans la nuit, et puis on retrouvait le

désert. Ils nous regardaient passer en nous suivant
de la tête, et quand on les voyait se taper sur les
cuisses, on était déjà dans le noir, à l'autre bout du
patelin. Faut dire qu'on offrait un spectacle cocasse, à
nous tous. Il y a un grand rassemblement d'hommes,
dans le coin, à cette période de l'année : c'est les
moissons. Les gars du Dakota tenaient plus en
place : « La prochaine fois qu'on s'arrête pisser, nous
autres on va descendre ; on dirait qu'il y a pas mal
d'embauche, par ici. — Quand ce sera fini ici, a dit
Montana Slim, il suffira de monter vers le nord, vous
aurez plus qu'à suivre la moisson jusqu'au Canada. »
Les gars ont vaguement fait oui de la tête ; les conseils
de Slim, ils s'en cognaient. Pendant ce temps-là, le
jeune blond en cavale ne bougeait pas de sa place.
De temps en temps, Gene s'extrayait de sa transe
bouddhique face au défilé des plaines obscures pour
lui chuchoter quelque chose d'affectueux à l'oreille,
et le gamin hochait la tête. Il s'en occupait, de ce
gosse, jusque dans ses humeurs et ses angoisses. Je me
demandais bien où ils pourraient aller, et ce qu'ils
pourraient bien faire. Ils n'avaient pas de cigarettes,
alors je leur distribuais mon paquet sans compter,
tellement je les adorais. Ils étaient reconnaissants et
aimables. Ils ne demandaient rien, c'était moi qui
proposais tout le temps. Montana Slim avait les
siennes, mais pas de danger qu'il fasse tourner son
paquet. On a traversé une autre ville-carrefour à la
vitesse Grand V, longé une autre file de gars dégin-
gandés en jeans, agglutinés dans les ténèbres comme
des papillons de nuit dans le désert, et puis on est
retournés nous-mêmes dans les ténèbres formidables,
et tout là-haut les étoiles étaient si pures et si

brillantes parce qu'on grimpait dans l'air raréfié, à
raison de vingt centimètres de dénivelé au kilomètre,
et d'un kilomètre et demi à la minute, dans un air
pur et propre, sans aucun arbre pour cacher les
étoiles vagabondes au ras de l'horizon. J'ai aperçu la
face pâle et mélancolique d'une vache, qui paissait
dans les buissons d'armoise, le long de notre trajectoire de météore. On avait l'impression d'être dans
un train, tellement on allait droit. On arrive dans un
bled, le bahut ralentit et Montana Slim lance : « Ah,
on va s'arrêter pisser ! », mais les gars du Minnesota
traversent le bled sans s'arrêter. « Merde, faut que je
pisse, moi, dit Slim. — Pisse par-dessus bord, dit l'un
des gars. — C'est bien ce que je vais faire », il répond.
Et lentement, sous nos yeux, le voilà qui s'avance sur
les fesses, centimètre par centimètre, vers le bout de
la benne jusqu'à avoir les jambes ballantes. Un des
gars frappe à la vitre de la cabine, pour attirer l'attention des deux frangins. Ils se retournent avec un
grand sourire. Et quand Slim est prêt à l'action malgré sa position précaire, voilà les gars qui se mettent
à faire des zigzags à cent à l'heure. Slim tombe un
instant à la renverse ; on voit un jet de baleine s'élever dans les airs ; il se rassied tant bien que mal. Les
voilà qui se déportent sur le côté. Bam, Slim tombe
sur le flanc, il se pisse dessus tant qu'il peut. Dans le
rugissement du moteur, on l'entend sacrer-jurer :
« Putain de merde », avec un râle lointain comme s'il
était de l'autre côté des montagnes. Il se doute pas
qu'on lui fait des misères exprès. C'est l'homme aux
prises avec son destin, tel Job il serre les dents.
Quand il a fini, il est trempé à tordre, et il faut qu'il
revienne à sa place sur les fesses, centimètre par cen-

timètre, avec une tête d'enterrement alors que tout
le monde se marre, sauf le gosse triste, et que les
conducteurs sont pliés en quatre. Je lui tends la bouteille, pour nous racheter. « Merde alors, il dit, ils le
faisaient exprès ? — Ben tiens ! je lui réponds. —
J'avais pas compris, quel con ! Je me disais aussi que
quand je l'avais fait, une fois, dans le Nebraska,
j'avais pas tant miséré. » Là-dessus, on arrive dans la
ville d'Ogallala, et les chauffeurs lancent en se marrant de bon cœur : « On s'arrête pisser ! » Slim reste
près du camion, il fait la gueule : s'il avait su ! Les
deux fermiers du Dakota nous ont dit au revoir, ils
pensaient bien commencer la moisson sur place.
On les a regardés disparaître dans la nuit vers les
baraques, au bout de la ville, un gars en blue-jeans
qui regardait passer la nuit leur avait dit qu'ils y
trouveraient les types de l'embauche. Il fallait que je
rachète des cigarettes. Gene et le jeune blond m'ont
suivi pour se dégourdir les jambes. On est entrés
dans un bistrot qu'on ne se serait jamais attendu à
trouver là, une fontaine à soda des plaines solitaires,
rendez-vous des ados du coin. Ils dansaient, pour
quelques-uns, sur la musique du juke-box. Il y a eu
un silence à notre arrivée. Gene et Blondin restaient
plantés là sans regarder personne. Tout ce qu'ils
voulaient, eux, c'étaient des cigarettes. Ça ne manquait pas de jolies filles. Il y en avait même une
qui reluquait Blondin, mais il ne s'en rendait pas
compte, et d'ailleurs il s'en serait fichu, tellement
il était triste et paumé. Je leur ai payé un paquet
chacun, ils m'ont remercié. Le camion était prêt à
repartir. On allait sur minuit, il faisait froid. Gene,
qui ne comptait plus sur ses doigts ni sur ses orteils

le nombre de fois où il avait sillonné le pays, a dit
que si on ne voulait pas se geler, il n'y avait qu'une
chose à faire, se blottir tous sous la grande bâche.
Alors c'est de cette façon, et en liquidant la bouteille,
qu'on est restés au chaud malgré l'air maintenant
glacial qui nous piquait les oreilles. Plus on grimpait
dans les Hautes Plaines, plus les étoiles étaient
brillantes. Nous étions dans le Wyoming, à présent.
Allongé de tout mon long, je gardais les yeux rivés
sur la splendeur du firmament, je bénissais les heures
glorieuses que j'étais en train de vivre, tout le chemin parcouru depuis Bear Mountain, et la façon
dont les choses avaient fini par s'arranger ; j'étais
aussi pas mal émoustillé à la perspective de ce qui
m'attendait à Denver, tout, n'importe quoi, ça ferait
mon affaire. Et Mississippi Gene s'est mis à chanter.
Il chantait d'une voix tranquille et mélodieuse, avec
son accent des berges du fleuve, une chanson toute
simple : « J'avais une mignonne chérie, une môme
de seize ans, y avait pas plus jolie. » Il répétait ce
refrain, en l'agrémentant d'un vers ou deux, ça parlait de sa vie en général, de tout le chemin qu'il avait
fait, ça disait qu'il aurait bien voulu la retrouver,
mais qu'il l'avait perdue pour de bon. « Elle est rudement belle, ta chanson, Gene », j'ai dit. « J'en connais
pas de plus tendre », il a répondu avec un sourire.
« J'espère que tu arriveras où tu veux, et que quand
tu y seras tu seras heureux. — Je m'en tire toujours,
d'une façon ou d'une autre. » Montana Slim dormait. Quand il s'est réveillé, il m'a dit : « Écoute voir,
Noiraud, si on allait à Cheyenne, ce soir, nous autres,
avant que tu repartes pour Denver ? — Et comment ! » Bourré comme j'étais, j'aurais dit amen à

n'importe quoi. Le camion est arrivé à l'orée de Cheyenne, on a vu les lumières rouges de la station de radio locale perchées dans les airs, et tout d'un coup nous voilà en train de batailler au milieu d'une drôle de foule qui se déverse sur les deux trottoirs. «Nom de Dieu, s'écrie Slim, c'est la semaine du Far West!» Il y a des grappes d'hommes d'affaires, des gros hommes d'affaires en grand chapeau et en bottes, avec leurs grosses matrones de femmes déguisées en cow-girls, qui vont et viennent en poussant des cris de vachers sur les trottoirs de bois de la vieille ville; un peu plus loin, on voit s'étirer les boulevards du nouveau centre-ville, soulignés par leurs lampadaires. Les festivités étaient concentrées dans la vieille ville. Ça tirait à blanc dans tous les coins. Les saloons dégorgeaient leur clientèle jusque sur le trottoir. J'étais baba et, en même temps, je n'avais jamais rien vu d'aussi ridicule. C'était la première fois que je venais dans l'Ouest, et je découvrais l'absurdité des expédients qu'il avait trouvés pour conserver la tradition dont il était fier. Mec, je me frottais les yeux. Il nous a fallu sauter du camion et dire au revoir. Les fermiers tenaient pas à traîner par là. J'étais triste de les voir s'en aller, sachant que je ne les reverrais sans doute jamais, mais c'était comme ça. «Ce soir vous allez vous peler le cul, et demain après-midi, dans le désert, vous vous cuirez les burnes», j'ai dit. «Moi ça me gêne pas, tant qu'on n'est plus dans le froid de la nuit», a répondu Gene. Là-dessus le camion est reparti, en se faufilant à travers les foules; personne ne faisait attention à l'étrange image qu'il offrait, avec ses gars blottis sous la bâche comme des bébés sous la couverture du landau. Je l'ai regardé dispa-

raître dans la nuit. Mississippi Gene était parti, dans
la direction d'Ogden et Dieu sait où ensuite. Moi
j'étais avec Montana Slim, et on a entamé la tournée
des bars. J'avais dans les dix dollars, dont j'ai gas-
pillé les huit premiers, comme un crétin, cette nuit-
là, en boissons. On a commencé par aller et venir
dans la foule avec les touristes encowboyés, les pro-
priétaires de puits de pétrole et les ranchers, dans les
bars, les embrasures de portes, sur le trottoir, et puis
j'ai largué Slim un moment, parce qu'à force de
boire du whisky et de la bière il errait dans les rues,
éméché ; c'est le genre de gars, dès qu'il boit, il a tout
de suite l'œil vitreux et faut qu'il refasse le monde
avec des inconnus. Je suis allé dans un boui-boui où
on servait du chili, la serveuse était hispano, une fille
superbe. Après avoir mangé, je lui ai écrit un petit
mot d'amour au dos de l'addition. Le restau était
désert. Tout le monde éclusait. Je lui ai dit de retourner l'addition ; elle a lu mon mot et elle a ri. C'était
un petit poème d'amour où je lui disais que j'avais
envie qu'elle sorte avec moi, regarder la nuit. « J'aimerais beaucoup, chiquito, mais j'ai rendez-vous avec
mon fiancé. — Tu peux pas t'en débarrasser ? — Oh
non non non », elle a dit tristement, j'ai adoré le ton.
« Je reviendrai une autre fois », j'ai dit, et elle a
répondu : « C'est quand tu veux, minou. » J'ai quand
même traîné encore un peu, plaisir des yeux, et j'ai
pris un autre café. Le fiancé est entré, d'un air maussade, il voulait savoir à quelle heure elle finissait. Elle
s'est activée pour pouvoir fermer au plus vite. Je
n'avais plus qu'à m'en aller. Je lui ai fait un sourire
en partant. Dehors, c'était toujours le délire, sauf
que les gros roteurs étaient encore plus torchés et

qu'ils gueulaient encore plus fort. C'était marrant. Il
y avait des chefs indiens qui déambulaient, avec
leurs grandes coiffes de plumes, carrément solennels
au milieu de toutes ces trognes enluminées par l'alcool. J'ai aperçu Slim qui avançait d'un pas incertain, et je l'ai rejoint. « Je viens d'écrire une carte
postale à mon père, dans le Montana, je me disais
que tu pourrais peut-être la mettre à la boîte, si t'en
trouves une... » C'était une curieuse requête ; il m'a
tendu la carte postale et je l'ai vu franchir les portes
battantes d'un saloon en titubant. J'ai pris la carte,
j'ai trouvé une boîte et j'ai lu en vitesse : « Cher
Papa, je serai à la maison mercredi. Tout va bien de
mon côté, et j'espère qu'il en est de même pour toi.
Richard. » Ça m'a donné une autre image de Slim : il
était poli et affectueux avec son père. Je suis allé le
rejoindre dans le bar. Tôt ou tard, dans l'aube lointaine, je me proposais de reprendre la route pour
Denver, et de couvrir les cent cinquante derniers
kilomètres ; mais au lieu de ça, on a levé deux filles
qui traînaient dans la foule, une jolie petite blonde
toute jeune et une brunette potelée, qui devait vaguement être sa sœur. Elles étaient connes et maussades,
mais on voulait se les faire. On les a amenées dans un
night-club branlant qui était déjà en train de fermer,
et c'est là que j'ai dépensé presque tous mes dollars
pour leur payer des scotchs, avec des bières pour
nous. Je commençais à être bourré, j'en avais rien à
foutre. Tout allait très bien. Tout mon être, tout
mon propos étaient bandés vers le milieu du corps de
la petite blonde. Je voulais y entrer, de toutes mes
forces. Je la serrais dans mes bras, je voulais le lui
dire. Le night-club a fermé, et on s'est retrouvés

dehors, à se balader dans les rues poussiéreuses, le long des bicoques. J'ai levé les yeux vers le ciel ; les étoiles, pures merveilles, y flambaient toujours. Les filles ont voulu aller à la gare routière, alors nous voilà partis tous les quatre. Sauf qu'apparemment elles avaient rendez-vous avec un marin qui les attendait, cousin de la grosse, et il avait ses potes avec lui. J'ai dit à la blonde : « On fait quoi ? » Elle m'a répondu qu'elle voulait rentrer chez elle, dans le Colorado, passer la frontière de l'État au sud de Cheyenne. « Je t'accompagne en car », je lui ai dit. « Non, le car s'arrête au bord de l'autoroute, et moi, faut que je traverse cette vacherie de prairie toute seule. Je passe mes après-midi à la regarder, cette prairie, j'ai pas l'intention de la traverser ce soir. — Bon, écoute, on va faire une jolie balade parmi les fleurs de la prairie. — Y a pas de fleurs, par ici. Je voudrais bien aller à New York, j'en ai ma claque d'ici. Le seul endroit où aller, c'est Cheyenne, et il s'y passe jamais rien. — Il se passe rien à New York non plus. — Mon œil, qu'il se passe rien », elle a dit, avec une moue. La gare routière était blindée de monde. Toutes sortes de gens attendaient les cars, ou restaient là à traîner. Il y avait beaucoup d'Indiens, qui regardaient tout ce spectacle de leurs yeux de marbre. La fille m'a faussé compagnie avec mes beaux discours pour rejoindre le marin et les autres. Slim s'était assoupi sur un banc. Je me suis assis. Le sol de toutes les gares routières est le même, il est toujours jonché de mégots et de crachats, avec cette tristesse universelle des gares routières. Pendant un instant, j'aurais pu me croire à Newark, sauf que je savais cette immensité grandiose au-dehors, que j'ai-

mais tant. Je regrettais bien d'avoir rompu la pureté
de mon voyage, moi qui avais économisé sou à sou,
sans boire, sans traînasser, moi qui avais gagné du
temps, il avait fallu que je batifole avec une gosse
boudeuse, et que je dépense tout mon fric. J'en étais
malade. Ça faisait si longtemps que je n'avais pas
dormi, j'étais trop fatigué pour râler et me traiter de
tous les noms ; je m'endormais. J'ai fini par me recro-
queviller sur le banc, mon sac pour oreiller, et c'est
comme ça que j'ai dormi jusqu'à huit heures du
matin, parmi les murmures des rêveurs, les rumeurs
de la gare et les centaines de gens qui passaient. Je
me suis réveillé avec une grosse migraine. Slim était
parti... dans le Montana, sans doute. Je suis sorti. Et
là, dans l'air bleu, j'ai vu pour la première fois, apparition nébuleuse et formidable, les sommets enneigés
des lointaines Rocheuses. J'ai respiré un bon coup. Il
fallait que j'aille à Denver. Tout de suite. J'ai commencé par prendre un petit déjeuner, modeste : café,
un seul œuf, pain grillé, et j'ai traversé la ville pour
rejoindre l'autoroute. La fête du Far West n'était pas
finie, je l'ai laissée derrière moi : il y avait des rodéos,
les gars allaient recommencer à sauter partout et à
pousser des cris de vachers. Moi, je voulais retrouver
mes bandes de potes à Denver. J'ai pris une passerelle qui enjambait les voies de chemin de fer, et je
suis arrivé à un carrefour de baraques, d'où partaient
deux autoroutes, en direction de Denver l'une comme
l'autre. J'ai choisi celle qui passait au plus près des
montagnes, j'avais envie de les voir, et je me suis
dirigé droit sur elle. J'ai tout de suite été pris par un
jeune gars du Connecticut, qui se baladait en voiture
dans tout le pays pour peindre. Son père était édi-

teur dans l'Est. Il parlait sans arrêt. Moi, entre la
gueule de bois et l'altitude, j'avais mal au cœur. J'ai
même cru qu'il me faudrait passer la tête par la portière, mais j'ai tenu bon. Et quand il m'a largué à
Longmont, Colorado, j'étais de nouveau dans mon
assiette ; j'avais même commencé à lui raconter où
j'en étais de mes voyages. Il m'a souhaité bonne
chance. C'était beau, Longmont. Sous un vieil arbre
extraordinaire, s'étendait une pelouse bien verte, qui
appartenait à une station-service. J'ai demandé au
pompiste si je pouvais m'y étendre et il m'a dit bien
sûr. Alors j'ai disposé une chemise de laine pour y
enfouir le visage, un coude à l'extérieur, et là, dans la
chaleur du soleil, un œil sur les Rocheuses enneigées,
je me suis endormi aussitôt pendant deux heures
délicieuses, ma seule déconfiture une morsure de
fourmi du Colorado, par-ci par-là. « Dire que me
voilà dans le Colorado », je pensais avec allégresse.
« J'y arrive, j'ai réussi ! Nom de Dieu ! » Et après un
somme rafraîchissant, où les souvenirs et les rêves de
mon ancienne vie dans l'Est tissaient leurs fils de la
Vierge, je me suis levé, je suis allé me faire propre
dans les toilettes de la station-service, d'où je suis sorti
d'un pas martial, en pleine forme, pour descendre un
milk-shake onctueux dans un bistrot de bord de route,
histoire d'apaiser les brûlures d'estomac. Soit dit en
passant, j'ai été servi par une beauté du Colorado, tout
sourires — ça fait une moyenne avec la soirée d'hier,
pensais-je, reconnaissant. « Waou, qu'est-ce que ça va
être à Denver ! » Je me suis engagé sur cette route
brûlante, et bientôt me voilà parti pour Denver dans
la voiture toute neuve d'un homme d'affaires de la
ville, trente-cinq ans à peu près. Il faisait plus de cent.

J'étais en effervescence. Je comptais les minutes, je soustrayais les kilomètres. Dans une minute, quand on aurait dépassé les champs de blés vallonnés, tout dorés, dominés par les neiges lointaines d'Estes, je verrais enfin cette sacrée ville de Denver. Je m'imaginais dans un bar, le soir même, avec toute la bande. À leurs yeux, je serais l'étrange prophète déguenillé, venu des marges de la contrée apporter la parole obscure, et moi, la seule parole qui me venait, c'était : « Waow ! » Le conducteur et moi, on a parlé longuement et avec chaleur, en comparant nos plans de vie ; avant que j'aie pu comprendre ce qui se passait, on était au milieu du marché aux fruits Denargo, à l'entrée de Denver ; fumées, hauts fourneaux, voies ferrées, bâtiments en brique rouge, et, vers le lointain centre-ville, immeubles de granit gris : j'étais à Denver. Il m'a largué dans Larimer Street. Je me suis mis à traîner mes guêtres en souriant d'une joie canaille, parmi les vieux clodos et les cow-boys de macadam. C'était aussi la plus grande ville depuis que j'avais quitté Chicago, et l'effervescence m'a fait sursauter. Comme je l'ai dit, à cette époque, je ne connaissais pas Neal aussi bien que maintenant, et mon premier mouvement a été de chercher Hal Chase dans l'annuaire, ce que j'ai fait. J'ai appelé chez lui, j'ai bavardé avec sa mère : « Ça alors, Jack, qu'est-ce que vous fichez à Denver ? Vous saviez que Ginger est là, elle aussi ? » Si je le savais ! Mais ce n'était pas ce qui m'amenait. Ginger, c'était la petite amie d'Hal, et j'avais un peu batifolé avec elle à New York, en cachette d'Hal. Je m'en repentais bien sincèrement, et j'espérais qu'il m'avait conservé son amitié. Ça n'était pas gagné, loin de là, mais il n'a jamais rien laissé paraître car, il faut bien le dire, il a toujours eu une finesse de femme pour ces choses. C'est un blond mince, avec un curieux visage de guérisseur, ce qui tombe bien pour quelqu'un qui s'intéresse à l'anthropologie et aux Indiens de la pré-histoire. Il a un nez légèrement busqué, et presque crémeux, sous une tignasse dorée, et la grâce d'un jeune caïd de l'Ouest mi-footballeur mi-danseur de parquet. Il parle avec un accent nasillard : « Ce qui m'a toujours plu chez les Indiens des Plaines, Jack, c'est leur gêne chaque fois qu'ils se vantent du nombre de scalps qu'ils ont réussi à faire... Dans *La Vie au Far West*, de Ruxton, on voit un Indien rougir jusqu'à la racine des cheveux parce qu'il en a des tas, et s'enfuir comme un dératé dans les Plaines pour se glorifier de ses hauts faits en se cachant. Bon sang, ça m'a émoustillé. » La mère d'Hal a fini par trouver son fils, dans l'après-midi somnolente de la ville : il était au musée, et s'affairait à tresser des paniers indiens. Je l'ai appelé sur place, et il est venu me chercher dans son vieux coupé Ford, qu'il prenait pour aller faire des fouilles dans les montagnes en quête d'objets indiens. Il est arrivé à la gare routière, blue-jeans, sourire. Moi j'étais assis sur mon sac posé par terre, et je bavardais avec le marin rencontré à la gare routière de Cheyenne ; je lui demandais ce qu'était devenue la blonde ; il se rasait tellement qu'il m'a pas répondu. Hal et moi, on est montés dans son petit coupé. Il fallait d'abord qu'il passe prendre des cartes dans les bureaux de l'État, et puis il fallait qu'il aille retrouver son vieil institu-teur, et ainsi de suite, alors que moi, j'avais qu'une envie, boire une bière. Et derrière la tête me trottait cette idée folle et archi-folle : Où est Neal, et qu'est-ce qu'il fait, à l'heure qu'il est ? Hal avait décidé de le rayer de la liste de ses amis, allez savoir pourquoi, et depuis l'hiver il ne savait même plus où il habitait. « Et Allen Ginsberg, il est ici ? » Oui, il y était bien, mais Hal ne lui parlait plus, à lui non plus. Il commençait à retirer ses billes de notre bande. Très bientôt, il ne m'adresserait plus la parole. Mais je ne le savais pas, et je m'étais proposé d'aller faire un somme chez lui cet après-midi-là, du moins. On m'avait dit qu'Ed White avait un appartement qui m'attendait, dans Colefax Avenue, et qu'Allan Temko, qui y habitait déjà, avait hâte de me voir arriver. J'avais la vague impression qu'il y avait du complot dans l'air, un complot qui scindait la bande en deux clans, d'un côté Hal Chase, Ed White et Allan Temko, avec les Burford, de l'autre Neal Cassady et Allen Ginsberg, qu'ils avaient décidé d'ignorer. Et moi, j'étais pris entre les deux feux de cette guerre qui m'intriguait. La conscience de classe y avait sa part, on va le voir : il me faut ici planter le décor pour l'arrivée de Neal. Il était fils d'un des poivrots les plus branlants de Larimer Street. C'est d'ailleurs là qu'il avait été élevé, là et aux alentours. À six ans, il lui fallait déjà aller plaider au tribunal pour qu'on relâche son vieux. Il faisait la manche devant les ruelles de Larimer, et il rapportait discrètement l'argent à son père, qui l'attendait au milieu des bouteilles cassées, avec un vieux pote clodo comme lui. Quand Neal a grandi, il s'est mis à traîner dans les salles de jeux de Welton Street, il a battu le record des vols de voitures à Denver, et il s'est retrouvé en maison de redressement. De onze à dix-sept ans, il a passé les trois

quarts de son temps à l'ombre. Sa spécialité, c'était
le vol de voitures, il s'en servait pour draguer les
filles l'après-midi, à la sortie du lycée ; il les emmenait dans les montagnes, il les baisait, et il revenait
dormir dans la première baignoire d'hôtel qu'il trouvait en ville. Pendant ce temps son père, qui avait
pourtant été jadis un coiffeur travailleur et respectable, avait sombré dans l'alcoolisme, et le pire, c'est
qu'il se soûlait au vin et pas au whisky. Il en était
réduit à prendre des trains de marchandises pour
passer l'hiver au soleil du Texas, et revenir l'été à
Denver. Neal avait bien des frères du côté de sa mère
— qu'il avait perdue en bas âge — mais ils ne le portaient pas dans leur cœur non plus. Ses seuls potes
étaient les habitués des académies de billard, une
bande dont j'ai fait la connaissance quelques jours
plus tard. C'est alors que Justin W. Brierly, extraordinaire figure locale qui avait consacré sa vie à découvrir les jeunes talents et qui avait même été tuteur de
Shirley Temple pour la MGM dans les années vingt,
Justin Brierly, alors avocat, administrateur de biens,
directeur du Festival de Central City, et même professeur d'anglais dans un lycée de Denver, découvrit
Neal. Il était allé frapper à la porte d'un client qui
passait sa vie à se soûler et donner des soirées éche-
velées. Au moment où Brierly frappait à la porte, son
client était ivre à l'étage. Il y avait un Indien ivre au
salon, et Neal — sale et dépenaillé, car il venait de
travailler dans un champ d'épandage au Nebraska —
était en train de baiser la bonne dans la chambre.
Il était d'ailleurs descendu ouvrir sans débander.
Brierly lui dit : « Eh bien, eh bien, qu'est-ce qui se
passe ? » Neal le fait entrer. « Comment vous appe-

lez-vous ? Neal Cassady ? Eh bien, Neal, vous feriez mieux d'apprendre à vous laver les oreilles sinon vous n'arriverez à rien, dans la vie. — Oui, monsieur, dit Neal avec un sourire. — Et qui est votre ami indien ? Qu'est-ce qui se passe, dans cette maison ? Des choses curieuses, dirait-on. » Justin Brierly était un petit bonhomme binoclard, avec une physionomie banale d'homme d'affaires du Midwest. Rien ne le distinguait des autres avocats, administrateurs de biens et directeurs installés au carrefour entre la 17ᵉ Rue et Arapahoe Street, près du quartier de la finance, rien, sinon qu'il avait la fibre imaginative, ce qui aurait horrifié ses confrères s'ils l'avaient su. En un mot, il s'intéressait aux jeunes gens — de sexe masculin surtout. Il les découvrait parmi ses élèves, il leur apprenait tout ce qu'il savait en littérature ; il les bichonnait ; il les faisait bûcher pour qu'ils aient des notes fracassantes, et puis il leur obtenait des bourses à Columbia, si bien qu'ils revenaient des années plus tard tels qu'il les avait rêvés... à ceci près, triste détail, qu'ils abandonnaient leur vieux mentor pour s'intéresser à de nouveaux objets. Ils avançaient dans leur domaine, et ils le laissaient en plan ; tout ce qu'il savait, dans n'importe quelle branche, il le tenait d'eux, et de ce qu'il leur avait fait apprendre. Il avait développé le talent de futurs savants, d'écrivains, de jeunes élus locaux, de juristes et de poètes, avec lesquels il parlait ; et puis il puisait de nouveau dans son vivier de garçons, au sein de sa classe, et il les bichonnait pour leur faire atteindre une grandeur douteuse. Il voyait en Neal Cassady l'énergie formidable qui ferait un jour de lui non pas un juriste ou un politicien, mais un saint américain.

Il lui a appris à se laver les dents, les oreilles, à s'habiller, il l'a aidé à trouver des petits boulots, il l'a fait
entrer au lycée. Mais Neal s'était empressé de voler
la voiture du proviseur et d'aller l'emplafonner. Il
est parti en maison de correction. Justin W. ne l'a
pas laissé tomber. Il lui écrivait de longues lettres
pour lui soutenir la moral, venait bavarder avec son
directeur, lui apportait des livres. Quand il en est
sorti, il lui a donné une deuxième chance, mais Neal
a foiré une fois de plus. Chaque fois qu'un de ses
potes du billard prenait en grippe un flic de la
patrouille locale, il venait chercher Neal pour le ven-
ger. Neal volait la voiture et la balançait dans un mur,
ou se débrouillait pour l'endommager d'une manière
ou d'une autre. Il a bientôt repris le chemin de la
maison de redressement, et Brier s'est lavé les mains
de ce qu'il lui arriverait. Ils étaient même devenus de
redoutables ennemis qui s'agressaient par l'ironie.
L'hiver précédent, à New York, Neal avait fait une
dernière tentative pour profiter de l'influence de
Brierly. Allen Ginsberg avait écrit plusieurs poèmes ;
Neal les avait signés, et envoyés à Brierly. Lorsque
Brierly était venu passer quelques jours à New York,
comme tous les ans, il s'était retrouvé un soir face à
nous tous dans le hall Livingston, sur le campus de
Columbia. Il y avait Neal, Allen, moi, Ed White et
Hal Chase. «Ils sont bien intéressants les poèmes
que vous m'avez envoyés, Neal, vous me permettrez
de vous dire tout mon étonnement... — Mais c'est
que j'ai étudié, vous savez... — Et qui est ce jeune
monsieur à lunettes ? » Allen s'avança et se nomma.
«Ah, dit Brierly, voilà qui est fort intéressant. Je
crois comprendre que vous êtes un excellent poète.

— Vous avez lu des textes de moi? — Ah, ça se pourrait, ça se pourrait bien », répondit Brierly. Ed White, que son goût de l'implicite rendrait un jour fou du Sam Johnson de Boswell, avait l'œil qui pétillait de malice. Il m'a pris par le bras pour me chuchoter : « Tu crois qu'il a pas compris? » Je pensais bien que si. Ça a été la dernière passe d'armes entre Neal et Brierly. À présent, Neal était de retour à Denver avec son poète maudit. Brierly avait haussé un sourcil ironique, et il les ignorait. Hal Chase les ignorait aussi, au nom de principes de lui seul connus. Ed White était convaincu qu'ils ne tramaient rien de bon. Cette saison-là, à Denver, c'étaient des monstres souterrains, avec la bande du billard, et, métaphore on ne peut plus adéquate de cette position, Allen habitait un sous-sol sur Grant Street, où nous nous retrouvions pour bien des soirées qui flirtaient avec l'aube — Allen, Neal, moi, Jim Holmes, Al Hinkle et Bill Tomson — j'en reparlerai. Mon premier après-midi à Denver, j'ai dormi dans la chambre de Hal Chase pendant que sa mère vaquait à son ménage au rez-de-chaussée et qu'il travaillait pour sa part au musée. C'était un chaud après-midi de juillet, dans les Hautes Plaines. Je n'aurais jamais pu dormir sans l'invention du père de Hal Chase. L'homme était un autodidacte, du genre inventeur fou. Vieux, dans les soixante-dix ans, maigre, affaibli, épuisé; il racontait des histoires qu'il faisait durer avec délectation; c'étaient de bonnes histoires, d'ailleurs, des souvenirs de son enfance dans les plaines du Kansas, au cours des années quatre-vingt; pour tuer le temps, il montait des poneys à cru, chassait le coyote au gourdin, et il était devenu insti-

tuteur, dans l'ouest de l'État, pour finir homme
d'affaires multiples à Denver. Il avait gardé son
ancien bureau au-dessus du garage, dans une grange,
au bout de la rue. Le bureau-cylindre n'avait pas
bougé, pas davantage que d'innombrables paperasses
poussiéreuses relatives à des affaires jadis aussi dis-
trayantes que juteuses. Il avait inventé un climati-
seur spécial en plaçant un ventilateur classique sous
la fenêtre, avec des filaments pour faire circuler de
l'eau froide, devant les pales ronronnantes. Le résultat était parfait, à condition de rester à moins d'un
mètre cinquante des pales, car sinon la chaleur trans-
formait l'eau en vapeur, et au rez-de-chaussée de la
maison il faisait aussi étouffant que d'habitude. Mais
moi, j'étais installé dans le lit d'Hal, juste au-dessous
des pales, veillé par un grand buste de Goethe, et je
me suis endormi confortablement, pour rouvrir l'œil
cinq minutes plus tard, hélas, frigorifié. J'ai tiré la
couverture sur moi : j'avais encore froid. Il a fini par
faire trop glacial pour fermer l'œil, alors je suis
redescendu. Le vieux m'a demandé si son invention
fonctionnait, et je lui ai répondu qu'elle marchait
sacrément bien, ce qui n'était pas faux, dans un sens.
Il me plaisait cet homme. Il était rongé par ses souvenirs : « J'ai mis au point un détachant qui a été
copié depuis par de grandes compagnies de l'Est.
J'essaie de les faire cracher depuis quelques années,
il aurait fallu que j'aie les moyens de dénicher un
bon avocat. » Il était trop tard pour dénicher un bon
avocat, alors il restait chez lui, à broyer du noir. Tel
était le foyer d'Hal Chase. Le soir, sa mère nous a
fait un repas délicieux, steak de gibier, un gibier
abattu par le frère d'Hal dans les montagnes. Ginger

habitait chez eux. Je la trouvais toujours tentante, mais, en ce coucher de soleil, un autre sujet me troublait. Où était Neal ? Quand il a fait noir, Hal m'a conduit dans la nuit mystérieuse de Denver. Et c'est là que tout a commencé. Les dix jours qui ont suivi ont été, comme le disait W.C. Fields, « chargés de péril rare » et délirants. Je me suis installé avec Allan Temko dans l'appartement carrément rupin qui appartenait aux parents d'Ed White. Nous avions chacun notre chambre, une glacière bien garnie, une kitchenette et un séjour immense où Temko venait s'installer en peignoir de soie pour composer distraitement sa dernière nouvelle à la Hemingway. C'était un homme bedonnant et rougeaud, un fâché avec la vie qui était pourtant capable de vous faire le sourire le plus chaleureux, le plus charmant, quand elle venait le prendre par la douceur, la nuit. Il ne bougeait pas de son bureau, et moi je cabriolais torse nu en chino sur l'épais tapis soyeux. Temko venait d'écrire une nouvelle sur un gars qui arrive à Denver pour la première fois. Il s'appelle Phil et il a pour compagnon de voyage un drôle de type taciturne nommé Sam. Phil sort en éclaireur et il fait un blocage sur les « artistes et assimilés ». Il revient à leur hôtel. D'une voix lugubre, il annonce : « Sam, ils sont déjà là. » Sam était justement en train de regarder par la fenêtre avec tristesse. « Oui, je sais bien. » À vrai dire, il n'a pas eu à faire une enquête pour s'en rendre compte. Les « artistes et assimilés » avaient fondu sur l'Amérique comme un nuage de sauterelles. Temko et moi, on était les meilleurs amis. Il était bien convaincu que j'étais aux antipodes de ce type de personnages. Lui, tout comme Hemingway,

il aimait le bon vin. Il se remémorait son récent
voyage en France. « Ah Jack, si tu pouvais t'installer
avec moi sur les hauteurs du pays Basque, avec une
bouteille de Poignan 1919 bien fraîche, tu saurais
qu'il n'y a pas que les trains de marchandises dans la
vie. — Je le sais bien, mais je les adore, et j'adore lire
les noms dessus, Missouri Pacific, Great Northern,
Rock Island Line... ah la la, Temko, si je pouvais te
raconter tout ce qui m'est arrivé en chemin, quand je
faisais du stop. » Les Burford habitaient à quelques
rues de là. C'était une famille charmante, mère encore
jeune, qui possédait des parts dans une mine d'or
parfaitement inutilisable, deux fils, quatre filles. La
mauvaise graine de la famille, c'était Bob Burford,
l'ami d'enfance d'Ed White. Il était venu me chercher en coup de vent, et on s'était plu tout de suite.
On est allés boire dans les bars de Colfax. La grande
sœur était une blonde superbe qui s'appelait Bever-
ley, la vraie poupée de l'Ouest, joueuse de tennis et
surfeuse. Elle sortait avec Ed White. Temko, qui ne
faisait que passer à Denver, non sans panache, dans
un appartement pareil, sortait pour l'été avec Jeanne,
la sœur d'Ed White. J'étais le seul gars à ne pas avoir
de nana. Je demandais à tout le monde : « Où est
Neal ? » On me souriait, on ne savait pas. Et puis les
choses ont fini par se dénouer. Le téléphone a sonné,
et c'était justement Allen Ginsberg. Il m'a donné
l'adresse de son sous-sol. J'ai demandé : « Qu'est-ce
que tu fais à Denver ? Je veux dire, littéralement,
qu'est-ce que tu fabriques, qu'est-ce qui se passe ?
— Alors, là, tu n'es pas au bout de tes surprises. »
J'ai donc foncé le rejoindre. Le soir jusqu'à tard, il
travaillait pour le grand magasin May ; Bob Burford

le fou l'avait appelé d'un bar, il avait obligé les
concierges à lui courir après pour lui raconter que
quelqu'un était mort ; Allen avait tout de suite pensé
que c'était moi. Burford avait dû lui dire au téléphone : « Il est à Denver », en lui donnant mon adresse
et mon numéro de téléphone. « Après toi, j'ai pensé
que ça pouvait être Burroughs qui était mort », m'a
dit Allen quand on a échangé une poignée de main
en se retrouvant. « Et où est Neal ? — Neal est à
Denver, attends que je te raconte. » Le voilà qui
m'explique que Dean fait l'amour à deux filles,
Louanne, sa première femme, qui l'attend dans une
chambre d'hôtel, et Carolyn, une nouvelle fille, qui
l'attend aussi dans une chambre d'hôtel. « Entre les
deux, ajoute Ginsberg, il vient me voir pour régler
nos affaires en chantier. — Quelles affaires en chantier ? » je demande, tout ouïe. « Neal et moi, on s'est
embarqués dans une saison extraordinaire. On essaie
de se communiquer en toute honnêteté et de manière
absolument exhaustive ce qui nous passe par la tête.
Parfois, on reste deux jours sans dormir, pour aller
jusqu'au fond de notre pensée. Il a fallu qu'on se
mette aux amphés. On s'assied en tailleur sur le lit,
face à face, j'ai fini par lui faire comprendre que rien
ne lui est impossible, se faire élire maire de Denver,
épouser une millionnaire, devenir le plus grand poète
depuis Rimbaud. Mais il est tout le temps aux courses
de petites voitures, alors je l'accompagne. Il saute partout, il trépigne, tu sais, Jack, il est vraiment accro de
ces machins-là... » « Hmm », a ponctué Ginsberg pour
lui-même, en méditant la chose. On est restés sans
parler, comme toujours après un tour d'horizon.
« Quel est l'emploi du temps ? » j'ai demandé. Il y

avait toujours une question d'emploi du temps dans
la vie de Neal, et au fil des ans cet emploi du temps
se compliquait. «L'emploi du temps, le voici : J'ai
arrêté de travailler il y a une demi-heure. Pendant ce
temps-là, Neal baise Louanne à l'hôtel, ce qui me
laisse un peu de répit pour me laver et m'habiller. À
une heure tapante, il quitte Louanne et rejoint Carolyn ventre à terre — inutile de te dire qu'elles ne sont
au courant ni l'une ni l'autre. Il la baise une fois, ce
qui me donne le temps d'arriver à une heure et
demie. Et là, il sort avec moi, mais d'abord il lui faut
supplier Carolyn, qui m'a déjà pris en grippe, et puis
on vient ici, parler jusqu'à six heures du matin, et
même plus tard, mais ça devient très compliqué, et
il est toujours à la bourre. À six heures il retourne
auprès de Louanne ; d'ailleurs demain, il va passer la
journée à courir dans toute la ville pour réunir les
papiers nécessaires au divorce. Louanne est tout à
fait d'accord, mais elle tient à baiser en attendant.
Elle dit qu'elle adore sa grosse bite — Carolyn aussi,
et moi aussi. » Moi j'ai hoché la tête, selon mon habitude. Ensuite il m'a raconté comment Neal avait
rencontré Carolyn. C'était Bill Tomson, le gars des
salles de jeux, qui l'avait levée dans un bar et emme-
née à l'hôtel ; il était tellement fier qu'il en avait
perdu tout bon sens et qu'il avait voulu la montrer
à la bande. Ils étaient tous là à bavarder avec elle.
Neal, lui, se contentait de regarder par la fenêtre. Et
puis quand ils sont tous partis, il l'a regardée, en
désignant sa montre et en pliant son pouce pour lui
signifier qu'il serait de retour à quatre heures. À trois
heures la porte est restée fermée pour Bill Tomson,
et à quatre elle s'est ouverte pour Neal. Je n'avais

qu'une envie, c'était d'aller voir sur place comment ce forcené se débrouillait de cette situation. En plus, il m'avait promis de me trouver une fille ; il les connaissait toutes, à Denver. « Si tu veux des filles, viens me trouver, m'avait dit Bob Burford. Ce Neal, c'est qu'un maquereau des billards. — Oui, mais c'est un type génial. — Génial ? Il a aucune envergure. Je t'en ferai voir, moi, des vrais furieux. T'as jamais entendu parler de Cavanaugh ? Y peut mettre une raclée à n'importe qui, en ville. » Là n'était pas la question. Je suis sorti en trombe avec Allen pour voir quelle était la question, justement. Nous sommes passés devant les bicoques du côté du carrefour entre Welton Street et la 17ᵉ Rue, dans la nuit embaumée de Denver. L'air était si doux, les étoiles si belles et si grande la promesse de toutes les ruelles pavées, je me croyais dans un rêve. On est allés au garni où Neal était en train de marchander avec Carolyn. C'était une vieille bâtisse de brique rouge, entourée de garages en bois, avec de vieux arbres qui pointaient la tête par-dessus les palissades. Nous avons monté un escalier recouvert d'un tapis. Allen a frappé, et s'est immédiatement reculé pour se cacher, ne voulant pas que Carolyn le voie. Je suis resté sur le seuil. Neal m'a ouvert, nu comme un ver. Carolyn était couchée, une de ses belles cuisses crémeuses gainée de dentelle noire ; c'était une blonde, elle levait les yeux vers moi, vaguement étonnée. « Ja-a-ack, pas possible ! a dit Neal. Eh ben dis donc... eh oui, bien sûr, te voilà arrivé... t'as fini par la prendre, la route, mon salaud... bon alors écoute, il faut qu'on... oui, oui, tout de suite, il faut vraiment ! Écoute, Carolyn (il venait de pivoter dans sa direction), Jack

est là; c'est mon vieux pote de New Yor-r-rk. C'est
son premier soir à Denver, il faut ABsolument que je
le sorte, et que je lui présente une nana. — Mais tu
rentres quand? — Il est maintenant (il consultait sa
montre) très exactement une heure quatorze... je
serai de retour à TROIS heures quatorze précises,
pour passer avec toi une heure de rêverie, de vraie
rêverie toute douce, ma biche, et puis, comme tu
sais, et comme nous en sommes convenus, il faudra
que j'aille voir Brierly pour les papiers — en pleine
nuit, aussi curieux que ça puisse paraître, et je te l'ai
trop sommairement expliqué (ça c'était la couverture
de son rencart avec Allen, toujours en coulisses) —
si bien qu'à présent, sans plus tarder, il faut que
je m'habille, que je mette mon pantalon, que je
retourne à la vie... la vie extérieure j'entends, dans
les rues et Dieu sait où, comme convenu, il est à présent une heure QUINZE et le temps file, le temps
file... — Bon, d'accord, Neal, mais s'il te plaît, sois
là à trois heures sans faute. — Comme je te l'ai dit,
mon cœur, et rappelle-toi, non pas trois heures mais
trois heures quatorze... bien d'accord, de tout notre
cœur, de toute notre âme, jusqu'au plus profond de
nous, mon cher amour?» et il s'est penché pour
l'embrasser plusieurs fois. Au mur était affiché un
nu de Neal, tel qu'en lui-même, avec son engin
mahousse, dessiné par Carolyn. Je n'en revenais pas.
Tout était dingue, et encore, je n'avais pas vu San
Francisco. On est partis en quatrième vitesse, dans la
nuit, et Allen nous a rejoints dans une ruelle. On
s'est engagés dans la venelle la plus bizarre, la plus
tortueuse du quartier mexicain. On parlait très fort
dans le silence des dormeurs. «Jack, m'a dit Neal,

j'ai exactement la fille qu'il te faut, et elle t'attend en
ce moment même — si elle n'est pas de service (il a
regardé sa montre), c'est une infirmière qui s'appelle
Helen Gullion, belle nana, un peu coincée sexuelle-
ment, mais j'y ai travaillé, et je me dis qu'un beau
mâle comme toi devrait pouvoir... donc, on y va tout
de suite, on jette des petits cailloux, non, je sonne, je
sais entrer... il faut qu'on leur apporte de la bière,
non, elles en ont, de la bière, et Bon Dieu ! (il a
donné un coup de poing dans sa paume) moi il faut
que je rentre dans sa sœur Ruth ce soir même. —
Quoi ! s'est écrié Allen, je croyais qu'on allait parler !
— Oui, oui, après. — Ah, Denver, Denver morne
plaine ! » a crié Allen en se tournant vers le ciel.
« C'est pas un chic type, c'est pas un gars adorable ?
m'a dit Neal en me donnant un coup de poing dans
les côtes. Regarde-le, non mais REGARDE-le-moi ! »
Et Allen a entamé sa danse du singe dans les rues de
la vie, comme je l'avais vu le faire bien des fois à New
York. Je n'ai su que dire : « Mais qu'est-ce qu'on fout
à Denver ? — Demain, Jack, je sais où je peux te
trouver du boulot, m'a dit Neal en reprenant un ton
professionnel. Donc je viens chez toi dès que je peux
me dégager une heure de Louanne, je débarque
chez toi, je salue Temko, et je t'emmène au marché
Denargo en trolley — j'ai pas de bagnole, putain —
comme ça tu pourras commencer tout de suite et
toucher ta paye vendredi. Parce qu'on est tous fau-
chés-raide, là. Des semaines sans avoir le temps de
bosser. Vendredi soir, sans faute, nous trois, le vieux
trio, Allen et Jack et Neal, on ira voir les courses de
petites autos, au fait, je vais nous trouver un gars qui
ait une bagnole, pour nous descendre en ville... » Et

ainsi de suite au fil de la nuit. On est arrivés au foyer de l'hôpital où travaillaient les infirmières. Celle qui m'était réservée n'avait pas fini son service, celle que voulait Neal était là. On s'est assis sur son lit. J'avais prévu d'appeler Bob Burford à cette heure-là, et je suis allé le faire. Il a aussitôt rappliqué et, sur le seuil de la porte, le voilà qui retire sa chemise et son maillot de corps pour serrer dans ses bras Ruth Gullion, qu'il ne connaissait ni d'Ève ni d'Adam. Les bouteilles ont roulé sur le sol. Trois heures sont arrivées. Neal est parti en trombe rejoindre Carolyn pour leur heure de rêverie. Il est revenu dans les temps. L'autre infirmière est arrivée. À présent, il nous fallait une voiture, on faisait trop de bruit. Bob Burford a appelé un de ses potes, qui est venu nous chercher. On s'est entassés dans sa voiture. Allen essayait bien de mener ses débats prévus avec Neal sur le siège arrière, mais il y avait trop de bazar. « Allons chez moi ! » j'ai crié. C'est ce qu'on a fait. À l'instant où la voiture s'arrêtait, je suis sorti d'un bond faire le poirier sur la pelouse ; mes clefs sont tombées de ma poche et je les cherche encore. On a fait irruption dans l'appartement en braillant. Allan Temko s'est dressé dans son peignoir de soie pour nous barrer le passage : « Je ne tolérerai pas ces débordements chez Ed White ! — Hein ? » on a tous crié. Ça a été le bazar. Burford batifolait sur la pelouse avec l'une des infirmières. Temko refusait de nous laisser entrer. On a juré qu'on allait appeler Ed pour qu'il nous donne l'autorisation de faire la fête et qu'il vienne nous rejoindre. Mais au lieu de ça on est retournés à toutes blindes écumer les bars du centre-ville, et la soirée a tourné court. Subitement, je me suis retrouvé

dans la rue sans un rond, mon dernier dollar s'était
fait la malle. Je me suis tapé à pied les huit bornes
qui me séparaient de mon lit douillet à Colfax. Il a
bien fallu que Temko m'ouvre. Je me demandais si
Allen et Neal étaient dans leur cœur à cœur, à cette
heure ; je le saurais plus tard. Les nuits sont fraîches,
à Denver, j'ai dormi comme un loir. Et puis tout le
monde s'est mis à préparer une virée monstre dans
les montagnes, en masse. La nouvelle m'est parve-
nue le matin, avec un coup de fil qui compliquait la
situation, Eddie, mon vieux copain de route, appelait
à tout hasard. J'allais pouvoir récupérer ma chemise.
Eddie se trouvait avec sa petite amie dans une maison, aux environs immédiats de Colfax. Il voulait
savoir où trouver du boulot, alors je lui ai dit de passer, Neal saurait le renseigner. Neal est arrivé en
coup de vent. Temko et moi, on prenait un petit
déjeuner sur le pouce, préparé par moi comme toujours. Neal n'a même pas voulu s'asseoir : « J'ai mille
choses à faire, à vrai dire j'ai même pas le temps de
t'emmener à Denargo, mais allons-y, mec. — Attends
Eddie, c'est mon copain de route. » Temko trouvait
très drôle qu'on soit tout le temps à la bourre. Lui, il
était venu à Denver pour avoir le temps d'écrire. Il
traitait Neal avec une extrême déférence. Neal ne
faisait pas attention à lui. Temko était loin d'imaginer que Neal allait devenir un grand écrivain, ni
même que quelqu'un écrirait son histoire, comme je
le fais aujourd'hui. Il lui parlait sur ce ton : « Qu'est-
ce qu'on raconte, Cassady, tu baises trois filles en
même temps ? — Eh oui, eh oui, c'est la vie », a
répondu Neal en traînant les pieds sur le tapis, avec
un coup d'œil à sa montre ; Temko a reniflé d'un air

réprobateur. Je me sentais tout penaud, de filer avec Neal. Temko le tenait pour un demeuré, un crétin. Ça n'était pas vrai, bien sûr, et je voulais le prouver à tout le monde. On a retrouvé Eddie. Neal n'a pas fait attention à lui davantage. Nous voilà partis en trolley dans la chaleur de midi, pour décrocher du boulot. L'idée me déplaisait foncièrement. Eddie parlait sans arrêt, comme à son habitude. Au marché, on a trouvé un type qui voulait bien nous engager tous deux. On commencerait à quatre heures du matin, pour finir à six. « Moi j'aime bien les gars qu'aiment le boulot », il a dit. « Je suis votre homme », a déclaré Eddie. En ce qui me concerne, j'étais déjà moins convaincu. « Si c'est ça, je me couche pas », j'ai décidé. Il y avait tant d'autres choses intéressantes à faire. Le lendemain, Eddie y est allé, mais pas moi. J'avais un lit, Temko ravitaillait la glacière, en échange de quoi c'était moi qui faisais la cuisine et la vaisselle. Et entre-temps, je me mettais sur tous les coups. Un soir, grande fête chez Burford — sa mère était partie en voyage. Il a commencé par appeler tous ses potes, en leur disant d'apporter du whisky ; ensuite il a pris son carnet d'adresses pour les filles, et là il m'a laissé parler presque tout le temps. Il en est venu une sacrée bande. J'ai décroché le téléphone pour appeler Allen et savoir ce que Neal faisait. Allen l'attendait à trois heures, je les ai rejoints après la fête. L'appartement d'Allen était un sous-sol sur Grant Street, dans un vieux meublé en brique rouge, près de l'église. Il fallait prendre un passage entre deux immeubles, descendre quelques marches, pousser une porte mal équarrie et traverser une sorte de cave pour atteindre sa porte de planches — on se serait cru chez un saint russe. Un seul lit, une chandelle allumée, des murs qui suintaient, et une drôle d'icône de fortune, fabriquée par lui pour la circonstance. Il m'a lu son poème, qui s'appelait «Déprime à Denver». Il se réveillait le matin pour entendre les «pigeons vulgaires» se chamailler devant sa cellule; il voyait les «tristes rossignols» agiter leur tête dans les branches; ils lui rappelaient sa mère. Un linceul gris s'abattait sur la ville. Ces Rocheuses magnifiques, qu'on voit se dresser à l'ouest où qu'on soit dans la ville, étaient pour lui des montagnes en «papier mâché». Tout l'univers était fou, louche, carrément bizarre. Neal, «fils de l'arc-en-ciel», portait son tourment dans sa bite-martyre. Il l'appelait Eddie l'Œdipe, lui qui grattait le chewing-gum collé sur les carreaux. Brierly devenait Maître de ballet de la Danse Macabre. Dans son sous-sol, Allen ruminait son énorme journal, où il consignait tout ce qui se passait tous les jours que Dieu faisait — tous les faits et gestes de Neal. Il m'a raconté sa virée en car : «Pendant qu'on traversait le Missouri, un orage miraculeux a éclaté, le firmament n'était plus qu'un pandémonium électrique. Dans le car, tout le monde était terrorisé. J'ai dit : "N'ayez pas peur, ce n'est qu'un Signe." Imagine ce Missouri... dont sont originaires Burroughs et Lucien. — Et certains parents de Neal, aussi. — Je ne sais pas, a dit Allen, attristé. Que faire? — Pourquoi tu descends pas au Texas, voir Burroughs et Joan? — J'aimerais que Neal m'accompagne. — Comment veux-tu, avec toutes ces femmes? — Oh je sais pas.» À trois heures, Neal est arrivé : «Tout est clair, à présent. Je vais divorcer de Louanne et épouser Carolyn, et puis j'irai vivre à San Francisco avec elle. Mais

d'abord, on va descendre au Texas, mon cher Allen,
découvrir ce Bill, ce furieux que j'ai jamais vu, et
dont vous m'avez tant parlé tous les deux. Ensuite
seulement, j'irai à San Fran. » Là-dessus, ils se sont
mis au boulot, assis en tailleur, face à face, sur le lit.
Moi je me suis affalé dans un fauteuil, à côté, et j'ai
rien perdu du spectacle. Ils sont partis d'une idée
abstraite, qu'ils ont discutée ; ils se sont remémoré
un autre point abstrait, oublié dans le flot des événements ; Neal s'est excusé, mais il a promis d'y revenir
pour le traiter au mieux, avec des exemples. « Et au
moment où on traversait Wazee, je voulais te dire ce
que j'éprouvais devant ta frénésie des petites voitures, et c'est là, rappelle-toi, que tu m'as montré du
doigt ce vieux clodo qui bandait dans son froc
informe, et que tu m'as dit qu'il était tout le portrait
de ton père. — Oui, oui, bien sûr, je m'en souviens ;
et non seulement ça, mais ça m'a déclenché toute
une association d'idées, un truc vraiment délirant
qu'il fallait que je te dise. J'avais oublié, mais maintenant que tu m'y fais penser... » Ça faisait deux
nouveaux points à traiter, qu'ils ont passés au crible.
Ensuite Allen a demandé à Neal s'il était honnête, et
plus précisément s'il était honnête avec lui, au fond
de son cœur. « Pourquoi tu remets ça sur le tapis ?
— Il y a une dernière chose que je voudrais savoir. —
Mais mon cher Jack, toi qui es là, qui nous écoutes...
on va lui demander à Jack, ce qu'il dirait. » Et moi
j'ai répondu : « Une dernière chose, Allen, mais c'est
ce qu'on peut jamais savoir. Personne va jamais au
fond des choses. On vit dans l'espoir d'y parvenir,
une fois pour toutes... — Mais non, mais non, tu en
racontes des conneries, c'est des platitudes pom-

peuses et romantiques, à la Thomas Wolfe », a dit
Allen, et Neal a fait chorus : « Non, non, j'ai pas
voulu dire ça, mais il faut qu'on laisse ce cher Jack
s'exprimer, et d'ailleurs, tu ne trouves pas qu'il a une
forme de dignité, dans sa façon de nous mater, cette
espèce de cinglé qui a traversé tout le pays... il ne
dira rien ce vieux Jack, il ne veut rien dire du tout.
— C'est pas que je refuse, mais je comprends pas ce
que vous voulez, ni où vous voulez en venir... personne peut supporter ça. — Ce que tu peux être
négatif, dans tout ce que tu dis. — Mais alors, où tu
veux en venir ? — Dis-lui. — Non, dis-lui, toi. — Il
n'y a rien à dire », j'ai lancé en riant. J'avais le chapeau d'Allen sur la tête. Je l'ai rabattu sur mes yeux
en disant : « J'ai sommeil. — Il a toujours sommeil,
ce pauvre Jack », a dit Neal. Je n'ai pas répondu. Ils
ont recommencé. « Quand tu m'as emprunté un nickel pour payer le poulet frit... — Non, le chili, tu te
souviens, c'était au Texas Star ? — Je confondais
avec mardi. Quand tu m'as emprunté ce nickel, tu
m'as dit, écoute-moi, je te prie, c'est TOI qui m'as
dit : "Allen, c'est la dernière fois que j'abuse",
comme si tu sous-entendais qu'on s'était mis d'accord sur ce principe. — Non, non, non, j'ai jamais
dit ça... c'est toi qui vas écouter, à présent, rappelle-
toi le soir où Louanne pleurait dans la chambre, et
où je me suis tourné vers toi en indiquant par le ton
super-sincère que j'avais pris — on savait bien tous
deux que c'était de la comédie, mais il fallait ruser —
qu'en fait, mais attends, non, c'est pas ça... — Bien
sûr que non, c'est pas ça ! Tu oublies que... mais je
vais arrêter de t'accuser. J'ai dit *Oui*, c'est un fait... »
Et ainsi de suite, jusqu'au bout de la nuit. À l'aube,

j'ai levé les yeux. Ils étaient en train de boucler les
derniers dossiers du matin. «Quand je t'ai dit qu'il
fallait que je dorme *à cause* de Louanne, voulant dire
que je la voyais ce matin à dix heures, j'ai pas pris un
ton péremptoire pour contredire ce que tu avançais
sur l'inutilité du sommeil, je l'ai dit, ne t'y trompe
pas, UNIQUEMENT parce que quoi qu'il arrive, en
dehors de toute contingence, il faut que je dorme,
c'est vrai mec, j'ai les yeux qui se ferment tout seuls,
ils sont tout rouges, ils me brûlent, ils sont *beat*...
— Ah, mon enfant, dit Allen. — Il faut qu'on dorme
tout de suite. Arrêtons la machine. — Tu peux pas
arrêter la machine comme ça!» a hurlé Allen. On
entendait les premiers chants d'oiseaux. «À présent,
à mon signal, a dit Neal, on va arrêter de parler, étant
bien entendu qu'il s'agit simplement de s'arrêter de
parler, bien tranquillement, pour dormir. — Tu peux
pas arrêter la machine comme ça. — Arrêtez la
machine», j'ai dit. Ils se sont tournés vers moi. «Il
n'a pas fermé l'œil de la nuit, il écoutait! Et qu'est-ce
que tu en as pensé, Jack?» Je leur ai dit que j'en
pensais qu'ils étaient des phénomènes de dinguerie,
et que j'avais passé la nuit à les écouter comme on
regarderait le mécanisme d'une montre haute comme
le col Berthoud, qui aurait pourtant les rouages les
plus précis du monde. Ils ont souri. Le doigt pointé
sur eux, j'ai déclaré : «Si vous continuez comme ça,
vous allez devenir dingues tous deux, mais tenez-moi
au courant.» On a aussi évoqué la possibilité qu'ils
viennent à Frisco avec moi. Là-dessus je suis parti,
je suis rentré chez moi en trolley. À l'est, un soleil
immense se levait sur les plaines, il rosissait les montagnes en papier mâché d'Allen. L'après-midi, je me

suis consacré aux préparatifs de la virée en montagne, si bien que je ne suis pas retourné voir Allen
et Neal pendant quatre-cinq jours. Le patron de
Beverly Burford lui avait laissé sa voiture pour le
week-end. On a pris nos costumes et on les a pendus
aux fenêtres, et nous voilà partis pour Central City,
Bob Burford au volant, Ed White prenant ses aises à
l'arrière, et Beverly sur le siège avant. C'était la première fois que je voyais les Rocheuses de l'intérieur.
Central City est une ancienne ville minière qu'on
appelait jadis le kilomètre carré le plus riche du
monde parce que les vieux vautours qui écumaient
les montagnes y avaient découvert une strate entière
d'argent. Ils s'étaient enrichis du jour au lendemain,
et ils avaient fait construire un ravissant petit opéra
au milieu des baraques accrochées aux pentes. Lillian
Russell y était venue, ainsi que les plus grands chanteurs lyriques de toute l'Europe. Et puis Central City
était devenue une ville-fantôme, jusqu'au jour où des
membres de la Chambre de commerce, jeunes entre-
preneurs du Nouvel Ouest, avaient décidé de la faire
revivre. Ils avaient toiletté le théâtre et, tous les
étés, des vedettes de l'opéra de New York venaient
s'y produire. Tout le monde s'amusait beaucoup. Il
arrivait des touristes de tous les coins, et même des
vedettes d'Hollywood. Parvenus au sommet de la
montagne, on a découvert les rues étroites archibon-
dées de touristes chicosses. J'ai pensé à Sam, le personnage de Temko ; Temko avait raison. Il était déjà
là, d'ailleurs. En veine de mondanités, tout sourires,
et s'extasiant sur tout avec la plus parfaite sincérité.
« Jack, s'écrie-t-il en me prenant par le bras, regarde-
moi cette ville, imagine ce qu'elle a pu être il y a cent

ans, qu'est-ce que je dis quatre-vingts, soixante ans ;
ils avaient un opéra, dis donc ! — Oui, je lui réponds
en imitant son personnage, mais *ils sont* déjà là ! —
Ah les fumiers », conclut-il, tout en partant s'amuser
un peu, Jean White à son bras. Beverly Burford était
une blonde pleine de ressources. Elle connaissait une
vieille maison de mineurs, à la lisière de la ville, où
nous, les hommes, nous pourrions passer le week-
end ; il nous suffirait de faire le ménage. Du reste, on
pourrait y donner une fête avec plein de monde.
C'était une vieille baraque, couverte d'un manteau
de poussière à l'intérieur des pièces ; il y avait même
un perron, et un puits, côté jardin. Ed White et Bob
Burford ont retroussé leurs manches, et ils se sont
mis au nettoyage, vaste programme qui leur a pris
tout l'après-midi et le début de la soirée. Mais enfin,
ils avaient un plein seau de bouteilles de bière, ils
n'étaient pas à plaindre. Quant à moi, j'étais invité à
l'opéra, grâce à Justin Brierly, et j'avais Bev à mon
bras. J'avais emprunté un costume à Ed. Quelques
jours plus tôt à peine, j'étais arrivé à Denver en clochard ; cet après-midi-là, j'étais fringué à la dernière
mode, avec une blonde superbe et élégante au bras,
je saluais des dignitaires, je bavardais dans le grand
hall, sous les lustres. Je me demandais bien ce
qu'aurait dit Mississippi Gene s'il avait pu me voir.
On jouait *Fidelio*, l'œuvre magistrale de Beethoven.
« Quelles ténèbres ! » s'écriait le baryton en sortant
du cachot sous une pierre qui gémissait. J'en ai
pleuré. C'est comme ça que je vois la vie, moi aussi.
J'étais tellement absorbé par l'opéra que, pendant un
moment, j'en ai oublié les circonstances de ma folle
existence pour me perdre dans les accents funèbres

de la musique de Beethoven, et dans cette intrigue, sombre et vibrante comme un Rembrandt. «Alors Jack, qu'est-ce que vous dites de notre création, cette année?» m'a demandé Brierly, fièrement, une fois dans la rue. «Quelles ténèbres, quelles ténèbres! C'est génial!» j'ai répondu. «À présent il faut que je vous présente la troupe», il a poursuivi sur le même ton officiel, mais fort heureusement, dans le tourbillon des événements, cette idée saugrenue lui est sortie de la tête, et il a disparu. J'avais assisté à la matinée, mais il y aurait une autre représentation le soir. Je m'en vais vous raconter comment j'ai eu l'honneur et l'avantage, sinon de rencontrer les membres de la troupe, du moins de me servir de leurs plus belles serviettes et de leurs baignoires. Et pendant que j'y suis, il faut aussi expliquer pourquoi Brierly me tenait en assez haute estime pour me procurer des faveurs diverses. Hal Chase et Ed White étaient ses anciens élèves préférés; or nous étions camarades de fac; nous avions écumé New York ensemble, et beaucoup parlé. Au départ, on ne peut pas dire que j'avais fait bonne impression au maître : le jour où il était venu rendre visite à Hal, un dimanche matin, à New York, j'étais ivre et je dormais sur le plancher. «Qui est-ce, celui-là? — C'est Jack. — Allons bon, le célèbre Jack? Et qu'est-ce qu'il fait, endormi par terre? — Ça lui arrive tout le temps. — Vous ne m'aviez pas dit que c'était un génie, dans son genre? — Tout à fait. Ça ne vous saute pas aux yeux? — Je dois vous avouer qu'il me faut faire un petit effort d'imagination. Je croyais qu'il était marié, où est sa femme?» En effet, j'étais marié, à l'époque. «Oh, elle passait son temps à lever le pied, Jack a dû renoncer. En ce moment elle est au bar du West End avec un croque-mort qui a deux cents dollars en poche et paye une tournée générale. » Là-dessus, je me suis levé pour serrer la main de Mr. Brierly. Il se demandait ce qu'Hal me trouvait, à l'époque, et se le demandait encore, cet été-là, à Denver ; il ne me voyait pas percer un jour. C'était très exactement ce que je voulais qu'il pense, comme le reste du monde ; ça me permettait d'entrer dans les festivités sur la pointe des pieds si on m'invitait, et d'en sortir de même. Bev et moi, nous sommes retournés à la baraque des mineurs. J'ai retiré mon smok, et j'ai retroussé mes manches, moi aussi, pour me mettre au ménage. C'était un boulot colossal. Allan Temko s'était installé au beau milieu de la pièce principale, déjà nettoyée, et refusait de donner le moindre coup de main. Sur une petite table, devant lui, il avait posé sa bouteille de bière et son verre. Pendant qu'on se démenait dans tous les coins avec nos seaux d'eau et nos balais, il jouait avec ses souvenirs : « Ah si tu pouvais venir avec moi, un de ces jours, boire du Cinzano en écoutant les musiciens de Bandol, tu vivrais la vraie vie. » Il était officier de marine et, quand il se soûlait, il se mettait à donner des ordres à tout le monde. Devant cet autoritarisme agaçant, Burford avait mis au point une stratégie, il le désignait d'un index tremblant et se tournait vers son interlocuteur en disant : « Il est puceau, ce bleu, tu crois qu'il est puceau ? » Temko s'en fichait pas mal. « Ah, soupirait-il, la Normandie l'été, les sabots, les vins du Rhin... Allez Sam (ceci s'adressait à son compagnon invisible), sors-nous la bouteille de la rivière, et dis-nous si le vin a bien rafraîchi pendant

qu'on pêchait. » Du pur Hemingway. On a appelé les
filles qui passaient dans la rue. « Venez nous aider
à nettoyer la baraque. Vous êtes toutes invitées, ce
soir. » Et elles sont venues. Bientôt, on a eu une vraie
brigade à notre disposition ; enfin, les choristes de
l'opéra sont arrivés, des mômes, pour la plupart, qui
nous ont prêté main-forte. Le soleil s'était couché.
Notre journée finie, Ed, Burford et moi avons décidé
de nous faire beaux pour la grande soirée. On a traversé la ville pour arriver à cette pension où s'étaient
installés les chanteurs, ainsi que Brierly. À travers la
nuit, on entendait le début de la représentation nocturne. « Pile ! a dit Burford. Attrapez-moi quelques
brosses à dents et quelques serviettes, on va se faire
beaux. » Pendant qu'on y était, on a embarqué des
brosses à cheveux, de l'eau de Cologne, de la lotion
après rasage, et on est entrés chargés dans la salle
de bains. On a pris un bain, et chanté comme des
grands noms de l'opéra, tous tant qu'on était. Burford voulait mettre la cravate du premier ténor, mais
Ed White l'en a dissuadé avec son bon sens de
base : « C'est pas génial, ça, de pouvoir prendre la
salle de bains des chanteurs, leurs serviettes, leur
après-rasage ? » Et leurs rasoirs. C'était une soirée
fabuleuse. Central City est à trois mille mètres d'altitude ; au début ça te tourne la tête, et puis ça te
crève, pour finir par te mettre la fièvre à l'âme. On a
pris une ruelle sombre pour s'approcher de l'opéra et
de ses lumières, et puis on a tourné à droite, et là on
est tombés sur les saloons à l'ancienne, avec leurs
portes battantes. Les touristes étaient presque tous
à l'opéra. On a commencé par s'envoyer quelques
bières grand format. Il y avait un piano mécanique.

Par la porte de derrière, on voyait les montagnes au clair de lune. J'ai poussé un cri de Sioux. La soirée venait de commencer. On est retournés à la baraque à toutes blindes. Les préparatifs de la Grande Fête battaient son plein. Bev et Jean avaient mis à partir un casse-croûte saucisses-haricots ; on a dansé sur notre musique, et on a commencé à ouvrir les bières sans lésiner. À la fin de la représentation, des hordes de jeunes filles ont déferlé chez nous. Burford, Ed et moi, on s'en léchait les babines. On les attrapait au passage pour danser. Il n'y avait pas de musique, on dansait comme ça. La baraque s'est remplie. Les gens apportaient des bouteilles. On sortait faire des allers-retours dans les bars. La nuit s'avançait, la frénésie allait crescendo. Je regrettais de ne pas avoir Allen et Neal avec moi, mais je me suis rendu compte qu'ils auraient été déplacés, malheureux. Ils ressemblaient à l'homme du cachot, qui soulevait sa pierre pour sortir des entrailles de la terre, les hipsters sordides de l'Amérique, nouvelle *beat generation* à laquelle j'étais en train de m'intégrer, petit à petit. Les choristes sont arrivés ; ils se sont mis à chanter *Sweet Adeline*, et puis des phrases du genre « passez-moi la bière », ou encore « qu'est-ce que tu fabriques, pourquoi tu sors la tête ? », avec, bien sûr, de longs « Fi-de-lio » modulés dans les graves. Moi, je chantais : « Ah malheur, quelles ténèbres ! » Les filles étaient géniales ; elles voulaient bien sortir dans la cour pour flirter. Il y avait des lits dans les autres pièces, où l'on n'avait pas fait le ménage, des nids à poussière. Moi j'avais fait asseoir une fille sur l'un de ces lits et je lui parlais quand tout à coup les ouvreurs-placeurs de l'opéra ont fait irruption en masse, la moitié d'entre eux engagés par Brierly, et ils ont sauté sur les filles et se sont mis à les embrasser sans les moindres travaux d'approche. C'étaient des ados ivres, échevelés, surexcités, ils nous ont gâché la fête. En l'espace de cinq minutes, toutes les filles sont parties, et la soirée a tourné au banquet de potaches, où les gars cognaient leurs bouteilles sur la table et rugissaient de rire. Bob, Ed et moi, on a décidé d'aller faire la tournée des bars. Temko était parti. Bev et Jean étaient parties. On est sortis dans la nuit, le pas incertain. La foule des spectateurs s'entassait dans les bars, du comptoir au mur. Temko braillait par-dessus les têtes. Justin W. Brierly serrait la main à tout le monde en disant : « Bonjour, ça va, cet après-midi ? » et quand il a été minuit : « Bonjour, ça va, *vous*, cet après-midi ? » Un moment donné, je l'ai vu entraîner le maire de Denver promptement, je ne sais où. Il est revenu avec une femme d'un certain âge ; puis il s'est mis à parler à deux jeunes ouvreurs, dans la rue ; l'instant d'après il me serrait la main sans me reconnaître, mais en me souhaitant bonne année. Il n'était pas ivre d'alcool, mais de son plaisir majeur : voir des milliers de gens aller et venir sous sa direction, à lui, le maestro de la Danse Macabre. N'empêche, je le trouvais sympathique ; je l'ai toujours trouvé sympathique, Justin W. Brierly. Il était triste. Je le voyais se faufiler dans la foule, solitaire. Tout le monde le connaissait. « Bonne et heureuse année », disait-il, ou parfois : « Joyeux Noël. » C'était une habitude, chez lui. À Noël, il disait : « Joyeuses Pâques. » Il y avait au bar un artiste que tout le monde vénérait. Justin tenait à me présenter, et moi j'essayais de m'esquiver ; il s'appelait Bellaconda, un nom comme ça. Il était accompagné de sa femme ; ils s'étaient mis à une table, ils faisaient la gueule. Il y avait aussi un touriste plus ou moins argentin au bar, Burford l'a bousculé pour se faire de la place. Le type s'est retourné, l'air mauvais. Burford m'a passé son verre, et il l'a étendu d'un coup de poing sur la barre de cuivre. Le type a perdu connaissance. Il y a eu des cris. Ed et moi, on a poussé Burford dehors. C'était une telle pagaille que le shérif n'arrivait même pas à se frayer passage jusqu'à la victime. Personne n'a pu désigner Burford. On est allés dans d'autres bars. Temko remontait une rue sombre, il titubait. « Merde, qu'est-ce qui se passe ? Il y a de la baston ? Vous avez qu'à m'appeler. » On entendait hurler de rire de tous les côtés. Je me demandais bien ce qu'en pensait l'Esprit de la Montagne, et, en levant les yeux, j'ai vu les pins sous la lune, les fantômes des vieux mineurs, et ça m'a laissé rêveur. Sur toute la paroi est du Divide, cette nuit-là, c'était le silence, et le murmure du vent, sauf dans le ravin qui retentissait de nos braillements. De l'autre côté du Divide, c'était le versant ouest, et le grand plateau qui menait à Steamboat Springs, et puis la dépression qui donnait sur la partie est du désert du Colorado. Et le désert de l'Utah. L'obscurité régnait partout, en cet instant où nous étions en train de vociférer, blottis au creux de la montagne, nous les Américains ivres-fous de cette terre puissante. Et plus loin, plus loin encore, derrière les sierras, de l'autre côté de Carson Sink, ce joyau scintillant, couleur de nuit, enchâssé dans sa baie, le vieux Frisco de mes rêves. Nous étions perchés sur le toit de l'Amérique, et ne savions que gueuler — pour atteindre, qui sait ?

l'autre côté de la nuit, l'Est, au-delà des plaines, où un vieillard chenu était peut-être en route vers nous, porteur de la Parole, sur le point d'arriver pour nous faire taire. Burford passait les bornes ; il tenait absolument à retourner au bar où il s'était battu. Ed et moi, tout en réprouvant ses manières, on voulait pas le lâcher. Il s'est approché de Bellaconda, l'artiste, et lui a jeté son cocktail à la figure. Sa sœur Beverly s'est mise à crier : «Non, Bob, pas ça !» Il a fallu le traîner dehors. Il était hors de lui. Un baryton du chœur s'est joint à nous, et on est allés dans un bar local. Il a traité la serveuse de pute. Il y avait un groupe de gars pas marrants au comptoir ; ils avaient horreur des touristes. L'un d'entre eux nous a dit : «Voyez, les gars, vous feriez mieux de déguerpir d'ici qu'on ait compté jusqu'à dix.» On se l'est pas fait dire deux fois. On est retournés à la baraque d'un pas mal assuré, et puis on a dormi. Le lendemain matin, au réveil, en me retournant dans mon lit, j'ai soulevé un nuage de poussière. J'ai tiré sur la fenêtre pour l'ouvrir ; elle était clouée ; Ed White était couché, lui aussi. On toussait, on éternuait. On a déjeuné de bière pas fraîche. Beverly est arrivée de son hôtel, et on a rassemblé nos affaires pour partir. Mais il fallait d'abord — ordres de Brierly — qu'on aille regarder Bellaconda l'artiste mélanger des trucs dans son chaudron. Pour Burford, ce serait une manière de lui faire des excuses. On s'est tous mis autour du chaudron pendant que l'artiste pontifiait. Burford souriait, hochait la tête, il faisait son possible pour avoir l'air intéressé, la mine archi-contrite. Brierly se rengorgeait. Beverly s'appuyait sur moi, fatiguée. Je suis sorti, et j'ai cherché des toilettes

dans le dortoir des ouvreurs. Une fois assis sur la
lunette, j'ai vu un œil de l'autre côté de la serrure, et
j'ai entendu une voix qui disait : « Qui c'est ? — C'est
Jack », j'ai répondu. C'était Brierly ; il déambulait, le
chaudron l'avait rasé. Tout fichait le camp, visible-
ment. Comme on descendait les marches de la baraque
des mineurs, Beverly a glissé et s'est affalée de tout
son long. Elle était à bout de nerfs, la pauvre. Son
frère et moi, on l'a aidée à se relever. On est retournés à la voiture. Temko et Jean nous ont rejoints, et
on a pris le chemin du retour, tristement. Tout d'un
coup, on s'est retrouvés à descendre la montagne,
avec vue sur la plaine de Denver, immense comme
une mer ; une chaleur de four. On s'est mis à chanter. J'avais hâte de continuer sur San Francisco, des
fourmis dans les jambes. Ce soir-là, j'ai retrouvé
Allen et, à ma grande surprise, il m'a dit qu'il avait
passé la nuit à Central City avec Neal, lui aussi.
« Qu'est-ce que vous avez fait ? — Oh, on a fait la
tournée des bars, et puis Neal a piqué une bagnole et
on est rentrés à cent cinquante dans les virages. — Je
vous ai pas vus. — On savait pas que tu étais là. —
Ben écoute, mec, je m'en vais à San Francisco.
— Neal t'apporte Ruth sur un plateau, ce soir. —
O.K., je vais remettre mon départ, alors. » Je n'avais
pas d'argent. J'ai écrit à ma mère par avion pour
lui demander de m'envoyer cinquante dollars, en lui
expliquant que c'était la dernière fois, et qu'après
c'était moi qui lui en enverrais, dès que j'aurais trouvé
le bateau. Là-dessus je suis allé chercher Ruth Gullion, et la ramener à l'appartement. Après avoir parlementé longuement dans l'obscurité du salon, j'ai
réussi à l'emmener dans ma chambre. C'était une

môme gentille, simple et vraie, qui avait une peur
bleue du sexe ; parce qu'elle voyait des trucs tellement épouvantables à l'hôpital, m'a-t-elle expliqué.
Je lui disais que c'était beau, le sexe, et j'ai voulu le
lui prouver. Elle m'a laissé faire, mais j'ai été trop
impatient, et je n'ai rien prouvé du tout. Elle a soupiré dans le noir. « Qu'est-ce que tu veux de la vie ? »
je lui ai demandé, je demandais tout le temps ça aux
filles, à l'époque. « Je sais pas, elle m'a répondu, faire
mon travail, m'en sortir. » Elle a bâillé. Je lui ai mis
la main sur la bouche en lui disant de ne pas bâiller.
J'ai essayé de lui dire à quel point la vie m'emballait,
de lui parler de tous les trucs qu'on pourrait faire
ensemble — moi qui projetais de quitter Denver le
lendemain. Elle s'est détournée avec lassitude. On
est restés allongés sur le dos, à regarder le plafond, et
à se demander où Dieu avait voulu en venir quand Il
avait créé la vie si triste, si désenchantée. On a
vaguement projeté de se retrouver à Frisco. J'étais
en train de vivre mes derniers instants à Denver. Je
l'ai bien senti en la raccompagnant chez elle dans le
sanctuaire de la nuit urbaine, et au retour quand
je me suis étendu sur la pelouse d'une vieille église,
au milieu d'une bande de trimardeurs dont les histoires m'ont donné envie de repartir sur la route. De
temps en temps, il y en avait un qui se levait pour
taper le passant d'une pièce. Ils parlaient des moissons, qui remontaient vers le nord. La nuit était tiède
et douce. J'avais envie d'aller chercher Ruth, de lui
faire l'amour vraiment cette fois, pour calmer ses
angoisses sur les hommes. En Amérique, les garçons
et les filles ont des rapports si tristes ; l'évolution des
mœurs les oblige à coucher ensemble tout de suite,

sans avoir parlé comme il faut. Non pas parlé-bara-
tiné, mais parlé vrai, du fond de l'âme, parce que la
vie est sacrée, et chaque instant précieux. J'ai entendu
la locomotive de la compagnie Denver & Rio Grande
qui filait vers les montagnes en hurlant. Je voulais
poursuivre mon étoile. Temko et moi, on ne s'est pas
couchés, et on est restés à parler, mélancoliques,
jusqu'à minuit passé. «Tu as lu *Les vertes collines
d'Afrique*? C'est le meilleur bouquin d'Hemingway.»
On s'est souhaité bonne chance. On se retrouverait à
Frisco. J'ai aperçu Burford, sous un arbre obscur,
dans la rue. «Salut Bob, alors, quand est-ce qu'on se
retrouve?» Je suis allé chercher Allen et Neal —
introuvables. Ed White a levé la main en me lan-
çant : «Alors, tu te barres, Yo?» On s'appelait Yo
mutuellement. J'ai dit : «Ouaip.» J'ai encore vaga-
bondé un peu par les rues de Denver. Dans tous les
clodos de Larimer Street, je croyais voir le père de
Neal, le vieux Neal Cassady, le Coiffeur comme ils
l'appelaient. Je suis allé au Windsor Hotel, où père
et fils avaient vécu, et où une nuit Neal avait eu une
peur bleue parce que le cul-de-jatte qui partageait
leur chambre avait déboulé sur ses terribles roulettes
pour le tripoter. J'ai vu la lilliputienne qui vendait
les journaux, sur ses petites jambes, à l'angle de la
Quinzième Rue et de Curtis Street. «Tu te rends
compte, mec, m'avait dit Neal, tu peux la soulever
dans les airs pour la baiser.» Je suis passé devant les
bastringues tristes de Curtis Street : jeunes gars en
blue-jeans et T-shirts rouges; coques de cacahuètes,
cinémas avec marquises, tripots. Au-delà des néons
de la rue, c'était le noir; au-delà du noir, l'Ouest.
Fallait que je parte. À l'aube, j'ai trouvé Allen. J'ai lu

une partie de son énorme journal, j'ai dormi chez lui, et le lendemain matin, bruine et grisaille, Al Hinkle — un grand d'un mètre quatre-vingt-dix — est arrivé avec Bill Tomson, le beau gosse, et Jim Holmes le bossu, requin des salles de jeux. Jim Holmes avait de grands yeux d'un bleu céleste, mais il était incapable d'articuler trois mots, ennuyeux comme la pluie. Il portait la barbe ; il vivait avec sa grand-mère. Big Al était fils et frère de flics. Bill Tomson se vantait de courir plus vite que Neal. Ils se sont assis et ont écouté avec des sourires intimidés Allen lire sa poésie démente et apocalyptique. Je me suis affalé dans un fauteuil, j'étais cané. « Oh vous, oiseaux de Denver ! » s'est écrié Allen. On est tous sortis l'un après l'autre, et on est allés dans une ruelle de Denver typique, entre des incinérateurs qui fumaient lentement. « Je venais pousser mon cerceau dans cette ruelle », m'a dit Hal Chase. J'aurais voulu voir ça. J'aurais voulu voir Denver dix ans avant, quand ils étaient gosses, tous, et que, dans le matin de soleil et de cerisiers en fleur, au Printemps des Rocheuses, ils poussaient leurs cerceaux le long des ruelles joyeuses de toutes les promesses... toute la bande. Et Neal, sale et dépenaillé, qui rôdait en solo, dans sa ferveur inquiète. Bill Tomson et moi, on s'est baladés sous la bruine ; je suis passé chez la copine d'Eddie et j'ai récupéré ma chemise en laine écossaise, la chemise de Preston, Nebraska. Elle était là, emballée, cette chemise immense comme un chagrin. Bill Tomson m'a dit : Rendez-vous à Frisco. Tout le monde allait à Frisco. J'ai découvert que mon mandat était arrivé. Le soleil est sorti, et Ed White m'a accompagné en trolley jusqu'à la gare routière. J'ai pris mon billet

pour San Fran, qui m'a coûté la moitié de mes cinquante dollars, et j'ai embarqué à deux heures de
l'après-midi. Ed White m'a fait au revoir de la main,
le car a quitté les rues de Denver, ardentes et four-
millant d'histoires. « Bon Dieu, je me suis promis,
faudra que je revienne pour de nouvelles aventures. »
Neal avait appelé à la dernière minute, il m'avait dit
que lui et Allen viendraient peut-être me rejoindre
sur la côte ; j'ai médité la chose, et je me suis rendu
compte que je n'avais pas parlé cinq minutes d'affilée avec Neal tout le temps de mon séjour. Mais
voilà, j'étais parti. Et eux, voici ce qu'ils ont fait.
Neal a réglé ses histoires de femmes, et ils sont partis
ensemble, en rigolant joyeusement, ils ont pris la
route pour le Texas. À Denver, quelqu'un les a vus
dans South Broadway ; Neal courait, et il sautait
en l'air pour attraper les hautes feuilles des arbres.
Selon cet informateur, Allen consignait ses faits et
gestes. C'est ce que m'a dit Dan Burmeister, dont je
reparlerai plus tard. Ils ont voyagé de jour comme de
nuit pour atteindre le Texas, et ils n'ont pas fermé
l'œil de tout le voyage, parlant sans cesse. Discuté de
tout, décidé de tout. Sur l'autoroute, du côté des
rochers de Raton, le long des prairies mendigotes
d'Amarillo, balayées par le vent, dans le bush, au
cœur du Texas, ils ont parlé, parlé, tant et si bien
qu'en arrivant dans les parages de Waverly, du côté
de Houston, où vivait Bill Burroughs, ils sont tombés à genoux sur cette route obscure, face à face,
pour se jurer amitié et amour éternels. Allen a béni
Neal, qui en a pris acte. Ils sont restés agenouillés
à psalmodier jusqu'à en avoir mal aux rotules, et
comme ils erraient dans les bois à la recherche de la

maison de Bill, ils l'ont vu passer de sa démarche
chaloupée le long d'une clôture, sa gaule à la main, il
venait de pêcher dans le bayou. «Vous voilà quand
même, les gars, Joan et Hunkey commençaient à se
demander où vous étiez passés. — Il est là, Hunkey?» ils se sont écriés, ravis. «Il est là et bien là,
passe pas inaperçu... — Waou, youpi, merde alors!
s'est écrié Neal. Je vais pouvoir découvrir Hunkey,
aussi. Allons-y, grouillez!» C'est alors que s'enchaî-
nèrent une série de circonstances qui devaient les
conduire à New York au moment où j'y arriverais
moi-même. Mais, pour l'instant, je roulais ma bosse
dans San Francisco, et je reparlerai d'eux bientôt.
Je venais retrouver Henri Cru avec deux semaines
de retard. Le trajet en car s'était déroulé sans rien de
saillant, sinon que plus on approchait, plus j'avais
d'élan vers la ville. Cheyenne, de nouveau, l'après-
midi cette fois, les rangelands, le Divide vers minuit,
à la hauteur de Creston, à l'aube Salt Lake City,
capitale des jets d'arrosage, le dernier endroit où l'on
se serait figuré que soit né Neal, le Nevada sous un
chaud soleil, Reno à la nuit tombante, avec ses rues
chinoises qui clignotaient, et puis à l'assaut de la
Sierra Nevada, pins, étoiles, chalets de montagne
rendez-vous des amoureux de Frisco. Petit garçon sur
le siège arrière qui sanglote : «Mman, quand c'est
qu'on rentre à Truckee?», et Truckey elle-même,
son berceau, son bercail, pour descendre jusqu'aux
plaines de Sacramento. Tout à coup j'ai réalisé que
j'étais en Californie. L'air était tiède et faste, on l'aurait embrassé, il y avait des palmiers. Longé le Sacramento légendaire sur une super-autoroute, attaqué
les collines, ça monte, ça descend, et tout d'un coup

une vaste baie, juste avant l'aube, Frisco soulignée
d'une guirlande de lumières somnolentes. En passant le pont d'Oakland, pour la première fois depuis
Denver, j'ai dormi d'un sommeil profond. De sorte
que quand on s'est arrêtés à la gare routière, sur
Marker Street et la Troisième, je me suis réveillé en
sursaut, et il m'est revenu que j'étais à San Francisco, c'est-à-dire à plus de cinq mille bornes de la
maison de ma mère, à Ozone Park, Long Island. J'ai
déambulé comme un fantôme hagard, et je l'ai ren-
contrée, cette Frisco, ses longues rues lugubres, les
câbles du tramway, dans ses bandelettes de brouillard
et de blanc. J'ai parcouru quelques rues, le pas incertain. Des clodos louches (dans Mission St.) m'ont
demandé l'aumône à l'aube. J'ai entendu de la
musique, quelque part. « Qu'est-ce que ça va me bot-
ter tout ça, plus tard ! Mais pour le moment, il faut
que je trouve Henri Cru. » J'ai suivi ses indications,
et je suis passé sur le pont de la Golden Gate pour
rallier Marin City. Le soleil irradiait la brume de
chaleur sur le Pacifique, une brume opaque à mon
œil ; c'était le bouclier étincelant de cet océan universel, en partance pour la Chine, et il me paraissait
d'autant plus formidable que j'avais prévu d'embarquer. Marin City, où habitait Henri Cru, était un
ramassis de bicoques au fond de la vallée, des loge-
ments sociaux, construits pour les ouvriers des chantiers navals pendant la guerre. Le site était un vrai
canyon, encaissé, ses pentes couvertes d'arbres à pro-
fusion. Les habitants de la cité avaient leurs propres
boutiques, leurs coiffeurs, leurs tailleurs. On disait
aussi que c'était la seule communauté d'Amérique
où les Blancs et les Noirs vivaient ensemble par

choix ; et c'était vrai ; je n'ai jamais vu un endroit
aussi débridé ni aussi joyeux depuis. Sur la porte de
la bicoque d'Henri, j'ai trouvé le papier qu'il y avait
punaisé trois semaines plus tôt. « Jack Grande Gueule
(en majuscules énormes) ! Si tu trouves personne à la
maison, passe par la fenêtre. Signé Henri Cru. » La
feuille était grise et délavée, mais Henri m'attendait
toujours. Je suis passé par la fenêtre, et je l'ai trouvé
en train de dormir avec Diane, sa petite amie — dans
un lit volé à un navire marchand, il me l'a expliqué
plus tard ; il faut imaginer l'électricien du bord qui
attend la nuit close pour passer un plumard par-
dessus le bastingage en douce, et faire toutes rames
vers la côte. Et encore, ça ne dit pas tout sur le personnage d'Henri Cru. Si je raconte tous les détails de
mon séjour à San Fran, c'est parce qu'ils s'inscrivent
dans ce que j'allais vivre par la suite. Henri et moi
nous étions rencontrés à la prep school, des années
plus tôt, mais ce qui nous avait vraiment liés, c'était
mon ex-femme. C'était lui qui l'avait vue le premier.
Un jour, il entre dans ma chambre, au foyer, et il me
dit : « Debout, Kerouac, le vieux maestro est venu te
voir. » Moi je me lève, et en enfilant mon pantalon
je fais tomber quelques pièces par terre. Il était
quatre heures de l'après-midi, je passais mon temps
à dormir quand j'étais étudiant. « Attends, attends,
ne sème pas ta fortune à tous vents ; je me suis trouvé
une petite nana extra, et ce soir je l'emmène au
Lion's Den. » Le voilà qui m'y traîne pour me la présenter. Une semaine plus tard, elle le quittait pour
moi. Elle m'a dit qu'il ne lui inspirait que du mépris.
C'était un Français, un gars de vingt ans, grand brun
sexy, genre Marseillais qui fait du marché noir ;

comme il était français, il mettait un point d'honneur
à ne parler que la langue du jazz, il parlait un anglais
parfait, un français parfait. Il aimait se fringuer chic,
sortir avec des blondes classe et claquer de la maille.
Loin qu'il ait eu du mal à me pardonner d'avoir baisé
son Edie, c'est la raison même de nos liens, et depuis
le premier jour il a toujours été loyal envers moi, et
m'a porté une affection sincère, Dieu sait pourquoi.
Quand je l'ai retrouvé à Marin City, ce matin-là, il
était dans la dèche, il traversait la mauvaise passe de
la vingt-cinquaine. Il en était réduit à zoner en attendant un bateau, et pour gagner sa vie entre-temps il
avait pris un boulot de vigile à la caserne, dans le secteur du canyon. Sa petite amie, qui avait la langue
bien pendue, le traînait dans la boue une fois par
jour. Ils économisaient sou à sou la semaine et sortaient claquer cinquante dollars en trois heures le
samedi. Dans la baraque, Henri se baladait en short,
avec une drôle de casquette de l'armée sur la tête, et
Diane avec ses bigoudis, et c'est dans cette tenue
qu'ils passaient la semaine à s'engueuler. Jamais
entendu autant de prises de bec de toute ma chienne
de vie. Mais le samedi soir, ils étaient tout sourires
l'un pour l'autre, et ils prenaient leur essor comme
un couple d'amoureux hollywoodiens personnifiant
la réussite. Henri voulait lancer Diane au cinéma, et
moi, il voulait que je devienne scénariste pour les
studios. Un grand rêveur. Il s'est réveillé, et il m'a
vu arriver par la fenêtre. Son rire, j'en ai rarement
entendu d'aussi tonitruants, m'a fait vibrer les tympans. «Aaah, Kerouac, il entre par la fenêtre, il suit
les instructions à la lettre. Où tu étais passé, t'as
quinze jours de retard !» Il me balance une claque

dans le dos, il met une bourrade à Diane, il se tient au mur pour pas tomber, il rit, il chiale, il cogne tellement fort sur la table qu'on l'entend dans tout Marin City, où son rire énorme résonne. «Kerouac!» il piaille. «Le seul, l'unique, l'indispensable!» Je venais de traverser le petit village de pêcheurs de Sausalito, et j'avais dit la première chose qui m'était venue à l'esprit : «Il doit y avoir pas mal d'Italiens, à Sausalito.» Et lui, répétait à tue-tête : «Il doit y avoir pas mal d'Italiens, à Sausalito! Aaah!» Il se cognait sur la poitrine, il est tombé du lit, il en a presque roulé par terre. «T'as entendu ce que Kerouac vient de dire? Il doit y avoir pas mal d'Italiens, à Sausalito! Ah ah ah, oh oh oh, hi hi hi!» À force de rire, il était rouge comme une tomate. «Ah tu me tues, Kerouac, t'es tordant comme mec, et te voilà, t'as fini par arriver, le gars entre par la fenêtre, tu l'as vu, Diane, il suit les instructions, il passe par la fenêtre... ah ah ah, oh oh oh!» Le plus drôle, c'est que dans l'appartement d'à côté vivait un Noir nommé Mr. Snow, monsieur Neige, et dont le rire, je le jure sur la Bible, était toutes catégories confondues le rire le plus monumental, le plus tonitruant du monde. Je ne saurais pas le décrire, mais je vais quand même le faire dans un instant. Or, Mr. Snow avait commencé à rire à table, où sa bourgeoise avait dit un truc anodin, il s'était levé en s'étranglant, il s'était appuyé contre le mur, il avait levé les yeux au ciel; il avait fini par sortir en titubant et en s'appuyant sur les murs de ses voisins : ivre de rire; il s'est traîné dans la ville parmi les ombres, en adressant ses quintes de rire triomphal au démon qui le possédait... Je ne garantis pas qu'il ait fini de man-

ger. Il n'est pas impossible qu'Henri, à son insu, se
soit inspiré du phénoménal Mr. Snow. Et donc, malgré ses problèmes professionnels et sa vie amoureuse
déplorable avec une femme à la langue acérée, il avait
du moins appris à rire presque mieux que n'importe
qui, et je me suis dit que nous n'allions pas nous
ennuyer à Frisco. Le contrat était le suivant : Henri
couchait avec Diane dans le lit, et moi je prenais le lit
de camp sous la fenêtre, à l'autre bout de la pièce.
Pas touche à Diane. Henri m'avait tout de suite cha-
pitré sur la question : « Et que je ne vous prenne pas
à folâtrer ensemble quand vous vous figurerez que je
ne vous regarde pas. Le vieux maestro connaît la
musique. Proverbe original de ma composition. » J'ai
regardé Diane. Un beau morceau, peau de miel, tentante, mais j'ai lu dans ses yeux la haine qu'elle nous
portait à l'un comme à l'autre. Elle ambitionnait
d'épouser un homme riche. Elle venait d'un bled du
Kansas, et elle regrettait amèrement le jour où elle
s'était mise avec Henri. Lors d'un de ses week-ends
de flambeur, il avait claqué cent dollars pour elle, et
elle s'était figuré avoir rencontré un fils de famille.
Au lieu de quoi elle se retrouvait coincée dans cette
bicoque, où elle restait faute de mieux. Elle avait un
boulot à Frisco, et il lui fallait prendre le car tous les
jours, au carrefour. Elle ne l'a jamais pardonné à
Henri. Lui s'accommodait tant bien que mal de la
situation. Moi, j'étais censé rester à la baraque, et
écrire un brillant scénario original. Henri prendrait
un avion de la Stratosphère, avec sa harpe sous le
bras, et il ferait notre fortune à tous. Diane partirait
avec lui. Il allait la présenter au père d'un pote à lui,
cinéaste célèbre et ami intime de W.C. Fields. Donc,

ma première semaine à Marin City, je suis resté à la
baraque, et j'ai écrit comme un furieux en m'atta-
quant à un conte sinistre, situé à New York, et susceptible de faire le bonheur d'un réalisateur d'Hollywood;
seulement l'ennui, c'est qu'elle était trop triste, mon
histoire. Henri savait tout juste lire, il ne l'a jamais
lue, il s'est contenté de l'emporter à Hollywood,
quelques semaines plus tard. Diane s'ennuyait comme
un rat mort, et elle nous avait bien trop pris en
grippe pour la lire. Je passais d'innombrables heures
pluvieuses à boire du café et gratter du papier. Pour
finir, j'ai déclaré forfait; j'ai dit à Henri que j'avais
besoin de trouver du boulot : même les cigarettes, je
devais les leur mendier... Une ombre de déception
est passée sur son visage. Ce gars-là, ses déceptions
étaient des plus curieuses. Il avait un cœur d'or. Il
s'est débrouillé pour me trouver le même boulot que
lui, vigile à la caserne. Il a fallu que je fasse toutes les
démarches habituelles, et à ma grande surprise ces
enfoirés m'ont engagé. J'ai prêté serment devant le
chef de la police locale, on m'a donné un insigne, une
matraque, à présent je faisais partie des supplétifs. Je
me demandais ce que Neal et Allen, et Burroughs
aussi, diraient de ça. Il fallait que je porte un pantalon bleu marine pour aller avec ma veste noire et ma
casquette de flic; les deux premières semaines, j'ai
dû emprunter le pantalon d'Henri, mais comme il
était grand et qu'il avait pris de la bedaine à force de
se goinfrer par désœuvrement, le soir de ma première garde, je flottais dans mon fute, on aurait dit
Charlot. Henri m'a donné une lampe de poche et filé
son automatique, un .32. «Où tu l'as eu, ce flingue?»
je lui ai demandé. «L'été dernier, je rentrais sur la

Côte, et à North Platte, dans le Nebraska, j'ai sauté
du train pour me dégourdir les jambes, et qu'est-ce
que je vois dans une vitrine, ce petit bijou, alors je
l'ai acheté illico, et j'ai rattrapé le train en marche.»
J'ai essayé de lui raconter ma propre aventure à
North Platte, la fois où j'étais allé acheter cette bouteille de whisky avec les gars, et il m'a lancé des
grandes claques dans le dos en me disant que j'étais
un mec tordant. Nanti de la torche pour éclairer ma
route, j'escaladais les parois abruptes du canyon côté
sud, pour arriver au-dessus d'un highway qui charriait un flot de voitures allant vers Frisco la nuit, je
dévalais l'autre versant en manquant de me casser la
figure, et j'arrivais au fond d'un ravin, devant une
petite ferme, le long d'un ruisseau, où un chien, toujours le même, m'a aboyé aux fesses toutes les nuits
que Dieu a faites pendant des mois. Ensuite, on pouvait marcher vite, c'était une route argentée de poussière, sous les arbres noir d'encre de la Californie,
une route en zigzag comme le signe de Zorro, une
route comme toutes celles qu'on a vues dans les wes-
terns de série B, et moi je sortais mon flingue et je
jouais au cow-boy dans le noir. Après ça, il y avait
encore une colline, et puis c'étaient les baraquements. Ils abritaient les ouvriers du bâtiment, qui
partaient outre-mer. Les gars en transit y attendaient
leur bateau. La plupart s'embarquaient pour Okinawa; la plupart avaient le feu — c'est-à-dire les
flics — aux trousses. Bandes de frères, des durs du
Montana, des types louches arrivés de New York,
des gars de tout poil et de toute origine. Et comme ils
savaient fort bien quel enfer ce serait de travailler un
an plein à Okinawa, ils buvaient. Le boulot des bri-

gades spéciales était de veiller à ce qu'ils ne démo-
lissent pas les baraquements. On avait notre Q.G.
dans le bâtiment principal, une cahute en bois, avec
des bureaux en frisette. On venait s'asseoir autour
d'un bureau-cylindre, on retirait nos flingues, on
bâillait, et les vieux flics racontaient des histoires.
C'était une bande de pourris, flics jusqu'à l'os, à part
Henri et moi. Henri, tout ce qu'il voulait c'était
gagner sa vie, et moi aussi, tandis que ces types, ils
voulaient arrêter du monde, et se faire encenser par
le Chef, en ville. Ils disaient même que si on ne pro-
cédait pas à une arrestation par mois minimum, on
était viré. L'idée d'arrêter quelqu'un, ça me coupait
la chique. Et pour dire vrai, la nuit du grand bazar,
j'étais aussi bourré que les autres. Ce soir-là, la
répartition des tours de garde faisait que j'étais tout
seul pendant six heures, seul flic à bord. Non pas que
ça se savait, mais ce soir-là, il faut croire que tout le
monde s'était soûlé la gueule dans les baraquements.
Leur bateau partait le lendemain. Ils buvaient comme
des matelots en bordée à la veille de lever l'ancre.
Moi j'étais au bureau, dans un fauteuil, pieds sur la
table, et je lisais des histoires de l'Oregon et du pays
du Nord, dans la collection Bluebook, quand, tout à
coup, je réalise qu'il y a pas mal de chahut par rapport au silence habituel de la nuit. Je sors. Il y a de
la lumière dans presque tout le baraquement. Ça
gueule, ça casse des bouteilles. J'ai plus le choix. Je
prends ma torche, je vais tout droit à la baraque où
ça fait le plus de boucan, et je frappe. La porte s'en-
trouvre d'une vingtaine de centimètres. « Qu'esse
que tu veux, toi ? — C'est moi qui suis de garde, ce
soir, et je vous signale que vous êtes censés vous

tenir tranquilles.» Genre de remarque à la con. Ils
me claquent la porte à la figure; je reste là, nez contre
le bois. C'est comme dans un western, il faut que je
m'impose. Je refrappe. Ce coup-là, ils ouvrent tout
grand. «Écoutez, je dis, je suis pas venu vous les casser, les gars, mais moi je vais perdre mon boulot si
vous faites trop de boucan. — T'es qui? — Je suis le
vigile. — On t'a jamais vu. — Ben, voilà mon
insigne. — Et t'as besoin d'avoir ce flingue de foire
collé au cul? — Il est pas à moi», je dis pour m'ex-
cuser, «on me l'a prêté. — Rentre boire un coup,
putain, merde.» C'est pas de refus, pendant que j'y
suis; j'en bois deux. «C'est bon, les gars», je dis,
«vous ferez pas de bruit? Sinon c'est moi qui morfle,
hein. — T'inquiète, p'tit gars, va faire ta ronde, et
reviens boire un coup si ça te dit.» C'est comme ça
que je fais du porte à porte, et en moins de deux, je
suis aussi torché que les autres. L'aube venue, j'avais
le devoir de hisser les couleurs sur un mât de dix-
huit mètres et ce matin-là j'ai hissé la bannière
étoilée à l'envers, et puis je suis rentré me coucher.
Quand je suis revenu prendre mon service, le soir,
j'ai trouvé mes flics en titre siégeant dans le bureau,
avec des têtes sinistres. «Dis donc, p'tit, c'était quoi
ce boxon, hier au soir? On a eu des plaintes de gens
qu'habitent de l'autre côté du canyon. — Je sais
pas», je dis, «ça m'a l'air bien tranquille, à présent.
— Tout le contingent est parti. T'étais censé faire
régner l'ordre, ici, hier soir. Le chef te bénit. Et puis,
aut'chose, tu sais que tu risques la prison pour hisser
les couleurs à l'envers. — À l'envers?» Là je suis
horrifié, parce que, bien sûr, je ne m'en étais pas
aperçu. C'était devenu un geste machinal, tous les

matins, je secouais le drapeau dans la rosée pour faire tomber la poussière, et je le hissais sur sa hampe. «Ouais m'sieur», me dit un gros flic qui avait été maton trente ans dans une taule atroce, San Quentin. Les autres hochent la tête, d'un air sinistre. Ils passaient leur vie assis sur leur cul, fiers de leur métier. Ils sortaient leurs flingues, ils en parlaient tout le temps, mais ils les braquaient jamais. Ça les démangeait de faire un carton sur quelqu'un. Sur Henri et moi. Que je te décrive les deux pires. Il y avait le gros, ancien maton à San Quentin, dans les soixante ans, de la bedaine, retraité; il n'arrivait pas à s'arracher aux ambiances qui avaient toute sa vie nourri son âme desséchée. Paraît qu'il était marié. Tous les soirs, il venait au boulot dans sa Buick 37, pointait à l'heure pile, et s'installait au bureau à cylindre. Là-dessus, il s'attelait à la besogne pour lui épineuse de remplir la fiche sommaire du soir : rondes, heures, incidents, etc. Après ça, il pouvait se détendre, et raconter des histoires. «Dommage que t'étais pas là il y a deux mois, quand moi et Tex (l'autre ordure, un jeune qui voulait entrer dans la police montée du Texas et rongeait son frein ici), quand moi et Tex on est allés arrêter un poivrot au baraquement G. Il pissait le sang, dis donc! Tout à l'heure je t'emmène voir les taches. On l'envoyait rebondir sur les murs. D'abord Tex lui a filé un coup de matraque, et puis moi, et puis Tex a sorti son flingue et il lui a mis une calotte avec la crosse, moi j'allais m'y mettre aussi, mais le gars s'est écroulé, il est parti à vapes bien gentiment. Il avait juré de nous descendre quand il sortirait de taule — il a pris trente jours — mais ça fait SOIXANTE jours aujourd'hui et on l'a pas vu se pointer. » C'était là tout le sel de l'histoire, ils lui avaient fichu une telle trouille qu'il avait pas le flan de revenir les descendre. Moi ça m'inquiétait plutôt : des fois que ça lui prenne, et qu'il me confonde avec Tex, dans le noir, entre deux baraques... Le vieux flic continuait, tout à sa nostalgie attendrie des horreurs de San Quentin : « Le matin, pour aller déjeuner, on les faisait marcher au pas comme une section. Pas un qui déraillait. Tout était réglé comme papier à musique, fallait voir. Trente ans, j'ai été gardien. Jamais un pépin. Les gars, ils savaient qu'on rigolait pas. À présent, y a des tas de mecs qui mollissent, dans ce métier, et le plus souvent, c'est justement ceux-là qu'ont des ennuis. Tiens, toi, par exemple, d'après ce que j'ai pu observer, t'es un peu trop COU-LANT avec les gars, je dirais. » Il a levé sa pipe et m'a lancé un regard aigu. « Ils en profitent, tu comprends. » Je le savais bien. Je lui ai dit que je n'avais pas l'étoffe d'un flic. « Oui, mais enfin, tu t'es PORTÉ CANDIDAT pour ce boulot. Alors maintenant, faudrait savoir ce que tu veux, sinon t'iras nulle part. C'est ton devoir. T'as prêté serment. Ces choses-là, ça se négocie pas. Le maintien de l'ordre, c'est une obligation. » Je ne savais que dire : il avait raison ; mais moi, tout ce que je voulais, c'était me tirer en douce dans la nuit, disparaître, découvrir ce que les gens faisaient dans le reste du pays. Tex, l'autre flic, était un petit blond trapu, musclé, les cheveux en brosse, le cou agité d'un tic, nerveux comme un boxeur qui donne des coups de poing dans sa paume. Il se sapait comme les Rangers d'autrefois, revolver sur les hanches, avec sa cartouchière, et une sorte de petite badine, avec des bouts de cuir qui pen-

douillaient partout, une vraie chambre de torture
ambulante ; des chaussures nickel, une veste souple,
un chapeau renvoyé en arrière, il lui manquait que
les bottes. Il passait son temps à me montrer des
prises ; il m'attrapait entre les jambes et me soulevait
prestement dans les airs. En termes de force pure,
avec la même prise, moi je l'envoyais au plafond, et
je le savais très bien. Mais je me gardais de le lui laisser voir, de crainte qu'il ne veuille faire un match de
lutte avec moi. Avec un gars comme ça, un match
de lutte risquait de se terminer au flingue. J'étais sûr
qu'il tirait mieux que moi. J'avais jamais eu de flingue
de ma vie. Même le charger, ça me faisait peur. Tex
rêvait d'arrêter quelqu'un. Une nuit qu'on était de
garde tous deux, il revient vert de rage. « Y a des
gars, là-bas, je leur ai dit de se calmer, et ils font toujours autant de bruit. Ça fait deux fois que je leur
dis, moi je répète pas les choses trois fois. Viens avec
moi, j'y retourne et je les arrête. — Attends, moi je
vais leur donner une troisième chance, je vais leur
parler », je lui dis : « Non, m'sieur, avec moi, deux
fois ça suffit. » Je soupire, nous voilà partis. On
arrive à la salle délictueuse, Tex ouvre la porte, et il
dit aux gars de sortir un par un. C'était gênant. On
rougissait tous jusqu'au dernier. C'est toute l'histoire de l'Amérique : chacun fait ce qu'il croit devoir
faire. Des gars se soûlent la gueule et parlent un peu
trop fort la nuit, et alors ? Mais Tex avait quelque
chose à prouver. Il m'avait pris avec lui pour le cas
où les types lui auraient sauté dessus. Ils en étaient
capables. C'étaient des frères, tous de l'Alabama. On
est allés au bureau, peinards, Tex ouvrait la marche
et moi je la fermais. L'un des gars me lance : « Dis à

ce salopard, cette tête de nœud, de pas nous charger,
sinon on risque de se faire virer, et de jamais partir à
Okinawa. — Je vais lui parler. » Une fois arrivés, je
dis à Tex de passer l'éponge. Il répond en rougissant, assez fort pour que tout le monde entende :
« Avec moi c'est deux chances, pas trois. — Putain
qu'essa peut te foutre ? dit le gars de l'Alabama. On
risque de perdre notre boulot. » Tex n'a rien dit, et il
a rempli les formulaires d'arrestation. Il n'a arrêté
qu'un seul gars, et appelé la voiture qui patrouillait
en ville. Les flics sont arrivés et ils l'ont embarqué.
Les autres frères sont partis, ils faisaient la gueule.
« Qu'est-ce qu'elle va dire, la mère ? » ils se demandaient. Il y en a un qui est revenu : « Dis-lui bien, à
cet enfoiré de Texan, que si mon frère est pas sorti
demain soir, on va lui faire sa fête. » Je l'ai répété à
Ted, tel que, et il n'a rien dit. Le frère s'en est tiré
facilement, il ne s'est rien passé. Le contingent a pris
la mer. Une nouvelle horde sauvage est arrivée. Sans
mon pote Henri Cru, je n'aurais pas gardé ce boulot
deux heures. Mais Henri et moi, on était souvent de
garde ensemble, et c'est là que l'ambiance valait le
coup. On faisait notre première ronde de la nuit en
prenant tout notre temps. Henri poussait toutes les
portes pour voir si elles étaient fermées à clef ; il
espérait toujours en trouver une pas verrouillée. « Ça
fait des années que j'ai dans l'idée de dresser un
chien pour en faire un pickpocket d'élite ; il irait dans
la chambre de ces types, piquer les dollars dans leurs
poches ; je le dresserais à prendre que le billet vert, et
même, si c'est humainement possible, que les billets
de vingt. Je lui en ferais renifler à longueur de journée. » Henri était bourré de chimères dans ce genre ;

il m'a parlé de ce chien pendant des semaines. Et
puis une fois, rien qu'une, on est tombés sur une
porte pas verrouillée ; moi ça me disait rien qui vaille,
je faisais les cent pas dans le couloir. Il l'a poussée
subrepticement. Et il s'est retrouvé nez à nez avec
la pire des abominations pour lui, la pire horreur : la
tête du directeur des baraquements. Elle lui revenait
tellement pas, cette tête, qu'il m'avait dit une fois :
« Comment il s'appelle, cet auteur russe dont tu me
parles tout le temps ? Celui qui bourrait ses pompes
de journaux, et qui se baladait avec un haut-de-
forme trouvé à la poubelle. » C'était une exagération
de ce que je lui avais dit de Dostoïevski, romancier et
saint russe. « Ah, c'est ça, c'est ÇA, DOSTIOFFSKI,
un type qui a la tronche de ce directeur ne peut s'appeler que Dostioffski. » Le voilà donc nez à nez avec
Dostioffski, le directeur, l'administrateur, le boss des
baraquements, quoi. La seule porte qu'il ait trouvée
pas verrouillée, c'est la sienne. Et ce n'est pas tout.
Dostioffski dormait quand il a entendu quelqu'un
bricoler la poignée de sa porte. Il se lève en pyjama.
Il va jusqu'à la porte, encore plus patibulaire que
d'habitude. Quand Henri ouvre, il voit une face
hagarde, qui suppure la haine et la fureur bestiale.
« Qu'est-ce que ça veut dire ? — Je poussais cette
porte, c'est tout... je croyais que c'était, euh... le placard à balais. Je cherchais un balai-éponge. — Mais
COMMENT ÇA, tu cherchais un balai-éponge ? —
Ben, euh... » Moi, je me recule et je dis : « Il y a un
gars qui a vomi, là-haut, alors il faut qu'on nettoie.
— C'est PAS le placard à balais, ici. C'est MA
chambre. Encore un incident comme ça et je vous
colle une enquête au cul pour vous faire virer ! C'est

clair ? — Il y a un gars qui a vomi, là-haut », je répète. « Le placard à balais, il est là-bas, au fond du couloir », il désigne la porte du doigt, et il attend qu'on aille chercher le balai. Nous on y va, et comme deux crétins on l'emporte au premier. « Bon Dieu, Henri, tu nous fous toujours dans les embrouilles. Tu peux pas décrocher un peu ? Pourquoi il faut que tu piques tout le temps ? — Le monde me doit deux-trois choses, c'est tout. Le vieux maestro, il connaît la musique. Si tu continues à parler comme ça, je vais t'appeler Dostioffski. — O.K., Hank, va rapporter le balai. — Vas-y toi, moi il me reste quelques portes à tenter. » Il prétendait avoir trouvé un gars endormi avec un dollar qui sortait de sa poche. « Tu l'as pris ? — Je suis pas en Californie, pays des dingues et des flingues, ou tu deviens dingue ou tu te flingues, pour me refaire ce que ma mère appelait une santé. Lâche pas le vieux maestro, Kerouac, tu vas voir la belle musique qu'on va jouer sur leurs crânes maléfiques. Je suis absolument convaincu, sans l'ombre d'un doute, que ce type-là, ce Dostioffski, cette larve, n'est qu'un voleur, je le vois à la forme de son crâne maléfique. » Henri était klepto, un vrai môme. Autrefois, du temps qu'il vivait en France, écolier solitaire, on l'avait dépouillé de tout. Ses parents se contentaient de le flanquer dans des écoles, et de le planter là. Chaque fois, c'étaient des vexations, avec renvoi final ; il se retrouvait à marcher sur les routes de France, la nuit, en fabriquant des malédictions avec son vocabulaire d'innocent. Il avait bien l'intention de récupérer tout ce qu'il avait perdu ; or sa perte était sans fin ; il allait traîner ça toute sa vie. C'est à la cafétéria des baraquements qu'on faisait nos coups. On surveillait les alentours, pour être sûr que personne ne nous voyait, et surtout qu'aucun de nos petits camarades flics ne se cachait pour nous prendre en défaut, et puis je m'accroupissais, Henri posait les pieds sur mes épaules et je lui faisais la courte échelle. Il poussait la fenêtre, qui n'était jamais fermée, il le vérifiait tous les soirs, il crapahutait et atterrissait sur la table à pâtisserie. Moi, un peu plus agile que lui, je faisais un rétablissement, et je passais. On allait tout droit au bac à glaces. Là, je réalisais un rêve d'enfant ; je retirais le couvercle du conteneur de glace au chocolat, et je plongeais la main dedans jusqu'au poignet ; j'en retirais une pleine spatule et je la léchais. Après ça, on prenait des cartons de glace et on s'empiffrait ; on arrosait les crèmes de coulis de chocolat, parfois on mettait des fraises dessus, aussi, on prenait des cuillères de bois ; ensuite on se baladait dans l'infirmerie, les cuisines, on ouvrait les glacières pour voir ce qu'on pourrait fourrer dans nos poches. Souvent, j'arrachais un bout de rosbif, et je l'enveloppais dans une serviette. « Tu sais ce qu'a dit le président Truman, répétait Henri. La vie est chère, il faut faire des économies. » Un soir, j'attends tant et plus qu'il ait rempli un énorme carton — tellement énorme qu'il passe pas par la fenêtre. Résultat, faut sortir les provisions, tout remettre en place. N'empêche qu'Henri s'est pas tenu pour battu. Un peu plus tard dans la nuit, quand il a eu terminé son service et que je me suis retrouvé tout seul à la base, il s'est passé passe quelque chose de bizarre. Je me promenais sur la piste qui longeait le vieux canyon, dans l'espoir d'apercevoir une biche — Henri en avait vu, les environs de

Marin étaient encore sauvages, en 1947 — quand j'entends un bruit effrayant dans le noir. Des halète-ments, un souffle rauque. Je crois que c'est un rhino-céros prêt à me charger. Je prends mon flingue, je me remonte les couilles. Une grande silhouette appa-raît dans les ténèbres du canyon, avec une tête énorme. Et là, je m'aperçois que c'est Henri, avec une mahousse caisse de provisions sur l'épaule. Je l'entends geindre et ahaner, tellement c'est lourd. Il a réussi à trouver la clef de la cafétéria, et il a sorti la caisse par la porte de devant. « Je te croyais rentré, Henri, qu'est-ce que tu fous là ? — Tu sais ce qu'il a dit, le président Truman. La vie est chère, il faut faire des économies. » Je l'entends souffler comme un phoque dans le noir. J'ai déjà dit à quel point la route était accidentée, pour rentrer chez nous, une misère. Il cache les provisions dans les hautes herbes, et il revient me trouver. « Jack, tout seul, j'y arrive pas. Je vais répartir tout ça dans deux caisses et tu vas m'aider. — Mais j'ai pas fini mon service. — Je vais faire le guet pendant ce temps-là. Les temps sont durs. C'est la débrouille, un point c'est tout. » Il s'essuie le front. « Whoo ! Combien de fois je te l'ai dit, Jack ! On est des potes, on est dans le même bateau. Il n'y a pas trente-six solutions. Tous les Dostioffski, tous les Brigadiers-chefs Davies, tous les Tex, toutes les Diane du monde, tous les crânes maléfiques, veulent notre peau. À nous de pas nous faire truander. Ils ont des atouts dans leurs manches, entre le tissu et leurs bras de malpropres. Rappelle-toi. Le vieux maestro connaît la musique. — Et quand est-ce qu'on se magne pour embarquer ? » j'ai fini par demander. On faisait ce boulot depuis dix semaines. Je gagnais cinquante-cinq dollars par semaine, et j'en envoyais quarante à ma mère, en moyenne. Depuis mon arrivée, je n'avais passé qu'une soirée à San Francisco. J'étais coincé entre ma vie à la bicoque avec leurs scènes de ménage et mon boulot nocturne aux baraquements. Henri est parti dans la nuit, chercher une deuxième caisse. J'ai bataillé avec lui sur la route Zorro. On a posé une montagne de provisions sur la table de cuisine de Diane. Elle s'est réveillée, s'est frotté les yeux. «Tu sais ce qu'il a dit, le président Truman? La vie est chère, il faut faire des économies.» Elle était ravie. Tout à coup, je me suis rendu compte qu'il y a un voleur qui sommeille en chaque Américain. Ça me gagnait moi-même. Je me suis mis à pousser les portes pour voir si elles étaient fermées à clef. Les autres flics ont commencé à se gaffer de nous. Ils le lisaient dans nos yeux; ils devinaient avec un instinct infaillible ce qu'on avait en tête. Des années d'expérience leur avaient appris à comprendre les types comme Henri et moi. La journée, on prenait le flingue, et on sortait tirer la caille, dans les collines. Henri s'approchait tout doucement à un mètre des volatiles bavards, et il envoyait une décharge du .32. Raté! Son rire énorme tonitruait sur tous les bois de la Californie, jusqu'au bout de l'Amérique. «Le temps est venu que nous allions voir le Roi de la Banane, toi et moi», me dit-il. C'était un samedi. On s'est faits beaux, et on est allés à la gare routière du carrefour. On a passé une heure à jouer au flipper. On avait pris le coup pour incliner la machine et on a laissé une centaine de parties gratuites pour ceux qui voudraient s'amuser un peu. Partout où on allait, résonnait le rire énorme d'Henri. Il m'a emmené voir le Roi de la Banane. «Il faut que tu écrives une histoire sur le Roi de la Banane», il m'a prévenu. «Va pas entourlouper le vieux maestro en écrivant autre chose. Le Roi de la Banane, c'est un personnage pour toi. Et voici Sa Majesté.» Le roi en question était un vieux Noir qui vendait des bananes, au coin de la rue. Je ne voyais pas l'intérêt. Mais Henri me donnait des bourrades dans les côtes, il m'a même traîné par le collet. «Quand tu écriras sur le Roi de la Banane, tu écriras sur les choses de la vie.» On a flâné dans les rues de San Francisco. Chinatown l'ennuyait. Il m'a ramené voir le Roi de la Banane. Je lui ai dit que j'en avais rien à foutre, de son Roi de la Banane. «Tant que tu n'auras pas compris l'importance du Roi de la Banane, tu ne sauras absolument rien des choses de la vie», il a dit avec emphase. Sur la grand-route qui passait derrière notre bicoque, à flanc de colline, il avait planté des graines dans le fossé, espérant faire pousser de la marijuana. La seule fois qu'on soit allés voir pousser nos plants, voilà qu'une voiture de police en patrouille s'arrête à notre hauteur. «Qu'est-ce que vous fabriquez, les gars? — Nous? On fait partie de la police de Sausalito, on travaille aux baraquements, et cet après-midi on est de repos.» Les flics sont partis. À Sausalito, sur le front de mer, Henri a dégainé comme un fou et tiré sur les mouettes. Personne ne l'a vu sauf une vieille, avec son sac à provision, qui s'est retournée : «Ouu, aaa» il a gueulé. Il y avait dans la baie un vieux cargo rouillé qui servait de balise. Henri mourait d'envie d'y aller à la rame, alors un après-midi Diane a préparé un pique-nique, on a loué une barque, et on y est allés. Henri avait apporté des outils ; Diane s'est mise toute nue pour prendre un bain de soleil sur la passerelle volante ; moi je la matais depuis la poupe. Henri est descendu dans la chaufferie, où grouillaient les rats, et il s'est mis à distribuer des coups de marteau pour trouver une doublure de cuivre absente. Je suis allé m'installer au quartier des officiers, en triste état. C'était un vieux, vieux bateau ; il était jadis luxueusement équipé. Les boiseries étaient gravées, et il y avait des coffres encastrés. J'avais là le fantôme du San Francisco de Jack London. Je me suis mis au comptoir baigné de soleil, et j'ai rêvé. Des rats couraient dans la cuisine. Dans le temps jadis, un capitaine aux yeux bleus venait s'attabler là. Aujourd'hui ses os se paraient de perles immémoriales. J'ai rejoint Henri dans les entrailles du navire. Il tirait sur tout ce qui dépassait. « Que dalle ! Je pensais trouver du cuivre, je me disais qu'il y aurait quand même bien une ou deux clefs anglaises. Il a été dépouillé par une bande de voleurs, ce rafiot. » Il était dans la baie depuis des lustres ; le cuivre avait été volé par des mains qui n'existaient plus. J'ai dit : « J'aimerais beaucoup venir dormir dans ce vieux rafiot, une nuit, quand le brouillard descend, et que les membres craquent, et qu'on entend le grand show boueux des bouées. » Henri en a été baba, son admiration pour moi redoublée. « Si tu as le cran de faire ça, Jack, je te paie cinq dollars, tu te rends compte que ce rafiot est sûrement hanté par les fantômes des vieux capitaines ? Je te file cinq dollars, et en plus, je veux bien t'amener à la rame, te préparer le casse-croûte, avec une couverture et une bougie. — Tope là », j'ai dit. Stupéfait

devant mon courage, il a couru raconter ça à Diane.
Moi je n'avais qu'une envie : sauter du haut du mât
pour atterrir au fond de sa chatte, mais j'ai tenu la
promesse faite à Henri, et j'ai détourné les yeux. J'allais à Frisco plus souvent, d'ailleurs ; j'ai tenté tous
les plans pour me faire une fille, j'ai même passé une
nuit entière jusqu'à l'aube, sur le banc d'un parc
avec une nana, mais pas moyen ; c'était une blonde,
du Minnesota. Par ailleurs, il y avait pas mal de
pédés. Il m'arrivait souvent de prendre mon flingue,
et quand un pédé me tournait autour dans les
chiottes d'un bar, je sortais le gun, en disant : « Et
celui-là, il te plaît ? » Ils déguerpissaient illico. Je
n'ai jamais compris pourquoi je faisais ça, moi qui
connaissais des pédés dans tout le pays. Sans doute
juste la solitude, dans San Francisco, le fait d'avoir
une arme : il fallait que je la montre à quelqu'un. Je
passais devant une bijouterie, et j'éprouvais l'envie
subite d'exploser la vitrine pour prendre les plus
belles bagues, les plus beaux bracelets et courir les
offrir à Diane. On pourrait s'enfuir dans le Nevada,
tous les deux. Chimères. Il était temps que je quitte
Frisco, sinon j'allais devenir dingue. J'écrivais de
longues lettres à Neal et Allen, à la baraque de Bill,
dans leur bayou texan. Ils se disaient prêts à me
rejoindre à Sanfran, dès qu'ils auraient réglé choses
et autres. Leurs chansons de geste du Texas me sont
parvenues plus tard. En attendant, entre Henri,
Diane et moi, tout foutait le camp. Les pluies de septembre sont arrivées, et avec elles les gueulantes.
Henri avait pris l'avion pour Hollywood avec Diane,
en emportant le scénario que j'avais commis, et ça
n'avait rien donné. Le célèbre réalisateur Gregory

LaCava était ivre, il n'avait pas fait attention à eux. Ils étaient allés dans son bungalow, sur la plage, à Malibu, et ils s'étaient disputés devant les autres invités ; ils s'étaient plaints de ne pas pouvoir passer le grillage pour accéder à la piscine, et ils avaient repris leur avion. La goutte d'eau qui a fait déborder le vase, c'est la journée aux courses. Henri avait économisé tous ses gains, dans les cent dollars, il m'avait sapé d'un de ses beaux costumes, et, Diane à son bras, nous voilà partis au champ de courses de la Golden Gate, de l'autre côté de la baie, à Richmond. Et pour vous montrer quel cœur d'or il avait, il met la moitié des provisions volées dans un énorme sachet en kraft, et il les apporte à une pauvre veuve de sa connaissance qui habitait là-bas. Il y avait des enfants tristes et dépenaillés, une cité très semblable à la nôtre, avec de la lessive qui claquait au vent, sous le soleil de la Californie. La femme remercie Henri ; c'était la sœur d'un matelot qu'il connaissait vaguement. « Il n'y a pas de quoi, Mrs. Carter », il lui répond avec toute l'élégance et la courtoisie dont il était capable, « ça n'est pas ce qui manque en magasin ». Nous repartons en direction du champ de courses. Il mise comme un dingue, des vingt dollars sur une seule course, si bien qu'avant la septième il n'a plus un rond. Il mise nos deux derniers dollars, ceux qu'on gardait pour manger, et il les perd. Il a fallu rentrer en stop à San Francisco. Je me retrouvais sur la route. Un gars distingué nous a pris dans sa bagnole classieuse. Je suis monté devant avec lui. Henri a essayé de lui raconter un bobard, disant qu'il avait perdu son portefeuille derrière la tribune d'honneur, aux courses. « La vérité », j'ai dit, « c'est

qu'on a tout perdu aux courses, et pour ne plus
jamais être obligés de rentrer en stop, à partir de
maintenant, on ira parier chez les bookies, n'est-ce
pas Henri ? ». Henri a rougi jusqu'à la racine des cheveux. L'homme a fini par nous avouer qu'il faisait
partie des officiels du champ de courses. Il nous a
déposés devant l'élégant Palace Hotel ; on l'a vu disparaître sous les grands lustres, tête haute, plein aux
as. « Ouh la la », a hurlé Henri dans le soir qui descendait sur les rues de San Francisco. « Kerouac
monte en voiture avec le directeur des courses, et il
lui JURE que dorénavant il passera par les bookies.
Diane ! Diane ! » Il lui donnait des bourrades et la
chahutait. « C'est un marrant, le mec ! Il doit y avoir
pas mal d'Italiens à Sausalito, ah ah ah ! » Il s'est
enroulé autour d'un réverbère pour rire tout son
soûl. Mais cette nuit-là, il s'est mis à pleuvoir, et
Diane nous a regardés d'un œil torve tous les deux.
Plus un rond dans la maison. La pluie tambourinait
sur le toit. « Il y en a pour une semaine », a dit Henri.
Il avait enlevé son beau costume et retrouvé sa tenue
de misère, short, casquette de l'armée, T-shirt. Ses
grands yeux bruns tristes fixaient les lattes du parquet. Le flingue était posé sur la table. On entendait
Mr. Snow rire à gorge déployée, quelque part, dans
la nuit pluvieuse. « J'en ai archi-marre de cet enfoiré »,
a dit Diane sur un ton excédé. Elle avait déterré la
hache de guerre. Elle a commencé à asticoter Henri.
Lui, parcourait son petit carnet d'adresses où il
consignait le nom de ceux, des matelots pour la plupart, qui lui devaient de l'argent. À côté des noms, il
griffonnait des insultes au stylo rouge. Je redoutais le
jour où mon propre nom apparaîtrait sur la liste. Ces

derniers temps, j'envoyais tellement d'argent à ma mère que je n'achetais que quatre-cinq dollars de provisions par semaine, et pour me conformer aux conseils du président Truman, j'ajoutais quelques dollars de participation au quotidien. Mais Henri considérait que ça ne faisait pas le compte : il s'était mis à afficher les tickets de caisse, ces longs rubans avec la liste des produits et leur prix, sur les murs de la cuisine : à bon entendeur, salut. Diane était convaincue pour sa part qu'Henri avait un pécule caché, et que moi aussi, d'ailleurs. Elle menaçait de le quitter. Henri a eu une moue dédaigneuse : «Pour aller où? — Chez Charlie. — CHARLIE? qui est groom sur le champ de courses? T'entends ça, Jack, Diane va mettre le grappin sur un gars qui bosse aux courses. N'oublie pas ton balai, ma puce, les chevaux vont pas manquer d'avoine, cette semaine, avec mon billet de cent dollars.» La situation s'aggravait; la pluie faisait rage. C'était Diane qui avait pris l'appartement, au départ; elle a donc dit à Henri de faire sa valise et de se tirer. Il a commencé à plier bagage; je me voyais déjà tout seul, dans cette bicoque en pluie, avec cette mégère. J'ai essayé d'intervenir. Henri a bousculé Diane, elle a bondi vers le flingue. Henri me l'a passé en me disant de le planquer; il y avait huit balles dans le magasin. Diane s'est mise à hurler, et pour finir elle a enfilé son imper et elle est sortie dans la gadoue, chercher un flic — et quel flic! Notre vieux pote San Quentin. Par chance, il n'était pas chez lui. Elle est rentrée trempée. Moi j'étais recroquevillé dans mon coin, la tête entre les genoux. Seigneur Dieu, qu'est-ce que je foutais là, à cinq mille bornes de chez moi? Mais qu'est-ce que j'étais venu faire? Où était-il, mon bateau au long cours pour la Chine? « Et c'est pas fini, espèce de bouffeur de chatte, c'est la dernière fois que je te prépare tes saloperies d'œufs brouillés à la cervelle, et tes saloperies d'agneau au curry, tout ça pour que tu engraisses, et que tu la ramènes, et que tu remplisses ton gros bide sous mon nez. — Très bien, parfait, a simplement dit Henri. Quand je me suis mis avec toi, je ne m'attendais pas à ce que ce soit des roses tous les jours, et donc je ne peux pas dire que je tombe de haut, ce soir. J'ai quand même essayé de faire deux ou trois choses pour toi, j'ai fait ce que je pouvais pour vous deux, et vous me laissez tomber l'un comme l'autre. Vous me décevez, vous me décevez cruellement tous les deux, a-t-il dit du fond du cœur. Je pensais que notre association déboucherait sur quelque chose, sur quelque chose de beau, de durable, j'ai essayé, je suis parti à Hollywood, j'ai trouvé un boulot à Jack. À toi, je t'ai payé des belles robes, j'ai essayé de te présenter aux gens les plus en vue de San Francisco. Tu as refusé, vous avez refusé l'un comme l'autre de faire ce que je vous demandais, le moindre truc. Je n'exigeais rien en retour. Eh bien maintenant, je vais vous demander une faveur, ce sera la première et la dernière. Mon père arrive à San Francisco samedi prochain. Tout ce que je vous demande, c'est de m'accompagner, et de faire comme si ce que je lui ai écrit était vrai. Autrement dit, toi Diane, tu es ma petite amie, et toi, Jack, tu es mon copain. J'ai réussi à emprunter cent dollars pour la soirée. Je tiens à ce que mon père s'amuse, et puisse repartir sans avoir la moindre raison de s'inquiéter pour moi. » J'étais bien étonné. Le père d'Henri était

un éminent professeur de français à Columbia, décoré
de la Légion d'honneur en France. J'ai dit : « Tu es
en train de me dire que tu vas claquer cent dollars
pour ton père ? Mais il a plus de fric que t'en auras
jamais ! Tu vas t'endetter, mec. — C'est pas grave, a
dit Henri paisiblement avec de la défaite dans la
voix. Je ne vous demande qu'une dernière chose,
que vous ESSAYIEZ au moins de sauver les apparences. Mon père, je l'aime et je le respecte. Il arrive
avec sa jeune épouse, après avoir passé tout l'été à
enseigner sur le campus de Bannf, au Canada. Il faut
qu'on le traite avec la plus grande courtoisie. » Parfois, Henri savait se montrer en tout point homme
du monde. Diane en a été impressionnée. Elle avait
hâte de faire la connaissance de son père, se disant
qu'il valait peut-être la peine d'être ferré, contrairement à son fils. Le samedi soir tant attendu est
arrivé. Moi j'avais déjà arrêté de travailler chez les
flics, histoire de ne pas me faire virer faute d'arrêter
des gens ; ce serait donc mon dernier samedi. Henri
et Diane sont allés chercher son père à son hôtel ;
moi, comme j'avais l'argent de mon voyage, je me
suis torché au bar pendant ce temps-là. Après quoi je
suis monté les rejoindre, salement à la bourre. C'est
son père qui m'a ouvert, un petit homme distingué,
portant pince-nez. « *Ah, monsieur Cru*[1], comment
allez-vous ? » je m'écrie aussitôt. « *Je suis haut*[1]. »
J'avais traduit littéralement « je suis bourré, j'ai bu »,
sauf qu'en français ça ne veut rien dire. Ça l'a laissé
perplexe. Et moi, j'étais déjà en train de trahir ma
promesse. Henri a rougi en me regardant. Nous voilà

---

1. En français dans le texte. *(N.d.T.)*

tous partis dîner dans un restaurant chicosse, chez
Alfred, sur North Beach, où le pauvre Henri claque
cinquante dollars pour nous régaler et nous rincer,
tous tant que nous sommes. Et le pire nous attendait.
Qui je trouve, assis au bar? Mon vieux pote Allan
Temko. Il débarque tout juste de Denver et s'est fait
embaucher au *San Fran Chronicle*. Il est torché,
même pas rasé. Il se précipite pour me mettre une
claque dans le dos au moment précis où je porte un
verre de cocktail à ma bouche. Il se vautre sur la banquette, à côté de Mr. Cru, et se penche par-dessus sa
soupe pour me parler. Henri est rouge comme une
tomate. «Tu ne veux pas nous présenter ton ami,
Jack?» me dit-il avec un pauvre sourire. «Allan
Temko du *San Francisco Chronicle*», dis-je en tentant
de rester imperturbable. Diane me fusille du regard.
Temko se met à babiller à l'oreille de ce monsieur distingué. «Ça vous plaît d'enseigner le français aux
marmots?» il lui gueule. «Je vous demande pardon,
mais je n'enseigne pas le français aux marmots. — Ah
bon, je croyais.» Sa grossièreté était délibérée. Je me
souviens de la fois où il avait refusé qu'on fasse une
soirée, à Denver, mais je lui pardonne. Je pardonne à
tout le monde, je laisse tomber, je me bourre la
gueule. Je commence à baratiner la jeune épouse du
monsieur — la vraie Parisienne, dans les trente-cinq
ans, sexy, chaleureuse sans familiarité excessive, et
féminine. J'accumule les infamies. Je bois tellement
qu'il faut que je file aux chiottes toutes les deux
minutes, ce qui m'oblige à enjamber Monsieur Père.
Tout fout le camp. Mon séjour à San Francisco
s'achève. Henri ne m'adressera plus la parole, ce qui
est affreux, parce que je l'aimais beaucoup et que

j'étais une des rares personnes à savoir à quel point il était authentique et généreux. Il allait lui falloir des années pour s'en remettre. Quel désastre, tout ça, quand on pense aux soirs où je lui écrivais depuis Ozone Park, en établissant mon itinéraire au stylo rouge, ma traversée de l'Amérique sur la Route Six. J'étais arrivé au bout ; le continent, c'était fini ; il ne me restait plus qu'à revenir sur mes pas. J'ai résolu de ne pas rentrer par le même chemin. J'ai donc décidé sur-le-champ de partir pour Hollywood, et de rentrer dans l'Est par le Texas, voir mes potes du bayou, et au diable le reste. Temko s'est fait jeter dans la rue. Le dîner était terminé, si bien que je l'ai rejoint — sur les conseils d'Henri, je précise — et que je suis allé boire avec lui. On s'est attablés à l'Iron Pot, et Temko m'a dit tout fort : « Sam, j'aime pas la gueule de cette petite pédale, au bar. — Ah bon, Jake », j'ai dit. « J'ai bien envie de me lever lui en mettre une. — Mais non, Jake », je lui ai dit pour poursuivre ce pastiche d'Hemingway. « T'as qu'à tirer d'ici, tu va bien voir. » On a fini par se retrouver à un carrefour, titubants. J'étais loin de me douter que j'échouerais sur ce même carrefour deux ans plus tard, et puis encore trois ans après. J'ai dit au revoir à Temko. Au matin, pendant qu'Henri et Diane dormaient encore, j'ai jeté un coup d'œil à la lessive que j'étais censé faire avec Henri dans la Bendix, derrière chez nous (c'était toujours un moment de pur plaisir, avec toutes ces femmes de couleur, et Mr. Snow qui riait comme un fou) ; j'ai décidé de partir. Je suis sorti sur le perron. « Eh non, merde, j'avais juré de monter tout en haut de cette montagne, d'abord. » C'était le versant le plus vaste du canyon, celui qui menait mystérieusement au Pacifique. Je suis donc resté un jour de plus. C'était un dimanche. Un grande vague de chaleur s'était abattue, une journée magnifique, à trois heures le soleil était déjà rouge quand je me suis mis en route. À quatre heures j'étais au sommet. Les beaux peupliers de la Californie rêvaient, à flanc de colline. J'avais envie de jouer au cow-boy. Quand on arrive au sommet, il n'y a plus d'arbres ; plus rien que des rochers et de l'herbe. Du bétail paissait, en surplomb de la côte. Il y avait le Pacifique, à quelques collines de là, bleu et vaste, avec une muraille de blancheur qui s'avançait depuis le légendaire Carré de Patates, berceau des brouillards de Frisco. Encore une heure et ils se répandraient sur la Golden Gate pour nimber de leurs bandelettes blanches San Francisco la romantique ; un jeune homme qui tiendrait son amie par la main s'avancerait lentement sur un long trottoir blanc, une bouteille de tokay dans sa poche. Telle était Frisco, avec ses femmes si belles, debout sur le seuil blanc de leur porte, qui attendaient leur homme ; et Coit Tower, l'Embarcadero, Market Street et les onze collines fourmillantes. Frisco solitude pour moi, mais qui me bourdonnerait aux oreilles quelques années plus tard, quand mon cœur me deviendrait étranger. Pour l'instant, je n'étais qu'un jeune homme sur une montagne. Je me suis plié en deux et j'ai regardé entre mes jambes, pour voir le monde à l'envers. Les collines brunes menaient au Nevada ; au sud, mon Hollywood de légende ; au nord, le mystérieux pays de Shasta. En contrebas, tout le reste : les baraquements où nous avions volé notre infime boîte de condiments, où l'infime face de

Dostioffski nous avait foudroyés du regard, où Henri
m'avait fait cacher le revolver-jouet, où avaient
résonné nos piaillements. J'ai tourné sur moi-même
jusqu'à en avoir le tournis; je croyais tomber, comme
en rêve, dans le précipice. «Oh, où est la fille que
j'aime», me disais-je, et je regardais tout autour de
moi, comme je l'avais fait dans le petit monde, au-
dessous. Alors que, devant moi, se soulevait la bosse
colossale du continent américain. Quelque part, là-
bas, très loin, New York la démente, la ténébreuse,
vomissait son nuage de fumées et sa vapeur brune.
L'Est, c'est le pôle du brun et du sacré, me disais-je,
tandis que la Californie est blanche et sans âme, tel le
linge sur la corde. Je suis revenu de ce jugement par
la suite. À présent, il était temps que je suive la voie
de mon étoile. Le matin, pendant qu'Henri et Diane
dormaient encore, j'ai pris mes affaires en silence et
je suis sorti comme j'étais entré, par la fenêtre, et,
mon sac de matelot à la main, j'ai laissé Marin City
derrière moi. C'est ainsi que je ne suis jamais allé
passer la nuit sur le vaisseau fantôme, il s'appelait
l'*Amiral Freebee*, et qu'Henri et moi nous nous
sommes perdus. À Oakland, j'ai bu une bière au
milieu des clochards d'un saloon qui avait une roue
de chariot sur sa façade, et puis j'ai repris la route.
J'ai traversé tout Oakland à pied pour aller me poster
sur la route de Fresno. J'étais sur le point d'entrer
dans cette immense vallée bourdonnante du monde,
la San Joaquin, où le destin allait me faire rencontrer
et aimer une femme extraordinaire et connaître les
aventures les plus folles avant de rentrer chez moi.
Deux chauffeurs m'ont conduit à Bakersfield, à six
cents kilomètres. Le premier était le plus fou des

deux, un jeune blond costaud, au volant d'une tire au moteur gonflé. «T'as vu c't'orteil», il me dit en montant à cent vingt, pour doubler tout ce qu'il trouvait sur la route. «Mate un peu.» Il était emmailloté dans des pansements. «Je me le suis fait amputer ce matin; ces salauds, ils voulaient me garder à l'hosto, moi j'ai pris mon sac et je me suis barré. Ben quoi, c'est jamais qu'un orteil.» Moi je me dis : bon, là il faut ouvrir l'œil, accroche-toi. On n'a jamais vu un chauffard pareil. Il est arrivé à Tracy en moins de deux. C'est une petite ville du rail; les serre-freins vont y manger la soupe à la grimace dans des *diners*, le long des voies. Le hurlement des trains déchire la vallée. Les longs couchants sont rouges. Les noms magiques de la vallée se sont égrenés, Manteca, Madera, tous les autres. Bientôt le crépuscule est arrivé, un crépuscule de grappes, un crépuscule de raisins noirs sur les plantations de mandariniers et les longs champs de melons, le soleil couleur des raisins pressés, tailladé de bourgogne, les champs couleur de l'amour et de tous les mystères d'Espagne. J'ai passé ma tête à la vitre, pour respirer à pleins poumons l'air parfumé. C'était le plus beau moment. Mon cinglé de chauffeur était serre-freins à la Southern Pacific, il habitait Fresno, où son père était serre-freins comme lui. Il avait perdu son orteil au triage de Frisco, en aiguillant, je ne comprenais pas bien comment. Il m'a amené dans le tohu-bohu de Fresno et m'a déposé dans les quartiers sud. Je suis allé prendre un Coca vite fait dans une petite épicerie le long des voies, et voilà qu'entre un jeune Arménien mélancolique, le long des wagons de marchandises rouges, et juste à ce moment-là on entend hurler une loco. «Bien sûr, je me dis, c'est la ville de Saroyan.» Où est-il parti, ce Mourad? Vers quelles ténèbres, quels rêves de Fresno? Moi, il fallait que j'aille vers le sud. Je me suis posté sur la route. Un homme s'est arrêté pour me faire monter dans sa camionnette pick-up flambant neuve. Il venait de Lubbock, au Texas, et il vendait des caravanes. «Si jamais tu veux en acheter une», il me dit, «t'as qu'à me faire signe, c'est quand tu veux». Il s'est mis à me raconter des anecdotes sur son père, qui vivait à Lubbock. «Un jour mon vieux oublie la recette de la journée sur le dessus du coffre, trou de mémoire. Et voilà que dans la nuit un cambrioleur se pointe avec son chalumeau et tout le barda; il perce le coffre, fouille dans la paperasse, renverse les chaises et s'en va. Pendant ce temps-là, les mille dollars étaient restés sur le dessus du coffre, tu te rends compte?» Quelle histoire incroyable! Et en plus je brûlais les étapes : six cents bornes en sept heures! Devant moi flamboyait la vision d'Hollywood la dorée. Rien derrière et tout devant, comme toujours sur la route. Il m'a déposé dans les quartiers sud de Bakersfield, et c'est là qu'a commencé mon aventure. Il s'est mis à faire froid. J'ai enfilé l'imper de l'Armée tout mince que j'avais acheté trois dollars à Oakland, et je suis resté là à me geler. Je m'étais posté devant un motel de style espagnol surchargé, qui étincelait de tous ses feux. Les voitures me filaient sous le nez à toute allure, elles allaient vers L.A. Je gesticulais comme un fou. Il faisait trop froid. Je suis resté planté là jusqu'à minuit, deux heures d'affilée, je jurais et je sacrais tout ce que je savais. Je me serais cru revenu à Stuart, Iowa. Il ne me restait plus qu'une chose à

faire, investir deux dollars et de la monnaie dans un
billet de car et rallier Los Angeles. Je suis donc
retourné sur la route de Bakersfield, et je me suis
assis sur un banc de la gare routière. Dans la folie de
la nuit, qui peut rêver la suite des événements? J'étais loin de me douter que je me retrouverais sur
ce même banc, une semaine plus tard, pour aller vers
le nord dans les circonstances les plus tendres et les
plus délirantes. Je venais de prendre mon billet et
j'attendais le car quand passe dans mon champ visuel
une adorable petite Mexicaine en pantalon. Elle descend d'un des cars qui venaient d'arriver. Des seins
qui pointent, francs et vrais, des hanches étroites,
délectables, de longs cheveux noirs, des yeux bleus
immenses, pleins d'âme. Ça me dirait de prendre le
car avec elle! Je ressens un coup de poignard en
plein cœur, comme chaque fois que la femme de ma
vie prend la direction opposée à la mienne, dans ce
monde trop vaste. Le haut-parleur annonce le car
pour L.A., je ramasse mes affaires et je monte à
bord, et qui je trouve, assise toute seule? La petite
Mexicaine. Je ne fais ni une ni deux, je m'assieds en
face d'elle, et je commence à échafauder des plans. Je
me sentais si seul, si triste, si fatigué, si tremblant, si
brisé, si *beat* — j'en avais trop vu, ces temps-ci —
que je rassemble mon courage, le courage qu'il faut
pour aborder une inconnue, et que je me décide.
Mais je vais quand même rester cinq minutes à me
tambouriner sur les cuisses dans le noir : «Vas-y,
vas-y, pauvre idiot, parle-lui. Qu'est-ce qui t'empêche? T'en as pas marre de toi-même à la fin?» Et
alors, sans m'en rendre compte, je me suis penché
vers elle — elle tentait de dormir sur la banquette —

et je lui ai dit : « Vous voulez que je vous prête mon
imper pour glisser sous votre tête, miss ? » Elle a levé
les yeux, elle m'a souri et elle a dit : « Non, merci
beaucoup. » Je me suis rassis tout tremblant. J'ai
allumé une clope. J'ai attendu qu'elle me regarde de
nouveau, un petit regard en coulisse, un regard
d'amour tendre et triste. Alors je me suis levé et je
me suis penché vers elle. « Je peux m'asseoir à côté
de vous, miss ? — Si vous voulez. » C'est ce que j'ai
fait. « Vous allez où ? — À L.A. » J'ai adoré la façon
dont elle a dit L.A. ; j'adore la façon dont les gens le
disent sur la Côte ; quand on y réfléchit, c'est leur
seule ville-eldorado. « C'est là que je vais, moi
aussi », je m'écrie. « Je suis bien content que vous
m'ayez permis de m'asseoir près de vous, j'étais tellement seul, j'ai tellement bourlingué. » Et on se met
à se raconter notre histoire. La sienne était celle-ci :
elle avait un mari et un enfant. Le mari la battait,
alors elle l'avait quitté, largué à Selma, au sud de
Fresno, et elle partait à L.A. vivre quelque temps
avec sa sœur. Elle avait laissé son petit garçon à sa
famille, tous des vendangeurs, qui habitaient une
bicoque dans le vignoble. Elle avait donc tout loisir
de broyer du noir. J'ai eu envie de la prendre dans
mes bras tout de suite. On a parlé, parlé. Elle disait
qu'elle adorait parler avec moi. Bientôt, elle a dit
qu'elle aimerait bien aller à New York, aussi. « Peut-
être qu'on pourrait », j'ai dit en riant. Le car a laborieusement grimpé Grapevine Pass, le col de la
Vigne, et puis on est redescendus dans l'irrésistible
expansion de la lumière. Sans nous être autrement
concertés, on s'est pris la main, et de même, sur un
accord tacite, et pur, et magnifique, il a été décidé

que quand je louerais une chambre d'hôtel à L.A.
elle serait à mes côtés. Elle me rendait malade de
désir. J'ai posé ma tête dans ses beaux cheveux. Ses
petites épaules me rendaient fou, je la serrais, je la
serrais. Et elle adorait ça. «J'aime l'amour», elle m'a
dit en fermant les paupières. Je lui ai promis du bel
amour. Je la dévorais des yeux. Nos histoires racontées, nous sommes retombés dans le silence, tout au
plaisir d'une tendre anticipation. C'était aussi simple
que ça. Je vous laisse toutes les Ginger, les Beverly,
les Ruth Gullion, les Louanne, les Carolyn et les
Diane du monde, elle c'est ma petite, mon âme sœur,
et je le lui ai dit. Elle m'a avoué qu'elle m'avait vu la
regarder, à la gare routière. «J'ai pensé que tu étais
un petit étudiant bien sage. — Ah, mais je suis étudiant», j'ai répondu. Le car est arrivé à Hollywood.
L'aube était grise et sale, comme celle où Joel
McCrea rencontrait Veronica Lake au *diner* dans *Les
voyages de Sullivan*, et elle s'est endormie sur mes
genoux. Je n'avais pas assez d'yeux pour regarder
par la fenêtre les façades de stuc, les palmiers, les
drive-in, tout ce délire, les haillons de la terre promise, le bout fabuleux de l'Amérique. Nous sommes
descendus du car dans Main Street, on aurait pu être
dans n'importe quelle ville, Kansas City, Chicago,
Boston, brique rouge, crasse, types locaux qui traînent,
tramways qui grincent dans l'aube, odeur putassière
de la grande ville. Et tout d'un coup, j'ai disjoncté, je
ne sais pas pourquoi. Je me suis mis en tête l'idée
ridicule et parano que Beatrice, c'était son nom,
n'était qu'un petit tapin de base, qui racolait dans les
cars et avait des rencarts réguliers à L.A.; une fois
là-bas, elle emmenait son pigeon dans une cafétéria,

où le maquereau les attendait, et puis ensuite dans un certain hôtel où il pouvait entrer, avec son flingue, ou n'importe quelle autre arme. Ça, je ne lui ai pas avoué. On a pris notre petit déjeuner, et il y avait un mac qui n'arrêtait pas de la regarder. Je me figurais qu'elle lui faisait de l'œil en douce. J'étais crevé. En proie à une terreur délirante, qui me rendait mesquin et radin. « Tu le connais, ce type ? » j'ai dit. « Quel type ? » J'ai laissé tomber. Elle était lente et raide dans tous ses gestes ; il lui a fallu un temps fou pour manger, pour fumer une cigarette, et puis elle parlait trop. Je continuais à penser qu'elle cherchait à gagner du temps. Mais ça n'avait ni queue ni tête. Le premier hôtel qu'on a trouvé avait une chambre, et en moins de deux j'ai refermé la porte derrière moi, et elle s'est assise sur le lit pour retirer ses chaussures. Je l'ai embrassée bien sagement. Mieux valait ne parler de rien. Pour décompresser, je savais qu'il nous fallait du whisky, à moi surtout. Je suis donc sorti vite fait, et j'ai zoné dans douze rues avant d'en trouver une pinte, et où, je vous le donne en mille, dans un kiosque à journaux. Je suis rentré avec un moral d'acier. Bea était en train de se remaquiller devant le miroir de la salle de bains. Je nous ai versé un plein verre, et on en a bu de bonnes lampées. Oh, c'était doux, c'était délicieux, ça valait bien mes tribulations lugubres. Je l'ai enveloppée dans mes bras par-derrière, et on a dansé, comme ça, dans la salle de bains. Je me suis mis à parler de mes amis, dans l'Est. J'ai dit : « Il faut absolument que tu fasses la connaissance d'une fille géniale, qui s'appelle Vicki. C'est une rousse, elle mesure un mètre quatre-vingts. Si tu viens à New York, elle te montrera où

trouver du boulot. — Et qui c'est, cette rousse d'un
mètre quatre-vingts ? » elle m'a demandé d'un air
soupçonneux. « Pourquoi tu m'en parles ? » Son âme
simple ne pouvait pas saisir ce qu'il y avait derrière
mon verbiage joyeux et fébrile. J'ai laissé tomber.
Elle a commencé à se soûler dans la salle de bains.
« Viens au lit », je lui répétais. « Une rouquine d'un
mètre quatre-vingts, hein ? Et moi qui te prenais
pour un gentil petit étudiant, quand je t'ai vu avec
ton joli pull, je me suis dit : hmm, il est pas chou,
lui ? Non, non, non et non ! Il faut que tu sois un
mac, merde, comme tous les autres. — Mais qu'est-
ce que tu racontes ? — Ne crois pas, les maquerelles
je les reconnais, moi, rien qu'à en entendre parler. Et
toi, t'es qu'un maquereau comme tous les autres,
tous des maquereaux ! — Écoute, Bea, sur la Bible,
je suis pas un maquereau. Pourquoi tu veux que je
sois un mac ? C'est toi qui m'intéresses, c'est tout. —
Et dire que je me figurais avoir rencontré un gentil
petit étudiant, depuis le début, j'étais tellement
contente, je me tenais plus, je me disais : "un type
bien, pas un mac". — Bea », j'ai plaidé de tout mon
cœur, « écoute-moi, je t'en prie, réfléchis, je ne suis
pas maquereau ». Une heure plus tôt, c'est moi qui
croyais qu'elle faisait le tapin. Quelle tristesse ! Nos
pensées, avec la dose de folie qui les habitait, avaient
divergé. Oh, quelle vie de cauchemar, j'ai gémi, j'ai
plaidé ma cause, et puis au bout d'un moment je me
suis fâché, et je me suis rendu compte que je discu-
tais avec une petite gourde de Mexicaine, et je le
lui ai dit. Sans réfléchir, j'ai ramassé ses chaussures
rouges, et je les ai envoyées dinguer contre la porte
de la salle de bains en lui disant de sortir : « Vas-y,

casse-toi ! » J'allais dormir, oublier ; j'avais ma vie, mon lot de tristesse et de guenilles, pour toujours. Il régnait un silence de mort dans la salle de bains. Je me suis déshabillé et je me suis couché. Bea est sortie, les yeux pleins de larmes de repentir. Dans sa drôle de petite tête simplette, il avait été décrété qu'un maquereau ne jette pas ses chaussures à une femme en lui disant de sortir. En silence, en douceur, recueillie, elle s'est déshabillée et a glissé son corps minuscule entre les draps, avec moi. Il était vermeil comme une grappe. J'ai mordu son pauvre ventre, barré jusqu'au nombril par la cicatrice de sa césarienne ; elle avait les hanches si étroites qu'il avait fallu l'éventrer pour mettre son enfant au monde. Des jambes comme des baguettes. Elle ne mesurait qu'un mètre quarante-cinq. Elle a écarté ses jambes menues, et je lui ai fait l'amour dans la douceur du matin las. Et puis, tels deux anges épuisés, naufragés dans un garni de L.A. qui ont découvert ensemble l'intimité la plus délicieuse de la vie, on s'est assoupis, et on a dormi jusqu'en fin d'après-midi. Les quinze jours suivants, on est restés ensemble pour le meilleur et pour le pire. Quand nous nous sommes réveillés, nous avons décidé de partir pour New York en stop ; elle serait ma petite amie, là-bas. Je voyais déjà les complications délirantes avec Neal, et Louanne, et tous les autres : une saison, une nouvelle saison. Mais il fallait d'abord gagner l'argent du voyage. Bea était pour partir tout de suite, avec les vingt dollars qui me restaient. Ça ne me disait rien. Et comme un crétin, j'ai retourné le problème pendant deux jours, tout en lisant avec elle les petites annonces de nouveaux quotidiens de L.A. délirants

que je n'avais jamais vus de ma vie, dans des cafété-
rias et des bars, tant et si bien que mes vingt dollars
se sont réduits à dix, ou guère plus. La situation évo-
luait. Nous étions très heureux dans notre petite
chambre d'hôtel. Au milieu de la nuit, je me suis levé
parce que je n'arrivais pas à dormir, j'ai tiré la couverture sur l'épaule brune de ma chérie, et j'ai scruté
la nuit de L.A. Nuits brutales, nuits chaudes, nuits
de sirènes hurlantes ! Sur le trottoir d'en face, il y
avait des embrouilles. Une vieille pension était le
théâtre d'un vague drame. La voiture de patrouille
était garée devant, et les flics interrogeaient un vieux
aux cheveux gris. Quelqu'un sanglotait à l'intérieur.
Moi, j'entendais tout, avec en bruit de fond le néon
de l'hôtel, qui grésillait. Je touchais le fond de la tristesse. L.A. est la plus solitaire, la plus brutale de
toutes les villes américaines. À New York, en hiver,
il fait un froid de gueux, mais dans certaines rues,
certains jours, il peut régner un semblant de camaraderie. L.A., c'est la jungle. South Main Street, où on
allait se balader en mangeant nos hot-dogs, Bea et
moi, est un fantastique carnaval de lumières et de
délires. Des flics bottés y fouillaient les gens à corps
presque à tous les coins de rues. Les trottoirs
grouillaient d'individus les plus *beat* du pays, avec,
là-haut, les étoiles indécises du sud de la Californie
noyées par le halo brun de cet immense bivouac
du désert qu'est L.A. Une odeur de shit, d'herbe, de
marijuana se mêlait à celle des haricots rouges du
chili et de la bière. Le son puissant et indompté
du bop s'échappait des bars à bière, métissant ses
medleys à toute la country, tous les boogie-woogies
de la nuit américaine. Tout le monde ressemblait à

Hunkey. Des nègres délirants, portant bouc et casquette de boppeurs, passaient en riant, et derrière
eux, des hipsters chevelus et cassés, tout juste débar-
qués de la Route 66 en provenance de New York,
sans oublier les vieux rats du désert, sac au dos, à
destination d'un banc public devant le Plaza, des
pasteurs méthodistes aux manches fripées, avec le
saint ermite de service, portant barbe et sandales.
J'avais envie de faire leur connaissance, à tous, de
parler à tout le monde, mais Bea et moi étions trop
occupés à réunir trois sous. On est allés à Hollywood,
essayer de décrocher du boulot au drugstore, à
l'angle de Sunset boulevard et Vine Street. Alors là,
comme carrefour ! Des familles immenses, venues
de l'arrière-pays en bagnole, étaient plantées sur le
trottoir, bouche bée, dans l'espoir d'apercevoir une
vedette de cinéma qui n'arrivait jamais. Dès qu'il
passait une limousine, ils se précipitaient sur le bord
du trottoir et tendaient le cou ; à l'intérieur il y avait
un type avec des lunettes noires et une blonde
emperlouzée. « C'est Don Ameche ! Don Ameche ! »
« Non, c'est George Murphy, c'est George Murphy ! » La foule allait et venait, chacun regardant les
autres. Des pédés beaux gosses, venus jouer les cow-
boys à Hollywood, déambulaient en s'humectant les
sourcils d'un doigt de chochotte. Les filles les plus
somptueuses passaient en pantalon ; venues jouer les
starlettes, elles finissaient serveuses au drive-in. Bea
et moi aussi, on a essayé d'y trouver du boulot, mais
partout, c'était macache. Hollywood Boulevard, un
gigantesque gymkhana de bagnoles hurlantes ; de la
tôle froissée toutes les deux minutes ; tout le monde
fonçait vers le dernier palmier du boulevard, après

quoi il n'y avait plus que le désert, le néant. Les Sam
d'Hollywood, devant les restaurants chics, discu-
taient exactement comme ceux de Broadway au
Jacob's Beach, à New York, sauf qu'ils portaient des
costumes Palm Beach et qu'ils étaient d'une senti-
mentalité plus dégoulinante. De grands prêcheurs
cadavériques passaient en frissonnant. Des grosses
femmes traversaient le boulevard en courant pour
faire la queue aux jeux radiophoniques. J'ai vu Jerry
Colonna acheter une voiture chez Buick ; il se lissait
la moustache derrière la vitrine. Bea et moi, on allait
manger en ville, dans une cafétéria au décor de
grotte. Tous les flics de L.A. sont beaux mecs, avec
des airs de gigolos. Il est clair qu'ils sont venus faire
du cinéma. Tout le monde est venu faire du cinéma,
même moi. Bea et moi, on a fini par être réduits à
chercher du boulot dans South Main Street, avec
tous les *beats* qui ne faisaient pas mystère de l'être,
mais même là, pas moyen. Il nous restait huit dollars. « Mec, je vais aller chercher mes fringues chez
ma frangine, et on va partir à New York en stop,
disait Bea. Allez, mec, on le fait. Le boogie, si tu sais
pas le danser, moi je vais te montrer. » Cette dernière
formule venait d'une de ses chansons préférées. On
est donc partis sans plus tarder chez sa sœur, dans les
bicoques mexicaines branlantes, quelque part après
Alameda Avenue. J'ai attendu dans une ruelle
sombre, derrière les cuisines mexicaines, parce que si
sa sœur me voyait, ça risquait de ne pas lui plaire.
Des chiens passaient en courant. Il y avait des guirlandes de loupiotes, pour illuminer les petits rats des
ruelles. J'entendais Bea et sa sœur se disputer dans la
tiédeur de cette nuit douce. Je m'attendais à tout.

Bea est ressortie, et elle m'a emmené par la main vers Central Avenue, qui est l'artère principale du quartier noir de L.A. Et quel endroit délirant, avec ses poulaillers tout juste assez grands pour loger un juke-box, et un juke-box qui joue que du blues, du bop et du swing. On a grimpé des escaliers crasseux dans une maison de rapport, et on est arrivés dans la turne de l'amie de Bea, Margarina, une fille de couleur, qui lui devait une jupe et une paire de chaussures. Margarina était une adorable métisse, son mari était noir comme le roi de pique et gentil. Il est sorti aussitôt acheter une pinte de whisky pour me recevoir dignement. J'ai proposé de payer mon écot mais il a dit non. Ils avaient deux enfants petits. Les gosses sautaient sur le lit, qui était leur terrain de jeux. Ils m'ont passé les bras autour du cou, et regardé avec ébahissement. La nuit bruissante, délirante de Central Avenue — les nuits du *Central Avenue Breakdown* de Lionel Hampton — hurlaient et tonitruaient dehors. Je trouvais ça fabuleux de A à Z. Les gens chantaient dans les couloirs, ils chantaient aux fenêtres, qu'est-ce qu'on en a à foutre, fais gaffe. Bea a récupéré ses fringues, et on leur a dit au revoir. On est descendus dans un poulailler, mettre des pièces dans le juke-box. Deux Noirs m'ont demandé à l'oreille si je voulais du shit. Un dollar. J'ai dit O.K. Le contact est arrivé, et il m'a fait signe de le suivre dans les chiottes, à la cave ; je restais planté là comme un crétin, et il m'a dit : «Ramasse, mec, ramasse.» Mon dollar empoché, il avait peur de me désigner le sol. Moi je regardais partout. «Ramasse quoi ?» j'ai dit. Il m'a montré le sol d'un signe de tête. Pas de plancher, de la terre battue, avec un truc qui ressemblait à une toute petite crotte. Le type était d'une prudence risible. « Faut faire gaffe, c'est plus très cool, par ici, cette semaine. » J'ai ramassé l'étron, qui était un cône en papier maïs, je suis monté retrouver Bea, et on est rentrés à l'hôtel se défoncer. Ça nous a rien fait, c'était du tabac Bull Durham. J'ai regretté d'avoir claqué mon argent bêtement. Bea et moi, il fallait qu'on décide absolument, une fois pour toutes, ce qu'on allait faire ; et on a décidé d'aller en stop à New York avec les trois sous qu'il nous restait. Elle a récupéré cinq dollars chez sa sœur, ce soir-là, ce qui nous en faisait treize en tout, un peu moins. Ne voulant pas payer la chambre un jour de plus, on est partis pour Arcadia à bord d'une voiture rouge, là où Santa Anita se dresse au pied des montagnes couronnées de neige. C'était la nuit. Nous nous dirigions droit sur cette immensité, le continent américain. Main dans la main, on a marché le long de la route, sur plusieurs kilomètres, pour quitter le quartier populeux. On était samedi soir. Il s'est passé quelque chose qui m'a mis en rage comme jamais depuis que j'avais quitté Ozone Park : on était sous un lampadaire, pouce levé, quand subitement des voitures pleines de jeunes types agitant des drapeaux sont passées en trombe. « Yaah, on a ga-gné, on a ga-gné ! » ils braillaient tous. Ils nous ont hués, et ils semblaient animés d'une joie mauvaise à voir un gars et une fille en rade sur le bord de la route. Il est passé comme ça des douzaines de voitures, pleines de jeunes braillards. Pour qui ils se prenaient ceux-là, qui se permettaient de huer des gens en rade parce qu'ils étaient des petits lycéens de rien, dont les parents découpaient le rosbif le

dimanche après-midi. Pour qui ils se prenaient, de se
moquer d'une pauvre fille, réduite à la cloche, avec le
gars qu'elle refusait d'abandonner. Nous, on demandait rien à personne. Et pas un pour nous prendre en
stop ! Il nous a fallu rentrer en ville à pied, et le pire
de tout, c'est qu'on avait bien besoin d'un café, et on
a eu le malheur d'entrer dans le seul endroit ouvert,
un bar à soda pour les lycéens, ils étaient tous déjà là,
et se rappelaient nous avoir vus. Et en plus, maintenant, ils voyaient que Bea était mexicaine. J'ai refusé
de rester une minute de plus dans le bar. Bea et moi,
on a déambulé dans le noir. J'ai fini par décider de
me cacher encore un peu du monde, de passer encore
une nuit avec elle, et au diable le matin. On est allés
dans la cour d'un motel, et on a pris une suite confortable pour quelque quatre dollars, avec douche, serviettes de bain, radio encastrée, et tout et tout. On
s'est serrés l'un contre l'autre, et on a parlé. J'aimais
cette fille, en cette saison qui nous appartenait, et qui
était loin d'être finie. Le lendemain matin, on a mis à
exécution la première phase de notre nouveau projet.
Nous allions partir pour Bakersfield en car, et on y
ferait les vendanges. Au bout de quelques semaines,
on partirait pour New York raisonnablement, c'est-
à-dire en car. On a passé une après-midi fabuleuse
dans ce car, Bea et moi : on s'est installés bien à
l'aise, on s'est détendus, on a parlé ; on a vu défiler le
paysage sans s'en faire une miette. On est arrivés à
Bakersfield en fin d'après-midi. Nous avions dans
l'idée de faire la tournée des grossistes en fruits de la
ville. Bea disait qu'on pourrait vivre sous la tente le
temps des vendanges. L'idée de vivre sous la tente
et de cueillir le raisin sous le frais soleil matinal m'a

plu d'emblée. Sauf qu'il n'y avait pas la moindre
embauche, et qu'on était passablement paumés, vu
que tout le monde nous donnait des tuyaux innombrables, en nous disant d'aller dans des coins où il
n'y avait pas l'ombre d'un emploi. Ça nous a pas
empêchés de manger chinois, et de nous mettre en
route requinqués. On a traversé les voies de la Southern Pacific pour gagner la ville mexicaine. Bea a
jacassé avec ses frères de race pour savoir où trouver
de l'embauche. Il faisait nuit à présent, et la petite
rue mex n'était plus qu'une énorme ampoule électrique : marquises des cinémas, vendeurs de fruits,
salles de flippers, soldeurs. On voyait garées des centaines de camions branlants et de bagnoles maculées
de boue. Des cueilleurs mexicains, par familles
entières, se baladaient en mangeant du pop-corn.
Bea parlait avec d'innombrables Mexicains, et gla-
nait toutes sortes de renseignements confus. Je commençais à désespérer. Ce qu'il me fallait, ce qu'il
fallait à Bea, c'était boire un coup, alors on a acheté
un kil de porto californien pour 35 cents, et on est
allés là-bas derrière, le boire au milieu des trains de
marchandises. On a trouvé un coin où les trimardeurs avaient traîné des caisses pour s'asseoir autour
de leur feu. On s'y est installés, et on a bu notre vin.
À notre gauche, les wagons de marchandises, tristes,
et d'un rouge culotté de suie sous la lune ; devant
nous, les lumières de l'aéroport de Bakersfield ; à
notre droite, un colossal entrepôt d'aluminium. J'en
parle parce qu'un an et demi plus tard exactement je
suis revenu avec Neal et je le lui ai fait voir. Ah, la
belle nuit, la nuit tiède, nuit de lune et de libations,
nuit à serrer sa chérie dans ses bras, à parler, à gicler,

en partance pour le paradis. Tout ça, on n'y a pas
manqué. Elle buvait, cette tête de linotte, pas en
retard sur moi, en avance même, et elle a parlé sans
arrêt jusqu'après minuit. On n'a pas bougé d'un poil.
De temps en temps des clodos passaient, des mères
mexicaines, avec leurs enfants, et puis la voiture de
patrouille est arrivée, le flic est sorti pisser, mais la
plupart du temps on est restés tout seuls, nos cœurs
de plus en plus mêlés, comment faire quand il faudrait
se quitter. À minuit on s'est levés de nos caisses, et on
est partis vers la route en marchant de travers. Bea
avait un nouveau plan : on irait en stop à Selma, sa
ville natale, et on logerait dans le garage de son frère.
Moi, tout m'allait. Sur la route, pas bien loin de ce
funeste et fatal hôtel hispanique — ce fameux, ce
fabuleux motel qui m'avait retenu, et permis de rencontrer Bea —, je l'ai fait asseoir sur mon sac pour
qu'elle ait l'air d'une demoiselle en détresse. Aussitôt, un camion s'est arrêté et nous avons couru après
lui, en gloussant à qui mieux mieux. L'homme était
un brave homme, avec un pauvre camion. Il a poussé
le moteur pour grimper laborieusement la colline.
On est arrivés à Selma avant l'aube, aux petites
heures. J'avais fini le vin pendant que Bea dormait ;
j'étais bourré en règle. On est sortis, et on a déambulé sur la place, quiète et feuillue, de cette toute
petite ville de Californie, où la S.P. ne s'arrête que
le temps d'un coup de sifflet. On est allés chercher le
pote de son frère pour qu'il nous dise où le trouver,
mais il n'y avait personne. Ça a continué dans les
ruelles branlantes du petit quartier mexicain. Au
point du jour, je me suis allongé sur la pelouse de la
place ; je n'arrêtais pas de répéter : « Tu veux pas me

dire ce qu'il a fait à Weed, hein? Qu'est-ce qu'il a
fait à Weed, tu veux pas me le dire? Qu'est-ce qu'il
a fait?» Ça venait du film *Des souris et des hommes,*
où Burgess Meredith parle avec (Geo. Bancroft). Bea
rigolait. Tout ce que je faisais lui allait. J'aurais pu
rester là comme ça jusqu'à ce que les dames sortent
pour aller à la messe qu'elle s'en serait fichue. Mais
vu qu'avec son frère dans le coin nos affaires allaient
s'arranger, j'ai quand même décidé de l'emmener
dans un vieil hôtel le long des voies ferrées, et on est
allés se coucher confortablement. Restait cinq dollars. Le matin, Bea s'est levée de bonne heure et elle
est partie à la recherche de son frère. Moi j'ai dormi
jusqu'à midi. En regardant par la fenêtre, tout d'un
coup, j'ai vu un train de la S.P. passer avec des centaines et des centaines de trimardeurs adossés aux
montants de la benne, qui roulaient joyeusement, la
tête calée sur leur sac, le nez dans des bandes dessinées, certains se régalant des raisins de Californie
cueillis près du château d'eau. «Bon Dieu!» je me
suis écrié, «c'est pourtant vrai que c'est la Terre
Promise!». Ils arrivaient tous de Frisco et, dans une
semaine, ils repartiraient tous de même, en grande
pompe. Bea est arrivée avec son frère, le pote de son
frère et son enfant à elle. Son frère était une jeune
tête brûlée, un Mexicain au gosier en pente, un type
formidable. Le pote était un gros Mexicain flasque,
qui parlait anglais presque sans accent, d'une voix de
stentor, soucieux de plaire. J'ai bien vu qu'il avait le
béguin pour Bea. Le petit garçon s'appelait Raymond,
il avait sept ans, des yeux noirs, mignon gamin. Et
voilà qu'une nouvelle journée de délire commençait.
Son frère s'appelait Freddy. Il avait une Chevrolet

1938 ; on s'est entassés dedans, et on a décollé —
destination inconnue. « Où on va ? » j'ai demandé.
C'est le copain qui a tout expliqué ; il s'appelait
Ponzo, tout le monde l'appelait comme ça. Il puait.
J'ai découvert pourquoi. Il vendait du fumier aux
cultivateurs, il avait un camion. Freddy avait toujours trois ou quatre dollars en poche, il était insouciant de nature. Il disait toujours : « C'est ça, vas-y,
mec, vas-y, vas-y. » Et il y allait : il roulait à plus de
cent dans son vieux tas de ferraille, et on est allés à
Madera, après Fresno, voir des fermiers. Il avait une
bouteille : « Aujourd'hui on boit, demain on bosse.
Vas-y, mec, bois un coup. » Bea était assise à l'arrière, avec son petit ; en me retournant, j'ai vu son
visage rose de joie. La belle campagne encore verte
d'octobre tanguait follement. Moi j'étais de nouveau
tout feu tout flamme, gonflé à bloc. « Et maintenant,
mec, où on va ? — On va chercher un fermier qui a
du fumier chez lui ; demain on revient en camion
pour le ramasser. Mec, on va se faire un pognon fou.
T'en fais pas, ça baigne. — On est tous dans le même
bateau ! », a braillé Ponzo. J'ai vu que c'était vrai.
Partout où j'allais, tout le monde était dans le même
bateau. On a foncé dans les folles rues de Fresno,
pour grimper les collines, chercher des fermiers sur
des petites routes. Ponzo sortait engager des conversations confuses avec de vieux paysans mexicains ; il
n'en ressortait rien, bien sûr. « Ce qu'il nous faut,
c'est boire un coup ! » a dit Freddy, alors on est
entrés dans un bar de carrefour. Le dimanche après-
midi, les Américains vont toujours boire dans des bars
à la croisée des routes ; ils emmènent leurs gosses ; il y
a des tas de fumier devant les portes-moustiquaires ;

ils dégoisent, en buvant leurs marques de bière préférées ; tout va bien. À la tombée de la nuit, les gamins
commencent à pleurer, les parents sont ivres. Ils
rentrent chez eux en faisant des zigzags. Partout en
Amérique, je me suis trouvé dans des bars de carrefours, avec des familles entières. Les gosses mangent
du pop-corn, des chips, ils jouent au fond du bar.
Tout ça, on l'a fait. Freddy et moi et Ponzo et Bea,
on est restés là à boire, à brailler sur la musique ; le
petit Raymond faisait le fou avec les autres gamins
autour du juke-box. Le soleil a commencé à rougir.
On n'avait rien fait de notre journée, mais qu'est-ce
qu'il aurait fallu en faire d'ailleurs ? « Manana, a
dit Freddy. Manana, mec, on va y arriver ; prends
une autre bière, vas-y, allez, VAS-Y, QUOI. » On
a réussi à sortir en titubant, et à monter en voiture ;
on est repartis pour un bar d'autoroute. Ponzo était
un grand costaud à la voix de stentor, il donnait l'impression de connaître tout le monde dans la vallée de
la San Joaquin. De là, je suis remonté en voiture
avec lui, pour dénicher un fermier ; mais on s'est
retrouvés au quartier mex de Madera, à mater les
filles et tâcher d'en lever pour lui et Freddy ; et puis
un crépuscule violet est descendu sur le pays des
grappes, et je me suis retrouvé assis comme un idiot
au fond de la voiture pendant qu'il marchandait une
pastèque du jardin avec un vieux Mexicain, sur le
seuil de sa cuisine. On a mangé la pastèque, on l'a
mangée sur place, en jetant l'écorce sur le trottoir en
terre battue du vieux. Toutes sortes de petites ravissantes passaient dans la rue de plus en plus sombre.
J'ai dit : « Mais Bon Dieu, on est où, là ? — T'en fais
pas, mec, a dit le gros Ponzo, demain on fait fortune,

ce soir on fait la fête. » On est repartis pour récupérer
Bea, son frère et le petit, et rentrer à Fresno. On
avait tous une faim de loup. On est passés à toutes
blindes sur les voies ferrées de Fresno, et on a atterri
dans les rues exubérantes du quartier mex. De drôles
de Chinois étaient penchés aux fenêtres, ils s'impré-
gnaient des rues du dimanche soir ; des pouliches
passaient en bande, frimant dans leurs pantalons.
Les juke-box hurlaient du mambo, il y avait des
guirlandes de lampions partout, comme pour Halloween. On est entrés dans un restaurant mexicain,
manger des tacos et des tortillas à la purée de haricots rouges ; un délice. J'ai dégainé le dernier billet
de cinq dollars flambant neuf qui me reliait à la côte
de Long Island, et j'ai payé pour tout le monde. Il
me restait donc deux dollars. Bea et moi, on s'est
regardés. « Où on va dormir ce soir, chérie ? — Je
sais pas. » Freddy était ivre ; maintenant il se contentait de répéter : « Vas-y, mec, vas-y » d'une voix
tendre et lasse. La journée avait été longue. Aucun
d'entre nous ne comprenait ce qui se passait, ni ce
que le Bon Dieu voulait. Le pauvre petit Raymond
s'est endormi dans mes bras. On a repris la voiture
pour Selma. Sur le trajet, on a pilé devant un bar de
route — la 99. Freddy voulait boire une dernière
bière. Derrière la bicoque, il y avait des caravanes,
des tentes et quelques chambres minables, genre
motel. Je me suis renseigné, c'était deux dollars. J'ai
demandé à Bea ce qu'elle en pensait et elle a dit d'accord, vu qu'on avait le petit sur les bras, il fallait lui
assurer un minimum de confort. Alors, après avoir
bu quelques bières au bar, où des Okies maussades
tanguaient sur la musique d'un orchestre country,

Bea et moi et Raymond on est allés dans une chambre
et on s'est apprêtés à se glisser dans les toiles. Freddy
dormait chez son père, dans la cabane des vignes.
«Où tu habites, Ponzo?» j'ai demandé. «Nulle part,
mec. Normalement je vis avec la grosse Rosey, mais
elle m'a lourdé hier soir. Je vais aller prendre mon
camion, et je dormirai dedans.» On entendait gratter
la guitare. Bea et moi, on a regardé les étoiles tous
deux, et on s'est embrassés. «Manana», elle a dit,
«tout ira bien demain, tu crois pas, Jackie mon cœur?
— Sûr, chérie, manana.» C'était toujours manana. La
semaine qui a suivi, même refrain, manana, un bien
joli mot, qui veut sûrement dire paradis. Le petit
Raymond a sauté dans les draps tout habillé, du
sable coulant de ses chaussures, le sable de Madera.
Bea et moi, on s'est levés en pleine nuit pour secouer
les draps. Le lendemain matin, au saut du lit, j'ai fait
ma toilette et je suis allé me balader dans le coin.
Nous étions à huit kilomètres de Selma, au milieu
des champs de coton et des vignobles. J'ai demandé
à la grosse propriétaire du camping s'il restait des
tentes. Il en restait une, la moins chère, un dollar par
jour. Bea et moi, on a réussi à trouver ce dollar, et on
a emménagé. Il y avait un lit, un poêle et un miroir
cassé sur un poteau; c'était charmant. Je devais me
baisser pour entrer, et à l'intérieur je retrouvais ma
petite et mon tout petit. On a attendu que Freddy et
Ponzo rappliquent en camion. Ils sont arrivés avec
des bouteilles, et ils ont commencé à se soûler sous la
tente. «Et le fumier, alors? — Trop tard, demain on
va se faire plein de tune, mais ce soir on boit quelques
bières, qu'est-ce que t'en dis?» Moi, j'avais pas
besoin qu'on me pousse. «Vas-y, VAS-Y!» braillait

Freddy. J'ai commencé à comprendre que nos beaux projets de gagner de l'argent en transportant du fumier ne se concrétiseraient jamais. Le camion était garé devant la tente; il sentait l'odeur de Ponzo. Cette nuit-là, Bea et moi, nous nous sommes endormis dans la douceur de la nuit, sous le toit de notre tente humide de rosée, et nous avons fait l'amour doucement. J'allais m'endormir quand elle m'a demandé : «Tu veux m'aimer maintenant? — Et Raymond?» j'ai dit. «Ça lui fait rien, il dort.» Mais Raymond ne dormait pas, et il n'a pas pipé. Le lendemain, les deux compères sont revenus avec le camion du fumier, et ils sont partis chercher du whisky, après quoi ils ont fait la fête sous la tente. Cette nuit-là, Ponzo a dit qu'il faisait trop froid, et il a dormi par terre dans notre tente, entortillé dans une grande bâche qui puait la bouse. Bea ne le supportait pas; elle disait qu'il traînait avec son frère pour se rapprocher d'elle. Rien n'allait bouger; on allait mourir de faim, Bea et moi; voyant ça, le lendemain matin, j'ai battu la campagne pour chercher de l'embauche à cueillir le coton. Tout le monde m'a dit d'aller à la ferme, de l'autre côté de la route. J'y suis allé et le fermier était à la cuisine, avec les femmes de la maison. Il est sorti, il a écouté mon histoire, et il m'a prévenu qu'il payait pas plus de tant, pour cent livres de coton cueilli — à savoir trois dollars. Je me figurais que j'allais en cueillir au moins trois cents livres, alors j'ai accepté. Lui, est allé dénicher de longs sacs de toile dans la grange, et il m'a dit que la cueillette commençait à l'aube. Je suis retourné voir Bea au galop, tout heureux. En passant sur une bosse, un camion de raisins a renversé de

grosses grappes sur l'asphalte brûlant. Je les ai ramas-
sées, et je les ai rapportées. Bea était contente. «Raymond et moi, on va venir t'aider. — Pouah! Jamais
de la vie! — Tu vas voir, tu vas voir, c'est très dur
cueillir coton. Moi je t'apprends.» On a mangé les
raisins, et le soir Freddy est arrivé avec un pain et
une livre de steak haché, si bien qu'on a pique-niqué.
À côté de nous, dans une tente plus grande, il y avait
toute une famille d'Okies qui cueillaient le coton; le
grand-père passait ses journées assis sur une chaise,
il était trop vieux pour travailler. Le fils et la fille,
avec leurs enfants, partaient tous les matins à l'aube
en file indienne, ils n'avaient que la route à traverser
pour entrer travailler dans le champ de mon fermier.
Le lendemain à l'aube, je suis parti avec eux. Ils
disaient que le coton pesait plus lourd à l'aube, à
cause de la rosée, et qu'on gagnait mieux que l'après-
midi. N'empêche qu'ils travaillaient toute la journée,
de l'aurore au crépuscule. Le grand-père était venu
du Nebraska, pendant la grande plaie des années
trente — ce fameux nuage de poussière dont m'avait
parlé mon cow-boy du Montana —, avec toute sa
famille, dans une camionnette. Depuis, ils vivaient
en Californie. Ils adoraient travailler. Au cours des
dix années suivantes, le fils du vieux avait enrichi la
petite famille de quatre enfants, dont certains étaient
aujourd'hui assez grands pour cueillir le coton. Et au
fil de toutes ces années, ils étaient passés de leur
misère noire style *Case de l'Oncle Tom* à cette respectabilité souriante qui était la leur, sous des tentes en
meilleur état, c'est tout. Ils en étaient très fiers, de
leur tente. «Vous n'allez pas rentrer dans le Nebraska,
un jour? — Pouah, il y a rien, là-bas. Nous ce qu'on

voudrait, c'est s'acheter une caravane. » On s'est
courbés pour cueillir le coton. C'était beau. Au bout
du champ, il y avait les tentes, et derrière elles, les
champs de coton bruns et desséchés, à perte de vue,
avec, tout là-haut, les Sierras couronnées de neige,
dans l'air bleu du matin. C'était tellement mieux que
de faire la plonge dans South Main Street. Sauf que
je n'y connaissais rien, à la cueillette du coton. Je
mettais trop de temps à dégager la boule blanche de
sa gangue friable ; les autres faisaient ça en un tour-
nemain. En plus, mes doigts se sont mis à saigner ; il
m'aurait fallu des gants, ou plus d'expérience. Il y
avait un vieux couple de Noirs, dans le champ, avec
nous. Ils cueillaient le coton avec la même patience
angélique que leurs aïeux dans l'Alabama, avant la
guerre de Sécession. Ils avançaient, bleus et courbés,
sans dévier de leur rangée, et leur sac se remplissait.
Moi je commençais déjà à avoir mal aux reins. Mais
c'était superbe, de s'agenouiller et de se blottir
contre cette terre. Quand j'avais besoin de me reposer, je m'enfonçais le visage dans l'oreiller de terre
brune et humide. Le chant des oiseaux accompagnait
ma tâche ; je croyais avoir trouvé l'œuvre de ma vie.
Bea et Raymond ont traversé le champ en me faisant
des signes de la main, dans la torpeur étale de midi,
et ils m'ont prêté main-forte. Je veux bien être
pendu si le petit Raymond n'allait pas plus vite que
moi ! Bea, faut-il le dire, était deux fois plus rapide.
Ils travaillaient devant moi, et me laissaient des tas
de coton propre à mettre dans mon sac, Bea de vrais
tas d'ouvrier, Raymond des petits tas d'enfant... Je
les enfournais à regret. Un type qui n'arrive pas à se
suffire à lui-même, vous parlez d'un père, pour

prendre les siens en charge ! Ils ont passé tout l'après-midi avec moi. Quand le soleil est devenu rouge, nous sommes rentrés tous trois, le pas lourd. Au bout du champ, j'ai déchargé mon fardeau sur la balance : une livre et demie, donc un dollar cinquante. Alors j'ai emprunté un vélo au gosse des Okies et j'ai pris la 99 jusqu'à une épicerie de bord de route, où j'ai acheté des boîtes de spaghetti-boulettes, du pain, du beurre, du café et du gâteau, et je suis revenu avec le sachet accroché au guidon. Le flot des voitures qui allaient vers L.A. me croisait en trombe ; celles qui allaient sur Frisco me talonnaient. Je n'arrêtais pas de jurer. J'ai levé les yeux vers le ciel noir, et j'ai prié Dieu de m'accorder un peu de répit dans la mouise, une chance de faire quelque chose pour les petites gens que j'aimais. Personne ne m'écoutait, là-haut. J'aurais bien dû le savoir. C'est Bea qui m'a remis du cœur au ventre. Elle a réchauffé le dîner sur la cuisinière, dans la tente, et ç'a été un des meilleurs repas de ma vie. J'ai soupiré comme un vieux nègre qui rentre de cueillir le coton, je me suis allongé sur le lit et j'ai fumé une cigarette. Des chiens aboyaient dans la fraîcheur de la nuit. Freddy et Ponzo avaient renoncé à venir nous voir le soir. Je ne risquais pas de m'en plaindre. Bea est venue se blottir contre moi, Raymond s'est assis sur ma poitrine et ils ont dessiné des animaux dans mon carnet. La lampe de notre tente brillait sur la plaine inquiétante. La musique country du bar, avec ses accents nasillards, passait à travers champs avec toute sa tristesse. Ça m'allait très bien. J'ai embrassé ma chérie, et on a éteint la lumière. Au matin, sous la rosée, la tente s'affaissait un peu ; je suis sorti avec ma brosse à

dents et ma serviette, faire ma toilette dans les sani-
taires du motel; puis j'ai enfilé mon pantalon, qui
était tout déchiré à force de me mettre à genoux à
même la terre, et que Bea avait recousu le soir
même; j'ai mis mon chapeau de paille effrangé, qui
venait d'un déguisement de Raymond, et j'ai traversé la route avec mon sac de toile. Chaque jour, je
gagnais à peu près un dollar et demi. Ça suffisait tout
juste pour aller acheter les provisions du soir, à vélo.
Les jours passaient. J'avais complètement oublié
l'Est, et Neal et Allen, et la putain de route. Raymond et moi, on jouait tout le temps. Il adorait que
je le fasse sauter en l'air et rebondir sur le lit. Bea
reprisait nos affaires. J'étais un homme de la terre,
exactement comme j'en avais rêvé à Ozone Park. Le
bruit courait que le mari de Bea était revenu à Selma,
et qu'il me cherchait. Je l'attendais de pied ferme.
Une nuit, les Okies ont perdu la tête, dans le bar du
bord de route, et ils ont attaché un homme à un
arbre pour le rouer de coups de bâton. Moi je dormais, pendant ce temps-là, on me l'avait raconté,
c'est tout. Mais, depuis, je m'étais procuré un gourdin, dans la tente, pour le cas où ils auraient décidé
que nous, les Mexicains, on salissait leur camp de
caravanes. Ils me prenaient pour un Mexicain, bien
sûr. Et ils n'avaient pas tort. Mais à présent le mois
d'octobre avançait, et les nuits se faisaient plus froides.
Les Okies avaient un poêle à bois, ils comptaient
bien passer tout l'hiver. Mais nous, nous n'avions
rien, et en plus il nous restait à payer la location de la
tente. La mort dans l'âme, on a décidé de partir.
« Retourne dans ta famille », j'ai dit en grinçant des
dents. « Pour l'amour du ciel, tu peux pas continuer

à traîner dans les tentes avec un gosse aussi petit que
Raymond, il a froid, le pauvre petiot. » Bea s'est mise
à pleurer, croyant que je mettais en doute son instinct maternel. Ce n'était pas mon intention. Quand
Ponzo s'est amené avec le camion, un après-midi
gris, on a décidé d'aller voir sa famille pour parler de
la situation. Moi, il ne fallait pas qu'on me voie, je
me cacherais dans les vignes. On s'est mis en route
pour Selma. Le camion est tombé en panne, et au
même moment il s'est mis à pleuvoir des cordes. On
est restés à pester à l'intérieur du camion. Ponzo est
sorti s'affairer sous la flotte. C'était pas le mauvais
bougre, en fin de compte. Nous nous sommes promis une dernière tournée, et nous voilà partis pour
un bar branlant au quartier mex, où on passe une
heure à boire comme des éponges. Trimer dans les
champs de coton, j'en avais ma claque. Je sentais ma
vie me rappeler. J'ai expédié une carte à ma mère,
pour lui demander de m'envoyer une rallonge de
cinquante dollars. On est allés jusqu'à la bicoque
des parents de Bea, sur une vieille route entre les
vignobles. On est arrivés à la nuit. Ils m'ont laissé à
moins de cinq cents mètres, et ils se sont garés
devant la porte. De la lumière éclaboussait la route.
Les six autres frères de Bea jouaient de la guitare et
chantaient. Le père buvait du vin. J'ai entendu des
cris et des disputes. On la traitait de putain parce
qu'elle avait planté là son vaurien de mari pour partir à L.A. en leur laissant le petit Raymond. Mais
c'est la grosse mulâtresse de mère aux yeux tristes
qui a eu le dernier mot, comme toujours chez les
fabuleux fellahin du monde entier, et Bea a été auto-
risée à revenir. Les frères se sont mis à chanter des

chansons joyeuses. Moi, recroquevillé sous le vent froid qui rabattait la pluie, je regardais tout ça depuis les mélancoliques vignobles d'octobre dans la Vallée. J'avais la tête pleine de cette chanson grandiose, *Lover Man*, telle que Billie Holiday la chante. «*Someday we'll meet, and you'll dry all my tears, and whisper sweet, little words in my ear, huggin' and kissin', Oh what we've been missing, Lover Gal Oh where can you be...*» (Un jour on va se rencontrer, et tu sécheras mes larmes, en me chuchotant à l'oreille des petits mots doux, avec des baisers, serré fort contre toi, Ah tout ce qu'on rate, poupée d'amour où es-tu?) Ce ne sont pas tant les paroles que la mélodie, son harmonie, la façon dont Billie chante ça, comme une femme qui caresserait les cheveux de son homme à la lueur douce de la lampe. Les vents hurlaient. Je me refroidissais. Bea et Ponzo sont revenus, et on est partis en bringuebalant dans le vieux camion, retrouver Freddy. Il vivait à présent avec la grosse Rosey, la femme de Ponzo; on longeait les allées en klaxonnant pour le prévenir. La grosse Rosey l'a jeté dehors. Tout foutait le camp. Cette nuit-là, Bea m'a serré contre elle, bien sûr, elle m'a dit de ne pas partir. Elle m'a dit qu'elle irait cueillir le raisin, et qu'elle gagnerait assez d'argent pour deux. Pendant ce temps-là, je pourrais m'installer dans la grange du fermier Heffelfinger, à côté de chez sa famille, sur la route. De toute la journée, je n'aurais rien d'autre à faire que rester assis dans l'herbe, à manger du raisin. Le lendemain matin, ses cousins sont venus nous chercher dans un autre camion. Tout à coup, je réalisais que des milliers de Mexicains dans tout le pays étaient au courant, pour Bea et pour moi, et qu'ils devaient trouver là un sujet de conversation romantique et juteux. Les cousins ont été très polis, et même charmants. Je les ai rejoints sur la benne du camion et on a fait notre entrée en ville dans un bruit de ferraille, cramponnés à la ridelle, pour échanger des amabilités souriantes, se raconter où on était pendant la guerre, et dans quelles circonstances. Il y avait cinq cousins en tout, charmants sans exception. Apparemment, ils étaient de ce côté insouciant de la famille, comme son frère. Mais je l'adorais, son frère, ce fou de Freddy, je l'adorais. Il jurait qu'il allait venir me rejoindre à New York, et je me le figurais là-bas, en train de tout remettre à manana. Ce jour-là, il s'était soûlé quelque part, au milieu d'un champ. Je suis descendu du camion au croisement, et les cousins ont ramené Bea chez elle. Une fois devant la maison, ils m'ont donné le feu vert : le père et la mère étaient sortis vendanger. J'étais donc maître des lieux pour l'après-midi. C'était une baraque de quatre pièces. Comment ils arrivaient à vivre tous là-dedans, ça me dépassait. Il y avait des mouches au-dessus de l'évier. Pas de moustiquaires. C'était comme dans la chanson : « La fenêtre elle est cassée, et la pluie, elle rentre dans la maison. » Bea était arrivée, elle s'affairait aux casseroles. Ses deux sœurs me regardaient en gloussant. Les petits piaillaient sur la route. Quand le soleil est sorti tout rouge des nuages, pour mon dernier après-midi dans la Vallée, Bea m'a conduit dans la grange du fermier Heffelfinger, qui possédait une ferme prospère un peu plus loin, sur la route. On a réuni des cageots, elle a apporté des couvertures : moi, j'étais bien installé, à part la grosse tarentule velue, tout en haut du faîtage. Bea m'a dit qu'elle ne me ferait pas de mal si je ne l'embêtais pas. Je me suis couché sur le dos, et je l'ai regardée. Je suis allé au cimetière et j'ai grimpé à un arbre pour chanter *Blue Skies*. Bea et Raymond étaient assis dans l'herbe ; on a mangé des raisins. En Californie, on mâche le grain pour avoir le jus et on recrache la peau, un vrai luxe. La nuit est tombée. Bea est rentrée dîner chez elle, et elle est revenue à neuf heures, m'apporter de délicieuses tortillas et de la purée de haricots. J'ai allumé un feu de bois sur le ciment de la grange, pour nous éclairer. On a baisé sur les cageots. Bea s'est levée, et elle est rentrée à sa bicoque aussitôt ; son père l'engueulait, je l'entendais depuis la grange. Elle m'avait laissé une cape pour me tenir chaud ; je l'ai jetée sur mes épaules, et je me suis faufilé dans les vignobles au clair de lune, voir ce qui se passait. Je me suis tapi au bout d'une rangée, agenouillé sur la terre tiède. Ses cinq frères chantaient des chansons mélodieuses en espagnol. Les étoiles se penchaient sur l'humble toit, un panache de fumée sortait par le tuyau de la cheminée ; je sentais l'odeur du chili et de la purée de haricots. Le père grognait. Les frères continuaient leurs vocalises. La mère se taisait. Raymond et les autres gosses rigolaient dans la chambre. Une chaumière en Californie. Moi, j'étais caché dans les vignes, à m'imprégner de tout ça. J'étais dans l'allégresse : aventurier de la nuit américaine. Bea est sortie en claquant la porte. Je l'ai accostée dans le noir, sur la route. « Qu'est-ce qui se passe ? — Oh, on se dispute tout le temps. Il veut que je parte au boulot demain, il veut pas que je reste là à traîner, faire des bêtises. Je veux partir à New York avec toi, Jackie. — Mais comment ? — Je sais

pas, chéri, tu vas me manquer, je t'aime. — Mais il
faut que je parte. — Oui, oui, on baise encore une
fois, et puis tu pars. » On est retournés à la grange, je
lui ai fait l'amour sous la tarentule — que faisait-elle,
la tarentule ? — et on a dormi un moment sur les
cageots. À minuit, elle est rentrée ; son père était
ivre ; je l'ai entendu pousser des gueulantes, et puis il
s'est endormi, et le silence s'est fait. Les étoiles se
sont repliées sur la campagne en sommeil. Le lendemain, le paysan est venu passer la tête par la porte de
l'écurie à chevaux, en me disant : « Comment ça va,
p'tit gars ? — Très bien, j'espère que ça vous dérange
pas que je dorme là ? — Pas du tout. Tu sors avec la
petite donzelle mexicaine ? — C'est une fille très
bien. — Et puis jolie, avec ça. Le taureau a dû sauter
la barrière, pour qu'elle ait les yeux bleus comme
ça. » On a parlé de sa ferme. Bea m'a apporté le petit
déjeuner. Mon sac de toile était fait, j'étais paré à
partir, dès que j'aurais récupéré mon mandat à Selma,
où je savais qu'il m'attendait. J'ai dit à Bea que je
partais. Elle y avait pensé toute la nuit, elle était rési-
gnée. Elle m'a embrassé sans émotion dans les vignes,
et elle s'est éloignée le long de la rangée. À douze pas,
on s'est retournés, car l'amour est un duel, et on s'est
regardés pour la dernière fois. « Je te retrouve à New
York, Bea », j'ai dit. Elle était censée y venir en voiture avec son frère, dans un mois. On savait bien l'un
comme l'autre que ça ne se ferait pas. Au bout de
trente mètres, je me suis retourné de nouveau : elle
rentrait à sa bicoque, l'assiette de mon petit déjeuner
à la main. J'ai baissé la tête, et je l'ai regardée. Misère
de moi, voilà que j'étais de nouveau sur la route. J'ai
pris le highway vers Selma, en mangeant des noix

brunes au noyer, j'ai suivi les voies de la S.P. en marchant sur un rail, j'ai longé un château d'eau, une
usine. C'était la fin de quelque chose. Je suis allé au
bureau des télégraphes de la voie ferrée, récupérer
mon mandat. C'était fermé. J'ai dit merde et je me
suis assis sur les marches pour attendre. Le receveur
est revenu, et il m'a invité à entrer. L'argent était
arrivé : une fois de plus ma mère avait sauvé la peau
de son feignant de fils. « Qui va gagner la coupe du
monde ? » m'a dit le vieux receveur émacié. Tout
d'un coup, j'ai réalisé qu'on était en automne et que
je rentrais à New York. Je me suis senti inondé d'une
grande joie. Je lui ai dit que ce seraient les Braves et
les Red Sox. L'avenir a montré que ce seraient les
Braves et les Indians, pour la finale de 1948. Mais
pour l'heure, on était en l'an de grâce 1947. Dans la
vaste feuille morte d'octobre, je quittais la vallée de
la San Joaquin ; et pendant ce temps, il se passait au
Texas des choses dont il faut que je vous parle si je
veux donner tout leur relief aux circonstances qui
ont amené notre grand chassé-croisé continental, à
Neal et à moi, en cet automne-là. Neal et Allen
avaient vécu un mois dans la bicoque de Bill Burroughs, au fond d'un bayou. Ils dormaient sur un lit
de camp, comme Hunkey ; Bill et Joan avaient une
chambre, avec Julie, leur fille en bas âge. Les journées se ressemblaient : Bill se levait le premier, il
sortait bricoler au jardin, où il entretenait une petite
plantation de marijuana, et se construisait un accumulateur d'orgones suivant les principes de Reich. Il
s'agit d'une caisse ordinaire, assez grande pour qu'un
homme puisse s'y tenir sur un siège ; en alternant
une planche de bois, une plaque de métal, on récu-

pérait les orgones présents dans l'atmosphère, et on
les captait assez longtemps pour que le corps humain
en absorbe davantage que son lot. Selon Reich, les
orgones sont des atomes vibratoires de l'atmosphère
qui composent le principe de vie. Les gens font des
cancers parce qu'ils en manquent. Bill pensait que
son accumulateur gagnerait en efficacité si le bois était
vierge de tout additif : c'est pourquoi un treillage de
brindilles et de frondaisons du bayou ceignait ses
chiottes mystiques. Elles trônaient dans la touffeur
du jardin plan, machine phytoïde, hérissée d'artefacts délirants. Bill se déshabillait et il s'y glissait
pour contempler son nombril. Il en ressortait, bra-
mant la faim et le rut. Il traînait sa longue carcasse
jusqu'à la bicoque, son cou ridé comme celui d'un
vautour supportant tout juste son crâne osseux,
réceptacle d'une connaissance accumulée au cours de
trente-cinq ans de folie. Je reparlerai de lui plus tard.
« Joan », il appelait, « tu as préparé le petit déjeuner ?
Parce que sinon, moi je vais me pêcher un poisson-
chat dans le bayou. Neal, Allen, vous perdez votre
vie à dormir, des jeunes gars comme vous. Debout,
faut qu'on prenne la bagnole pour aller faire les com-
missions chez McAllen. » Pendant un quart d'heure
il s'affairait, radieux, se frottant les mains, plein
d'entrain. Quand tout le monde était levé et habillé,
sa journée était finie, son énergie à plat, les orgones
échappés des millions d'orifices de ses flancs de
belette et de ses bras flétris où il enfonçait sa seringue
de morphine. Joan partait à sa recherche. Il était
planqué dans sa chambre, pour la première fixette de
la matinée. Il en ressortait les yeux vitreux, calmé.
C'était toujours Neal qui prenait le volant. Depuis

le jour où il avait fait la connaissance de Bill, il
était devenu son chauffeur. Ils avaient une Jeep. Ils
allaient dans des épiceries de bord de route, acheter
des provisions et des inhalateurs, pour la benzédrine.
Hunkey les accompagnait, dans l'espoir d'aller jusqu'à
Houston, se glisser dans les rues et se mêler aux indi-
gènes. Il en avait marre de porter un chapeau de
paille et de charrier des seaux d'eau pour Joan. On le
voit sur une photo en train de ratisser la plantation
de marijuana, coiffé de son immense chapeau de
soleil; on dirait un coolie. À l'arrière-plan on distingue la bicoque, avec des bassines sur le perron, et
la petite Julie qui regarde l'objectif en mettant sa
main en visière. Une autre photo montre Joan aux
fourneaux, sourire crispé, longue crinière en bataille;
elle est défoncée à la benzédrine, et Dieu sait ce
qu'elle est en train de dire au moment du cliché :
« T'as fini de braquer cette vieille saleté sur moi. »
Neal s'appuyait sur un cageot pour m'écrire ces longues lettres, qui me tenaient au courant. Il s'asseyait
aux pieds de Bill, dans la pièce du devant. Bill reniflait et racontait de longues histoires. Quand le soleil
rougissait, il dégainait un stick d'herbe maison pour
combler l'appétit de tous, et tout le monde partait
gonflé à bloc, s'affairer aux tâches domestiques. Et
puis Joan préparait un dîner extra. Ils traînaient à
table devant les restes. Allen, les yeux en boutons de
bottine, broyait du noir et marmonnait « Hmm »
dans la vaste nuit du Texas; Neal ponctuait tout ce
qui se disait d'un «oui, oui» enthousiaste; Hunkey-
le-renfrogné-en-futal-violet farfouillait dans les
fonds de tiroirs pour y trouver un mégot de pétard;
Joan, fatiguée, détournait le regard, et Bill — Oncle

Bill, comme ils l'appelaient —, assis, ses longues jambes croisées, tripotait sa carabine. Tout d'un coup, il fait un bond et tire un coup de son canon double par la fenêtre ouverte. Un vieux cheval errant arthritique était passé dans sa ligne de mire. La balle pulvérise un tronc d'arbre pourri. « Vingt dieux ! » s'écrie Bill, « je viens de descendre un cheval ! ». Ils se précipitent tous dehors ; le cheval galope encore dans les marais. « Cette vieille saleté pleine de vers, tu veux dire ? C'est pas un cheval, annonce Joan avec mépris. — Et c'est quoi, si c'est pas un cheval ? — Alistair dit que c'est une sorcière. » Alistair était un fermier du voisinage, un type lugubre qui passait ses journées assis sur sa clôture. « L'ennui, dans ce monde, disait-il en reniflant l'air du temps avec son grand nez busqué, c'est qu'il y a trop de Juiiiifs. » Il possédait une baguette de sourcier, qui ne le quittait jamais. Quand elle lui frémissait dans la paume, il déclarait qu'il y avait de l'eau sous la terre. « Comment ça marche, cette baguette ? lui avait demandé Bill. — C'est pas tant ELLE qui marche que moi », avait répondu Alistair. Il était venu chez eux, un jour, et dès son arrivée le tonnerre s'était mis à gronder. « Ben il faut croire que je vous ai apporté la pluie », avait-il dit d'un air lugubre. Toute la bande restait écouter des disques de Billie Holiday dans la nuit du bayou. Hunkey prédisait que la fin du monde débuterait au Texas. « Y a trop d'usines chimiques et de pénitenciers ici, je le sens dans l'air, ça présage rien de bon. » Joan était d'accord : « La réaction en chaîne va commencer ici. » Ils parlaient de l'explosion de Texas City, qu'ils avaient entendue, un après-midi. Tous opinaient, pour confirmer le carac-

tère apocalyptique de l'événement. « Il n'y en a plus
pour longtemps », disait Joan. Bill reniflait avec dérision et gardait pour lui ses secrets. Hunkey, le petit
moricaud au visage asiate, sortait dans la nuit,
ramasser des bouts de bois pourris. Dans le bayou, la
putréfaction se manifestait sous toutes ses formes. Il
y découvrait de nouvelles espèces de vers. Finalement, il s'est mis à dire qu'il en avait sous la peau
lui-même. Il passait des heures devant la glace, à se
les presser. Et puis ils ont senti le moment venu de
rentrer à New York, tous tant qu'ils étaient. Tout
d'un coup, Bill en avait marre du bayou. Sa famille
lui versait un revenu de cinquante dollars par
semaine ; il avait toujours les poches pleines. Il a mis
Joan et la petite dans un train, se réservant de rentrer
en Jeep avec Hunkey et Neal. Allen était dans une
phase dépressive, qu'il appelait sa Déprime du Bayou.
Neal ne supportait plus de devoir parler avec lui sans
relâche ; ils s'étaient mis à se disputer. Allen est allé
à Houston, sur les quais, et il s'est retrouvé en train
de prendre un billet pour Dakar, en Afrique. Deux
jours après il embarquait ; deux mois plus tard, il
rentrait à New York, la barbe en broussaille et
« Cafard à Dakar » sous le bras. Neal achemina
Hunkey et Bill, ainsi que quelques articles ménagers,
jusqu'à New York en Jeep, direct et sans étapes —
Texas, Louisiane, Alabama, Caroline du Sud, Caroline du Nord, Virginie, comme ça jusqu'à Manhattan,
où ils arrivèrent à l'aube, pour débouler chez Vicki
avec une once d'herbe qu'elle leur acheta aussitôt.
Ils étaient fauchés. Neal conduisit Bill dans tout
New York pour trouver un appartement. Hunkey
disparut dans Times Square, et finit par se faire arrê-

ter pour détention d'herbe, ce qui lui valut un petit séjour sur Riker's Island. Le soir même où Bill Burroughs trouvait enfin un appartement, je quittais Selma et la Californie. J'avais hâte de les retrouver, de les rejoindre. J'ai suivi les voies sous les longs rayons tristes de la vallée d'octobre, dans l'espoir de voir arriver un train de marchandises pour me joindre aux trimardeurs qui mangeaient des raisins et lisaient des bandes dessinées. Il n'en est pas passé. Je suis monté sur le highway, et on m'a pris tout de suite. Ça a été la course la plus rapide, la plus you-hou de ma vie. Le conducteur jouait du crincrin dans un groupe de country célèbre en Californie. Il avait une voiture flambant neuve et il roulait à cent vingt. «Moi je bois pas quand je conduis», il m'a dit en me tendant une pinte; j'ai bu un coup et je lui ai repassé la bouteille. «S'en fout la mort!» il a conclu en éclusant. On a fait Selma-L.A. en un temps record — quatre heures pile pour à peine moins de quatre cents bornes. De nouveau, le film de la vallée s'est déroulé sous mes yeux. J'avais traversé celle de l'Hudson à tous berzingues, et voilà que je retraversais celle de la San Joaquin à toutes blindes, de l'autre côté du monde. Ça faisait drôle. «Yeepi! a braillé le violoneux, écoute voir, le leader du groupe a dû prendre l'avion pour l'Oklahoma ce matin, il enterre son père, alors c'est moi qui vais diriger l'orchestre ce soir, et on sera sur les ondes une demi-heure. Tu crois que je pourrais me procurer un peu de benzédrine quelque part?» Je lui ai dit de s'acheter un inhalateur dans n'importe quelle pharmacie. Il était soûl. «Tu crois que tu pourrais présenter le groupe à ma place? Je te prêterai un costard. Tu causes rudement bien, je trouve. Qu'est-ce que t'en penses ? » Moi je n'en pensais que du bien : hier bourlingueur dans des épaves de camions mex, aujourd'hui présentateur de radio. Que demande le peuple ? Mais l'idée lui est sortie de la tête, et moi ça m'était égal. Je lui ai demandé s'il avait déjà entendu Dizzy Gillespie jouer de la trompette. Il s'est tapé sur la cuisse : « Il est carrément allumé, lui ! » On a fait une halte au col Grapevine. Il a braillé : « Sunset Boulevard, ha-haa. » Il m'a déposé devant les studios de la Columbia, à Hollywood ; j'ai tout juste eu le temps de récupérer mon original refusé, et puis j'ai pris mon billet pour New York. Le car partait à dix heures, ça me laissait quatre heures pour m'imprégner d'Hollywood en solo. J'ai commencé par acheter un pain et du saucisson pour me faire dix sandwiches en prévision de la traversée du continent. Il me restait un dollar. Je me suis assis sur le muret de ciment d'un parking, derrière les immeubles, et je me suis fait mes sandwiches, en étalant la moutarde à l'aide d'une planchette de bois trouvée par terre et lavée. Comme je m'employais à cette tâche absurde, les grandioses projos d'une première de cinéma ont poignardé le ciel de la côte Ouest, ce ciel qui chantonne. Tout autour de moi la cité de l'or bruissait dans sa folie. Voilà à quoi se ramenait ma carrière hollywoo-dienne : c'était mon dernier soir en ville et j'étalais de la moutarde, derrière des chiottes de parking. J'ai oublié de préciser que je n'avais pas eu assez d'argent pour aller jusqu'à New York, mais seulement jusqu'à Pittsburgh. Je me disais qu'il serait toujours temps de s'inquiéter en arrivant là-bas. Mes sand-wiches sous le bras, mon sac dans l'autre main, je me

suis baladé quelques heures dans Hollywood. Des
familles entières, arrivées de la campagne dans leurs
vieilles guimbardes, roulaient teuf teuf teuf dans le
secteur de Sunset Boulevard et Vine Street, avides
de découvrir des vedettes de cinéma, mais ne voyaient
que d'autres familles dans d'autres guimbardes, en
train de faire la même chose. Ils venaient des plaines
de l'Oklahoma, autour de Bakersfield, San Diego,
Fresno et San Berdoo ; ils lisaient des magazines de
ciné ; les petits garçons voulaient voir Hopalong Cassidy menant par la bride son grand cheval blanc au
milieu des voitures ; les petites filles voulaient voir
Lana Turner dans les bras de Robert Taylor, devant
chez Whelan ; les mères voulaient voir Walter Pid-
geon en haut-de-forme et queue-de-pigeon les saluer
sur le bord du trottoir ; les pères, de grands esco-
griffes américains au volant de leurs caisses, reni-
flaient l'odeur de l'argent dans l'air ambiant, prêts à
vendre leurs filles au plus offrant. Chacun regardait
tous les autres. C'était le bout du continent, la fin de
la terre ferme. Quelqu'un avait incliné le flipper de
l'Amérique, et tous les dingues dégringolaient comme
des boules sur L.A. dans l'angle sud-ouest. J'ai
pleuré sur nous tous. Tristesse de l'Amérique, folie
de l'Amérique : sans fond. Un jour, nous en rirons à
nous rouler par terre, en comprenant à quel point
c'était drôle. D'ici là, il y a dans tout ça un sérieux
mortel que j'adore. À l'aube, mon car traversait
comme une flèche les déserts de l'Arizona — Indio,
Blythe, Salome (où elle a dansé), les grands espaces
desséchés qui mènent aux montagnes du Mexique,
au sud. Et puis nous avons obliqué vers le nord et les
montagnes d'Arizona, Flagstaff, Clifftown. J'avais

un livre, volé à l'étalage pendant ma balade à Hollywood, *Le Grand Meaulnes*, d'Alain-Fournier, mais
j'ai préféré lire le paysage américain en mouvement.
Chacun de ses cahots, chacune de ses bosses, chacune de ses lignes droites mystifiait mon attente. Par
une nuit d'encre, nous avons traversé le Nouveau-
Mexique immergé. À l'aube grise, ce fut Dalhart au
Texas. Dans le spleen du dimanche après-midi, nous
avons traversé une par une les villes des plaines de
l'Oklahoma ; à la nuit tombante, ce fut le Kansas.
Le car avançait dans un grondement de tonnerre. Je
rentrais au bercail en octobre. Tout le monde rentre
au bercail en octobre. À Wichita je suis descendu du
car pour aller aux toilettes. Il y avait un jeune type
habillé d'un costume à chevrons voyant, qui disait au
revoir à son père, pasteur. Une minute plus tard, j'ai
vu un œil me regarder par le trou de la serrure, pendant que j'étais sur le trône. On avait glissé un mot
sous la porte : « Tout ce que tu veux si tu viens me la
mettre. » J'ai aperçu un bout de costume criard par
le trou de la serrure. « Non, merci », j'ai répondu.
Quel triste dimanche soir pour un fils de pasteur à
Wichita : Cafard au Kansas. Dans une petite ville,
un employé de bureau m'a dit : « Y a rien à faire,
ici. » J'ai regardé au bout de la rue, au-delà de la
dernière bicoque, les espaces infinis. Nous sommes
arrivés à Saint Louis vers midi. Je suis allé me promener le long du Mississippi, et j'ai regardé les
troncs d'arbres flottant depuis le Montana, au nord
— dans l'odyssée de notre rêve à l'échelle du continent. De vieux vapeurs gravés de volutes, et burinés
davantage encore par les intempéries, s'enfonçaient
dans la boue, royaumes des rats. De grands nuages

d'après-midi surplombaient la vallée du Mississippi. Cette nuit-là, le car a traversé les champs de maïs de l'Indiana dans un grondement de tonnerre, la lune illuminant les chaumes, fantomatiques. On était à la veille d'Halloween. J'ai fait la connaissance d'une fille et on s'est câlinés jusqu'à Indianapolis. Elle était myope. Quand on est sortis manger un morceau, j'ai dû la prendre par la main jusqu'au comptoir du café. Elle m'a payé à déjeuner, j'avais liquidé tous mes sandwiches. En échange, je lui ai raconté de longues histoires. Elle venait de l'État de Washington, où elle avait passé l'été à cueillir des pommes. Elle vivait à la ferme, dans le nord de l'État de New York. Elle m'a invité chez elle, mais on s'est tout de même donné rendez-vous dans un hôtel de New York. Elle est descendue à Columbus, Ohio, et moi j'ai dormi jusqu'à Pittsburgh. Ça faisait des années que je n'avais pas été aussi fatigué. Il me restait plus de cinq cents bornes pour rallier New York, et dix cents en poche. J'ai fait sept-huit kilomètres à pied pour sortir de Pittsburgh, et deux véhicules, un camion transportant des pommes et un grand semi-remorque, m'ont conduit jusqu'à Harrisburg dans la douceur de la nuit pluvieuse, en cet été indien. J'allais droit au but. J'étais pressé de rentrer. C'était la nuit du Fantôme de la Susquehanna. Je n'aurais jamais cru être en rade à ce point-là. Pour commencer, sans m'en douter, j'étais en train de retourner vers Pittsburgh sur un highway plus ancien. Le fantôme était dans le même cas. C'était un petit vieux ratatiné, portant sur son dos une sacoche de carton qui annonçait sa destination, le «Canady». Il marchait très vite et m'a enjoint de le suivre, en disant qu'il y avait un pont,

pas loin, qui nous amènerait de l'autre côté. Il avait
dans les soixante ans, un vrai moulin à paroles, il
parlait de ce qu'il avait mangé, du beurre qu'on lui
avait mis dans ses crêpes, des rations de pain en rab,
des vieux qui l'avaient appelé, un jour, depuis le perron d'un hospice dans le Maryland, pour l'inviter à
passer le week-end chez eux, où il avait pris un bon
bain chaud avant de partir ; il racontait qu'il avait
trouvé un chapeau tout neuf sur le bord de la route,
en Virginie, c'était celui qu'il avait sur la tête ; il faisait tous les dispensaires de la Croix-Rouge, il leur
montrait ses citations d'ancien de 14-18 ; il racontait
comment on le traitait. Le dispensaire de la Croix-
Rouge de Harrisburg ne valait pas un clou ; il racontait comment il se débrouillait dans ce monde sans
pitié, et vendait parfois des cravates. Mais, autant
que je pouvais en juger, il appartenait à la catégorie
des clodos semi-respectables, et il arpentait toutes les
campagnes de l'Est en prenant pour relais les dispensaires de la Croix-Rouge et en faisant parfois la
manche dans les centres-villes. Nous étions donc
camarades de cloche. On a marché une dizaine de
bornes le long de la funèbre Susquehanna. C'est un
fleuve terrifiant, qui coule entre des falaises broussailleuses penchées, fantômes hirsutes, sur l'inconnu
des eaux. Une nuit d'encre recouvre tout. Parfois,
sur la rive d'en face, le long des voies ferrées, on voit
s'élever la grande flamme rouge d'une locomotive
qui embrase les affreuses falaises. En plus, il brui-
nait. Le petit bonhomme m'a dit qu'il avait une jolie
ceinture dans sa sacoche, et on s'est arrêtés pour
qu'il la déniche. « Je me suis trouvé une belle ceinture quèque part, à Frederick, Maryland, Bon Dieu

je l'aurais pas laissée sur le comptoir à Fredericksburg? — À Frederick, tu veux dire? — Non, non, à
Fredericksburg, en Virginie. » Il parlait tout le temps
de Frederick dans le Maryland et de Fredericksburg
en Virginie. Il marchait carrément sur la chaussée,
en plein milieu des voitures, il a failli se faire percuter plusieurs fois. Moi je cheminais péniblement
dans le fossé. À chaque instant, je m'attendais à ce
que le pauvre diable aille valdinguer dans la nuit,
raide mort. Impossible de trouver le pont. Je l'ai
laissé devant un tunnel qui passait sous la voie ferrée, parce que j'avais pris une telle suée à marcher
que j'ai changé de chemise, et mis deux pulls, un bistrot de bord de route éclairant mes gesticulations
pitoyables. Toute une famille arrivait à pied, sur la
route obscure; ils se demandaient bien ce que je
fabriquais. Le plus bizarre de tout, c'est qu'il y avait
un sax ténor qui soufflait du très beau blues dans ce
boui-boui paumé au fond de la Pennsylvanie. J'ai
tendu l'oreille, en gémissant. La pluie redoublait.
Un gars s'est arrêté pour me ramener à Harrisburg;
il m'a dit que je m'étais trompé de route. Tout à
coup, j'ai vu mon petit vieux qui tendait le pouce
sous un réverbère, pauvre abandonné du ciel, pauvre
enfant perdu d'hier, aujourd'hui fantôme rompu par
la traversée du désert de la cloche. J'ai raconté mon
histoire au conducteur, et il s'est arrêté pour prévenir le vieux. « Écoute voir, gars, par là tu vas vers
l'ouest, pas vers l'est. — Hein? s'est écrié le petit
fantôme. Tu vas pas me raconter que je connais pas
mon chemin. Ça fait des années que je sillonne le
pays. M'en vais au Canady. — Mais elle va pas au
Canada, cette route, elle va à Pittsburgh, et à

Chicago. » Le petit bonhomme s'est éloigné, outré.
La dernière image que j'ai eue de lui, la petite
sacoche blanche qui dodelinait sur son dos s'est dis-
soute dans l'obscurité des funèbres Alleghenies. Je
lui ai crié : « Hé. » Il marmonnait tout seul, il n'avait
rien à faire d'un dégonflé dans mon genre. « Je m'en
vais... tout droit... dans sa direction. » Il parlait du
Canada ; il m'avait dit connaître un point, le long de
la frontière, où il pourrait passer en douce. Il allait
grimper à bord d'un train de marchandises. « Çui
de Lehigh Valley, de Lackawanna, et çui d'Erie, je
les prends tous. » J'avais toujours cru que la sauvagerie de la nature était l'apanage de l'Ouest, mais le
Fantôme de la Susquehanna m'a détrompé. Non,
dans l'Est aussi, il y a de la sauvagerie ; c'est la nature
que Benjamin Franklin parcourait dans son char à
bœufs, du temps qu'il était postier ; celle de George
Washington jeune, farouche adversaire des Indiens ;
celle de Daniel Boone qui racontait des histoires à la
lueur des lampes, en Pennsylvanie, tout en promettant de trouver le Passage ; celle de Bradford, du
temps qu'il dégageait sa route, et que les gars faisaient la foire dans leurs cabanes en rondins. Pour ce
petit homme, ce n'étaient pas les grands espaces de
l'Arizona, mais les broussailles sauvages de l'est de la
Pennsylvanie, du Maryland et de la Virginie, les
routes goudronnées qui serpentent parmi des fleuves
funèbres comme la Susquehanna, la Monongahela,
l'antique Potomac et le Monocacy. Cette expérience
m'a totalement déglingué. La nuit passée à Harrisburg m'a donné une idée des tourments des damnés,
pas connu pire depuis. Il m'a fallu dormir sur un
banc dans la gare ; à l'aube, les receveurs m'ont jeté

dehors. Car, n'est-ce pas, on entre dans la vie, mignon bambin confiant sous le toit de son père. Puis vient le jour des révélations de l'Apocalypse, où l'on comprend qu'on est maudit, et misérable, et pauvre, et aveugle, et nu ; et alors, fantôme funeste et dolent, il ne reste qu'à traverser le cauchemar de cette vie en claquant des dents. Je suis sorti chancelant, égaré. Je ne savais plus ce que je faisais. Je ne voyais du matin qu'une blancheur, une blancheur de linceul. Je mourais littéralement de faim. Pour trouver des calories, il ne me restait que quelques dernières pastilles contre la toux, achetées à Preston, dans le Nebraska, des mois auparavant ; je les ai sucées, à cause du sucre. Je ne savais pas faire la manche. Les jambes flageolantes, à bout de forces, j'ai eu bien du mal à me traîner aux limites de la ville. Je savais que je me ferais arrêter si je passais une nuit de plus sur place. Maudite cité ! Fichu matin ! Où étaient-ils les matins de mes visions d'enfant ? Que faire ici-bas ? Cette vie est jalonnée d'ironies du sort : la voiture qui s'est arrêtée pour me prendre était conduite par un échalas hagard, qui prônait les vertus du jeûne. Chemin faisant, quand je lui ai dit que je mourais de faim, il m'a répondu : « Très bien, parfait. Il n'y a rien de meilleur pour la santé. Ça fait trois jours que je n'ai pas mangé moi-même. Je vais vivre cent cinquante ans. » C'était un spectre, un sac d'os, un pantin de chiffon, un échalas brisé — un cinglé. J'aurais pu tomber sur un gros richard qui m'aurait dit : « On va s'arrêter dans ce restaurant, et tu vas manger des côtes de porc aux haricots. » Non, ce matin-là, il a fallu que je monte avec un cinglé qui croyait aux vertus du jeûne. En

arrivant dans le New Jersey, il s'est radouci, et il est
allé chercher des tartines de pain beurré dans la
malle arrière. Elles étaient cachées au milieu de ses
échantillons. Il vendait des articles de plomberie sur
toute la Pennsylvanie. J'ai englouti le pain beurré.
Tout d'un coup, je me suis mis à rire. Je l'attendais
dans la voiture pendant qu'il faisait sa tournée à
Allentown, New Jersey, et je riais, je riais. Bon
Dieu, qu'est-ce que j'en avais ma claque de cette
vie. N'empêche que le fou m'a ramené à New York.
D'un seul coup, je me suis retrouvé dans Times
Square. J'avais fait un aller-retour de douze mille
bornes sur le continent américain, et je me retrouvais
dans Times Square ; et en pleine heure de pointe, en
plus, si bien que mon regard innocent, mon regard
de routard, m'a fait voir la folie, la frénésie absolue
de cette foire d'empoigne, où des millions et des millions de New-Yorkais se disputent le moindre dollar,
une vie à gratter, prendre, donner, soupirer, mourir,
tout ça pour un enterrement de première classe dans
ces abominables villes-mouroirs, au-delà de Long
Island. Les hautes tours du pays, l'autre bout du
pays, le lieu où naît l'Amérique de papier. Je m'étais
replié sur une bouche de métro pour rassembler
le courage de cueillir un long mégot superbe, mais
chaque fois que je me penchais pour le ramasser une
déferlante humaine le dérobait à ma vue, et ils ont
fini par l'écraser. Ozone Park est à vingt bornes de
Times Square : je n'avais pas l'argent du ticket de
métro. Tu m'imagines faire à pied ces vingt bornes,
en traversant Manhattan et Brooklyn ? C'était le crépuscule. Où était Hunkey ? J'ai passé la place au
crible ; il n'était pas là ; il était sur Riker's Island,

derrière les barreaux. Où était Bill ? Où était Neal ?
Où étaient-ils tous ? Où était la vie ? Moi j'avais un
foyer qui m'attendait, un lieu où reposer ma tête, me
remettre des pertes subies, et évaluer les gains, qui,
je le savais, se trouvaient inscrits dans cette expérience, eux aussi. Il m'a fallu faire la manche pour
acheter mon ticket de métro. J'ai fini par taxer un
pope, à un coin de rue. Il m'a donné dix *cents* avec
un regard fuyant, inquiet. Je me suis engouffré dans
le métro. Arrivé chez moi, j'ai pillé la glacière. Ma
mère s'est levée, et elle m'a regardé : « Mon pauvre
petit Jean », elle m'a dit en français, « tu es maigre,
mais maigre ! Qu'est-ce que tu as bien pu faire de ton
temps ? » J'avais deux chemises et deux pulls, mon
sac de toile contenait le pantalon déchiré dans les
champs de coton, et les lambeaux de mes chaussures
en fibres végétales. Ma mère et moi, nous avons
décidé de nous offrir un frigo avec l'argent que je lui
avais envoyé depuis la Californie ; ce serait le premier de la famille. Elle est allée se coucher ; moi, tard
dans la nuit, je n'arrivais toujours pas à dormir, je
fumais dans mon lit. Mon manuscrit à mi-course
trônait toujours sur le bureau. On était en octobre,
retour au bercail, reprise du boulot. Les premiers
vents froids faisaient vibrer les carreaux : j'étais rentré
à temps. Neal était passé chez moi, il y avait dormi
plusieurs nuits, il était resté des après-midi entiers à
parler avec ma mère, pendant qu'elle assemblait un
grand tapis en patchwork avec tous les habits de la
famille depuis des années, ce tapis même, à présent
fini, qui recouvrait le sol de ma chambre, aussi riche
et complexe que le passage du temps. Et puis, deux
jours avant mon arrivée, Neal était reparti, on s'était

sans doute croisés ici ou là, en Pennsylvanie, ou dans l'Ohio, il était parti à San Francisco — le dernier endroit où je l'aurais imaginé — sur mes traces fugitives. Sa vie était désormais là-bas ; Carolyn venait d'y prendre un appartement. L'idée ne m'avait pas effleuré de la chercher dans l'annuaire, quand j'étais à Marin City. À présent, il était trop tard, et j'avais aussi raté Neal. En cette première nuit au bercail, j'étais loin de me douter que je le reverrais, et que tout allait recommencer, la route, le tourbillon de la route, bien au-delà de mes rêves les plus fous.

LIVRE DEUX : Il s'est écoulé un an et demi avant que je revoie Neal. Pendant tout ce temps, je n'ai pas bougé de chez moi. J'ai terminé mon livre, et je me suis inscrit à la faculté grâce aux bourses destinées aux G.I.s. Pour Noël 1948, ma mère et moi sommes descendus dans le Sud, chez ma sœur, les bras chargés de cadeaux. J'avais écrit à Neal, qui annonçait son retour dans l'Est. Je lui avais dit qu'il me trouverait à Rocky Mount, en Caroline du Nord, entre Noël et le jour de l'An. Un jour que tous nos cousins du Sud étaient réunis au salon, à Rocky Mount, ces hommes et ces femmes émaciés, qui ont la vieille terre du Sud dans les yeux quand ils parlent à voix basse et plaintive du temps qu'il a fait, des récoltes, ou passent en revue avec lassitude qui a eu un bébé, acheté une maison, etc., voilà qu'une Hudson 49 toute boueuse s'arrête devant la maison, sur le chemin de terre. Je n'avais pas idée de qui ça pouvait être. Un jeune type musclé en T-shirt tout déchiré, pas rasé, les yeux injectés de sang, l'air crevé, s'avance sur le perron et tire la sonnette. J'ouvre la porte : c'est Neal. Il arrive tout droit de San Fran-

cisco, il a fait le trajet en un temps record, parce que
je lui ai indiqué où j'étais dans ma dernière lettre.
Dans la voiture, j'aperçois deux silhouettes endormies. « Ben ça alors, Neal ! Et eux, c'est qui ? — Salut,
salut, mec. C'est Louanne, et Al Hinkle. Faut qu'on
se trouve un coin pour se rafraîchir tout de suite,
on est canés. — Mais comment vous avez fait pour
arriver si vite ? — Hé, mec, c'est qu'elle trace, cette
Hudson ! — Où tu l'as eue ? — Je l'ai achetée avec
mes économies. J'avais bossé comme serre-freins à la
Southern Pacific, je me faisais quatre cents dollars
par mois. » Pendant une heure, ça va être le bazar
intégral. D'abord, mes cousins du Sud n'y comprennent rien, ils ne voient pas qui sont Neal,
Louanne et Al Hinkle. Ils écarquillent des yeux ahuris. Ma mère et ma sœur se retirent à la cuisine pour
tenir conseil. On se retrouve à onze en tout dans
cette petite baraque. Sans compter que ma sœur
venait de décider de la quitter, cette maison, et que
la moitié de ses meubles étaient déjà partis, puisque
elle, son mari et leur bébé venaient s'installer avec
nous à Ozone Park, dans le petit appartement. Quand
Neal entend ça, il propose ses services et son Hudson. Lui et moi, on transportera le mobilier à New
York, en deux allers-retours, et on ramènera ma
mère lors du deuxième voyage. Ce serait une économie conséquente. Projet adopté. Ma sœur fait des
sandwiches et les trois voyageurs épuisés se mettent
à table. Louanne n'a pas dormi depuis Denver ; je la
trouve mûrie et embellie. Que je raconte tout ce qui
s'était passé, et ce qu'elle faisait avec Neal. Il vivait
heureux avec Carolyn à San Francisco depuis l'automne 1947 ; il s'était trouvé un boulot dans les che-

mins de fer, il gagnait tout ce qu'il voulait. Il était devenu papa d'une mignonne petite fille, Cathy Jo Ann Cassady. Et puis, un beau jour, il a perdu les pédales; il marchait dans la rue, et il voit une Hudson 49 à vendre; il fonce à la banque retirer ses économies, et il achète la voiture aussi sec. Al Hinkle était avec lui. Du coup, ils n'avaient plus un rond. Neal apaise les craintes de Carolyn, il lui dit qu'il sera de retour dans un mois. «Je pars à New York, je ramène Jack.» Cette perspective ne l'enchante pas. «Mais à quoi ça rime, tout ça, qu'est-ce que tu me fais, là? — C'est rien, c'est rien du tout, chérie, euh... voilà... Jack m'a supplié de venir le chercher, c'est tout à fait impératif pour moi de... mais on ne va pas se perdre dans des explications à n'en plus finir... et je vais te dire pourquoi... non, non, écoute je vais te dire pourquoi...» Et il lui dit pourquoi, et bien entendu ça n'a aucun sens. Al Hinkle, le grand costaud, travaille dans les chemins de fer avec lui. Ils viennent de se faire virer au cours d'une grève, et Al a rencontré une fille qui vit à San Francisco de ses économies. Ces deux goujats sans scrupules décident de faire venir la fille dans l'Est, moyennant quoi c'est elle qui paiera les frais. Al la cajole, il la baratine; elle ne veut rien savoir s'il ne l'épouse pas. Les événements se précipitent, Neal se décarcasse pour réunir les papiers, et Al Hinkle épouse Helen, si bien que, quelques jours avant Noël, ils quittent San Francisco à cent à l'heure, cap sur L.A., pas de neige sur la route. À L.A. ils montent un marin trouvé au Bureau du Voyage, qui leur paie quinze dollars d'essence. Le gars va dans l'Indiana. Pour quatre dollars d'essence, ils prennent aussi une femme et sa fille retardée men-

tale, qui vont dans l'Arizona, et roulez jeunesse. Neal
a fait monter la gamine devant à côté de lui, elle le
botte. « Carrément, mec, quel petit cœur, dans sa
dinguerie ! Qu'est-ce qu'on a pu parler, on a parlé
des incendies, du désert changé en paradis, et de son
perroquet, qui sait dire des insultes en espagnol. » Ils
larguent leurs passagères et se dirigent vers Tucson.
Helen Hinkle, la jeune épouse d'Al, n'arrête pas de
se plaindre qu'elle est crevée, elle veut dormir dans
un motel. Si ça continue comme ça, ils auront claqué
toutes ses économies bien avant d'arriver en Caroline. Deux nuits, elle les a forcés à s'arrêter et elle a
dépensé des mille et des cents en chambres de
motels ! Quand ils arrivent à Tucson, elle n'a plus un
rond. Neal et Al lui faussent compagnie dans un hall
d'hôtel, et ils reprennent la route en duo, plus le
marin — sans le moindre état d'âme. Al Hinkle, c'est
un grand balèze, placide, qui pense le moins possible, et qui est prêt à faire tout ce que Neal lui
demande ; quant à Neal, il n'est pas en position de
s'embarrasser de scrupules. Il traversait Las Cruces,
au Nouveau-Mexique, comme un bolide, quand il
a soudain éprouvé l'urgence explosive de revoir sa
mignonne première femme, Louanne. Elle était à
Denver. Le voilà qui oblique vers le nord, malgré les
molles protestations du matelot, et le soir même il
déboule à Denver. Il fonce retrouver Louanne dans
un hôtel. Ils font l'amour comme des fous pendant
dix heures. Changement radical de programme ; on
ne se sépare plus. Louanne est la seule fille qu'il ait
jamais vraiment aimée. Le regret le chavire quand il
revoit son visage et quand, aujourd'hui comme hier,
il la supplie à genoux de lui accorder la jouissance de

son être. Elle, elle le comprend, elle lui caresse les cheveux ; elle sait bien qu'il est fou. Pour amadouer le matelot, Neal lui arrange le coup avec une fille, dans une chambre d'hôtel au-dessus du bar où ses vieux potes du billard viennent boire le coup, au carrefour de Glenarm Street et de la Quatorzième. Mais le matelot refuse la fille, il se tire la nuit même, et ils ne le reverront jamais. Il est plus que probable qu'il a pris un car pour l'Indiana. Neal, Louanne et Al Hinkle se mettent à bomber vers l'est, du côté de Colefax, direction les plaines du Kansas. Les grandes tempêtes de neige les rattrapent. Dans le Missouri, la nuit, Neal est obligé de conduire en passant la tête par la fenêtre, avec des lunettes de ski sur le nez et une écharpe en turban, parce que le pare-brise est recouvert d'une couche de glace de deux centimètres. On dirait un moine en train de déchiffrer les manuscrits de la neige. Il passe devant le comté natal de ses ancêtres sans même y penser. Le matin, dans une montée, la voiture dérape sur le verglas et termine dans le fossé. Un fermier leur offre son aide. Blocage temporaire, ils prennent un auto-stoppeur qui leur a promis un dollar s'ils l'emmènent à Memphis. Une fois là-bas, le gars rentre chez lui, il cherche le dollar dans toute la maison, il se soûle, et il dit qu'il le trouve plus. Les voilà qui repartent, en traversant le Tennessee. Ils ont coulé les bielles au moment de l'accident. Neal avait poussé jusqu'à cent trente, et maintenant il faut qu'ils s'en tiennent à un petit cent, vitesse de croisière, sinon le moteur va grincer dans la descente. Ils traversent les Smoky Mountains au cœur de l'hiver. Quand ils sonnent à la porte de ma sœur, ça fait trente heures qu'ils n'ont

pas mangé, sinon des sucreries et des biscuits apéri-
tif. Ils étaient donc en train de dévorer pendant que
Neal, debout, son sandwich à la main, se penche vers
le phonographe et fait des bonds, en écoutant un
disque de bop endiablé que je viens d'acheter et qui
s'appelle *The Hunt*. Dexter Gordon et Wardell Gray
y soufflent comme des malades, devant un public
qui hurle ; ça donne un volume et une frénésie pas
croyables. Les gens du Sud se regardent, et ils
secouent la tête, atterrés. « Mais enfin, c'est quoi, ces
amis qu'il a, Jack ? » ils demandent à ma sœur. Elle
est bien en peine de répondre. Les gens du Sud n'aiment pas du tout les fous, pas ceux dans le genre de
Neal, en tout cas. Lui ne fait même pas attention à
eux. Sa folie s'est épanouie, fleur singulière. Je ne
m'en étais pas rendu compte jusqu'au moment où
nous sommes partis faire une petite virée dans la
Hudson avec Louanne et Al Hinkle ; nous étions entre
nous pour la première fois, on pouvait parler de ce
qu'on voulait. Neal a empoigné le volant, il a passé la
seconde, il a réfléchi un instant, et puis, comme sous
l'impulsion d'une décision subite, il a lancé la voiture plein pot. « C'est parti, les enfants ! » il a dit en
se frottant le nez, penché en avant pour ressentir
l'urgence, tirant des cigarettes de la boîte à gants, en
se balançant d'avant en arrière. « Il est temps qu'on
décide ce qu'on va faire la semaine prochaine, c'est
crucial, cru-cial, hum ! » Il a évité une carriole tirée
par une mule, avec un vieux nègre, qui avançait
lourdement. « Oui ! » il a braillé. « Oui ! Il me botte,
lui. Pensez un peu à son âme, à celui-là... prenez le
temps d'y penser », et il a ralenti pour qu'on puisse
se retourner sur ce pauvre diable de nègre, avec sa

complainte. «Considérez-le avec la tendresse du cœur, je donnerais mes deux bras pour savoir ce qui se passe dans cette tête-là. Si on pouvait s'y glisser, pour savoir à quoi il pense, le pauvre bougre, aux navets et au jambon de l'année. Tu le sais pas, Jack, mais dans le temps, j'ai vécu une année entière chez un fermier de l'Arkansas; j'avais onze ans, on me donnait des trucs effroyables à faire; une fois j'ai dû écorcher un cheval mort. J'y suis plus retourné depuis Noël 1943, ça fait tout juste six ans; Ben Gowen et moi on s'était fait courser par un gars avec un flingue, le flingue qu'on essayait de faucher, justement. Tout ça pour te dire que le Sud, je peux en parler... j'ai connu... enfin, le Sud me botte, quoi, je le connais comme ma poche... Quel pied, tes lettres, quand tu m'en parlais. Oh oui, oh oui», tout en disant ça, il a ralenti jusqu'au point mort, pour faire un bond en avant aussitôt, et repartir à cent, penché sur son volant. Il gardait les yeux rivés devant lui, obstinément. Louanne souriait, sereine. Le nouveau Neal, le Neal de la maturité, tel qu'en lui-même. Je voyais bien quel pied avaient pris Louanne et Hinkle pendant ces quelques jours passés ensemble, dans la fascination de leur amour pour lui. Je me disais en moi-même : Mon Dieu, comme il a changé! Ses yeux crachaient des éclairs de fureur quand il parlait de quelque chose qu'il détestait, et ils s'illuminaient d'une grande joie quand le bonheur lui revenait; tous ses muscles tressaillaient de vie et d'élan. «Ah, mec, je pourrais t'en dire...», il a commencé, en m'enfonçant un doigt dans les côtes, «faut absolument qu'on trouve le temps... Ce qui est arrivé à Allen. Les chéris, faut tous qu'on aille voir Allen,

demain première heure. Bon, Louane, on achète du
pain et de la viande, on prépare le casse-croûte pour
aller à New York, demain. T'as combien sur toi,
Jack ? On va tout mettre sur la banquette arrière, les
meubles et tout, et puis nous, on va s'asseoir devant,
bien serrés, et on se racontera des histoires tout en
bombant sur New York. Louanne, mon petit con en
sucre, tu t'assieds à côté de moi, Jack à côté de toi, et
Al contre la portière, parce qu'il est costaud et qu'il
nous fera écran aux courants d'air, ce qui veut dire
que c'est lui qui prendra la couverture cette fois... Et
comme ça, en route pour la belle vie, parce que le
temps est venu, et que le temps, ON SAIT CE QUE
C'EST ! » Il s'est frotté la mâchoire furieusement, il
a mis le pied au plancher, doublé trois camions, et il
est descendu sur Rocky Mountain en regardant de
tous les côtés, avec une vision à cent quatre-vingts
degrés sans même bouger la tête. En moins de temps
qu'il ne faut pour le dire, crac, il a trouvé une place
de parking, on était garés. Il a sauté de la voiture, il a
bondi dans la gare comme un furieux ; nous, on suivait, dociles. Il a acheté des cigarettes. Il avait des
gestes de dément ; on aurait dit qu'il se démultipliait.
Il hochait la tête, il secouait la tête, il agitait ses
mains vigoureuses, il marchait d'un pas pressé, il
s'asseyait, il croisait les jambes, les décroisait, il se
levait, il se frottait les mains, il se tâtait les couilles,
il remontait son futal, il levait les yeux, il disait
« hmm », et puis, d'un seul coup, il plissait les yeux
pour voir partout ; avec tout ça, il m'enfonçait son
index dans les côtes, en parlant sans arrêt. Il faisait
très froid, à Rocky Mountain ; des neiges inhabi-
tuelles pour la saison. Il était sur la sinistre grand-rue

qui longe la voie ferrée de la Seaboard, en T-shirt, avec son pantalon qui lui tombait sur les hanches, ceinture défaite, comme s'il avait voulu le retirer. Il s'est approché pour fourrer sa main par la vitre, en parlant avec Louanne; il a reculé en lui faisant des petits gestes. « Oh oui, je sais, oui je te connais, je te connais, toi, ma chérie! » Il avait un rire de dément, qui commençait dans les graves et montait dans les aigus, le rire du fou dans une émission de radio, en plus rapide, plus strident. Le ricanement du maniaque. Et puis, il reprenait un ton plus professionnel. Nous n'avions aucune raison particulière de venir en ville, mais il en a trouvé. Il nous a asticotés, tous, il a envoyé Louanne chercher les provisions, il m'a expédié acheter le journal pour connaître la météo, et Al chercher des cigares. Il adorait fumer le cigare. Il en a fumé un en lisant le journal, et en parlant : « Ah, nos sacro-saints abrutis de Washington sont en train de nous concocter de nouveaux désagréments... ah... hum!... hop, hop! » Là-dessus, il a sauté de son siège pour voir une petite Noire qui passait devant la gare. « Visez-la-moi! » il a dit en la montrant du doigt, mollement, et en se tripotant les parties avec un sourire de dingo. « Elle est pas mimi, cette petite négrillonne adorable? Miam, miam. » On est remontés en voiture, et on a foncé chez ma sœur. En rentrant dans la maison, avec le sapin, les cadeaux et l'odeur de la dinde au four, les conversations des cousins, j'ai compris que je venais de passer un Noël tranquille, à la campagne. Mais voilà que la mouche me piquait de nouveau; la mouche, c'était Neal Cassady, et moi, j'étais bon pour un nouvel épisode sur la route. On a chargé les caisses de vêtements et celles de vaisselle, ainsi que quelques sièges, et on est partis à la nuit tombée, promesse faite de rentrer dans trente heures. Trente heures pour un aller-retour de quinze cents bornes et plus, mais c'était ce que Neal avait décidé. Le voyage a été rude, et personne ne s'en est aperçu. Le chauffage ne marchait pas, le pare-brise était couvert de brouillard givrant. À cent à l'heure, Neal était obligé de passer la main dehors tout le temps pour l'essuyer au chiffon, se ménager un trou de visibilité. L'Hudson était spacieuse, on avait largement la place pour quatre sur le siège avant. On avait mis une couverture sur nos genoux. La radio ne marchait plus. La voiture sortait d'usine, il venait de l'acheter, et la radio était déjà morte. Il n'avait d'ailleurs payé qu'une seule mensualité. On est partis vers le nord et la Virginie, sur la 101 qui est un highway à deux voies où il ne passe pas grand-monde. Et Neal parlait, il monopolisait la parole. Il gesticulait furieusement, il se penchait jusqu'à moi, parfois, pour souligner son propos, il lâchait carrément son volant, et pourtant la voiture filait droit comme une flèche sans jamais dévier de la ligne blanche, au milieu de la route qui se déroulait au ras de notre pneu avant gauche. Je ne m'étais pas rendu compte qu'il en serait ainsi jusqu'en Californie avant la fin de la saison. Neal était arrivé sans rime ni raison, et moi je repartais de même. À New York, j'étais allé à la fac, et j'avais eu une amourette avec une fille qui s'appelait Pauline, une belle Italienne aux cheveux de miel, que je voulais même épouser. Depuis des années, je cherchais une femme que j'aie envie d'épouser. Je ne pouvais pas rencontrer une fille sans me dire : « Quel genre d'épouse

elle ferait, elle ? » J'ai parlé de Pauline à Louanne et
Neal. Louanne a réagi au quart de tour. Elle a voulu
tout savoir de Pauline, elle voulait que je la lui
présente. On a traversé Richmond, Washington,
Baltimore à toutes blindes, et comme ça jusqu'à
Philadelphie, sur des routes de campagne tortueuses,
et on a parlé. « Moi je veux me marier pour connaître
la paix du cœur avec elle, et qu'on vieillisse ensemble.
Ça peut pas durer toujours... ce délire, ces virées aux
quatre coins du pays. Il faut qu'on se range, qu'on
trouve notre place. — Ah, mec, a répondu Neal, ça
fait des années que je t'entends parler de mariage, de
fonder un FOYER, avec la beauté de ton âme, c'est
ça qui me botte chez toi. » À ma droite j'avais Al
Hinkle, qui venait d'épouser une femme pour faire le
plein d'essence. J'avais le sentiment de défendre ma
position. C'était une triste nuit, mais une nuit
joyeuse, aussi. À Philadelphie, on est entrés dans une
roulotte cantine et on a dépensé le dernier dollar du
budget nourriture pour s'offrir des hamburgers. Le
type qui servait au comptoir — il était trois heures
du matin — nous a entendus parler d'argent, il nous
a proposé de nous faire cadeau des hamburgers, avec
un café en prime, si on lui donnait un coup de main à
la plonge, son employé lui ayant fait faux bond. On a
sauté sur l'occasion. Al Hinkle a déclaré qu'il était
un pêcheur de perles du temps jadis, et il a plongé
ses longs bras dans la vaisselle. Neal restait planté là,
sans rien faire, serviette à la main, et Louanne aussi.
Bientôt, ils ont commencé à flirter au milieu des casseroles et des marmites, et puis ils se sont retirés
dans un coin sombre de la cambuse. Le type du café
s'en fichait, dans la mesure où Al et moi on assurait.

En un quart d'heure, on a fini. Au point du jour, on traversait le New Jersey à toutes blindes, la métropole s'élevant devant nous, immense nuage au lointain enneigé. Neal s'était enturbanné la tête dans un pull pour ne pas avoir froid aux oreilles. Il disait qu'on était une bande d'Arabes, venus faire sauter New York. On a traversé Lincoln Tunnel comme des flèches, et on a débouché sur Times Square. « Oh, merde, j'aimerais bien retrouver Hunkey. Ouvrez l'œil, tous, des fois qu'on l'apercevrait. » On a ratissé les trottoirs. « Ce brave cinglé d'Hunkey... vous l'auriez VU, au Texas. » C'est ainsi que Neal avait parcouru près de six mille bornes, depuis Frisco, via l'Arizona et Denver, en l'espace de quatre jours truffés d'aventures innombrables, et ce n'était que le commencement. Nous sommes allés dormir chez moi, à Ozone Park. Je me suis réveillé le premier, en fin d'après-midi. Neal et Louanne dormaient dans mon lit, Al et moi dans celui de ma mère. La valise cabossée et démantibulée de Neal s'étalait sur le sol, ses chaussettes dépassaient. Le drugstore en bas de l'immeuble m'a envoyé chercher, on m'appelait au téléphone. Je suis descendu quatre à quatre. C'était Bill Burroughs, qui appelait de La Nouvelle-Orléans ; il râlait, de sa voix haut perchée et plaintive. Apparemment, une fille du nom de Helen Hinkle venait d'arriver chez lui sur les traces d'un certain Al Hinkle. Il ne voyait pas du tout qui étaient ces gens. Cette éternelle larguée d'Helen avait de la suite dans les idées. J'ai dit à Bill de la rassurer en lui expliquant qu'Al était avec Neal, et qu'on passerait très probablement la prendre à La Nouvelle-Orléans, en repartant sur la côte Ouest. Et puis, elle a voulu nous parler elle-même. Elle voulait prendre des nouvelles d'Al. Elle s'inquiétait de son bonheur. « Comment êtes-vous allée de Tucson à La Nouvelle-Orléans ? » je lui ai demandé. Elle avait télégraphié chez elle pour se faire envoyer l'argent du car. Elle était bien décidée à reprendre avec Al, elle l'aimait. Je suis remonté raconter ça au Grand. Il a eu l'air soucieux, dans son fauteuil. « Bon, eh bien maintenant, il faut qu'on mange, et tout de suite », a dit Neal tombé du lit. Louanne, tu t'actives au fourneau, tu vois ce que tu peux trouver ; Jack, tu descends avec moi, on va appeler Allen ; Al, vois ce que tu peux faire pour mettre de l'ordre dans la maison. » J'ai suivi Neal dans son effervescence. Le type qui tenait le drugstore m'a dit : « Tu viens d'avoir un autre appel... de San Francisco, cette fois... c'est pour un certain Neal Cassady. J'ai dit qu'il y avait personne de ce nom-là. » C'était Carolyn, qui demandait Neal. Le type du drugstore, Sam, un pote à moi, un grand gars flegmatique, s'est gratté la tête en me regardant : « Ben dis donc, vous tenez un bordel international ou quoi ? » Neal a ricané de son rire de dément, il a dit : « Toi, gars, tu me bottes », il s'est précipité dans la cabine, et il a appelé Frisco en P.C.V. Ensuite on a appelé chez Allen, en lui disant de s'amener. Deux heures plus tard, il était là. Entre-temps, Neal et moi, on avait fait nos préparatifs pour retourner en Caroline du Nord, chercher le reste des meubles et ma mère. Allen est arrivé, avec des poèmes sous le bras. Il s'est assis dans un fauteuil et il nous a regardés de ses petits yeux. Pendant la première demi-heure, il a refusé de dire un mot, ou plutôt il a refusé de se compromettre. Il s'était calmé depuis la

Déprime à Denver. C'était grâce au Cafard à Dakar.
Là-bas, il s'était laissé pousser la barbe, et il avait
erré dans les rues mal fréquentées avec des gamins
qui l'avaient emmené chez un guérisseur, lequel lui
avait dit la bonne aventure. Il avait des clichés de ces
rues délirantes, où s'alignaient des huttes d'herbe, le
fin fond des bas-fonds de Dakar. Il nous a dit qu'il
avait failli sauter à la mer sur le trajet du retour,
comme Hart Crane. C'était la première fois qu'il
revoyait Neal depuis qu'ils s'étaient séparés à Houston. Neal était assis par terre, à côté d'une boîte
à musique ; il écoutait, médusé, la petite chanson
qu'elle jouait... *A Fine Romance*. « Ah ces petits gre-
lots qui tintinnabulent, écoutez-moi ça. On va se
pencher sur la boîte à musique, et regarder dans son
ventre pour apprendre ses secrets... ding ding dong,
ouaaais ! » Al Hinkle était assis par terre, lui aussi ; il
avait pris mes baguettes. Il s'est mis à battre un beat
en sourdine, à peine audible, pour accompagner la
boîte à musique. On retenait tous notre souffle pour
l'écouter. « Tic... tac... tic-tic... tac-tac... » Neal avait
mis sa main en cornet sur son oreille, mâchoire
béante, il a dit : « Oh Ouuui ! » Allen, les yeux réduits
à deux fentes, observait cette crise d'idiotie. Il a fini
par se taper sur le genou pour dire : « J'ai une décla-
ration à faire. — Ah oui ? Ah oui ? — À quoi rime ce
voyage à New York ? Sur quelle affaire sordide est-
ce que vous êtes ? Enfin, quoi, où vas-tu comme ça,
mec, quo vadis ? — Quo vadis ? » a répété Neal,
bouche bée. On était là, à ne pas savoir quoi dire ; il
n'y avait plus rien à dire. Il n'y avait plus qu'à partir.
Neal s'est levé d'un bond, en disant qu'on était prêts
à retourner en Caroline du Nord. Il a pris une

douche. J'ai fait une plâtrée de riz avec tout ce que
j'ai pu gratter dans la maison, Louanne lui a reprisé
ses chaussettes, on était prêts. Neal et moi, on a
ramené Allen à New York plein pot. On a promis
de le retrouver dans trente heures, à temps pour la
soirée du 31 décembre. Il faisait nuit. On l'a déposé à
Times Square, et on a repris le tunnel qui mène au
New Jersey. En nous relayant au volant, Neal et moi,
on a rallié la Caroline en dix heures. «C'est la première fois depuis des années qu'on se retrouve seuls
tous les deux, a dit Neal, et en situation de parler.»
Il a donc parlé toute la nuit. Comme dans un rêve on
a traversé à toutes blindes la ville de Washington
endormie, puis de nouveau les étendues sauvages de
Virginie, et on a franchi les frontières de la Caroline
au point du jour pour nous arrêter à neuf heures du
matin devant chez ma sœur. Sur le trajet, Neal était
en proie à une grande exaltation, qui passait dans
tout ce qu'il voyait, tout ce qu'il disait, les moindres
détails de chaque instant. Il vivait les transports
d'une foi authentique. «Et puis qu'on ne vienne pas
nous dire que Dieu n'existe pas. Nous sommes passés
par toutes les formes. Tu te souviens, Jack, quand je
suis arrivé à New York? Je voulais qu'Hal Chase
m'enseigne Nietzsche. Tu te rends compte comme
c'est loin, tout ça? Tout est bien, Dieu existe, nous
savons ce que c'est que le temps. Depuis les Grecs,
on pose les problèmes de travers. On n'arrive à rien
par la géométrie, par l'esprit de géométrie. On se fait
mettre.» Il soulignait son propos en enfonçant le
doigt dans son poing fermé. La trajectoire de la
voiture était l'image même de la rectitude. «Et non
seulement ça, mais toi et moi, nous comprenons très

bien que je n'ai pas le temps d'expliquer pourquoi je
sais, et toi aussi, que Dieu existe. » À un moment
donné, j'ai commencé à me plaindre des misères de
la vie, de la pauvreté de ma famille, moi qui voulais
tant aider Pauline, pauvre elle aussi, et mère d'une
fille. « Les misères, vois-tu, c'est un mot générique
pour tous les points d'existence de Dieu. Il ne faut
pas se laisser bloquer, voilà tout. Oh, j'ai la tête qui
bourdonne. » Il se pressait les tempes. Il est sorti
d'un bond acheter des cigarettes, tel Groucho Marx,
pieds rivés au trottoir, queue de pie au vent, moins la
queue de pie, bien sûr. « Depuis Denver, Jack, il s'en
est passé... oh la la, j'ai réfléchi, réfléchi. Je passais ma
vie en maison de correction. J'étais un jeune paumé,
j'essayais de m'affirmer, je volais des bagnoles pour
m'exprimer, frimeur, m'as-tu-vu. Tous mes démêlés
avec la prison, je les ai liquidés, plus ou moins,
aujourd'hui. Pour autant que je puisse le dire, j'y
retournerai jamais. Le reste, c'est pas ma faute. » On
a dépassé un petit gosse qui jetait des pierres aux
voitures. « Rends-toi compte, un de ces jours, il va
balancer une pierre dans le pare-brise d'un gars, et le
gars va s'envoyer dans le décor et se tuer... tout ça à
cause de ce petit môme. Tu vois ce que je veux dire ?
Dieu existe, au-delà des états d'âme. Sur cette route
où nous roulons, je suis convaincu que nous sommes
pris en charge, et que toi, toi qui conduis la peur au
ventre (j'avais horreur de conduire, je roulais prudemment), tu ne risques pas de partir dans le décor,
la voiture roule toute seule, je peux dormir tranquille. En plus, on connaît l'Amérique, on est chez
nous, ici. Partout où je vais, en Amérique, j'arrive à
mes fins, parce que c'est partout pareil, je connais les

gens, je sais ce qu'ils font. C'est un échange inces-
sant, il faut louvoyer dans la douceur et la complexité
incroyables du monde.» C'était tout sauf clair. Et
pourtant il réussissait à donner au fond de son propos une clarté, une pureté. Il employait d'ailleurs
très souvent le mot «pur». Je n'aurais jamais imaginé qu'il devienne mystique. Nous étions à la première heure du mysticisme qui allait faire de lui, des
années plus tard, un drôle de saint clochard à la
W.C. Fields. Ma mère elle-même l'écoutait d'une
oreille curieuse, sur le chemin de New York, installée à l'arrière avec les meubles. À présent que nous
l'avions à notre bord, il s'était mis à discourir sur sa
vie de travailleur, à San Francisco. Il passait en revue
toutes les tâches du serre-freins, joignant le geste à la
parole dès qu'on croisait des gares de triage; à un
moment donné, il est même descendu d'un bond
pour me faire voir le signe du serre-freins à un train
qui ne doit pas s'arrêter. Ma mère s'était retirée sur
le siège arrière, elle s'est endormie. À Washington,
il était quatre heures du matin, et il a de nouveau
appelé Carolyn en P.C.V. à San Francisco. Peu après
que nous sommes sortis de la ville, une voiture de
patrouille nous a pris en chasse, sirène hurlante, et
on nous a collé une amende pour excès de vitesse,
alors qu'on roulait à moins de cinquante. Tout ça
parce qu'on avait une plaque californienne. «Vous
croyez qu'il suffit d'être immatriculé là-bas pour
vous permettre de foncer comme un chauffard?» a
dit le flic. Je suis allé avec Neal au bureau du ser-
gent, et on a essayé de leur expliquer qu'on n'avait
plus un rond. Si Neal ne voulait pas passer la nuit au
poste, ils nous ont dit, il allait falloir qu'on rassemble

l'argent, soit quinze dollars. Bien entendu ma mère
les avait, elle en avait même vingt, tout allait donc
s'arranger. Du reste, pendant qu'on parlementait
avec les flics, l'un d'entre eux est sorti en douce reluquer ma mère endormie au fond de la voiture, emmi-
touflée dans un manteau. Elle l'a vu. «Ne vous en
faites pas; je ne suis pas une flingueuse; si vous voulez fouiller la voiture, allez-y. Je rentre chez moi avec
mon fils. Ces meubles ne sont pas des meubles volés,
ils sont à ma fille; elle vient d'avoir un bébé et elle va
s'installer chez moi.» Sherlock en resta baba, et ren-
tra au poste. Ma mère a dû payer l'amende pour
Neal, autrement nous étions bloqués à Washington,
puisque je n'avais pas le permis. Il a promis de lui
rendre l'argent, et, heureuse surprise, il le lui a rendu
en effet, un an et demi exactement après. Ma mère,
femme respectable coincée dans ce triste monde — et
elle le connaissait, son monde. Elle nous a parlé du
flic. «Il était caché derrière un arbre, il aurait bien
voulu voir à quoi je ressemblais... Je lui ai dit de
fouiller la voiture, je lui ai dit de ne pas se gêner. Je
n'ai rien à me reprocher.» Elle savait bien que Neal
avait quelque chose à se reprocher, et moi aussi, du
simple fait d'être avec lui, et Neal et moi on acceptait
ça avec tristesse. Elle m'a dit un jour que le monde
ne trouverait pas la paix tant que les hommes ne se
jetteraient pas aux genoux de leur femme pour lui
demander pardon. C'est vrai. Dans le monde entier,
dans les jungles du Mexique, dans les bas-fonds de
Shanghai, dans les bars de New York, les maris vont
se soûler pendant que leur femme reste à la maison
avec les enfants d'un avenir qui s'assombrit à vue
d'œil. Si ces hommes-là arrêtent la machine et qu'ils

rentrent chez eux — et qu'ils tombent à genoux — et qu'ils demandent pardon — et que leurs femmes leur donnent leur bénédiction — alors la paix descendra aussitôt sur la terre dans un grand silence pareil à celui dont s'entoure l'Apocalypse. Mais Neal le savait bien, et il m'en avait parlé plusieurs fois. « J'ai supplié Louanne tant et tant, qu'on oublie nos tracasseries, qu'on vive dans la compréhension, la paix et la douceur de l'amour pur, pour toujours... elle comprend... elle, c'est pas ce qu'elle cherche... elle, elle me traque... elle refuse de comprendre combien je l'aime... elle tricote ma ruine. — La vérité, c'est que c'est nous qui comprenons rien à nos femmes. On les accuse de tout alors que c'est de notre faute. — Mais c'est pas aussi simple que ça, a répondu Neal. La paix viendra d'un coup, sans qu'on y comprenne rien, mec, tu vois ? » Opiniâtre, lugubre, il poussait la bagnole dans le New Jersey. À l'aube, je me suis engagé sur la rampe Pulaski pendant qu'il dormait à l'arrière. À neuf heures du matin, on arrivait à Ozone Park, pour y trouver Louanne et Al Hinkle en train de fumer les mégots des cendriers ; ils n'avaient rien mangé depuis notre départ. Ma mère a payé les provisions, et préparé un petit déjeuner monstre. Il était temps que le trio de l'Ouest parte s'installer à Manhattan. Allen avait une piaule, sur York Avenue ; ils iraient le soir même. Neal et moi, on a dormi toute la journée, et quand on s'est réveillés une grosse tempête de neige annonçait le Nouvel An. Al Hinkle, assis dans mon fauteuil, racontait le réveillon précédent. « J'étais à Chicago, j'avais pas d'argent. Je m'étais mis à la fenêtre de ma chambre d'hôtel, sur North Clark Street, et je sen-

tais des odeurs délicieuses qui venaient de la boulangerie, en bas. J'avais pas un rond, mais je suis
descendu, et j'ai bavardé avec la vendeuse. Elle m'a
donné du pain et des petits gâteaux. Je suis remonté
dans ma chambre et je les ai mangés. Je suis resté
dans ma chambre toute la nuit. Une fois, à Farming-
ton, dans l'Utah, je travaillais avec Ed Uhl, tu sais
Ed Uhl, le fils du rancher, celui qui vit à Denver,
j'étais couché, et tout d'un coup je vois ma mère
décédée dans un coin, tout entourée de lumière. Je
dis : "Maman !" et elle disparaît. Moi, j'ai tout le
temps des visions », a dit Al Hinkle en hochant la tête.
« Qu'est-ce que tu vas faire, pour Helen ? — Oh, il
sera toujours temps de voir quand on arrivera à La
Nouvelle-Orléans. Tu crois pas ? » Il commençait à
me demander mon avis, à moi aussi, un seul Neal ne
lui suffisait plus. « Et toi, quels sont tes projets, Al ? —
Je sais pas. Je vis au jour le jour. La vie me botte. » Il
l'a répété, il parlait comme Neal. Il avançait sans
but. Il s'est remémoré cette nuit, à Chicago, et les
petits gâteaux sortant du four, dans la solitude de la
chambre. Dehors, la neige tourbillonnait. Une énorme
fête se préparait, on y allait tous. Neal a refait sa
valise cabossée, il l'a mise dans la voiture, et on s'est
tous ébranlés pour cette soirée mémorable. Ma mère
se réjouissait à l'idée que ma sœur vienne s'installer
la semaine suivante ; elle lisait son journal, et attendait minuit pour allumer la radio et suivre la soirée
des vœux, enregistrée à Times Square. On s'est arrachés en dérapant sur le verglas. Je n'avais jamais
peur quand Neal conduisait. En toutes circonstances, il maîtrisait son véhicule. La radio avait été
réparée, et maintenant un be-bop furieux nous

aiguillonnait dans la nuit. Je ne savais pas où tout ça
nous mènerait. Je m'en fichais. C'est à cette époque-
là qu'une idée bizarre s'est mise à me hanter. Je me
figurais que j'avais oublié quelque chose. Une décision que j'étais sur le point de prendre quand Neal
avait resurgi, et qui m'était du coup complètement
sortie de la tête, alors que mon cerveau l'avait, si
l'on peut dire, sur le bout de la langue. J'avais beau
claquer dans mes doigts, ça ne me revenait pas. J'en
ai même parlé. Je n'arrivais d'ailleurs pas à savoir s'il
s'agissait d'une décision au sens propre, ou seulement d'un projet, que j'aurais oublié. J'étais hanté,
désemparé, ça me rendait triste. Ça avait quelque
chose à voir avec l'Inconnu voilé. Un jour qu'on
était assis face à face, Ginsberg et moi, dans nos fauteuils, je lui ai raconté un rêve, où une étrange silhouette à l'allure plus ou moins arabe me poursuivait
dans le désert ; j'essayais de lui échapper. Mais elle
finissait par me rattraper juste avant que j'atteigne la
Cité Refuge. « Qui est-ce ? » m'a demandé Allen. On
y a réfléchi. J'ai avancé que ça pouvait être moi, le
visage voilé. C'était pas ça. Quelque chose, quelqu'un,
un esprit, nous poursuivait tous à travers le désert de
la vie, et nous rattraperait immanquablement avant
que nous arrivions au Ciel. Naturellement, en y
repensant aujourd'hui, je vois bien que c'est la mort
et rien d'autre ; c'est la mort qui nous rattrapera
avant qu'on monte au Ciel. La seule chose qu'on
souhaite ardemment, tous les jours de la vie, celle
qui nous fait soupirer, gémir, éprouver toutes sortes
de bouffées de douceur écœurante, c'est le souvenir
de la béatitude perdue qu'on a dû connaître dans le
ventre maternel, et qui ne peut se retrouver — mais

on ne veut pas l'admettre — que dans la mort. Mais qui veut mourir? J'y reviendrai. Dans le tourbillon d'événements qui se succédaient, je gardais cette idée derrière la tête, en permanence. Je l'ai dit à Neal, et il y a aussitôt reconnu le pur désir de mort. Mais comme aucun d'entre nous ne revient jamais à la vie, il ne voulait pas en entendre parler, et aujourd'hui je suis d'accord avec lui. On est allés chercher ma bande de New York. J'ai une énorme bande d'amis passionnants, à New York. New York est une ville si folle, là aussi les fleurs du délire s'épanouissent très bien. On a commencé par aller chez Ed Stringham. C'est un beau mec, triste, doux, généreux, d'un caractère facile; de temps en temps seulement, il est sujet à des crises de dépression, et il tire sa révérence sans rien dire à personne. Ce soir-là, il était fou de joie : «Où tu as trouvé ces gens formidables, Jack? Des comme ça, j'en ai jamais rencontré. — Je les ai trouvés dans l'Ouest.» Neal prenait son pied. Il avait mis un disque de jazz, pris Louanne dans ses bras; il la serrait fort, et il bondissait contre elle en mesure. Elle, elle rebondissait contre lui. C'était aussi simple que ça, une vraie parade d'amour. John Holmes est arrivé avec une bande immense. Le week-end du Nouvel An commençait, et il allait durer trois jours et trois nuits. Des foules de gens montaient dans l'Hudson, et partaient en zigzag dans les rues enneigées de New York, de fête en fête. J'ai amené Pauline et sa sœur à la soirée la plus énorme. Quand Pauline m'a vu avec Neal et Louanne, elle s'est rembrunie : elle sentait la folie qu'ils mettaient en moi. «Tu me plais pas quand tu es avec eux. — Mais c'est rien, on prend notre pied. On ne vit qu'une fois. On rigole, c'est tout. — Non, c'est triste, et ça me plaît pas.» Et voilà que Louanne s'est mise à me faire du rentre-dedans. Elle m'a dit que Neal allait se remettre avec Carolyn, elle voulait que je vienne vivre avec elle. «Reviens à San Francisco avec nous. On vivra ensemble. Tu verras comme je serai bien pour toi.» Mais je savais que Neal l'aimait, et qu'elle faisait ça pour rendre Pauline jalouse, alors je ne marchais pas. N'empêche qu'une blonde aussi pulpeuse, je me léchais les babines. Louanne et Pauline étaient deux beautés fracassantes. Quand Pauline a vu que Louanne me poussait dans les coins et qu'elle me baratinait, qu'elle essayait de m'embrasser de force, elle s'est laissé inviter par Neal à monter dans sa voiture; mais ils n'ont fait que parler, et boire la Southern Moonshine que j'avais laissée dans la boîte à gants. Tout s'embrouillait, tout fichait le camp. Je savais que ma liaison avec Pauline était sur ses fins. Elle voulait que je me conforme à ses désirs. Elle était mariée à un mécano qui la maltraitait. Je l'aurais volontiers épousée, et j'aurais pris sa petite fille et tout et tout, si elle avait divorcé. Mais elle n'en avait même pas les moyens, si bien que la situation était désespérée, et de toute façon elle n'aurait jamais pu me comprendre, parce que j'aime trop de choses à la fois, alors tout s'embrouille et ça coince, à force de courir de l'une à l'autre jusqu'à ce que je tombe. Ça c'est la nuit, c'est ce qu'elle te fait. Je n'avais rien à offrir, sinon ma propre confusion mentale. C'étaient des noubas monstres; il y avait au moins cent personnes chez Herb Benjamin, qui habitait un loft en sous-sol, dans l'ouest de Manhattan, au niveau des quatre-vingt-dixième rues. Les gens débordaient sur les caves, autour de la chaudière. Dans tous les coins il se passait quelque chose, sur tous les lits, les canapés, pas une orgie, non, un réveillon, où les gens criaient comme des fous, où la radio hurlait. Il y avait même une Chinoise. Neal courait de groupe en groupe, à la manière de Groucho Marx, tout le monde le bottait. Périodiquement, on fonçait chercher d'autres gens en voiture. Lucien est arrivé. Lucien, c'est le héros de ma bande de New York, tout comme Neal est le grand héros de celle de l'Ouest. Ils se sont déplu au premier coup d'œil. Tout d'un coup, la petite amie de Lucien a balancé à Lucien une droite à la mâchoire. Il en a titubé. Elle l'a pris sur son épaule, et l'a ramené chez eux. Quelques potes journalistes cinglés sont arrivés du bureau, avec des bouteilles. Dehors, la tempête de neige faisait rage, une merveille. Al Hinkle s'était fait la sœur de Pauline, et il s'était tiré avec elle. J'ai oublié de dire qu'il sait y faire, avec les femmes. Avec son mètre quatre-vingt-dix, il est doux, affable, avenant, crétin, délicieux. Il leur enfile leur manteau. C'est comme ça qu'il faut s'y prendre. À cinq heures du matin, nous voilà en train de traverser la cour d'un immeuble en courant pour entrer dans un appartement par la fenêtre, parce qu'il y avait une fête énorme. À l'aube on est retournés chez Stringham. Les gens étaient en train de faire des dessins, de boire de la bière éventée. J'ai couché avec une fille qui s'appelait Rhoda — la pauvre — sans même qu'on se déshabille, va savoir pourquoi, parce qu'on partageait un canapé. Des foules de gens arrivaient, depuis le bar du campus de Columbia. Toute la vie, tous les visages de la vie, s'entassaient dans cette

pièce humide. Chez John Holmes, on a continué la
fête. John Holmes est un type adorable, qui vous
regarde par-dessus ses lunettes, d'un air ravi. Il a
appris à dire « oui » à tout, exactement comme Neal à
l'époque, et il n'a pas cessé depuis. Sur fond de
musique endiablée — Dexter Gordon et Wardell
Gray aux cuivres dans *The Hunt* —, Neal et moi on
a joué à se lancer Louanne comme une balle par-
dessus le canapé. Et Louanne, c'était pas un bibelot.
Neal se baladait torse nu, pied nus, tout juste vêtu de
son fute, jusqu'au moment où il a fallu prendre la
voiture pour aller chercher d'autres gens. Les événements se succédaient. On a trouvé Allen Anson, le
fou extatique, et on a passé la nuit chez lui, à Long
Island. Il y vit dans une jolie maison, avec sa tante.
À la mort de sa tante, la maison lui reviendra, mais
en attendant elle refuse de lui faire la moindre
concession, et elle déteste ses amis. Il nous a amenés,
nous la bande de clodos, Neal, Louanne, Al et moi,
et on a commencé une fête à tout casser. La tante
rôdait au premier étage ; elle menaçait d'appeler la
police. « Ta gueule, vieille peau ! » il lui a lancé. Je
me demandais comment il faisait pour vivre avec elle
en ces termes. Je n'avais jamais vu tant de livres de
toute ma vie. Deux bibliothèques, occupant deux
pièces tapissées de livres du sol au plafond sur leurs
quatre murs ; avec des bouquins comme *L'Apocalypse expliquée*, en dix tomes. Il passait des opéras de
Verdi et les mimait, avec son pyjama déchiré dans le
dos. Il se fichait de tout et du reste. C'était un grand
érudit, qui se baladait bourré le long des quais, avec
des partitions du XIVe siècle sous le bras, en poussant
des hurlements. Il se carapatait dans les rues comme

une grosse araignée. L'excitation lui sortait des yeux
en lames lumineuses démoniaques. Des spasmes
d'extase lui tordaient le cou. Il zozotait, il se tortillait, il faisait des bonds de carpe hors de l'eau, il
retombait sur le sol, désespéré. La vie l'excitait tellement qu'il avait du mal à articuler un mot. Neal était
penché devant lui, il hochait la tête en répétant :
« Oui... oui... oui. » Il m'a pris à part. « Ce type,
Allen Anson, y a pas plus fabuleux, ici. C'est ce que
j'essayais de t'expliquer... c'est ça, que je veux être...
je veux être comme lui. Il bloque jamais, lui, il va
partout, il crache tout ce qu'il a, il connaît le temps,
il lui suffit de se balancer d'avant en arrière. Tu verras que si tu vis comme lui tout le temps, tu vas finir
par y arriver. — Par arriver à quoi ? — À ÇA, le IT,
la *"pulse"* ! Je t'expliquerai... pas le temps là, tout de
suite on n'a pas le temps. » Il est retourné regarder
Allen Anson. Selon lui, George Shearing, le grand
pianiste de jazz, était pareil. Neal et moi, on est allés
le voir au Birdland, au milieu de ce long week-end de
folie. Dix heures du soir, l'endroit était désert, on
était les premiers clients. Shearing est arrivé, comme
il était aveugle on l'a conduit jusqu'à son clavier.
C'était un Anglais, distingué, avec un col blanc
empesé ; il était blond, légèrement corpulent ; dès la
première cascade de notes qu'il a jouées, accompagné par le contrebassiste qui lui battait le beat, penché vers lui avec révérence, on a senti comme le
parfum ténu d'une nuit d'été anglaise. Immobile à sa
batterie, Denzel Best jouait des balais avec des petits
coups de poignet. Et voilà Shearing qui commence
à se balancer ; son visage extatique se fend d'un
sourire ; il se balance sur son tabouret, d'avant en

arrière, doucement d'abord, puis plus vite avec le beat ; il se décroche la tête, son pied gauche bat tous les temps, son front s'en va toucher le clavier, il renvoie ses cheveux en arrière, sa coiffure se délite, il commence à suer. La musique monte en puissance. Le contrebassiste est recroquevillé sur son instrument, et il le cogne de plus en plus vite. On dirait que tout s'accélère. Shearing se met à plaquer ses accords. Ils jaillissent du piano en cataractes, on croit qu'il va pas avoir le temps de les aligner. Ils déferlent en vagues successives, océaniques. Les gens lui crient : « Vas-y ! » Neal est en nage, la sueur dégouline sur son col de chemise. « Il est là, c'est bien lui ! Mais quel Dieu, ce vieux Shearing ! Oui, oui, oui ! » Shearing sent bien qu'il y a un fou derrière lui ; il en entend les soupirs, les imprécations, même s'il ne le voit pas. « Oui ! crie Neal, c'est ça ! » Shearing sourit, il se balance. Shearing se lève de son tabouret, ruisselant de sueur. C'était la grande époque, avant qu'il devienne cool et commercial. Après son départ, Neal m'a désigné le tabouret de piano : « Voilà le siège vide de Dieu. » Il y avait un cuivre, sur le piano ; son reflet projetait une étrange lueur dorée sur la caravane du désert représentée derrière la batterie. Dieu était parti, laissant derrière lui le silence. La nuit était pluvieuse. C'était le mythe de la nuit pluvieuse. Neal avait les yeux exorbités par la terreur sacrée. Cette folie ne nous mènerait nulle part. Je ne comprenais pas ce qui m'arrivait, et puis tout d'un coup je me suis rendu compte que c'était tout le thé qu'on fumait, Neal en avait apporté à New York. Ça me donnait l'impression que tout allait arriver — ces moments où l'on comprend que tout a été décidé

pour toujours. Je les ai quittés, tous, et je suis rentré
chez moi me reposer. Ma mère disait que je perdais
mon temps en traînant avec Neal et sa bande. Je
savais bien moi-même que je déconnais. La vie c'est
la vie, et le bien c'est le bien. Ce que je voulais,
c'était faire une virée superbe sur la côte Ouest,
encore une, et être rentré à la fac pour le semestre de
printemps. Et quelle virée ça a été! J'y suis allé pour
le plaisir, pour voir ce que Neal allait encore inventer,
et puis aussi pour avoir une histoire avec Louanne —
et je l'ai eue. On a fait nos préparatifs pour traverser
une fois de plus le continent qui gémit. Je suis allé
encaisser ma pension de G.I.; et j'ai donné 18 dollars
à Neal pour qu'il envoie un mandat à sa femme; elle
attendait son retour, et n'avait plus un sou. Ce que
Louanne avait en tête, je l'ignore. Quant à Al Hinkle,
comme de juste, il suivait. Avant le départ, on a
eu de longues journées hilarantes chez Allen. Il se
baladait en peignoir de bain, et nous adressait des
discours à moitié ironiques sur le mode: « Je ne voudrais pas vous casser votre baraque de snobs, mais il
me semble tout de même qu'il est temps que vous
décidiez qui vous êtes et ce que vous comptez faire. »
Allen travaillait comme correcteur à Associated
Press. « Je veux savoir à quoi riment ces journées
passées à traîner à la maison. À quoi riment ces discours, et quels sont vos projets. Neal, pourquoi as-tu
quitté Carolyn pour te remettre avec Louanne? »
Rire nerveux pour toute réponse. « Et toi, Louanne,
pourquoi traverses-tu le pays comme ça, et quelles
sont tes intentions de femme vis-à-vis de l'inconnu
voilé? » Même réaction. « Al Hinkle, pourquoi as-tu
abandonné à Tucson la femme que tu venais d'épou-

ser ? Qu'est-ce que tu fais là, assis sur ton gros cul ?
Où demeures-tu ? Que fais-tu dans la vie ? » Al Hinkle
a baissé la tête, sincèrement désemparé. « Jack, comment se fait-il que tu sois devenu aussi j'menfou-
tiste ? Qu'est-ce que tu as fait de Pauline ? » Il a
rajusté son peignoir de bain, et s'est assis en face de
nous. « Les jours de colère restent à venir. La baudruche ne vous portera plus très longtemps. Non
seulement ça, mais c'est une baudruche abstraite.
Vous irez peut-être sur la côte Ouest à tire d'ailes,
mais vous reviendrez à quatre pattes, chercher votre
pierre. » À cette époque, Allen s'était mis à parler
d'une voix qu'il voulait prophétique, et qu'il appelait
la Voix du Roc. Il faisait ça pour abasourdir les gens,
et les amener à comprendre le roc. « À force d'orner
son chapeau de dragons, on finit par avoir une araignée
dans le plafond », nous dit-il pour nous mettre en
garde. Il nous regardait, ses yeux de fou étincelants.
Depuis le Cafard à Dakar, il avait fini par traverser
une période terrible, qu'il appelait son Spleen Sacré,
ou encore son Spleen de Harlem : c'était l'époque où
il vivait à Harlem, en plein été ; il se réveillait la nuit
dans la solitude de sa chambre, et il entendait « la
grande machine » descendre du ciel. L'époque où il
arpentait la 125e Rue « sous l'eau », avec les autres
poissons. Des idées délirantes se bousculaient dans
sa cervelle. Il a fait asseoir Louanne sur ses genoux,
et lui a ordonné de se calmer. Il a dit à Neal : « Mais
tu peux pas t'asseoir tranquillement au lieu d'avoir la
bougeotte ? » Neal s'agitait, il sucrait son café et
disait : « Oui, oui, oui. » La nuit, Al Hinkle dormait
par terre, sur des coussins. Neal et Louanne viraient
Allen de son lit, et ils y allaient ; et Allen n'avait plus

qu'à veiller à la cuisine, devant son ragoût de rognons, en marmonnant les prophéties du Roc. Je venais dans la journée, observer tout ça. Al Hinkle m'a dit : « Hier soir je suis allé jusqu'à Times Square, et, au moment où j'arrivais, je me suis aperçu que j'étais un fantôme, c'était mon fantôme qui passait sur le trottoir. » Il me livrait tout ça sans commentaire, avec des hochements de tête pour souligner son propos. Dix heures plus tard, au beau milieu d'une conversation sans rapport, il disait : « Ouais, c'était mon fantôme qui passait sur le trottoir. » Tout d'un coup, Neal s'est penché vers moi avec le plus grand sérieux : « Jack, j'ai quelque chose à te demander, c'est très important pour moi, je sais pas trop comment tu vas le prendre... on est potes, toi et moi, d'ac ? — Bien sûr, Neal. » J'ai cru qu'il allait rougir ; il a fini par cracher le morceau : il voulait que je baise Louanne. Je ne lui ai pas demandé pourquoi parce que je le savais. Il voulait se tester lui-même, d'une certaine façon, et puis il voulait voir comment était Louanne avec un autre homme. On était assis au Ross Bar, sur la Huitième Avenue, quand il m'a fait cette proposition. On venait de passer une heure à ratisser Times Square, pour trouver Hunkey. Le Ross, c'est le bar de la racaille de Times Square ; il change de nom tous les ans. Quand on entre, on voit jamais une fille, pas même dans les box ; rien que des gars, toute une bande, un vrai défilé de mode racaille — depuis les T-shirts rouges jusqu'aux costumes larges ; c'est aussi le bar des tapins, qui michetonnent les vieux pédés tristes de la Huitième Avenue, la nuit. Neal y déambulait en plissant les yeux pour voir tous les visages. Il y avait des tarlouses noires, des types moroses, avec leur flingue, des matelots à couteaux, des junkies discrets, et de temps en temps un inspecteur quadragénaire, bien habillé, jouant les bookmakers, venu traîner là moitié par curiosité, moitié pour le boulot. C'était l'endroit parfait pour ce genre de requête. Il s'en trame, des mauvais coups, au Ross — ça se sent dans l'ambiance — toutes sortes de protocoles sexuels déjantés démarrent en prime. Quand le perceur de coffre propose au voyou un loft de la Quatorzième Rue, il lui propose en plus de coucher avec lui. Kinsey y est resté des heures à interviewer les gars. Je m'y trouvais le soir où son assistant est passé, en 1945. Hunkey et Allen ont été interviewés. Neal et moi, on est rentrés sur York Avenue. Hinkle était parti balader son fantôme dans les rues de la ville ; on a trouvé Louanne couchée, et on lui a annoncé notre décision. Elle a dit qu'elle était contente. Moi, c'était déjà moins sûr. Le lit était celui de mon père. Je l'avais donné à Allen une semaine avant ; Neal et moi, on le lui avait apporté dans la voiture. Mon père était grand et corpulent ; le lit s'enfonçait au milieu. Louanne était dans le creux, Neal et moi perchés sur les bords du matelas, de chaque côté ; on ne savait pas quoi dire. « Eh merde, je déclare forfait. — Allez, mec, t'avais promis. — Et Louanne, d'abord ? Qu'est-ce que t'en penses, Louanne ? — Vas-y », elle m'a répondu. Elle m'a attiré vers elle, et j'ai essayé d'oublier la présence de Neal. Chaque fois que je me rendais compte qu'il était là, raide comme une planche, aux aguets dans le noir, je perdais mes moyens. Je roulais sur le côté. C'était affreux. « Il faut qu'on se détende, tous les trois », il a dit. « Je vais pas y arriver, je crois. Si tu allais faire un tour à la cuisine ? » Il y est allé. Mais le cœur n'y était toujours pas. C'était délicieux d'avoir une femme comme Louanne accrochée à moi de tous ses membres ; son corps était tiède, elle ne demandait pas mieux ; et languide, avec ça. Je lui ai chuchoté qu'on recommencerait à San Francisco, quand tout serait réglé. Nous étions trois enfants de la terre, qui essayions de nous affirmer, la nuit, contre des impostures séculaires, dans le noir. L'appartement baignait dans un silence étrange. Je suis allé taper sur l'épaule de Neal, pour lui dire de rejoindre Louanne, et je me suis retiré sur le canapé. Je les ai entendus ébranler le lit à coups redoublés dans leur frénésie ; à ma stupéfaction, j'ai compris qu'il était, dirons-nous, en train de la dévorer, et que c'était une pratique courante entre eux. Il fallait avoir tiré cinq ans de taule pour se livrer à des extrémités aussi démentes ; Neal comprenait dans son corps les sources de toute béatitude ici-bas : suppliant aux portes mêmes de la matrice, il essayait d'y rentrer une bonne fois pour toutes, de son vivant, avec, en plus, la libido effrénée et le tempo d'un vivant. C'est la conséquence d'années passées à regarder des photos porno, à regarder les jambes des femmes, dans les magazines ; à éprouver la dureté des couloirs d'acier, et l'absence de la douceur féminine. En prison, on se promet le droit de vivre. Neal n'avait jamais connu le visage de sa mère. Chaque maîtresse, chaque épouse, chaque enfant qui lui venait, ne faisait qu'aggraver sa misère noire. Et où était-il, son père, Neal Cassady le Coiffeur, ce vieux clochard, qui brûlait le dur, travaillait comme cuistot dans des baraquements, le long des voies, et qui allait s'effondrer, le soir, dans les ruelles, quand il était fin soûl, pour partir à dame sur des tas de charbon, et cracher ses vieilles dents jaunes dans tous les caniveaux de l'Ouest? Il avait bien le droit, Neal, de mourir de la petite mort délicieuse de l'amour sans réserve pour sa Louanne. Elle, son père était flic à L.A.; il lui avait souvent fait des avances incestueuses. Elle m'avait montré sa photo : petite moustache, cheveux lustrés, yeux cruels, ceinturon verni avec flingue. Je ne voulais pas me mêler de tout ça, je voulais suivre, c'est tout. À l'aube, Allen est rentré, et il a endossé son peignoir de bain. Ces temps-ci, il ne dormait plus guère. « Pouah ! » il a gueulé. Ça le rendait dingue, ce désordre, la confiture par terre, les futes et les robes qui traînaient, les mégots, la vaisselle sale, les livres ouverts — tu parles d'un forum. Jour après jour, la terre grinçait sur son axe, et nous, on se livrait à nos terrifiantes études sur la nuit. Louanne s'était disputée avec Neal ; elle était couverte de bleus, et lui, il avait des égratignures plein le visage. Il était temps de lever l'ancre. On est allés chez moi à dix, toute une bande, faire mon sac, et téléphoner chez Bill Burroughs à La Nouvelle-Orléans, depuis l'appareil du bar, ce bar même où Neal et moi on s'était parlé pour la première fois, le jour où il était venu frapper à ma porte pour apprendre à écrire, des années plus tôt. On entendait la voix plaintive de Bill, à deux mille cinq cents bornes. « Dites voir, les garçons, qu'est-ce que vous voulez que j'en fasse de cette Helen Hinkle ? Elle se terre dans sa chambre depuis deux semaines, et elle refuse de nous parler, à Joan ou à moi. Il est avec vous, le dénommé Al Hinkle ? Ramenez-le, Bon Dieu de bois, qu'on puisse se débarrasser d'elle. Elle

occupe notre plus belle chambre, et elle a plus un
rond. C'est pas un hôtel, ici.» Avec des grands cris
et des hourrahs, toute la bande — Neal, Louanne,
Allen, Hinkle et moi, John Holmes et Marian, sa
femme, Ed Stringham, et Dieu sait qui encore —
s'est mise à gueuler au bout du fil entre deux gorgées
de bière pour rassurer Bill Burroughs, abasourdi, lui
qui avait par-dessus tout horreur du désordre. «Bon,
il a conclu, peut-être que vous serez plus clairs une
fois ici.» J'ai dit au revoir à ma mère en lui promettant d'être rentré dans deux semaines, et je suis
reparti pour la Californie. On s'attend toujours à
trouver une forme de magie, au bout de la route. Et
curieusement, Neal et moi allions la trouver cette
magie une fois seuls, avant d'en avoir fini. Les potes
de New York entouraient la voiture et nous faisaient
au revoir de la main. Il y avait Rhoda, et puis Geo.
Wickstrom et Les Connors, et je ne sais qui encore,
vestiges du week-end du Nouvel An, qui était resté
sans égal. «Parfait, parfait», disait Neal; il ne pensait plus qu'à fermer le coffre de la voiture, après
avoir mis ce qu'il fallait dans la boîte à gants, balayé
par terre, tout préparé pour retrouver la pureté de la
route... la pureté du voyage, de la destination, quelle
qu'elle soit, le plus vite possible, dans le frémisse-
ment et la jouissance de tous les possibles. On s'est
arrachés — à la dernière minute, Rhoda avait décidé
de venir avec nous jusqu'à Washington, après quoi
elle rentrerait en car. Elle était amoureuse du grand
Al, et ils s'étaient assis à l'arrière pour se peloter.
Une fois de plus, Neal s'est engouffré dans le tunnel
Lincoln, et on a débouché dans le New Jersey. Les
prémices de notre voyage se nimbaient de bruine et

de mystère. Je pressentais que ce ne serait qu'une immense saga des brumes. «You hou ! C'est parti ! » a braillé Neal. Ramassé sur son volant, il a mis pied au plancher. Il avait retrouvé son élément, ça se voyait à l'œil nu. Nous étions enchantés tous trois, sachant que nous laissions derrière nous le désordre et le délire, pour accomplir notre unique et noble devoir du moment : bouger. Et on a bougé ! Dans la nuit du New Jersey, on a filé comme l'éclair devant les mystérieux panneaux blancs qui disaient SUD (avec une flèche) et puis OUEST (avec une autre flèche), pour prendre vers le Sud. La Nouvelle-Orléans ! Son nom nous brûlait la cervelle. Depuis les neiges sales de New York, capitale du givre et des gitons, comme disait Dean, cap sur la vieille Nouvelle-Orléans, avec sa luxuriance et les relents du fleuve qui venait baigner ce cul de l'Amérique ; ensuite, ce serait l'Ouest, pas mal ensuite. Tous trois sur le siège avant, Neal, Louanne et moi, on parlait avec enthousiasme de la joie de cette belle vie. Neal a eu un accès de tendresse. «Écoutez voir, bon sang, il faut qu'on se le dise, nous autres, tout va bien, on n'a pas la moindre raison de s'en faire ; on a intérêt à le savoir, il est grand temps qu'on s'en aperçoive. J'ai pas raison ? » Nous étions bien d'accord. «On est en route, on est ensemble... ce qu'on a pu faire à New York... il faut qu'on se le pardonne. » On avait tous nos casseroles, quant à ça. «C'est derrière nous, en termes de distance, et d'envies. Maintenant, on roule vers La Nouvelle-Orléans, on retrouve ce sacré vieux Bill Burroughs, quel pied ça va être, et puis écoutez-moi ce vieux sax ténor, comment il s'explose la tronche. » Il a monté le volume à en faire trembler

la bagnole. « Écoutez-le nous raconter son histoire,
celle qui apaise et qui instruit. » Ça balançait, ça
nous allait. La pureté de la route. Au centre du
highway, le ruban blanc se déroulait, notre pneu
avant gauche y était rivé, comme l'aiguille au micro-
sillon. Neal était courbé sur son volant, son cou puissant sortant du T-shirt, dans la nuit d'hiver, il roulait
pied au plancher. En un rien de temps, on s'est
retrouvés à l'approche de Philadelphie. Ironie des
circonstances, on prenait cet itinéraire pour la troisième fois, via la Caroline du Nord. C'était notre itinéraire. J'arrêtais pas de me demander ce que j'avais
oublié à New York ; plus nous laissions de la route
dans notre sillage, plus ça m'échappait. J'ai posé la
question. Ils ont tous essayé de deviner ce que j'avais
oublié. Rien à faire. On avait quarante dollars pour
tout le trajet. Il nous suffirait de prendre des auto-
stoppeurs et de les taper de quelques quarters pour
acheter de l'essence, dès qu'on aurait largué Rhoda.
Elle parlait déjà de venir à La Nouvelle-Orléans. Vu
que la femme d'Al l'attendait de pied ferme, c'était
une riche idée. Neal n'a rien dit. Je savais qu'il était
bien décidé à la débarquer à Washington. À Philadelphie, nous avons perdu la Route Une, et nous
nous sommes retrouvés à l'aveuglette sur une petite
route goudronnée au milieu des bois. « Nous voilà
arrivés au pays des fées, des contes de ma mère l'oie.
Quel pied, on va trouver des maisons en pain
d'épices ! » a dit Neal, qui a continué à broder sur ce
thème, enchanté. On n'avait pas la moindre idée
d'où on se trouvait, tant et si bien qu'on a atterri à
la lisière d'un marécage. « On est arrivés au bout de la
route ? » j'ai dit, pour rigoler. Il a fait un tête à queue,

et on est repartis sur Philly aussi sec ; on a retrouvé la Une, et une heure et demie plus tard on était à Baltimore. Neal voulait absolument que ce soit moi qui conduise en ville, pour m'habituer à la circulation. Je m'en serais sorti, d'ailleurs, s'ils ne s'étaient pas obstinés à tenir le volant, lui et Louanne, tout en s'embrassant et en faisant les imbéciles. C'était dingue. La radio braillait à fond la caisse. Neal jouait des percus sur le tableau de bord, au point qu'il a fini par l'enfoncer au milieu. La pauvre Hudson, notre vaisseau au long cours pour la Chine, prenait sa raclée. « Ah, quel pied, mec ! » braillait Neal. « Bon, Louanne, écoute-moi bien, maintenant, chérie. Tu sais que je peux tout faire en même temps, que mon énergie est sans limites... alors, à San Francisco, il faut qu'on continue à vivre ensemble. Je sais exactement où tu vas habiter, à San Luis Obispo, au bout du quai de chargement de la S.P. Moi je rentrerai tous les soirs, et je retournerai chez Carolyn tous les matins. C'est jouable, on l'a déjà fait. » Louanne était partante, elle voulait la peau de Carolyn. On était pourtant d'accord qu'une fois à San Francisco Louanne se mettrait avec moi, mais je voyais d'ici qu'ils allaient rester ensemble, et que moi je me retrouverais sur le cul à l'autre bout du continent. Mais enfin, à quoi bon penser à ces choses quand l'Eldorado t'attend, avec son lot d'imprévus, pour te réjouir d'être vivant. À l'aube, on arrivait à Washington. C'était le jour de la prise de fonctions d'Harry Truman, pour son second mandat. Comme on descendait Pennsylvania Avenue dans notre épave, on a découvert une vaste démonstration de puissance militaire ; des B-29, des bateaux de transport de troupes, toutes sortes de matériel de guerre, trônant sur les pelouses couvertes de neige, et enfin, tout au bout, un petit canot de sauvetage quelconque, qui paraissait absurde, ridicule. Neal a ralenti pour le regarder; il secouait la tête, atterré. «Qu'est-ce qu'ils fabriquent, ces gens-là? Nos jean-foutre sacrés? Harry doit être en train de dormir dans un coin de cette ville... brave Harry... un gars du Missouri, comme moi... il doit être à lui, ce bateau.» Tout d'un coup, on s'est retrouvés sur un rond-point sans voie de sortie; il nous a fallu faire tout le tour. On a poussé un hourrah parce qu'il y avait un restaurant, et qu'on avait faim. Sauf qu'il était fermé. Il nous a fallu faire encore un tour, pour retrouver l'humanité du highway. Je n'ai jamais rien vu d'aussi bizarre; ça se trouve juste après le pont de Washington, en Virginie; tu es obligé de manger au restaurant, et s'il est fermé, dommage pour toi. C'était pas grave, on a trouvé une roulotte cantine. Aussitôt, Hinkle a fourré des gâteaux secs dans sa veste. Il était clepto. Le voyage s'annonçait sportif. On a mangé, et payé la moitié de ce qu'on avait mangé. Dans l'aube déguenillée de la Virginie, la pauvre Rhoda est partie, le dos rond, en serrant son manteau contre elle; indésirable en Californie, elle est allée chercher un arrêt de car, à pied. On ne l'a jamais revue. Neal est allé dormir sur la banquette arrière, et c'est Al Hinkle qui a pris le volant. On lui avait bien précisé de rouler pépère, mais il ne nous a pas plus tôt entendu ronfler qu'il a poussé la bagnole à cent vingt, malgré ses bielles nases, et en plus il s'est mis à doubler trois véhicules à l'endroit précis où un flic était en train de s'engueuler avec un automobiliste — il roulait dans le mauvais sens, et sur la file de gauche d'une quatre voies. Naturellement, le flic nous prend en chasse, sirène hurlante. Il nous arrête. Il nous dit de le suivre au poste. On y trouve un teigneux qui prend Neal en grippe aussi sec. Il renifle qu'il a été en taule, dans le temps. Il envoie son comparse dehors, pour nous interroger Louanne et moi ; ils aimeraient bien nous coller un détournement de mineure sur le dos, mais Louanne a son certificat de mariage. Alors ils me prennent à part. Ils voudraient savoir qui couche avec Louanne. « Son mari », je leur dis, tout simplement. Ils sont curieux ; ils croient qu'il y a du louche. Ils jouent les Sherlock au petit pied. Ils nous posent deux fois les mêmes questions pour voir si on va se couper. Moi j'explique : « Ces deux gars retournent travailler dans les chemins de fer, en Californie. C'est le plus petit qui est marié à la femme, et moi je suis un ami qui prend deux semaines de vacances avant de rentrer à la fac. » Le flic sourit, et me lance : « Ah ouais ? Et le portefeuille, il est à toi ? » Finalement, le teigneux du poste file une amende de vingt-cinq dollars à Neal. On leur dit qu'on n'en a que quarante pour tout le voyage. Ils nous répondent qu'ils s'en fichent pas mal. Neal proteste et le teigneux le menace de le reconduire en Pennsylvanie en l'inculpant. « M'inculper de quoi ? — T'en fais pas, p'tit malin, on trouvera toujours. » Il faut qu'on leur file nos dollars. Alors Al Hinkle, puisque c'est sa faute, propose d'aller en prison pour qu'on puisse continuer le voyage. Neal réfléchit. Le flic est furieux. « Si tu laisses ton pote aller en prison, je te reconduis tout de suite en Pennsylvanie, tu m'entends ? » Quelle embrouille. Il a fallu qu'on leur file l'argent — essen-

tiellement de ma poche. Quand ils ont vu d'où il
sortait, ils m'ont regardé de travers. Nous, tout ce
qu'on voulait, c'était se tirer. « Tu prends encore une
amende pour excès de vitesse en Virginie, rappelle-
toi que tu peux dire adieu à ta bagnole », lance le flic
à Neal, flèche du Parthe. Neal était tout rouge. On
est partis sans rien dire. Nous piquer tout notre fric,
autant nous pousser à voler. Ils savaient très bien
qu'on n'avait plus un sou, qu'on n'avait pas de
parents sur le trajet, ni même de parents à qui télégraphier pour qu'ils nous envoient un mandat. En
Amérique, les flics livrent une guerre psychologique
aux citoyens qui ne sont pas en mesure de les intimider en brandissant leurs papiers ou en promettant
qu'ils auront de leurs nouvelles. Il n'y a rien à faire.
Il faut accepter l'idée que ces maniaques vous
empoisonnent l'existence jusqu'à plus soif. C'est une
police victorienne, qui se tapit dans l'angle de fenêtres
moisies pour espionner tout le monde ; s'ils trouvent
pas de quoi t'épingler comme ils veulent, ils vont
t'inventer des délits. Neal était tellement furieux
qu'il voulait retourner en Virginie abattre le flic dès
qu'il se serait procuré un feu. « Ah, la Pennsylvanie !
Tu parles ! J'aimerais bien savoir quel délit il voulait
me coller sur le dos. Vagabondage, à tous les coups.
Il m'aurait piqué mon fric pour m'inculper de vagabondage. Ils s'embêtent pas, les gars. Et encore, si tu
te plains, ils te tirent dessus. » Il ne nous restait plus
qu'à nous résigner, et ne plus y penser. Quand on a
passé Richmond, on n'y pensait plus, et bientôt on
a retrouvé le moral. En pleine nature, tout d'un coup,
on aperçoit un gars qui marchait le long de la route.
Neal a pilé. Je me suis retourné, et j'ai dit que ce

n'était qu'un clochard, qu'il n'avait sûrement pas un rond. « On va le prendre pour le plaisir », a dit Neal en riant. Le type était un genre de cinglé, en guenilles, avec des lunettes ; il marchait en lisant un livre de poche maculé de boue, qu'il avait trouvé dans un caniveau, le long de la route. Sitôt monté dans la voiture, il s'est remis à lire. Il était d'une saleté pas possible, plein de croûtes. Il nous a dit qu'il s'appelait Herbert Diamond, et qu'il traversait le pays en allant cogner, parfois à coups de pied, à la porte des Juifs, pour leur extorquer de l'argent. « Donnez-moi à manger, je suis juif. » Ça marchait, disait-il, il récoltait tout ce qu'il voulait. On lui a demandé ce qu'il lisait. Il en savait rien. Il avait même pas regardé le titre. Il ne regardait que les mots, un peu comme s'il avait trouvé la vraie Torah dans cette nature sauvage, qui était bien son élément. « Tu vois, tu vois, tu vois », rigolait Neal en me donnant des coups de coude. « Je te l'avais dit que ce serait le pied. C'est le pied, les gens, mec ! » On a emmené Diamond jusqu'à Rocky Mt, en Caroline du Nord. Ma sœur n'était plus là ; elle s'était installée à Ozone Park la veille de mon départ. Voilà qu'on se retrouvait dans cette rue interminable et lugubre, avec la voie ferrée au milieu, et les gens du Sud, mélancoliques, qui trainaient la savate devant les quincailleries et les Five and Ten. Diamond nous a dit : « Je vois bien que vous auriez besoin d'un peu de tune pour avancer, les gars. Attendez-moi donc, je vais gratter quelques dollars chez les Juifs, et puis je vous accompagnerai jusqu'en Alabama. » Neal ne demandait pas mieux. Subitement, il m'est revenu qu'Allen Temko avait des cousins à Rocky Mt, des cousins juifs, bijoutiers en

ville. J'ai dit à Diamond de dénicher leur boutique et
d'aller y cogner. Son regard s'est éclairé. Neal était
fou de joie. Lui et moi, on a couru acheter du pain
et du fromage à tartiner, pour pique-niquer dans
la voiture. Louanne et Al nous y attendaient. On a
passé deux heures à Rocky Mt, en attendant le retour
de Herbert Diamond. Il était allé gratter sa pitance
en ville, mais il restait invisible. Il se faisait tard, le
soleil rougissait. On a commencé à se dire qu'il ne
reviendrait jamais. «Qu'est-ce qui a pu lui arriver.
Peut-être que les cousins de Temko l'ont hébergé; il
est peut-être assis au coin du feu, à cette heure, à
raconter ses aventures avec les cinglés qui roulent en
Hudson.» On s'est rappelé la fois où Temko nous
avait jetés de la soirée, à Denver; celle des infirmières, celle où j'avais perdu mes clefs. On chahutait
la voiture, tellement on riait. Comme Diamond n'est
jamais revenu, on a décollé de Rocky Mt. «Tu vois
bien que Dieu existe, Jack. Cette ville nous piège à
tous les coups, rien à faire. Et tu remarqueras qu'elle
a un nom biblique, bizarrement, et que c'est ce drôle
de personnage biblique qui nous a amenés à nous y
arrêter une fois de plus; c'est lié tout ça, comme la
pluie relie tous ceux qu'elle touche, par réaction en
chaîne.» Il a continué à élucubrer sur ce thème; il
était en pleine exubérance, euphorique. Tout à coup,
le pays nous apparaissait, à lui comme à moi, sous la
forme d'une huître à gober. La perle était à l'intérieur, elle était là. On bombait cap au sud. On a pris
un autre auto-stoppeur, un petit jeune triste. Il disait
avoir une tante qui tenait une épicerie, en Caroline
du Nord, à Dunn, dans les environs de Fayetteville.
«Quand on y sera, j'arriverai bien à lui taper un dol-

lar. — Bravo! Formidable! On y va!» Une heure plus tard, au crépuscule, on arrivait à Dunn. On est allés à l'endroit où le gamin disait que sa tante tenait boutique. Il y avait bien une épicerie, mais pas de tante. C'était une petite rue triste, qui se terminait en impasse, devant un mur d'usine. On ne voyait pas du tout de quoi le jeune parlait. On lui a demandé où il allait, comme ça. Il n'en savait rien. Il nous avait monté un bateau. Dans le temps, au cours d'une de ses aventures au fond des ruelles, il avait vu une épicerie, à Dunn, en Caroline du Nord, et c'était la première histoire qui avait surgi dans sa pauvre cervelle fébrile et confuse. On lui a payé un hot-dog, mais Neal a dit qu'on ne pouvait pas l'emmener avec nous, parce qu'on avait besoin de place pour s'allonger, et puis aussi pour prendre des autostoppeurs qui puissent nous payer un peu d'essence. C'était triste, mais vrai. On l'a laissé à Dunn, dans cette nuit tombante. Ce n'était pas le seul môme nanti d'une tante épicière que nous trouverions en chemin ; un autre nous attendait au tournant, à trois mille kilomètres de là. Pendant que Neal, Louanne et Al dormaient, j'ai pris le volant, pour traverser la Caroline du Sud et la Georgie, jusqu'à Macon, et au-delà. Seul avec moi-même dans la nuit, j'étais plongé dans mes pensées, rivé à la ligne blanche de la route sacrée. Que faire ? Où aller ? Je le saurais bientôt. Après Macon, j'ai eu un coup de barre, et j'ai réveillé Neal pour qu'il me relève. On est sortis prendre l'air, et aussitôt on a ressenti une ivresse : tout autour de nous, l'obscurité embaumait l'herbe verte, le fumier frais, les eaux tièdes. «On est dans le Sud! On a semé l'hiver!» Une aube ténue éclairait les jeunes pousses, le long

de la route. J'ai inspiré profondément. Le hurlement
d'une locomotive a déchiré la nuit ; elle allait vers
Mobile. Nous aussi. J'ai retiré mon T-shirt, j'exul-
tais. Quinze bornes plus loin, Neal a coupé le moteur
pour entrer dans une station-service, il a vu que le
pompiste dormait, il est sorti prestement, il a fait le
plein sans bruit, en prenant garde de ne pas déclen-
cher la cloche, et il a filé à l'anglaise avec un plein de
cinq dollars pour notre pèlerinage. Autrement, nous
n'aurions jamais atteint la vieille maison branlante de
Bill Burroughs, à Algiers, au fond des marécages.
J'ai été tiré de mon sommeil par l'allégresse d'une
musique débridée, les bavardages de Neal et Louanne,
et les grandes vagues verdoyantes de la campagne qui
déferlaient. « Où on est ? — On vient de passer le nez
de la Floride, Flomaton, ça s'appelle, par ici. » La
Floride ! On était en train de dévaler les plaines du
littoral, cap sur Mobile ; devant nous s'élevaient
les vastes nuages du golfe du Mexique. Pas plus de
quinze heures qu'on avait dit au revoir à tout le
monde dans les neiges sales du Nord. On s'est arrêtés
à une pompe à essence, et Neal s'est mis à caracoler
avec Louanne sur son dos au milieu des pompes
pendant qu'Al Hinkle entrait voler trois paquets de
cigarettes à l'inspiration. On était lancés. Tout en
roulant vers Mobile dans la grande déferlante du
highway, on a retiré nos lainages pour profiter de la
douceur. C'est alors que Neal a commencé à raconter sa vie ; or, sitôt passé Mobile, il tombe sur un
embouteillage à un carrefour et, au lieu d'en faire le
tour, il coupe tout schuss par la station-service, et il
passe à cent à l'heure, sans ralentir. Les gens nous
regardent bouche bée. Et lui, il continue son histoire,

imperturbable. « C'est vrai, je vous dis, j'avais neuf ans, la première fois, c'était une gamine qui s'appelait Milly Mayfair, on l'a fait au fond du garage Rod, sur Grant Street — c'est dans cette rue qu'Allen habitait à Denver. À l'époque mon père faisait encore un peu le coiffeur. Ma tante se met à gueuler par la fenêtre : "Mais qu'est-ce que vous fabriquez, au fond du garage ?" Ah, Louanne, ma chérie, si seulement je t'avais connue à l'époque. Oh la la, qu'est-ce que tu devais être mignonne à neuf ans. » Il gloussait comme un dément, il lui fourrait son doigt dans la bouche pour le lécher ensuite, il lui prenait la main pour se la frotter sur tout le corps. Elle, elle ne disait rien, elle souriait, sereine. Al Hinkle, cette grande carcasse, regardait par la fenêtre et soliloquait : « Oui, m'sieur, je me prenais pour un fantôme, ce soir-là, à Times Square. » Il se demandait aussi ce que Helen Hinkle allait lui dire, à La Nouvelle-Orléans. Neal a poursuivi : « Un jour, dans un train de marchandises, je suis allé du Nouveau-Mexique jusqu'à L.A. — j'avais onze ans, j'avais perdu mon père dans un train de marchandises, c'était la jungle pour les clodos, moi j'étais avec un gars qu'on appelait Big Red, le Grand Rouquin, et mon père était dans un wagon, complètement bourré ; son train a démarré, Big Red et moi on l'a raté. Je suis allé en Californie, mais pas par le bon train. Pendant tout le trajet, soit trente-cinq heures, je me suis accroché à la barre, tandis que de l'autre main je serrais un pain. C'est pas des histoires, c'est vrai. Quand je suis arrivé à L.A., j'avais tellement envie de lait et de crème que je me suis trouvé un boulot dans une laiterie ; j'ai tout de suite descendu deux litres de crème

épaisse, et puis j'ai dégueulé. — Mon pauvre Neal »,
a dit Louanne en l'embrassant. Il regardait droit
devant lui, très fier. Il aimait cette femme. Soudain,
on a roulé le long des eaux bleues du Golfe, et en
même temps on a entendu un truc délirant et historique à la radio. C'était l'émission « Chicken Jazz
and Gumbo », enregistrée à La Nouvelle-Orléans,
des disques de jazz dingues, que de la musique noire,
et un disc-jockey qui disait : « Faut pas s'en faire,
tout baigne. » On a vu s'annoncer La Nouvelle-
Orléans dans la nuit qui nous attendait : la joie. Neal
a caressé son volant : « Alors là, ça va être le pied. »
Au crépuscule, nous arrivions dans les rues bour-
donnantes. « Oh, sentez-moi les gens ! » s'est écrié
Neal, qui passait la tête par la portière pour mieux
humer la ville. « Ah Bon Dieu, quelle vie ! » Il a fait
une queue de poisson à un tram, « Ouaaais ! », il a
précipité la bagnole dans la circulation de Canal
Street, « Youhou ! ». Il faisait crisser les pneus, il
n'avait pas assez d'yeux pour voir les filles. « Matez-
moi celle-ci ! » L'air était si doux, un flot de bandanas, et puis on sentait l'odeur du fleuve, et, en effet,
celle des gens, de la vase, de la mélasse et de toutes
sortes d'exfoliations tropicales, le nez soudain libéré
des glaces sèches de l'hiver du Nord. On sautait sur
nos sièges. « Ah, elle me botte, celle-ci », a dit Neal.
« Ah les femmes, que je les aime, que je les aime, que
je les aime ! Je les trouve fabuleuses ! Les femmes,
c'est ma vie ! » Il a craché par la fenêtre, il a gémi, il
s'est pris la tête à deux mains. Sous l'effet de l'effervescence et de la fatigue, il suait à grosses gouttes.
On a fait grimper la voiture dans le ferry pour
Algiers, et on s'est retrouvés à passer le Mississippi

en bateau. «Bon, on va tous sortir mater le fleuve et
les gens et puis sentir l'odeur du monde», a dit Neal;
il débordait d'énergie, avec ses lunettes et ses cigarettes, et il était sorti de la voiture comme un diable
de sa boîte. On l'a suivi. On s'est accoudés au bastingage, pour regarder le grand fleuve café au lait, père
des eaux venues du milieu de l'Amérique, torrent
d'âmes brisées. Il charriait les troncs d'arbre du
Montana, la vase du Dakota, les vallons de l'Iowa,
jusqu'à Three Forks, où son secret naissait dans les
glaces. La Nouvelle-Orléans dans son halo de brume
s'éloignait sur une rive, tandis que la vieille Algiers
somnolente venait se heurter à nous sur l'autre, avec
ses bois biscornus. Des nègres trimaient dans la chaleur de l'après-midi; ils attisaient la chaudière incandescente qui faisait puer nos pneus. Neal prenait son
pied à les voir se démener dans la fournaise. Il arpentait le pont avec son vieux fute avachi qui lui tombait
sur les hanches. Tout d'un coup, je l'ai vu sur la
passerelle, en mode impatience. Je n'aurais pas été
étonné qu'il s'envole. Son rire de dément retentissait
dans tout le bateau : «Hi hi hi!»Louanne était avec
lui. Il a repéré les lieux en vitesse, et il est revenu
nous mettre au courant, tout en sautant dans la voiture au moment même où les autres commençaient
à klaxonner pour s'ébranler; on s'est faufilé, on a
doublé deux ou trois bagnoles malgré l'exiguïté du
passage, et un instant plus tard on filait à travers
Algiers. «Je vais où? Je vais où?» braillait Neal. On a
décidé de faire d'abord notre toilette dans une station-
service, en demandant notre chemin. Des petits
enfants jouaient dans l'après-midi somnolente aux
relents de fleuve; des filles passaient, jambes nues,

blouses en coton, bandanas. Neal arpentait la rue pour ne pas en perdre une miette. Il regardait autour de lui, il hochait la tête, il se frottait le ventre. Le grand Al était vautré à l'arrière de la voiture, chapeau rabattu sur les yeux; il lui souriait. Et puis on s'est dirigés vers la maison de Bill, à la sortie de la ville, sur la digue. La route traversait des prés marécageux. La maison était une vieille bâtisse délabrée, entourée d'un préau affaissé, avec des saules pleureurs plein le jardin; l'herbe atteignait un mètre; les palissades donnaient de la bande, les vieilles granges s'effondraient. Personne en vue. On s'est arrêtés au milieu du jardin, et on a vu des bassines sous le préau, derrière la maison. Je suis descendu de voiture, et me suis avancé jusqu'à la porte-moustiquaire. Joan Adams était sur le seuil, une main en visière pour se protéger de la lumière. «C'est moi, Joan», j'ai dit, «c'est nous». Elle était au courant de notre arrivée. «Oui, je sais. Bill est sorti. Il y a pas le feu, là-bas?» On a regardé en direction du soleil. «C'est le soleil, non? — Mais non, je te parle pas du soleil, j'ai entendu des sirènes, de ce côté. Tu vois pas une lueur bizarre?» Elle désignait la direction de La Nouvelle-Orléans; les nuages étaient bizarres, en effet. «Je vois rien», je lui ai dit, et elle a reniflé avec dérision. «T'as pas changé, Kerouac.» Voilà toutes nos retrouvailles, après quatre ans. Dans le temps, Joan avait vécu avec moi et ma femme, à New York. «Et Helen Hinkle, elle est là?» Joan cherchait toujours des yeux son incendie; à l'époque, elle descendait trois tubes de papier-benzédrine par jour. Son visage, un joli visage rond de type germanique, s'était creusé, couperosé et comme pétrifié. Elle avait attrapé la polio à La Nouvelle-Orléans, et elle boitait légèrement. Neal et toute la bande sont sortis de la voiture, intimidés, après quoi ils ont tâché de prendre leurs aises. Helen Hinkle a quitté sa retraite hautaine, au fond de la maison, et elle est venue accueillir son bourreau. Elle était grecque, elle venait de Fresno. Toute pâle, on aurait dit qu'elle avait beaucoup pleuré. Le grand Al s'est passé la main dans les cheveux, et il lui a dit : « Salut. » Elle l'a regardé sans broncher. « Où tu étais passé ? Pourquoi tu m'as fait ça ? » Elle a regardé Neal d'un sale œil, pas dupe. Neal n'en avait rien à foutre ; lui, il voulait manger ; il a demandé à Joan s'il ne resterait pas quelque chose. C'est là que la pagaïe a commencé. Le pauvre Bill est arrivé dans son Chevy acheté au Texas, et il a trouvé sa maison envahie par une bande de cinglés ; mais il m'a fait un accueil d'une gentillesse et d'une chaleur que je ne lui connaissais plus depuis bien longtemps. Cette maison de La Nouvelle-Orléans, il se l'était achetée avec ce qu'il avait gagné sur une plantation de coton dans une vallée du Rio Grande avec un camarade d'études à Harvard dont le père, parétique fou, était mort en lui laissant une fortune. Bill, quant à lui, n'avait que cinquante dollars de revenus par semaine, que sa famille lui envoyait. Ce n'était pas si mal, mais il dépensait presque tout pour sa came, la morphine ; sa femme aussi revenait cher ; elle engloutissait dix dollars par semaine, avec ses tubes de benzé. Leur note d'épicerie était, au contraire, incroyablement modique. Ils ne mangeaient rien ; leurs enfants non plus. Ils avaient deux gosses formidables, Julie, huit ans, et Willie, un an. Willie courait dans le jardin, nu comme un ver ; c'était un

petit blond, un fils de l'arc-en-ciel, qui irait un jour
jacasser dans les rues de Mexico avec les petites
racailles indiennes, sans baisser pavillon. Bill l'appelait « la Bestiole », en référence à W.C. Fields. Sa
voiture est arrivée dans la cour, il s'en est extirpé
abattis après abattis ; il s'est amené de sa démarche
lasse, lunettes sur le nez, feutre sur la tête, costume
minable, dégingandé, bizarre, et il m'a dit sobrement :
« Ah, te voilà quand même, Jack ; rentrons dans la
maison, on va boire un verre. » Si je commence à parler de Bill Burroughs, on n'est pas couchés ; disons
pour l'instant que c'était un maître, et qu'il avait le
droit d'enseigner puisqu'il passait sa vie à apprendre ;
ce qu'il apprenait, c'était précisément les choses de
la vie, non par nécessité, mais par goût. Il avait traîné
sa carcasse dans tous les États-Unis, et dans presque
toute l'Europe et l'Afrique du Nord à une époque,
pour voir ce qui s'y passait. En Yougoslavie, dans
les années trente, il avait épousé une comtesse allemande pour l'arracher aux nazis ; il y a des photos de
lui avec les gros gangs de la coke à Berlin, tignasse en
bataille, serrés les uns contre les autres ; sur d'autres,
on le voit surveiller les rues d'Alger, au Maroc, un
panama sur la tête. Sa comtesse allemande, il ne l'avait
jamais revue. Il avait été exterminateur à Chicago,
barman à New York, huissier à Newark. À Paris, aux
terrasses des cafés, il regardait passer la foule fran-
çaise, qui faisait grise mine. À Athènes, depuis la
fenêtre de sa chambre d'hôtel, il observait ces gens
qu'il disait les plus laids du monde. À Istanbul, il
se faufilait dans la foule des opiomanes et des mar-
chands de tapis, pour traquer la réalité des faits.
Dans des hôtels anglais, il avait lu Spengler et le

marquis de Sade. À Chicago, il avait songé à braquer un bain turc, mais, pour avoir hésité deux minutes de trop en se demandant s'il allait boire un verre, il s'était retrouvé avec deux dollars, et encore il lui avait fallu prendre ses jambes à son cou. Tout ça, il l'avait fait par pure curiosité. Il croquait ses dessins comme la vieille école européenne, un peu à la manière d'un Stefan Zweig, ou d'un Thomas Mann jeune, d'un Ivan Karamazov. À présent, son dernier sujet d'étude était la toxicomanie. Il s'était installé à La Nouvelle-Orléans, où il se glissait dans les rues comme une ombre, fréquentant des personnages louches, hantant les bars où trouver ses contacts. Il circule une histoire curieuse, du temps où il était à Harvard, et qui illustre un autre aspect de sa personnalité. Il recevait un jour des amis à l'heure du cocktail, dans son appartement qui ne manquait de rien, quand tout d'un coup son furet apprivoisé fait irruption et mord quelqu'un à la cheville ; tout le monde décampe, sans doute en poussant des cris, vu qu'il connaissait des tas de pédales à l'époque, et aujourd'hui encore d'ailleurs, et lui il saute sur sa carabine, en disant : « Il a dû renifler le rat ! » et il t'explose un trou dans le mur à faire passer cinquante rats. Chez lui, il y avait un tableau représentant une maison à Cape Cod, une vieille baraque moche. Ses amis lui disaient : « Pourquoi t'as mis cette mocheté au mur ? » Il répondait : « C'est parce qu'elle est moche que je l'aime. » Toute sa vie tenait dans cette réplique. Un jour je frappe à sa porte, il habitait un taudis du côté de la Soixantième Rue, à New York, et il m'ouvre ; il avait un derby sur la tête, un gilet porté à même la peau, un pantalon rayé de truand ; il tenait une marmite, où il avait mis des graines d'herbe; il était en train de les broyer dans l'idée de les fumer. Il avait également essayé — avec un succès mitigé — de faire réduire du sirop à la codéine contre la toux pour obtenir un genre de bouillie noirâtre (pas très concluant). Il passait de longues heures avec un livre de Shakespeare — barde immortel, disait-il — posé sur les genoux. À La Nouvelle-Orléans, c'étaient des codex mayas; pendant qu'il parlait, le livre restait ouvert. Quand j'étais jeune, un jour je lui ai demandé : «Qu'est-ce qui va nous arriver quand on va mourir? — Quand tu meurs t'es mort, et basta.» Il avait tout un jeu de chaînes dans sa chambre, et disait s'en servir avec son psychanalyste. Au cours d'expériences de narco-analyse, ils avaient découvert que Bill possédait sept personnalités différentes, de dignité décroissante, la dernière étant celle d'un idiot délirant; quand il atteignait ces abîmes, il fallait l'enchaîner. Sa personnalité supérieure était celle d'un lord anglais, la plus vile celle d'un idiot. Entre les deux, il était le vieux nègre, qui faisait la queue comme tout le monde, et qui répétait : «Y en a qui sont salauds, y en a qui le sont pas, c'est comme ça.» Il devenait sentimental quand il évoquait le passé de l'Amérique, vers 1910. L'époque où on pouvait entrer dans une pharmacie acheter de la morphine sans ordonnance, et où, le soir, les Chinois fumaient l'opium à leur fenêtre; l'époque où le pays était turbulent, batailleur, le temps de l'abondance, de toutes les licences. La bureaucratie de Washington était sa bête noire. Venaient ensuite, dans cet ordre, les libéraux, puis les flics. Il passait sa vie à discourir et à enseigner. Joan l'écoutait religieusement; moi aussi;

Neal aussi; Allen Ginsberg lui-même l'avait fait. Il y avait toujours quelque chose à apprendre auprès de lui. À voir comme ça, il ne payait pas de mine, on ne se serait pas retourné sur lui dans la rue; à y mieux regarder, on découvrait la morphologie démente de son crâne osseux, sa flamme, sa juvénilité singulière — on aurait dit un pasteur du Kansas, phénomène d'exotisme dans sa ferveur et ses mystères. Il avait étudié la médecine à Vienne, connu Freud; il avait étudié l'anthropologie, il avait tout lu; à présent, il s'était mis à son grand œuvre, la leçon de choses sur le terrain de la vie et de la nuit. Il était installé dans son fauteuil. Joan servait des cocktails, des martinis. À côté du fauteuil, les stores étaient baissés en permanence, de jour comme de nuit. C'était son coin à lui. Il tenait sur ses genoux les codex mayas et un fusil à air comprimé, qu'il levait de temps en temps pour dégommer les tubes de benzédrine vides, qui traînaient dans la pièce. Je m'employais à lui en apporter. On se relayait. Pendant ce temps-là, on parlait. Il était curieux de comprendre les raisons de notre voyage. Il nous considérait, en reniflant avec dérision. «Bon, écoute, Neal, tu vas te poser une minute, et m'expliquer pourquoi tu sillonnes le pays comme ça.» Neal n'a su que rougir, en répondant : «Ben, euh, tu sais ce que c'est. — Et toi, Jack, qu'est-ce que tu vas faire sur la Côte? — C'est juste pour quelques jours, je rentre à la fac après. — Et cet Al Hinkle, c'est quel genre de bonhomme?» En ce moment même, Al était en train de se faire pardonner par Helen, dans la chambre; il ne lui avait pas fallu longtemps. On ne savait pas quoi dire de lui à Bill. Nous voyant si ignorant de nous-mêmes, il a dégainé trois sticks de thé en nous disant de fumer, puisque le dîner ne tarderait pas à être prêt. « Rien de tel pour vous stimuler l'appétit. Une fois, j'ai mangé dans une abominable baraque à hamburger après avoir fumé du thé, et je me suis régalé comme jamais. Je suis rentré de Houston la semaine dernière, j'étais allé voir Kells pour parler du coton. Un matin, je dormais dans un motel, et une détonation me fait sauter de mon lit ; dans la chambre à côté, un gars venait de fumer sa femme, l'enfoiré. À la faveur de la confusion, il a pris sa voiture et il s'est tiré en laissant son flingue sur le sol, à l'intention du shérif. Ils ont fini par le coincer à Houma, soûl comme un Polonais. Ça devient dangereux, les mecs, de se balader sans arme dans ce pays. » Il a ouvert sa veste, et il nous a fait voir son revolver. Puis il a ouvert un tiroir, pour nous montrer le reste de son arsenal. À New York, autrefois, il avait une mitrailleuse sous son lit. « J'ai mieux que ça, maintenant... un fusil allemand Sheintoth à gaz toxiques, regardez-moi ce bijou, j'ai qu'une seule cartouche. Il y a de quoi mettre une centaine de bonshommes hors de combat tout le temps qu'il faut pour se tirer. Le hic, c'est que j'ai qu'une seule cartouche. — J'espère bien ne pas être là quand tu vas l'essayer, a lancé Joan depuis la cuisine. Qu'est-ce que tu en sais, après tout, si c'est une bombe à gaz ? » Bill a ricané ; il ne faisait jamais cas de ses saillies, mais il les entendait. Ses rapports avec sa femme étaient des plus étranges ; ils parlaient jusqu'à une heure avancée de la nuit ; Bill aimait bien tenir la vedette, il parlait en flot continu, de sa voix morne et monocorde, elle essayait d'en placer une, sans succès ; à l'aube, il fatiguait, et c'est elle qui parlait ; il l'écoutait en reniflant. Elle aimait cet homme à la folie, mais d'une manière pathologique ; entre eux, ni mamours ni marivaudages, ils parlaient, c'était tout, avec en somme une camaraderie très profonde, qu'aucun d'entre nous n'a jamais pu sonder. Cette bizarre froideur, cette sécheresse de leurs rapports n'était qu'une forme d'humour, qui leur permettait de se communiquer toute la gamme de leurs vibrations subtiles. L'amour, tout est là. Joan n'était jamais à plus de trois mètres de Bill, elle ne perdait jamais un mot de sa bouche, et pourtant il ne parlait vraiment pas fort. Neal et moi, on s'est mis à réclamer à cor et à cri d'aller faire la nouba en ville ; on voulait que Bill nous pilote. Il a douché notre enthousiasme. « La Nouvelle-Orléans est une ville où on s'ennuie. La loi interdit d'aller dans les quartiers noirs. Il y a pas la moindre ambiance dans les bars. — Il doit bien y avoir quelques bars qui soient des modèles du genre, en ville », j'ai dit. « Le modèle du bar est inconnu, en Amérique. La notion même nous dépasse, aujourd'hui. En 1910, le bar était un lieu où les hommes allaient se retrouver pendant ou après les heures de travail ; il y avait un grand comptoir, une rampe de laiton, des crachoirs, un piano mécanique, deux-trois miroirs, une barrique de whisky à dix *cents* la dose, une barrique de bière à cinq *cents* la chope, et voilà. Maintenant, c'est tout chrome et cuir, bonnes femmes bourrées, pédés, barmen agressifs et patrons pas tranquilles qui restent à la porte, parce qu'ils se font du mouron pour leurs sièges en cuir, et pour les descentes de police. Ça braille quand il faut pas, et dès qu'il entre un inconnu, silence de mort. » On émettait des doutes. « D'ac

cord», il a dit, «je vous emmène à La Nouvelle-
Orléans ce soir, vous verrez bien ce que je veux
dire». Et il a fait exprès de nous emmener dans
les bars les plus morts. On avait laissé Joan avec les
enfants; après dîner elle lisait les offres d'emploi
dans le *New Orleans Times Picayune*. Je lui ai demandé
si elle cherchait du boulot. «C'est les pages les plus
intéressantes du canard», elle m'a répondu. On devinait ce qu'elle voulait dire, cette femme étrange. Bill
est donc venu en ville avec nous, sans cesser de discourir. «Lève le pied, Neal, on va y arriver... enfin,
j'espère; houp, c'est le ferry, ça, t'es pas obligé de
nous foutre à l'eau.» Il se cramponnait. En confi-
dence, il m'a dit que, depuis le Texas, l'état de Neal
lui semblait s'être aggravé. «J'ai le sentiment qu'il se
dirige vers son destin tout tracé, psychose compul-
sive, avec un zeste d'irresponsabilité et de violence
typiques du psychopathe.» Il le regardait du coin de
l'œil. «Si tu pars en Californie avec ce fou, tu vas
jamais arriver à quoi que ce soit. Pourquoi tu restes
pas à La Nouvelle-Orléans avec moi? On ira jouer
aux courses à Graetna, et puis on restera peinards
dans le jardin. J'ai une jolie collection de couteaux,
et je suis en train de fabriquer une cible. Sans compter qu'il y a des petites poules bien juteuses, en ville,
si ça t'intéresse toujours.» Il a reniflé. On était sur le
ferry, et Neal était sorti de la voiture pour s'accouder
au bastingage. Je l'ai suivi, mais Bill est resté, en
reniflant avec réprobation. Cette nuit-là, une couronne de brouillard mystique nimbait les eaux brunes
et les troncs d'arbres noirs, qui descendaient le
fleuve; sur l'autre rive, La Nouvelle-Orléans luisait
orangée, quelques bateaux obscurs soulignant son

rivage, vaisseaux fantômes droit sortis de la nouvelle *Benito Cereno* cinglant vers le brouillard avec leurs balcons à l'espagnole et leurs poupes baroques. Quand on s'approchait, ce n'étaient que de vieux cargos, battant pavillon suédois ou panaméen. Les lampions du ferry luisaient dans la nuit ; les nègres maniaient toujours la pelle en chantant. Big Slim Hubbard avait travaillé sur le ferry d'Algiers comme auxiliaire, dans le temps ; ça m'a aussi rappelé Mississippi Slim ; et sur ce fleuve venu de la ceinture de l'Amérique, à la clarté des étoiles, j'ai compris, j'ai compris avec une certitude démente, que tout ce que j'avais connu et connaitrais jamais ne faisait qu'Un. Chose curieuse, le soir même où nous avons pris le ferry avec Bill Burroughs, une fille s'est suicidée en se jetant du pont dans le fleuve ; juste avant ou juste après notre passage, c'était dans les journaux du lendemain. Elle était de l'Ohio ; elle aurait mieux fait de descendre au fil de l'eau avec les troncs d'arbres, salut assuré. On a écumé les bars mornes du Vieux Carré avec Bill Burroughs, et à minuit on est rentrés. Cette nuit-là, Louanne a absorbé tout ce qui lui tombait sous la main : elle a fumé du thé, des boules de shit et de coke, pris de la benzédrine, bu de l'alcool ; elle a même demandé à Bill de lui faire une piqûre de morphine, ce qu'il lui a refusé, naturellement. Elle était tellement saturée de substances en tout genre qu'elle bloquait complètement, et restait plantée là, avec moi, sous le préau, ce préau superbe, qui faisait tout le tour de la maison. Au clair de lune, avec les saules, on aurait dit une vieille demeure du Sud qui aurait connu des jours meilleurs. Joan lisait les offres d'emploi dans la cuisine ; Bill se fixait dans la salle de bains, une vieille cravate noire coincée entre les dents pour faire tourniquet, il enfonçait la seringue dans son bras maigre et criblé de trous. Al Hinkle se vautrait avec Helen sur le grand lit de maître où Bill et Joan ne dormaient jamais ; Neal roulait un joint ; Louanne et moi, on jouait aux aristocrates sudistes : « Que vous êtes donc jolie et troublante, ce soir, mademoiselle Lou... — Grand merci, Crawford, vous savez tourner le compliment. » Tout autour de ce préau de guingois, des portes s'ouvraient et se fermaient, et les membres de notre triste comédie nocturne faisaient irruption pour savoir qui était où. À la fin, je suis parti me promener tout seul sur les levées de terre. Je voulais m'asseoir sur la rive boueuse, pour m'imprégner du Mississippi. Mais j'ai dû me contenter de le regarder derrière un grillage, le nez collé dessus. Quand on se met à séparer les gens de leurs fleuves, qu'est-ce qui reste ? « La bureaucratie ! » dit Bill ; il est assis, un livre de Kafka sur les genoux ; la lampe brûle au-dessus de lui, il renifle ; on entend la vieille maison craquer, et les troncs d'arbre du Montana descendent le grand fleuve noir de la nuit. « C'est tout de la bureaucratie, maintenant, et des syndicats. Des syndicats, surtout ! » Mais on ne tarderait pas à retrouver le rire noir. Le lendemain matin, il était au rendez-vous quand je me suis levé de bonne heure tout pimpant, pour découvrir Bill et Neal affairés dans la cour. Neal avait mis sa combinaison de garagiste, et il aidait Bill, qui avait dégoté une énorme planche pourrie, et tirait désespérément sur les petits clous incrustés dedans avec un pied de biche. Nous on regardait les clous, ils grouillaient dans la planche comme des vers, par millions. «Quand j'aurai retiré tous les clous, je vais me faire une étagère qui va durer MILLE ANS!» disait Bill en frissonnant jusqu'à l'os sous l'effet d'une excitation sénile. «Tu te rends compte, Jack, les étagères qu'on fait maintenant, elles mettent pas six mois à se fendre si tu as le malheur de poser un réveil dessus, quand elles s'effondrent pas carrément, les maisons pareil, les habits pareil. Ces salopards-là, ils ont inventé des plastiques qui permettraient de construire des maisons ÉTERNELLES. Et les pneus, tiens! Des milliers de morts sur les routes d'Amérique, tous les ans, à cause de pneus défectueux qui explosent dès qu'on roule. Ils savent très bien fabriquer des pneus qui crèvent pas. Pareil pour la poudre dentifrice. Ils ont mis au point une pâte, si tu en prends quand tu es gosse, ça te protège des caries toute ta vie, mais ils se gardent bien de le dire. Pareil pour les vêtements. On pourrait les faire inusables. Mais on préfère fabriquer de la camelote, comme ça tout le monde continue à trimer avec l'horloge pointeuse, à se syndiquer pour pouvoir râler, et à patauger pendant qu'on s'empoigne dans les grandes largeurs entre Washington et Moscou.» Il a soulevé son énorme planche de bois pourri. «Ça ferait pas une superbe étagère, ça?» De bonne heure, son énergie était au zénith. Mais avec toutes les saloperies qu'il absorbait, le pauvre diable, s'il voulait tenir jusqu'au soir, il lui fallait rester assis dans son fauteuil à partir de midi, une veilleuse à côté de lui. Le matin, au contraire, il était dans toute sa splendeur. On s'est mis à lancer des couteaux sur la cible. Il a dit qu'à Tunis il avait vu un Arabe capable d'éborgner son homme à douze mètres. Ça lui a rappelé l'histoire de sa tante, qui avait visité la Casbah dans les années trente. «Elle était avec un groupe de touristes conduits par un guide. Elle portait une bague en diamant au petit doigt. Elle s'adosse à un mur pour se reposer et voilà qu'un Arabe surgit et lui tranche le doigt sans faire le détail avant même qu'elle ait pu pousser un cri. Tout d'un coup, elle a réalisé qu'elle avait plus de petit doigt! Hi, hi, hi, hi, hi!» Quand il riait, il serrait les lèvres, le rire venait des profondeurs de son ventre, il se pliait en deux, mains sur les genoux, et riait très longtemps. «Hé Joan!» il a crié avec une joie mauvaise, «je racontais à Neal et Jack l'histoire de ma tante, dans la Casbah. — Je t'ai entendu», a lancé Joan depuis le seuil de sa cuisine, dans la délicieuse douceur matinale du Golfe. De grands beaux nuages flottaient au-dessus de nos têtes, des nuages venus de la vallée, à l'échelle de notre Amérique sacrée, continent qui bringuebale de cap en cap et d'une embouchure à l'autre. Reprenons. Bill pétillait. «Dites, je vous ai jamais parlé du père de Kell? Un petit vieux impayable. Il était atteint de parésie. Ça vous bouffe la partie antérieure du cerveau, si bien qu'on sait plus ce qu'on fait. Il avait une maison au Texas, et il payait des charpentiers vingt-quatre heures sur vingt quatre pour lui monter une nouvelle aile. Il bondissait de son lit en pleine nuit, et il disait: "J'en veux plus de cette saloperie, démontez-la-moi!" Les charpentiers étaient obligés de tout démonter, pour recommencer à zéro. L'aube venue, on les entendait cogner comme des malades pour la remonter ailleurs. Et alors le vieux en avait marre, il disait: "Eh merde, j'ai envie d'aller dans le Maine." Il montait dans sa voiture, il démar-

rait sur les chapeaux de roues — il traînait des tour-
billons de plumes de poulet dans son sillage, sur des
centaines de kilomètres. Il s'arrêtait en pleine ville,
pour acheter une bouteille de whisky. Autour de
lui les klaxons se déchaînaient, et lui il sortait du
magasin en gueulant : "Ze vous emme'de, bandes
d'enfoiwés." Il zozotait, ça fait sossoter, je veux dire
zozoter, la parésie. Un soir, il arrive chez moi, à
Saint Louis, il me klaxonne, et il me dit : "Allez
viens, on part au Texas, on va voir Kells." Il rentrait
du Maine. Il prétendait qu'il avait acheté une maison sur Long Island, avec vue sur un cimetière juif,
parce que voir tous ces Juifs morts, ça lui faisait plaisir. Ah, il était abominable. Je pourrais parler de lui
toute la journée. Belle journée, d'ailleurs. » Belle
journée, oui. Une brise impalpable nous arrivait des
levées de terre ; rien que ça, ça valait le voyage. Bill
est rentré en trombe et on l'a suivi pour prendre les
mesures de l'étagère. Il nous a fait voir la table de
salle à manger qu'il avait fabriquée. Le plateau faisait quinze centimètres d'épaisseur. « Elle va durer
mille ans, celle-là ! » il nous a dit en nous défiant de
sa longue figure de fou et en cognant du poing sur
la table. Le soir, il s'y installait, mangeait du bout
des lèvres en jetant les os et les arêtes aux chats. Il en
avait sept. « J'adore les chats, surtout ceux qui
couinent quand je les tiens en équilibre au-dessus de
la baignoire. » Il tenait absolument à en faire la
démonstration, mais il y avait quelqu'un à la salle de
bains. « Bon, on verra plus tard. Dites, je me suis
disputé avec mes voisins d'à côté. » Il nous en a
parlé. Ils étaient toute une clique, avec des sales
gosses, qui venaient jeter des pierres à Julie et Willie,

quand ce n'était pas à lui, par-dessus la palissade. Il
leur avait dit d'arrêter, mais le père était sorti l'insul-
ter en portugais. Bill avait couru chercher son fusil.
On a passé le jardin au peigne fin, pour voir ce qu'il
y avait à faire. Il y avait une palissade démesurée que
Bill avait entrepris de monter pour s'isoler de ces
odieux voisins; il ne pourrait jamais la finir, le boulot
était colossal. Il l'a secouée, pour nous montrer sa
solidité. Et puis, subitement, il a eu un coup de
pompe, il n'a plus rien dit, et il est rentré s'isoler
dans la salle de bains pour sa fixette matinale, ou mi-
matinale, celle d'avant le déjeuner. Il est ressorti très
calme, le regard vitreux, et s'est assis auprès de sa
veilleuse. Le soleil perçait tout juste derrière les stores
baissés. «Dites, les gars, pourquoi vous essayez pas
mon accumulateur, dans la pièce de devant, ça va
vous mettre du jus dans la carcasse. Après ça, moi, je
fonce ventre à terre jusqu'au claque le plus proche,
rho, rho, rho.» C'était son faux rire, son rire-pour-
rire. «Dis donc Jack, après déjeuner, on va aller
jouer aux courses, toi et moi, il y a un bar qui prend
les paris, à Graetna.» Il était grandiose. Après déjeuner, il a fait la sieste dans son fauteuil, le fusil à air
comprimé sur ses genoux, et le petit Willie blotti
endormi contre son cou. Ils formaient une belle
image, père et fils; le fils ne risquait pas de s'ennuyer, avec un père pareil, quand il s'agirait de trouver des choses à dire et à faire. Bill s'est réveillé en
sursaut, et il m'a regardé fixement, le temps de me
reconnaître. «Qu'est-ce que tu vas fiche, sur la Côte,
Jack?» il m'a demandé, après quoi il s'est rendormi
un moment. L'après-midi, nous sommes allés à
Graetna, sans les autres. On avait pris son vieux

Chevy. La Hudson de Neal était basse sur roues, et bien huilée ; le Chevy de Bill, haut sur jantes, faisait un bruit de ferraille. Une fois là-bas, on se serait cru en 1910. Le bar des parieurs, tout cuirs et chromes, était situé à deux pas des quais ; il s'ouvrait au fond sur un hall immense, où s'affichaient les numéros des courses et les noms des chevaux. Quelques types locaux traînaient, avec leurs bulletins. On a pris une bière, Bill et moi, et, sans avoir l'air d'y toucher, il est allé mettre une pièce de cinquante *cents* dans la machine à sous. Le tableau a affiché jackpot, jackpot, et puis encore jackpot sur la même ligne, le troisième un instant seulement avant de revenir sur Cherry. Il s'en était fallu d'un poil de con que Bill encaisse cent dollars au bas mot. « Eh merde », il s'est écrié, « elles sont truquées, leurs machines. On l'a bien vu, là. J'avais décroché le gros lot, et puis le mécanisme a fait marche arrière. Bon, mais qu'est-ce qu'on y peut ? » On a examiné les bulletins à remplir. Ça faisait des années que je n'avais pas joué aux courses, tous ces nouveaux noms me médusaient. Il y avait un cheval nommé Big Pop, qui m'a plongé dans une brève transe au souvenir de mon père ; il aimait bien jouer aux courses avec moi. J'allais en parler à Bill, quand il m'a dit : « Bon, ben je crois que je vais miser sur Ebony Corsair. » J'ai quand même risqué : « Big Pop, ça me fait penser à mon père. » Il a pris un air rêveur, et m'a fixé de son regard bleu pâle, hypno-tique, sans que je puisse deviner à quoi il pensait ni où il était. Là-dessus il est parti miser sur Ebony Corsair. C'est Big Pop qui a gagné, à cinquante contre un. « Eh merde ! a dit Bill. J'aurais dû me méfier, c'est pourtant pas la première fois que ça m'arrive. Ah, faut-il être têtu ! — De quoi tu parles ? — Je te parle de Big Pop. Tu as eu une vision, mon gars, une VISION. Il y a que les crétins pour ignorer les visions. Qui te dit que ton père, turfiste chevronné, n'est pas venu opportunément te communiquer que Big Pop allait gagner la course ? C'est le nom qui t'y a fait penser. Ça m'est venu à l'esprit quand tu m'en as parlé. Un jour, mon cousin du Missouri a parié sur une jument dont le nom lui rappelait celui de sa mère ; elle a gagné, et ça lui a rapporté gros. Et cet après-midi, il s'est passé la même chose. (Il a secoué la tête.) Allez, viens, on rentre à la maison. C'est la dernière fois que je joue quand tu es dans le secteur. Moi, les visions, ça me déconcentre. » Dans la voiture, sur le trajet du retour, il a poursuivi : « Un jour, l'humanité va s'apercevoir qu'on est bel et bien en contact avec les morts, et avec l'autre monde, quel qu'il puisse être. Il suffirait d'un effort mental soutenu pour prédire d'ores et déjà ce qui va se passer au cours du siècle à venir. Comme ça, on prendrait des mesures pour éviter toutes sortes de catastrophes. Quand on meurt, le cerveau subit une mutation dont on ne sait encore rien à l'heure actuelle, mais qui paraîtra claire le jour où les savants voudront bien s'atteler au problème. Pour l'instant, ces salauds-là, ils pensent qu'à faire sauter la planète, y a que ça qui les intéresse. » On en a parlé à Joan. Elle a fait : « Pfft, ça tient pas debout. » Et elle s'est remise à balayer la cuisine. Bill est allé à la salle de bains se faire sa fixette de l'après-midi. Dehors, sur la route, Neal et Al Hinkle avaient cloué un seau à un lampadaire, et ils jouaient au basket avec le ballon de Julie. Je les ai rejoints, et on s'est lancés dans des prouesses athlétiques. Neal m'a estomaqué. Il nous a demandé, à Al et à moi, de tenir une barre de fer au niveau de la ceinture, et sans élan il a sauté par-dessus à pieds joints. Puis on a monté, monté la barre jusqu'au niveau de la poitrine, et il a sauté par-dessus sans forcer. Après ça, il a tenté le saut en longueur, et il a sauté pas loin de sept mètres. On a fait la course sur la route, tous les deux. Moi je courais le 90 mètres en dix-trois, mais il m'a laissé sur place. Tout d'un coup, je l'ai vu traverser la vie comme ça, bras balancés le long du corps, front en sueur, tricotant des gambettes comme Groucho Marx, en criant : «Tu traces, mec, dis donc.» Mais personne ne pouvait le rattraper, voilà la vérité. Bill est sorti avec deux couteaux, et il s'est mis en devoir de nous apprendre à désarmer un surineur en puissance dans une ruelle obscure. De mon côté, je lui ai fait voir une feinte assez maligne, consistant à se jeter aux pieds de l'adversaire, tu le bloques avec tes chevilles, tu le fais basculer sur les mains, et tu lui immobilises les poignets dans une prise de tête. Il a trouvé ça rudement bien. Il a fait quelques démonstrations de jiu-jitsu. La petite Julie a appelé sa mère, sous le préau : «Viens voir, maman, comme ils sont bêtes, les hommes.» Elle avait huit ans, et c'était une telle petite coquine, trop mignonne, que Neal la dévorait des yeux. «Oh la la celle-là, quand elle sera grande. Tu l'imagines descendant Canal Street l'œil altier. Ouh ! Pffuit !» il a sifflé entre ses dents. On a passé une journée délirante en ville, avec le couple Hinkle. Neal n'avait pas sa tête à lui. Quand il a vu les trains de marchandises de la T&NO, il a voulu tout me montrer tout de suite. «Tu seras serre-freins avant que j'en aie fini avec toi.» Lui et moi et Al

Hinkle, on a couru après un train de marchandises, et on est montés à bord; Louanne et Helen nous attendaient dans la voiture. On a fait comme ça pas loin d'un kilomètre le long des quais, en saluant de la main les serre-freins et les pompiers. Ils m'ont fait voir comment sauter en marche. Il faut toujours soulever le pied arrière d'abord, pour se recevoir sans douleur avec l'autre. Ils m'ont fait voir les wagons frigorifiques, les «joints», bien utiles quand on brûle le dur pendant les nuits d'hiver. «Tu te souviens que je suis allé du Nouveau-Mexique à L.A.? C'est ce qui m'a permis de tenir.» On est rentrés retrouver les filles; elles étaient furieuses, comme de juste. Helen et Al avaient décidé de se trouver une piaule à La Nouvelle-Orléans, et d'y rester en cherchant du travail. Bill n'était pas fâché, il commençait à en avoir sa claque, de toute notre bande. À l'origine, il m'avait invité moi tout seul. Dans la pièce de devant, où dormaient Neal et Louanne, il y avait de la confiture, des taches de café, des tubes de benzédrine vides partout; en plus, c'était l'atelier de Bill, si bien que ça l'empêchait de fabriquer ses étagères. La pauvre Joan, les cabrioles et les cavalcades de Neal lui donnaient le tournis. On a donc attendu qu'arrive mon chèque de G.I., réexpédié par ma mère, et puis on a levé l'ancre, Neal, Louanne et moi. Quand le chèque est arrivé, j'ai compris que je n'avais pas la moindre envie de quitter la fameuse maison de Bill aussi tôt; mais Neal débordait d'énergie, il était fin prêt. Dans le rouge du couchant triste, on a fini par monter en voiture, entourés par Joan, Julie, Willie, Bill, Al et Helen, qui nous souriaient dans l'herbe haute. C'étaient les au revoir. À la dernière minute,

Neal s'est accroché avec Bill ; il voulait lui emprunter de l'argent. Pour Bill, il n'en était pas question. Ça remontait au temps où il vivait chez Bill au Texas. Ce filou de Neal finissait toujours par s'aliéner la sympathie des gens, petit à petit. Il gloussait comme un dément, il s'en foutait. Il s'est frotté les couilles, il a fourré son doigt sous la jupe de Louanne, lui a léché le genou, bave aux lèvres, en disant : « Chérie, tu sais comme moi que tout est enfin au clair entre nous, au-delà de la définition la plus abstraite, en termes métaphysiques, ou tout autres termes que tu voudras bien préciser, ou m'imposer par la douceur, ou au nom du passé » etc., et la voiture filait comme une flèche, direction la Californie. Qu'est-ce qu'on éprouve quand on s'éloigne des gens, et qu'on voit leur silhouette diminuer dans la plaine, jusqu'à n'être plus qu'un point qui finit par se dissoudre ? Le monde est trop grand, il nous engloutit sous sa voûte et adios. Mais déjà, on regarde vers l'aventure suivante, folle aventure sous les cieux. On a collectionné les pépins jusqu'à Frisco, et, une fois là-bas, je suis resté en rade, et il m'a fallu rentrer à quatre pattes, comme Allen l'avait prédit, mais on s'en fout, moi surtout. On a filé dans la touffeur lumineuse d'Algiers, retour au ferry, retour aux rafiots vermoulus et vaseux, on a repassé le fleuve et Canal Street, pour sortir de la ville ; on a pris une deux-voies vers Bâton Rouge dans l'obscurité violette, obliqué vers l'ouest, passé le Mississippi au lieu dit Port Allen, et déchiré la Louisiane en trois heures chrono. Port Allen... Pauvre Allen... fleuve en pluie et en fleurs dans la bruine qui pointillait l'obscurité, fait le tour d'un rond-point à la lueur jaune des anti-brouillards pour tout à coup découvrir le grand corps noir sous un pont, et refranchir l'éternité. Qu'est-ce que le Mississippi? Motte de limon diluée dans la nuit pluvieuse, bonde lâchée en douce des berges abruptes du Missouri, courant dissous qui dévale l'éternel lit des eaux, tribut aux brunes écumes, périple au fil d'infinies vallées et levées et fourrés, vers l'aval, l'aval encore, passé Memphis, Greenville, Eudora, Vicksburg, Natchez, Port Allen, et Port Orléans, et la Pointe des Deltas, passé Potash, Venice et le Grand Golfe de la Nuit, et au-delà. Ainsi les étoiles réchauffent de leur éclat le golfe du Mexique, la nuit. De la Caraïbe douce et sulfureuse nous vient l'électricité, et de la Crête des Rocheuses, où se décident et les pluies et les fleuves, nous viennent les bourrasques; et la petite goutte de pluie chue dans le Dakota gorgée de vase et de roses s'enfle ressuscitée de la mer, s'envole refleurir dans les ondes mêlées du lit du Mississippi, elle revit. Ainsi nous, Américains, ensemble, nous tendons telle la pluie vers le Fleuve Unique de l'Ensemble qui va vers la mer, et au-delà, nul d'entre nous ne sait où. La radio toujours branchée sur une énigme policière, j'ai regardé par la fenêtre et vu un panneau « ACHETEZ LA PEINTURE COOPER » et j'ai dit : « Et comment! », on a roulé dans la nuit brigande des grandes plaines de Louisiane, Lawtell, Eunice, Kinder et De Quincey, des petites villes de l'ouest qui sentaient de plus en plus le bayou aux abords de la Sabine. Dans la vieille Opelousas, je suis entré dans un magasin, acheter du pain et du fromage. C'était juste une bicoque; j'entendais la famille dîner, derrière la boutique. J'ai attendu une minute, ils continuaient à causer, alors

j'ai pris du pain et du fromage, et je suis sorti en
douce. On avait tout juste assez pour aller jusqu'à
Frisco. Pendant ce temps-là, Neal a pris une cartouche de cigarettes à la station-service, et on était
parés pour le voyage : essence, huile, cigarettes, avec
de quoi manger. Il a pointé la voiture comme une
flèche sur le bout de la route. Quelque part, du côté
de Starks, on a vu une grande lueur rouge dans le
ciel ; on se demandait ce que ça pouvait être, et, un
instant plus tard, en approchant, on a trouvé des tas
de voitures garées le long du highway. Il y avait le
feu, derrière les arbres. On avait dû faire griller du
poisson, mais va savoir. Aux abords de Deweyville,
le pays est devenu étrange et ténébreux. Tout à coup,
nous étions dans les marécages. « Tu te rends compte,
mec, si on tombait sur une boîte de jazz au milieu
des marais, avec des grands Noirs chialant leur blues
à la guitare en buvant du jus de serpent, qui nous
feraient signe ? — Ouaais ! » Un lieu de mystères. La
voiture roulait sur une levée de terre entre les marais,
dont les berges molles étaient couvertes de lianes.
On a croisé une apparition ; un homme de couleur,
en chemise blanche, bras levés vers le firmament noir
d'encre. Perdu dans ses prières ou ses imprécations.
En regardant par la lunette arrière, j'ai vu ses yeux
blancs. « Brrr, a dit Neal, faites gaffe ! Il ferait pas
bon s'arrêter par ici ! » À un moment donné, on s'est
retrouvés à un carrefour sans savoir par où prendre,
et il a bien fallu s'arrêter quand même. Neal a éteint
les phares. Nous étions encerclés par une vaste forêt
de lianes arborescentes, où on aurait cru entendre
siffler des milliers de reptiles. On ne voyait plus que
le point rouge de l'allume-cigare, sur le tableau de

bord. Louanne poussait des petits cris de terreur. On
s'est mis à rire comme des déments pour lui faire
peur ; on avait peur nous-mêmes. On aurait bien
voulu sortir de cette demeure du serpent, de cette
chape de ténèbres fangeuses, pour rouler à toutes
blindes sur le plancher des vaches, dans l'Amérique
des patelins familiers. Ça sentait le pétrole et les eaux
stagnantes. La nuit s'écrivait dans une langue pour
nous indéchiffrable. Une chouette a hululé. On a
pris une des pistes au hasard, et bientôt on franchis-
sait de nouveau la vieille Sabine maléfique, mère de
tous ces marais. Avec stupéfaction, nous avons découvert d'immenses échafaudages de lumière devant
nous. « C'est le Texas ! Le Texas ! La ville pétrolière
de Beaumont ! » Des réservoirs et des raffineries
énormes se dressaient tels des villes, dans les relents
de pétrole. « Je suis bien contente qu'on se soit sortis
de là-dedans », a dit Louanne. « Allez, on remet
l'émission policière. » On a traversé Beaumont à
toutes blindes, franchi la Trinity à Liberty, cap sur
Houston. Neal s'est mis à parler de son séjour là-bas,
en 1947. « Hunkey, ce fou de Hunkey, que je cherche
partout sans jamais le retrouver ! Il nous mettait
dedans tout le temps. On allait faire les courses avec
Bill, et voilà qu'il nous faussait compagnie. Fallait le
chercher dans toutes les fumeries de la ville. » On
entrait dans Houston. « La plupart du temps, fallait
aller le chercher au quartier nègre. Il allait se camer
avec le premier dingue venu. Un soir on l'a perdu, et
on a pris une chambre d'hôtel. On avait promis de
rapporter de la glace à Joan, elle se plaignait que ses
provisions pourrissaient. Il nous a fallu deux jours
pour retrouver Hunkey. Moi aussi je me suis fait

piéger... je tirais les femmes qui venaient faire leurs courses en ville, l'après-midi, dans les supermarchés. » On est passés comme l'éclair, dans la nuit déserte. « Et j'en ai trouvé une carrément demeurée, une cinglée de première, qui rôdait pour piquer une orange. Elle était du Wyoming. Je l'ai ramenée à la chambre. Bill était torché. Allen écrivait des poèmes. Pas de Hunkey avant minuit. On l'a retrouvé endormi dans la jeep, sur la banquette arrière. Il nous a dit qu'il avait pris cinq cachets de somnifère. Ah mec, si j'avais autant de mémoire que de cervelle, je te raconterais tout ce qu'on a fait en détails... mais enfin, nous avons conscience du temps. Les choses s'arrangent d'elles-mêmes et, si je fermais les yeux, cette voiture roulerait toute seule. » À quatre heures du matin, dans les rues désertes de Houston, un motard est passé en trombe, chamarré, étincelant, casquette et blouson noir luisant, un vrai poète de la nuit texane, avec une fille accrochée dans son dos comme un papoose, cheveux au vent, et ils chantaient : « Houston, Austin, Fort Worth, Dallas — des fois Kansas City, et des fois San Antone, ah-haaa ! » Ils ont disparu au loin. « Waow ! Quel pied, cette pin-up à sa ceinture ! Oui ! » Neal a essayé de les rattraper. « Ce serait pas sympa, de se réunir pour faire une grande partouze barrée, avec tous les gens sympas et agréables, sans stress... mais enfin, nous avons conscience du temps. » Il s'est penché sur son volant et il a écrasé l'accélérateur. Après Houston, malgré toute son énergie, il a eu le coup de barre, et j'ai pris le volant. Aussitôt, il s'est mis à pleuvoir. À présent, on roulait dans la grande plaine du Texas, or Neal l'avait bien dit : « Tu pourras toujours tracer tout ce

que tu sais, demain soir, tu seras encore au Texas.»
La pluie fouettait le pare-brise. J'ai traversé un bled
délabré, sa grand-rue transformée en bourbier, et je
me suis retrouvé dans un cul-de-sac. «Je vais, où,
là?» Neal et Louanne dormaient tous deux. J'ai fait
demi-tour et j'ai retraversé la ville au ralenti. Pas
âme qui vive, pas une lumière allumée. Tout d'un
coup, je vois un cavalier en imperméable dans le
champ de mes phares. C'était le shériff. Il portait un
grand chapeau de cow-boy dont les bords gondo-
laient sous l'averse. «C'est de quel côté, Austin?» Il
m'a renseigné poliment et j'ai démarré. À la sortie de
la ville, je me suis retrouvé avec deux phares en
pleine figure, sous les trombes d'eau; allons bon, je
me dis, j'ai dû prendre un sens interdit; je donne un
coup de volant à droite, me voilà dans la boue;
je remonte tant bien que mal sur la chaussée. Et je
trouve les phares qui se dirigent droit sur moi. À la
dernière minute, j'ai compris que c'était l'autre voiture qui roulait en sens interdit sans le savoir. Je me
suis jeté dans la boue, à quarante-cinq à l'heure.
L'accotement était stable, Dieu merci, il n'y avait
pas de fossé. La voiture en contravention a reculé
sous le déluge. C'étaient quatre ouvriers à la triste
figure sortis en douce pendant le boulot, pour aller
faire la tournée des baraques où on servait de l'alcool; ils étaient tous en chemise blanche, les bras
tannés et sales; ils me regardaient d'un air inexpres-
sif, dans la nuit. Le conducteur n'était pas le moins
bourré du lot. «C'est par où Houston?» J'ai levé
mon pouce par-dessus mon épaule. J'étais sidéré : ils
m'avaient fait ça exprès, dans le seul but de me
demander leur chemin, comme le manchard vous

barre la route, sur le trottoir. Ils considéraient avec nostalgie le parterre de leur voiture, jonché de cadavres de bouteilles qui s'entrechoquaient bruyamment. J'ai voulu démarrer; la voiture s'était enlisée dans trente centimètres de boue. J'ai soupiré au fond de cette rase campagne en pluie. « Neal, réveille-toi. — Qu'est-ce qu'il y a? — On s'est enlisés. — Comment t'as fait? » Je le lui ai dit. Il a pesté tant qu'il pouvait. On a mis nos vieilles chaussures et nos vieux pulls, et il a bien fallu sortir de la bagnole sous la pluie battante. Je me suis arc-bouté sous le pare-choc arrière, et j'ai soulevé la bagnole; Neal a glissé des chaînes sous les roues qui patinaient. En un clin d'œil, on était tout crottés. On a réveillé Louanne pour lui faire partager ces horreurs, et pour qu'elle appuie sur le champignon pendant qu'on poussait. La malheureuse Hudson soupirait à fendre l'âme. On était loin de tout. Soudain la voiture a eu un hoquet, et elle a traversé la chaussée en dérapant. Pas un véhicule à des kilomètres à la ronde. Louanne a réussi à s'arrêter à temps, et on s'est engouffrés. Ça a été tout. Mais ça avait pris trente minutes, de sorte qu'on était trempés et misérables. Je me suis endormi dans ma gangue de boue; le lendemain matin, à mon réveil, la boue avait séché, et dehors il neigeait. On était aux abords de Fredericksburg, sur les hauts plateaux du Texas. Janvier 1949, c'était l'hiver le plus froid de toute l'histoire de l'État et de l'Ouest en général; les bestiaux tombaient comme des mouches sous le blizzard; il neigeait sur San Francisco et L.A. On était malheureux comme les pierres. On aurait bien voulu être encore à La Nouvelle-Orléans, avec Al Hinkle, qui en ce moment même était assis sur une digue du Mississippi, à parler avec des vieillards chenus au lieu de chercher une piaule et du taf, sacré Al. Neal dormait, Louanne conduisait, moi j'étais sur le siège arrière. Elle conduisait d'une main et me tendait l'autre, tout en me roucoulant des promesses une fois qu'on serait à San Francisco. Et moi je salivais comme un malheureux. À dix heures, j'ai pris le volant, Neal n'était pas près de rouvrir l'œil, et j'ai fait des centaines et des centaines de bornes ennuyeuses à périr dans les petits bois enneigés et les collines couvertes d'armoise. Des cow-boys passaient, avec des casquettes et des protège-oreilles, ils cherchaient leurs vaches. De temps en temps on voyait surgir sur le bord de la route une petite maison douillette, avec sa cheminée qui fumait. Si seulement on avait pu entrer se mettre au coin du feu pour manger des haricots, avec du petit lait. À Sonora, une fois de plus, je me suis servi en pain et en fromage pendant que le propriétaire bavardait avec un grand gaillard de fermier, à l'autre bout de la boutique. Neal a bondi de joie quand il l'a su. Il avait faim. On ne pouvait pas se permettre de dépenser un sou en nourriture. «Ouais, ouais», il a dit en regardant les fermiers passer dans la grand-rue, de leur démarche traînante, «c'est tous des milliardaires, ces gars-là, ils ont mille têtes de bétail, des ouvriers agricoles, des immeubles, de l'argent à la banque. Si je vivais dans le coin, je prendrais le maquis, je serais l'idiot du village, je me branlerais, je lècherais les branches, je chercherais les jolies cow-girls. Hi, hi, hi!» Il se tapait sur la tête, «Bam! bam!». «Ouais, c'est ça, oh dis donc!» On ne comprenait même plus ce qu'il racontait. Il a pris le volant, et l'a gardé dans tout le

Texas, pas loin de sept cents bornes, jusqu'à El Paso,
où on est arrivés au coucher du soleil ; le tout d'une
traite, en s'arrêtant seulement pour se mettre à poil,
près d'Ozona, où il a pris la tangente comme un cha-
cal, en jappant et en cabriolant dans les broussailles.
Les voitures bombaient trop pour le voir. Il est
remonté en voiture vite fait, et il a redémarré. « Bon
maintenant, Jack et Louanne, je veux que vous reti-
riez vos vêtements, vous aussi. Ça veut rien dire, de
rester habillés. Mettez-vous le ventre au soleil, comme
moi. » On roulait vers l'ouest, face au soleil, qui nous
inondait le pare-brise. « Découvrez-vous le ventre,
on va vers le soleil. » Louanne s'est mise toute nue.
Ne voulant pas jouer les pudibonds, j'ai fait de
même. On était tous les trois sur le siège avant.
Louanne a sorti un tube de cold cream, et elle nous
en a passé pour le plaisir. De temps en temps, un
gros camion nous croisait : du haut de sa cabine, le
conducteur apercevait une beauté dorée entre deux
types tout nus ; on les voyait faire une petite embardée, avant de disparaître dans la lunette arrière. Les
vastes plaines couvertes d'armoise défilaient toujours,
sans neige à présent. Bientôt nous sommes entrés dans
la région du canyon de Pecos, aux rochers orangés.
Des crevées bleues sont apparues dans les lointains
du ciel. On est sortis de la voiture voir de plus près
une vieille ruine indienne, Neal nu comme un ver,
nous avec nos manteaux. On s'est baladés au milieu
des vieilles pierres en poussant des cris d'Indiens.
Certains touristes ont aperçu Neal tout nu dans la
plaine, mais ils n'en ont pas cru leurs yeux et ils sont
repartis, les jambes flageolantes. Au milieu du pays
de Pecos, on s'est mis à imaginer qui on serait si on

était des personnages du Far West. «Neal, toi tu
serais forcément un hors-la-loi, mais une de ces têtes
brûlées qui galopaient dans la plaine et qui venaient
faire le coup de feu au saloon. Louanne serait la
beauté du bastringue. Bill Burroughs serait un
ancien colonel de l'armée sudiste; il habiterait tout
au bout de la ville, dans une grande maison aux
volets toujours clos; il sortirait une fois par an avec
son fusil, pour aller retrouver son contact dans une
ruelle chinoise. Al Hinkle jouerait aux cartes, il
raconterait des histoires dans son fauteuil. Hunkey
vivrait avec les Chinois; on verrait sa silhouette se
découper sous un réverbère, avec sa pipe à opium et
sa tresse dans le dos. — Et moi? j'ai dit. — Toi, tu
serais le fils du patron du journal. De temps en
temps tu perdrais la boule, et tu viendrais rejoindre
la horde sauvage pour le plaisir. Allen Ginsberg
serait rémouleur; une fois par an il descendrait de sa
montagne en carriole, il annoncerait les incendies
et les gars arrivés de la frontière lui tireraient dans
les jambes pour le faire danser. Joan Adams... elle
vivrait dans la maison aux volets clos. Ce serait la
seule dame de la ville, mais on la verrait jamais.» On
a continué dans cette veine, à brosser la galerie de
nos gueux de l'Ouest. Avec le temps, Allen descendrait de sa montagne la barbe au menton, il ne ven-
drait plus de ciseaux, et n'aurait que des chants
d'apocalypse à la bouche. Burroughs ne tenterait
même plus sa sortie annuelle, et Louanne aurait
abattu Neal un jour qu'il sortait bourré de sa bicoque.
C'est Al Hinkle qui nous survivrait à tous, et il
raconterait des histoires aux jeunes, devant le Silver
Dollar. Un matin d'hiver bien froid, on retrouverait

Hunkey mort dans une ruelle. Louanne hériterait
du bastringue ; elle deviendrait maquerelle, ce serait
quelqu'un en ville. Moi j'irais me perdre dans le
Montana, et personne n'entendrait plus jamais parler de moi. À la dernière minute, on a ajouté Lucien
Carr ; il disparaîtrait de la ville pour revenir des
années plus tard, cousu d'or, tanné au soleil de toutes
les Afriques, avec une reine africaine pour femme, et
dix négrillons. Un beau jour Bill Burroughs deviendrait fou, il tirerait sur toute la ville, depuis sa
fenêtre ; on mettrait le feu à sa vieille baraque, tout
brûlerait et Pecos City ne serait plus qu'un tas de
cendres, une ville fantôme au milieu des rochers
orange. On a cherché des yeux un site plausible. Le
soleil déclinait. Je me suis endormi en rêvant la
légende. Neal et Louanne se sont garés près de Van
Horn et ils ont fait l'amour pendant mon sommeil.
Quand je me suis réveillé, on descendait la formidable vallée du Rio Grande, par Clint et Ysleta en
direction d'El Paso. Louanne est passée à l'arrière,
moi à l'avant, et on a continué à rouler. À gauche,
au-delà des grands espaces du Rio Grande, se dressaient les monts de la frontière mexicaine, mau-
resques, rougeâtres ; la douceur du couchant jouait
sur leurs sommets ; au-delà, c'étaient les maisons
de torchis, les nuits bleues, les châles et les airs de
guitare — et les mystères aussi, ce que l'avenir nous
réservait, à Neal et moi. Droit devant nous, les
lumières de la lointaine El Paso, dans une vallée si
formidable, si colossale que plusieurs voies ferrées la
sillonnaient en tous sens, comme si c'était le centre
du monde. Nous y sommes descendus. « Clint,
Texas », s'est écrié Neal . Il avait mis la radio sur la

station locale. Tous les quarts d'heure, on avait droit
à un disque ; le reste du temps c'étaient des réclames
pour un cours par correspondance, niveau lycée.
« Elle rayonne dans tout l'Ouest, cette émission, s'est
écrié Neal surexcité. Mec, quand j'étais en maison
de correction et en prison, je l'écoutais tous les jours.
On s'inscrivait tous. Ils t'envoient un diplôme par la
poste, enfin un fac-similé, si tu réussis à l'examen.
Tous les petits cow-boys de l'Ouest, mais alors tous,
s'inscrivaient tôt ou tard. Cette émission, t'entends
qu'elle. Que tu mettes la radio à Sterling dans le
Colorado, à Lusk dans le Wyoming, partout quoi, tu
reçois Clint, Texas. Et la musique, c'est que de la
musique de péquenots, des rengaines mexicaines ;
c'est la plus mauvaise émission du continent, mais y
a rien à faire. Ils émettent très loin, ils couvrent le
pays. » On a vu se dresser leur antenne immense, au-
delà des bicoques de Clint. « Ah, mec, si tu savais ! »
s'est écrié Neal, au bord des larmes. Le regard rivé à
Frisco et la Côte, on est arrivés à El Paso à la nuit
tombante, sans un sou en poche. Il fallait absolument qu'on se procure de l'argent pour prendre de
l'essence, sinon on n'arriverait jamais au bout. On a
tout essayé. On a téléphoné au Bureau du Voyage,
mais personne n'allait dans l'Ouest ce soir-là. Le
Bureau du Voyage, c'est l'endroit où on s'inscrit
pour le covoiturage, qui est légal là-bas. Tu y vois
attendre des personnages louches, avec des valises
déglinguées. On est allés à la gare routière, dans
l'idée de persuader le premier quidam de monter
avec nous en payant l'essence, au lieu de prendre le
car. On était trop timides pour aborder les gens. On
a battu la semelle, tristement. Il faisait froid dehors.

Il y avait un étudiant qui transpirait en matant la pulpeuse Louanne, l'air de rien. Neal et moi, on s'est concertés, mais on s'est dit qu'on n'était pas des macs. Tout d'un coup, un jeune cinglé qui sortait tout juste de maison de correction s'est attaché à nos pas, et Neal et lui sont sortis prendre une bière. « Allez, viens, mec, on n'a qu'à donner un coup sur la tête à un clampin pour lui piquer son fric. — Toi, gars, tu me bottes », a braillé Neal. Ils sont partis aussi sec. Au début j'étais un peu inquiet ; mais Neal voulait juste ambiancer dans les rues d'El Paso avec le jeune mec, histoire de prendre son pied. Ils se sont éloignés. Louanne et moi, on est allés les attendre dans la voiture. Elle m'a pris dans ses bras, et m'a fait des mamours. J'ai dit : « Bon sang, Louanne, tu peux pas attendre qu'on soit à Frisco ? — Je m'en fous, Neal va me plaquer, de toute façon. — Quand est-ce que tu retournes à Denver ? — Je sais pas, ça m'est égal. Je pourrais pas repartir dans l'Est avec toi ? — Il faudrait trouver de l'argent à Frisco. — Je connais une roulotte cantine où tu pourrais trouver du boulot ; tu servirais au comptoir, moi en salle ; je connais un hôtel où on peut s'installer à crédit. On restera ensemble. Mince ! Je suis triste. — Et pourquoi tu es triste, petite ? — Je suis triste pour tout. Dommage que Neal soit devenu si dingue, merde. » Il est revenu en courant, avec son rire nerveux, et il a sauté dans la voiture. « Quel type barré, celui-là, hou ! Qu'est-ce qu'il m'a plu ! J'en connais des milliers, comme ça, c'est tous les mêmes, ils sont réglés comme papier à musique dans leur tête, pas le temps, pas le temps... » Il a démarré, penché sur le volant, et il est sorti d'El Paso dans un grondement de tonnerre.

« Il nous suffira de prendre des auto-stoppeurs. Je suis certain qu'on en trouvera. Hop, hop, hop, c'est parti. Gaffe, toi ! » il a lancé à un automobiliste tout en lui faisant une queue de poisson, pour éviter un camion de justesse et sortir de la ville à toutes blindes. Sur la berge d'en face, Juarez, diadème de lumières. Louanne regardait Neal, comme elle l'avait fait du nord au sud et d'est en ouest : du coin de l'œil, d'un air boudeur, comme si elle avait l'intention de lui couper la tête pour la cacher dans son armoire, amour jaloux, amour amer, amour stérile, elle le savait, parce que l'homme était trop fou. Pour sa part, il était convaincu que Louanne était une pute ; il m'avait confié qu'elle mentait de façon patholo-gique. Mais quand elle le regardait comme ça, c'était bien de l'amour, et quand il s'en apercevait, il affi-chait toujours son faux sourire séducteur, alors même qu'il sortait à peine du rêve de son éternité. À ce moment-là, Louanne et moi, on éclatait de rire — sans qu'il manifeste la moindre déconfiture, juste un petit sourire nigaud, qui disait : « On prend notre pied, QUAND MÊME, hein ? » Et c'était tout. À la sortie d'El Paso, dans l'obscurité, nous avons vu une petite silhouette recroquevillée qui tendait le pouce. Il était là, l'auto-stoppeur promis. On s'est arrêtés, on a fait marche arrière. « T'as combien sur toi ? » Le gosse n'avait pas le sou. Dans les dix-sept ans, pâle, étrange, avec une main mal formée, pas de valise. « Il est pas mignon ? » m'a dit Neal en se tournant vers moi avec une vraie vénération. « Allez, mon gars, monte, on t'emmène. » Le petit jeune a vu son avan-tage. Il avait une tante qui tenait une épicerie à Tulare, en Californie ; quand on y serait, il nous trouverait quelques sous. Neal était mort de rire, tellement ça ressemblait à l'histoire du môme de la Caroline. « C'est ça, tiens », il a braillé. « On en a tous, des tantes. Alors, allons-y, voir les tantes, et les oncles, et toutes les épiceries qu'on croisera en traînant nos guêtres. » Nous avions donc un passager de plus à bord, et c'était un petit jeune homme très bien. Il nous écoutait sans piper mot. Au bout d'une minute de ce régime, il a dû se dire qu'il était monté dans une bagnole de cinglés. Il nous a expliqué qu'il venait d'Alabama en stop et rentrait dans l'Oregon, où il habitait. « J'étais allé voir mon oncle, il m'avait dit qu'il pourrait m'embaucher à la scierie, mais le job est tombé à l'eau, alors je rentre chez moi. — Chez toi, chez toi, oui je sais, a dit Neal, on va t'y ramener chez toi, en tout cas on va t'avancer jusqu'à Frisco. » Sauf qu'on n'avait toujours pas le sou. Il m'est venu que je pourrais taper cinq dollars à mon vieil ami Alan Harrington, à Tucson, Arizona. Aussitôt, Neal a dit que la question était réglée, et qu'on allait se mettre en route. Et nous voilà partis. Cette nuit-là, on a dépassé Las Cruces, au Nouveau-Mexique, ce même Las Cruces d'une telle importance stratégique pour Neal quand il était venu dans l'Est, et on est arrivés dans l'Arizona à l'aube. Je sors d'un profond sommeil pour les voir tous endormis comme des chérubins, la voiture garée Dieu sait où, avec la buée des vitres, on n'y voit rien. Je sors. Nous sommes en pleine montagne. Aurore au paradis, fraîcheur violette, montagnes rouges, prairies d'émeraude au fond des vallées, rosée et nuages d'or en pleine transmutation. Sur le sol, des trous de serpents noirs, des cactus, de la bouteloue. C'était mon

tour de prendre le volant. J'ai poussé Neal et le gamin,
et dans cette descente j'ai engagé le frein à main, en
mettant au point mort pour économiser l'essence.
J'ai réussi à aller comme ça jusqu'à Benson, en
Arizona. Il m'est revenu que j'avais une montre
de gousset, un cadeau d'anniversaire qu'on venait de
me faire à New York. À la station-service, j'ai
demandé au gars où je pourrais la mettre au clou. Il y
avait justement un dépôt à côté. J'ai frappé, tiré un
type du lit, et une minute plus tard j'avais gagé la
montre pour un dollar. Il est passé en essence. À
présent, on en avait assez pour aller jusqu'à Tucson.
Mais voilà qu'au moment où je démarrais surgit un
ange de la route avec un gros pistolet, qui me
demande mon permis de conduire. « C'est celui qui
est sur la banquette arrière qui l'a, le permis. » Neal
et Louanne étaient couchés sous une couverture, à
l'arrière. Le flic dit à Neal de sortir. Il dégaine son
flingue en gueulant : « Les mains en l'air. — M'sieur
l'agent », répond Neal de sa voix la plus onctueuse,
carrément ridicule, « ah m'sieur, ah je fais rien qu'à
r'boutonner ma braguette ». Même le flic réprime un
sourire. Neal s'extirpe en maillot de corps, tout
crotté, déguenillé, il se frotte le ventre, il jure, il
cherche partout son permis et les papiers de la voiture. Le flic se met à fouiller dans la malle arrière.
Tous les papiers sont en règle. « Simple vérification,
dit-il avec un grand sourire, vous pouvez y aller. Au
fait, c'est pas mal, comme ville, Benson, arrêtez-vous
donc déjeuner, ça vous plaira peut-être. — C'est ça,
c'est ça », dit Neal sans l'écouter, et il démarre. On
pousse tous un soupir de soulagement. Ils se méfient,
les flics, quand ils voient arriver une bande de jeunes

dans une voiture toute neuve, qui doivent gager leur montre parce qu'ils ont pas un sou en poche. «Faut qu'ils se mêlent de tout, a commenté Neal, mais enfin il était déjà plus sympa que l'autre face de rat, en Virginie. Ce qu'ils cherchent, c'est le coup de filet qui va faire la une, ils se figurent que chaque voiture qui passe appartient aux gros bonnets des gangs de Chicago. Ils ont que ça à foutre.» On a continué sur Tucson. Tucson est situé dans l'ancien lit du fleuve où pousse la bouteloue, et dominée par la chaîne enneigée des Catalina. La ville n'est qu'un vaste chantier; les gens en transit, turbulents, ambitieux, affairés, gais; cordes à linge, caravanes; au centre ville, rues populeuses chamarrées de bannières; le tout très californien. Fort Lowell Road, où habitait H. suivait les méandres d'une jolie rivière, bordée d'arbres, dans ce désert plat. On dépasse d'innombrables bicoques mexicaines, nichées dans le sable, à l'ombre, puis des maisons de torchis apparaissent, et enfin sur une boîte aux lettres rurale, on voit briller le nom d'Alan Harrington, comme une terre promise. Harrington lui-même était perdu dans ses pensées au milieu de sa cour. Il était loin de se douter de ce qui allait débouler sur lui, le pauvre diable. Il écrivait, et il était venu en Arizona pour travailler en toute quiétude. C'était un grand type dégingandé, timide, un humoriste qui parlait indistinctement, sans jamais vous regarder, et vous disait des choses tordantes. Il avait avec lui sa femme et son bébé, dans cette petite maison de torchis que son beau-père lui avait construite. Sa mère vivait de l'autre côté de la cour, dans sa maison à elle. C'était une Américaine exaltée qui adorait la poterie, les perles et les livres. Har-

rington avait entendu parler de Neal dans mes lettres
de New York. On s'est abattus sur lui comme une
nuée de sauterelles, tous la faim au ventre, y compris
Alfred, l'auto-stoppeur infirme. Harrington portait
un vieux chandail de Harvard, et il fumait la pipe
dans l'air vif du désert. Sa mère est sortie, et elle
nous a invités à manger dans sa cuisine. On a fait
bouillir des nouilles dans une immense marmite.
J'avais bien envie de faire la connaissance du beau-
père de Harrington, Indien turbulent. Il n'était pas
sur place ; il avait pris une cuite de plusieurs jours et
il était parti hurler dans le désert comme un coyote,
tant et si bien que les flics l'avaient collé au gnouf ;
les six cousins indiens de Harrington étaient au
gnouf avec lui. Neal n'arrêtait pas de répéter :
« Celle-là, qu'est-ce qu'elle me botte » en parlant de
la mère de H. Elle nous a montré ses tapis préférés,
en babillant avec nous comme une gosse. Les Harrington étaient de Boston. « Qui c'est, le type qui a
une main embryonnaire ? a demandé H. sans nous
regarder. C'est Al Dinkle ? — Non, non, lui on l'a
laissé à La Nouvelle-Orléans. — Qu'est-ce que vous
allez faire sur la Côte ? — Je sais pas. » Comble de
pagaie, on a vu arriver la mère de John Holmes : elle
se rendait dans l'Est en voiture, avec quelques amis,
et elle était venue voir Mrs. H. au passage. Neal lui a
fait des tas de courbettes sur le sable de la cour, et il
est allé lui parler. À présent, entre ceux qui partaient
vers l'Est et ceux qui allaient vers l'Ouest, il y avait
sept visiteurs qui battaient la semelle dans la cour.
Steve, le petit garçon de H., slalomait entre nous sur
son vélo. On est tous allés dans un débit de boissons,
à un croisement ; Harrington a fait un chèque de

cinq dollars, et il me les a donnés en liquide. Pendant qu'on y était, il a suggéré qu'on aille voir un ami à lui qui avait un ranch, dans le canyon, et qui s'appelait John. On y est allé, et on a envahi la maison du gars. C'était un grand gigolo qui portait la barbe, et qui avait épousé l'héritière du ranch. Dans leur séjour, ils avaient une immense baie vitrée qui donnait sur toute la vallée couverte de bouteloue. Ils avaient des disques de be-bop, tout ce qu'on voulait à boire, une bonne, deux enfants qui rentraient de l'école à cheval, tout le confort possible. On a fait une fête à tout casser, qui a commencé l'après-midi, et fini à minuit. En regardant par la baie vitrée, j'ai vu Alan Harrington passer au galop, un petit verre à whisky à la main. Neal s'est livré à de multiples tours de force fébriles avec ce beau barbu de John ; il l'a emmené faire un raid dans l'Hudson et, histoire de montrer ce qu'il avait dans le ventre, sans doute, il est monté à plus de cent cinquante à l'heure, pour se traîner ensuite, languide, dans la circulation, et finir par éviter de justesse réverbères et cactus ; à tel point que quand ils sont rentrés, John m'a pris par le bras pour me dire : « Tu vas jusqu'à la Côte avec ce cinglé ? Moi je prendrais pas le risque, à ta place. Il est vraiment cinglé, le gars. » Neal et lui étaient en nage, dans leur excitation. La voiture avait pris quelques bosses de plus. La bonne était en train de nous préparer un gueuleton fermier à la cuisine. Neal a essayé de se la faire, après quoi il a essayé de se faire la femme de John ; John a essayé de se faire Louanne, et Alfred s'est endormi d'épuisement sur le tapis du séjour, pauvre môme. Déjà bien loin de l'Alabama et encore loin de l'Oregon, il se retrouvait catapulté dans une soirée échevelée, au cœur des monts de la nuit. Quand Neal s'est éclipsé avec la jolie épouse, et que John est monté avec Louanne, j'ai commencé à m'en faire : ça risquait d'exploser avant qu'on passe à table. Alors, avec la permission de la bonne, je me suis servi une louche de chile, et j'ai mangé debout. Là-haut, j'ai entendu les premiers éclats de voix, et un bruit de verres cassés. La femme de John était en train de lui jeter des objets à la figure. Je suis sorti monter le vieux cheval jusqu'à la rivière, un kilomètre aller-retour. Harrington m'a suivi, il a bondi dans les broussailles avec un verre à la main, qui m'était destiné. Il était presque vide quand il me l'a tendu. On entendait le be-bop brailler et les gens pousser des cris, dans la maison. J'ai levé les yeux vers les belles étoiles de l'Arizona, en me demandant : «Qu'est-ce qu'on fiche ici?» John est sorti en trombe, il a enfourché le cheval, enfoncé les talons dans ses flancs, avec une claque, et il est parti caracoler dans la nuit. Il commençait à s'essouffler. C'était le cheval qui faisait les frais de notre folie ; un vieux cheval, guère en état de galoper. Finalement, John a sombré dans l'inconscience, et on a réveillé Alfred pour monter dans la voiture et revenir chez Harrington. Là-bas, les au revoir ont été brefs. «Charmante soirée», a dit Harrington, sans nous regarder. Derrière les arbres, sur le sable, une grande enseigne au néon luisait rouge. C'était un bistrot de bord de route, où Harrington allait boire une bière quand il en avait assez d'écrire. Il se sentait très seul ; il avait envie de rentrer à New York. C'était triste de voir sa haute silhouette s'éloigner dans le noir, comme celles de New York et de La Nouvelle-Orléans : elles se dressent, incertaines, sous ces ciels immenses, et tout se dissout autour d'elles. Où aller ? que faire ? à quoi bon ?... plutôt dormir. Mais notre bande de fous allait de l'avant. À la sortie de Tucson, on a vu un autre auto-stoppeur, dans l'obscurité. C'était un Okie de Bakersfield, en Californie, qui nous a livré son histoire : « Vingt dieux ! J'ai quitté Bakersfield avec une bagnole du Bureau du Voyage, et puis j'ai oublié ma guitare dans le coffre d'une autre bagnole ; je les ai pas revus, ni ma gratte ni mes sapes de cow-boy. Vous voyez, moi je suis musicien, j'allais en Arizona, jouer avec les Sagebrush Boys de Johnny Mackaw. Et bordel de bois, voilà que j'me retrouve sans une tune et ma gratte volée. Si vous me ramenez à Bakersfied, les gars, moi je vais vous chercher de l'argent chez mon frère. Combien il vous faut ? » Il nous fallait seulement de quoi prendre de l'essence pour aller de Bakersfield à Frisco, trois dollars à peu près. À présent, on était cinq dans la voiture. On est partis. Je commençais à reconnaître des villes que j'avais traversées en 1947 — Wickenburg, Salome, Quartzsite. Dans le désert mojave, j'ai conduit une heure avec un vent latéral, un vent épouvantable qui soulevait des linceuls de sable devant nos phares et chahutait la voiture. On a commencé à monter. On avait décidé d'éviter la circulation de L.A. en prenant par San Bernardino et le col Tehatchapi. Au milieu de la nuit, depuis une route de montagne, on a vu les lumières de Palm Springs en contrebas. À l'aube, sur un col enneigé, on a poussé péniblement jusqu'à la ville de Mojave, sentinelle du grandiose col Tehatchapi. Mojave est située dans la vallée formée par le plateau désertique qui descend vers l'ouest, au sud des hautes sierras ; l'endroit offre une vision mystifiante des bouts du monde ; dans cette immensité, les voies ferrées rayonnent en tous sens, et s'envoient des signaux de fumée comme d'une tribu indienne à l'autre. Le Okie s'est réveillé, et il nous a raconté des blagues. Ça faisait sourire le petit Alfred. Le Okie avait connu un type qui avait pardonné à sa femme de lui avoir tiré dessus. Il l'avait sortie de prison — résultat, elle l'avait révolvérisé une deuxième fois. On passait devant une prison pour femmes quand il nous a raconté ça. Devant nous, le col Tehatchapi commençait à monter. Neal a pris le volant, et il nous a conduits direct jusqu'au sommet du monde. On est passés devant une immense cimenterie dans son linceul de poussière, au fond du canyon. Et puis la descente s'est amorcée. Neal a coupé le moteur, enclenché le frein à main, et négocié un par un les virages en épingle à cheveu, tout en doublant des voitures et en faisant toutes sortes d'acrobaties sans se servir de l'accélérateur. Moi, je me cramponnais. Parfois, la route remontait un instant. Il doublait les voitures sans le moindre bruit. Il connaissait tous les rythmes et toutes les finesses d'un col de première classe. Quand il fallait prendre un virage à gauche, le long d'une murette de pierre au ras de l'abîme, il faisait porter tout le poids de son corps vers la gauche, mains sur le volant ; dans le cas inverse, avec une falaise à gauche, il se déportait très loin vers la droite, en nous intimant, à Louanne et à moi, d'accompagner son mouvement, voilà comment il négociait. C'est comme ça que nous sommes descendus en apesanteur jusqu'à la vallée du San Joaquin. Il s'étalait, quinze cents mètres plus bas, ce plancher de la Californie, vert pays de cocagne, vu de notre corniche. On venait de rouler cinquante bornes sans consommer d'essence. Il faisait très froid, dans la vallée, cet hiver-là. Subitement nous voilà en effervescence. Aux abords de Bakersfield, Neal a voulu me dire tout ce qu'il savait de la ville. Il m'a fait voir les meublés où il avait habité, les châteaux d'eau au niveau desquels il avait sauté du train pour cueillir du raisin, les restaurants chinois où il avait mangé, les bancs publics où il donnait rencart aux filles, et d'autres coins encore où il n'avait fait qu'attendre. « Mec, j'ai passé des heures à attendre sur cette chaise, devant le drugstore. » Il se souvenait de tout, de la moindre partie de pinocle, de la moindre femme, de la moindre nuit de tristesse. Et puis voilà qu'on est passés devant le chantier ferroviaire où Bea et moi avions bu du vin au clair de lune, sur des cageots, à la cloche, en octobre 1947. J'ai essayé de lui en parler, mais il était lancé. « C'est là qu'Al Hinkle et moi on a passé toute une matinée à boire des bières dans l'espoir de se faire la serveuse, un vrai canon de Watsonville, non, de Tracy, c'est ça, Tracy, elle s'appelait Esmeralda, oh mec, un nom comme ça. » Louanne réfléchissait à ce qu'elle allait faire en arrivant à Frisco. Alfred a dit que sa tante de Tulare lui donnerait plein d'argent. Le Okie nous a guidés jusqu'à chez son frère, dans les plaines à l'extérieur de la ville. À midi, on s'est arrêtés devant une bicoque qui croulait sous les roses, le Okie est entré parlementer avec des femmes. On a attendu un quart d'heure. « Je commence à penser que ce type est aussi fauché que moi, a dit Neal. On s'est fait piéger encore pire qu'avant. Il y a sûrement personne chez

lui qui lui donnera un *cent*. » Le Okie est sorti penaud,
et il nous a guidés jusqu'en ville. « Bou Diou, je voudrais bien retrouver mon frère. » Il se renseignait. Il
avait sans doute l'impression qu'on le retenait en
otage. Finalement, on est entrés dans une vaste boulangerie, et le Okie est sorti avec son frère, qui était en
salopette et qui chargeait apparemment des camions,
à l'intérieur. Ils ont parlé quelques minutes. On
attendait dans la voiture ; on a attendu un quart
d'heure. Notre gars devait être en train de raconter
ses aventures à sa famille, et comment il avait perdu
sa guitare. Toujours est-il qu'il a obtenu l'argent et
qu'il nous l'a donné, si bien qu'on était parés pour
Frisco. On l'a remercié, et on a démarré. Prochain
arrêt Tulare. Démarrage en côte, dans un bruit de
tonnerre. J'étais allongé à l'arrière, crevé, je lâchais
tout ; et dans l'après-midi, pendant que je somnolais,
notre Hudson crottée est passée aux abords de Selma,
devant les tentes où j'avais vécu, aimé et trimé dans
mon passé spectral. Neal était arc-bouté au volant,
rigide, il cognait les bielles vers sa ville. Un mois
plus tôt seulement, il avait pris la même route pour
aller en Caroline du Nord, avec Al et Helen Hinkle.
Moi, j'étais sur la banquette arrière recru de fatigue.
Je dormais quand nous sommes enfin arrivés à
Tulare ; je me suis réveillé en entendant une histoire
abracadabrante : « Jack, réveille-toi, Alfred a bien
trouvé l'épicerie de sa tante, mais tu sais pas, sa tante
avait flingué son oncle, elle était en prison. La boutique est fermée. On a pas eu un rond ! Tu te rends
compte ! Ah il s'en passe, tiens, rien que des galères,
partout, et des prodiges... ouaais ! » Alfred se rongeait les ongles. On quittait la route de l'Oregon à

Madera, et c'est là qu'on lui a fait nos adieux. On lui a souhaité bonne chance, et bonne route jusque chez lui. Il nous a dit que c'était la plus belle virée de sa vie d'auto-stoppeur. Et comment : il avait mangé comme un roi, fait la fête dans un ranch, entendu toutes sortes d'histoires, il était monté à cheval, c'était de la balle pour lui ; mais il nous a paru affreusement désemparé quand on l'a largué comme on l'avait trouvé, sur le bord de la route, pouce tendu, à la nuit tombante. Il fallait qu'on arrive à Frisco. Cette destination dorée se profilait devant nous. Neal, Louanne et moi, sur le siège avant, penchés vers la route, on se retrouvait tous trois, et on fonçait. On aurait dit qu'il ne s'était écoulé que quelques minutes quand on a commencé à dévaler les hauteurs d'Oakland, et que, depuis un sommet, on a vu s'offrir la légendaire San Francisco, cité blanche sur ses onze collines mystiques, au bord du Pacifique bleu, avec sa muraille de purée de pois en marche, ses ors et ses fumées dans l'éternité d'une fin d'après-midi. « Baleine à l'horizon ! s'est écrié Neal. Woaw ! On y est ! Tout juste assez d'essence ! Donnez-moi de l'eau ! Plus de terre ! On n'ira pas plus loin, la terre c'est terminus ! Maintenant, Louanne chérie, et toi, Jack, allez vite à l'hôtel, et attendez-moi, je vous contacte demain matin, dès que j'ai mis les choses au clair avec Carolyn, et que j'ai appelé Funderbuck pour mes gardes aux chemins de fer, et puis vous achetez le journal pour les offres d'emploi, et puis... et puis... » Il s'est engagé sur le pont d'Oakland, qui nous amenés en ville. Les immeubles du centre brillaient de tous leurs feux. Ça faisait penser à Sam Spade. Le brouillard déferlait, les bouées s'ébrouaient

dans la baie. Market Street grouillait de monde, de
filles et de matelots ; odeurs de hot-dog, de bouffe ;
bars bruyants ; crissements de frein dans la circulation — le tout sous une brise délicieuse qui nous a
tourné la tête quand on est descendus de voiture
dans O'Farrell Street, nez au vent, étirant nos car-
casses, chancelant comme le voyageur au long cours
qui sent encore la rue tanguer sous son pas. Des
relents de chop-sueys clandestins parvenaient depuis
Chinatown. On a sorti toutes nos affaires de la voiture pour les empiler sur le trottoir. Neal nous a dit
au revoir, sans traîner. Il crevait d'envie de retrouver
Carolyn, de savoir les dernières nouvelles. Louanne
et moi, on est restés comme deux crétins sur le trottoir, à regarder la voiture s'éloigner. « Quel salaud,
tu vois..., a dit Louanne. C'est le gars qui te laissera
dehors dans le froid, si jamais ça l'arrange. — Je
sais », j'ai dit en soupirant, je n'avais pas oublié l'Est.
On n'avait pas d'argent ; Neal s'était bien gardé
d'aborder le sujet. « Où on va crécher ? » On a déambulé au fil des rues étroites et romantiques, en trim-
balant nos hardes dans un balluchon. Tous les gens
qu'on croisait avaient l'air de figurants au bout du
rouleau, de starlettes flétries — cascadeurs désabu-
sés, amateurs de courses de petites autos, casanovas
décadents, portant beau encore, blondes de motels
aux yeux bouffis, escrocs, maquereaux, putes, mas-
seurs, chasseurs d'hôtel, ringards jusqu'au dernier,
va gagner ta vie avec une clique pareille ! Pour
autant, Louanne les avait fréquentés — je te parle du
secteur d'O'Farrell Street, Powell Street, et autour ;
et un concierge d'hôtel à la face grise nous a accordé
une chambre à crédit. C'était la première étape.

Manger constituait la seconde, et il nous a fallu attendre minuit dans la chambre d'hôtel d'une chanteuse de night-club ; elle a retourné un fer à repasser suspendu à un cintre dans la corbeille à papier pour nous réchauffer une boîte de porc aux haricots. J'ai regardé par la fenêtre les néons qui clignotaient, et je me suis dit : « Où est Neal ? Pourquoi est-ce qu'il se fiche qu'on manque de tout ? » Cette année-là, j'ai perdu foi en lui. C'était notre dernière rencontre, fini. Je suis resté une semaine à San Francisco, en traînant la cloche pire que jamais. Louanne et moi, on devait faire des kilomètres pour trouver de quoi manger ; on est même allés voir une bande de matelots ivres, dans un garni qu'elle connaissait sur Mission Street ; ils nous ont offert du whisky. On a vécu deux jours ensemble à l'hôtel. Je voyais bien qu'en l'absence de Neal, Louanne ne s'intéressait pas vraiment à moi ; à travers moi, son pote, c'était lui qu'elle cherchait à atteindre. On se disputait dans la chambre d'hôtel. Il nous arrivait aussi de passer des nuits entières au lit, et je lui racontais mes rêves. Je lui parlais du grand serpent de la terre, lové en son centre comme le ver dans la pomme, et qui ferait surface un jour, au sommet d'une colline, qu'on appellerait désormais la Colline du Serpent, pour dérouler ses quatre-vingts kilomètres dans la plaine, en dévorant tout ce qu'il trouverait sur son passage. Je lui ai dit que ce serpent était Satan. « Qu'est-ce qui va se passer ? » a-t-elle couiné, sans lâcher ma bite pour autant. « Un saint qui s'appelle le docteur Sax l'anéantira par une décoction d'herbes dont il a le secret, et qu'il met au point en ce moment même dans son sous-sol, quelque part, en Amérique. On

peut aussi révéler que la gaine du serpent cache un vol
de colombes; quand il périra, des nuées de colombes
gris-sperme s'échapperont à tire d'aile pour aller
porter un message de paix au monde entier.» La
faim et l'amertume me faisaient délirer. Une nuit,
Louanne a disparu avec un patron de night-club.
Comme convenu, je l'attendais dans la rue, sous un
porche, au croisement de Larkin et de Geary Street,
je crevais la dalle. Et la voilà qui sort du hall d'un
immeuble chic avec sa copine, le patron du night-
club et un vieux type gominé qui tenait une liasse de
billets à la main. Censément, elle était juste montée
voir son amie. J'ai bien vu quelle pute elle était. Elle
m'a aperçu sous le porche, mais elle n'a pas osé me
faire signe. Elle est partie à petits pas de pute, elle
est montée dans la Cadillac, et ils ont démarré. À
présent, il ne me restait plus rien ni personne. J'ai
déambulé, en ramassant des mégots dans la rue. Je
suis passé devant une baraque qui vendait du pois-
son-frites, dans Market Street, et la femme qui s'y
trouvait m'a lancé un regard terrorisé. C'était la propriétaire, et elle avait dû croire que j'arrivais avec
un flingue pour braquer le bistrot. J'ai continué
quelques mètres. L'idée m'a traversé que cette
femme était ma mère, cette mère que j'avais eue en
Angleterre, cent cinquante ans auparavant, et que
moi j'étais son vaurien de fils sorti de geôle pour
hanter son honnête labeur à la gargote. Je me suis
arrêté, pétrifié d'extase sur le trottoir. J'ai regardé
vers le bout de Market Street; je ne savais plus très
bien si j'étais dans Market Street ou bien dans Canal
Street, à La Nouvelle-Orléans. La rue menait à l'eau,
cette eau universelle, ambiguë, tout comme à New

York la 42ᵉ Rue mène à l'eau, alors va savoir où tu es. J'ai pensé au fantôme d'Al Hinkle, dans Times Square. Je délirais. J'avais envie de faire demi-tour pour reluquer ma mère dickensienne, dans sa cantine. J'éprouvais des fourmillements dans tout le corps. On aurait dit que j'avais des nuées de souvenirs qui remontaient à 1750 en Angleterre, et que je me trouvais réincarné à San Francisco dans une autre vie, un autre corps. « Non, semblait me dire cette femme au regard terrifié, ne reviens pas empoisonner la vie de ton honnête mère qui travaille. Tu n'es plus mon fils, tu es comme ton père, mon premier mari, avant que ce brave homme de Grec ne me prenne en pitié (le propriétaire était un Grec aux bras velus). Tu n'es bon à rien, tu n'es bon qu'à boire et te battre, et tu finirais par voler ignoblement les fruits de mon humble labeur ici. Oh, fils, n'es-tu jamais tombé à genoux pour implorer le pardon de tes péchés et de toutes tes mauvaises actions ? Va-t'en, fils perdu, ne hante pas mon âme, j'ai bien fait de t'oublier. Ne rouvre pas mes plaies anciennes, qu'il en soit comme si tu n'étais jamais revenu voir la bassesse de ma tâche, et cet argent économisé sou à sou — toi, que guide l'appât du gain, toi l'avide, l'accapareur, le morose, le mal-aimé, malfaisant fils de ma chair, mon fils, mon fils ! » Ça m'a rappelé la vision de Big Pop, à Graetna, avec Bill. Et l'espace d'un instant, j'ai atteint le point d'extase que j'avais toujours appelé de mes vœux, le saut absolu par-dessus le temps des pendules, jusqu'aux ombres intemporelles, et le désarroi dans la misère du royaume mortel, avec la sensation de devoir avancer talonné par la mort, fantôme traqué par lui-même, dans ma course vers un tremplin d'où s'élançaient les Anges à l'assaut de l'infini. Tel était mon état d'esprit. Je croyais que j'allais passer d'un instant à l'autre. Mais pas du tout, j'ai battu la semelle sur six bornes, en ramassant dix mégots bien longs, que j'ai rapportés à mon hôtel pour en fumer le tabac dans ma pipe. C'est dans cette posture que Neal m'a trouvé quand il a tout de même décidé que je méritais d'être sauvé. Il m'a emmené chez Carolyn. « Où est passée Louanne, mec ? — Elle s'est tirée, cette pute. » Après Louanne, Carolyn était reposante, jeune femme bien élevée, polie, qui n'ignorait pas que les dix-huit dollars envoyés par Neal sortaient de ma poche. Chez elle, j'ai pu me reposer quelques jours. De la fenêtre de son séjour, dans la maison de bois qu'elle louait sur Liberty Street, on voyait tout San Francisco s'allumer rouge et verte dans la nuit pluvieuse. Neal a fait la chose la plus ridicule de toute sa carrière, le peu de temps que je suis resté. Il a pris un boulot de démonstrateur de cocottes minute à domicile, pour le dernier modèle. Le concessionnaire lui a donné des tas d'échantillons et de brochures. Le premier jour, Neal a été un ouragan d'énergie. Je l'ai accompagné dans toute la ville pour prendre ses rendez-vous. L'idée, c'était de se faire inviter à titre privé, et d'exécuter une démonstration surprise au cours du dîner. « C'est encore plus dingue que du temps où je travaillais pour Sinex, mec, m'a crié Neal surexcité. Sinex vendait des encyclopédies dans tout Oakland. Personne ne savait lui dire non ; il partait dans des speechs, il faisait des bonds, il riait, il pleurait. Un jour, on déboule chez des Okies, et toute la maison se préparait pour un enterrement. Lui il se jette à genoux, et il prie pour le salut de l'âme du défunt. Tous les Okies se sont mis à pleurer. Il a vendu son stock. C'était le roi des cinglés; je me demande où il est. On s'arrangeait pour serrer de près les filles de la maison, quand elles étaient jolies, et on allait les peloter à la cuisine. Cet après-midi, j'ai coincé une ménagère adorable, dans sa cuisine, je lui avais passé un bras autour de la taille pendant ma démonstration. Hmm, miam! — Continue comme ça, Neal, tu finiras maire de San Francisco, un jour, qui sait.» Il avait mis au point tout son boniment; il le répétait devant nous, le soir. Un matin, au lever du soleil, il s'est mis à la fenêtre, nu comme un ver, pour contempler San Francisco. Il figurait vraiment le futur maire païen de la ville. Mais il s'est vite essouflé. Un après-midi pluvieux, le représentant est passé voir ce qu'il fabriquait. Il l'a trouvé vautré sur le canapé. «Alors, tu as essayé d'en vendre? — Non, j'ai un nouveau boulot en vue. — Et mes échantillons, qu'est-ce que tu vas en faire? — Je sais pas.» Dans un silence de mort, le représentant a repris ses malheureuses cocottes, et il est parti. Moi, j'en avais ma claque de tout, et Neal aussi. Pourtant, un soir, on s'est tapé une bonne crise de délire à deux. On est allés voir Slim Gaillard dans un petit night-club de Frisco. C'est un long Noir maigre, avec de grands yeux tristes, qui dit des trucs comme : «C'est super-orooni», ou : «Si on prenait un petit bourbon-orooni.» À Frisco, des foultitudes de jeunes intellos viennent l'écouter religieusement jouer de la guitare, du piano, du bongo. Une fois qu'il s'est bien échauffé, il retire sa chemise, son maillot de corps, et là, il y va. Il dit et il fait tout ce qui lui passe par la tête. Il va

chanter *Bétonneuse, pa-ti pa-ti* (qu'il a écrite) et puis
d'un seul coup, ralentir le rythme et couver ses bongos, effleurant tout juste la peau du bout des doigts,
si bien que tout le monde se penche et retient son
souffle pour entendre ; on croit qu'il va s'amuser à ça
une minute ou deux, mais il fait durer le plaisir pendant une heure ; il n'émet plus que des petits bruits
imperceptibles, comme Al Hinkle avec la pointe de
l'ongle, de plus en plus bas, on n'entend plus rien,
surtout avec les bruits de la rue, qui arrivent par la
porte ouverte. Et puis, lentement, le voilà qui se lève,
prend le micro, et dit : « Super-orooni... bonnard-
orooni... ça va les gars-orooni... bourbon-orooni...
tout-orooni... ça va ceux qui se bécotent-orooni...
orooni... orooni... oroonirooni... » Comme ça pendant un quart d'heure, en baissant la voix jusqu'à
devenir inaudible. Ses grands yeux tristes parcourent
le public. Neal est debout dans le fond, et il dit :
« Bon Dieu ! Oui ! », mains jointes comme pour prier,
en nage. « Jack, Slim a conscience du temps, il a
conscience du temps. » Slim se met au piano, il frappe
deux touches, deux do, puis deux autres, puis une,
puis deux, et tout à coup son grand costaud de contrebassiste sort de sa rêverie de défonce, il s'aperçoit
que Slim est en train de jouer *C-Jam Blues*, alors
il promène nonchalamment son gros index sur la
corde, c'est le bon gros beat qui tonne, tout le monde
se met à tanguer ; et Slim a toujours l'air aussi triste,
et ils font du jazz pendant une demi-heure, après
quoi il se déchaîne, il se jette sur ses bongos, il cogne
des rythmes cubains ultrarapides, il gueule des trucs
dingues en espagnol, en arabe, en dialecte péruvien,
en maya, dans toutes les langues qu'il connaît, lui

qui en connaît d'innombrables. Et le set touche
quand même à sa fin ; chaque set dure deux heures.
Slim Gaillard va s'adosser à un pilier, et il dévisage
tristement tous les gens qui viennent lui parler. On lui
glisse un bourbon dans la main. « Bourbon-oroooni...
merci-oroooni... » Personne ne sait où il est. Une fois,
Neal a rêvé qu'il était en train d'accoucher, il était
couché sur la pelouse d'un hôpital, en Californie, son
ventre était tout enflé et tout bleu. Sous un arbre, il y
avait un groupe d'hommes de couleur, dont Slim
Gaillard. Neal tournait les yeux vers lui dans son
désespoir, et Slim lui disait : « C'est ton heure-
oroooni. » À présent, Neal s'est approché de lui
comme de la sainte table, il lui a fait une petite cour-
bette pour l'inviter. « D'accord-oroooni », a dit Slim,
qui veut bien se mettre à toutes les tables, sans
garantie d'y être en esprit. Neal en a pris une, il est
allé chercher des verres, et il s'est assis, tout raide, en
face de Slim. Slim rêvassait sans le voir. Personne ne
disait mot. Chaque fois que Slim disait : « oroooni »,
Neal disait : « Oui ! » Et moi j'étais entre ces deux
dingues. Il ne s'est rien passé. Pour Slim Gaillard, le
monde n'était qu'un grand Oroooni. Le même soir,
je suis allé écouter Lampshade à l'angle de Fillmore
et de Geary Street. C'est un type de couleur, genre
baraqué, qui entre dans les bars à musique de Frisco
d'un pas chancelant, avec son manteau, son chapeau,
son écharpe, saute d'un bond sur l'estrade, pour se
mettre à chanter ; les veines de son front se gonflent à
éclater ; il soupire et souffle un gros blues corne de
brume par tous les muscles de son âme. Il engueule
le public quand il chante ; il boit comme un trou ; il a
une voix de stentor. Il grimace, il se contorsionne, il

fait tout et n'importe quoi. Il est venu à notre table, il s'est penché vers nous, il a dit : « Oui ! » et puis il est sorti dans la rue d'un pas incertain, pour faire le bar suivant. Et puis il y a Connie Jordan, un fou qui chante en battant des bras, et qui finit par éclabousser tout le monde de sa sueur, donner des coups de pied dans le micro, et hurler comme une femme. Et tard dans la nuit, tu le vois à des sessions de jazz débridées au Jackson's Hole, il est rétamé, ses grands yeux ronds, le regard creux, les épaules molles, un verre devant lui. C'est le bout du continent, les gars en ont plus rien à foutre. Cet été-là, j'en ai vu beaucoup comme ça, au point qu'à la fin les murs en tremblaient et se fissuraient. Neal et moi, on a traîné dans les rues de Frisco, comme deux ahuris, et puis j'ai reçu mon nouveau chèque de l'armée, et j'ai fait mes préparatifs pour rentrer chez moi. Ce que m'avait apporté cette virée, je n'en sais rien. Carolyn avait hâte que je m'en aille ; que je parte ou que je reste, Neal s'en fichait pas mal. Je me suis acheté du pain de mie en tranches et de la viande, et une fois de plus je me suis fait une dizaine de sandwiches pour traverser le pays, qui seraient tous avariés le temps que j'arrive dans le Dakota. Le dernier soir, Neal a pété les plombs ; il a trouvé Louanne en ville, on est montés dans la voiture et on a roulé dans tout Richmond, de l'autre côté du pont, pour faire les boîtes de jazz nègres, dans les plaines pétrolières. Quand Louanne est allée s'asseoir, un Noir a tiré la chaise sous ses fesses ; les filles lui ont fait des avances dans les chiottes ; on m'en a fait, à moi aussi. Neal était en sueur. C'était la fin, je voulais me tirer. À l'aube, je suis monté dans le car de New York, et j'ai dit au revoir à Neal et Louanne. Ils voulaient que je partage mes sandwiches avec eux, mais j'ai dit non. On s'est fait la gueule. On se disait tous qu'on ne se reverrait jamais, et on s'en fichait. Voilà tout. J'ai repris la route en sens inverse, traversé le continent qui gémissait, avec mes dix sandwiches plus deux dollars, et je suis arrivé à New York juste à temps pour voir Ed White, Bob Burford et Frank Jeffries embarquer pour la France à bord du *Queen Mary*, bien loin de me douter que, l'année suivante, je serais avec Neal et Jeffries pour la virée la plus démente de toutes. Par ailleurs, on pourrait penser qu'un voyage en car de Frisco à New York se déroulerait sans encombres, que j'arriverais à New York autrement qu'en pièces détachées, et que je me reposerais. Pas du tout. Dans le Dakota du Nord, le car a été pris dans un abominable blizzard venu des badlands, qui édifiait des congères de trois mètres sur les bords de la route ; pendant que je dormais, les moteurs arrière qui chauffaient ont lâché. On gelait tellement dans le car que les passagers ont dû passer la nuit dans un *diner* pour ne pas finir en glaçons. Ça ne m'a pas empêché de continuer à dormir sans que personne s'en aperçoive, et de me réveiller frais et dispos ; j'ai redormi pendant toute la réparation dans un garage de Fargo. À Butte, dans le Montana, j'ai eu maille à partir avec des Indiens ivres ; j'ai passé toute la nuit dans un grand saloon turbulent qui serait allé droit au cœur de Bill Burroughs. J'ai fait quelques paris sur les murs ; je me suis torché. J'ai vu un vieux distribuer les cartes, le sosie de W.C. Fields ; il m'a mis la larme à l'œil tellement il me faisait penser à mon père. C'était un gros bonhomme

avec un nez en patate, qui s'essuyait avec un mouchoir tiré de sa poche arrière, il portait une visière
verte, et il toussait comme un asthmatique dans les
jeux de nuit à Butte, en hiver, et puis il a fini par
lever l'ancre avec son vieux chien, pour passer la
journée à dormir, une fois de plus. C'était un crou-
pier de blackjack. J'ai vu aussi un vieillard de quatre-
vingt-dix ans qui jouait aux cartes en plissant les
yeux, et on m'a raconté qu'il jouait depuis soixante-
dix ans dans la nuit de Butte. À Big Timber, j'ai vu
un jeune cow-boy qui avait perdu un bras à la guerre,
et qui passait cet après-midi d'hiver au bistrot avec
les vieux, posant un regard d'envie sur les gars qui
traînaient leurs guêtres dehors, dans les immenses
neiges de Yellowstone. Dans le Dakota, j'ai vu une
charrue rotative heurter une Ford toute neuve et la
faire voler en éclats sur la plaine, comme pour les
semailles de printemps. À Toledo, dans l'Ohio, je
suis descendu du car, et j'ai fait un détour jusqu'à
Detroit en stop, pour voir ma première femme. Je ne
l'ai pas trouvée, et ma belle-mère m'a refusé deux
dollars pour manger. J'étais assis par terre dans les
toilettes de la gare routière, je ne décolérais pas ;
assis au milieu des bouteilles vides. Des prêcheurs
m'ont abordé pour me parler de Notre Seigneur. J'ai
dépensé mon dernier sou pour m'offrir un repas à
bon marché, dans les bas-fonds de Detroit. J'ai
appelé la nouvelle épouse du père de ma femme, elle
n'a même pas voulu me voir. Ma garce de vie s'est
mise à danser devant mes yeux, et j'ai compris que
quoi qu'on fasse, au fond, on perd son temps, alors
autant choisir la folie. Moi, tout ce que je voulais,
c'était noyer mon âme dans celle de ma femme, et

l'atteindre par le nœud de la chair, dans le linceul des draps. Tout au bout de la route américaine, il y a un homme et une femme qui font l'amour dans une chambre d'hôtel. Je ne voulais rien d'autre. Sa famille conspirait pour que nous demeurions séparés ; ils pensaient, et ils n'avaient pas tort, que je n'étais qu'un clochard, et que je ne ferais que rouvrir ses blessures. Ce soir-là, elle se trouvait à Lansing, dans le Michigan, à cent cinquante bornes de là, et j'étais perdu. Tout ce que je voulais, tout ce que Neal voulait, tout ce que tout le monde voulait, c'était pénétrer au cœur des choses, comme dans le ventre maternel, pour s'y blottir et y dormir du sommeil extatique que connaissait Burroughs avec une bonne giclée de M. et que les cadres de la publicité connaissaient en descendant douze whisky soda à Stouffers avant de reprendre le train des poivrots pour Westchester — mais sans la gueule de bois. J'avais bien des rêves romantiques, à l'époque, et je levais les yeux vers mon étoile en soupirant. Le fond de la question, c'est que quand on meurt, on meurt, et pourtant tant qu'on vit, oui, on vit, et ça, c'est pas des menteries de Harvard. En Pennsylvanie, il m'a fallu descendre voler des pommes à l'épicerie du village pour ne pas mourir de faim. Je suis rentré dans l'Est à quatre pattes, en quête de ma pierre, et sitôt arrivé chez moi, j'ai vidé la glacière, sauf que c'était devenu un frigo, fruit de mon labeur de 1947 — telle était l'aune du progrès de ma vie. Et puis est arrivé le grand navire planétaire ; en allant à la fac, j'ai croisé dans le grand hall Mrs. Holmes, la mère de John Holmes, que j'avais aperçue à Tucson ; elle m'a dit que son fils allait accompagner quelques amis à moi qui embar-

quaient sur le *Queen Mary*. Je n'avais pas le sou. J'ai
dû faire les cinq bornes à pied jusqu'au quai, et là j'ai
trouvé John Holmes et sa femme, avec Ed String-
gham ; ils attendaient qu'on ouvre la passerelle. Aussitôt, on s'est rués à bord, où on a trouvé Ed White,
Bob Burford et Frank Jeffries qui buvaient du
whisky au grand salon, avec Allen Ginsberg, entre
autres, qui avait apporté la bouteille (ainsi que ses
derniers poèmes). Ce n'est pas tout : Hal Chase était
à bord, lui aussi, mais le bateau était tellement
immense qu'on l'a complètement raté. Lucien Carr
était là également, mais il était venu dire au revoir à
un autre groupe, et on ne le savait même pas. Ce fou
de Burford m'a mis au défi de venir en France avec
eux comme passager clandestin. J'ai relevé le défi :
j'étais ivre. On a bloqué l'ascenseur, et on nous a
raconté que Somerset Maugham, le célèbre écrivain,
en était furax. On a vu Truman Capote arriver, soutenu par deux vieilles dames ; il ne tenait pas debout,
et il était venu en tennis. Des Américains de tout poil
couraient dans les coursives, bourrés. C'était le Grand
Vaisseau Planétaire, il était trop grand, tout le monde
cherchait quelqu'un, sans pouvoir le trouver. Le
môle 69. La femme de John Holmes s'est fermement
opposée à ce que j'embarque clandestinement, et elle
m'a tiré par l'oreille jusqu'au quai. J'ai joué au foot
au milieu des cageots des hangars. Une autre ère
touchait à sa fin. C'était le deuxième bateau que je
ratais en deux ans et sur deux côtes ; il y avait eu le
navire coréen, et maintenant celui-ci, le *Queen Mary*,
qui partait pour la France. Tout ça parce que j'étais
voué à la route, et à faire l'inventaire de mon pays
natal, avec ce fou de Neal. Après tout ce qui s'était

passé, on aura du mal à le croire, mais c'est pourtant moi qui suis allé le sauver, à l'heure de son dénuement, quelques mois plus tard. Ça valait bien la peine, parce que c'est ainsi qu'il a atteint sa grandeur. LIVRE TROIS : Au printemps 1949, il m'est tombé la somme miraculeuse de mille dollars, pour avoir travaillé dans une boîte new-yorkaise. Avec ce chèque, j'ai voulu installer ma famille — ma mère, ma sœur, mon beau-frère et leur enfant — dans une maison confortable, à Denver. Je me suis rendu sur place pour la trouver, en prenant bien soin de ne pas dépenser plus d'un dollar pour me nourrir en route. En l'espace d'une journée, et avec le précieux concours de Justin W. Brierly, à force de me démener dans cette ville de montagne au cœur du mois de mai, j'ai trouvé la maison, payé deux mois de loyer d'avance et télégraphié à New York pour leur dire de venir. J'ai payé le déménagement, soit 350 dollars, mais tout est tombé à l'eau. Ils ne se sont pas plu à Denver, ils n'ont pas aimé vivre à la campagne. Ma mère est rentrée la première ; ma sœur et mon beau-frère ont suivi. J'avais voulu installer ceux que j'aimais dans un foyer plus ou moins permanent où vaquer aux affaires humaines à la satisfaction générale. Mener une vie saine, être bien logé, bien se nourrir, prendre du bon temps, le travail, la foi, l'espérance, moi j'y croyais. J'y ai toujours cru. Et je n'étais pas peu surpris de découvrir que j'étais une des rares personnes à y croire sincèrement sans en faire pour autant une philosophie bourgeoise ennuyeuse. Tout à coup, je me retrouvais sans rien dans les mains, sinon une poignée de folles étoiles. Au nom de cet idéal, je m'étais privé du voyage promis en France

pour rejoindre les copains ; au nom de cet idéal,
j'avais remisé maint désir secret, aller trouver ma
femme à Detroit, par exemple, ou bien épouser sur
un coup de tête une Portoricaine turbulente, et
m'installer dans la vie des H.L.M. de New York.
Sur ces entrefaites, je me retrouvais délesté de mille
dollars. De toute façon, je n'aurais jamais espéré toucher une somme pareille. En quelques semaines, il
n'en restait rien. Je me retrouvais sur le cul dans les
grandes plaines de l'Ouest. Je me suis dit : « Puisque
c'est comme ça, autant laisser libre cours à sa folie. »
Et j'ai entrepris d'aller chercher Neal à San Francisco, histoire de voir ce qu'il faisait. J'ai essayé de
me procurer l'argent du voyage par des moyens hon-
nêtes. Un matin, je me suis levé à trois heures et j'ai
fait du stop depuis Alameda Boulevard, où j'habitais,
jusqu'en ville, à plus de huit bornes ; sauf que personne ne m'a pris, et que j'ai dû y aller à pied. Je suis
arrivé aux halles Denargo avant l'aube, crevé. C'était
là que j'avais failli travailler avec Eddy, mon pote de
route, en 1947. On m'a embauché aussitôt, et ça été
le commencement d'une journée de travail que je ne
suis pas près d'oublier. J'ai trimé de quatre heures
du matin à six heures du soir sans désemparer, tout
ça pour onze dollars et de la mitraille. C'était tellement dur que j'ai vite pris des crampes dans les bras,
j'en aurais hurlé. Il faut bien dire que j'étais une fil-
lette comparé aux Japonais qui bossaient à mes côtés.
Leurs muscles étaient accoutumés à cette tâche de
forçat ; il fallait tirer à bout de bras derrière soi une
charrette de fruits avec huit étages de cagettes, sans
la faire tomber ; à la moindre fausse manœuvre, on
bousille toute la cargaison, à ses frais bien entendu.

Toute la journée j'ai fait des allées et venues avec ces Nisei musclés, en passant mon temps à râler. À un moment donné, il a fallu qu'on glisse un genre de cric sous les roues d'une grosse benne, et qu'on la pousse sur ses rails centimètre par centimètre, pendant trente mètres. À moi tout seul, j'ai déchargé un wagon de marchandise et demi de cageots de fruits dans la journée, interrompu seulement par une virée aux entrepôts de Denver, pour prendre des cageots de pastèques sur le parterre glacé d'un wagon, les tirer au soleil brûlant et les charger dans un camion tapissé de glace pilée, ce qui m'a valu un mauvais rhume. Ça m'était égal; une fois de plus, je voulais aller à San Francisco. Tout le monde veut y aller, et pourquoi faire? Au nom du Ciel et des étoiles, pourquoi faire? Pour la joie, pour le pied, pour cet éclat dans la nuit. Tous les autres gars déchargeaient trois wagons par jour; moi j'allais deux fois moins vite; en conséquence, le patron a jugé que je n'étais pas un investissement rentable à terme, et il m'a viré sans me le dire, quand j'ai exprimé mes impressions, et dit que je ne reviendrais pas. Il ne me restait plus qu'à regagner Larimer Street; je ne tenais plus debout, je suis allé me soûler chez Jiggs, le bar avec buffet en face de l'hôtel Windsor, où Neal Cassady avait vécu avec son père, Neal Cassady senior, pendant la crise de 29. Ce jour-là comme par le passé, j'ai cherché le père de Neal Cassady. Introuvable. Soit on trouve quelqu'un qui ressemble à son propre père dans des coins comme le Montana, soit on cherche celui d'un ami là où il n'est plus, et voilà. Alors, bien malgré moi, le matin m'a découvert une jambe de femme gainée de soie et, dans ce bas de soie, il y avait un billet de cent dollars, qu'elle m'a donné en me disant : « Tu parlais de faire une virée à San Francisco, alors prends ça, et amuse-toi bien. » Mes problèmes ainsi résolus, je suis allé au Bureau du Voyage, et contre onze dollars pour les frais d'essence, on m'a trouvé une voiture, si bien que j'ai traversé le continent comme une flèche pour rejoindre Neal à Frisco. Deux gars se relayaient au volant de la bagnole, qui se disaient maquereaux. Ils avaient pris deux passagers en plus de moi. On ne mouftait pas, ne pensant qu'au but du voyage. Comme on passait la frontière entre le Colorado et l'Utah, j'ai vu Dieu dans le ciel, sous la forme d'énormes nuages incandescents au-dessus du désert, qui semblaient me dire : « Le jour de colère viendra. » Seulement voilà, hélas, je m'intéressais davantage aux vieux chariots bâchés tout pourris et aux tables de jeu installés en plein désert du Nevada, près d'un kiosque à coca-cola, avec quelques baraques autour, quelques panneaux publicitaires claquant encore dans les bandelettes spectrales du vent du désert, panneaux qui disaient : « Bill le Crotale a vécu ici » ou encore : « Ici se terrait Annie Gueule-cassée ». Oui, vroom vroom ! À Salt Lake City, les macs sont allés faire la comptée chez leurs filles, et puis on a repris la route. En moins de temps qu'il ne faut pour le dire, j'ai eu de nouveau sous les yeux la ville légendaire de San Francisco qui s'étendait le long de sa baie, au milieu de la nuit. J'ai aussitôt couru chez Neal, qui habitait désormais une maison sur Russian Hill. Je grillais de savoir ce qu'il avait en tête et ce qui allait se passer, puisque je ne laissais rien derrière moi, j'avais brûlé mes ponts, et je me fichais de tout et du reste. J'ai frappé chez lui à deux heures du matin. Il est venu m'ouvrir complètement nu, et si j'avais été le président Truman c'était la même chose. Il recevait le monde à l'état brut. « Jack ! » il s'est écrié avec une sidération qui n'était pas feinte, « je n'aurais jamais cru que tu viendrais à moi. Enfin, te voilà. — Ouaip », j'ai dit. « Tout fout le camp chez moi. Et chez toi, ça va ? — Pas terrible, pas terrible. Mais on a des milliers de trucs à se raconter, Jack. L'heure est EN-FIN venue qu'on se parle, toi et moi. » On en est tombés d'accord, et on est entrés dans la maison. Or mon arrivée faisait un peu l'effet de celle de l'Ange du bizarre et du mal parmi les blancs moutons, et quand on s'est mis à parler avec animation à la cuisine, Neal et moi, ça a provoqué des sanglots au premier. À tout ce que je disais, Neal répondait d'un « OUI ! » chuchoté avec fièvre. Carolyn se doutait de ce qui allait se passer. Apparemment, Neal se tenait tranquille depuis quelques mois, mais l'arrivée de l'Ange le faisait replonger dans sa folie. « Qu'est-ce qu'elle a ? » j'ai demandé à mi-voix. « Son état s'aggrave, mec, elle pleure, elle pique des crises, elle m'empêche de sortir voir Slim Gaillard, elle pique des crises dès que je rentre en retard, et quand je tâche de passer la soirée avec elle, elle refuse de me parler, en me disant que je suis une vraie brute. » Il a couru la calmer. J'entendais Carolyn hurler : « Tu n'es qu'un menteur, tu n'es qu'un menteur, menteur ! » J'en ai profité pour examiner cette très extraordinaire maison qu'ils habitaient. C'était un pavillon de bois à étage, au milieu d'immeubles de rapport, qui dominait la baie tout en haut de Russian Hill. Il y avait quatre pièces, trois chambres en haut et une immense cui-

sine-entresol en bas. La porte de la cuisine ouvrait
sur une cour envahie par les herbes, avec des cordes
à linge. À l'arrière de la cuisine, il y avait un débarras
où se trouvaient encore les galoches de Neal toutes
crottées de boue du Texas, depuis la nuit où l'Hudson
s'était envasée à Hampstead, sur les berges du Brazos.
Inutile de dire qu'il n'y avait plus de Hudson. Neal
avait été incapable de payer les traites. Il n'avait d'ailleurs plus de voiture. Ils attendaient leur deuxième
enfant — un accident. C'était un drame affreux d'entendre Carolyn pleurer à chaudes larmes. On trouvait
ça insupportable, alors on est allés acheter des bières,
pour les boire à la cuisine. Carolyn a fini par s'endormir, ou alors elle a passé la nuit les yeux grands
ouverts dans le noir. Je n'avais pas la moindre idée
de ce qui clochait pour de bon, sauf que, peut-être,
Neal avait fini par la rendre folle. Après mon départ
de Frisco, la dernière fois, il avait de nouveau perdu
la tête pour Louanne et passé des mois à hanter son
appartement de Divisadero Street, où elle recevait
un marin différent tous les soirs ; il regardait par la
fente de la boîte aux lettres, qui donnait sur le lit.
C'est là qu'il la voyait, le matin, vautrée avec un
jeune gars. Il la suivait dans toute la ville. Il voulait
avoir la preuve irréfutable que c'était une pute. Il
l'aimait, il l'avait dans la peau. Un beau jour, tout à
fait par erreur, il s'est procuré une m. de première
qualité, comme on dit, une marijuana verte, non fer-
mentée, et il en a trop fumé. « Le premier jour, j'étais
raide comme une planche sur mon lit ; je pouvais pas
bouger, pas articuler un mot. J'avais les yeux au ciel,
grands ouverts, ma tête bourdonnait, il me venait
toutes sortes de fabuleuses visions en technicolor. Le

deuxième jour, tout m'est revenu, TOUT ce que j'avais dit ou fait ou lu, ou entendu, ou conjecturé dans ma vie ; ça m'est revenu, et ça s'est remis en ordre dans ma tête selon une logique toute nouvelle. Oui, j'ai dit. Oui, oui, oui, oui. Pas fort. Juste oui, tout bas, parce que je trouvais rien d'autre à dire. Ces visions du thé vert ont duré jusqu'au troisième jour. J'avais tout compris, toute ma vie était décidée. J'avais compris que j'aimais Louanne, qu'il fallait que je retrouve mon père où qu'il soit, et que je le sauve, que tu étais mon pote ; j'ai compris la grandeur d'Allen. J'ai compris des milliers de choses sur tout le monde, partout. Et puis le troisième jour, j'ai commencé à faire une série de cauchemars éveillés, mais horribles, macabres, glauques ; j'étais là, plié en deux, mains sur les genoux, à répéter des oh et des ah... Les voisins m'ont entendu, et ils ont appelé le médecin. Carolyn était partie voir sa famille, avec la petite. Tout le quartier s'est inquiété. Les voisins sont entrés et ils m'ont trouvé au lit, bras tendus, bloqué dans la position. Mec, j'ai couru chez Louanne lui apporter un peu de cette herbe. Et tu sais pas, cette petite connasse, il lui est arrivé exactement la même chose : mêmes visions, même logique, même décision finale sur sa vie, la boule de douleur qui te fait voir tes quatre vérités et qui t'inspire des cauchemars et de la souffrance. Alors j'ai compris que je l'aimais tellement que je voulais la tuer. J'ai couru chez moi me taper la tête contre les murs. J'ai couru chez Al Hinkle, il est de retour à Frisco avec Helen, je lui ai demandé l'adresse d'un serre-freins qui a un feu ; je suis allé chez le gars, j'ai pris son feu, j'ai couru chez Louanne, j'ai regardé par la fente, elle était en train de coucher avec un marin; une heure plus tard je suis revenu, j'ai fait irruption chez elle, elle était toute seule... Je lui ai donné le flingue en lui disant de me tuer. Elle l'a gardé en main une éternité. Je lui demandais un pacte de mort amoureuse. Elle a pas voulu. J'ai dit qu'il fallait qu'un de nous deux meure. Elle a dit non. Je me suis tapé la tête contre le mur. Elle m'a dissuadé de faire ça. — Et après, qu'est-ce qui s'est passé? — C'était il y a des mois... juste après ton départ. Elle a fini par se marier avec un de ses matelots, et ce pauvre enfoiré s'est juré de me tuer s'il me trouve. Au pire, il faudra bien que je le tue pour me défendre, et alors j'irai tout droit à San Quentin, parce que tu vois, Jack, à la MOINDRE connerie, je me retrouve à San Quentin pour le restant de mes jours... je serais foutu, avec ma main malade, en plus. » Il m'a fait voir sa main. Dans les effusions de l'arrivée, je n'avais pas remarqué qu'il avait en effet subi un terrible accident. « J'ai frappé Louanne à l'arcade, le 26 février à six heures du soir, la dernière fois qu'on s'est vus, et qu'on a décidé de tout. Et alors, écoute bien, mon pouce a glissé sur son front, si bien qu'elle a même pas pris un bleu, elle riait d'ailleurs, mais *moi*, par contre, mon pouce s'est infecté, un gros connard de toubib me l'a mal soigné, il s'y est mis une pointe de gangrène, et il a fallu m'en amputer l'épaisseur d'un poil de con. » Il a défait son pansement pour me le faire voir. Il manquait un peu plus d'un centimètre de chair sous l'ongle. « C'est allé en s'aggravant. Comme il me fallait travailler pour nourrir Carolyn et Cathy Ann, je me suis dépêché de prendre un job chez Goodyear; je montais des pneus de cinquante

kilos jusqu'en haut des wagons. Je me servais que de
ma main valide, mais j'arrêtais pas de me cogner
l'autre. Je l'ai cassée, ils me l'ont reboutée en me
passant une broche, et voilà que ça s'infecte et que ça
enfle de nouveau. Et avec tous ces enquiquinements,
je me suis jamais senti mieux, ni plus heureux dans
ce monde, jamais j'ai eu plus de bonheur à voir les
petits enfants jouer au soleil, et qu'est-ce que je suis
content de te voir, toi Jack, t'es formidable, t'es
fabuleux, et je sais, oui je SAIS que tout ira bien », il
a déclaré en riant. Il m'a félicité pour mes mille dollars, qui n'étaient plus qu'un souvenir. « On connaît
la vie, à présent, Jack, on a pris un peu de bouteille
l'un comme l'autre, petit à petit, on commence à
comprendre les choses. Ce que tu me dis de ta
famille, je le comprends bien. J'ai toujours apprécié
tes sentiments, et à présent tu es prêt à te caser avec
une fille formidable si tu arrives à la trouver, à la
cultiver, et à lui confier ton âme, comme j'ai désespérément essayé de le faire avec mes maudites femmes.
Eh merde, merde, merde ! » il a hurlé. Le lendemain
matin, Carolyn nous jetait dehors tous les deux avec
armes et bagages. Ça a commencé quand on a appelé
Bill Tomson, le vieux Bill de Denver, pour qu'il
vienne boire une bière ; pendant ce temps-là, Neal,
qui était en maladie à cause de sa main, s'est occupé
du bébé, il a fait la vaisselle et la lessive dans la cour,
mais il était tellement surexcité qu'il a tout fait comme
un cochon. Tomson a accepté de nous emmener en
voiture à Marin City, chercher Henri Cru. (Neal ne
donnait jamais de petits noms aux corvées ordinaires.) Carolyn, qui travaillait chez un dentiste, est
rentrée, et elle nous a lancé un regard torve et triste,

femme persécutée par le quotidien. J'ai bien essayé
de lui montrer que je ne voulais pas nuire à sa vie de
famille, je lui ai dit bonjour, je lui ai parlé avec toute
la chaleur possible, mais elle savait que c'était de
l'arnaque, et peut-être même une arnaque inspirée
par Neal, si bien qu'elle ne m'a répondu que par un
sourire bref. Le lendemain matin, scène épouvantable ; elle était couchée sur le lit à se tordre et à san-
gloter, et voilà que j'ai envie d'aller aux toilettes, or il
aurait fallu traverser sa chambre. « Neal, Neal », je
crie, « il est où, le bar le plus proche ? — Le bar ? » il
me demande, étonné ; il était en train de se laver les
mains dans l'évier de la cuisine, en bas. Il a cru que
je voulais me soûler. Je lui ai confié mon dilemme, et
il m'a dit : « Vas-y, te gêne pas, elle est comme ça
tout le temps. » Non, c'était au-dessus de mes forces.
Je me suis rué dehors, en quête d'un bar. J'ai fait
quatre rues, en montée et en descente, sans rien
trouver que des laveries automatiques, des pressings,
des fontaines à soda, des salons de coiffure, des mer-
ceries et des quincailleries. Je suis rentré ventre à
terre dans la petite maison de guingois, bien résolu à
mettre un terme à ma misère. Ils étaient en train de
s'engueuler au moment où je suis rentré en douce,
alors avec un faible sourire je me suis enfermé dans
la salle de bains. Quelques instants plus tard, Carolyn balançait les affaires de Neal sur le plancher du
séjour, et elle lui disait de faire sa valise. À ma grande
surprise, j'ai découvert une peinture à l'huile qui
représentait Helen Hinkle en pied, au-dessus du
canapé. Je me suis rendu compte que toutes ces
femmes passaient leurs mois de solitude et de fémi-
nitude en causant de la folie des mâles. J'ai entendu

Neal et son rire de dément, et les vagissements de son bébé. Aussitôt après, je l'ai aperçu se glisser dans toutes les pièces comme Groucho Marx, son pauvre pouce brisé emmailloté dans une énorme poupée blanche dressée tel un phare, inébranlable au-dessus de la fureur des eaux. J'ai vu reparaître son énorme malle en piteux état, qui recrachait ses chaussettes et ses slips sales ; penché dessus, il y balançait toutes les affaires qu'il trouvait. Ensuite il a sorti sa valise. C'était la valise la plus *beat* de tous les États-Unis, une valise en carton bouilli façon cuir, avec de drôles de charnières collées dessus. Le couvercle était déchiré sur toute sa longueur ; Neal l'a arrimé avec une corde. Puis il a pris son sac de matelot, et il y a jeté ce qui restait. J'ai pris ma valise, je l'ai bourrée, et pendant que Carolyn, toujours couchée, disait : « Menteur, menteur, menteur ! », on s'est tirés de la maison et on a descendu la rue en vrac jusqu'à l'arrêt de tram le plus proche — conglomérat d'hommes et de valises d'où dépassait un énorme pouce bandé. Ce pouce était devenu le symbole de la métamorphose ultime de Neal. Il se fichait de tout (ça n'était pas nouveau), mais désormais, *en principe, il ne se fichait de rien*. Autrement dit, pour lui ça revenait au même ; il était au monde, et il n'y pouvait rien. Il m'a arrêté en pleine rue. « Bon, écoute, mec, je me doute bien que tu dois l'avoir mauvaise ; tu viens d'arriver en ville et on se fait jeter le premier jour ; tu dois te demander ce que j'ai pu faire pour mériter ça, et tout... sans compter ces effets abominables... ha, ha, ha !... Seulement, regarde-moi, Jack, s'il te plaît, regarde-moi. » Je l'ai regardé ; il portait un T-shirt, un pantalon déchiré qui lui tombait sur les hanches, des

chaussures en lambeaux ; il n'était pas rasé, la chevelure en bataille, les yeux injectés de sang, son pouce
emmailloté tenu à hauteur du cœur (selon les recom-
mandations médicales), affichant avec ça le sourire le
plus crétin que j'aie jamais vu. Il chancelait, tournait
en rond, regardait partout. « Que voient mes prunelles ? Ah... le ciel bleu. Long-fellow ! » Il s'est
balancé sur place, il a cligné des yeux, s'est frotté les
paupières. « Et puis les fenêtres, aussi. Tu les as déjà
maté les fenêtres ? Parlons-en, des fenêtres. J'en ai
vu des vraiment dingues, qui me faisaient des grimaces, et d'autres qui me faisaient de l'œil, avec
leurs stores baissés. » Il est allé chercher un exemplaire des *Mystères de Paris*, d'Eugène Sue, au fond
de son sac de matelot. Il a rajusté le devant de son
T-shirt et, à un coin de rue, il s'est mis à lire sur un
ton pédant. « À présent, Jack, il faut qu'on s'imprègne bien de tout ce qu'on voit en route... » Il a
oublié aussitôt, les yeux dans le vague. J'étais content
d'être venu ; il avait besoin de moi, à présent. « Pourquoi est-ce que Carolyn t'a mis à la porte ? Qu'est-ce
que tu vas faire ? — Hein ? hein ? » On s'est creusé la
tête pour savoir que faire et où aller. Ma carrière
était assez bien lancée, à New York, et je me suis
rendu compte que c'était à moi de l'aider. Pauvre
Neal, pauvre de lui ! Le diable lui-même n'est jamais
tombé plus bas. Retombé en enfance, le pouce
infecté, au milieu des valises cabossées de son existence orpheline à sillonner l'Amérique en tous sens,
un nombre de fois incalculable, oiseau vaincu, étron
brisé, abondance d'images ne nuit pas. « Allons
jusqu'à New York à pied, a-t-il dit, et intéressons-
nous à tout ce qui se passera en chemin... ouaip ! »

J'ai sorti mon argent et je l'ai compté, puis je le lui ai fait voir 2 fs. «J'ai ici la somme de quatre-vingt-trois dollars et de la monnaie, et si tu viens avec moi, allons à New York... et puis on ira en Italie. — En Italie?» Son visage s'est éclairé. «L'Italie, ouaip... mais comment on va faire pour y aller, Jack?» J'ai réfléchi. «Je vais recommencer à gagner un peu de fric, je vais me faire encore mille dollars. On ira voir toutes les femmes en folie, à Rome, à Paris, dans toutes ces villes; on s'installera à la terrasse des cafés; on ira retrouver Burford White et Jeffries, on habitera au bordel. Pourquoi on n'irait pas en Italie? — Ben tu parles!» a dit Neal; et là, il a compris que j'étais sérieux; il m'a regardé du coin de l'œil pour la première fois, parce que c'était la première fois que je m'engageais à intervenir dans sa garce de vie; le regard qu'il me lançait était celui d'un homme qui évalue ses chances à l'instant de miser. Il avait du triomphe et de l'insolence dans le regard, une expression diabolique, et il m'a fixé pendant une éternité. Je lui ai rendu son regard en rougissant. J'ai dit: «Qu'est-ce qu'il y a?», je me sentais misérable. Il n'a pas répondu, et il a continué à m'observer de côté, avec une circonspection insolente. J'ai essayé de me rappeler tout ce qu'il avait fait dans sa vie, pour savoir s'il n'y avait pas, à un moment donné, quelque chose qui l'aurait rendu soupçonneux. Résolument, fermement, j'ai répété ce que j'avais dit: «Viens à New York avec moi, j'ai l'argent», mes yeux s'embuaient de gêne et de larmes. Et il me fixait, mais les yeux dans le vague, sans me voir. Notre amitié a sans doute franchi une étape décisive quand il a compris que j'avais passé des heures à

penser à lui ; il essayait d'intégrer cette donnée dans
ses catégories mentales si perturbées, si emberlificotées. Le déclic s'est fait dans mon âme et dans la
sienne. Moi, je m'inquiétais tout à coup pour cet
homme plus jeune que moi, cinq ans d'écart, et dont
la destinée s'était liée de manière irréversible à la
mienne au fil des années-linceuls ; ce qui se passait
en lui, je ne peux le reconstruire que par ce qu'il a
fait ensuite. Il a eu l'air très joyeux, et il a déclaré
que c'était entendu. «Pourquoi tu m'as regardé
comme ça ? » j'ai demandé. Ça lui a fait de la peine.
Il a froncé les sourcils. C'était bien rare, chez lui. On
était tous deux perplexes, pas sûrs de quelque chose.
On était tout en haut de Russian Hill, par cette belle
journée ensoleillée ; nos ombres s'allongeaient sur le
trottoir. De l'immeuble voisin de chez Carolyn sont
sortis onze Grecs, hommes et femmes, qui se sont
aussitôt mis en rang au soleil, sur le trottoir, pendant
qu'un autre a reculé dans la rue étroite, et leur a
souri en les cadrant avec son appareil photo. On
regardait bouche bée ces gens venus du fond des
âges, qui mariaient une de leurs filles, la millième
sans doute, d'une lignée ininterrompue de sourires
au soleil. Ils étaient sur leur trente et un, et ils étaient
étranges. Neal et moi, on se serait crus à Chypre.
Des mouettes passaient dans un ciel étincelant. «Bon
alors », a dit Neal, tout bas, d'une voix timide, «on y
va ? — Oui », j'ai dit, «allons en Italie». On a pris
nos cliques et nos claques, lui la malle de sa main
valide et moi tout le reste, et on s'est traînés jusqu'à
l'arrêt du tram. Un instant plus tard, on dégringolait
la colline, jambes ballantes sur la plate-forme qui
nous ballottait, héros défaits de la nuit de l'Ouest,

pas au bout de leurs peines. Pour commencer, on est allés dans un bar de Market Street pour décider de la marche à suivre. On allait rester ensemble, potes à la vie à la mort. Neal était très calme ; il avait l'air un peu atone ; il regardait d'un air préoccupé les vieux clodos qui lui faisaient penser à son père. « Je pense qu'il est à Denver... cette fois, il faut qu'on le trouve. Il est peut-être à la prison du comté, à moins qu'il soit revenu sur Larimer Street, mais il faut qu'on le retrouve, d'accord ? » D'accord, bien sûr ; on allait faire tout ce qu'on n'avait pas fait, parce qu'on était trop bêtes, dans le passé. Et puis on s'est promis deux jours de virée dans San Francisco avant de se mettre en route ; nous étions bien d'accord pour passer par le Bureau du Voyage et trouver une voiture où partager les frais d'essence, histoire d'économiser au maximum pour traverser le pays. On irait aussi à Detroit, où je voulais chercher Edie, pour me décider une bonne fois pour toutes quant à elle. Neal prétendait ne plus avoir besoin de Louanne, même s'il l'aimait toujours. On s'est dit qu'il se caserait à New York, ce qui s'est d'ailleurs produit, puisqu'il s'est remarié — mais cet événement attendrait cinq mille bornes et bien des nuits et des jours. On a mis notre barda à la consigne de la gare routière pour dix *cents*, Neal a enfilé son costume rayé avec un T-shirt, et puis on est partis chez Bill Tomson qui serait notre chauffeur pendant les deux jours de cette virée à Frisco, il avait accepté au téléphone. Il est arrivé nous récupérer à l'angle de Market Street et de la 3e Rue peu après. Il habitait Frisco à présent, il travaillait comme employé de bureau, et il était marié à une jolie blonde nommée Helena. Neal m'avait

confié qu'elle avait le nez trop long — bizarrement,
c'était le grand reproche qu'il lui faisait, alors que
son nez était d'une longueur tout à fait normale. Ça
devait remonter à l'époque où il avait piqué Carolyn
à Bill, dans la chambre d'hôtel de Denver. Bill Tomson est un jeune gars très mince, dans le genre beau
ténébreux, avec un visage en lame de couteau et des
cheveux bien peignés, qu'il renvoie tout le temps en
arrière. Il a un contact très direct, et un grand sourire. Mais il est clair qu'il s'était disputé avec sa
femme sur cette histoire ; il avait tout de même tenu
sa promesse, voulant bien montrer qui était le maître
à bord (ils vivaient dans une petite chambre), mais il
en payait le prix. Son dilemme se traduisait par un
amer silence. Il nous a conduits dans tout San Francisco de jour comme de nuit, sans desserrer les dents.
Il grillait les feux rouges, tournait sur les chapeaux
de roues, ce qui nous montrait bien dans quels
retranchements nous l'avions poussé. Il était pris
entre deux feux : le défi que lui lançait sa jeune
épouse, et celui du chef de son ancienne bande du
billard à Denver. Neal était enchanté, pour sa part,
et, bien entendu, en aucune façon perturbé par cette
conduite sportive. Assis à l'arrière en grande conversation, on ignorait superbement Bill. Première destination : Marin City, histoire de voir si on ne pourrait
pas retrouver Henri Cru. J'ai remarqué avec un certain étonnement que le vieil *Amiral Freebee* n'était
plus à l'ancre dans la baie ; et puis, comme de juste,
Henri n'habitait plus l'avant-dernier appartement de
la bicoque du canyon. C'est une superbe fille de couleur qui nous a ouvert la porte ; Neal et moi, on lui a
parlé tout à loisir. Bill Tomson nous attendait dans la

voiture, il lisait le *Paris*, d'Eugène Sue. Je suis
retourné une fois à Marin City, et j'ai bien compris
que tenter d'exhumer les reliques emberlificotées du
passé n'avait aucun sens ; nous avons plutôt décidé
d'aller chez Helen Hinkle voir s'il n'y aurait pas
moyen de se faire héberger. Al l'avait quittée une
fois de plus, il était retourné à Denver, et je veux
bien être pendu si elle ne mijotait pas de le récupérer. On l'a trouvée dans son quatre-pièces de Mission
Street, assise en tailleur sur un tapis genre tapis
d'orient, avec un paquet de tarots divinatoires. Certains indices navrants montraient qu'Al Hinkle avait
habité là, et qu'il était parti du seul fait de l'abrutis-
sement et du désamour. « Il reviendra, a dit Helen, il
est incapable de se débrouiller sans moi, ce type-là.
Cette fois, c'est de la faute de Jim Holmes. » Elle
a jeté un regard furieux à Neal et à Bill Tomson.
« Avant qu'il arrive, Al était parfaitement heureux ; il
bossait, on sortait, on s'amusait bien. Tu le sais, ça,
Neal. Et puis ils se sont mis à passer des heures à la
salle de bains, Al dans la baignoire et Holmes sur le
siège des toilettes, à parler, parler, parler... que des
bêtises. » Neal s'est mis à rire. Pendant des années, il
avait été le Grand Prophète de la bande, et voilà
qu'ils en avaient tous pris de la graine. Jim Holmes
s'était laissé pousser la barbe, et ses grands yeux bleus
mélancoliques étaient venus chercher Al Hinkle à
Frisco. Ce qui s'était passé, c'est que (sans déconner)
il avait eu le petit doigt amputé à la suite d'un accident à Denver, et qu'il avait touché le paquet. Sans
la moindre raison imaginable, ils avaient décidé de
filer en douce dans le Maine en plantant Hélène...
c'est pas des conneries non plus. À Portland dans le

Maine, où Holmes avait une vague tante, apparemment. Si bien qu'à l'heure actuelle, ou bien ils étaient en train de traverser Denver, ou bien ils étaient déjà arrivés à Portland. « Quand Jim aura claqué tout son fric, Al reviendra, a dit Helen en regardant ses cartes, quel crétin, il comprend rien et il a jamais rien compris. Il n'y a pourtant pas grand-chose à comprendre, sauf que je l'aime. » Helen Hinkle ressemblait à la fille des Grecs à l'appareil photo ensoleillé, assise sur son tapis pour lire l'avenir, sa longue chevelure ruisselant jusqu'au sol. Au fond, elle me plaisait. On a même décidé de sortir écouter du jazz ce soir-là, Neal emmènerait avec nous Julie, une blonde d'un mètre quatre-vingts qui habitait à côté. « Bon, alors je peux m'en aller, maintenant ? » a dit Tomson avec humeur. On lui a dit que oui, à condition qu'il se tienne prêt pour le lendemain. Et ce soir-là, Helen, Neal et moi, on est allés chercher Julie. Elle avait un appartement en sous-sol, une petite fille et une vieille bagnole qui roulait tout juste, et qu'on a dû pousser dans la rue, Neal et moi, pendant que les filles bloquaient le starter. Je les ai entendues se dire en gloussant : « Jack arrive d'un long voyage... il va falloir le soulager. » On est allés chez Helen, et on s'est tous installés — Julie, sa fille, Helen, Bill et Helena Tomson —, ils faisaient tous la tête au milieu de cette pièce encombrée de meubles ; moi je m'étais mis dans un coin, en position neutre par rapport au terrain, et Neal occupait le milieu de la pièce, avec son pouce-montgolfière à la hauteur du cœur, il rigolait. « Bon Dieu, qu'est-ce qu'on a tous à larguer nos doigts, en ce moment... Rho, rho, rho. — Mais t'as pas fini de faire l'imbécile, Neal ? a dit

Helen. Carolyn m'a appelée pour me dire que tu l'avais quittée. Tu ne te rends même pas compte que tu as une fille ? — C'est pas lui qui l'a quittée, c'est elle qui l'a viré », j'ai dit en sortant de ma neutralité. Ils m'ont tous jeté des regards mauvais. Neal a eu un petit sourire. « De toute façon, qu'est-ce que vous voulez qu'il fasse avec son pouce, ce pauvre diable ? » j'ai ajouté. Ils m'ont tous regardé ; Helena Tomson, en particulier, m'a jeté un œil torve. On aurait vraiment dit le cercle des cousettes avec au milieu le coupable de tous les péchés d'Israël. J'ai regardé par la fenêtre, la nuit bruissait dans Mission Street. J'étais impatient de sortir écouter le grand jazz de Frisco. N'oublie pas que ce n'était que mon deuxième soir sur place. Il s'était passé des tas de trucs. « Je me dis que Louanne a très bien fait de te quitter, Neal. Depuis des années, tu es incapable de prendre tes responsabilités envers qui que ce soit. Tu as fait tellement de coups pourris, je ne sais pas quoi te dire. » C'était bien la question, de fait, tout le monde était assis autour de lui, les yeux baissés, pleins de haine ; et lui, il était au milieu du tapis, et il rigolait, il ne faisait que rigoler. Il nous a exécuté une petite danse. Son pansement était de plus en plus crasseux, la bande se déformait, se déroulait. Tout à coup, je me suis aperçu que, grâce à ses fautes innombrables, il était devenu l'Idiot, l'Imbécile, le Saint de la bande. « Il n'y en a que pour toi et tes petits plaisirs de merde. Tu penses qu'à ce qui te pend entre les jambes, et au fric ou au plaisir que tu pourras tirer des gens, et quand tu les as pressés comme des citrons, tu les jettes... En plus t'es qu'un crétin. Il t'est jamais venu à l'esprit que la vie c'est sérieux, et que les gens essaient d'en faire quelque chose de bien, au lieu de passer leur temps à des pitreries. » C'était ce que Neal était, le SAINT PITRE. « Carolyn est en train de pleurer toutes les larmes de son corps ce soir, mais ne va pas te figurer un seul instant qu'elle veuille te reprendre, elle dit qu'elle ne veut plus jamais te revoir, et que cette fois c'est bien la dernière. Et toi tu es là, à faire des grimaces, je suis sûre que tu t'en fiches pas mal. » Ce n'était pas vrai et j'en savais quelque chose, que j'aurais pu leur dire sur-le-champ. Mais je ne voyais pas à quoi ça servirait. Ces accusations-là, j'en avais été l'objet moi-même quand je vivais dans l'Est. J'avais hâte de sortir. J'ai passé le bras autour des épaules de Neal, et j'ai dit : « Bon, écoutez-moi bien tous, rappelez-vous une seule chose, c'est que ce type a eu ses misères, lui aussi, et que par ailleurs il se plaint jamais, lui, et qu'il vous a permis de bien vous amuser rien qu'en restant lui-même, alors si ça vous suffit pas, d'accord, il n'y a qu'à l'envoyer au peloton d'exécution, d'ailleurs vous en mourez d'envie... » N'empêche que Helen était la seule à ne pas avoir peur de Neal, capable de rester là posément, visage levé vers lui, à l'engueuler devant tout le monde. Dans le temps, à Denver, Neal faisait asseoir tous ses potes avec leurs nanas dans le noir, et puis il parlait, parlait, parlait, de cette voix bizarre de magnétiseur ; on disait que les filles étaient attirées vers lui par cette force de persuasion, et par la substance de ses discours. Ça, c'était quand il avait quinze-seize ans. À présent ses disciples étaient mariés, et c'étaient leurs femmes qui le stigmatisaient sur le tapis pour cette sexualité, cette vitalité qu'il avait aidées à s'épanouir — un peu raide, quand même. J'en ai écouté davantage : «À présent tu pars dans l'Est avec Jack, et ça va te mener à quoi? Carolyn est obligée de rester chez elle pour s'occuper du bébé, maintenant que tu es parti, comment veux-tu qu'elle garde son emploi chez le dentiste? Elle dit qu'elle ne veut plus jamais te revoir, moi je ne lui donne pas tort. Et si tu croises Al, sur la route, dis-lui bien de me revenir, sinon je le tue.» Tel quel. C'était une nuit architriste, et archi-douce aussi. Un silence de plomb s'est abattu; et alors qu'autrefois Neal s'en serait sorti par des discours, il est resté silencieux, lui aussi, debout devant tout le monde, exposé aux regards, en loques, rompu, idiot, sous le jour cru de l'ampoule, son visage osseux couvert de sueur, veines saillantes, en train de dire «oui, oui, oui», comme traversé en permanence de révélations formidables, à présent, et je crois d'ailleurs qu'il l'était, que les autres s'en doutaient aussi, et qu'ils avaient peur. Quelle connaissance était en train de lui venir? Il essayait de toutes ses forces de me le dire, et c'est ce qu'ils enviaient tous dans ma position, moi qui le défendais, moi qui absorbais sa substance comme ils avaient jadis tenté de le faire. Et puis tous les regards se sont tournés vers moi. Qu'est-ce que je fichais sur la côte Ouest par cette belle nuit, moi, l'étranger? Cette idée me dérangeait. «On s'en va en Italie», j'ai dit, je m'en lavais les mains, de toutes leurs histoires. Et puis il régnait un air de satisfaction maternelle aussi, les filles regardaient vraiment Neal comme la mère regarde son fils préféré qui ne fait que des bêtises, et lui, avec son malheureux pouce et ses révélations, il le savait très bien, c'est pourquoi, dans ce silence

haletant, il a pu se lever de sa chaise, rester là un instant, et sortir de l'appartement sans un mot, pour
m'attendre en bas, dès qu'on aurait décidé qu'il était
TEMPS. C'est le sentiment que nous donnait ce fantôme, sur le trottoir. J'ai regardé par la fenêtre. Il
s'encadrait sur le seuil de l'immeuble, seul, observant
la rue. L'amertume, les récriminations, les conseils, la
morale, le chagrin, c'était derrière lui tout ça, et
devant, il n'y avait plus que la joie loqueteuse et
extatique de l'être pur. « Allez, venez, Helen et Julie,
on va faire les boîtes de jazz en oubliant tout ça. Un
jour Neal sera mort, qu'est-ce que vous lui direz ? —
Plus tôt il mourra, mieux ça vaudra », a dit Helen,
qui parlait manifestement pour presque tous les
autres. « Eh bien, d'accord, mais pour l'instant, il est
vivant, et je parie que tu veux savoir ce qu'il va faire,
parce qu'il détient le secret qu'on meurt tous d'envie
de connaître, et il l'a découvert en s'ouvrant le crâne,
et s'il devient fou, ne vous en faites pas, ce sera pas
votre faute mais celle de Dieu. » Ils n'étaient pas
d'accord, ils m'ont dit que je ne connaissais pas Neal,
que c'était la pire crapule que la terre ait portée, et
qu'un de ces jours j'allais m'en apercevoir à mes
dépens. Moi ça m'amusait de les entendre protester
à ce point. Bill Tomson a volé à la rescousse des
dames en disant qu'il connaissait Neal mieux que
personne, que ce n'était qu'un truand très intéressant, et même amusant, et là j'ai trouvé ça carrément
trop raide, parce que donner dans la respectabilité,
moi je veux bien, mais alors il faut pas faire les
choses à moitié, ce que j'ai essayé de dire. C'était une
pique contre leurs petits rituels à trois balles et leurs
simagrées passées et futures, heureusement ils n'ont

pas compris, de toutes façons j'étais au bord de la
lune, à quoi bon discourir? Je suis sorti retrouver
Neal, on en a parlé un instant. «Ah, t'en fais pas,
mec, tout est parfait, tout va très bien.» Il se frottait
le ventre en se léchant les babines. Là-dessus, les
filles descendent et on démarre notre grande soirée,
en poussant une fois de plus la voiture dans la rue,
sauf qu'elle se met à aller si vite qu'on peut pas la
rattraper, et que les filles doivent trouver des gars
qui veuillent bien les pousser vers nous qui rions
dans l'obscurité, au hasard des rues. «Yipi you!
allons-y!» crie Neal, et on saute sur la banquette
arrière, dans un bruit de ferraille, baissés pour que
les gars qui poussaient les filles et qui venaient de
tourner le coin à leur recherche continuent de les
pousser en espérant un rencart. Ils en seront pour
leurs frais : le moteur s'enclenche et Julie nous
conduit jusqu'à Howard Street en trois tours de
roues — sans eux. On saute dans cette folle nuit
tiède, où on entend un sax ténor déchaîné beugler
dans son engin, de l'autre côté de la rue. Le sax fait
«II-YA! II-YA! II-YA!», les gens frappent dans
leurs mains, ils braillent : «Vas-y, vas-y, vas-y!»
Sans penser une minute à escorter les filles, Neal traverse déjà la rue pouce brandi en criant : «Joue, mec,
joue!» Une bande de types de couleur, en costumes
de sortie, sont en train de groover devant la boîte.
C'est un bar avec de la sciure par terre, tout est en
bois, il y a une petite estrade à côté des chiottes sur
laquelle les gars sont blottis serrés, chapeau sur la
tête, jouant au-dessus de la foule, un endroit dingue,
pas loin de Market Street, dans le coin crade derrière, près de Mission Street et de la chaussée du

grand pont. On y voit traîner des cinglées avachies
parfois en peignoir de bain, dans les ruelles les bouteilles s'entrechoquent. Derrière la boîte, adossés
au mur dans un couloir sombre après les chiottes
constellées, des dizaines d'hommes et de femmes
boivent du vin au whisky et crachent contre les
étoiles. Le sax ténor en chapeau est en train d'exploi-
ter à fond une idée prodigieusement satisfaisante,
un riff ascendant et descendant, qui passe d'un
« II-ya ! » à un « II-di-li-ya ! » plus dingue encore. Il
lance sa ligne de sax contre le roulement assourdis-
sant des drums auxquels le batteur tanne le cuir, un
grand Noir brutal au cou de taureau qui ne pense
qu'à mettre une râclée à ses tubs, crac, ratataboum
crac. Des clameurs de musique s'élèvent, ça y est, le
sax chope la *pulse* et tout le monde l'a compris. Neal
se prend la tête à deux mains dans la foule, une foule
en folie. Tout le monde pousse le gars à tenir la *pulse*,
à bien la garder, ça crie, les yeux hagards ; le gars est
presque accroupi sur son sax, et il se lève pour redescendre ensuite en boucle, dans un cri clair qui couvre
la fureur ambiante. Un grand échalas de négresse
d'un mètre quatre-vingts vient lui secouer ses osse-
lets sous le nez, et le gars lui enfonce son instrument
dans les côtes : « II ! II ! II ! » Il sonne comme une
corne de brume ; son sax est rafistolé ; il s'en fout, il
bosse sur les chantiers. Tout le monde se balance,
tout le monde braille. Bière en main, Helen et Julie
ont grimpé sur leurs chaises ; elles se trémoussent et
elles sautent. Des groupes de gars de couleur arrivent de la rue et se montent dessus pour entrer.
« Lâche pas l'affaire, gars ! » lance un homme à la
voix de corne de brume, et il pousse un grognement

qui doit s'entendre jusqu'à Sacramento, Aaah!
«Wou!» dit Neal; il se frotte la poitrine, le ventre;
la sueur lui éclabousse le visage. Bam, kick, le batteur enfonce ses drums au fond de la cave, et il
envoie dinguer le beat jusqu'au premier étage avec
ses baguettes meurtrières, rata-ti-boum! Un gros
bondit sur l'estrade, qui s'enfonce en gémissant sous
son poids. «Yoo!» À présent le pianiste bastonne
les touches, doigts écartés en éventail, il plaque des
accords par intervalles, quand le grand sax reprend
son souffle, des accords chinois, qui ébranlent le
piano dans toutes ses fibres de bois et d'acier —
boing! Le sax ténor saute à bas de l'estrade, il se met
à jouer au milieu du public; son chapeau lui tombe
sur les yeux, on le lui redresse. Il se renverse en
arrière, il tape du pied, il crache une phrase comme
un rire rauque, il reprend son souffle, il souffle haut
et fort, son cri déchire l'air. Neal est juste devant lui,
le nez sur l'embouchure du sax, il frappe dans ses
mains et il inonde de sa sueur les clefs du sax; le gars
s'en aperçoit, il rit dans son engin, d'un long rire fré-
missant de cinglé, tout le monde se met à rire, ça
balance, ça balance. À la fin, le sax ténor décide de se
défoncer total, il s'accroupit et il pousse un do dans
les hautes qu'il tient longtemps, pendant que tout le
reste s'écroule, que les cris montent en puissance,
moi je me figure que les flics vont débarquer du
commissariat le plus proche, mais c'est la fiesta
du samedi soir normal-classique, R.A.S. Au mur, la
pendule tremble de tous ses rouages; c'est bien le
cadet de nos soucis. Neal est en transe. Le sax ténor
ne le quitte pas des yeux; il a trouvé un fou qui non
seulement comprend sa musique mais y attache de

l'importance, qui cherche à comprendre, à comprendre même là où il n'y a rien à comprendre ; ils se lancent dans un duel ; le sax crache ses tripes, plus de phrases, rien que des cris, des cris de «Bou» jusqu'à «Biip», et puis «II!», retour aux couacs et à des sons annexes, qui résonnent sur le côté. Il explore toutes les directions, vers le haut, vers le bas, sur le côté, à l'envers, à l'horizontale, à trente degrés, à quarante degrés, et finalement il tombe à la renverse dans les bras de quelqu'un, il rend l'âme. C'est la bousculade générale, tout le monde braille : «Oui ! oui ! Comment il a soufflé !» Neal s'essuie avec son mouchoir. Et puis Freddy monte sur l'estrade, il demande un beat lent ; il jette un regard triste par-dessus les têtes, en direction de la porte ouverte, et il se met à chanter *Close your eyes*. L'ambiance se calme une minute. Il porte un blouson en daim déchiré, une chemise violette, des chaussures fendillées et un pantalon cigarette pas repassé : il en a rien à foutre. On dirait Hunkey en black. Ses grands yeux noirs le disent, sa grande affaire c'est la tristesse, c'est de chanter des chansons lentes, avec de longues pauses, pour méditer. Mais dès le second chorus, la tension monte, il empoigne le micro, il saute à bas de l'estrade, et il se ramasse sur lui-même. S'il veut chanter une note, il lui faut toucher la pointe de ses pompes, pour se dérouler et sortir le son ; il se donne tellement qu'il en titube, il se récupère juste à temps pour pousser la note suivante, longue et lente. «Muu-u-u-sic pla-a-a-a-ay !» Il se renverse en arrière, yeux au plafond, micro à hauteur de braguette. Il se balance, agité de tremblements. Puis il se courbe, il manque de se casser le nez sur son micro. «Ma-a-a-

ake it dreaaam-y for dan-cing», il regarde la rue,
lippe retroussée par le mépris, «while we go ro-man-
n-cing», il chancelle de côté, «Lo-o-o-ove's holi-da-
a-ay», il secoue la tête, dégoût, lassitude du monde,
«Will make it seem», on est tous pendus à ses lèvres,
et il achève dans un gémissement : «O...K.» Le
piano plaque un accord. «So baby come on just clo-
o-ose your ey-y-y-y-yes», ses lèvres tremblent, il
nous regarde, Neal et moi, d'un air de dire : «hé, au
fait, qu'est-ce qu'on fabrique dans ce triste monde
café au lait?», et puis il arrive au bout de sa chanson,
sauf qu'elle n'en finit pas de finir, dans tous les raffin-
nements possibles, on aurait le temps de télégraphier
au quatre coins du monde, mais on s'en fiche pas
mal, parce qu'elle parle du noyau et du jus de la
pauvre vie *beat* elle-même, dans les rues abominables
de l'homme, alors il le dit, il le chante : «Close...
your...» et il pousse sa plainte jusqu'au plafond,
jusqu'aux étoiles et plus loin encore... «ey-y-y-y-
yes», sur quoi il descend de l'estrade en chancelant,
pour aller broyer du noir dans un coin, assis au
milieu d'une bande de jeunes, sans faire attention à
eux. Il baisse la tête et il pleure. C'est lui le plus
grand. Neal et moi, on est allés lui parler. On l'a
invité à faire un tour dans la voiture. Une fois là, le
voilà qui se met à brailler : «Ouais! Y a rien de meilleur que de prendre son pied! Où on va?» Neal
saute sur son siège, en rigolant comme un dément.
«Plus tard, plus tard! dit Freddy. Je vais demander
à mon gars qu'il nous emmène au Jackson's Hole,
faut que je chante. Mec, je vis que pour ça. Ça fait
deux semaines que je chante *Close your eyes*... Je
veux rien chanter d'autre. Et vous, les jeunes, qu'est-

ce que vous comptez faire ? » On lui dit qu'on part
pour New York dans deux jours. « Seigneur, dire
que j'y suis jamais été. Il paraît que ça bouge un
max, là-bas, mais faut pas que je me plaigne de mon
sort, ici. Je suis marié, vous comprenez. » Le visage
de Neal s'éclaire. « Et où est-elle, la chérie ? —
Qu'essa peut te faire ? demande Freddy en le regardant du coin de l'œil. Puisque je te dis que je suis
marié avec elle. — Oui, oui, dit Neal en rougissant.
Je demandais ça comme ça, et puis elle a peut-être
des copines, des sœurs. Moi, tu vois, c'est la fête, je
cherche qu'à faire la fête. — Mais qu'est-ce que ça
vaut, la fête ? La vie est trop triste pour faire la fête
tout le temps », répond Freddy, les yeux baissés vers
la chaussée. « Et merde ! J'ai pas de tune, et ce soir je
m'en fous. » On est retournés dans la boîte pour en
écouter davantage. On avait tellement écœuré les
filles en les plantant là pour ambiancer un peu partout qu'elles étaient parties au Jackson's Hole à pied.
De toute façon, la voiture refusait de démarrer. On a
vu un spectacle horrible au bar : une petite pédale
blanche dans le vent était arrivée en chemise
hawaïenne et demandait au grand cogneur de batterie s'il pouvait jouer avec eux. Les musicos regardaient sa chemise, d'un air soupçonneux : « Tu t'y
connais, en beat ? » ils lui ont demandé ; il a répondu
que oui, d'une voix chochotte. Les gars se sont
regardés, comme pour dire : « En bite, ouais, lui y
doit s'y connaître. » Alors le pédé s'est assis aux tubs,
et il s'est mis à frapper le beat d'un morceau jump, et
à caresser les caisses claires à petits coups de bop,
doux-dingues, en avançant la tête avec cette extase
reichienne complaisante, qui ne prouve rien, sinon

qu'on a abusé du thé, des drogues douces et d'autres plaisirs bien cool. Mais il s'en foutait. Il souriait joyeusement dans le vague, en tenant le rythme, quoique en douceur, avec des subtilités bop, comme un petit rire qui aurait cascadé à l'arrière plan du bon gros blues à la corne de brume que jouaient les gars en l'ignorant. Le gros Noir au cou de taureau attendait son tour. « Mais qu'est-ce qu'il fait, lui ? » il a dit. « Joue la musique, Bon Dieu ! C'est vrai, quoi, merde ! » Il a détourné le regard, écœuré. Le gars de Freddy est arrivé ; c'était un petit Noir tiré à quatre épingles, avec une grosse Cadillac superbe. On a tous sauté dedans. Il s'est arc-bouté au volant, et il a traversé San Francisco à plus de cent en pleine circulation, sans jamais s'arrêter et sans que personne s'en aperçoive tellement il touchait sa bille au volant. Neal était aux anges. « Quel pied, ce type ! T'as vu, il reste peinard, imperturbable, il écrase l'accélérateur, ça l'empêcherait pas de causer toute la nuit s'il voulait, sauf qu'il en a rien à faire de parler, ça c'est le truc de Freddy, et puis Freddy c'est son pote, il lui parle des choses de la vie, écoute-les, ah mec, je pourrais, je pourrais... Je voudrais bien... oh oui... allons-y, faut pas qu'on s'arrête, faut y aller tout de suite, oui ! » Le gars de Freddy a tourné en rasant le trottoir, il nous a crachés devant le Jackson's Hole, et puis il s'est garé. Un taxi s'arrête, il en sort un petit prêcheur noir tout ratatiné qui jette un dollar au chauffeur et crie : « Joue ! » ; il fonce à l'intérieur du club, tout en enfilant sa veste (il sort à peine du boulot), il traverse le bar tête baissée en braillant : « Vas-y, vas-y ! », il manque se casser la figure en montant, il se jette sur la porte, et il tombe dans la salle de la

jazz session mains en avant pour se protéger des obstacles éventuels, il se cogne d'ailleurs à Lampshade,
qui en est réduit à faire le serveur, cette saison, au
Jackson's Hole ; la musique est à fond, à fond, il est
pétrifié, il gueule : « Vas-y, mec, vas-y ! » Le mec en
question est un petit Noir trapu qui joue du sax alto ;
on voit bien que c'est le genre à vivre avec sa grand-
mère comme Jim Holmes, déclare Neal, il doit dormir toute la journée et souffler toute la nuit ; il a
besoin de chorusser cent fois avant de démarrer pour
de bon, et il s'en prive pas. « C'est Allen Ginsberg ! »
crie Neal pour couvrir le boucan furieux. Et c'est
vrai. Ce petit-fils à sa grand-mère, avec son alto
rafistolé, il a des petits yeux étincelants, des petits
pieds difformes, des jambes de grives ; il sautille avec
son sax, il fait des sauts de carpe, il lance les jambes
dans tous les sens, ses yeux sont rivés au public (soit
une douzaine de tables où les gens rient, dans une
pièce de dix mètres sur dix, basse de plafond), il s'arrête jamais. Un gars aux idées simples. Les idées,
c'est pas son fort. Lui, ce qu'il aime, c'est surprendre
son auditoire en introduisant une petite variation
dans le chorus. Il va passer de « Ta-tap-tader-rara... »
qu'il répète en sautillant, en envoyant des sourires et
des baisers dans son sax, à « Ta-tap-II-da-de-dera-
RAP ! ta-tap-II-da-de-dera-RAP ! ». Il s'installe de
grands moments de complicité et de rire entre lui et
tous ceux qui l'entendent. Son timbre est clair comme
un carillon, haut, pur, il nous souffle en pleine figure,
à cinquante centimètres. Neal est devant lui, oublieux
du reste du monde, il penche la tête, il frappe dans
ses mains, tout son corps rebondit sur ses talons, la
sueur, la sueur toujours, ruisselle, inonde son col

chiffonné, va faire une flaque à ses pieds. Helen et Julie sont déjà là, il va nous falloir cinq minutes pour nous en apercevoir. Wou! les nuits de Frisco, au bout du continent, au bout de tous les doutes, adieu doute morose, adieu bouffonnerie. Lampshade fonce plein pot avec ses plateaux de bières; il fait tout en rythme. Il braille à la serveuse, en mesure : «Hé chériechérie chaud devant, c'est Lampshade qui file comme le vent.» Il passe devant elle, météor, en levant haut ses bières, il se rue dans la cuisine par les portes battantes, il danse avec les cuistots, il revient en nage. Connie Jordan est assis immobile à une table, un verre devant lui, qu'il n'a pas touché; il a les yeux dans le vague, les bras ballants qui touchent presque par terre, les pieds en dehors comme des langues pendantes, tout le corps ratatiné par une lassitude absolue et une tristesse hypnotique, à quoi il pense, mystère. Un gars qui se met *out* tous les soirs et laisse aux autres le soin de lui donner le coup de grâce, tout s'enroule en volutes autour de lui, comme des nuages. Et puis l'alto, le petit-fils à sa grand-mère, le petit Ginsberg, il sautille, il fait la danse du singe avec son sax magique, il souffle deux cents chorus de blues, plus frénétiques les uns que les autres, sans manifester le moindre signe de fatigue, ni qu'il envisage un instant de finir sa journée. Toute la salle frémit. Ils ont fermé depuis, inutile de le dire. Une heure plus tard, je me trouvais à l'angle de Howard Street et de la Cinquième avec Ed Saucier, un altiste de San Francisco; on attendait que Neal ait appelé Bill Tomson d'un saloon pour lui dire de venir nous chercher. C'était pas grand-chose, on parlait, c'est tout, sauf que tout à coup on a vu un

spectacle très bizarre, très délirant. C'était Neal. Il
veut donner l'adresse du bar à Bill Tomson, alors
il lui dit de ne pas quitter un instant, le temps qu'il
sorte la voir, mais pour ça il lui faut se frayer passage
sur toute la longueur du comptoir, entre des buveurs
turbulents en chemise blanche, s'avancer jusqu'au
milieu de la rue pour déchiffrer les panneaux. On le
voit marcher fesses au ras du sol comme Groucho
Marx, ses pieds le portant avec une agilité stupéfiante ; le voilà qui sort avec son pouce-montgolfière
dressé dans la nuit, qui s'arrête sur une pirouette en
levant la tête dans tous les sens pour trouver l'écri-
teau. Apparemment, il a du mal à le voir, dans le
noir, il fait une douzaine de tours sur lui-même,
pouce tendu, dans un silence anxieux. Les passants
éventuels peuvent apercevoir ce personnage hirsute
avec un pouce emmailloté, tournoyant dans le noir
comme une oie sauvage, l'autre main fourrée machinalement dans son froc. Ed Saucier est en train de
dire : « Moi, partout où je vais, je joue un sax doux ;
si les gens aiment pas, j'y peux rien. Dis voir, mec,
ton pote il est bien allumé, comme gars, regarde-le. »
Dans le silence ambiant, Neal a vu le nom des rues,
et il rentre dans le bar en trombe, en plongeant quasiment dans les jambes de ceux qui sortent, il retraverse le bar si vite, une fois de plus, qu'il faut tourner
la tête pour le voir. Un instant plus tard, Bill Tomson arrive, et, avec la même agilité stupéfiante, Neal
retraverse la rue comme sur des patins, et se coule
dans la voiture sans un bruit. On est repartis. « Bon,
écoute, Bill, je sais bien que tu t'es accroché avec
ta femme sur ce coup, seulement faut absolument
qu'on soit à l'angle de Thornton et de Gomez dans le

temps record de trois minutes, sinon tout est perdu.
Heu hum, oui ! (il a toussoté). Demain matin, Jack et
moi, on part à New York, et c'est donc notre toute
dernière nuit de virée, je suis sûr que ça te dérange
pas. » Non, ça ne dérangeait pas Bill Tomson ; il s'est
contenté de brûler tous les feux rouges qu'il croisait,
et de nous piloter à tombeau ouvert, crétins qu'on
était. À l'aube, il est rentré se coucher. Neal et moi,
on a fini avec un gars de couleur nommé Walter qui
nous a invités à boire une bouteille de bière chez lui.
Il habitait les immeubles de rapport, derrière Howard
Street. Sa femme dormait quand on est rentrés. Il
n'y avait qu'un seul éclairage dans l'appartement,
l'ampoule au-dessus de son lit. Il a donc fallu monter
sur une chaise et dévisser cette ampoule, puis brancher la rallonge au-dessus du lit, opération pendant
laquelle la femme n'a pas cessé de sourire. Elle avait
dans les quinze ans de plus que Walter, c'était une
crème de femme. Elle ne lui a jamais demandé où il
était passé, ni quelle heure il était, rien. On a fini par
s'installer à la cuisine avec la rallonge, et se mettre
autour de leur humble table pour boire la bière et
raconter nos histoires. On a demandé à Walter de
nous raconter la sienne. Il était allé dans un bordel
de L.A. où il y avait un singe. « Quand on entrait,
fallait jouer contre lui : si on perdait, le singe vous la
mettait dans le dos ; si on gagnait, on avait une fille
à l'œil. On envoyait la mise dans la cage, le singe la
faisait rouler, et le score apparaissait. Le gars qui
perdait se faisait mettre. C'est pas des craques. Tu
parles d'un singe. » Neal et moi, l'histoire nous a mis
en joie. Et puis il a été l'heure de partir, de rebran-
cher la rallonge dans la chambre et de revisser l'am-

poule. La femme de Walter n'a pas cessé de sourire pendant qu'on répétait ces gestes. On n'a pas entendu le son de sa voix. Dans l'aube de la rue, Neal m'a dit : « Ça, c'est une femme, une VRAIE, mec, tu vois. Jamais un mot dur, jamais un reproche. Son homme rentre à pas d'heure de la nuit, avec n'importe qui, il va blaguer dans la cuisine, boire de la bière, et il repart quand ça lui chante. Un gars comme ça, dans son taudis, c'est un seigneur. » On est partis sur les rotules. La grande virée était finie. Une voiture de police nous a suivis, soupçonneuse, sur quelques rues. On s'est acheté des brioches qui sortaient du four à la boulangerie, et on les a mangées dans les guenilles de la rue grise. On a vu s'avancer d'un pas incertain un grand type bien vêtu avec des lunettes, accompagné d'un Noir coiffé d'une casquette de camionneur. Ils formaient un drôle de couple. Un gros camion est passé, et le Noir l'a montré du doigt avec animation, en essayant d'exprimer ce qu'il ressentait. Le Blanc, lui, a regardé furtivement par-dessus son épaule, et il a compté son argent. « C'est Bill Burroughs ! a dit Neal en rigolant. Toujours à compter son fric et à se faire du mouron. Alors que l'autre, tout ce qu'il veut c'est parler des camions et des trucs qu'il connaît. » On les a suivis un petit moment. Il fallait absolument qu'on dorme. Chez Helen Hinkle, pas question. Neal connaissait un serre-freins nommé Henry Funderburk, qui vivait avec son père dans une chambre d'hôtel, sur la 3ᵉ Rue. Au départ, ils avaient eu de bons rapports, mais ça s'était dégradé ces temps-ci. Par conséquent, l'idée c'était que je les persuade de nous laisser dormir par terre dans leur chambre.

C'était horrible. Il a fallu que je les appelle d'un *diner* ouvert le matin. Le père a décroché avec méfiance. Il se rappelait ce que son fils lui avait dit de moi. À notre grande surprise, il est descendu dans le hall de l'hôtel et il nous a fait entrer. Ce n'était qu'un vieil hôtel de Frisco, triste et brunâtre. On est montés, et le vieux a eu la gentillesse de nous offrir tout son lit. « Il faut que je me lève, de toute façon », il a dit en partant dans la kitchenette mettre une cafetière en route. Il nous a raconté des histoires du temps où il travaillait pour les chemins de fer. Il me rappelait mon père. Je l'écoutais au lieu de me coucher. Neal, lui, n'écoutait pas, il se lavait les dents, ne tenait pas en place, ponctuait tout ce que le vieux disait d'un : « Oui, c'est juste. » Pour finir, on a dormi. Au matin, Henry est rentré de Bakersfield, et il a pris le lit à l'heure où on s'est levés. À présent, le vieux Mr. Funderburk était en train de se pomponner parce qu'il avait rendez-vous avec sa dulcinée, d'âge mûr comme lui. Il avait mis un costume de tweed vert, avec casquette du même tissu, et glissé une fleur à son revers. « Ces vieux serre-freins de Frisco, tout démolis qu'ils soient, c'est des romantiques, et ils mènent une vie mélancolique mais intense », j'ai dit à Neal dans les toilettes. « C'est rudement gentil de sa part de nous avoir laissé dormir là. — Ouais, ouaip », a répondu Neal sans m'écouter. Il était pressé de sortir trouver une voiture au Bureau du Voyage. Moi j'avais pour mission de courir récupérer nos affaires chez Helen Hinkle. Je l'ai trouvée assise par terre, en train de se tirer les cartes. « Eh bien, au revoir, Helen, j'espère que tout ira bien pour toi. — Quand Al va revenir, je l'emmènerai au

Jackson's Hole tous les soirs, pour qu'il ait sa dose de
folie. Tu crois que ça marchera, Jack? Je sais plus
quoi faire. — Que disent les cartes? — L'as de pique
est loin de lui. C'est toujours des cœurs qui l'en-
tourent... la reine de cœur n'est jamais bien loin. Tu
vois ce valet de pique?... c'est Neal, il lui tourne toujours autour. — En tout cas, on s'en va à New York
dans deux heures. — Un de ces jours, Neal va partir
pour une virée sans retour. » Elle m'a laissé prendre
une douche et me raser, et puis je lui ai dit au revoir,
j'ai descendu les sacs, et hélé un taxi-bus. Ce sont
des taxis comme les autres mais à itinéraire fixe, si
bien qu'on peut les arrêter n'importe où sur leur
parcours et en descendre de même pour quinze *cents*,
à condition de s'entasser avec d'autres passagers,
comme dans un bus, ce qui permet de bavarder et de
se raconter des blagues, comme dans une voiture
particulière. Dans Mission Street, lors de notre dernier jour à Frisco, c'était la pagaille : il y avait des
travaux, des enfants qui jouaient, des Noirs qui rentraient du travail en poussant des cris de joie, de la
poussière, de l'électricité dans l'air, le bourdonne-
ment, l'effervescence de la ville la plus survoltée
de toute l'Amérique — avec le ciel bleu pur, la joie
de l'océan brumeux dont la marée monte la nuit,
pour creuser l'appétit des hommes, et leur appétit de
plaisirs. Je n'avais pas la moindre envie de partir.
Mon séjour avait duré dans les soixante heures. Avec
ce furieux de Neal, je risquais fort de courir le
monde sans avoir jamais le temps de le voir. L'après-
midi même, nous bombions vers Sacramento, cap
à l'est. La voiture appartenait à un pédé grand et
maigre, qui rentrait chez lui dans le Kansas; il por-

tait des lunettes noires et conduisait avec la plus grande prudence. La voiture était, selon Neal, une Plymouth de pédé, elle n'avait pas de reprises, pas de vraie puissance. « Une bagnole de gonzesse, quoi », il m'a chuchoté à l'oreille. Il y avait avec nous deux autres passagers, un couple qui se la jouait touristes et qui voulait s'arrêter dormir partout. La première halte serait Sacramento, ce qui n'était même pas le plus petit premier pas vers Denver. Neal et moi, on s'est installés sur la banquette arrière pour les laisser faire ce qu'ils voulaient et on a parlé. « Dis donc, l'alto, hier soir, il avait le IT, la *pulse*, mec. Et une fois qu'il l'a tenue, il l'a plus lâchée. J'avais jamais entendu un gars tenir si longtemps. » J'ai voulu savoir ce qu'il appelait la *pulse*. « Alors là, mec, a dit Neal en riant, tu me parles d'im-pon-dé-ra-bles... hum ! Bon, t'as le gars, avec tout le monde autour, d'accord ? C'est à lui de déballer ce que tout le monde a en tête. Il démarre le premier chorus, il aligne ses idées, et là les gens ouais-ouais, mais chope la *pulse*, alors lui, faut qu'il soit à la hauteur, faut qu'il souffle, quoi. Tout d'un coup, quelque part, au milieu du chorus, voilà qu'il CHOPE LA PULSE... tout le monde lève le nez ; ils comprennent, ils écoutent ; il la chope, il la tient. Le temps s'arrête. Il remplit le vide avec la substance de notre vie. Il faut qu'il souffle pour passer tous les ponts et revenir ; et il faut qu'il le fasse avec un feeling infini pour la mélodie de l'instant, comme ça tout le monde comprend que ce qui compte, c'est pas la mélodie, c'est ÇA, cette *pulse*... » Neal n'a pas pu aller plus loin ; rien qu'à en parler, il était en nage. Et puis c'est moi qui me suis mis à parler ; je n'ai jamais autant parlé de ma vie. J'ai dit à Neal que quand j'étais gosse, en voiture, j'imaginais que j'avais une grande faux à la main, et que je coupais tous les arbres, les poteaux, et même les montagnes qui défilaient devant la fenêtre. «Oui, oui! s'est écrié Neal, je le faisais, moi aussi, sauf que ma faux était pas pareille... je vais te dire pourquoi. Comme on traversait l'Ouest, les distances étaient très grandes, si bien qu'il fallait que ma faux soit démesurée, et qu'elle se recourbe par-dessus les montagnes, au loin, pour trancher leurs sommets, et aller plus loin, pour en atteindre d'autres, sans oublier de tailler les poteaux du bord de la route, les poteaux télégraphiques ordinaires, qui vibraient. C'est pour ça que... ah mec, faut que je te le dise, ÇA Y EST, j'y suis, LÀ, faut que je te raconte la fois où mon père et moi et un clodo déguenillé de Larimer Street on est allés dans le Nebraska, en plein milieu de la crise économique, pour vendre des tapettes à mouches. On les avait fabriquées avec des carrés de grillage ordinaire et des fils de fer mis en double, et puis on avait cousu des petits bouts de tissu rouge et bleu tout autour, ça nous coûtait pas plus de quelques *cents* chez les soldeurs. On a fabriqué des milliers de tapettes, on a pris le vieux tacot du clodo, et on s'est mis à sillonner le Nebraska pour en vendre dans toutes les fermes, un nickel pièce. On nous les donnait les nickels, surtout par charité, deux clodos et un môme, c'était le paradis sur terre, mon vieux chantait tout le temps *Alleluia, je suis clodo, c'est mon credo*. Et alors, écoute bien, mec, au bout de deux bonnes semaines de galères et d'allées et venues en pleine chaleur pour revendre ces saloperies de tapettes bricolées, voilà les deux vieux qui s'engueulent sur le partage des gains, grosse bagarre sur le bord de la route, et puis ils se raccommodent aussi sec, ils achètent du pinard, ils commencent à picoler, et ils dessoûlent pas pendant cinq jours et cinq nuits. Moi, je me terre dans mon coin et je chiale. Quand ils ont eu fini, ils avaient claqué jusqu'au dernier *cent*, et on était de retour à la case départ, Larimer Street. Mon vieux s'est fait coffrer, et c'est encore moi qui ai dû plaider sa cause au tribunal, demander qu'ils le relâchent, vu que c'était mon papa, et que j'avais pas de maman. À huit ans, je faisais des grands discours pleins de maturité, tu vois, Jack. Les avocats dressaient l'oreille ; et c'est comme ça que Justin Brierly a entendu parler de moi, parce qu'il commençait à se dire qu'on ferait bien de créer un tribunal pour enfants, qui s'occuperait surtout de la dimension humaine, du problème des enfants qui vivaient à la cloche, dans le secteur de Denver et celui des Rocheuses... » On avait chaud, on roulait vers l'Est, on était surexcités. « Attends, je continue », j'ai dit, « j'ouvre une parenthèse et j'en finis avec ce que je te racontais... Quand j'étais gosse, dans la voiture de mon père, bien installé à l'arrière, j'avais des visions ; je me voyais galoper à la hauteur de la voiture sur un cheval blanc, et sauter par-dessus tous les obstacles qui se présentaient ; ça voulait dire éviter les poteaux, contourner les maisons, et parfois sauter par-dessus quand je les voyais trop tard, passer les collines, traverser des places qui surgissaient tout d'un coup, en pleine circulation, il fallait être très fort... — Oui, oui, oui ! » a soufflé Neal, extatique. « Moi aussi, mais la seule différence, c'est que je courais, moi, j'avais pas de cheval, toi tu étais un gosse de l'Est, tu rêvais de chevaux... bon, on va pas tomber dans le panneau, on sait bien que c'est du pipi de chat intello... disons en tout cas que dans ma schizophrénie peut-être plus délirante, je COURAIS sur mes deux jambes à la hauteur de la voiture, à des vitesses phénoménales, du cent quarante, quoi, en sautant par-dessus les buissons, les barrières, les fermes, avec quelques sauts de puce dans les collines sans perdre un pouce de terrain...» À force de se raconter ces trucs, on transpirait. On avait complètement oublié les gars à l'avant de la voiture, qui commençaient à se demander ce qu'on fabriquait. À un moment donné, le conducteur a dit : «Mais Bon Dieu, derrière, vous faites tanguer le navire !» Et c'était vrai, parce que la voiture tanguait au rythme de la bonne *pulse* qu'on tenait nous-mêmes dans notre joie, notre enthousiasme suprême du fait de parler et de vivre jusqu'au bout, jusqu'au néant de la transe, les détails restés latents dans nos âmes à ce jour. «Oh la la mec ! oh mec ! oh mec ! gémissait Neal, et on n'est même pas au début encore... et ça y est, on part enfin dans l'Est tous les deux, on n'est jamais allés dans l'Est, tous les deux, Jack, tu te rends compte, on va prendre notre pied à Denver ensemble, aller voir ce qu'ils font, tous, quoique en fait on s'en tape un peu, vu que nous, on sait ce que C'est que la *pulse*, et on a conscience du TEMPS, on a conscience que tout est bien.» Puis il s'est mis à parler tout bas, il m'agrippait par la manche, il transpirait : «Non mais regarde-moi-les, les autres, devant... Ils s'inquiètent, ils comptent les kilomètres, ils se demandent où ils vont coucher ce soir, et combien il faut pour l'essence, quel temps il va faire, comment ils vont y arriver...

alors que, de toute façon, ils vont y arriver, tu vois.
Mais il faut qu'ils s'en fassent, ils seront pas tranquilles tant qu'ils n'auront pas trouvé un tracas bien
établi et répertorié; et quand ils l'auront trouvé, ils
prendront une mine de circonstance, un air malheureux, un vrai-faux air inquiet, et même digne, et
pendant ce temps-là la vie passe, ils le savent bien, et
ça AUSSI ça les tracasse indéfiniment. Écoute!
écoute!» il a dit en les imitant, «"Euh, bon, euh,
c'est peut-être pas une bonne idée d'aller prendre de
l'essence à cette pompe, parce que voilà, j'ai lu
récemment dans *Pétroleum* que dans leur essence y
mettent beaucoup de MÉLASSE, on m'a même dit
comme ça qu'ils y auraient mis un LOIR, euh moi je
sais pas, mais, ça me dit pas d'en prendre là..." Tu
vois d'ici, mec.» Il me rentrait son index dans les
côtes en parlant. Je faisais de mon mieux pour me
tenir au diapason de son délire. Bing, bang, et Oui
Oui Oui à l'arrière, et devant ils s'épongeaient le
front tellement ils avaient peur, et ils regrettaient
bien de nous avoir ramassés au Bureau du Voyage.
Et les choses ne faisaient que commencer. Après
l'étape inutile de Sacramento, le pédé a pris une
chambre à l'hôtel, ce petit malin, et il nous a proposé
de monter boire un verre, vu que le couple était parti
dormir chez des parents. Une fois là-haut, Neal a
essayé tous les plans possibles pour lui soutirer de
l'argent, et il a fini par céder à ses avances pendant
que j'écoutais, caché dans la salle de bains. C'était
dingue. Le pédé a commencé par dire qu'il était
bien content qu'on soit venus, parce qu'il aimait les
jeunes mecs comme nous et que, au risque de nous
étonner, il aimait pas trop les filles; d'ailleurs, il avait

récemment conclu affaire avec un gars de Frisco, et
joué le rôle de l'homme, le gars faisant la femme.
Neal lui a posé une série de questions très profes-
sionnelles, avec des hochements de tête enthou-
siastes. Le pédé a dit qu'il était bien curieux de
savoir ce que Neal pensait de tout ça. Après l'avoir
prévenu qu'il avait fait le tapin dans sa jeunesse,
Neal s'est mis en devoir de le traiter comme une
femme, il te l'a allongé cul par-dessus tête, et il te l'a
enfilé monstre. Moi j'étais scié, assis dans mon coin,
à mater. Or après tout le mal que Neal s'est donné, le
pédé ne nous a pas filé un rond, même s'il a vaguement promis de faire un geste à Denver ; par-dessus
le marché, il s'est mis à tirer la tronche ; je pense
qu'il se méfiait des mobiles de Neal. Il arrêtait pas de
compter son fric, de vérifier qu'il avait toujours son
portefeuille. Neal a eu un geste d'impuissance ; il
renonçait : « Tu vois, mec, pas la peine de se casser la
tête, tu leur donnes ce qu'ils désirent en secret, et
là c'est tout de suite la panique. » Il avait du moins
suffisamment conquis le cœur du propriétaire de la
Plymouth pour prendre le volant sans encourir de
remontrances, et du coup on roulait pour de bon. On
a quitté Sacramento à l'aube, et à midi on traversait
le désert du Nevada après avoir franchi les Sierras à
la vitesse grand V, le pédé et les touristes cramponn-
nés les uns aux autres sur le siège arrière. On était à
l'avant, on était aux manettes. Neal avait retrouvé sa
bonne humeur. Tout ce qu'il lui fallait, c'était un
volant entre les mains et quatre roues sur le bitume.
Démonstration à l'appui, il expliquait que Bill Burroughs conduisait comme un pied... « Chaque fois
qu'un gros camion énorme comme celui qui arrive

en face s'annonçait, il mettait un temps fou à le repérer, parce que tu comprends, mec, il y voit QUE DALLE, il y voit QUED !...» Il se frottait furieusement les yeux pour souligner son propos. «Alors moi, je lui disais comme ça : aïe, fais gaffe, Bill, y a un camion, et lui y me faisait : "Hein, qu'est-ce que tu dis ? — Un camion ! Un camion !", et lui à la DERNIÈRE minute, il se prenait le camion comme ça» et Neal lançait la Plymouth droit sur celui qui nous arrivait plein pot et qui se mettait à zigzaguer devant nous, on voyait blêmir le chauffeur, à l'arrière nos passagers s'étranglaient d'horreur, et puis au dernier moment Neal évitait le bahut d'un coup de volant. «Voilà, comme ça, comme je viens de faire, non mais tu te rends compte quel naze.» Moi je ne risquais pas d'avoir peur, je le connaissais. Mais les autres, à l'arrière, ils étaient sans voix. De fait, ils n'osaient rien dire : Dieu sait de quoi ce fou était capable, s'ils avaient le malheur de se plaindre. Il a traversé le désert comme un boulet de canon, en continuant ses facéties. Il imitait tous les mauvais conducteurs, il imitait son père au volant de son tacot, les bons conducteurs dans les virages, puis les mauvais qui les prennent trop loin au départ et sont obligés de se rabattre en catastrophe sur la fin, et ainsi de suite. L'après-midi était chaude et ensoleillée. Sur la route du Nevada, les villes crépitaient, Reno, Battle Mountain, Elko, au crépuscule on était dans les plaines de Salt Lake, où luisaient les lumières de Salt Lake City, infinitésimales, à plus de cent bornes dans les plaines, mirage plié sur la courbure terrestre, brillantes au-dessous, dépolies dessus. J'ai dit à Neal que le lien qui nous unissait dans

ce monde était invisible ; et pour le prouver, j'ai désigné deux longues parallèles de poteaux télégraphiques, dont l'arc allait se perdre à cent bornes dans
les salines. Son bandage distendu, tout sale à présent, frémissait ; son visage rayonnait : « Oh oui,
mec, Bon Dieu, oui, oui ! » Tout d'un coup, il s'est
effondré. Je me suis tourné vers lui, et je l'ai vu tassé
dans l'angle du siège, il dormait. Son visage était
appuyé sur sa main valide, et l'autre, avec son pansement, restait sagement dressée, par automatisme. À
l'avant, les passagers ont soupiré de soulagement. Ils
parlaient tout bas, la mutinerie couvait. « Faut plus
qu'on le laisse conduire, il est complètement dingue,
il doit s'être échappé d'un asile, à tous les coups. » Je
me suis précipité à sa rescousse, et je me suis penché
vers eux pour leur parler. « Il est pas fou, il va se
remettre, ne vous en faites pas, il conduit comme un
chef. — Mais c'est insupportable », a dit la fille tout
bas, en réprimant son hystérie. Moi, je me suis carré
dans mon siège, et j'ai pu profiter pleinement de la
tombée de la nuit sur le désert, en attendant que
l'Ange Neal, ce pauvre enfant, se réveille. Il s'est
réveillé à l'instant où on arrivait en haut d'une colline qui dominait Salt Lake City, avec son qua-
drillage de lumières (les touristes voulaient y visiter
un célèbre hôpital) ; il a ouvert les yeux sur l'endroit
de ce monde fantôme où il était né, sans nom, tout
crotté, des années plus tôt. « Jack, Jack, regarde,
c'est là que je suis né, tu te rends compte ! Les gens
changent, jour après jour, à chaque repas qu'ils
prennent, ils changent. Yii, regarde ! » Il était tellement excité que j'en ai pleuré. Où ça mènerait, tout
ça ? Les touristes ont absolument voulu prendre le

volant jusqu'à Denver. O.K., on s'en fichait. On s'est détendus, on a repris la conversation. N'empêche qu'au matin ils étaient tous trop fatigués, alors Neal et moi on a repris les commandes pour traverser le désert du Colorado, à Craig. On a passé presque toute la soirée à se traîner archi-prudemment le long du col Strawberry, dans l'Utah, en perdant un temps incalculable. Dès qu'ils se sont endormis, Neal a foncé en vrac vers la puissante muraille du col Berthoud, à cent cinquante bornes devant nous, au sommet du monde, formidable portail gibraltarien dans ses bandelettes de nuages. Il a fondu dessus, comme le canard sur le hanneton — il a renouvelé son exploit du col Tehatchapi : il a coupé les gaz et il est passé en apesanteur, doublant tout le monde sans jamais ralentir l'élan rythmique que la montagne elle-même nous donnait, jusqu'à ce que, une fois de plus, la grande plaine de Denver s'offre à nous — telle que je l'avais vue la première fois depuis Central City, avec la bande — Neal était chez lui. C'est avec un immense soulagement que les autres crétins nous ont largués à l'angle de la 27ᵉ Rue et de Federal Boulevard. Une fois de plus, nos valises cabossées s'empilaient sur le trottoir; on avait du chemin devant nous. Mais qu'importe : la route, c'est la vie. À présent, on avait des tas de circonstances à prendre en compte, à Denver, toutes très différentes de celles de 1947. On pouvait soit aller chercher une voiture au Bureau du Voyage, soit rester quelques jours pour s'éclater, et rechercher son père. On a opté pour cette solution. Mon idée, c'était qu'on aille s'installer chez la femme qui m'avait donné l'argent pour partir à Frisco. Mais Justin Brierly était au courant de

notre arrivée, et il l'avait déjà mise en garde contre
«l'ami de Jack, celui de Frisco», si bien que quand
j'ai appelé, depuis la station où on nous avait largués,
elle m'a fait savoir illico qu'il n'était pas question
qu'elle prenne Neal chez elle. Quand je l'ai répété à
Neal, il a compris aussitôt qu'il était revenu dans la
même ville, le même Denver, qui ne lui avait jamais
fait de cadeau. À Frisco, au moins, il s'était trouvé
un port d'attache où il était traité comme tout le
monde. À Denver, il traînait sa réputation comme
un boulet. Je me suis creusé la tête pour trouver une
solution. Finalement, j'ai eu l'idée qu'il aille s'installer chez des Okies que je connaissais, sur Alameda
Boulevard, pour y avoir habité quelque temps avec
mes parents. Pendant ce temps-là, moi, j'irais chez la
femme. Neal s'est rembruni; désormais, il retrouvait
la violence et l'amertume de sa jeunesse sur place.
Tant qu'on serait là, entre Denver et lui, ce serait la
guerre. Quand j'ai pris la mesure des choses, je suis
parti de chez la femme pour m'installer avec lui chez
les Okies, sans que ma vigilance y change grand-
chose, d'ailleurs. Mais commençons par le commencement. On avait décidé de manger un morceau et de
parler un peu avant que j'aille chez la femme. On
était l'un comme l'autre crevés et crasseux. Aux
chiottes du restaurant, j'étais en train de pisser dans
un urinoir et je me recule en arrêtant le jet pour finir
de pisser dans un autre, en disant à Neal : «Mate un
peu le travail. — Eh ben bravo, mec, sauf que c'est
très mauvais pour les reins, ça, et comme tu com-
mences à prendre de l'âge, tu te prépares des années
de misères; plus tard, tes reins vont te faire la misère
quand tu iras t'asseoir sur les bancs publics.» Je l'ai

très mal pris ; ça m'a exaspéré. « Quoi, moi, je
vieillis ? C'est pas pour ce qu'on a d'écart ! — J'ai pas
dit ça, mec. — C'est vrai quoi, merde, tu passes ton
temps à me vanner sur mon âge, je suis pas une
vieille pédale comme l'autre enfoiré, pas besoin de
me dire de faire gaffe à mes reins. » On est retournés
à notre table, et au moment où la serveuse apportait
les sandwiches au rosbif tout chauds — sur lesquels
Neal se serait jeté en temps ordinaire —, j'ai dit,
au comble de la colère : « Et puis je veux plus en
entendre parler. » Et là, tout d'un coup, Neal a eu la
larme à l'œil, et il s'est levé brusquement ; il a laissé
son sandwich fumant et il est sorti. Je me suis
demandé s'il était parti pour toujours. Je m'en fichais,
tellement j'étais furieux. Je venais de prendre un
grand flip, et c'était lui qui trinquait. Mais la vue de
son assiette intacte m'a attristé comme jamais. « J'aurais pas dû dire ça, lui qui aime tant manger, je l'ai
jamais vu laisser son assiette. Et puis merde, ça lui
apprendra. » Il est resté devant le restaurant très
exactement cinq minutes, et il est revenu s'asseoir.
« Alors », j'ai dit, « qu'est-ce que tu foutais dehors, tu
serrais les poings, tu m'insultais, tu mijotais d'autres
vannes sur mes reins ? ». Il a secoué la tête sans rien
dire. « Non, mec, non, tu te trompes du tout au tout.
Si tu veux savoir... — Allez, vas-y, dis-moi », j'ai
répondu sans lever le nez de mon assiette ; je me faisais l'effet d'une brute. « Je pleurais. — Toi ? Tu
pleures jamais. — Ah bon ? Qu'est-ce qui te fait dire
ça ? — Tu meurs pas assez pour pleurer. » Le moindre
de mes mots se retournait contre moi comme une
lame. Toutes mes vieilles rancunes secrètes contre lui
se faisaient jour ; j'étais vraiment moche, je découvrais

la profondeur de mes impuretés psychologiques.
Neal secouait la tête : « Non, mec, je pleurais. —
Allez, va, dis plutôt que t'étais trop énervé pour rester. — Crois-moi, Jack, je t'en prie, crois-moi si tu as
jamais cru quelque chose qui me concerne. » Je
savais qu'il disait la vérité, seulement je ne voulais
pas m'encombrer de la vérité, et je devais loucher en
le regardant, à force de me tordre les tripes de mon
âme abominable. « Écoute, mec, excuse-moi, je t'ai
jamais traité comme ça. Bon, maintenant, tu me
connais. Tu sais bien que je suis rarement très proche
de quelqu'un. Je suis pas à l'aise, de ce côté-là. Dans
ces relations-là, je suis comme une poule qui a trouvé
un couteau. N'en parlons plus. » Le saint arnaqueur
s'est mis à manger. « C'est pas ma faute », j'ai dit,
« c'est pas ma faute. Ce qui se passe dans ce monde
minable, c'est jamais ma faute, tu vois pas, ça ? Je
veux pas que ça se passe comme ça, il faut pas, ça se
passera pas comme ça. — D'accord, mec, d'accord,
mais s'il te plaît, écoute-moi et crois-moi. — Je te
crois, bien sûr que je te crois. » Voilà la triste histoire
de notre après-midi. Toutes sortes de complications
inextricables ont surgi le soir même, quand Neal
s'est installé chez les Okies. Ces gens avaient été mes
voisins. La mère était une femme extraordinaire qui
portait des blue-jeans et conduisait des camions pour
nourrir ses gosses, cinq en tout, son mari l'ayant
abandonnée des années plus tôt, du temps qu'ils
sillonnaient le pays à bord d'une caravane. Ils avaient
dévalé la route, depuis leur Indiana jusqu'à L.A.
Après les beaux jours, et une formidable bordée dans
des bistrots de bord de route, un dimanche après-
midi passé à rire et à jouer de la guitare, ce rustaud

était parti en pleine nuit à travers champs, et elle ne l'avait jamais revu. Ses enfants étaient extraordinaires. L'aîné se trouvait alors à la montagne dans un camp de vacances pour délinquants juvéniles ; venait ensuite une adorable fille de quatorze ans, qui écrivait des poèmes et faisait des bouquets de fleurs des champs, elle voulait devenir actrice à Hollywood quand elle serait grande, elle s'appelait Nancy ; et puis il y avait les petits, Billy, qui devant le feu de camp pleurnichait pour avoir sa « potate » à moitié cuite, et Sally, qui apprivoisait les vers de terre, les crapauds cornus, les scarabées et toutes les bestioles qui rampent, à qui elle donnait des petits noms et un gîte. Ils avaient quatre chiens. Ils vivaient des vies joyeuses et dépenaillées dans la petite rue des nouveaux lotissements, où j'avais habité moi-même, et ils étaient en butte à la pseudo-respectabilité bien-pensante de leurs voisins pour la simple raison que la pauvre femme s'était fait plaquer par son mari, et que leur cour était encombrée d'un capharnaüm trop humain. La nuit, les lumières de Denver rayonnaient comme une grande roue dans la plaine, car la maison était à l'ouest de la ville sur les contreforts des collines jadis battues par le Mississippi vaste comme une mer, dont les ondes molles avaient dégagé ces îles au socle parfaitement rond, le Berthoud, le Pike et l'Este, formidables sommets. Dès que Neal est arrivé chez les Okies, il ne s'est plus tenu de joie, en particulier devant Nancy, mais je lui avais dit de ne pas y toucher, ce qui était sans doute inutile, d'ailleurs. La femme était une femme à caïds ; Neal lui a plu d'emblée, mais ils s'intimidaient mutuellement. Résultat, beuverie tonitruante dans le capharnaüm

du séjour, et musique sur le phono. Les complications ont surgi comme une nuée de papillons. La
femme, que tout le monde appelait Johnny, se préparait enfin à acheter une vieille guimbarde, ce
qu'elle menaçait de faire depuis des années, et que
lui permettaient depuis peu quelques dollars qu'elle
avait touchés. (Rappelons que moi, pendant ce
temps-là, je me la coulais douce chez mon hôtesse,
en buvant du scotch.) Neal a aussitôt pris sur lui de
choisir la voiture et d'en fixer le prix. Inutile de dire
qu'il avait bien l'intention de s'en servir lui-même,
comme il l'avait fait naguère, pour aller chercher les
filles à la sortie du lycée, et les emmener dans la
montagne. Johnny, pauvre innocente, disait amen
à tout. L'après-midi suivante, Neal m'appelle de la
campagne en me disant : « Mec, je voudrais pas
t'embêter avec ça, mais je te jure que mes pompes
sont mortes, il m'en faut absolument une autre paire,
qu'est-ce qu'on fait ? » Or, coïncidence extraordinaire,
j'en avais des vieilles dans la penderie de Clementine.
Combiné en main, je lui lance : « Écoute, Neal a
besoin de chaussures, je vais lui donner mes vieilles.
Est-ce qu'il pourrait passer les prendre ? — Pas
question », elle me répond, ce que c'est que les préjugés, mais on convient que Neal viendra m'attendre
au coin de la rue et que je les lui remettrai. « Mmm,
ça marche », a dit Neal, qui sentait bien ce qui se
passait. Il est venu en stop, et une demi-heure plus
tard il m'attendait au coin de la rue. C'était une
après-midi magnifique, chaude et ensoleillée. Clementine en avait profité pour m'envoyer chercher de
la glace à la vanille pour le dîner, où elle avait invité
des amis. Neal tuait le temps en jouant au base-ball

avec une bande de gamins, et je suis arrivé avec mes vieilles pompes dans un sachet et mon litre de glace. « Ah, te voilà, mec... Oh, de la glace à la vanille, mmm, fais-moi goûter. » J'ai posé ma glace sur le trottoir et je me suis mis à faire des passes vigoureuses au gosse qui jouait catcher, après quoi je lui ai emprunté son gant et je me suis accroupi au graissage de la station-service pour faire des passes à Neal. On s'amusait bien. On a appris aux gosses à donner de l'effet à la balle et à la rabattre. Après, on a joué des passes hautes, et Neal est allé scatter en pleine circulation sur la 27ᵉ Rue, pouce tenu à hauteur de poitrine comme un bouclier, gant brandi pour recevoir la balle qui dribblait entre les frondaisons des arbres vénérables. Tout d'un coup, je me suis aperçu que la glace était en train de fondre. « Dis donc, Neal, qu'est-ce que je suis moi, un truand ? Je vais venir m'installer avec toi chez Johnny, ce soir. — Bien sûr, mec, pourquoi tu l'as pas fait tout de suite ? — Je pensais que j'avais des obligations envers Clementine, vu que c'est elle qui m'avait donné l'argent pour venir à Frisco, je sais pas. » J'étais paumé. Neal et moi, on s'est serré la main au coin de la rue, en convenant de se retrouver à huit heures au Glenarm, le vieux Q.G. de la bande, à côté de la salle de jeux. Je suis rentré chez Clementine, et je lui ai dit que je repartais pour New York le soir même. Elle avait fait un fameux poulet frit, avec de la tarte aux fraises *à la mode**, coiffée de glace à la vanille. Je l'aimais bien, cette femme, et je lui devais quelques égards, comme on voit. Clairvoyante, avec ça. « Si jamais tu ne partais

---

* En français dans le texte. *(N.d.T.)*

pas ce soir, finalement, reviens à n'importe quelle
heure, on boira un verre. » Je suis parti avec mauvaise conscience. C'est tellement difficile de prendre
la bonne décision, au jour le jour, dans ce monde
fébrile et imbécile. Ce soir-là, Neal était en effervescence parce que son frère, Jack Daly, devait nous
retrouver au bar. Il s'était mis sur son trente et un, et
il rayonnait. « Bon alors, écoute, Jack, il faut que je
te parle de mon frère Jack ; en fait c'est mon demi-
frère, le fils de ma mère avant qu'elle épouse le vieux
Neal dans le Missouri. — Au fait, tu l'as cherché,
ton père ? — Cet après-midi je suis allé chez Jigg's,
au buffet où il servait la bière à la pression dans le
temps, il était tellement largué qu'il se faisait hous-
piller par le patron, et qu'il sortait les jambes flageolantes... pas là... Je suis allé chez le vieux coiffeur,
à côté du Windsor... pas là non plus... Le vieux me
dit comme ça que d'après lui il bosse — tiens-toi
bien ! — comme cuistot dans les baraquements de la
Boston & Maine, en Nouvelle-Angleterre ! Mais j'y
crois pas, les gars ils te racontent n'importe quelle
craque, pour dix *cents*. Mais écoute-moi bien. Quand
j'étais gosse, Jack Daly, mon demi-frère, c'était mon
héros. Il passait du whisky en contrebande, en allant
le chercher dans la montagne, et une fois il s'est bas-
tonné à coups de poing deux heures durant avec son
autre frangin, dans la cour, les femmes hurlaient tellement elles avaient peur. On dormait dans le même
lit. C'est le seul homme de la famille qui m'ait témoi-
gné un peu de tendresse et d'affection. Ce soir, je vais
le revoir après sept ans, il rentre tout juste de Kansas
City. — Et c'est quoi, le plan ? — Ya pas de plan,
mec, je veux seulement me mettre au courant des

affaires de famille... parce que j'ai une famille, tu vois... et puis surtout, Jack, je voudrais qu'il me dise sur mon enfance des trucs que j'ai oubliés. Je veux me souvenir, moi, tu te rappelles, j'y tiens ! » Je ne l'avais jamais vu si joyeux, ni si excité. Tout en attendant son frère au bar, il a beaucoup parlé à la jeune génération de tapins qui fréquentaient les lieux ; il s'est mis au courant des nouvelles bandes, des derniers événements. Il a pris ses renseignements sur Louanne aussi, elle était passée à Denver récemment. Moi j'étais devant ma bière, je me rappelais la ville en 1947 ; tout ça me laissait perplexe. Et puis Jack Daly est arrivé, un gars de trente-cinq ans, nerveux, les cheveux bouclés, les mains déformées par le travail. Neal le regardait avec vénération. « Non, a dit Jack Daly, je ne bois plus. » « Tu vois ? Tu vois ? m'a chuchoté Neal à l'oreille, il boit plus, lui qui était le plus grand bootlegger de la ville ; c'est qu'il a de la religion, à présent, il me l'a dit au téléphone, mate, mate comme un homme peut changer. Comme il est devenu bizarre, mon héros. » Jack Daly se méfiait de son jeune demi-frère. Il nous a emmenés faire un tour dans son vieux coupé bruyant, et, dès qu'on est montés en voiture, il a mis les choses au point. « Bon, écoute, Neal, moi je ne te crois plus, pas la peine de te lancer dans des grands discours. Si je suis venu ce soir, c'est parce qu'il y a un papier que je voudrais te faire signer pour la famille. On prononce plus le nom de ton père entre nous ; on veut plus rien avoir à faire avec lui, et j'ai le regret de te le dire, avec toi non plus. » J'ai regardé Neal, ses traits s'étaient décomposés, son visage assombri. « Ouais, bon », il a dit. Le frère a condescendu à nous

balader, il nous a même payé des glaces. Neal l'a
bombardé de questions sur le passé, il y a répondu,
et, pendant un instant, j'ai vu mon pote transpirer
d'excitation, de nouveau. Ah, où était-il, son clochard
de père, ce soir-là? Le frère nous a déposés devant
les lampions tristes d'une fête foraine, sur Alameda
Boulevard, au niveau de Federal Drive. Il lui a
donné rendez-vous le lendemain après-midi pour la
signature des papiers, et il est parti. J'ai dit à Neal
que je regrettais qu'il n'ait personne au monde pour
le croire. « Rappelle-toi que moi, j'ai confiance en
toi. Je te demande infiniment pardon pour les griefs
que je t'ai faits hier après-midi. — D'accord, mec,
accordé. » On est allés jeter un coup d'œil à la fête
foraine. Il y avait des manèges, des grandes roues
mélancoliques, du pop-corn, des roulettes de loterie,
de la sciure et des centaines de jeunes de Denver
en Levi's, qui se baladaient. La poussière montait
jusqu'aux étoiles avec toutes les musiques mélancoliques de la terre. Neal portait des Levi's très serrés,
avec un T-shirt; tout d'un coup, il avait l'air d'un
parfait enfant du pays. Il y avait des jeunes motards
moustachus en casquettes à visière, blousons de cuir
cloutés qui traînaient derrière la toile des tentes avec
des jolies filles en Levi's et T-shirts roses, des tas de
Mexicaines aussi, et puis une fille minuscule, haute
comme trois pommes, une vraie naine, avec un visage
d'une beauté et d'une douceur extraordinaires. Elle
s'est tournée vers sa copine en disant : « On appelle
Gomez et on se tire, ma vieille. » Neal a pilé net à sa
vue. Les ténèbres de la nuit lui ont percé le cœur.
« Je suis amoureux, mec, a-mou-reux. » Il a fallu
qu'on la suive un bon moment. Elle a traversé le

highway pour téléphoner depuis la cabine d'un motel ; Neal a fait semblant de tourner les pages de l'annuaire, mais tout son être était tendu vers elle. J'ai essayé d'engager la conversation avec les copines de poupée d'amour, mais on ne les intéressait pas du tout. Gomez est arrivé dans son camion ferraillant — on aurait dit Freddy-Vas-y de Fresno — et il a embarqué les filles. Neal est resté planté sur la route, main sur le cœur. « Ah mec, j'ai cru mourir. — Pourquoi tu es pas allé lui parler ? — Je peux pas, je peux pas, mec... » On a décidé d'acheter des bières et d'aller les boire chez Johnny la Okie en passant des disques. On a fait du stop avec notre sac de cannettes. À quatorze ans, Nancy, la fille de Johnny, était ravissante, en passe de devenir une vraie femme. Ce qu'elle avait de plus beau, c'était ses longs doigts effilés et expressifs qui soulignaient ce qu'elle disait. Neal était tout au bout de la pièce, et il la guignait en plissant les paupières et en disant : « Oui, oui, oui. » Elle sentait son regard sur elle, et se tournait vers moi pour que je la protège. Au début de l'été, j'avais passé du temps auprès d'elle, à parler de livres et des petites choses qui l'intéressaient. Pour dire vrai, sa mère nourrissait l'espoir qu'on se marierait dans quelques années. L'idée n'était pas pour me déplaire, sauf que je me serais senti des responsabilités envers toute la famille, et que ce projet délirant n'était pas dans mes moyens. Pour finir, je me serais retrouvé à sillonner le pays en caravane, à trimer et à mener une relation adulte avec la mère tout en faisant des mamours avec la fille. Je n'étais pas vraiment prêt à plonger comme ça au fond du gouffre et des ténèbres. Ce soir-là, il ne s'est rien passé. On s'est

endormis. C'est le lendemain que tout est arrivé.
L'après-midi, Neal et moi, on est descendus en ville
pour diverses besognes, et pour passer au Bureau du
Voyage chercher une voiture qui aille à New York.
J'ai appelé Justin W. Brierly et on s'est donné rendez-
vous pour bavarder, l'après-midi même. Il est arrivé
dans sa vieille Oldsmobile frénétique au phare éblouis-
sant, et il en est sorti, vêtu d'un costume Palm Beach
et coiffé d'un panama, en disant : «Bonne année à
vous, jeunes gens!» Il avait avec lui Dan Burmeister, un grand étudiant aux cheveux frisés qui détestait Neal et le connaissait depuis des années. Neal et
Brierly se voyaient pour la première fois en chair et
en os depuis New York et le soir où Allen Ginsberg
avait rendu hommage à ses poèmes. «Eh bien, Neal,
tu as pris de la bouteille, on dirait», a lancé Brierly
par-dessus son épaule. «Qu'est-ce que tu deviens?
— Oh, toujours pareil, vous savez. Je me disais que
vous pourriez peut-être me conduire à l'hôpital
St. Luke, comme ça je me ferai soigner le pouce, et
pendant ce temps-là, vous, vous pourrez bavarder
avec Jack. — Mais bien sûr», a dit Brierly. Au départ,
il n'avait jamais été question qu'on se sépare, et puis
cette histoire de pouce, première nouvelle. Neal
n'avait tout simplement pas envie de se mettre en
frais, et Brierly non plus. Le chemin de l'élève et
celui du maître se séparaient. Neal m'a chuchoté à
l'oreille : «Tu as remarqué? Il est obligé de porter
des lunettes noires pour cacher les horribles poches
qu'il a sous les yeux. Ils sont tout larmoyants ses
yeux et tout rouges, ils ont l'air malades.» Moi, je ne
suis pas sorti de ma neutralité. Dès que je me suis
retrouvé tout seul avec Brierly et Burmeister, ils se

sont mis à disséquer Neal, et à me demander pourquoi je m'encombrais d'un type pareil. «Je trouve
que c'est un gars génial. Je sais ce que vous allez me
dire. Vous savez que j'ai essayé de résoudre les problèmes de ma famille.» Je ne savais pas quoi dire.
J'avais envie de pleurer. C'est vrai, merde, il faut
toujours s'expliquer sur ce qu'on fait, sur ce qu'on
dit. On a changé de sujet, parlé d'autre chose. Ed
White était toujours à Paris, de même que Bob Burford, qui avait fait venir sa fiancée de Denver pour
l'épouser sur place; Frank Jeffries n'était pas rentré
non plus. «Jeffries est dans le midi de la France, il
vit dans un bordel, il s'amuse comme un fou. Bien
entendu Ed se distrait aussi, il va dans les musées, et
partout, comme toujours.» Ils m'ont jeté un regard
perçant, ils se demandaient ce que je fichais avec
Neal. «Et comment va Clementine?» m'ont-ils lancé,
non sans perfidie. «Un jour, on verra bien que Neal
était un grand homme, ou un idiot génial», j'ai dit.
«Je m'intéresse à lui comme je me serais intéressé à
mon frère qui est mort quand j'avais cinq ans, s'il
faut tout dire. On s'amuse bien ensemble; on mène
une vie déjantée, et voilà. Vous savez combien d'États
on a traversé?» Je m'animais, j'ai commencé à leur
raconter nos tribulations. J'ai rejoint Neal en fin
d'après-midi, et on est partis chez Johnny la Okie,
par Broadway. Tout d'un coup, Neal entre négli-
gemment dans un magasin de sport, il prend une
balle de base-ball en rayon comme si de rien n'était,
et il sort en la faisant rebondir dans sa main. Personne n'a fait attention; on ne fait pas attention à ces
choses-là. L'après-midi était chaude et somnolente.
On se faisait des passes en marchant. «On trouvera

une voiture demain, à tous les coups. » Clementine
m'avait donné une grande bouteille d'Old Granddad
et on l'a attaquée chez Johnny. De l'autre côté du
champ de maïs, derrière la maison, habitait une
petite poule superbe que Neal essayait de se faire
depuis son arrivée. Il y avait de l'orage dans l'air. À
force de jeter des petits cailloux dans sa fenêtre, il lui
avait fait peur. Pendant qu'on buvait du bourbon
dans le bazar du séjour, au milieu des chiens et des
jouets, à deviser tristement, Neal n'arrêtait pas de
sortir par la cuisine pour traverser le champ, balancer des cailloux et siffler. De temps en temps, Nancy
mettait le nez dehors. Tout d'un coup, voilà Neal qui
rapplique, blême. « Ça va barder, mon gars. La mère
de la petite est après moi avec une carabine ; elle
a rameuté une bande de lycéens pour me tabasser.
— Qu'est-ce que tu racontes, où ils sont ? — De
l'autre côté du champ de maïs, mon gars. » Il était
ivre, il s'en foutait. On est sortis, et on a traversé le
champ au clair de lune. J'ai vu des groupes, sur
le chemin de terre, dans la pénombre. « Les voilà ! »
j'ai entendu. « Minute », j'ai dit, « vous voulez bien
m'expliquer ce qui se passe ? ». La mère était plan-
quée dans le noir, avec une grande carabine. « Ton
foutu pote nous empoisonne depuis trop longtemps,
alors moi je suis pas du genre à appeler la police,
mais s'il revient une seule fois, je lui mets une balle.
Et entre les deux yeux. » Les lycéens s'étaient agglutinés, poings serrés. J'étais tellement torché que j'en
avais rien à foutre, mais j'ai quand même calmé le
jeu. J'ai dit : « Il le fera plus, je l'ai à l'œil. C'est mon
frère, il m'écoute. Rangez votre flingue, s'il vous plaît,
et vous en faites pas. — Qu'il revienne une seule

fois... », elle a dit sombrement, sans céder, dans le noir. « Attendez un peu que mon mari rentre, je vous l'envoie. — Pas la peine, il vous embêtera plus, je vous dis, calmez-vous, c'est fini. » Derrière moi, Neal les insultait entre ses dents. La fille regardait en douce, depuis la fenêtre de sa chambre. J'avais connu ces gens dans le temps, et ils me faisaient assez confiance pour se calmer un peu. J'ai pris Neal par le bras, et on est passés sur les rangées de maïs qu'éclairait la lune. « Whou-hi ! je vais me soûler la gueule ce soir ! » a crié Neal. On est allés retrouver Johnny et les gosses. Tout d'un coup, Neal a piqué sa crise parce qu'il n'aimait pas le disque que passait Nancy, du hillbilly ; il l'a cassé en deux sur son genou. Il y avait à la maison un disque de Dizzy Gillespie qu'il trouvait fameux, un de ses premiers ; c'était moi qui l'avais offert à la petite. Comme elle pleurait, je lui ai dit de le lui casser sur la tête. Elle m'a pris au mot. Il en est resté bouche bée. On s'est tous mis à rire. Ça s'arrangeait. Et puis Johnny a voulu aller boire un coup dans un bar de bord de route. « C'est parti ! a rugi Neal, mais tu vois, mince, t'aurais acheté la bagnole que je t'ai fait voir mardi, on serait pas obligés d'y aller à pied. — A me plaisait pas, c'te bagnole, mince ! » a braillé Johnny. Le petit Billy a pris peur, je l'ai endormi sur le canapé, et dit aux chiens de veiller sur lui. Johnny a appelé un taxi, déjà bien éméchée, et, pendant qu'on l'attendait, Clementine m'a fait demander au téléphone. Elle avait un petit ami d'un certain âge qui ne pouvait pas me sentir, comme de juste ; or en début d'après-midi j'avais écrit à Bill Burroughs qui se trouvait à Mexico, pour lui raconter nos aventures et nos situations respectives à Den-

ver. « Moi, j'habite chez une femme, je me la coule
douce. » Imbécile que j'étais, j'avais donné la lettre à
poster à l'ami en question, après le poulet frit. Il
l'avait ouverte subrepticement, l'avait lue, et s'était
empressé de l'apporter à Clementine pour preuve de
ma duplicité. Et voilà qu'elle m'appelait en larmes,
jurant qu'elle ne voulait plus jamais me revoir. L'ami
qui triomphait a pris l'appareil et il s'est mis à me
traiter de salaud. Devant la porte, le taxi klaxonnait,
les chiens aboyaient, Neal dansait avec Johnny, moi
je me suis mis à brailler toutes les insultes que je
savais, plus quelques autres assez créatives, et, dans
ma fureur d'ivrogne, j'ai dit à tout le monde au bout
du fil d'aller se faire foutre, j'ai raccroché brutale-
ment et je suis sorti me soûler un peu plus. On s'est
crachés du taxi en vrac, devant le bistrot, un bar de
culs-terreux au pied des montagnes, et on a com-
mandé des bières. Tout foutait le camp, et pour mettre
un comble au délire, on a trouvé au comptoir un
extatique spasmophile qui s'est jeté au cou de Neal
en lui pleurant dans la figure, si bien que mon pote
s'est remis à transpirer et à débloquer, et histoire
d'aggraver la pagaille insupportable, il est sorti aussitôt piquer une bagnole devant le bistrot, il a foncé
jusqu'au centre ville, et il est revenu au volant d'une
plus belle. En levant les yeux, j'ai vu des flics et des
tas de gens qui allaient et venaient dans le faisceau
des phares des bagnoles de police, en train de parler
de la voiture volée. « Ça vole les voitures dans tous
les coins, par ici ! » disait le flic. Neal était juste derrière lui, ponctuant ses propos de « Ah ouais, ah
ouais ». Les flics sont partis tirer les choses au clair.
Il est rentré dans le bar, et il s'est mis à se balancer

d'avant en arrière avec ce pauvre petit spasmophile, qui s'était marié le jour même et prenait une cuite monumentale pendant que son épousée l'attendait quelque part. « Ah mec, ce type-là, il est grandiose ! Jack, Johnny, je m'en vais trouver une vraie bonne bagnole, ce coup-ci, et on montera tous dedans, Albert aussi (c'était le nom du saint spasmophile) et on ira faire un grand tour dans les montagnes. » Le voilà parti. Au même moment, un flic fait irruption, et dit qu'une voiture volée dans le centre de Denver est garée devant le bar. Les gens s'agglutinent pour en parler. Moi, à la fenêtre, je vois Neal sauter dans la première caisse qu'il trouve, ni vu ni connu. Quelques minutes plus tard, il revient au volant d'une autre, qui n'a rien à voir, une Plymouth toute neuve. « Celle-là, c'est un châssis, il me chuchote à l'oreille. L'autre, elle toussait trop, je l'ai larguée au carrefour... j'ai vu cette pin-up garée devant une ferme. J'ai fait un saut à Denver. Allez, viens, mec, on va TOUS se balader. » Toute l'amertume, toute la folie de sa vie à Denver étaient en train de percer comme des lames par les pores de sa peau. Il avait le feu aux joues, l'air mauvais, il était en nage. « Non, moi je touche pas aux bagnoles volées. — Mais allez, mec, Albert va venir avec moi, pas vrai, Albert ? » Et Albert, cette âme errante, ce gringalet aux cheveux noirs et aux yeux de saint, l'écume aux lèvres, s'est appuyé sur Neal en gémissant tout ce qu'il savait, parce qu'il se sentait mal, subitement, et aussi parce que son instinct lui disait que c'était un homme dangereux. Il a levé les bras au ciel, et il s'est reculé, visage déformé par la peur. Neal a baissé la tête ; il transpirait. Il est sorti, et il a pris le volant. Johnny et moi, on a trouvé un taxi devant le bistrot, et on a décidé de rentrer. Sur le trajet, dans les ténèbres sans fond d'Alameda, ce boulevard que j'avais pris à pied bien des nuits d'errance au début de l'été, tantôt chantant, tantôt gémissant, bouffant les étoiles et déversant tous les sucs de mon cœur sur l'asphalte brûlant de la nuit, Neal a surgi derrière nous dans la Plymouth volée; il s'est mis à nous klaxonner comme un fou, à nous talonner en poussant des cris. Le taxi a blêmi. J'ai dit : « C'est rien, c'est un ami. » Et puis Neal en a eu marre de nous, et il nous a laissés sur place à près de cent trente à l'heure; on a pu voir ses tristes feux arrière disparaître en direction des montagnes invisibles, son tuyau d'échappement crachant une fumée spectrale. Une fois arrivé au chemin de Johnny, il a tourné, et j'ai cru qu'il s'était envoyé dans le fossé, mais il a tourné de nouveau à droite et s'est retrouvé devant la maison. Pour repartir vers la ville tout aussi vite, après un demi-tour complet, au moment même où nous sortions du taxi en payant la course. On l'a attendu dans le noir, inquiets, et, peu après, il est revenu avec une autre voiture encore, un coupé en triste état. Il s'est arrêté dans un nuage de poussière devant la maison, il a mis pied à terre en titubant, est allé droit à sa chambre, et s'est effondré sur son lit, ivre-mort. On se retrouvait avec une voiture volée sur le paillasson ou peu s'en faut. Il a bien fallu que je le réveille, j'aurais été incapable de démarrer cette bagnole pour aller la balancer quelque part. Il est sorti du lit en calce, flageolant, et on est remontés dans la voiture — les gosses étaient à la fenêtre, ils rigolaient — pour s'en aller valdinguer par-dessus les maïs, au bout du chemin, jusqu'au

moment où la bagnole, qui n'en pouvait plus, a rendu
l'âme sous un peuplier vénérable, près de la vieille
usine. «Ira pas plus loin», a conclu Neal sobrement;
sur quoi il est descendu de voiture, et a repris le
champ de maïs en sens inverse, pas loin d'un kilomètre, toujours en calcif. Sitôt arrivé, il est allé se
coucher. C'était la pagaille la plus noire, Denver,
Clementine, les bagnoles, les gosses, la pauvre Johnny,
le séjour jonché de cannettes, des taches de bière
partout : il me restait plus qu'à aller me coucher, moi
aussi. Pendant un moment, un criquet m'a empêché
de dormir. Dans cette région de l'Ouest, de même
que dans le Wyoming, les étoiles-cierges de la nuit
cheminent solitaires comme le Prince qui a perdu la
terre de ses ancêtres et court le monde, sans espoir
de la retrouver. Ainsi accomplissent-elles leur lente
révolution nocturne, et, longtemps avant l'aube ordinaire, le grand soleil rouge paraît sur d'immenses
territoires de ténèbres, vers l'ouest du Kansas, et les
oiseaux se mettent à chanter au-dessus de Denver.
Où étaient-ils les oiseaux d'antan, ceux dont je comprenais la langue ? Neal a été pris d'abominables
nausées, et moi aussi. Sitôt levé, il a traversé le champ
de maïs pour juger si la voiture ne pourrait pas nous
emmener dans l'Est. J'ai eu beau lui dire qu'il n'en
était pas question, rien à faire. Il est revenu tout
pâle : «Mec, il y a une bagnole banalisée, et tous les
commissariats du coin ont mes empreintes digitales
depuis l'année où j'ai piqué cinq cents caisses. Tu
vois bien ce que j'en fais, des caisses, c'est juste pour
les conduire. Mec, faut que je me tire ! Écoute, on va
finir en taule si on se barre pas fissa. — T'as raison,
Bon Dieu ! » j'ai dit, et on s'est mis à rassembler nos

affaires à la vitesse grand V. Cravate au vent et chemise en bannière, on a précipité les au revoir avec
notre adorable petite famille, pour gagner en catastrophe la route protectrice, où ce serait ni vu ni
connu. La petite Nancy pleurait de nous voir partir,
tous deux ou seulement moi, Johnny a été courtoise,
je l'ai embrassée en m'excusant : « C'est sûr qu'il est
fou, celui-là », elle m'a dit, « il me rappelle mon mari,
qui s'est tiré du jour au lendemain. Tout à fait le
même. J'espère bien que mon Mickey va pas tourner
pareil, ils tournent tous comme ça, maintenant. »
Mickey, c'était son fils, celui qui était placé dans une
école pour délinquants. « Dites-lui de pas voler de
caisses de coca. Il m'a dit que c'était ça. Il risque de
commencer comme ça, innocemment, jusqu'au jour
où les flics vont lui mettre une raclée. » Et puis j'ai
dit au revoir à la petite Sally, qui avait un scarabée
apprivoisé dans la main ; le petit Billy dormait encore.
Tout ça en quelques secondes, dans la splendeur de
l'aube, en ce dimanche où nous sommes partis en
vrac, avec nos misérables bagages, le cœur encore
barbouillé par les nausées de la nuit. On se dépê-
chait. À chaque instant, on croyait voir apparaître
une voiture de patrouille au détour d'un virage pour
nous coincer. « Si la femme au flingue s'en aperçoit,
on est cuits », a dit Neal. « Faut ABSOLUMENT
qu'on trouve un taxi », j'ai dit, « et là, on sera tranquilles ». On avait bien pensé réveiller une famille de
fermiers pour téléphoner de chez eux, mais le chien
nous a chassés. D'un instant à l'autre, le coupé nau-
fragé allait être découvert par le premier agriculteur
lève-tôt, ça sentait le roussi. Finalement, une adorable vieille dame nous a permis de téléphoner de

chez elle et on a pu appeler un taxi en ville — sauf qu'il n'est pas venu. Il a fallu reprendre la route en traînant la patte. La circulation se densifiait, on voyait des voitures de patrouille partout. Et puis tout d'un coup, on en a vu arriver une vraie, et j'ai compris que c'était la fin de ma vie telle que je l'avais toujours vécue ; j'entrais dans la saison des pleurs et des grincements de dents sur la paille humide des cachots, telle que les rois d'Égypte l'imaginent, les après-midis somnolentes, quand la bataille fait rage dans les roseaux des marais. Mais cette voiture de patrouille n'était autre que notre taxi, et, dès cet instant, on s'est élancés vers l'Est, on n'avait pas le choix. Au Bureau du Voyage, on tombe sur une offre mirobolante : conduire une Cadillac Limousine de 47 à Chicago. Son propriétaire est rentré du Mexique au volant avec toute sa famille, et puis il en a eu marre, il a mis la femme et les gosses dans le train. Tout ce qu'il demande, c'est qu'on ait des papiers d'identité, et qu'on lui achemine sa voiture. Je fais voir mes papiers au gars — un Italien trapu, baron de la pègre à Chicago — et je lui assure que tout se passera très bien. « Et toi, va pas déconner avec cette bagnole », je dis à Neal. Il ne se tenait plus, tellement il avait hâte de la voir. Il nous a fallu attendre une heure. On s'est allongés sur la pelouse, près de l'église, à l'endroit même où j'avais passé un moment en 47, avec les clodos qui faisaient la manche, le jour où j'avais raccompagné Ruth Gullion ; je me suis endormi, effaré, crevé, le visage tourné vers les oiseaux de l'après-midi. Mais Neal est parti en maraude. Il a engagé la conversation avec une serveuse, dans une luncheonette, et, pour ne pas perdre ses bonnes habitudes, dès qu'il a pu lui parler en tête à tête à l'extérieur, il lui a promis monts et merveilles, et elle l'a cru, cette innocente ; ce devait être une impulsive. Toujours est-il qu'il lui donne rendez-vous l'après-midi, pour aller faire un tour dans la Cadillac, et qu'il vient me réveiller pour me l'annoncer. Je me sens déjà mieux, à la hauteur de cette péripétie. La Cadillac n'est pas plus tôt arrivée qu'il démarre en trombe «chercher de l'essence» ; le type du Bureau du Voyage me regarde : «Il revient quand ? Les passagers sont prêts, ils attendent.» Il me fait voir deux jeunes Irlandais d'un collège de Jésuites, qui attendent sur la banquette, avec leurs valises. «Il est seulement parti faire de l'essence, il revient tout de suite.» Je vais jusqu'au coin de la rue et je regarde Neal attendre sa serveuse, laquelle est en train de se changer dans sa chambre, au carrefour de la 17e Rue et de Grant Street ; d'où je suis, je la vois devant son miroir, se faire belle, ajuster ses bas de soie ; ça me dirait bien de les accompagner. Elle sort de l'hôtel en courant, et saute dans la Cadillac. Je reviens rassurer le patron du Bureau et les passagers. Depuis le seuil de la porte, j'aperçois en un éclair la Cadillac qui traverse Cleveland Place, avec Neal penché sur son volant, tout joyeux dans son T-shirt, parlant avec ses mains, et la fille, assise à ses côtés, triste et fière. Ils vont se garer dans un parking en plein jour, près du mur de brique, au fond (Neal a travaillé dans ce parking-là) et, s'il faut le croire, il la baise en moins de deux ; et ce n'est pas tout, il la persuade de nous suivre dans l'Est, dès qu'elle aura touché sa paie, vendredi ; elle n'aura qu'à prendre le car, et nous rejoindre chez John Holmes, sur Lexington Avenue, à New York.

Elle est d'accord; elle s'appelle Beverly. Trente
minutes plus tard, Neal revient sur les chapeaux de
roues, il la dépose à son hôtel, baisers, adieux, ser-
ments, et le voilà qui passe prendre son équipage.
«C'est pas trop tôt», dit le boss, un genre de Sam
de Broadway, «j'ai bien cru que vous vous étiez
tiré avec la Cadillac. — Je réponds de lui, ne vous
inquiétez pas», je dis, parce que je vois bien que,
dans la transe où se trouve Neal, sa folie et son irresponsabilité totale risquent de se voir à l'œil nu. Aussitôt, il devient très professionnel, il toussote, il aide
les pensionnaires des Jésuites à monter leurs valises.
À peine sont-ils installés, à peine ai-je eu le temps
de faire au revoir à Denver qu'il décolle plein pot, le
formidable moteur vibrant de toute sa puissance
d'aigle. On n'est pas partis depuis trois bornes que le
compteur claque parce que Neal a largement dépassé
le cent soixante. «Tant mieux, comme ça je saurai pas
à combien je roule. Pied au plancher jusqu'à Chicago,
ça va se jouer chrono.» On ne croirait même pas rouler à cent, sauf qu'on voit tomber toutes les autres
bagnoles comme des mouches sur la ligne droite qui
mène à Greeley. «Si on se dirige nord-est, Jack, c'est
parce qu'il faut absolument qu'on passe au ranche
d'Ed Uhl, à Sterling, il faut que tu fasses sa connaissance et que tu voies son ranch. Avec ce hors-bord,
c'est sans problème, on sera à Chica dans les temps,
bien avant le train du gars.» O.K., moi j'étais pour.
Il s'est mis à pleuvoir, mais Neal n'a pas molli.
C'était une limousine superbe, une des dernières à
l'ancienne, noire et vaste, avec un grand corps carré
mais fuselé, des pneus à bandes blanches, et sans
doute des vitres pare-balles. Les pensionnaires des

Jésuites — Saint-Bonaventure — s'étaient assis à l'arrière, un sourire jusqu'aux oreilles, ravis d'être en route, loin de se douter à quelle vitesse on allait. Ils ont bien essayé d'engager la conversation, mais Neal n'a pas répondu, il a retiré son T-shirt, et il a roulé torse nu jusqu'au bout. «Oh, elle est trop cool cette petite Beverly, trop mignonne! Elle va venir me retrouver à New York, et on se mariera dès que j'aurai les papiers du divorce avec Carolyn — tout baigne, Jack, et on s'en va dans l'Est!» Plus vite on quitterait Denver, mieux je me porterais — et pour aller vite, on allait vite. La nuit tombait quand on a quitté le highway à Junction, pour prendre un chemin de terre qui traversait les mornes plaines de l'est du Colorado, où se trouvait le ranch d'Ed Uhl, au fin fond du Coyoteland. Il pleuvait toujours, la piste était glissante, et Neal ne dépassait plus le cent à l'heure, mais je lui ai dit de ralentir encore, sinon on déraperait. «T'en fais pas, mec», il a répondu, «tu me connais. — Non, là ça va plus, tu vas beaucoup trop vite.» J'avais à peine dit ça qu'on est arrivés sur un virage à angle droit vers le highway; Neal a cogné son volant pour braquer, mais l'énorme voiture a dérapé dans la boue grasse, et zigzagué dangereusement. «Faites gaffe!» a dit Neal, qui s'en fichait pas mal, tout à sa lutte avec l'Ange, et pour finir on s'est retrouvés le cul dans le fossé et le nez sur la route. Un grand silence s'est abattu sur toutes choses. On entendait gémir le vent. Tout à coup, nous étions au milieu de la prairie sauvage. Il y avait une ferme à quatre ou cinq cents mètres. Je n'arrêtais pas de jurer tellement j'étais furieux, écœuré par le comportement de Neal. Sans rien dire, il a mis une veste sur la tête, et il est parti sous la pluie chercher de l'aide. «C'est votre frère? m'ont demandé les jeunes assis sur la banquette arrière. Il est infernal avec les voitures, et s'il faut en croire ses histoires, avec les femmes aussi. — Il est fou», j'ai dit, «et puis, oui, c'est mon frère». Je l'ai vu revenir avec le fermier sur son tracteur. Ils ont accroché des chaînes à la voiture, et le fermier nous a sortis du fossé. La voiture avait pris la couleur de la boue, et une belle éraflure en prime. Avec le compteur cassé, ce n'était que le commencement. Le fermier nous a demandé cinq dollars; ses filles nous regardaient sous la pluie. La plus jolie, la plus timide aussi, s'était cachée à l'écart dans le champ, et elle avait bien raison, car c'était sans aucun doute la plus belle fille que nous ayons vue de notre vie, Neal et moi. Elle pouvait avoir seize ans, le teint d'églantine des filles de la plaine, une chevelure magnifique, les yeux d'un bleu profond, farouche et frémissante comme une antilope. Le moindre regard la faisait tressaillir. Elle se tenait là, et les grands vents venus du Saskatchewan faisaient voler ses boucles vivantes comme des voiles autour de son charmant visage. Elle rougissait, rougissait. On a fini ce qu'on avait à faire avec le fermier, jeté un dernier regard à la rose de la prairie, et puis on est repartis, moins vite cette fois, jusqu'à la nuit close, où Neal a déclaré que le ranch d'Ed Uhl était droit devant nous. «Oh, une fille comme ça, moi ça me fait peur», j'ai dit. «Je lâcherais tout pour elle, je me jetterais à sa merci, et si elle ne voulait pas de moi, je n'aurais plus qu'à me balancer dans le vide sidéral.» Les pensionnaires des Jésuites ont rigolé. Ils étaient pleins de répliques ringardes, ils parlaient

comme dans les facs de l'Est; ils n'avaient vraiment
pas beaucoup de grain à moudre, sinon des tas de
citations de saint Thomas d'Aquin. Neal et moi, on
les ignorait superbement. Comme on traversait le
bourbier des plaines, il s'est mis à raconter des histoires du temps où il était cow-boy; dès qu'on est arrivés sur le domaine d'Ed Uhl, qui était immense, il
nous a fait voir la portion de route où il passait ses
matinées à cheval, l'endroit où il réparait les clôtures,
celui où le vieux Uhl, le père d'Ed, déboulait dans
un bruit de ferraille sur l'herbe des prés quand il
pourchassait une génisse en braillant : « Chope-la,
chope-la ! » À entendre Neal, il devait être aussi cinglé
que le père parétique de Kells Elvins. « Il lui fallait
une nouvelle bagnole tous les six mois, a expliqué
Neal. Il en avait rien à foutre. Chaque fois qu'une
bête s'égarait, il se jetait à sa poursuite, et il s'arrêtait
qu'au premier trou d'eau; après, il repartait la courser à pied. Il comptait chaque sou qu'il gagnait, et il
mettait l'argent dans une marmite. Un vieux fou, ce
fermier. Je vous ferai voir ses épaves de bagnole, à
côté des baraquements des journaliers. C'est ici que
je suis venu quand j'ai été libérable après ma dernière période au trou. C'est ici que je vivais du temps
que j'écrivais ces lettres à Hal Chase, que tu as
vues. » On a quitté la route pour prendre un chemin
qui serpentait à travers les hivernages. Un immense
troupeau de vaches mélancoliques à faces de pierrots
est apparu dans le rayon de nos phares. « Tiens,
voilà, les vaches d'Ed Uhl ! On va jamais pouvoir
passer. Il va falloir descendre les disperser ! Hi hi
hi ! » En fait, ça n'a pas été nécessaire; il a suffi qu'on
avance au ralenti; parfois on en heurtait une, légère-

ment, leur masse ondoyait autour de la voiture, mer mugissante. Plus loin brillaient les lumières solitaires du ranch d'Ed Uhl, encerclées par des centaines et des centaines de kilomètres de plaine, nue comme la main, avec une vingtaine de ranchs semblables à celui-ci. Les ténèbres absolues qui s'abattent sur la prairie dépassent l'imagination de l'homme de l'Est. Il n'y avait pas d'étoiles, pas de lune, pas la moindre lueur, sinon dans la cuisine de Mrs. Uhl, une lampe. Au-delà des ombres de la cour, on avait une vue imprenable sur le monde — invisible jusqu'à l'aube. Après avoir frappé à la porte, et appelé dans le noir (Ed Uhl était en train de traire les vaches à l'étable), j'ai fait un petit tour prudemment, sans m'écarter de plus de cinq-six mètres. Car il me sembloit ouïr coyotes. Uhl pensait plutôt que c'étaient les chevaux sauvages de son père qui hennissaient, au loin. Il avait à peu près notre âge, c'était un grand type bara-qué, les dents pointues, pas bavard. Dans la voiture, Neal avait raconté en long en large et en travers qu'il baisait sa femme, avant leur mariage. Lui et Ed allaient se poster aux carrefours de Curtis Street pour siffler les filles. Pour l'instant, il était en train de nous faire entrer avec bonne grâce dans son salon marron et triste, où l'on n'allait jamais, et il lui a fallu farfouiller pour trouver des lampes pâlottes et les allumer. «Qu'est-ce que tu t'es fait au pouce, Bon Dieu?» il a demandé à Neal. «J'ai mis une calotte à Louanne, et ça s'est tellement infecté qu'il a fallu m'amputer le bout. — Et qu'est-ce qui t'a pris de faire une connerie pareille?» Je voyais bien qu'il avait joué un rôle de grand frère auprès de Neal. Il secouait la tête, le seau de lait toujours à ses pieds.

« T'as toujours été un fêlé et un enfoiré, de toute façon. » Pendant ce temps, sa jeune épouse nous préparait un festin improvisé dans sa grande cuisine de ferme. Elle nous a proposé de la glace à la pêche en s'excusant. « C'est que de la crème et des pêches passées au freezer. » Inutile de dire que c'est la seule glace digne de ce nom que j'aie mangée de ma vie. La femme d'Ed avait commencé modestement et finissait fastueusement ; à mesure qu'on mangeait, des plats nouveaux paraissaient sur la table. C'était une blonde bien bâtie, mais, comme toutes les femmes des grands espaces, elle se plaignait un peu de s'ennuyer. Elle nous a énuméré les émissions de radio qu'elle suivait à cette heure-ci. Ed Uhl regardait ses propres mains, Neal mangeait voracement. Il avait voulu que je confirme ses dires en déclarant que la Cadillac m'appartenait, que j'étais riche, et que Neal était mon ami et mon chauffeur. Ed Uhl restait de marbre. Chaque fois qu'on entendait le bétail, dans l'étable, il levait la tête et tendait l'oreille. « Eh ben, j'espère que vous irez jusqu'à New York, comme ça, les jeunes », il a dit. Pas une seconde il n'a cru que j'étais propriétaire de cette Cadillac, il se figurait plutôt que Neal l'avait volée. On est restés environ une heure au ranch. Ed Uhl avait perdu foi en Neal, tout comme Jack Daly. La défiance se lisait dans ses yeux, les rares fois où il le regardait. Ils avaient connu une période turbulente, tous les deux, du temps qu'ils allaient traîner bras dessus bras dessous dans les rues de Laramie, Wyoming, la démarche titubante, quand les foins étaient faits, mais c'était bien fini tout ça. Neal gigotait convulsivement sur son siège. « Bon ben voilà, bon ben voilà, nous on va peut-être y aller, parce qu'il faut qu'on soit à Chicago demain soir, et on a déjà perdu pas mal d'heures. » Les étudiants ont remercié Ed Uhl bien poliment, et nous voilà repartis. Je me suis retourné pour voir la lampe de la cuisine s'éloigner dans un océan de nuit. Et puis je me suis penché sur le pare-brise. En un rien de temps, on est revenus sur le highway, et cette nuit-là j'ai vu le Nebraska se dérouler littéralement sous mes yeux. On a déchiré à cent soixante à l'heure, la route droite comme une flèche, les villes endormies, pas un chat sur la chaussée ; au clair de lune on a laissé sur place l'interminable train de marchandises de l'Union Pacific. Cette nuit-là, je n'ai pas eu peur du tout. C'est le lendemain, quand j'ai vu à quelle vitesse on allait. Alors j'ai lâché tout, et je suis allé m'asseoir à l'arrière pour fermer l'œil. Mais à ce moment-là, dans cette nuit de lune, il était tout à fait légitime de faire du cent soixante en causant, pendant que les villes du Nebraska — Ogallala, Gothenburg, Kearny, Grand Island, Columbus — se déroulaient en accéléré comme la bobine du rêve, dans le rugissement du moteur et la rumeur des mots. C'était une voiture somptueuse ; elle tenait la route comme le vaisseau tient la mer. Les virages bien négociés la faisaient chanter d'aise. Mais Neal la punissait, cette voiture, et quand on est arrivés à Chicago, non pas le lendemain soir, mais dans l'après-midi, les bielles étaient presque toutes coulées. « Ah mec, quel pied, cette bagnole ! Tu te rends compte, si on avait une bagnole pareille, toi et moi, tout ce qu'on pourrait faire. Tu sais qu'il y a une route qui va jusqu'au Mexique et même jusqu'au Panama — et peut-être bien jusqu'au bout de l'Amérique du Sud, où les Indiens mesurent deux mètres et bouffent de la coke à flanc de montagne ? Oui ! Toi et moi, Jack, on irait voir le monde entier avec une tire pareille, parce que, mec, la route, elle doit bien finir par mener au monde entier. Où veux-tu qu'elle aille, sinon ? Hein ? Ah dis donc, on va écumer Chica avec cet engin ! Tu te rends compte, Jack ? Dire que j'y suis jamais allé de ma vie. — On va faire une vraie entrée de gangsters, dans cette Cadillac. — Oui ! Et les filles !... on va ramasser des filles, et d'ailleurs, Jack, j'ai décidé de bomber un max pour qu'on puisse avoir toute une soirée à frimer dans cette bagnole. Donc, lâche tout, détends-toi, moi j'écrase l'accélérateur. — Mais tu fais du combien, là ? — Cent soixante croisière, probable... on s'en rend même pas compte. Il nous faut encore traverser tout l'Iowa pendant la journée, et après ça on sera dans l'Illinois en un rien de temps. » À l'arrière, les deux jeunes s'étaient endormis ; nous, on a passé la nuit à parler. C'était extraordinaire chez Neal, cette façon de péter les plombs, pour retrouver le lendemain une âme étale et saine — qui, selon moi, s'attache à une voiture qui file, un rivage où accoster, une femme au bout de la route — comme si de rien n'était. « Je suis comme ça chaque fois que je retourne à Denver, en ce moment... je peux plus me faire à cette ville. Abracadabra, Neal est un cobra. Vroum vroum ! » On a traversé une ville-fantôme, et on a repris la conversation. Je lui ai dit que j'étais passé sur cette route du Nebraska en 1947. Lui aussi. « Jack, quand je travaillais pour la New Era Laundry, à Los Angeles, en 1945, j'ai fait une virée jusqu'à Indianapolis exprès pour voir les courses du Memorial Day; le jour je faisais du stop; la nuit je volais des tires pour gagner du temps. J'arrive dans une de ces villes qu'on a traversées avec tout un jeu de plaques d'immatriculation sous ma chemise quand un shérif m'arrête sur simples soupçons. Jamais j'ai aussi bien parlé de ma vie. J'ai essayé de m'en sortir en lui racontant que j'étais déchiré entre ma vision de Jésus et cette vieille habitude de piquer des voitures, et que si j'avais volé les plaques c'était seulement pour prendre la mesure du problème; ça n'a pas pris, tu penses! Il a fallu que je pleure, que je me frappe la tête sur le bureau. Et j'étais sincère, j'étais sincère, en plus! J'avais des sentiments abominables, et puis chaque minute qui passait me mettait de plus en plus en retard pour les courses. Bien entendu, je les ai ratées, merde, ils m'ont renvoyé à Denver en conditionnelle, et tout s'est éclairci là-bas. L'automne suivant, je re-tente le coup pour assister au match entre Notre Dame et l'équipe de l'Ohio à South Bend, dans l'Indiana; ce coup-là, j'ai pas fait de stop, j'avais juste la tune pour le billet de car, j'ai rien mangé aller retour, sauf ce que j'ai pu gratter à toutes sortes de cinglés en route et au match. J'étais vraiment dingue, à l'époque, je suis sûrement le seul gars au monde à m'être donné tant de mal pour voir un simple match de foot, et tirer quelques chattes par la même occasion.» Je lui ai demandé ce qu'il faisait à L.A. en 1945. «J'avais été arrêté en Californie, tu comprends. Le nom de la taule te dira rien, enfin c'était le pire trou que je connaisse. Il fallait que je m'évade. Et là, ça a été la plus grandiose de mes évasions, toutes proportions gardées. Bon voilà, quoi, je me suis tiré, et j'ai dû traverser la forêt dans

la peur que s'ils me chopaient, ils me fassent vraiment ma fête, quoi : les tabassages à coups de tuyau
en caoutchouc, la totale, avec bavure mortelle à la
clef. Je m'étais débarrassé de mon uniforme de taulard, et j'avais chouré façon artiste une chemise et un
froc à la station-service ; je me suis radiné à L.A.
sapé en pompiste ; je me suis fait embaucher à la première station que j'ai trouvée, j'ai pris une chambre,
changé de nom, si bien que j'ai passé une année de
rigolade à L.A., avec toute une bande de nouveaux
amis, des filles vraiment géniales, la saison s'est ache-
vée le soir où on est tous allés sur Hollywood Boulevard, et où j'ai dit à mon pote de conduire pendant
que j'embrassais ma petite amie, j'étais au volant, tu
comprends, seulement IL M'A PAS ENTENDU !
On est allés embrasser un poteau, remarque on faisait que du trente à l'heure, et moi je me suis cassé le
nez, tu l'as vu mon nez, profil grec après accident.
Après ça je suis allé à Denver, et j'ai rencontré
Louanne au bar à soda, ce printemps-là. Ah, mec,
elle avait que quinze ans, elle était en Levi's, tout ce
qu'elle attendait c'était de se faire draguer. Trois
jours et trois nuits j'ai dû la baratiner à l'Ace Hotel,
troisième étage, angle sud-est, lieu historique et
sacré, sanctuaire de mes très riches heures — qu'est-
ce qu'elle était mignonne, si jeune, si pute, si mienne !
Ah, mec, je vieillis, je vieillis. Hop, hop, hop ! Vise
un peu ces vieux clochards, autour d'un feu, le long
de la voie ! » Il a failli ralentir. « Tu vois, je sais jamais
si mon père est là ou pas. » Le long des voies, il y avait
en effet quelques silhouettes vacillantes devant un
feu. « Je sais jamais s'il faut que je demande. Il pourrait être n'importe où. » On ne s'est pas arrêtés.

Devant nous, derrière nous, quelque part dans la nuit immense, son père gisait ivre sous un buisson, c'était certain, la bave au menton, le pantalon plein de pisse, les oreilles pleines de mélasse, la morve au nez, peut-être du sang dans les cheveux, avec la lune qui brillait sur lui. J'ai pris Neal par le bras. «Ah, mec, on rentre chez nous pour de bon, ce coup-ci.» C'était la première fois qu'il s'installerait à New York. Il frémissait de tout son corps tellement il était fébrile. «Et puis, pense un peu que dès qu'on va arriver en Pennsy, on commencera à entendre ce bop de l'Est carrément cool chez les disc-jockeys. Hisse et ho, vogue mon beau navire!» Notre somptueuse voiture faisait hurler le vent, sous ses roues les plaines se déroulaient comme un parchemin, le bitume en chaleur défilait sans violence : un vaisseau impérial. Longtemps après avoir laissé derrière nous les Sand-hills et leurs grands espaces couverts d'armoise, elle vrombissait encore, son mufle énorme couvert de la poussière des vallées du Nil et du petit matin. Quand j'ai ouvert les yeux, l'aube déployait ses rayons; on s'y engouffrait comme un météore. Le visage buté, pétrifié de Neal était penché sur le tableau de bord, comme si sa résolution s'inscrivait dans son ossature. «À quoi tu penses, Papa? — Bah, toujours pareil, t'sais... les filleu, les filleu, les filleu. Avec en plus une idée qui me traverse, des rêves vagabonds, ensorcelés par de vaines promesses — hop! hmm!» Que dire à bord d'un pareil paquebot? Je me suis endormi, et me suis réveillé dans la touffeur sèche d'un dimanche matin de juillet, en Iowa, et toujours Neal roulait, roulait, sans relâcher sa pression sur l'accélérateur sauf dans les virages, au milieu des champs de maïs de

l'Iowa, où il rétrogradait à cent vingt, pour reprendre
ensuite le cent soixante de croisière, à moins que le
double sens l'oblige à s'intégrer misérablement dans
la file des escargots, à quatre-vingt-dix. À la première
occasion, il déboîtait, doublait une demi-douzaine
de voitures, en les laissant sur place dans un nuage
de poussière. Un cinglé au volant d'une Buick toute
neuve voit le manège, et il décide de faire la course
avec nous. Au moment où Neal s'apprêtait à doubler
une file, le voilà qui nous passe sous le nez sans préa-
vis, avec un cri, un coup de klaxon, et un appel de
phares — le défi est lancé. On se jette à sa poursuite
comme le chien après la perdrix. «Attends, dit Neal
en riant, je m'en vais te l'agacer, ce fils de pute, au
moins sur une quinzaine de bornes, quoi. Vise-moi
ça.» Il laisse la Buick prendre du champ, et puis il
accélère et la rattrape avec impertinence. Le fou à la
Buick pète les plombs, il monte à cent cinquante. On
a l'occasion de voir sa tête. Apparemment, c'est un
hipster de Chicago, qui roule avec une femme qui
pourrait être, qui est d'ailleurs sans doute, sa mère.
Elle a beau protester tant qu'elle peut, il bombe. Il a
les cheveux noirs, ébouriffés, il porte un polo ; c'est
un Italien de Chica. Il se dit probablement qu'on est
un nouveau gang venu de L.A. pour envahir la ville,
des hommes à Mickey Cohen peut-être, parce que
notre limousine a le physique de l'emploi et qu'elle
est immatriculée en Californie. Ou alors ça fait seulement partie de ses plaisirs de la route. Il prend des
risques terribles pour se maintenir devant nous, il
double dans les virages, il a tout juste le temps de se
rabattre quand il voit arriver un énorme camion qui
dérape en face de lui. Pendant cent vingt bornes

d'Iowa on déjante de cette façon, et la course est tellement palpitante que je n'ai pas le temps d'avoir
peur. Et puis le cinglé lâche l'affaire; il s'arrête à une
pompe à essence, sur ordre de la vieille dame, sans
doute, et quand on passe devant lui dans un bruit de
tonnerre il nous fait un signe de la main, visage
hilare, en toute complicité. Et nous, on roule de plus
belle, Neal torse nu, moi pieds sur le tableau de
bord, et les étudiants endormis à l'arrière. On s'est
arrêtés prendre le petit déjeuner dans un *diner* où la
patronne, une dame du pays à cheveux blancs, nous
a servis de royales portions de patates pendant que
carillonnaient les cloches de l'église, au village tout
proche. Et puis on est repartis. «Roule pas si vite,
Neal, on est en plein jour. — T'inquiète, mec, je sais
ce que je fais.» Je commençais à tiquer. Neal fondait
sur les files de voitures comme l'Ange Exterminateur. Il manquait leur rentrer dedans chaque fois
qu'il cherchait à déboîter, il chatouillait leur pare-
choc, il se tortillait comme un beau diable pour
voir le virage, et alors l'énorme Cadillac obéissait au
quart de tour, elle doublait, et à un cheveu près on
se rabattait sur notre droite pendant que ça défilait
en face; j'en avais le frisson. Je ne supportais plus.
L'Iowa, c'est pas comme le Nebraska, les lignes
droites sont rares, et dès qu'on en a enfin trouvé une,
Neal a repris son cent soixante croisière, et j'ai vu se
dérouler devant moi, en un éclair, des souvenirs
de 1947 — la longue étape où Eddy et moi on était
restés sur le sable pendant deux heures. Mon passé,
cette route familière, se déroulait à une vitesse verti-
gineuse, comme si la coupe de la vie venait de se renverser, et que le monde se retrouvait cul par-dessus

tête. Le jour-cauchemar me blessait les yeux. « Eh merde, Neal, moi je retourne à l'arrière, je supporte plus, je veux pas voir ça. — Hi, hi, hi ! » il a ricané en doublant une voiture sur un pont étroit, moteur rugissant, embardée dans la poussière. J'ai sauté à l'arrière, et je me suis roulé en boule pour dormir. L'un des deux jeunes a sauté à l'avant pour le pied. Saisi d'une grande terreur paranoïaque, je me figurais qu'on allait se crasher le matin même, alors je me suis couché sur le plancher, j'ai fermé les yeux, et tenté de dormir. Quand j'étais marin, je pensais aux vagues à l'assaut de la coque, et aux profondeurs infinies sous elles ; à présent, je sentais à cinquante centimètres au-dessous de moi la route se déployer comme une bannière, s'envoler, siffler à des vitesses inouïes encore et toujours, pour traverser le continent qui gémissait. Quand je fermais les yeux, ce que je voyais, c'était la route, qui se déroulait à l'intérieur de moi. Quand je les rouvrais, j'apercevais en un éclair l'ombre des arbres qui vibrait sur le plancher de la voiture. Pas moyen de m'échapper. Je me suis résigné à tout. Et toujours Neal roulait, n'ayant aucune intention de dormir avant d'arriver à Chicago. Dans l'après-midi, on a retraversé Des Moines. Mais là, bien sûr, on s'est englués dans la circulation, il a fallu ralentir et je suis repassé à l'avant. Il s'est produit un accident bizarre et pathétique. Un gros homme de couleur roulait avec toute sa famille dans une berline, devant nous. Au pare-choc arrière était accroché un de ces sacs de toile contenant de l'eau que l'on vend aux touristes, dans le désert. Le conducteur a pilé, Neal était en train de parler aux jeunes, il ne l'a pas vu, si bien qu'on lui est rentrés dedans à vingt-cinq à l'heure et que le sac d'eau a crevé comme une cloque qui gicle. Pas de dégâts sinon une aile à redresser. Neal et moi on est sortis parler au gars. Finalement, on a échangé nos adresses, parlementé un peu, Neal les yeux rivés à la femme du type, dont les seins bruns magnifiques transparaissaient sous un corsage de coton flottant. « Ouais, ouais. » On lui a donné l'adresse de notre baron de Chicago, et on est repartis. À la sortie de Des Moines, une voiture de patrouille nous prend en chasse, sirène en batterie, ordre de stopper. « Et alors, vous autres ? » Le flic est descendu de bagnole. « Vous avez pas eu un accident, en arrivant ? — Un accident ? On a explosé le sac à eau d'un gars, à la jonction. — Il dit qu'il a été percuté par des chauffards qui se sont enfuis dans une voiture volée. » Ça a été une des rares fois où Neal et moi on ait vu un Noir se conduire en vieux con soupçonneux. On était tellement étonnés qu'on a ri. Il a fallu suivre le flic au commissariat, et attendre une heure sur la pelouse qu'ils aient appelé Chicago pour avoir le propriétaire de la Cadillac et vérifié qu'il nous avait bien engagés pour la ramener. Selon notre flic, Monsieur le Baron aurait dit : « Oui, c'est bien ma voiture, mais je me porte pas garant de ce que ces jeunes ont pu faire. — Ils ont eu un accident sans gravité chez nous, à Des Moines. — Oui, ça vous me l'avez déjà dit, mais moi je vous réponds que je décline toute responsabilité pour ce qu'ils auraient pu faire avant. » Tel quel. Tout était arrangé, on s'est arrachés. L'après-midi, on retraversait Davenport, et le Mississippi aux eaux basses, dans son lit de sciure ; puis Rock Island, quelques minutes dans la circulation, le soleil rougit, et tout à coup voici les berges riantes des affluents au cours nonchalant parmi les arbres magiques et la verdure de l'Illinois, cœur de l'Amérique. C'est toute la douceur de l'Est qui revient. L'Ouest si vaste et si sec est achevé, révolu. L'État de l'Illinois se déploie sous mes yeux en un mouvement ample, qui durera quelques heures, Neal toujours pied au plancher, prenant des risques pire que jamais dans sa fatigue. Sur un pont étroit au-dessus d'une de ces charmantes rivières, le voilà qui se jette tête baissée dans une situation presque désespérée. Deux voitures-escargots sont en train de franchir le pont pépères, et un énorme semi-remorque arrive en face ; son chauffeur estime au poil près combien de temps les deux bagnoles vont rester sur le pont, et considère qu'à la vitesse où il arrive elles seront passées quand il s'engagera. Il n'y a absolument pas la place pour lui et une voiture. Derrière le camion, les bagnoles déboîtent et cherchent l'ouverture. Devant les deux voitures poussives, il y en a d'autres, encore plus lymphatiques. La route est encombrée, on se bouscule au portillon. Et au milieu de tout ça, il y a le pont, où on peut à peine se croiser. Neal déboule à cent soixante, il n'hésite pas une seconde, il double les limaces, commet une toute petite erreur qui le déporte contre la rambarde gauche du pont, fonce tête baissée vers le camion qui, lui, ne ralentit pas, donne un coup de volant à droite au risque de percuter le premier escargot, et doit se rabattre, parce qu'une voiture qui déboîtait derrière le camion pour voir ce qui se passait l'envoie dans ses buts d'un coup de klaxon — le tout en deux secondes et sans qu'il y ait plus de bobo qu'un nuage de poussière au lieu d'un carambolage de cinq véhicules, avec embardées dans tous les sens et semi-remorque trouvant la mort dans le couchant fatal de l'Illinois au milieu des champs qui rêvent. En plus, je n'arrivais pas à me retirer de la tête l'accident de voiture de Stan Hasselgard, célèbre clarinettiste de bop, qui avait trouvé la mort dans l'Illinois, justement, un jour comme celui-ci, sans doute. Je suis retourné sur la banquette arrière. Les deux jeunes ne la quittaient plus. Neal s'était fixé comme but d'arriver à Chicago avant la nuit. À un passage à niveau, on a pris deux clochards qui ont réussi à trouver un demi-dollar pour l'essence, en se cotisant. Un instant plus tôt, ils étaient assis le long des voies, près du château d'eau, à siffler le fond de leur bouteille, et voilà qu'ils se retrouvaient dans une Cadillac certes boueuse, mais superbe et indomptée, qui se dirigeait vers Chicago à tombeau ouvert. Du reste, le pauvre vieux qui s'était installé à côté de Neal ne quittait pas la route des yeux, et il égrenait toutes ses prières de clodo, je t'en réponds. «Ben ça, alors, on aurait jamais cru qu'on serait à Chica aussi vite quand on a laissé la bande, l'autre soir», ils se sont bornés à dire. On traversait les bourgades endormies, où les gens n'ignorent rien des gangs de Chicago qui passent dans des limousines, comme ça, tous les jours, et il faut dire qu'on avait une drôle de touche : six hommes pas rasés, le conducteur torse nu, moi sur le siège arrière, me tenant à la courroie, adossé au coussin, promenant sur le paysage un regard impérial... on aurait vraiment dit un gang arrivé de Californie pour disputer les trophées de la ville, ou tout au moins les jeunes lieutenants, les chauffeurs et les hommes de main de ces gangs. Quand on s'est arrêtés pour faire de l'essence et acheter des cocas à une station de village, les gens sont venus nous regarder sous le nez, mais sans rien dire, et je suis bien convaincu qu'ils notaient dans leur tête notre signalement au cas où qui-de-droit les questionnerait. Pour négocier avec la fille qui tenait la pompe, Neal s'est contenté de passer son T-shirt autour du cou comme une écharpe ; il a été bref et brusque comme à son habitude, on est remontés en voiture, et c'était reparti. Bientôt, le rouge a viré au violet, on a vu briller l'éclair des dernières rivières enchantées, et aperçu les lointaines fumerolles de Chicago de l'autre côté du périphérique. On avait fait Denver-Chicago, soit 1 650 bornes selon les cartes Rand-McNally, en très exactement 23 heures ; en défalquant les deux heures perdues dans un fossé au fond du Colorado, et celles passées à dîner au ranch d'Ed Uhl, sans oublier l'heure en compagnie de la police de l'Iowa, on arrive à un modeste total de 20 heures et une moyenne de 77 bornes à l'heure pour cette traversée solitaire du continent, et même à 96 à l'heure si l'on tient compte des 200 bornes de détour sur Sterling (ce qui nous mène à 1 850 en tout). Ce qui est quand même une sorte de record délirant, de nuit. La grande métropole de Chicago luisait rouge, sous nos yeux. Tout à coup, nous étions dans Madison Street parmi des hordes de vagabonds, certains répandus sur le trottoir, leurs pieds dans le caniveau, et des centaines d'autres qui allaient et venaient sur le seuil des bars et dans les ruelles. « Wap, wap ! Ouvre l'œil et le bon ! Le vieux Neal Cassady pourrait bien être là, il pourrait se trouver à Chicago par hasard, cette année. » On a débarqué nos clodos sur le bitume, et on s'est dirigés vers le centre ville. Les crissements de frein des tramways, les vendeurs de journaux, les filles qui traversaient, l'odeur de friture et de bière, les néons qui nous faisaient de l'œil. « On est de retour dans la grande ville, Jack ! Wouhou ! » Il fallait d'abord garer la Cadillac dans un bon coin sombre, et puis se laver et s'habiller pour sortir. En face du Y.M.C.A., on a trouvé une ruelle de briques rouges, entre deux immeubles, et on y a rangé la limousine nez pointé vers la rue, prête à partir, après quoi on a suivi les étudiants qui avaient une chambre au Y., et qui nous ont gracieusement permis de prendre leur salle de bains une heure. Neal et moi, on s'est rasés et on a pris une douche. J'ai perdu mon portefeuille dans le hall, Neal l'a trouvé et il s'apprêtait à le glisser discrètement dans sa chemise — fausse joie ! Et puis on a dit au revoir aux jeunes, qui n'étaient pas fâchés d'être arrivés entiers, et on est allés manger dans une cafétéria. Cette vieille Chicago brunâtre, le métro aérien dans ses bandelettes de ténèbres, les putes boudeuses qui arpentaient les rues, les drôles de types urbains hybrides entre l'Est et l'Ouest, qui partaient au boulot en crachant par terre : Neal était posté devant la cafète, à absorber le spectacle, en se frottant le ventre. Il voulait parler à une drôle de femme de couleur plus toute jeune, qui racontait qu'elle avait des miches mais pas de blé, est-ce qu'on voudrait bien lui donner du beurre. Elle était entrée en tanguant de la hanche, s'était fait refouler, et sortait en tortillant du cul. « Waou ! a dit Neal, viens on la suit, on l'emmène à la Cadillac, on va se la donner tous les trois. » Mais on a oublié, et on s'est dirigés tout droit vers North Clark street après une petite virée au Loop, pour voir les bars à strip-tease et entendre du bop. Quelle nuit! «Oh la la, mec, a dit Neal devant un bar, mate-moi ces vieux Chinois qui passent dans Chicago. Quelle drôle de ville, pfiou! Et cette femme à la fenêtre, là-bas, qui regarde la rue, avec ses gros nichons qui débordent de sa chemise de nuit. Elle attend, les yeux ronds, c'est tout. Waou. Jack, faut qu'on y aille, faut pas qu'on s'arrête avant d'y être. — Où ça, mec? — Je sais pas, mais faut qu'on y aille.» Là-dessus est arrivée une bande de jeunes musicos de bop, qui ont sorti leurs instruments de leurs voitures. Ils sont allés s'entasser dans un bar, et nous on les a suivis. Ils se sont installés, et ils ont commencé à souffler. C'était parti. Le leader du groupe était un sax ténor frêle, cheveux bouclés, lèvres pincées, épaules étroites et tombantes; il flottait dans son T-shirt, tout frais dans la chaleur de la nuit, il était là pour se faire plaisir, ça se lisait dans ses yeux. Il a pris son sax, il a louché dessus; il soufflait cool et complexe, en tapant du bout du pied pour attraper certaines idées au vol, et en baissant la tête pour en esquiver d'autres; il disait: «Joue» tout doucement chaque fois que les autres musiciens faisaient des solos. Leader, supporter, chef de file dans cette immense école formelle de la musique souterraine en Amérique qui serait un jour étudiée dans toutes les facs d'Europe et du monde. Et puis il y avait Prez, un beau blond costaud genre boxeur avec des taches de rousseur, tiré à quatre épingles dans son costard en peau de chagrin écossaise avec larges revers, col tombant et cravate défaite pour avoir l'air parfaitement cool et dans le vent, en sueur, il a passé son sax autour du cou en se tortillant, un timbre de voix qui n'appartient qu'à Prez Lester Young. « Tu vois, ce gars Prez, il a tous les états d'âme techniques d'un musicien qui se fait de la tune ; c'est le seul qui soit bien sapé, regarde comme il se bile quand il fait un couac, alors que le leader, c'est un gars à la coule, il lui dit de pas s'en faire, dé jouer à fond — parce que LUI, tout ce qui l'intéresse c'est le son et l'exubérance sérieuse de la musique. C'est un artiste, et il apprend à Prez le boxeur. Et maintenant les autres prennent leur pied ! » Le troisième sax était un alto, dix-huit ans, un Noir cool, contemplatif, genre Charlie Parker, tout juste sorti du lycée, avec une grande bouche bien fendue, plus grand que les autres, grave, il levait son sax pour souffler dedans tranquillement, de manière réfléchie, en produisant des phrases à la Parker avec une logique à la Miles Davis. C'étaient les fils des grands pionniers du be-bop. Jadis il y avait eu Louis Armstrong et son jeu magnifique dans tous les bourbiers de La Nouvelle-Orléans, avant lui les musiciens fous qui défilaient dans les fanfares les jours de fêtes, et jouaient les marches de Sousa en ragtime. Et puis il y a eu le swing, Roy Eldridge, avec son style vigoureux et viril, qui soufflait dans son sax pour en exprimer toute la puissance, la logique, la finesse — il se penchait vers son instrument la prunelle allumée et le sourire ravageur et il catapultait sa musique au loin, pour ébranler le monde du jazz. Puis était venu Charlie Parker, un môme habitant chez sa mère, dans une cabane en rondins, à Kansas City ; il soufflait dans son alto rafistolé au milieu des rondins, il répétait les jours de pluie, et il sortait écouter le

swing du vieux band de Basie et de Benny Moten
qui avaient le Hot Lips Page et tout le reste — Charlie Parker quittant sa ville, arrivant à Harlem pour
rencontrer Thelonious Monk qui était timbré, et
Gillespie qui l'était encore plus... Charlie Parker
dans son jeune temps, quand il était flippé et qu'il
décrivait des cercles en jouant. Un peu plus jeune
que Lester Young, et comme lui natif de K.C., ce
saint hurluberlu lugubre, qui résumait à lui seul
l'histoire du jazz : du temps qu'il tenait son sax bien
haut à l'horizontale, il était au sommet de son art ; et
quand ses cheveux ont poussé, qu'il est devenu plus
feignant, qu'il s'est mis à se camer, alors son sax a
commencé à débander ; il a fini par retomber complètement, et aujourd'hui qu'il porte des pompes à
semelles épaisses pour amortir les trottoirs de la vie,
son sax lui pend mollement contre la poitrine, il
souffle des phrases cool et désinvoltes, il a renoncé.
Ici on trouvait les enfants de la nuit américaine du
be-bop. Et il y a des fleurs plus étranges encore —
car tandis que l'alto du nègre rêvait, avec dignité, au-
dessus des têtes, le jeune blond grand et frêle, qui
venait de Curtis Street à Denver, avec ses jeans et sa
ceinture cloutée, suçait son embout en attendant que
les autres aient fini ; et alors il commençait, et il fallait tourner la tête pour voir qui était le soliste parce
qu'il posait un sourire angélique sur l'embout, et
soufflait un solo d'alto doux comme un conte de fées.
Un alto pédé était arrivé dans la nuit. Et les autres,
qui faisaient tout ce son ? Il y avait le bassiste, un
rouquin nerveux qui donnait des coups de hanche
contre sa caisse chaque fois qu'il claquait les cordes,
et, dans les moments chauds, bouche bée, en transe.

« Ça, mec, c'est un gars qui doit faire grimper sa nana aux rideaux. » Le batteur, triste, dissipé, comme notre petit hipster blanc de Frisco, dans Howard Street, complètement ahuri, les yeux au ciel, écarquillés, chewing-gum, avançant la tête en mesure dans une extase reichienne, complaisante. Au piano, un jeune costaud, genre camionneur italien, avec de grosses mains, l'allégresse réfléchie et roborative. Ils ont joué une heure. Personne n'écoutait. Les vieux clodos de North Clarke Street s'avachissaient au bar, des putes énervées glapissaient. Des Chinois énigmatiques passaient. On était parfois parasités par la musique des bars à strip-tease. Ça a continué sans s'interrompre. Sur le trottoir a surgi une apparition, un gosse de seize ans avec un petit bouc et un étui à trombone. Il était gros comme une allumette, avec un visage de dingue, et il prétendait jouer avec le groupe. Eux, ils le connaissaient déjà, et ils n'avaient pas envie de s'encombrer de lui. Il s'est glissé jusqu'au bar, il a ouvert son étui en douce et il a porté son trombone à ses lèvres. Pas d'ouverture. Personne ne l'a regardé. Ils ont fini, remballé leur matos, et sont partis jouer ailleurs. Disparus ! Le gosse a sorti son instrument, il l'a monté, il a fait reluire la cloche, et tout le monde s'en foutait. Il voulait s'exploser, ce jeune maigrichon de Chicago. Il plaque ses lunettes noires sur son nez, il porte le trombone à ses lèvres, tout seul dans le bar, et il crie : « Baou ! » Là-dessus, il sort en trombe pour les rattraper. Ils veulent pas le laisser jouer avec eux, c'est comme l'équipe de foot du bac à sable, derrière le ballon du gaz. « Ces gars-là, ils vivent tous avec leurs grand-mères, comme Jim Holmes et notre alto-Ginsberg », a dit Neal. On

a couru après la bande. Ils sont allés au club d'Anita
O'Day, ils ont déballé le matos et joué jusqu'à neuf
heures du matin. Neal et moi on est restés boire des
bières. Pendant les pauses, on fonçait en Cadillac
dans tout Chicago pour tâcher de lever des filles.
Notre immense bagnole prophétique leur faisait peur,
avec ses stigmates. On faisait des allers-retours. Dans
sa frénésie, Neal rasait les pompes à incendie chaque
fois qu'il faisait marche arrière, et il éclatait d'un rire
dément. À neuf heures du soir, la voiture était une
épave ; les freins avaient lâché ; les pare-chocs étaient
enfoncés ; les bielles faisaient un bruit de ferraille.
La limousine étincelante s'était transformée en cata-
falque crotté. Elle avait payé la rançon de la nuit.
« Yoou ! » Les gars jouaient toujours, au Nees. Tout
d'un coup, Neal a scruté un coin sombre, derrière
l'estrade, et il a dit : « Jack, Dieu est arrivé. » J'ai
regardé. Et qui j'ai vu assis là, dans le coin, avec
Denzel Best, John Levy et Chuck Wayne, ancien
guitariste de country ? GEORGE SHEARING. Comme
à son habitude, il appuyait sa tête aveugle sur sa
main pâle, et il écoutait de toutes ses oreilles, des
oreilles d'éléphant, le son américain qu'il adaptait à sa
manière, nuits d'été en Angleterre. Alors les gens l'ont
pressé de se lever pour leur jouer quelque chose. Il
s'est pas fait prier. Il a joué des chorus innombrables,
truffés d'accords stupéfiants, qui montaient de plus
en plus, tant et si bien que le piano était éclaboussé
de sueur, et que tout le monde écoutait, sidéré, interdit. Au bout d'une heure, on l'a aidé à descendre de
l'estrade. Le vieux, le divin Shearing est retourné
dans son coin sombre, et les jeunes gars ont dit :
« Après ça, y a plus qu'à tirer l'échelle. » Mais le leader

frêle a froncé les sourcils. « On va jouer quand même. » Il pouvait y avoir encore un peu de jus à sortir. Il reste toujours quelque chose de plus, un peu plus loin à aller — il n'y a pas de fin. Ils cherchaient de nouvelles phrases après les explorations de Shearing ; ils y mettaient du cœur. Ils se tordaient, se tortillaient en jouant. De temps en temps, un cri harmonique bien clair donnait un avant-goût de ce qui serait bientôt le seul air du monde, un air qui ferait naître la joie au cœur des hommes. Ils décrochaient l'affaire, ils la lâchaient, bataillaient pour la raccrocher, ils la récupéraient, ils riaient, ils pleuraient — et Neal suait à notre table, et il leur disait vas-y, vas-y, vas-y. À neuf heures du matin, les musicos, les filles en futal, les barmen et le petit tromboniste maigrichon et malheureux, tout le monde est sorti du club sans trop tenir debout pour foncer dans la clameur de Chicago et dormir jusqu'à la prochaine nuit de bop. Neal et moi, on frissonnait dans les haillons du jour. Il était grand temps de rendre la Cadillac à son propriétaire, qui habitait Lake Shore Drive, un appartement rupin, avec un énorme garage au-dessous, tenu par des Noirs tatoués au cambouis et assignés à résidence pour garder leur emploi, qui n'auraient pas risqué de passer la nuit à écouter du bop. On est allés jusque-là, et on a mis notre tas de boue au paddock. Le mécano n'a pas reconnu sa Cadillac ; on lui a remis les papiers du véhicule. Il restait planté à se gratter la tête. Fallait pas moisir. On n'a pas moisi. On a pris un bus pour rentrer à Chicago, et basta. Et le Baron de la Pègre ne s'est jamais plaint de l'état de son véhicule, alors qu'il avait nos adresses. Mais il était plein aux as, et il se

fichait pas mal de la fête qu'on s'était donnée avec
sa voiture, qui faisait peut-être partie d'une vaste
écurie. Il était temps qu'on file sur Detroit pour le
dernier épisode de nos tribulations sur la route. « Si
Edie est d'accord, elle viendra à New York avec
nous. On prendra un apart en ville, et si ta Beverly
de Denver veut bien te suivre, alors on sera casés
avec nos nanas, et on ira chercher du boulot ; comme
ça si j'arrive à me faire encore un peu de tune, on
pourra partir en Italie, comme on l'avait dit dans le
tram. — Ouais, mec, allons-y ! » On a pris le car pour
Detroit, les fonds étaient bas. On a traîné nos misérables valoches dans la gare routière. À présent, le
bandage de Neal était noir comme du charbon, et
tout défait. Après ce qu'on avait passé, on offrait
vraiment une image misérable. Neal était crevé, et il
s'est endormi dans le car qui traversait le Michigan à
tous berzingues. J'ai engagé la conversation avec une
jolie fille de la campagne dont la blouse décolletée
révélait la naissance de seins superbement bronzés.
Moi j'étais parti retrouver ma cinglée d'ex-femme, je
voulais essayer les autres, pour voir ce qu'elles pou-
vaient m'apporter. Celle-ci n'était pas marrante. Elle
parlait des soirées à la campagne, à faire du pop-corn
sur le perron. Autrefois, ça m'aurait mis en joie, sauf
qu'elle le racontait sans joie, justement, comme
quelque chose qui se fait, je le sentais. « Et qu'est-ce
que tu fais d'autre, pour t'amuser ? » J'essayais de la
brancher sur ses fiancés, sur le sexe. Ses grands yeux
noirs me parcouraient avec une vacuité et un spleen
qui remontaient à plusieurs générations, pour ne pas
avoir fait la chose que l'être réclame à grands cris, la
chose, la chose, tout le monde sait laquelle. « Qu'est-

ce que tu attends de la vie ? » Je voulais la secouer,
lui arracher cette réponse. Mais elle n'avait pas la
moindre idée de ce qu'elle voulait. Elle a bredouillé
qu'elle aimerait bien avoir un boulot, aller au ciné,
passer l'été chez sa grand-mère ; elle aurait voulu
aller à New York, au Roxy, elle m'a dit comment elle
s'habillerait pour la circonstance, un truc qu'elle
avait mis pour Pâques l'an passé, un chapeau blanc
avec des roses, des escarpins roses, une gabardine en
cuir. « Et qu'est-ce que tu fais le dimanche après-
midi ? » Elle restait assise sur le perron, les garçons
passaient en vélo, s'arrêtaient faire la causette. Elle
lisait les bandes dessinées des journaux, elle s'allon-
geait dans le hamac. « Et les soirs d'été, quand il fait
chaud ? » Elle s'asseyait sur le perron, elle regardait
passer les voitures ; elle et sa mère faisaient du pop-
corn. « Et ton père, qu'est-ce qu'il fait, les soirs
d'été ? » Il bossait, il était dans l'équipe de nuit à la
chaudronnerie. « Et ton frère, qu'est-ce qu'il fait, les
soirs d'été ? » Il se baladait à vélo, il glandait devant
la fontaine à soda. « Et qu'est-ce qui lui tient à cœur,
qu'est-ce qui nous tient à cœur, tous tant qu'on est ?
Qu'est-ce qu'on veut ? » Elle savait pas. Elle bâillait,
elle avait sommeil. Je lui en demandais trop. Qui
pouvait le dire ? Personne n'en savait rien. Il n'y
avait plus rien à faire. Elle avait dix-huit ans, jolie
comme tout, et paumée. Alors Neal et moi, sales et
déguenillés comme deux qui en seraient à bouffer
des sauterelles, on est descendus du car à Detroit, les
jambes flageolantes, on a traversé la rue et on s'est
trouvé un hôtel pas cher où l'ampoule pendait au
plafond, on a relevé le store marron déchiré, et on a
regardé dans la ruelle de briques, entre les immeubles.

Derrière les poubelles là-bas, quelque chose nous attendait. L'hôtel était tenu par deux bombes en pantalon. On a cru qu'on était tombés dans un claque. Il y avait des panneaux de rappel du règlement un peu partout. «Par respect pour les autres clients, vous êtes priés de ne pas faire sécher votre linge.» Faites pas ci, faites pas ça. Neal et moi, on est sortis manger un pâté dans une cafétéria pour clochards, et on s'est mis en route vers chez ma femme, à huit bornes, sur Mack Avenue, dans l'ample crépuscule de Detroit. J'avais appelé chez elle, mais elle n'était pas encore rentrée. «On l'attendra toute la nuit sur la pelouse, s'il le faut. — D'accord, mec. À présent je te suis, c'est toi qui mènes.» À dix heures du soir, on était encore en pleine conversation quand une voiture de patrouille s'est arrêtée; deux flics en sont descendus avec leurs carnets, et nous ont dit de nous lever. Ils avaient reçu une plainte : deux voyous qui étaient en train de repérer une maison depuis la pelouse en face, et qui parlaient fort. «Vous faites erreur, m'sieur l'agent. C'est mon ex-femme qui habite ici, et nous on attend qu'elle rentre. — Et ce type avec toi, c'est qui? — C'est mon ami. On arrive de Californie et on va à New York, et ma femme nous accompagne. — Tu disais pas que c'était ton ex-femme? — Le mariage a été annulé, mais ça ne nous empêche pas de nous remarier ensemble.» Pas fixés, les flics sont partis, mais ils nous ont dit de ficher le camp vite fait. On est allés dans un bar, et on a attendu. Les flics avaient déjà mis le barman au courant, pour qu'il nous tienne à l'œil. Neal est retourné chez Edie au bout d'une heure, voir ce qui se passait, et horreur des horreurs, les flics avaient frappé à la porte et raconté à sa mère ce que j'avais l'intention de faire. Elle n'avait que mépris pour moi. Elle s'était trouvé un nouveau mari, un gars d'un certain âge qui avait une entreprise de peinture, elle ne voulait plus d'ennuis avec des types dans mon genre. Elle déclinait toute responsabilité quant à mes agissements à Detroit. En plus, ils la tiraient du lit. Neal et moi, on a décidé de retourner en ville et de faire profil bas. Quand Edie est rentrée, tard dans la nuit, et qu'elle a appris qu'on était là, elle n'en est pas revenue. Le lendemain matin, c'est elle qui a décroché dès que j'ai appelé. « Toi et ton dingue de pote, venez tout de suite, je vous attends au coin de la rue, avec les jeunes. » Les jeunes, c'étaient deux délinquants juvéniles de bonne famille sans rien dans les tripes, et c'était bien elle, vingt-sept ans, et toujours aussi ahurie. Dès que je l'ai vue, j'ai su que je ne me remettrais jamais avec elle : elle avait grossi, la boule à zéro, en salopette, elle mangeait des bonbons d'une main et tenait une bière dans l'autre. Elle faisait semblant de pas nous voir, Neal et moi, une vieille tactique à elle, et elle parlait avec les deux jeunes, en rigolant. N'empêche qu'elle nous a régalés ; sa mère était sortie, on s'est attaqué à un rosbif et on lui a fait son affaire. Et puis on est partis se balader dans le tas de ferraille des deux jeunes, sans savoir pourquoi. C'étaient deux furieux, seize ans et déjà des ennuis avec les flics, amendes pour excès de vitesse et le toutim. « Qu'est-ce que t'es venu faire à Detroit, Kerouac ? — Je sais pas, je voulais te voir. — Eh ben si jamais on doit se remarier, tout ça tout ça, tu me payes une bonne, cette fois. » Ça, c'était le bouquet. « Je veux pas faire la vaisselle, trouve-nous

quelqu'un d'autre. — Tu n'as pas une belle âme ? —
J'en ai rien à foutre de l'âme, Kerouac, c'est quoi ces
enfantillages, parle-moi concret. — Le concret, tu te
le carres où tu veux. — Ah, t'es toujours aussi
cloche ! » Tel fut notre échange d'amabilités. Neal
écoutait, et il observait de son œil aigu. « Tu sais ce
qu'elle a qui va pas ? me dit-il. Elle a une pierre dans
le ventre, un poids qui remonte vibrer contre son
estomac, ça l'empêche de parler calmement. Elle va
passer le restant de ses jours à faire que des conneries. T'arriveras à rien, avec elle. » Somme toute,
c'était une analyse assez juste. Mais j'avais de tels
égards pour elle, au nom de notre passé, que je n'ai
pas voulu quitter Detroit là-dessus. Je voulais qu'on
discute, elle et moi. Ce soir-là, elle a trouvé une fiancée à Neal, sauf que la fille n'arrivait pas à se débarrasser de son propre fiancé, alors on est montés à
cinq dans la voiture d'Edie pour aller écouter du jazz
dans Hastings Street, le quartier noir de Detroit.
C'est une ville maussade. Un groupe de Noirs nous
ont dépassés dans la rue, et on les a entendus dire :
« Eh ben, y en a des Blancs, par ici. » Là, on était
vraiment de retour dans l'Est. Neal a secoué la tête,
tout triste. « C'est pas chouette par ici, mec, c'est
vraiment une ville de merde. » Et c'est vrai que
Detroit est une des villes les plus nulles d'Amérique.
Des kilomètres et des kilomètres d'usines, et le
centre ville n'est pas plus grand que celui de Troy,
dans l'État de New York, sauf que la population se
chiffre par millions. Et partout c'est le fric, le fric, le
fric. Pourtant, dans Hastings Street, les gars souf-
flaient. Une grande armoire à glace de sax baryton
que Neal et moi on avait vu l'hiver même, au Jack-

son's Hole de Frisco, jouait sur l'estrade. Mais on avait installé l'estrade au-dessus du bar, où les filles dansaient, et c'était un endroit pour danser, beaucoup plus que pour écouter de la musique. N'empêche, le vieux baryton soufflait, et il explosait son sax sur un blues rapide. Et la pauvre Edie, assise au bar les poings serrés et levés contre son visage, comme une gosse, rayonnait de plaisir à l'entendre. Tout d'un coup, dans ce boucan, la voilà qui me dit : «Hé, ton Neal, il a une grande âme! — Qu'est-ce que tu en sais?» j'ai dit. C'est là que j'ai compris qu'elle était toujours aussi formidable, comme fille, mais que quelque chose nous séparait aujourd'hui, et qu'on arriverait jamais à se remettre ensemble. Ça m'a rendu carrément triste. Ce quelque chose, c'était le passage des années : elle avait changé, changé d'amis, changé de soirées, de centres d'intérêt, et tout et tout, et en plus elle se négligeait, elle se laissait aller. Pourtant, l'étincelle d'hier était toujours là. Quelques mois plus tôt seulement, Hunkey était venu la voir à Detroit, et il lui avait laissé tout un tas de chemises chic lors de son séjour chez elle, où il avait passé son temps à se plaindre jusqu'à ce que sa mère le vire. Il était à Sing Sing, à présent, Hunkey, à l'ombre pour des années au milieu des bongos que fabriquent les prisonniers portoricains entre leurs murs d'acier pour les plaisirs du soleil. Elle m'a donné l'une de ces chemises, et c'est ma femme qui la porte aujourd'hui, une chemise raffinée, superbe, bien le genre de Hunkey. Je voulais faire l'amour une dernière fois avec elle, mais elle n'a rien voulu savoir. On est allés jusqu'au Lac, tous les deux, en laissant Neal à l'hôtel. Les putes en futal qui le

tenaient n'avaient pas voulu laisser entrer Edie,
même pour faire la causette et boire une bière («Pas
de ça chez nous»); elle leur avait dit d'aller se faire
foutre. Une fois arrivés au Lac, on est restés dans la
voiture, comme un couple d'amoureux. J'ai dit : «Et
si on essayait encore toi et moi, pour la première fois,
ou la dernière, comme tu voudras? — Sois pas
idiot.» Je l'ai mal pris, je suis sorti de la voiture en
claquant la porte et je suis allé «bouder» au bord de
l'eau. Avant, ça marchait toujours; elle me suivait,
elle me calmait. Mais là, elle s'est contentée d'engager la marche arrière, elle a reculé, et elle est rentrée
dormir chez elle en me plantant là, à dix bornes de
Detroit en pleine nuit, plus qu'à rentrer à pied vu
qu'il n'y avait pas le moindre bus à l'horizon. J'ai
marché six bornes, jusqu'à la ligne de tram la plus
proche. Ça me faisait penser à l'époque où je marchais dans le noir, sur Alameda Drive, à Denver, en
me cognant la tête contre le goudron qui étincelait
sous le firmament. C'était fichu. Il ne nous restait
plus qu'à retourner à New York, d'après Neal. Moi,
j'ai voulu faire une dernière tentative. L'après-midi
suivant, on est donc allés chez Edie, et on a encore
passé cinq heures de délire avec les deux jeunes din-
gos, à piller la glacière pendant que sa mère était
au boulot. Et puis Edie nous a dit de l'attendre au
bar de Mack Avenue, celui où le barman était trop
curieux. Au coin de la rue, j'ai tourné la tête, et je l'ai
vue faire signe à une voiture qui se trouvait là, et se
glisser à côté du conducteur. La voiture a fait marche
arrière pour ne pas passer devant nous, et elle a disparu. J'ai dit : «Mais qu'est-ce qu'elle nous fait,
merde? C'est elle qui est montée dans cette bagnole?

Elle vient pas nous retrouver?» Neal n'a rien répondu. Au bout d'une heure, il m'a passé le bras autour des épaules en me disant : «Tu veux pas le croire, Jack, mais tu vois pas ce qui s'est passé? Il t'est pas venu à l'idée qu'elle a un gars, un fiancé à Detroit, et qu'il est passé la chercher à l'instant. Si tu l'attends, tu peux l'attendre toute la nuit. — C'est pas son genre, de me faire ça. — On connaît pas les femmes, même au bout d'un million d'années. C'est comme Louanne, mec, toutes des putes — et tu sais très bien ce que j'entends par là, hein, pas du tout le sens habituel. Elles se détournent de toi, comme elles changent de manteau de fourrure, elles s'en foutent. Les femmes oublient, et les hommes pas. Elle t'a oublié, mec, tu veux pas le croire. — Peux pas m'y faire. — Tu l'as pourtant vue de tes propres yeux, non? — Sans doute... — Elle s'est tirée avec lui, quelle garce, elle cache bien son jeu. Ah mec, je les connais, ces femmes-là, ça fait deux jours que je l'observe, alors je sais, je SAIS.» L'été finissait. On est restés sur le trottoir, devant le bar — mais qu'est-ce qu'on foutait à Detroit? En plus, il s'est mis à faire froid. C'était le premier soir froid, depuis le printemps. On se recroquevillait dans nos T-shirts. «Ah, mec, je sais ce que tu ressens. Dire qu'on laisse nos vies dépendre de ces trucs-là. J'en ai fini avec Carolyn, j'en ai fini depuis longtemps avec Louanne, et maintenant, toi, tu en as fini avec Edie. En route pour New York, on repart à zéro. J'ai aimé Louanne de toutes mes fibres, mec, et je me suis fait recevoir comme toi.» Malgré ce qu'il disait, je suis retourné chez Edie voir si elle était rentrée. À présent, sa mère était là, je la voyais par la fenêtre de la cuisine.

C'était toute une époque de ma vie qui était balayée.
J'étais d'accord avec Neal. « Les gens changent, mec,
faut bien le savoir. — J'espère qu'on changera jamais
toi et moi. — Nous on sait, on sait. » On est montés
dans un tram qui allait vers le centre ville, et là je me
suis rappelé que Louis-Ferdinand Céline avait pris
ce même tram avec son pote Robinson — ce Robinson qui n'est peut-être que Céline lui-même. Et Neal
était comme un autre moi, car j'avais rêvé de lui la
nuit précédente, à l'hôtel, et il était moi. En tout cas,
il était mon frère, et on ne se quittait plus. On n'avait
plus les moyens de se payer une chambre, alors on
a entassé nos affaires à la consigne de la gare
Greyhound, et on a décidé d'aller passer la nuit dans
un ciné permanent des bas-fonds de Detroit. Il faisait trop froid pour dormir dans les parcs. Hunkey y
était venu, dans ces bas-quartiers ; ses yeux noirs
avaient maté tous les tripots, tous les cinés perma-
nents et tous les bars à castagne, bien des fois. Son
fantôme nous hantait. On ne risquait pas de tomber
sur lui par hasard dans Times Square, à présent. On
se disait que le vieux Neal Cassady était peut-être
dans le coin, qui sait, mais non. Pour 35 *cents* chacun, on est entré dans le vieux ciné délabré, et on est
montés au balcon en y restant jusqu'au matin, où on
nous a délogés. Les gens qui passaient la nuit dans ce
permanent étaient au bout du rouleau. Il y avait
des clodos nègres, montés de l'Alabama parce qu'ils
avaient entendu dire qu'on embauchait dans les
usines autos ; des vieux clochards blancs ; des jeunes
hipsters à cheveux longs, qui étaient arrivés au bout
du voyage, et qui buvaient du pinard ; des putes ;
des couples ordinaires, des femmes au foyer, désœu-

vrées, désorientées, désenchantées. Si on avait passé
Detroit au crible, on aurait obtenu un bel échan-
tillonnage de la lie de la société. Il y avait deux films
au programme ; le premier c'était un truc avec Roy
Dean, le cow-boy chantant, et son fier cheval Bloop ;
le deuxième se passait à Istanbul, avec Geo. Raft,
Sidney Greenstreet et Peter Lorre. On a vu les deux
six fois dans la nuit. On les a vus à l'état de veille, on
les a entendus dans notre sommeil, perçus dans nos
rêves ; au matin, on était complètement saturés par
ces deux mythes, l'étrange mythe gris de l'Ouest, et
celui, plus sombre, de l'Est. Depuis, toutes mes
actions ont été dictées automatiquement à mon subconscient par cette affreuse osmose. Cent fois j'ai
entendu Greenstreet ricaner avec mépris, et Peter
Lorre faire ses avances louches, j'étais avec Geo .
Raft dans ses angoisses paranoïaques ; j'ai chevauché
avec Roy Dean, chanté avec lui, tiré tant et plus sur
les voleurs de bétail. Les gens s'extirpaient à regret
de leurs boissons, ils tournaient la tête et sondaient
la pénombre pour trouver quelque chose à faire,
quelqu'un à qui parler. En son for intérieur, chacun
se taisait comme s'il était coupable ; personne ne
pipait. Quand les voilages gris d'une aube-fantôme
sont venus bouffer aux fenêtres du cinéma et s'accrocher aux tuiles du toit, je dormais la tête sur le
bras d'un fauteuil ; six employés convergeaient avec
la somme totale des déchets de la nuit pour en faire
un énorme tas m'arrivant jusque sous les narines
— je ronflais face au sol — et ils ont bien failli me
balayer avec. C'est Neal qui me l'a raconté, il regardait la scène, dix rangées derrière moi. Tous les
mégots, toutes les bouteilles, les boîtes d'allumettes

vides, tout le ressac de la nuit venait grossir ce tas. S'ils m'avaient emporté avec, Neal ne m'aurait jamais revu. Il lui aurait fallu sillonner les États-Unis, d'une côte à l'autre, et faire toutes les poubelles, avant de me trouver recroquevillé en position fœtale dans les déchets de ma vie, de la sienne et de toutes celles en rapport, voire celles sans aucun rapport. Et qu'est-ce que je lui aurais dit, depuis ma poubelle matricielle? «Fous-moi la paix, je suis très bien où je suis. De quel droit viens-tu perturber ma rêverie dans ce vomitoire?» En 1942, j'ai été la vedette d'un des drames les plus dégueulasses de tous les temps. À l'époque, j'étais marin, et j'étais allé boire à l'Imperial Cafe, sur Scollay Square, à Boston. Après soixante bières, je suis parti me terrer dans les toilettes. Une fois là, je me suis recroquevillé autour du trône et je me suis endormi. Pendant la nuit, une bonne centaine de matelots, de bourlingueurs et de civils en tout genre sont venus me pisser et me vomir dessus, tant et si bien qu'à l'aube je disparaissais sous une couche de déjections. Et après? Mieux vaut l'anonymat chez les hommes que la célébrité au ciel. Car enfin, qu'est-ce que le ciel, qu'est-ce que la terre? Tout ça, c'est dans la tête. À l'aube, Neal et moi on est sortis de ce trou de l'horreur, tout flageolants, balbutiant des paroles incompréhensibles, et on s'est mis en quête d'une voiture au Bureau du Voyage. C'était la fin. Il ne nous restait plus que le désespoir. Après avoir passé une bonne partie de la matinée dans des bars nègres, à draguer les filles et écouter les disques du juke-box, on a fini par trouver notre voiture, et on nous a dit de rassembler nos affaires et de nous pointer chez le gars.

Neal et moi, on s'est reposés sur l'herbe d'un parc. Il m'a regardé : « Dis donc, toi, tu sais que tu vas avoir des problèmes d'oreille, d'ici quelques années ? — Qu'est-ce que tu racontes ? — T'as du marron dans les oreilles, c'est mauvais signe. » C'était pas ma faute, je voulais même pas en parler. « Qu'est-ce que tu veux que j'y fasse ? » j'ai gueulé. « C'est pas moi qui ai fait le monde, je l'ai pas perpétré, j'y aurais même pas pensé ! » Je me suis fourré le petit doigt dans l'oreille, et j'ai vu qu'il avait raison. C'était très triste. Tout foutait le camp peu à peu. On était allongés dans l'herbe, et on regardait le ciel bleu. Les trams nous crissaient aux oreilles. Cet après-midi-là, on a appris qu'il nous faudrait passer un jour de plus sur place, alors le soir j'ai rappelé Edie, et cette fois elle est arrivée avec un pack de bière sur le siège arrière, et on est retournés écouter du jazz. Elle n'a fourni aucune excuse pour nous avoir posé un lapin la veille ; c'est tout juste si elle se rendait compte de ce qu'elle avait fait. « Oh, qu'est-ce qu'elle a comme pierre dans le ventre », a chuchoté Neal. Dans Hastings Street, elle a brûlé un feu rouge, et aussitôt voilà qu'une voiture de patrouille nous rattrape et nous intime l'ordre de nous arrêter. Neal et moi on sort d'un petit bond, les mains en l'air. Pour te dire où on en était. Aussitôt les flics nous fouillent. On est en T-shirts. Ils nous tâtent et nous palpent, ils froncent les sourcils, ça ne fait pas leur affaire. « Nom de Dieu, dit Edie, j'ai jamais d'ennuis avec les flics quand je suis toute seule. Bon, écoutez voir, vous autres, vous savez qui est mon père ? Alors arrêtez vos c... — Qu'est-ce que vous faites avec ce pack de bière sur le siège arrière ? — Ça vous regarde pas,

merde. — Sauf que vous venez de griller un feu
rouge, jeune fille. — Et alors ? » Insolente comme
pas deux. Neal et moi, par contre, on est rôdés. On
suit les flics jusqu'au poste, et on décline notre identité au guichet. Neal s'anime, il se met à raconter des
histoires au gradé. Edie passe des coups de fil importants et s'assure du soutien de toute sa famille. Elle
se retourne contre moi pour me lancer, furieuse :
« C'est toujours de ta faute, Kerouac, quand on
tombe sur les flics, toi et ton fichu pote vous avez des
têtes de voyous de première. Je veux plus rien avoir à
faire avec toi, putain. — Très bien », je réponds, « ta
mère a dit qu'il ne fallait pas que je vienne rouvrir
d'anciennes blessures, elle m'a traité de clochard. —
Et tu sais quoi, c'est elle qui a raison. » Neal et moi,
on est ravis de se trouver au poste ; on se sent chez
nous, on s'amuse comme des fous. Les flics, de leur
côté, on dirait qu'ils nous apprécient. Il suffirait de
pas grand-chose pour qu'on nous bastonne à coups
de tuyau dans l'arrière-salle, et qu'on hurle de plaisir... enfin, peut-être. Edie réussit à intimider tout le
commissariat avec sa façon de le prendre de haut, ses
insultes et ses menaces, si bien qu'on finit par nous
libérer, et qu'on part liquider notre pack de bière.
Mi-rêveuse mi-groggy, elle rentre chez elle, je ne la
reverrai plus jamais. Le lendemain après-midi, Neal
et moi, on s'est farci sept-huit bornes dans les bus du
coin avec tout notre barda de cloche, et on s'est rendus chez le type qui nous prendrait quatre dollars
chacun pour aller à New York. C'était un blond
entre deux âges, avec des lunettes, une femme et un
gosse — bien installé. On a attendu dans la cour, le
temps qu'il se prépare. Sa jolie épouse, vêtue d'une

simple blouse d'intérieur en coton, nous a proposé
du café, mais Neal et moi on était en trop grande
conversation. Dans l'état de fatigue et d'égarement
où il se trouvait, tout ce qu'il voyait le ravissait. Il
était au bord de la transe religieuse. Il transpirait,
transpirait. À l'instant où nous sommes montés dans
la Chrysler toute neuve, à destination de New York,
le pauvre homme a compris qu'il avait conclu un
marché avec deux psychopathes, mais il a fait contre
mauvaise fortune bon cœur, et quand on a dépassé le
stade Briggs et qu'on s'est mis à parler de la prochaine saison des Tigers de Detroit, il s'était même
habitué à nous. Dans la nuit brumeuse, nous avons
passé Toledo, puis poursuivi dans l'Ohio. Je me rendais compte que je sillonnais et re-sillonnais toutes
les villes du pays comme un voyageur de commerce
— voyages de misères, camelote en stock, marchandise avariée dans mon sac à malice : personne n'ache-
tait. Aux abords de la Pennsylvanie, l'homme a senti
la fatigue, et Neal a pris le volant pour ne plus le
lâcher jusqu'à New York ; on a mis l'émission *Sym-
phony Sid* à la radio avec les derniers morceaux de
bop, et c'est ainsi que nous sommes entrés dans la
grande, l'ultime cité de l'Amérique. C'était le petit
matin. Times Square était éventré pour travaux, car
New York ne se repose jamais. Machinalement, on a
cherché Hunkey au passage. Une heure plus tard, on
arrivait au nouvel appartement de ma mère dans
Long Island. Le type de Detroit a voulu faire un
brin de toilette, et, en grimpant l'escalier tant bien
que mal, on a trouvé ma mère en grande négociation
avec des peintres amis de la famille, il y avait litige
sur le montant des travaux. « Écoute-moi bien, Jack »,

elle m'a dit, « Neal peut rester quelques jours ici, mais après il faudra qu'il parte, c'est compris ? » Le voyage était fini. Ce soir-là, Neal et moi, on est allés se balader dans Long Island, parmi les réservoirs de gaz, les ponts de chemin de fer et les réverbères anti-brouillard. Je le revois sous un lampadaire : « Au moment où on est passés devant l'autre lampe, j'allais te dire un truc, Jack, alors je continue la parenthèse que j'ai ouverte, mais dès qu'on arrive au prochain réverbère, je reviens à ma première idée, d'accord ? » Pour être d'accord, j'étais d'accord. On avait tellement l'habitude d'itinérer qu'il nous a fallu parcourir comme ça tout Long Island, mais là, la terre s'arrêtait, il ne restait plus que l'océan Atlantique, impossible de pousser plus loin. On s'est serré la main, on s'est juré d'être amis pour toujours. Cinq soirs plus tard, même pas, on est allés dans une soirée à New York, j'ai vu une fille nommée Diane, et je lui ai dit que j'avais un ami qu'il fallait absolument que je lui présente, un jour. Comme j'étais ivre, je lui ai dit que c'était un cow-boy. « Oh, j'ai toujours voulu en rencontrer un. — Neal ! » j'ai braillé au milieu de la fête, avec des invités comme le poète Jose Garcia Villa, Walter Adams, le poète vénézuélien Victor Tejeira, Jinny Baker, dont j'avais été très amoureux, Allen Ginsberg, Gene Pippin et tant d'autres... « Viens là, mec. » Il a traversé la salle, intimidé. Une heure et pas mal de verres plus tard, dans cette soirée où il n'avait de toute évidence rien à faire, il était à genoux par terre, le menton sur le ventre de la fille, à lui promettre monts et merveilles, en sueur. C'était une brunette, belle plante et sexy, « droit sortie d'un tableau de Degas » comme disait

Villa — l'idée qu'on se fait de la belle pute parisienne, en somme. Le lendemain, Neal vivait avec
elle ; au bout de quelques mois, ils se chamaillaient
au téléphone avec Carolyn, pour obtenir les papiers
nécessaires au divorce, et ce n'est pas tout, quelques
mois plus tard Carolyn donnait naissance au deuxième
bébé de Neal, fruit de quelques nuits de mises
au point, peu avant mon arrivée à Frisco. Encore
quelques mois, et c'est Diane qui accouchait. En
comptant un enfant illégitime quelque part dans le
Colorado, Neal était à présent père de quatre petits,
il n'avait pas le sou, il ne connaissait que les pépins,
l'extase et la vitesse — pour changer. Le temps vint
où je finis par partir dans l'Ouest en solo, un peu
plus en fonds, et bien décidé à plonger vers le
Mexique, où je claquerais cet argent ; c'est là que
Neal... a tout envoyé balader pour me rejoindre. Ce
fut notre dernier voyage, qui s'acheva parmi les
bananiers, que nous savions trouver au terme de la
route.

LIVRE QUATRE :

Je disais donc que j'avais eu une nouvelle rentrée
d'argent, et que, une fois le loyer de ma mère payé
jusqu'à la fin de l'année, je me retrouvais sans rien à
faire et nulle part où aller. Je ne serais jamais parti
n'étaient les deux circonstances suivantes : d'abord
une femme qui me régalait de langouste, de canapés
de champignons et d'asperges sauvages dans son
appartement au milieu de la nuit, mais me faisait la
vie dure par ailleurs ; ensuite le fait que, lorsque
le printemps arrive à New York, je suis incapable de
résister à l'appel de la terre, qui me parvient depuis
le New Jersey, sur les ailes du vent ; il faut que je

parte. Je suis donc parti. Pour la première fois de notre vie, c'est à New York que j'ai dit au revoir à Neal en le quittant. Il travaillait dans un parking de Madison Avenue, au niveau des 40ᵉ Rues. Selon son habitude, il courait dans tous les sens avec ses chaussures en lambeaux, son T-shirt et son pantalon qui lui tombait sur les hanches, et il arrivait à lui tout seul à canaliser la déferlante des bagnoles de midi. Il fonçait entre les garde-boue, sautait par-dessus les pare-chocs, se ruait au volant, faisait un bond de trois mètres et pilait ; il sortait de la bagnole, traversait tout le parking, déplaçait en vingt secondes cinq voitures alignées contre le mur de briques ; courait comme un dératé en sens inverse, sautait dans la bagnole qui bloquait tout et réussissait à lui faire décrire une boucle en slalomant entre les voitures à l'arrêt pour la garer bien proprement dans un coin où elle ne dérangerait personne. En général, je venais le voir vers le crépuscule, aux heures creuses. Il était dans sa guérite, à compter les tickets en se frottant le ventre. La radio marchait toujours. « Tu l'as déjà entendu commenter les matchs de basket, ce cinglé de Marty Glickman : "jusqu'au milieu du terrain... rebondit, feinte... lancer à l'arrêt, marqué, deux points." C'est carrément le meilleur commentateur sportif que je connaisse. » Il était réduit à des plaisirs simples, comme celui-là. Il habitait avec Diane un appartement sans eau chaude, dans la partie Est des Soixante-dixième. Quand il rentrait chez lui le soir, il se déshabillait et passait une veste de kimono en soie, puis se mettait dans son fauteuil pour fumer de l'herbe dans un narguilé. Tels étaient ses plaisirs domestiques, auxquels il faut ajouter un jeu de cartes porno. « Ces temps-ci, j'observais le deux de carreau. Tu as remarqué où elle met son autre main ? Je parie que tu sais pas ? Regarde bien, tu vas voir. » Il voulait me prêter le deux de carreau, qui représentait un grand type à la triste figure et une putain lascive et mélancolique en train d'essayer une position sur un lit. « Vas-y, mec, moi j'ai déjà pratiqué des tas de fois. » Diane, sa femme, préparait à manger dans la cuisine, elle nous a jeté un coup d'œil avec un sourire en coin. Elle était toujours contente. « Vise un peu ça, mec. C'est tout Diane. Tu vois, ça va pas plus loin. Elle passe la tête par la porte, et elle sourit. Oh je lui ai parlé, on a tout bien mis au point, nickel. On va partir vivre à la ferme, dans le New Hampshire, cet été. Moi il me faudra un station wagon pour faire des sauts à New York prendre du bon temps ; on aura une grande belle maison, avec plein de gosses d'ici quelques années. Hmm ! braouf ! yo ! » Il s'est levé comme un ressort et il a mis un disque de Willie Jackson. Il était en train de refaire très exactement ce qu'il avait fait avec Carolyn à Frisco. Diane appelait d'ailleurs longuement cette deuxième épouse pour s'entretenir avec elle. Il leur arrivait même de s'écrire pour évoquer l'excentricité de Neal. Bien entendu, il lui fallait envoyer une partie de sa paye à Carolyn, tous les mois, s'il ne voulait pas se retrouver en prison. Pour compenser cette ponction, il truandait le parking. Quand il rendait la monnaie, c'était un vrai prestidigitateur. Une fois, il a rendu la monnaie sur cinq dollars au lieu de vingt à un gars friqué, mais il lui a souhaité joyeux Noël avec un tel bagout que l'autre n'y a vu que du feu. On est allés dépenser la différence au Birdland, pour écouter du bop. Une nuit de brume, à trois heures, on s'est mis à parler à l'angle de la Cinquième Avenue et de la 49ᵉ Rue. «Tu vois, Jack, ça m'embête que tu partes, sincèrement. Ça sera la première fois que je serai à New York sans mon vieux pote.» Il a ajouté : «New York, c'est une halte pour moi, c'est à Frisco que je suis chez moi. Depuis que je me suis installé ici, j'ai eu que Diane, comme fille : ça m'arrive qu'à New York, mince! Mais la simple idée de retraverser cet affreux continent... ça fait un moment qu'on n'a pas parlé à cœur ouvert, toi et moi, Jack.» À New York, on passait notre temps à faire la bombe avec des foules d'amis dans des soirées où tout le monde était ivre, et apparemment ça ne lui convenait pas. Il était plus semblable à lui-même recroquevillé sous le crachin frisquet, dans la Cinquième Avenue déserte, la nuit. «Diane m'aime. Elle m'a promis-juré que je pourrais vivre à ma guise et qu'elle me ferait le moins d'histoires possible... Tu vois mec, à mesure qu'on vieillit, les histoires s'accumulent. Un jour, toi et moi, on longera les ruelles au coucher du soleil et on ira faire les poubelles. — On finira clodos, tu veux dire? — Pourquoi pas, mec? Bien sûr qu'on finira clodos si ça nous chante. Ya pas de mal à finir comme ça. Tant que tu empêches pas les autres de faire ce qu'ils veulent — les autres y compris les politiciens, les riches —, on te fout la paix, tu peux tracer ta route à ta façon.» J'étais d'accord avec lui; il était en train de prendre les décisions de la maturité de la façon la plus directe, la plus simple. «C'est quoi, ta route, mec? Celle du saint, celle du fou, celle de l'arc-en-ciel, celle de l'idiot? N'importe comment, n'importe qui peut prendre n'importe quelle route,

aujourd'hui. Où, toi, comment?» On a approuvé
de la tête, sous la flotte. La bonté du bon sens.
«Miierde, faut surveiller ton gamin. C'est pas un
homme s'il sait pas calter, fais ce que dit le docteur.
Je te le dis tout net, Jack, je peux bien vivre n'importe où, j'ai toujours les pieds pas loin de mes
pompes, prêt à me tirer, prêt à me faire virer. J'ai
décidé de lâcher prise. Toi, tu m'as vu essayer, me
casser le cul pour réussir, et tu sais que c'est pas
grave; on a conscience du temps... on sait ralentir,
arrêter de courir, prendre notre pied maximal, à
l'ancienne, c'est pas ce qu'il y a de mieux? On le sait
bien, *nous*.» On a soupiré sous la pluie. Elle balayait
toute la vallée de l'Hudson, cette nuit-là. Rincés les
grands quais monumentaux du fleuve vaste comme
une mer, rincés les pontons des vieux vapeurs à
Poughkeepsie, rincés le lac des sources à Split Rock
et le mont Vanderwhacker, rincés la terre, le sol, les
rues de la ville. «Alors moi, a dit Neal, je laisse la vie
me guider. Tu sais, je viens d'écrire à mon vieux, à la
prison du comté, à Denver. Et j'ai reçu la première
lettre de lui depuis des années l'autre jour. — Ah
bon? — Ouais, ouais. Il dit qu'il veut voir le *bébbé*,
avec deux b, quand il pourra aller à Frisco. J'ai
trouvé un meublé sans eau chaude à 13 dollars le
mois sur la 40ᵉ Est. Si j'arrive à lui envoyer l'argent,
il viendra vivre à New York — à condition qu'il se
pointe jusque-là. Je t'ai jamais beaucoup parlé de ma
sœur, mais tu sais que j'ai une petite sœur adorable.
J'aimerais bien qu'elle vive avec moi, elle aussi. —
Où elle est? — Ben, c'est ça le problème, je sais pas.
Il va tâcher de la trouver, mon vieux, mais enfin, tu
vois d'ici... — Alors comme ça, il est rentré à Den-

ver? — Direct en taule. — Et où il était, avant? — Au Texas, au Texas. Tu vois, mec, sur ma vie, l'état des choses, ma situation, tu remarqueras que je me calme. — Oui, c'est vrai.» Il s'était calmé, à New York. Il avait besoin de parler. On se gelait sous la pluie froide. On a pris date pour se retrouver chez ma mère avant mon départ. Il est venu le dimanche après-midi suivant. J'avais un téléviseur. On a mis un match à la télé, un autre à la radio, et on passait au troisième pour se tenir au courant des actions au fil des minutes. «Oublie pas, Jack, Hodges est en seconde position à Brooklyn, alors quand le lanceur remplaçant va arriver chez les Phillies, on passera au match avec les Giants contre Boston, et, en même temps, note que Di Maggio a un score de trois balles et que le lanceur tripote le sac en résine, donc on a pas de mal à comprendre ce qui est arrivé à Bob Thomson quand on l'a laissé il y a trente secondes avec un homme en position trois. Oui!» Plus tard dans l'après-midi, on est sortis jouer au base-ball avec des jeunes dans un champ embué de suie, le long du triage de Long Island. On a joué au basket, aussi, et on se donnait tellement qu'un des plus jeunes nous a lancé: «Calmos, les gars, vous êtes pas obligés de vous tuer!» On les voyait faire des bonds en souplesse autour de nous, ils nous ont battus sans effort. Nous, on était en nage. À un moment donné, Neal a fait un plat sur le béton du terrain. On se démenait comme deux beaux diables pour empêcher les jeunes de prendre le ballon; ils ont contre-attaqué et nous l'ont fait sauter. D'autres plongeaient en avant, et échangeaient des passes fluides au-dessus de nos têtes. On se ruait vers le panier comme des malades, et les jeunes allongeaient le bras, arrachaient la balle à nos mains en sueur et s'en allaient en dribblant. Ils pensaient qu'on était dingues. On est rentrés chez moi en se faisant des passes d'un trottoir à l'autre. On en a tenté des très spéciales, en plongeant par-dessus les buissons, au risque de se payer les poteaux. Une voiture passait, j'ai couru à sa hauteur, lancé la balle à Neal au ras du pare-choc. Lui, il a plongé, rattrapé la balle, roulé dans l'herbe et il me l'a renvoyée par-dessus un camion de boulanger garé là. J'ai bloqué de justesse du plat de la main, et renvoyé à Neal, qui a dû faire une pirouette et qui est tombé à la renverse sur la haie. Et ainsi de suite. Une fois chez moi, il a tiré son portefeuille de sa poche, il a toussoté, et tendu à ma mère les quinze dollars qu'il lui devait depuis le jour où on avait pris une amende pour excès de vitesse, à Washington. Elle n'en revenait pas, elle était ravie. On a fait un dîner copieux. « À présent, Neal, a dit ma mère, j'espère que vous allez bien vous occuper du bébé qui va venir, et que vous allez rester marié. — Oui, oui, ouais. — Vous ne pouvez pas semer des bébés dans tout le pays comme ça. Ces pauvres petits, ils vont grandir sans personne pour les défendre. Il faut bien leur donner une chance de vivre. » Il a regardé ses pieds et fait oui de la tête. Dans le crépuscule rouge vif, on s'est dit au revoir sur un pont d'autoroute. « J'espère te trouver à New York à mon retour », j'ai dit. « Tout ce que j'espère, c'est qu'un jour on pourra vivre dans la même rue avec nos familles, et qu'on sera une paire d'anciens. — C'est vrai, mec. Tu sais que je fais des vœux pour ça, sans oublier tous les ennuis qu'on a eus, et tous les ennuis à venir, comme

ta mère me le rappelle en toute connaissance de
cause. J'en voulais pas, moi, de ce bébé en plus. C'est
Diane qui y tenait, alors elle a pas fait attention, et
on s'est disputés. Tu savais que Louanne était mariée
à un marin à Frisco, et qu'elle allait avoir un bébé? —
Oui, on en est tous un peu au même point, maintenant. » Il a sorti de sa poche un cliché de Carolyn
avec sa deuxième fille, pris à Frisco. L'ombre d'un
homme se projetait sur le trottoir ensoleillé, au-
dessus de l'enfant, deux longues jambes de pantalon,
dans la tristesse ambiante. « C'est qui, lui? — Ça?
C'est rien qu'Al Hinkle. Il s'est remis avec Helen, ils
sont partis à Denver. Ils avaient passé une journée à
prendre des photos. » Il m'en a sorti d'autres. Je me
suis rendu compte que ces clichés, nos enfants les
regarderaient un jour avec admiration, en se figurant
que leurs parents menaient des vies lisses et rangées,
se levaient le matin pour arpenter fièrement les
trottoirs de la vie, sans se douter du délire, de la
déglingue, de la déjante des réalités de notre existence, de notre nuit, de notre enfer, cauchemar
absurde de cette route-là. À force qu'on raconte
des niaiseries, comment les enfants sauraient-ils?
« Au revoir, au revoir », Neal est parti dans le long
couchant rouge, les locomotives déployant leur
panache au-dessus de lui, comme à Tracy, comme à
La Nouvelle-Orléans. Son ombre le suivait, singeant
sa démarche, ses pensées, tout son être. Il s'est
retourné et m'a fait un petit signe de la main, timide.
Il m'a fait le signe du serre-freins, en sautant sur
place et en braillant un truc que je n'ai pas compris.
Il s'est mis à décrire des cercles en courant, tant et
si bien qu'il est parvenu à l'angle de béton du pont

de chemin de fer. Il m'a envoyé un dernier signal, je lui ai répondu, et puis brusquement, il a disparu en s'engouffrant dans sa vie. J'ai contemplé bouche bée la déshérence de la mienne; à moi aussi, il me restait un sacré bout de chemin. Le lendemain à minuit, j'ai pris le car pour Washington; une fois là-bas, j'ai un peu traîné, fait un détour par Blue Ridge; entendu l'oiseau de Shenandoah, visité le tombeau de Stonewall Jackson; au crépuscule, je suis allé cracher mes poumons dans le Kanawha, et j'ai déambulé dans la nuit de Charleston, en Virginie, ambiance cul-terreux. À minuit, j'étais à Ashland dans le Kentucky, fille solitaire sous la marquise d'un cinéma fermé. L'Ohio, sombre et mystérieux, Cincinnati à l'aube. Et puis, de nouveau, les champs de l'Indiana, et l'après-midi Saint Louis, dans son éternel berceau de nuages au-dessus de la vallée. Les pavés boueux, et les troncs d'arbres du Montana, les vapeurs fracassés, les panneaux de signalisations vétustes, l'herbe, les cordages, le long du fleuve. La nuit, le Missouri, les champs du Kansas, les vaches nocturnes au secret des grands espaces, les villages gros comme des boîtes d'allumettes, la mer au bout de chaque rue, l'aube sur Abilene. À traverser le Kansas d'est en ouest, les prairies font place aux rangelands, contreforts de la nuit. J'avais pour voisin George Glass. Il était monté à Terre Haute, dans l'Indiana, et voilà qu'il me disait : « Je t'ai raconté pourquoi je peux pas saquer ces sapes que j'ai sur le dos, d'abord elles sont mer-diques, mais y a pas que ça. » Il m'a fait voir des papiers. Il sortait du pénitencier fédéral de Terre Haute où il avait été incarcéré pour vol et trafic de voitures à Cincinnati. C'était un môme de vingt ans, avec une tête bouclée. «Dès que j'arrive à Denver, je mets ça au clou et je me paie des Levi's et un T-shirt. Tu sais ce qu'ils m'ont fait dans cette taule? Ils m'ont collé au mitard avec une bible. Comme c'était de la pierre par terre, moi je m'asseyais dessus. Alors quand ils ont vu ça, ils me l'ont enlevée, et ils m'ont filé une toute petite bible de poche à la place. Je pouvais plus m'asseoir dessus, du coup je l'ai lue, Ancien et Nouveau Testament, la totale, hé, dis donc.» Il m'a glissé un coup de coude en mangeant sa sucette, il passait son temps à en manger, vu qu'il s'était flingué l'estomac en taule et pouvait rien avaler d'autre. «Tu sais qu'il y a des trucs chauds dans c'te Bible.» Il m'a expliqué le terme *bouffonner* : «Le gars qui est partant et qui commence à parler de sa date de libération, il *bouffonne* les autres gars, qui en ont encore pour un bail. Alors on le prend par la peau du cou, et on lui dit comme ça : "bouffonne pas avec moi". Bouffonner, c'est pas bon, tu vois? — Je bouffonnerai pas avec toi, George. — Quand on bouffonne avec moi, j'ai les narines qui se dilatent, je serais capable de tuer. Tu sais pourquoi j'ai passé ma vie en taule? Parce que je me suis énervé quand j'avais treize ans. J'étais au ciné avec un autre gars, et il a traité ma mère, tu vois de quel mot, alors moi j'ai sorti mon canif et je lui ai coupé la gorge. Je l'aurais tué si on nous avait pas séparés. Le juge y me fait : "Est-ce que vous saviez ce que vous faisiez en agressant votre ami?" Moi je lui fais : "Oui, m'sieur, oui, votre honneur, j'aurais voulu le tuer ce fils de pute, et j'ai pas renoncé."» C'est comme ça que j'ai pas été libéré sur parole, et que je suis allé droit en maison de correction. J'ai chopé des hémorroïdes à force d'être assis au mitard. Va jamais dans un pénitencier fédéral, c'est le pire du pire. Oua, merde, je pourrais causer toute la nuit, ça fait tellement longtemps que je cause à personne. Tu peux pas savoir quel BIEN ça me fait de sortir. Toi t'étais déjà là quand je suis monté, à quoi tu pensais? — À rien, je roulais, c'est tout. — Moi, je chantais. Je suis venu m'asseoir à côté de toi parce que je voulais pas m'asseoir à côté d'une fille, j'avais peur de péter les plombs et de lui mettre la main au panier. Faut que je tienne encore un peu. — Si tu replonges, tu vas prendre perpète. Faut que tu te calmes, maintenant. — Je compte bien me calmer, mais le truc, c'est que j'ai les narines qui se dilatent, et là je sais plus ce que je fais. » Il partait vivre chez son frère et sa belle-sœur, qui lui avaient trouvé du travail dans le Colorado. C'étaient les feds qui avaient payé son ticket de car, avec la destination indiquée sur sa conditionnelle. C'était un petit gars comme Neal autrefois : il avait le sang trop chaud ; ses narines se dilataient ; mais il lui manquait la sainteté native et singulière qui lui aurait permis d'échapper aux verrous du destin. « Sois un pote, fais gaffe que mes narines se dilatent pas quand on sera à Denver, tu veux bien, Jack? Comme ça, peut-être que je pourrai arriver chez mon frère sans m'attirer d'ennuis. » Je ne pouvais qu'accepter. Quand on a débarqué à Denver, je l'ai pris par le bras et je l'ai mené dans Larimer Street pour mettre ses fringues au clou. Le vieux juif a compris de quoi il retournait avant même qu'il ait fini de déballer sa marchandise. « J'en veux pas de cette saleté, les gars de Canon City, ils m'en apportent tous les jours. » Larimer Street grouillait d'anciens détenus qui

essayaient de fourguer leurs beaux costards de chez
Taule. George s'est retrouvé avec son sachet sous le
bras, mais vêtu du Levi's et du T-shirt tout neufs
qu'il s'était payés. On est allés au Glenarm, le vieux
Q.G. de Neal, et en chemin il a trouvé une poubelle
où fourrer le costard. Le soir tombait. On a appelé
Ed White. « Yo ? » il a dit avec un petit rire, « j'arrive
tout de suite ». Dix minutes plus tard, il venait traîner la savate avec Frank Jeffries. Ils étaient rentrés
de France, et leur vie à Denver les laissait terrible-
ment sur leur faim. George leur a beaucoup plu, ils
lui ont payé des bières. Lui, il a commencé à claquer
son pécule. Voilà que j'étais de retour à Denver dans
la nuit de velours, ruelles sacrées, bicoques lou-
foques. On a commencé à faire la tournée des bars en
ville et sur le bord de la route du côté de West Colfax
Street — ceux des Noirs à Five Points, et tout et
tout. Frank Jeffries m'attendait depuis des années et
voilà qu'on était sur le point de tenter l'aventure
ensemble. « Jack, depuis que je suis rentré de France,
je sais pas quoi faire de ma peau. C'est vrai que tu
pars au Mexique ? Vingt dieux, je pourrais pas partir
avec toi ? Je peux me trouver une centaine de dollars,
et une fois là-bas j'irai palper ma pension de G.I.
à l'université de Mexico. » O.K., marché conclu,
Frank venait avec moi. C'était un gars de Denver,
timide et bien bâti, avec une épaisse tignasse, un
grand sourire de truand et des gestes à la Gary Cooper, nonchalants, tout en souplesse. « Vingt dieux ! »
il a dit en passant ses pouces dans sa ceinture, pour
accompagner sa démarche chaloupée et nonchalante.
Son père lui faisait la guerre. Il s'était déjà opposé à
son voyage en France, et aujourd'hui il s'opposait

à ce qu'il parte au Mexique. Frank déambulait dans Denver en clochard à cause de ce différend. Ce soir-là, après avoir bu moult verres, et empêché que les narines de George se dilatent — un gars était arrivé avec deux filles, on l'avait traité de frimeur, on avait voulu qu'il nous présente les nanas et George lui avait sauté à la gorge —, Frank est monté en douce dormir dans la chambre de George au Glenarm. « Je peux même pas rentrer tard, mon père m'engueule et ensuite il se retourne contre ma mère. Je te le dis, Jack, faut que je quitte Denver au plus vite, sinon je vais devenir dingue. » Bon, moi je me suis installé chez Ed White, et puis ensuite Beverly Burford m'a aménagé une petite chambre bien propre au sous-sol, et on y a fait la fête tous les soirs pendant une semaine. George s'est évanoui dans la nature, il est parti chez son frère à Climax dans le Colorado, et on ne l'a jamais plus revu : on ne saura jamais si quelqu'un a essayé de bouffonner avec lui depuis, s'il s'est fait serrer en taule, ou s'il pète ses câbles en toute liberté, la nuit. Pendant une semaine, Ed White, Frank, Bev et moi, on a passé tous les après-midi dans des bars super-sympas où la serveuse porte des pantalons et traverse la salle avec des yeux timides et énamourés ; pas des dures-à-cuire, les petites ; elles tombent amoureuses des clients, elles ont des liaisons explosives, et vont de bar en bar en traînant leur misère ; cette semaine-là, on a passé nos soirées dans le quartier de Five Points, à écouter du jazz et nous bourrer la gueule dans des saloons noirs délirants, après quoi on rentrait dans mon sous-sol bavasser jusqu'à cinq heures du matin. Midi nous trouvait le plus souvent affalés dans le jardin de Bev, avec les gosses de Denver qui jouaient aux cow-boys et aux indiens, et nous dégringolaient sur la tête du haut des cerisiers en fleur. Je passais des heures formidables, et le monde s'ouvrait à moi, parce que je n'avais aucun rêve. Frank et moi, on mijotait d'entraîner Ed White avec nous, mais il était trop englué dans sa vie sur place. J'ai passé des soirées à bavarder avec Justin W. Brierly, dans son bureau. Il revêtait son peignoir chinois, sortait des cacahouètes et des amandes salées et du scotch à boire sec. «Asseyez-vous, Jack, et racontez-moi New York. Comment va Neal? Comment va Allen? Comment va Lucien? Vous savez où se trouve Hal Chase? — À Trinidad, dans le Colorado, sur des fouilles. — Vous avez vu Mr. Hinkle quelque part? Et votre ami Burroughs, qu'est-ce qu'il devient? Burford est toujours à Paris. Vous avez pu parler longuement avec Ed? Et Jeffries, il vous plaît? Beverly a le moral, en ce moment?» Justin adorait parler de nous tous. «Vous ne trouvez pas que c'est un grand cercle formidable, tous ces gens? Vous ne trouvez pas que c'est sympathique?» Il m'a emmené faire un tour dans son Oldsmobile, avec son projecteur. On passait dans West Colfax Street quand il aperçoit un tacot mexicain tous phares éteints. Aussitôt, le voilà qui allume le projecteur et le braque sur les passagers, une bande de jeunes Mexicains. Ils s'arrêtent paniqués, persuadés qu'on est des flics. «Vos phares ne fonctionnent pas? Vous avez un problème?» leur crie ce dignitaire déjanté. «Oui, m'sieur, oui m'sieur», ils répondent. «Eh bien alors», il leur lance, «bonne année». Et comme il bloque la circulation pour ce dialogue absurde, ça klaxonne derrière nous. «Eh, fermez-la»

il lance en redémarrant sur les chapeaux de roues.
À quatre heures du matin, il braque son projo sur
la demeure la plus fastueuse de la ville, il me fait la
visite guidée de chaque pièce éclairée par le faisceau.
Il y a des gens qui dorment, à l'intérieur : qu'à cela
ne tienne. Une fois dans son bureau, il m'a déniché
un portrait de Neal à seize ans. On n'imagine pas
visage plus chaste. « Vous voyez à quoi il ressemblait ? C'est pour ça que j'avais foi en lui, à l'époque.
Je voyais son potentiel, soyez-en sûr, mais il refusait
d'apprendre, alors je m'en suis lavé les mains.
— C'est dommage, il aurait pu faire son chemin dans
le monde, devenir quelqu'un. D'un autre côté, je
l'aime mieux comme il est. Les grands hommes sont
malheureux. — Vous n'allez pas me dire que *Neal*
est heureux, si ? — C'est un extatique, il est en deçà
ou au-delà du bonheur. — Moi je dirais en deçà.
Aller s'empêtrer de trois femmes et je ne sais combien de gosses un peu partout... quelle absurdité.
— Il faut lui retrouver sa mère. — En tout cas, Jack,
je me suis bien amusé. » Il est devenu sérieux. « Oui,
je me suis bien amusé, et si c'était à refaire, je revi-
vrais de la même manière. Ça m'absorbe de plus en
plus, de découvrir ces gosses et de les aider à s'épanouir. C'est pour ça que j'ai laissé mon cabinet
d'avocat tomber en quenouille, pour ça que j'ai complètement abandonné la gestion de patrimoine, et
je crois que l'an prochain je vais démissionner du
secrétariat du festival, à Central City. Je suis revenu
à mes premières amours, j'enseigne l'anglais au
lycée. » Sur son tableau noir, au lycée, j'ai vu inscrits
à la craie les noms de Carl Sandburg et de Walt
Whitman. Un jeune Noir est venu le trouver pour

lui confier son problème : il n'avait pas le temps de distribuer les journaux et de faire ses devoirs. Brierly a appelé ses patrons, il leur a fait changer l'horaire de distribution, tout s'est arrangé. Les étudiants des universités de l'Est venaient le voir aux vacances pour trouver des boulots d'été. Il lui suffisait de décrocher son téléphone et d'appeler le maire. «Vous vous rappelez peut-être Bruce Rockwell, de Columbia? Il est adjoint au maire, à présent. Il a fait son chemin. Il n'était pas dans votre classe?» Il avait un an de moins que moi. Je le revoyais, Bruce Rockwell, dans sa chambre, un soir de mai qu'il avait une décision majeure à prendre — rentrer à Denver ou rester à New York, dans la publicité. J'étais assis sur un lit, une revue critique entre les mains. Je l'ai balancée et elle est venue atterrir à ses pieds. «Voilà ce que j'en pense, des critiques!» j'ai gueulé. Bruce a médité sombrement sur son destin, et puis brusquement il s'est levé et il est sorti. Sa décision était prise. Il y avait du général MacArthur en lui. À présent, il était adjoint au maire, il passait sa vie à courir d'un rendez-vous à l'autre, tout ce qu'il y a d'établi, de parties de golf en cocktails et en congrès, à boire des martinis entre deux portes au Brown Hotel, et tout le toutim — histoire d'engraisser avant l'heure, de se faire un ulcère et de perdre la tête tout en passant pour un modèle de bon sens. «Non», j'ai dit, «moi je crois qu'il va très bien, Neal. Un de ces jours il va disparaître dans une langue de feu, on verra ce qu'on verra.» Un soir que je m'amusais avec les gosses de Denver, que je me mettais mollement en condition pour partir, voilà que Brierly m'appelle au téléphone. «Hé Jack, vous ne devinerez jamais qui arrive à

Denver ! » Je ne voyais pas du tout. « C'est Neal, il est déjà en route, je le sais par mon réseau, il s'est acheté une voiture, il vient vous rejoindre. » Tout à coup, j'ai eu une vision, j'ai vu Neal en Ange Effroyable de la Fièvre et des Frissons, il arrivait dans un battement d'aile, tel un nuage, à une vitesse sidérale, il me poursuivait comme l'inconnu voilé dans la plaine, il fondait sur moi. Je voyais sa face immense sur les plaines, la folie de son propos inscrite dans son ossature, ses yeux étincelants ; je voyais ses ailes ; je voyais son vieux tacot, chariot d'où jaillissaient des kyrielles de flammes chatoyantes ; il traçait sa propre route, il passait sur les maïs, il traversait les villes, il détruisait les ponts, il asséchait les fleuves. Il s'abattait sur l'Ouest comme le courroux céleste. Je savais que Neal était retombé dans sa folie. Il ne risquait pas d'envoyer de l'argent à ses deux femmes s'il avait sorti ses économies de la banque pour acheter une voiture. La guerre était allumée. Derrière lui, ce n'était plus que champs de ruines fumantes. Il se ruait vers l'Ouest en traversant une fois de plus le continent abominable qui gémissait sous lui ; il serait bientôt là. On s'est dépêchés de faire des préparatifs pour l'accueillir. Le bruit courait qu'il voulait me conduire au Mexique. « Tu crois qu'il sera d'accord pour que je vienne ? » m'a demandé Jeff, atterré. « Je vais lui parler », j'ai dit sombrement. On ne savait pas à quoi s'attendre. « Où est-ce qu'il va dormir ? Qu'est-ce qu'il va manger ? Il y a des filles pour lui ? » On aurait cru l'arrivée de Gargantua ; il faudrait faire des aménagements, agrandir les caniveaux, raccourcir les lois pour les adapter au fardeau de ses souffrances, à ses extases déflagrantes. Quand il est arrivé,

on aurait dit un vieux film. J'étais dans la folle maison de Beverly, par une après-midi dorée. Que je
dise un mot de cette maison. La mère de Beverly
était en France. La tante venue la chaperonner s'appelait Austice, ou un nom comme ça ; c'était une
vieille dame de soixante-quinze ans fraîche comme
un gardon. Au sein de la famille Burford, qui s'étendait jusque dans l'Iowa, elle passait son temps à aller
chez l'un et chez l'autre, rendant moult services.
Jadis, elle avait eu une douzaine de fils pour son
compte, mais ils étaient tous partis, ils l'avaient
abandonnée. Toute vieille qu'elle était, elle s'intéressait à ce qu'on racontait et à nos faits et gestes. Elle
secouait une tête réprobatrice quand on descendait
nos whiskys secs au salon. « Vous feriez mieux de
sortir dans le jardin, pour faire ça, jeune homme. » À
l'étage — la maison tenait de la pension de famille,
cet été-là — habitait un dingue nommé Jimmy,
désespérément amoureux de Beverly. Il était du
Connecticut, on le disait fils de famille, avec une carrière qui l'attendait et tout et tout, mais il préférait se
trouver auprès de Bev. Ce qui donnait la chose suivante : il passait ses soirées le feu aux joues dans le
salon, caché derrière son journal ; il entendait tout ce
qu'on disait, sans rien manifester. Il avait encore
plus le feu aux joues quand c'était Bev qui parlait.
Quand on le forçait à lâcher son journal, il nous
regardait avec une expression d'ennui et de douleur
sans fond. « Hein ? Ah oui, sûrement, oui... » On
n'en tirait rien de plus. Austice s'installait dans son
coin pour tricoter, et elle nous regardait de son œil
d'oiseau. Elle avait pour tâche de nous chaperonner,
de veiller à ce que personne ne dise de vilains mots.

Bev gloussait sur le canapé. Ed White, Jeffries et moi, on était avachis dans divers fauteuils. Le pauvre Jim souffrait le martyre. Il se levait, bâillait et nous disait : «Et voilà, encore un jour de passé, encore un dollar de gagné, bonsoir.» Bev n'avait que faire de lui, elle était amoureuse d'Ed White qui se tortillait comme une anguille pour lui échapper. On était réunis comme ça un après-midi, vers l'heure du dîner, quand Neal s'est arrêté devant la maison avec sa bagnole, d'où il est sorti en costume de tweed avec gilet assorti et chaîne de montre. «Hop, hop, hop!» j'ai entendu dans la rue. Il était avec Bill Tomson, qui rentrait tout juste de Frisco avec sa femme Helena, et qui s'était réinstallé à Denver. Al Hinkle et Helen l'avaient fait aussi, de même que Jim Holmes. Tout le monde était revenu à Denver. Je suis sorti sur le perron. «Salut, fils», m'a dit Neal en me tendant sa grande main. «Je vois que tout va bien, de votre côté. Hello, hello, hello», il a dit à la cantonade. «Oh, Ed White, Frank Jeffries, comment ça va, vous autres?» On l'a présenté à Austice. «Ah ouais, enchanté, je vous présente mon ami Bill Tomson, il a eu la gentillesse de m'accompagner, hmm hmm fichtre! Major Hoople, pour vous servir», il a dit en tendant la main à Jim, qui le regardait, ébahi. «Ouais, ouais. Bon alors, Jack, mon vieux, quel est le programme? Quand est-ce qu'on décolle pour le Mexique? Demain après-midi? Très bien, très bien. Hmm, hmm. Donc, Jack, j'ai très exactement seize minutes pour foncer chez Al Hinkle récupérer ma vieille montre du rail et la mettre au clou dans Larimer Street avant que ça ferme; il faudra pas que je traîne, comme ça j'aurai le temps de voir si par

hasard mon vieux serait pas au Jiggs, ou dans un
autre bar, et puis j'ai rendez-vous chez le coiffeur,
celui que Brierly m'a recommandé. J'en ai pas changé
toutes ces années, et je compte bien m'en tenir à cette
politique. (Il a toussoté de nouveau.) À six heures
PILE, pile, t'entends, je veux que tu sois devant la
porte quand je passerai te prendre ; on filera chez Bill
Tomson, on mettra un disque de Gillespie vite fait,
et d'autres de bop, on se prendra une heure de
détente avant la soirée que vous avez prévue, Ed,
Frank, Bev et toi, puisque vous ne saviez pas encore
que j'arrivais, ce que j'ai fait il y a quarante-cinq
minutes, pour être précis, dans ma Ford 1937, que
tu vois garée ici. Je suis venu avec, en m'arrêtant
longuement à Kansas City pour voir mon frère, pas
Jack Daly, le cadet… » Tout en parlant, il s'affairait à
se changer dans une alcôve du séjour où on ne pouvait pas le voir, il avait troqué sa veste contre un
T-shirt, et il faisait passer sa montre dans un autre
pantalon, tiré lui aussi de sa valise cabossée. « Et
Diane ? » je lui ai demandé. « Quoi de neuf à New
York ? — Officiellement, Jack, je fais ce voyage pour
obtenir le divorce au Mexique, ça va plus vite et c'est
moins cher que partout ailleurs… j'ai enfin l'accord
de Carolyn, donc tout est clair, tout va bien, tout est
merveilleux, et nous savons bien qu'il n'y a pas lieu
de s'en faire pour quoi que ce soit, n'est-ce pas,
Jack ? » Hélas, pauvre de moi, je suis toujours prêt à
suivre Neal, si bien qu'on s'est lancés dans des préparatifs fébriles pour ce nouveau programme, et
qu'on a mis au point une soirée à tout casser — de
fait, elle fut inoubliable. La sœur d'Al Hinkle avait
des invités. Il a deux frères dans la police. Ils regar-

daient tout ce qui se passait, d'un air atterré. Il y avait un superbe buffet sur la table, avec des gâteaux et des boissons. Al Hinkle m'avait l'air heureux et prospère. «Alors, tu t'es fixé avec Helen, maintenant?» je lui ai demandé. «Oui, m'sieur, et comment! Je vais m'inscrire à l'université de Denver, tu sais, avec Jim et Bill. — Et qu'est-ce que tu vas étudier? — Ça, je sais pas encore. Dis donc, Neal est de plus en plus dingue, d'année en année, non? — Et comment!» Helen Hinkle était là, elle essayait de parler avec quelqu'un mais il n'y en avait que pour Neal. Il s'était planté devant Jeffries, White, Bev et moi, qui étions en rangs d'oignons sur des chaises, le long du mur, et il faisait son numéro. Al Hinkle allait et venait derrière lui, inquiet. Sa pauvre sœur était reléguée au second plan. «Hop hop hop», disait Neal. Il ne tenait pas en place, il tirait sur son T-shirt en se frottant le ventre. «Ouais, alors on est tous réunis, aujourd'hui, et malgré les années qui nous ont séparés, on n'a pas tellement changé, ni les uns ni les autres, ça se voit; d'ailleurs, pour le prouver, j'ai ce jeu de cartes qui me permet de dire la bonne aventure assez précisément dans toutes sortes de domaines.» C'était son jeu porno. Helen et Bill Tomson restaient dans leur coin, raides comme des piquets. C'était une soirée absurde, totalement ratée. Et puis Neal s'est tu, il est allé s'asseoir à la cuisine, entre Jeff et moi, et il s'est mis à regarder droit devant lui, pétrifié, buté, sans plus voir le reste du monde. Il était simplement en train de s'abstraire un instant pour recharger ses batteries. Si on l'avait touché, il aurait vacillé comme le rocher en équilibre sur un petit caillou au bord du gouffre, qui peut aussi bien

dégringoler que continuer à osciller. Et puis, brusquement, ce rocher s'est mué en tournesol, son
visage s'est éclairé d'un beau sourire, il a regardé
autour de lui comme le dormeur qui s'éveille, et il a
déclaré : « Ah, tous ces gens formidables qui sont là,
avec moi ! C'est pas chouette, ça ? Qu'est-ce que c'est
chouette, Jack ! » Il s'est levé et il a traversé toute la
pièce main tendue vers un des policiers : « Je me présente, Neal Cassady, oui, je me souviens de vous. Ça
va pour vous ? Tant mieux, tant mieux. Regardez-
moi ce beau gâteau ! Je peux en prendre ? » La sœur
d'Al Hinkle a dit que oui. « Ah, c'est merveilleux.
Les gens sont tellement sympathiques. Ces gâteaux
et ces jolies choses, étalés sur la table, ces petits plaisirs, ces petits régals. Hmm, délicieux, délicieux, oh
la la ! » Il s'était planté au beau milieu de la pièce, en
équilibre instable, pour manger son gâteau, et considérer tout le monde avec un air de vénération. Il
s'est retourné, il a regardé derrière lui. Tout l'étonnait, tout ce qu'il voyait. Apercevant un tableau au
mur, il s'est figé pour le considérer avec attention.
Il s'est levé, il l'a regardé de plus près, il a reculé, il
s'est penché, il a fait un saut en l'air, il a voulu le voir
sous tous ses angles et à toutes les hauteurs possibles
et imaginables. Il n'avait pas la moindre idée de l'impression qu'il pouvait faire aux autres, et s'en fichait
plus encore. Les gens en arrivaient à le couver d'un
regard paternel ou maternel attendri. Il était enfin
devenu un ange, ce que j'avais toujours prévu, mais,
comme tout ange, il avait encore des crises de rage et
de fureur ; et quand on a quitté la soirée pour aller au
bar du Windsor, en bande turbulente, il s'est soûlé
avec une frénésie séraphique. N'oublions pas que le

Windsor, grand hôtel au temps de la ruée vers l'or,
n'était plus qu'un infâme rade à clodos, avec, curiosité locale, des impacts de balles encore visibles dans
les murs du grand bar, au rez-de-chaussée. Le
Windsor, Neal y avait vécu, autrefois. Avec son père
et d'autres clochards. Il n'y était pas en touriste, il y
était chez lui. Il buvait dans ce saloon, tel le fantôme
de son père, il éclusait vin, bière et whisky comme
de l'eau du robinet. Il avait le visage empourpré, il
transpirait, il s'est mis à brailler, à gueuler au bar,
il a traversé la piste de danse où des personnages
sortis du folklore de l'Ouest évoluaient avec des
entraîneuses, il a essayé de jouer du piano, il a pris
d'anciens détenus dans ses bras et s'est mis à vociféa-
rer avec eux dans le boucan. Pendant ce temps-là,
le reste de la bande s'était assis autour de deux
immenses tables qu'on avait rapprochées. Il y avait
là Justin W. Brierly, Helena et Bill Tomson, une fille
de Buffalo dans le Wyoming, amie d'Helena, Frank,
Ed White, Beverly, moi, Al Hinkle, Jim Holmes et
quelques autres, nous étions treize en tout. Brierly
s'amusait comme un fou ; il avait pris le distributeur
de cacahouètes, l'avait posé sur la table et y introdui-
sait des sous pour manger des cacahouètes. Il a proposé qu'on envoie une carte postale à Allen Ginsberg,
à New York, où on écrirait tous quelque chose. Exécution — il s'est écrit quelques trucs délirants. Dans
la nuit de Larimer Street, le fiddle était déchaîné.
« Qu'est-ce qu'on s'amuse ! » braillait Brierly. Dans
les toilettes des hommes, Neal et moi, on a cogné à
coups de poings dans la porte pour essayer de la
défoncer, mais elle faisait trois centimètres d'épaisseur. Je me suis fracturé le majeur et ne m'en suis

aperçu que le lendemain. On était dans les vapeurs
de l'alcool. Ce soir-là, il y a eu jusqu'à cinquante
bières en circulation à notre table. Il suffisait d'en
faire le tour et de boire dans chaque verre. D'anciens
détenus de Canon City défilaient d'un pas mal assuré,
et venaient faire la causette. Dans le vestibule, devant
le bar, d'anciens prospecteurs avaient pris un siège et
rêvaient, appuyés sur leur canne, dominés par la
vieille horloge qui tictaquait. Cette fureur, ils l'avaient
connue à une époque plus glorieuse. On était au bar
où Lucius Beebe venait une fois par an dans son
wagon-champagne privé, qu'il garait derrière, sur les
voies. C'était de la folie. Un tourbillon. Des soirées
dans tous les coins. Il y en avait même une dans un
château, où on est tous allés en voiture, sauf Neal,
qui s'est tiré de son côté. Une fois là, on s'est mis à
une grande table de chevalerie au salon, et on a
braillé. Dehors, il y avait une piscine et des grottes.
J'avais fini par le découvrir, ce château où le grand
serpent universel redresserait bientôt la tête. Plus
tard dans la nuit, on s'est retrouvés en petit comité,
Neal et moi, Frank Jeffries, Ed White, Al Hinkle et
Jim Holmes, et on a pris la même bagnole pour de
nouvelles aventures. On est allés au quartier mexicain, on est allés à Five Points, on tenait tout juste
debout. Frank Jeffries délirait de joie. Il n'arrêtait
pas de piailler «Bordel» et «Vingt dieux» d'une voix
de fausset en se tapant sur les cuisses. Neal le trouvait génial; il répétait tout ce qu'il disait, le ponctuait
d'ovations, il lui essuyait le front. «Quel pied on va
prendre à descendre au Mexique avec ce mec, Jack!
Oui!» C'était notre dernière nuit dans la cité sacrée
de Denver, on s'est explosés à fond. Ça s'est terminé

dans mon sous-sol, à boire du vin aux chandelles, pendant qu'au premier étage Austice furetait en chemise de nuit, une lampe de poche à la main. On avait même annexé un type de couleur, qui disait s'appeler Gomez. Il traînait dans Five Points, indifférent à tout. Quand on l'a vu, Bill Tomson lui a crié : « Hé, toi, tu t'appelles pas Johnny ? » Gomez a fait marche arrière, il est repassé devant nous en disant : « Tu veux bien répéter ce que tu viens de dire ? — J'ai dit : c'est toi, Johnny ? » Gomez a fait quelques pas pour revenir vers nous : « Ça lui ressemble pas un peu plus, ça ? Parce que je fais de mon mieux pour me mettre dans sa peau, mais je sais pas comment m'y prendre. — Allez, mec, on t'embarque ! » lui a crié Neal, et sitôt que Gomez a sauté à bord, on a démarré. On chuchotait fébrilement, au sous-sol de chez Bev, pour éviter de réveiller Austice et Jim, làhaut, et d'avoir des embrouilles avec les voisins. À neuf heures du matin, ils étaient tous partis, sauf Neal et Jeffries qui continuaient à jacasser comme des malades. Les voisins qui se levaient pour préparer leur petit déjeuner entendaient ces drôles de voix venues des profondeurs répéter : « Oui ! oui ! » C'était sans fin. Bev nous a fait un petit déjeuner copieux L'heure approchait que notre trio de clowns prenne la route du Mexique. Neal est allé à la station-service la plus proche, et il a passé la voiture en revue dans les moindres détails. C'était une Ford berline 1937 dont la portière avant droite était dégondée, et soudée à la carrosserie. Le siège avant droit était déglingué, lui aussi, si bien que quand on s'adossait on avait une vue imprenable sur le plafond en loques. « C'est comme Min et Bill, a dit Neal, on va tracer la route

cahin-caha, clopin-clopant, ça prendra des jours
et des jours.» J'ai consulté la carte. D'abord
3 000 bornes, pour traverser le Texas jusqu'à Laredo,
et puis encore 1 200 pour traverser le Mexique et
entrer dans la grande cité de l'Isthme. Un voyage
qui défiait l'imagination. Le plus fabuleux de tous
les voyages. Jusqu'ici on était allés d'est en ouest et
retour, là l'itinéraire magique filait droit vers le
SUD. L'Hémisphère occidental nous apparaissait
comme une immense colonne vertébrale écailleuse
qui se prolongeait jusqu'en Terre de Feu; et nous,
on allait suivre la courbure de la terre à tire d'aile,
pour découvrir d'autres tropiques, d'autres univers.
«Ce coup-là, mec, on va enfin Y arriver!» a dit Neal,
plein d'une foi sans partage. «Tu vas voir ce que tu
vas voir», il m'a dit en me tapant sur le bras, «hou,
pfiou!». J'ai accompagné Jeffries pour sa dernière
démarche en ville, et j'ai fait la connaissance de son
pauvre père, planté sur le perron, qui lui répétait :
«Frank... Frank... Frank... — Qu'est-ce qu'il y a,
Papa? — T'en va pas. — Mais c'est décidé, il faut
que je parte, maintenant. Pourquoi tu fais cette
comédie, Papa?» Le vieux avait des cheveux gris, de
grands yeux en amande, et son cou se crispait comme
celui d'un dément. «Frank», il a dit simplement,
«ne t'en va pas. Ne fais pas pleurer ton vieux père.
Ne m'abandonne plus comme ça.» Frank m'avait
expliqué que son père perdait la boule, depuis
quelques années. Ça me brisait le cœur de voir ça.
«Neal, m'a dit le vieillard, ne m'enlevez pas mon
Frank. Je l'emmenais au jardin public, quand il était
petit, je lui faisais voir les cygnes. Et puis son petit
frère s'est noyé dans cet étang. Je ne veux pas que

vous emmeniez mon petit gars. — Papa, a dit Frank, on s'en va, à présent. Au revoir. » Il essayait d'empoigner ses valises. Son père l'a pris par le bras : « Frank, Frank, t'en va pas, t'en va pas, t'en va pas. » On s'est enfuis en baissant la tête, et on a laissé le vieux sur son perron, devant sa maisonnette aux portières de perles et au salon encombré de meubles, dans une petite rue. Il était blanc comme un linge. Il continuait à crier le nom de son fils. Très handicapé dans tous ses mouvements, il ne faisait pas mine de quitter son perron, mais restait planté là, à marmonner « Frank » et « T'en va pas » en nous regardant tourner le coin avec angoisse. « Bon Dieu, Jeff, je sais pas quoi dire. — T'en fais pas, a répondu Frank sur un ton plaintif, il a toujours été comme ça. J'aurais préféré que tu le voies pas ! Dès que ma mère aura assuré ses arrières, elle va le larguer. — Il va en devenir fou, le pauvre vieux. — Elle est trop jeune pour lui, de toute façon. » On a retrouvé sa mère à la banque ; elle lui retirait de l'argent en cachette. C'était une jolie femme à cheveux blancs, mais qui faisait encore très jeune. Mère et fils se sont parlé à voix basse, sur le marbre de la banque. Frank avait mis son ensemble en jean, et il avait tout à fait l'air d'un type qui part au Mexique. Telle était l'existence protégée qu'il avait menée à Denver, et voilà qu'il partait avec cette nouvelle recrue, ce furieux de Neal. On l'a vu surgir au coin de la rue, justement : il arrivait à temps. Mrs. Jeffries a tenu à nous payer un café. « Prenez bien soin de mon Frank », elle nous a dit, « Dieu sait ce qui peut arriver dans ce pays-là. — On veillera les uns sur les autres », j'ai dit. Frank et sa mère ont fait quelques pas tous les deux, et je suis

rentré dans l'immeuble avec ce fou de Neal : il était
en train de me faire une étude comparative des graf-
fitis de chiottes dans l'Est et dans l'Ouest. « Ça n'a
rien à voir, dans l'Est ils font des vannes, des blagues
à la con, dans l'Ouest ils se contentent d'écrire leur
nom, Red O'Hara, de Bluffton, Montana, est passé
par ici, avec la date. Et ça, c'est parce que de l'autre
côté du Mississippi, c'est partout la même la solitude
écrasante, à un poil près. » En tout cas, on avait un
solitaire devant nous, parce que la mère de Jeffries
était une mère adorable, qui détestait voir partir son
fils mais comprenait qu'il parte. Je voyais bien qu'il
fuyait son père. Neal qui cherchait son père, moi qui
avait perdu le mien, et Frank qui voulait échapper
au sien, tel était notre trio en fuite vers la nuit. Il
a embrassé sa mère dans la marée humaine de la
17e Rue, elle est montée dans un taxi et elle nous a
fait un signe de la main. Nous, on a pris notre tas de
ferraille et on est retournés chez Bev, où on a passé
comme prévu une heure à bavarder sur le perron
avec Bev et Ed, tandis que la brise agitait les grands
arbres, dans l'après-midi somnolente de Denver.
Brierly est passé nous dire au revoir. On l'a vu tourner le coin triomphalement dans son Oldsmobile, et
on a entendu ses « Joyeux Noël » lancés dans la
touffeur. Il est arrivé survolté sur ses petits pieds
d'homme d'affaires. « Eh bien, eh bien, eh bien, vous
voilà parés au décollage, tranquilles comme Baptiste.
Qu'est-ce que vous en dites, Ed, vous avez envie de
partir avec eux ? » Ed White s'est contenté de sourire
en faisant « non » de la main. Beverly, elle, ne se
serait pas fait prier. Elle glissait des allusions, depuis
quelques jours, du genre : « Je ne vous gênerais

pas... » Frank et elle étaient amis d'enfance. Il lui
avait tiré les nattes, il avait poussé son cerceau avec
son frère Bob dans les ruelles de la ville ; plus tard,
ils avaient fait les fous au lycée, ces lycées de la jeunesse dorée de Denver, que Neal n'avait pas connus.
« Drôle de trio, tout de même », a dit Brierly. « Je ne
l'aurais pas imaginé il y a quelques années. Neal,
qu'est-ce que vous vous proposez de faire de ces
deux individus, vous pensez les conduire jusqu'au
pôle Sud ? — Ah ah ah, oui, c'est ça ! » Neal a
détourné le regard, Brierly aussi. On est restés assis
au soleil, dans la chaleur, tous les six, et on n'a plus
rien dit. « Bon, a lancé Brierly, il faut croire que tout
a un sens. Je veux vous voir revenir entiers, tous les
trois, sauf si vous vous perdez dans la jungle avec
une Indienne et que vous finissez vos jours à faire
de la poterie devant une case. Je trouve que vous
devriez vous arrêter voir Hal à Trinidad, en chemin.
Je ne vois plus rien à ajouter, sinon bonne année. Je
me doute que vous partiriez bien avec eux, Beverly ?
Mais vous feriez mieux de rester à Denver, selon
moi. Qu'est-ce que vous en dites, Ed ? Eh ? » Brierly
était un type qui méditait toujours sur tout. Le
Maître de la Danse Macabre a pris sa serviette, et il
s'est disposé à partir. « Vous connaissez l'histoire des
nains qui voulaient grimper à l'assaut du géant ? Elle
vole pas haut. Ou celle de... Bon, allez, ça suffit,
non ? » Il nous a tous regardés avec un petit sourire.
Il a ajusté son panama sur sa tête. « J'ai rendez-vous
en ville, je vous dis au revoir. » On s'est serré la
main. Il parlait encore en retournant à sa voiture. On
ne l'entendait plus, mais il disait quelque chose. Un
petit garçon est passé sur son tricycle. « Joyeux Noël,

toi. Il vaudrait mieux que tu restes sur le trottoir, tu
ne crois pas ? S'il passe une voiture, elle va te réduire
en bouillie. » Le petit fonçait le long de la rue, visage
braqué sur l'avenir. Brierly est monté dans sa voiture, il a fait un demi-tour, et a balancé une dernière
vanne au gamin : « Quand j'avais ton âge, je ne doutais de rien, moi non plus. Je prenais mes pâtés
de sable pour des chefs-d'œuvre de l'architecture,
hein ? » Brierly et le petit garçon ont disparu en tournant le coin, lentement, et on puis on l'a entendu
lancer la voiture vers ses affaires. Il était parti. Alors
Neal, Frank et moi, on est montés dans le vieux
tas de ferraille qui nous attendait le long du trottoir,
on a claqué toutes les portes déglinguées, et puis
on s'est retournés pour dire au revoir à Beverly. On
déposerait Ed, qui habitait en dehors de la ville. Bev
était en beauté, ce jour-là, avec ses longs cheveux
blonds de Suédoise et ses taches de rousseur qui res-
sortaient au soleil. Elle ressemblait tout à fait à la
petite fille qu'elle avait été. Ses yeux s'embuaient.
Elle nous rejoindrait peut-être plus tard avec Ed si…
elle ne l'a pas fait. Au revoir, au revoir. On s'est arrachés. On a déposé Ed devant sa maison, aux abords
de la ville, dans un nuage de poussière. Je me suis
retourné pour le regarder s'éloigner sur fond de
plaine. Ce drôle de type est bien resté deux minutes
à nous regarder, nous, sur fond de plaine, en pensant
Dieu sait quelles pensées attristées. Sa silhouette
s'amenuisait, s'amenuisait, jusqu'à ne plus devenir
qu'un point, et il restait là, immobile, une main sur
la corde à linge, tel le capitaine parmi ses gréements,
à nous regarder. Neal et Frank, sur le siège avant,
parlaient avec animation, mais moi je me tordais le

cou pour ne pas perdre Ed de vue, jusqu'à ce qu'il ne reste plus rien d'humain qu'une absence de plus en plus criante dans l'espace, et quel espace, cette perspective vers l'Est et le Kansas, qui menait jusque chez moi, à Long Island, dans le mystère de ces espaces dévorants. «Ed nous regarde encore», j'ai dit. Mais à ce moment-là on a pris à gauche, et on ne l'a plus vu. Il m'avait manqué, quand il avait pris le bateau, et il me manquait de nouveau. À présent, on pointait le nez de notre bringuebalante vers le Sud, cap sur Castle Rock, Colorado; dans le soleil rougissant, les Rocheuses ressemblaient à des brasseries de Brooklyn aux crépuscules de novembre. Tout là-haut, dans le violet de la roche, quelqu'un marchait, marchait, mais on ne le voyait pas. C'était peut-être le vieillard chenu que j'avais pressenti, des années plus tôt, sur les sommets. Mais il se rapprochait de moi, à présent, même s'il restait sur mes talons. Et Denver s'est éloignée, derrière nous, cité de sel, ses fumées délitées dans l'atmosphère, dissoutes à nos regards. On était en mai, et comment imaginer que l'après-midi paisible du Colorado, avec ses fermes, ses canaux d'irrigation, ses vallons ombragés où les gamins vont à la baignade puisse engendrer un insecte aussi énorme que celui qui a piqué Frank Jeffries? Accoudé à la portière déglinguée, il roulait sans s'en faire, tout heureux de parler avec nous, quand une bestiole est venue lui voler dans le bras et lui enfoncer son dard dans la chair si profondément qu'il a poussé un hurlement. L'insecte avait surgi de l'après-midi américaine. Frank s'est donné des claques sur le bras, il a extrait le dard, et au bout de quelques minutes ça s'est mis à enfler. Il disait que ça lui faisait mal. On ne voyait pas du tout ce que ça pouvait être, Neal et moi. Restait à voir si le bras allait désenfler. On était partis vers l'inconnu du Sud, et on n'avait pas quitté sa ville natale depuis cinq bornes, le pauvre berceau de son enfance, qu'un bizarre insecte exotique et paludéen surgissait de marigots occultes pour jeter l'effroi dans nos cœurs. « Qu'est-ce que c'est ? — J'ai jamais entendu dire qu'un insecte d'ici puisse causer une enflure pareille ! — Merde alors. » Mauvais augure, mauvais présage pour notre virée. Tel était l'adieu de notre terre natale. D'ailleurs, cette terre natale, la connaissions-nous si bien ? On a continué à rouler. Le bras de Frank allait de mal en pis. On allait s'arrêter au premier hôpital pour lui faire faire une piqûre de pénicilline. On a traversé Castle Rock, et on est arrivés dans Colorado Springs à la nuit. L'immense silhouette sombre de Pike's Peak se dressait à notre droite. On a pris l'autoroute de Pueblo à toutes blindes. « J'ai fait du stop des milliers de fois sur cette route, a dit Neal. Je me planquais très exactement derrière ce grillage, une nuit, quand j'ai pris peur, Dieu sait pourquoi. » On a décidé de se raconter notre vie, mais l'un après l'autre, en commençant par Frank. « On n'est pas rendus, a dit Neal en guise de préambule, donc il faut pas que tu te censures, il faut que tu précises les moindres détails qui te viennent à l'esprit, et encore, tout ne sera pas dit. » « T'emballe pas, t'emballe pas », il a enjoint à Frank, qui avait commencé son histoire. « Il faut que tu te détendes, aussi. » Frank s'est lancé dans le récit de sa vie pendant qu'on fonçait dans le noir. Il a commencé par ses expériences en France, mais, pour venir à bout des complications croissantes, il lui a fallu reprendre au début, son enfance à Denver. Lui et Neal comparaient les fois où ils s'étaient aperçus quand ils traçaient sur leurs vélos. Frank était nerveux, fébrile. Il voulait tout raconter à Neal. À présent, Neal était l'arbitre, l'aîné, le juge, l'auditeur, celui qui approuvait d'un signe de tête. « Oui, oui, continue, s'il te plaît. » On a dépassé Walsenburg, et puis Trinidad, où Hal Chase se trouvait quelque part le long de la route, autour d'un feu de camp avec Ginger, et peut-être une poignée d'anthropologues, à raconter sa vie aujourd'hui comme hier, bien loin de se douter que nous passions en cet instant précis sur l'autoroute du Mexique, en nous racontant la nôtre. Ô triste nuit américaine. On entrait au Nouveau-Mexique, et, en dépassant les rochers arrondis de Raton, on s'est arrêtés dans un *diner*, la faim au ventre, pour dévorer des hamburgers — on en a enveloppé un dans une serviette, pour le garder jusqu'à la frontière. « L'État du Texas s'étend devant nous dans le sens de la hauteur, Jack, m'a dit Neal. Jusqu'à présent, on l'a toujours pris dans le sens de la largeur, mais c'est pas plus court. On va y entrer d'ici quelques minutes, et on ne le quittera pas avant demain soir cette fois, et encore, à condition de ne jamais s'arrêter. Rends-toi compte. » On a repris la route. Sur l'immense plaine de la nuit était sise la première ville du Texas, Dalhart, que j'avais traversée en 1947. Elle étincelait au ras de la terre obscure, à quelque soixante-dix bornes. C'était un paysage de broussailles et de friche. À l'horizon montait la lune. On l'a vue s'arrondir, devenir énorme, se rouiller, se dorer, et rouler sur les plaines jusqu'au petit matin, où l'étoile du Berger lui a volé la vedette, tandis que

la rosée soufflait par les vitres — et on traçait toujours. Après Dalhart, village désert gros comme une
boîte d'allumettes, on a foncé sur Amarillo, qu'on a
atteint au matin, parmi les prairies mendigotes dont
les hautes herbes ondoyaient naguère, en 1910, autour
de quelques malheureuses tentes en peau de buffle.
À présent, on y trouvait bien évidemment des pompes
à essence et des juke-box de 1950 à la trogne chamar-
rée, qui vous déversaient d'abominables rengaines
moyennant 10 *cents*. De Marillo à Childress, au
Texas, Neal et moi on a arpenté des rayons de bibliothèques pour l'édification de Frank, qui nous avait
demandé cet inventaire parce qu'il était curieux. À
Childress, sous la chaleur du soleil, on a tourné plein
sud le long d'une petite route, et on a continué à travers les friches sans fin vers Paducah, Guthrie et
Abilene, Texas. Là Neal a dû aller dormir, et Frank
et moi on est passés à l'avant pour prendre le volant.
La vieille bagnole chauffait, boppait et bouffait la
route avec pugnacité. D'immenses nuées de vent
nous grésillaient au pare-brise, luminescentes. Frank
déroulait toujours l'histoire de sa vie, Monte-Carlo
et Cagnes-sur-mer, des coins d'azur, près de Menton, visages basanés entre des murs blancs. Le Texas
est indéniable : on est entrés moteur chauffant dans
Abilene et tout le monde s'est réveillé pour jeter un
coup d'œil. «Vous imaginez vivre dans ce patelin, à
des milliers de bornes des villes, you-hou, là-bas près
des voies, cette vieille Abilene, où on embarquait les
vaches dans les trains de bétail en faisant le coup
de feu, et on buvait jusqu'à avoir les yeux qui lar-
moyaient. Regardez-moi ça ! » a braillé Neal par la
vitre ouverte, bouche tordue. Au Texas comme

ailleurs, il ne se gênait pas. Des Texans au visage
rougeaud passaient d'un pas rapide sur les trottoirs
brûlants, sans faire attention à lui. On s'est arrêtés
manger au bord d'une route, au sud de la ville. La
nuit semblait encore à des années-lumière quand on
est repartis pour Coleman et Brady — on était au
cœur du Texas, vastes déserts de brousse, avec de
temps en temps une maison près d'un ruisseau
assoiffé, une déviation de soixante-dix bornes sur
une piste de terre battue, dans une chaleur sans fin.
« Les torchis du Mexique sont encore très loin », a
dit Neal d'une voix somnolente sur la banquette
arrière, « alors tenez le cap, les gars, et avant l'aube
on embrassera des senoritas, parce que cette vieille
Ford elle roule encore, quand on sait lui parler et la
prendre par la douceur, bon, d'accord, le train
arrière est prêt à se décrocher, mais vous bilez pas
pour ça avant qu'on arrive. Heeyeah ! » Là-dessus il
s'est endormi. J'ai pris le volant, et je ne l'ai pas
lâché jusqu'à Fredericksburg, traversant une carte
que je connaissais bien, puisque c'était là que
Louanne et moi on s'était trouvés main dans la main,
un matin de neige, en 1949 — où était-elle, Louanne,
à présent ? « Joue », a crié Neal dans son sommeil ; il
devait être en train de rêver du jazz de Frisco, ou
peut-être du mambo mexicain qui nous attendait.
Frank parlait, parlait. Neal avait remonté le mécanisme de sa mémoire la veille, il ne s'arrêtait plus. Il
était en Angleterre, à présent, et me racontait ses
aventures d'auto-stoppeur sur une route anglaise,
entre Londres et Liverpool, cheveux longs fute en
loques, embarqué par de drôles de camionneurs
anglais. Les yeux nous brûlaient à force de prendre

dans la figure tous les mistrals de ce vieux Texas-
cul du monde, mais on avait du cœur au ventre et
on savait qu'on arriverait, à longueur de temps. La
voiture ne montait qu'à soixante, et encore, avec
la tremblote. Après Fredericksburg, on a dévalé les
hautes plaines du Texas dans le noir, jusqu'aux
bassins de chaleur du Rio Grande. San Antone était
droit devant nous. « Il sera largement passé minuit
quand on arrivera à Laredo », nous a prévenus Neal.
L'impatience de découvrir San Antone nous tenait
éveillés. Plus on descendait vers le sud, plus il faisait
chaud dans cette nuit voluptueuse. Des insectes
s'écrasaient contre notre pare-brise. « On descend
vers le pays chaud, les gars, le pays des rats du désert
et de la téquila, et c'est la première fois que je vais
me trouver si bas au Texas », a dit Neal, émerveillé
de la chose. « Bon Dieu, c'est là que vient mon père,
en hiver, pas fou le vieux clodo. » Tout à coup, au
bas d'une pente de sept bornes dans une chaleur tro-
picale, on a vu les lumières de San Antonio devant
nous. On sentait bien que la ville se trouvait jadis en
territoire mexicain. Sur le bord de la route, les maisons étaient différentes, les stations-service en plus
triste état, les éclairages plus rares. Neal a pris le
volant avec délices, pour nous faire entrer dans San
Antonio en gloire. On est arrivés par un dédale de
baraques mexicaines délabrées, sans soubassement,
avec des rocking-chairs sur le perron. On s'est arrêtés à une station-service dingue pour faire graisser
la voiture. Les Mexicains étaient plantés sous la
lumière brûlante d'ampoules nues, noircies par les
papillons ; ils plongeaient la main dans une glacière,
en tiraient des bouteilles de bière et lançaient l'ar-

gent au vendeur. Des familles entières traînaient là, comme ça. Tout autour, il y avait des baraques avec des arbres pleureurs, une odeur de cannelle à te tourner la tête flottait dans la nuit. Des adolescentes mexicaines déchaînées sont arrivées avec des garçons. « Hoo ! a crié Neal. Si ! Manana ! » On entendait de la musique de tous les côtés, toutes sortes de musiques. Frank et moi, on a bu plusieurs bouteilles de bière, on était torchés. On était sur le point de quitter l'Amérique, et pourtant on y était encore tout à fait, au comble de son délire. Des bagnoles passaient à toutes blindes. San Antonio, ah-haa ! « Bon, les gars, écoutez-moi bien. On ferait pas plus mal de glander une paire d'heures ici, alors autant chercher un hôpital pour le bras de Frank, donc toi et moi, Jack, on va explorer un peu ces rues — regarde-moi ces maisons, en face, tu vois tout leur séjour, avec les belles nanas allongées en train de lire *Confidences*, pfiou ! Venez, on y va ! » Pendant un moment, on a roulé au hasard, en demandant aux gens la direction de l'hôpital le plus proche. Il se trouvait aux abords du centre ville, où les quartiers étaient plus pimpants, plus américains, avec quelques semi-gratte-ciel, abondance de néons, drugstores affiliés à une chaîne, ce qui n'empêchait pas les voitures de débouler depuis l'obscurité, comme si le code de la route restait à inventer. On s'est garés devant l'hôpital, et je suis entré avec Frank voir un interne pendant que Neal se changeait dans la voiture. Le hall était bondé de pauvresses mexicaines, certaines enceintes, d'autres malades, ou portant au bras leur enfant malade. C'était triste. J'ai pensé à la pauvre Bea Franco, en me demandant ce qu'elle était en train de faire en ce moment. Frank a dû attendre une bonne heure avant qu'un interne vienne examiner son bras. L'infection qu'il avait attrapée portait un nom, mais on aurait été bien en peine de le répéter. On lui a fait une piqûre de pénicilline. Pendant ce temps-là, Neal et moi, on est allés explorer les rues de San Antonio-du-Mexique. La nuit était douce et parfumée à ne pas croire, et noire, et mystérieuse, effervescente. Des silhouettes de filles en bandana blanc surgissaient de l'obscurité. Neal avançait à pas de loup, sans mot dire. « Ah, c'est trop beau pour tenter quoi que ce soit ! », il a chuchoté. « Avançons sans bruit, ne perdons rien du spectacle. Mate, mate, ah, ce délire, une académie de billard, à San Antonio ! » On est entrés aussitôt. Une douzaine de gars, tous mexicains, poussaient les boules sur trois billards. Neal et moi, on s'est payé des cocas, et on est allés mettre de la tune dans le juke-box pour entendre Wynonie Blues Harris, Lionel Hampton et Lucky Millinder, histoire que ça balance. Neal m'a fait signe d'ouvrir l'œil. « Mate un peu à présent, juste du coin de l'œil, tout en écoutant et en respirant cet air si doux, comme tu dis. Mate-moi ce môme-là, l'infirme qui joue à la première table. Il se fait charrier par tout le bistrot, tu vois, il s'est fait charrier toute sa vie. Les autres sont impitoyables avec lui, et pourtant ils l'adorent. » L'infirme était un nain difforme, avec un beau visage, une tête beaucoup trop grosse pour son corps, dans laquelle ses immenses yeux bruns luisaient d'un éclat humide. « Tu vois pas, Jack, un Jim Holmes mex, de San Antonio ? C'est partout pareil, regarde, ils lui mettent des coups sur les fesses avec la queue de billard. Écoute-les rire, ha ha ha. Tu

vois, il veut gagner la partie, vise, vise!» On a
regardé le jeune nain au visage d'ange tenter un coup
décisif. Il avait misé quarante *cents*. Il a raté. Les
autres ont hurlé de rire. «Ah la la, mec, regarde bien,
à présent», m'a dit Neal. Ils l'avaient pris par la peau
du cou et se le repassaient en le malmenant pour rire.
Il gueulait comme un putois. Il est sorti dans la nuit,
précautionneusement, mais non sans lancer derrière
lui un regard tendre et timide. «Ah mec, j'aimerais
bien le connaître, ce petit gars cool, savoir ce qu'il
pense, avec quelles filles il va... ah, mec, l'air d'ici me
défonce...» On est sortis naviguer au jugé sur plusieurs pâtés de maisons sombres et mystérieux.
D'innombrables maisons se cachaient derrière le
fouillis de verdure de leur jardin-jungle; on apercevait l'image fugitive d'une fille, des filles dans leur
séjour, des filles sur leur perron, des filles dans les
buissons avec les garçons. «Je me serais jamais douté
que San Antonio était si dingue! Tu te rends compte,
qu'est-ce que ça va être au Mexique! Allez, viens, on
y va!» On est retournés vite fait à l'hôpital. Frank
était prêt, il disait se sentir beaucoup mieux. On l'a
pris par l'épaule, et on lui a raconté tout ce qu'on
venait de faire. À présent, on était parés pour les
deux cents bornes qui nous séparaient encore de la
frontière magique. On a sauté dans la bagnole, c'était
parti. J'en étais arrivé à un tel degré de fatigue que
j'ai dormi jusqu'à Laredo, en ouvrant l'œil au
moment où ils se garaient devant une cafétéria, à
deux heures du matin. Neal a soupiré : «Ah, c'est le
bout du Texas, le bout de l'Amérique, après on sait
plus rien.» Il faisait une chaleur terrible, on était tous
en eau. Pas la moindre rosée nocturne, pas un souffle

d'air, rien que des milliards d'insectes qui s'écrasaient contre toutes les lampes, et l'odeur putride d'un fleuve en chaleur, tout proche dans la nuit, le Rio Grande, issu de la fraîcheur des Rocheuses, qui va s'anéantir en vallées planétaires, mêlant ses moiteurs aux marigots du Mississippi dans le Golfe immense. Ce matin-là, Laredo avait des allures louches : des taxis de tous poils, des rats de frontière traînaient en quête de la bonne affaire. Or, à cette heure, il était trop tard. On touchait le fond, la lie de l'Amérique, là où atterrissent les canailles, là où échouent les désorientés, en quête d'un point de chute où filer en douce. On sentait couver la contrebande dans l'air lourd et sirupeux. Les flics étaient rougeauds, moroses, en sueur, ils ne la ramenaient pas. Les serveuses étaient malpropres, écœurées. De l'autre côté, on devinait la présence colossale du continent Mexique, on croyait sentir l'odeur des millions de tortillas en train de frire, toutes fumantes dans la nuit. On n'avait pas la moindre idée de ce à quoi le Mexique ressemblait, en fait. On se retrouvait au niveau de la mer, et, quand on a voulu manger un en-cas, on a eu du mal à l'avaler. Impossible de finir nos assiettes ; j'ai quand même mis les restes dans une serviette pour la route. On était mal, tristes. Mais tout a changé dès qu'on a passé le mystérieux pont sur le fleuve, et qu'on s'est trouvé en sol mexicain, ne serait-ce que sur cette voie douanière. De l'autre côté de la rue, c'était le Mexique. On écarquillait les yeux, médusés. À notre grande surprise, c'était exactement l'idée qu'on s'en faisait. Il était trois heures du matin, et des gars en chapeaux de paille et pantalons blancs traî-naient par douzaines le long des façades lépreuses.

« Regar...dez-moi... ces... gars ! a dit Neal. Ouu, attendez, attendez. » Les douaniers mexicains sont arrivés avec un petit sourire, et nous ont courtoisement priés de sortir nos bagages. On s'est exécutés. On n'arrivait pas à détacher les yeux du trottoir d'en face. On avait hâte de s'y précipiter pour se perdre dans le mystère de ces rues espagnoles. On n'était qu'à Nuevo Laredo, on se serait cru à Barcelone. « Ils se couchent jamais, ces mecs », a dit Neal. On s'est empressés de faire viser nos papiers. Les Mexicains nous ont prévenus de ne plus boire d'eau du robinet dès la frontière franchie. Ils ont examiné nos bagages sans conviction. Ils ne ressemblaient guère à des douaniers. Ils étaient nonchalants, délicats dans leurs gestes. Neal ne les quittait pas des yeux. « T'as vu les flics, dans ce pays, non, j'y crois pas, je rêve ! » il a dit en se frottant les yeux. Et puis il a fallu changer de l'argent. On a vu des gros tas de pesos sur une table, et on a appris qu'il en fallait à peu près huit pour faire un dollar américain. On a changé presque tout notre argent, et on a fourré les grosses liasses dans nos poches avec délectation. Ensuite, on s'est tournés vers le Mexique, un peu timides, un peu médusés, sous le regard de douzaines de Mexicains, à l'abri de leurs chapeaux à larges bords, dans la nuit. Derrière eux, la musique, les restaurants ouverts toute la nuit, crachant la fumée par leurs portes. « Pfiou ! » a sifflé Neal tout bas. « C'est bon ! » a dit le douanier mexicain avec un petit sourire. « Vous êtes en règle, les jeunes. Allez-y. Bienvenue Mexique. Amusez-vous bien. Gardez l'œil sur sous. Gardez l'œil sur route en conduisant. Je vous dis personnellement. Je m'appelle Red, tout le monde il m'appelle

Red, vous aurez qu'à demander Red. Régalez-vous.
Vous en faites pas. Tout va bien. — Oui, oui, *oui* ! »
piaillé Neal. On a traversé la rue pour entrer au
Mexique, à pas de loup. On a laissé la voiture en sta-
tionnement, et, tous trois de front, on a pris la rue
espagnole au milieu des loupiotes crasseuses. Il y
avait des vieux assis sur leur chaise, dans la nuit ; on
aurait dit des fumeurs d'opium chinois, des devins.
Personne ne nous regardait à proprement parler, et
pourtant ils ne perdaient rien de nos faits et gestes.
On a tourné à gauche, et on est entrés dans un boui-
boui enfumé où un juke-box des années trente jouait
de la musique de campesinos. Des chauffeurs de
taxis mexicains en bras de chemise, des hipsters en
chapeaux de paille, assis sur des tabourets, dévo-
raient un magma de tortillas, de haricots, de tacos et
Dieu sait quoi encore. On a pris trois bouteilles de
bière bien fraîche, et appris du même coup que la
bière se disait « *cerveza* » ; ça coûtait trente *cents*, soit
dix *cents* l'une. On s'est acheté des paquets de cigarettes à six *cents*. On n'arrêtait pas de contempler
notre fabuleuse monnaie mexicaine, si avantageuse,
de jouer avec, en regardant autour de nous, et en
souriant à tout le monde. Derrière nous, le continent
américain, et tout ce que Neal et moi on avait appris
de la vie, et de la vie sur la route. On l'avait enfin
trouvé, le pays magique, au bout de la route, et sa
magie dépassait de loin toutes nos espérances. « Tu
te rends compte, ces gars encore debout à pas
d'heure de la nuit », m'a chuchoté Neal, « et ce vaste
continent, qui nous attend, avec l'énorme Sierra
Madre qu'on a vue dans les films, et les jungles, et
tout le plateau du désert, qui est aussi grand que le

nôtre, et qui descend jusqu'au Guatemala, et Dieu
sait où, whou ! Qu'est-ce qu'on va faire, qu'est-ce
qu'on va faire ? Allez, on bouge ! » On est retournés à
la voiture. Un dernier regard sur l'Amérique, de
l'autre côté des lumières brûlantes du pont sur le Rio
Grande, et on lui a tourné le dos et le pare-choc,
on s'est arrachés. Aussitôt, on s'est retrouvés dans
le désert, et on n'a pas croisé la moindre lumière, la
moindre voiture pendant soixante-dix bornes, en
traversant la plaine. À ce moment-là, l'aube descendait sur le golfe du Mexique, et on a vu les premières
silhouettes fantomatiques des yuccas et des candé-
labres, de tous les côtés. « Quel pays sauvage ! » j'ai
dit d'une voix étranglée. Neal et moi, on était bien
réveillés. Frank, qui était déjà allé à l'étranger, dormait paisiblement sur la banquette arrière. Neal et
moi, on avait tout le Mexique devant nous. « Maintenant, Jack, on laisse tout derrière nous, pour entrer
dans une phase nouvelle et inconnue. Après toutes
ces années, les bons moments et les sacrés quarts
d'heure, nous voilà ici ! Il est maintenant possible de
ne plus penser à rien d'autre, et d'avancer, menton
levé comme ça, tu vois, pour *comprendre* le monde
comme, à dire vrai, les autres Américains n'ont pas
su le faire avant nous — ils sont bien passés par ici,
non ? pendant la guerre du Mexique, ils ont pris par
ici, avec leurs canons. — Cette route », j'ai dit, « c'est
aussi l'itinéraire des vieux hors-la-loi américains, qui
passaient la frontière cap sur Monterrey, alors si tu
regardes ce désert gris et que tu imagines le fantôme
d'un vieux brigand de Tombstone au galop vers
l'exil, solitaire, dans l'inconnu, tu verras encore... —
C'est le monde ! » a dit Neal. « Mon Dieu ! » il a dit

en claquant son volant. «C'est le monde, on peut aller jusqu'en Amérique du Sud si la route y va. Tu te rends compte, bordel de nom de Dieu!» On a continué à bomber. L'aube s'est déployée aussitôt, illuminant le sable blanc du désert, et quelques huttes par-ci par-là, au loin, en retrait de la route. Neal a ralenti pour les observer. «C'est des vraies huttes déglinguées, mec, comme on en trouve dans la vallée de la Mort, et bien pires, ces gens se fichent des apparences.» Le premier village de quelque importance apparaissant sur la carte s'appelait Sabinas Hidalgo. On avait hâte d'y être. «Et la route est pas différente de la route américaine, s'est écrié Neal, sauf qu'il y a un truc dingue, tu remarqueras, tiens, ici, les bornes te donnent la distance jusqu'à Mexico, c'est la seule ville du pays, quoi, tu vois, toutes les routes y mènent.» Il ne nous restait plus qu'un millier de kilomètres pour atteindre cette capitale. «Nom de Dieu, faut que j'y aille!» a crié Neal. Mes yeux se sont fermés un instant, tellement j'étais claqué, mais je l'ai quand même entendu cogner sur son volant, et dire «Bon Dieu!», «Quel pied!», «Ah, ce pays!». Après avoir traversé le désert, on est arrivés à Sabinas Hidalgo vers sept heures du matin. On a ralenti un maximum pour voir le spectacle, on a réveillé Frank sur le siège arrière. On s'est redressés pour ne rien perdre. La rue principale était boueuse, pleine d'ornières, de chaque côté on voyait des façades de torchis, sales et délabrées. Des ânes allaient leur train, avec leur charge sur le dos. Des femmes pieds nus nous regardaient, depuis leurs seuils obscurs. C'était incroyable. La rue grouillait de gens à pied, qui partaient travailler aux champs. Des vieux à la moustache en croc nous dévisageaient. Ces trois Américains barbus et déguenillés les intriguaient, eux qui avaient l'habitude de voir des touristes bien vêtus. On s'est trimbalés dans Main Street à quinze à l'heure, pour ne rien perdre du spectacle. Un groupe de filles s'est avancé devant nous, comme on passait cahin-caha, l'une d'entre elles nous a dit : « Où tu vas, mec ? » Je me suis tourné vers Neal, sidéré. « Tu as entendu ce qu'elle vient de dire ? » Il était tellement scié qu'il continuait de conduire au ralenti. « Oui, j'ai entendu, et comment que j'ai entendu, nom de d'là. Oh la la, oh bon sang. Je sais pas quoi faire tellement ce monde matinal me réjouit, m'attendrit. Enfin, on est au paradis. Ça pourrait pas être plus cool, ça pourrait pas être plus grandiose, ça pourrait pas être plus *quoi que ce soit*. — Eh ben retournons les prendre ! — Oui », a dit Neal en continuant de rouler au pas. Il était baba de ne pas avoir à subir les contraintes qu'il aurait subies chez nous. « Mais y en a trois millions, sur cette route, Bon Dieu ! » Néanmoins, il a fait demi-tour et s'est arrêté à la hauteur des filles. Elles partaient aux champs, elles nous ont souri. Neal les a dévisagées de son regard de pierre. « Bon sang », il a marmonné dans sa barbe. « OOh ! c'est trop beau pour être vrai. Des filleus, des filleus. Or justement, Jack, en ce point de ma vie, dans mes dispositions, je mate l'intérieur de ces maisons au passage... ces portes déglinguées, quand on regarde à l'intérieur on voit des paillasses, et des petits gosses à la peau brune endormis qui commencent à se réveiller, et la mère, qui prépare le petit déjeuner dans des marmites en fer, et t'as vu les volets qu'ils ont à la place des fenêtres,

et les vieux, alors là, les *vieux* ils sont trop cool, ils
sont grandioses, ils se fichent de tout. Le *soupçon* est
inconnu, ici, ils ne savent pas ce que c'est. Tout le
monde est cool, ils te regardent tous bien en face, de
leurs yeux noirs ; ils ne disent rien, ils te *regardent*,
mais dans ce regard passe toute leur humanité, en
douceur, avec discrétion. Tu te rends compte toutes
les histoires idiotes qu'on lit sur le Mexique, et
l'humble paysan, toutes ces conneries... et ces conneries sur les émigrés aussi... alors qu'en fait les gens
sont simples, gentils, sans baratin. J'en reviens pas. »
Lui qui avait été à la rude école de la route et de la
nuit était venu voir le monde. Accroché à son volant,
il roulait au pas en regardant de chaque côté. On
s'est arrêtés prendre de l'essence à la sortie de Sabinas Hidalgo. Une congrégation de fermiers du coin,
chapeaux de paille, moustaches en croc, vociféraient
devant les pompes antiques. À travers champs, un
vieillard cheminait, poussant devant lui un âne, avec
sa baguette. Le soleil se levait pur, sur la pureté
des travaux et des jours. Nous sommes repartis vers
Monterrey. Les hautes montagnes couronnées de
neige se dressaient devant nous ; on a foncé vers elles.
Une brèche s'est ouverte, qui laissait passage à un
col en lacets, et on s'y est engouffrés. Au bout de
quelques minutes nous étions en pleine steppe et
nous grimpions dans l'air frais sur une route bordée
d'un muret côté précipice, avec le nom des prési-
dents tracé à la chaux à flanc de falaise... « Aleman ! »
Nous n'avons rencontré personne, sur cette route
des cimes. Elle tournicotait parmi les nuages et nous
a conduits jusqu'aux hauts plateaux. En face, la
grande ville industrielle de Monterrey crachait ses

fumées dans le ciel bleu, tandis que les énormes nuages du Golfe moussaient sur la coupe du jour. Entrer dans Monterrey, c'était comme d'entrer dans Detroit, parmi des murailles d'usine, sauf qu'il y avait des ânes qui prenaient le soleil devant, dans l'herbe, des filles qui passaient avec leurs provisions. Et au centre ville, on a vu pour la première fois des quartiers entiers et denses de maisons de torchis, avec des nuées de hipsters louches sur le pas des portes, des putains aux fenêtres, des boutiques bizarres qui vendaient Dieu sait quoi, et des trottoirs étroits, grouillant d'une humanité honkongaise. « Waow ! s'est écrié Neal. Et tout ça au soleil. T'as vu ce soleil mexicain, Jack ? Il te défonce. Whaou ! je veux continuer comme ça... c'est la route qui me conduit ! » On aurait bien aimé s'arrêter à Monterrey pour profiter des attractions, mais Neal voulait bomber pire que d'habitude pour voir Bill Burroughs au plus vite, et la ville de Mexico ; d'ailleurs, le voyage promettait d'être encore plus intéressant plus loin, toujours plus loin. Il roulait comme un forcené, sans jamais se reposer. Frank et moi, on était complètement vannés, on a cessé de lutter, il a fallu dormir. Je me suis redressé à la sortie de la ville, et j'ai vu deux pics jumeaux étranges, qui ressemblaient à une selle rudimentaire, coupant les nuages en deux. Nous étions en train de dépasser la ville, le point de chute des hors-la-loi. Montemorelos nous attendait, on allait redescendre vers la chaleur. L'atmosphère se faisait torride et singulière. Neal a éprouvé le besoin impérieux de me réveiller : « Jack, il faut pas rater ça ! » J'ai ouvert l'œil. On traversait des marécages, et le long de la route, de temps en temps, on croisait d'étrange Mexicains en guenilles avec des couteaux indiens pendus à leur ceinture; certains coupaient des baguettes dans la haie. Ils s'arrêtaient tous pour nous regarder, sans expression. Dans le fouillis de la végétation, il arrivait de voir des huttes au toit de chaumes et aux parois de bambou tressé. D'étranges jeunes filles, noires comme la lune, nous dévisageaient depuis leur seuil feuillu et mystérieux. «Oh, mec, je veux m'arrêter jouer à main chaude avec ces mignonnes, a dit Neal, mais remarque bien que la mère ou le père sont jamais très loin... derrière la maison, en général, en train de ramasser du bois, de faire un fagot ou de s'occuper des bêtes. Elles sont jamais toutes seules. Personne n'est jamais tout seul, dans ce pays. Pendant que tu dormais, je me suis imprégné de cette route, de ce pays, si seulement je pouvais te raconter toutes les pensées qui me sont venues, mec!» Il était en sueur, les yeux injectés de sang, des yeux fous, mais apaisés et tendres aussi. Il avait trouvé un peuple qui lui ressemblait. On a foncé à travers les marécages à un petit soixante de croisière. «Jack, je crois que le paysage va pas changer avant longtemps, alors si tu veux bien prendre le volant, je vais dormir.» J'ai pris le volant, et roulé accompagné par mes propres rêveries, Linares, le plat pays du marigot, les vapeurs de Rio Soto la Marina près d'Hidalgo, et j'ai continué. Une vaste vallée-jungle luxuriante s'ouvrait devant moi, avec ses longs champs verts. Depuis un étroit pont à l'ancienne, des groupes d'hommes nous regardaient passer. La rivière roulait ses eaux chaudes. Et puis nous avons pris de l'altitude, et le paysage est redevenu désertique. La ville de Victoria nous attendait.

Les deux autres étaient endormis, j'étais seul au volant, dans mon éternité, avec la route qui filait droit comme une flèche. Pas comme de traverser la Caroline, le Texas, l'Arizona ou l'Illinois. Mais comme de traverser le monde entier pour arriver là où nous allions nous découvrir nous-mêmes, parmi les fellahin du monde, indiens universels, qui ceignent la planète depuis la Malaisie jusqu'à l'Inde, l'Arabie, le Maroc, le Mexique, et au-delà, la Polynésie. Car on ne pouvait pas s'y tromper, ils étaient indiens, ces gens, et ils n'avaient rien à voir avec tous les Pancho et les Pedro du folklore américain débile : pommettes saillantes, yeux bridés, manières feutrées ; ce n'étaient ni des crétins ni des clowns, mais de grands Indiens graves, pères et origine du genre humain. Et ils le savaient en nous voyant passer, nous les Américains m'as-tu vu et pleins aux as, en cavale sur leurs terres ; ils savaient qui était le père et qui était le fils au commencement des temps, alors ils ne faisaient pas de commentaires. Quand l'heure de la destruction aura sonné pour le monde, les gens écarquilleront les yeux de la même manière dans les cavernes du Mexique et dans celles de Bali, où tout a commencé, où Adam a été allaité, et enseigné. C'est en roulant ces pensées que je suis entré dans la ville de Victoria, rôtie au soleil, où nous étions destinés à passer l'après-midi la plus folle de toutes nos existences. À San Antonio, j'avais promis à Neal, par boutade, que je lui trouverais un coup à tirer. C'était un pari, un défi. Comme je m'arrêtais à la station-service aux portes de la ville du soleil, un jeune gars a traversé la route chaussé de savates dépenaillées, en portant un énorme parasoleil de pare-brise ; il voulait savoir si j'étais

acheteur. « Tu aimes ? Soixante pesos. Habla Mexi-
cano. Sesenta pesos. M'appelle Gregor. — Nan »,
j'ai dit pour rire, « moi j'achète senorita. — Bien sûr,
bien sûr », il s'est écrié, tout excité. « Je trouve filleus
pour toi, quand tu veux, vingt pesos, trente pesos.
— Sérieux ? C'est vrai ? Maintenant ? — Maintenant, gars, quand tu veux ; trop chaud maintenant »,
il a ajouté, avec dégoût. « Pas filleus si trop chaud ;
attends ce soir. Tu aimes parasoleil ? » Je ne voulais
pas du parasoleil, mais je voulais bien des filles. J'ai
réveillé Neal : « Hé, mec, au Texas, je t'avais dit que
je te trouverais un coup, eh ben réveille-toi, mon
gars, et déplie tes abattis, il y a des filles qui nous
attendent. — Quoi ? quoi ? » il s'est écrié en se rele-
vant, hagard. « Où ça, où ça ? — Gregor, ce gars-là,
va nous montrer où. — Eh ben, allons-y, allons-y ! »
Neal est sorti d'un bond serrer la main de Gregor. Il
y avait un groupe d'autres jeunes gars qui traînaient
devant la station-service, en souriant, la moitié
d'entre eux étaient pieds nus, tous portaient des chapeaux de paille souple. « Quel fameux programme
pour l'après-midi. C'est tellement plus cool que
d'écumer les billards de Denver. T'as des filleus,
Gregor ? Où ça ? A dondé ? » il s'est écrié en espagnol. « T'as vu ça, Jack, je parle espagnol. —
Demande-lui si on pourrait avoir de l'herbe. — Dis
donc, gars, tu aurais pas de la mari-ju-a-na ? » Le
jeune a hoché la tête gravement. « Sûr, mec, quand
tu veux. Viens avec moi. — Hi ! pfiou ! whaou ! » a
braillé Neal. Il était bien réveillé, à présent, il faisait
des bonds dans la torpeur de la rue mexicaine.
« Allons-y ! » Moi je faisais passer des Lucky Strike
aux autres. On les réjouissait, surtout Neal. Ils se

tournaient les uns vers les autres en mettant leur
main devant leur bouche, ce dingue d'Américain
déliait les langues. « Mate-les voir, Jack, ils parlent
de nous, on leur plaît. Oh mon Dieu, quel monde ! »
On est tous montés dans la voiture, et on s'est ébranlés. Frank Jeffries, qui avait dormi profondément
jusque-là, s'est réveillé pour entrer dans ce délire
inimaginable. On est sortis de la ville de l'autre côté,
côté désert, et on a débouché sur une piste en terre
battue pleine d'ornières, qui a chahuté la voiture
comme jamais. Devant nous, c'était la maison de
Gregor. Elle était située sur une plaine de cactus que
surplombaient quelques arbres ; ce n'était qu'une
boîte d'allumettes en torchis, avec des hommes, qui
se prélassaient dans la cour. « C'est qui, ça ? » a
demandé Neal, tout excité. « Ça, mes frères ; ma
mère ici aussi. Ma sœur aussi. Ça, ma famille. Je suis
marié, moi, j'habite en ville. » Neal a tiqué : « Mais ta
mère, elle va rien dire pour la marijuana ? — Oh,
c'est elle qui apporte à moi. » Pendant qu'on attendait dans la voiture, Gregor est descendu, et il est
allé jusqu'à la maison de son pas traînant ; il a dit
quelques mots à une vieille dame, qui a tourné les
talons aussitôt, pour passer au jardin, derrière la
maison, et arracher des plants de marijuana. Pendant
ce temps, les frères de Gregor nous souriaient, installés sous un arbre. Ils allaient venir jusqu'à nous,
mais se lever et s'avancer leur prendrait un moment.
Gregor est revenu, avec un gentil sourire. « Mec, a
dit Neal, ce Gregor, c'est le p'tit gars le plus gentil,
le plus chouette que j'aie jamais rencontré. Regarde-
le, c'est pas cool, cette démarche placide ? Pas besoin
de se presser, par ici. » Un vent du désert opiniâtre

s'engouffrait dans la voiture. Il faisait très chaud. « Tu vois comme y fait chaud », a dit Gregor, qui avait pris le siège avant et désignait du doigt le toit brûlant de la Ford. « Tu prends marijuana, t'as plus chaud. Attends, tu vas voir. — Oui, a dit Neal en ajustant ses lunettes noires, j'attends, bien sûr, mon gars. » À ce moment-là, le frère de Gregor, un grand type, est arrivé d'un pas nonchalant avec de l'herbe enveloppée dans un journal. Il l'a balancée sur les genoux de Gregor, il s'est appuyé familièrement à la porte de la voiture pour nous saluer d'un sourire et d'un « Hello ». Neal lui a rendu son salut et lui a fait un sourire avenant. Personne ne parlait. C'était bien. Gregor s'est mis en devoir de rouler le plus gros pétard de tous les temps. Il avait pris du papier d'emballage, et il roulait un stick de thé gros comme un havane. Énorme. Neal avait les yeux qui lui sortaient de la tête. Gregor l'a allumé nonchalamment, et il l'a fait tourner. Quand tu tirais sur ce pétard, tu avais l'impression d'inhaler une cheminée. La brûlure te déflagrait l'intérieur de la gorge. On a tous retenu la fumée, pour expirer en même temps. Défoncés direct. La sueur s'est figée sur nos fronts, on se serait crus sur la plage d'Acapulco. J'ai regardé par la lunette arrière de la voiture : il y avait encore un frère, et c'était le plus étrange du lot — un grand Indien péruvien. Il était appuyé à un poteau et il souriait, trop timide pour venir nous serrer la main. Et puis il en est arrivé un autre du côté de Neal, la voiture était encerclée. Là-dessus, il s'est produit quelque chose de très curieux. Tout le monde s'est retrouvé tellement défoncé qu'on a fait l'économie des politesses d'usage pour en venir tout de suite aux

Sur la route 575

questions d'intérêt immédiat. Ne restaient plus que
des Américains et des Mexicains qui s'explosaient
ensemble dans le désert, et, au-delà de ça, l'insolite
de se voir d'aussi près. Alors les Mexicains ont commencé à parler de nous à voix basse, et à faire leurs
commentaires, tandis que Frank, Neal et moi on faisait les nôtres sur eux. « Mate un peu ce frère bizarre,
là-bas derrière. — Ouais, et celui à ma gauche, un
vrai roi d'Égypte ! Ces gars sont trop VRAIS ! J'ai
jamais rien vu de pareil. Et ils parlent de nous, et ils
se posent des questions, tout comme nous, mais à
leur manière ; ils s'intéressent sûrement à la façon
dont on est habillés, comme nous, mais aussi à ces
trucs bizarres qu'on a dans la voiture, à notre rire
bizarre, si différent du leur, et peut-être même à
notre odeur, comparée à la leur. N'empêche que je
paierais cher pour savoir ce qu'ils disent de nous. » Il
a essayé : « Hé, Gregor, mec, qu'est-ce qu'il a dit,
ton frère, juste là ? » Gregor a tourné ses grands yeux
sombres et mélancoliques, ses yeux de défonce, vers
Neal. « Ouais, ouais. — Non, t'as pas compris ma
question. De quoi vous parlez, entre vous ? — Oh, a
répondu Gregor profondément perturbé, tu aimes
pas marijuana ? — Ah si, si, elle est bonne ! Mais de
quoi vous PARLEZ ? — Parler ? Oui, on parle. Ça te
plaît, le Mexique ? » On avait bien du mal à se trouver une langue commune. Alors on s'est tus, on est
revenus à notre défonce cool, en se laissant caresser
par la brise du désert, et en méditant nos réflexions
nationales séparées. Il était l'heure des filleus. Les
frères ont tranquillement repris leur poste sous les
arbres, la mère nous a regardés depuis son seuil
ensoleillé, et nous avons retrouvé lentement le che-

min de la ville, en bringuebalant. Mais ce bringueba-
lement n'avait plus rien de désagréable ; c'était le
trajet le plus plaisant, le plus charmant du monde,
tangage sur une mer bleue ; et, le visage auréolé d'un
éclat surnaturel, doré, Neal nous disait de comprendre la suspension de la voiture, à présent pour la
première fois, et de profiter de la balade. Nous
allions donc cahin-caha, et Gregor lui-même, qui
avait compris, riait. Puis il a désigné du doigt la
gauche, c'était par là qu'il fallait passer, et Neal, suivant cette direction avec une délectation indescrip-
tible, s'est penché vers la gauche, et a tourné le volant
pour nous véhiculer en douceur et sans encombre
à destination ; tout en roulant, il écoutait Gregor
tenter de parler, et ponctuait son discours par des
exclamations solennelles et grandiloquentes : « Mais
comment donc ! Je n'ai pas le moindre doute sur la
question ! Décidément, mec ! Naturellement ! Oui,
vraiment, tu parles d'or ! Naturellement ! Oui, continue, je t'en prie ! » À ceci, Gregor répondait gravement, avec une magnifique éloquence espagnole.
L'espace d'un instant de délire, j'ai cru que Neal
comprenait tout par une sorte de folie extra-lucide,
la révélation d'un génie soudain, inspiré par son bonheur suprême, radieux. Et puis, sur le moment, il
ressemblait tellement à Franklin Delano Roosevelt
— hallucination de mes yeux en flamme et de mon
âme flottante — que je me suis immobilisé sur mon
siège, suffoqué. Je voyais des flots d'or ruisseler du
ciel, je sentais la présence de Dieu dans la lumière,
autour de la voiture, dans les rues chaudes et enso-
leillées. En regardant par la vitre, j'ai vu une femme
sur le pas de sa porte, et je me suis dit qu'elle écou-

tait toutes nos paroles et acquiesçait pour elle-même
— classique paranoïa du fumeur d'herbe. Mais les
flots d'or ruisselaient toujours. Pendant un long
moment, j'ai perdu conscience de ce que nous étions
en train de faire, et je ne suis revenu à moi que plus
tard, lorsque nous nous sommes garés devant chez
Gregor. Il était déjà à la portière de la voiture, tenant
son fils au bras pour nous le faire voir. « Vous voyez
mon bébé ? Lui s'appelle Perez, lui six mois. — Eh
bien », a dit Neal, le visage toujours transfiguré pour
ne plus exprimer qu'un plaisir suprême, une béatitude même, « c'est le plus bel enfant que j'aie jamais
vu. Regardez ces yeux ! À présent, Jack et Frank »,
nous a-t-il dit en se tournant vers nous d'un air
sérieux et tendre, « je tiens à ce que vous regardiez
tout particulièrement les yeux de ce petit Mexicain,
qui est le fils de notre merveilleux ami Gregor,
remarquez comme il arrivera à l'âge d'homme avec
son âme propre, qui se fait jour à travers ses yeux qui
en sont les fenêtres, des yeux aussi beaux ne peuvent
s'ouvrir que sur une belle âme ». Beau discours. Et
beau bébé. Gregor a regardé son ange d'un air mélancolique. On aurait tous voulu avoir un fils comme
celui-là. Nous pensions à l'âme de cet enfant avec
une telle intensité qu'il a dû ressentir quelque chose ;
il a esquissé une grimace préludant à des larmes
amères, induites par un chagrin amer que nous ne
savions pas consoler. On a tout essayé. Gregor le serrait contre son cou et le berçait ; Neal lui parlait en
roucoulant ; moi je me suis penché pour caresser ses
petits bras. Il s'est mis à brailler plus fort. « Ha, je
suis vraiment désolé, Gregor, on l'a rendu triste », a
dit Neal. « Lui pas triste », a dit Gregor, « bébé ça

pleure ». Derrière lui, sur le pas de la porte, trop timide pour se montrer, sa petite femme aux pieds nus attendait avec une tendresse anxieuse qu'on remette le bébé dans ses bras, si bruns et si doux. Gregor, nous ayant montré son enfant, est remonté dans la voiture, et il nous a fièrement désigné la droite. « Oui », a dit Neal, qui a pris le tournant et lancé la voiture dans d'étroites rues algériennes où, de tous côtés, des visages nous considéraient avec une douceur étonnée et un désir secret. Nous sommes arrivés au bordel. C'était un établissement de stuc, resplendissant sous les ors du soleil. Sa façade portait inscrits les mots « Sala de Baile », salle de bal, en fiers caractères officiels qui me rappelaient, dans leur simplicité digne, ceux des bas-reliefs des bureaux de poste aux États-Unis. Dans la rue, accoudés aux fenêtres ouvrant sur le bordel, il y avait deux flics en pantalons avachis, somnolents, un air d'ennui, qui nous ont lancé un bref regard intéressé au moment où nous entrions, et sont restés trois heures à nous observer batifoler sous leur nez, jusqu'au crépuscule, où nous sommes partis en leur laissant, à la demande de Gregor, l'équivalent de vingt-quatre *cents* chacun, juste pour la forme. À l'intérieur, nous avons trouvé les filles. Certaines étaient allongées sur des canapés au milieu de la piste de danse, d'autres buvaient au bar tout en longueur, à droite. Au centre, une arcade menait à de petites cabines en bois, qui ressemblaient à celles des plages publiques ou des bains-douches municipaux. Ces cabines étaient au soleil de la cour. Derrière le bar se tenait le propriétaire des lieux, un jeune gars ; dès qu'on lui a dit qu'on voulait entendre du mambo, il est sorti en courant, pour rapporter une pile de disques, de Perez Prado pour la plupart, qu'il a passés sur le réseau de diffusion public. Aussitôt, toute la ville de Victoria a pu profiter de la folle ambiance qui régnait dans la salle de bal. Dans la salle elle-même, le vacarme de la musique était tellement puissant — parce que c'est le seul usage du juke-box, c'est à ça que ça sert — qu'on s'en est trouvés ébranlés tous les trois : on réalisait enfin qu'on n'avait jamais osé mettre la musique aussi fort qu'on voulait, c'est-à-dire comme ça. Les sons et les vibrations nous rentraient dedans direct. En quelques minutes, la moitié de la ville était à ses fenêtres et regardait les Americanos danser avec les filles. Tout le monde était rassemblé sur le trottoir en terre battue, à côté des flics, appuyé aux fenêtres avec une indifférence nonchalante. *More Mambo Jambo, Chattanooga de Mambo, Mambo Numero Ocho*, autant de titres fabuleux qui retentissaient triomphalement dans le mystère de l'après-midi dorée avec des accents de fin du monde, comme pour annoncer le retour du Messie. Les trompettes jouaient tellement fort qu'elles devaient s'entendre jusqu'au milieu du désert, où les trompettes sont nées, du reste. Le haut-parleur nous déversait un déluge de montunos de piano. Les cris du leader résonnaient comme de formidables hoquets. Sur le génial *Chattanooga*, les derniers chorus à la trompette, qui convergeaient avec des orgasmes de conga et de bongo, ont paralysé Neal un instant ; il s'est mis à frissonner et à transpirer, et puis, quand les trompettes ont mordu l'air assoupi de leurs échos palpitants comme dans une cave ou une caverne, ses yeux se sont écarquillés, on aurait dit qu'il avait vu le diable, et il a serré les paupières. Moi, la musique me secouait comme un pantin ; j'entendais le fléau des trompettes cingler la lumière, je tremblais dans mes bottes. Sur *Mambo Jambo*, qui est un titre rapide, on a entraîné les filles dans une danse endiablée. À travers notre délire, on commençait à distinguer leurs différentes personnalités. C'étaient des filles formidables. Curieusement, la plus fofolle, mi-indienne mi-blanche, venait du Venezuela et n'avait que dix-huit ans. Elle paraissait de bonne famille. Ce qui l'avait conduite à faire la pute au Mexique, si jeune, la joue si tendre, la figure si honnête, Dieu seul le sait. Des revers terribles. Elle buvait au-delà de toute mesure. Elle continuait à descendre des verres au moment même où on croyait qu'elle allait régurgiter le dernier. Elle n'arrêtait pas de renverser ses consommations, le but du jeu étant aussi de nous pousser à la dépense. Vêtue d'un déshabillé transparent en pleine après-midi, elle dansait comme une folle avec Neal, pendue à son cou, quémandant tout et le reste. Neal était trop défoncé pour savoir par où commencer, les filles ou le mambo. Ils sont partis vers les vestiaires en vitesse. Moi, je me suis fait entreprendre par une grosse fille fadasse, avec son chiot ; il me regardait d'un sale œil et je l'avais pris en grippe parce qu'il essayait de me mordre. La fille est partie l'enfermer derrière, par concession, mais, le temps qu'elle revienne, j'avais été accroché par une autre, plus jolie mais pas la mieux, qui se pendait à mon cou comme une sangsue. Je tentais de me dégager pour m'approcher d'une mulâtresse de seize ans, qui inspectait son nombril d'un air sinistre par l'échancrure de sa robe légère, à l'autre bout de la piste de danse. Frank avait une fille de quinze ans au teint d'amande, avec une robe dont les boutons du haut comme ceux du bas étaient ouverts. De la folie. Il y avait bien une vingtaine d'hommes accoudés à la fenêtre pour nous regarder. À un moment donné, la mère de la petite mulâtresse — pas mulâtresse, d'ailleurs, mate, plutôt — est venue échanger quelques mots mélancoliques avec elle. Quand j'ai vu ça, j'ai eu trop honte pour essayer celle dont j'avais vraiment envie. J'ai laissé la sangsue m'entraîner derrière, et là, comme dans un rêve, étourdis par le vacarme d'autres haut-parleurs qui braillaient, nous avons fait tanguer le lit une demi-heure. La chambre n'était qu'un box carré, fermé par des lattes de bois, sans plafond ; une ampoule pendait à celui de la salle, il y avait une icône dans un coin et une bassine dans l'autre. D'un bout à l'autre de la salle sombre, les filles criaient : « Aqua, aqua caliente », ce qui veut dire « eau chaude ». Frank et Neal avaient disparu, eux aussi. La fille m'a réclamé trente pesos, soit quelque chose comme trois dollars et demi, avec une rallonge de dix pesos et une histoire à dormir debout. Ne connaissant pas la valeur de l'argent mexicain, et me faisant à peu près l'effet d'un millionnaire, je lui ai balancé tout ce qu'elle voulait. On est retournés danser aussitôt. Dans la rue, la foule était plus nombreuse encore. Les flics semblaient toujours s'ennuyer autant. La jolie Vénézuélienne de Neal m'a entraîné par une porte vers un autre bar, étrange, qui semblait faire partie du bordel. Un jeune barman y bavardait, en essuyant les verres, et un vieux avec une moustache en croc était assis à discuter avec animation. Là aussi, le mambo braillait dans un haut-parleur. Apparemment, le monde entier était sous tension. Venezuela se pendait à mon cou en me suppliant de lui payer un verre. Le barman refusait de la servir. À force de le supplier, il lui en a versé un, qu'elle a renversé aussitôt, pas exprès cette fois, car le chagrin se lisait dans le pauvre regard perdu de ses yeux caves. «Doucement, baby», je lui ai dit. Je devais la soutenir sur son tabouret, elle n'arrêtait pas de glisser. Je n'ai jamais vu une femme plus soûle, et à dix-huit ans, encore. Je lui ai payé un autre verre, tellement elle s'accrochait à mes pantalons. Elle l'a descendu cul-sec. Je n'avais pas le cœur de l'essayer, elle non plus. Ma fille à moi avait trente ans, elle ne se laissait pas aller comme ça. Tandis que Venezuela se tordait dans mes bras, souffrante, je mourais d'envie de l'entraîner derrière et de la déshabiller, seulement pour lui parler, c'est ce que je me disais. J'étais fou de désir pour elle, et pour l'autre petite à la peau foncée. Pendant ce temps-là, le pauvre Gregor était adossé au comptoir, pieds sur la barre de laiton, il sautait de joie en voyant batifoler ses trois amis américains. On lui payait des verres; il considérait les femmes d'un œil allumé, mais n'avait voulu en accepter aucune, étant fidèle à la sienne. Neal l'inondait d'argent. Dans ce creuset de folie, j'ai eu l'occasion de voir ce qu'il mijotait. Il était tellement déjanté qu'il ne me reconnaissait pas même quand je le regardais sous le nez; «Ouais, ouais!», c'est tout ce qu'il disait. On aurait dit que ça n'allait jamais finir. De nouveau, je me suis éclipsé en vitesse avec ma nana, dans sa chambre; Neal et Frank ont échangé les leurs; on a disparu un moment, et la galerie a dû attendre que le spectacle reprenne. L'après-midi

s'étirait, fraîchissait ; bientôt, ce serait la nuit mystérieuse dans la vieille Victoria. Le mambo jouait sans
répit. Je ne pouvais détacher les yeux de la petite à
la peau foncée, malgré mes deux tournées, son port
de reine, alors même qu'elle ne faisait que traîner la
savate, réduite à des tâches domestiques par le barman maussade — nous servir des verres. De toutes
les filles, c'était elle qui avait le plus besoin d'argent ;
peut-être que sa mère était venue lui en demander
pour ses petits frères et ses petites sœurs. Je n'ai
même pas eu l'idée d'aller la trouver pour lui en donner, en toute simplicité. J'avais le sentiment qu'elle
l'aurait pris avec un certain dédain, et le dédain des
filles comme elle me faisait tiquer. Pendant ces
quelques heures de folie, j'ai été amoureux d'elle ;
pas d'erreur : la fièvre, le coup de poignard dans la
poitrine, les mêmes soupirs, la même souffrance, et
surtout la même réticence, la peur de m'approcher.
Chose curieuse, Neal et Frank n'y étaient pas arrivés
non plus. Sa dignité irréprochable l'empêchait de
faire recette dans ce vieux bordel débridé — allez
comprendre. À un moment donné, j'ai vu Neal se
pencher vers elle comme une statue, prêt à s'envoler ;
mais elle lui a lancé un regard réfrigérant et impérieux ; j'ai vu la perplexité sur son visage, il a cessé de
se frotter le ventre, il est resté bouche bée, et il a
baissé la tête. C'était une reine. Tout à coup, Gregor
est venu nous tirer par le bras, furibond, en gesticulant comme un fou. « Qu'est-ce qui se passe ? » Il
essayait désespérément de nous le faire comprendre.
Il a couru au bar, arraché l'addition au barman, qui
l'a regardé d'un œil torve, et nous l'a apportée. La
note s'élevait à 300 pesos, soit trente-six dollars amé-

ricains, et c'est beaucoup d'argent dans n'importe quel bordel. N'empêche qu'on n'arrivait pas à dessoûler, et qu'on refusait de partir ; on était tous paumés, mais on voulait continuer à traîner avec nos ravissantes dans ce drôle de palais des Mille et Une Nuits qu'on avait enfin trouvé au bout de la route qui est dure, si dure. Mais la nuit venait, il fallait en finir. Neal s'en rendait bien compte ; il s'est mis à froncer les sourcils, à réfléchir, à essayer de se ressaisir. J'ai fini par lancer l'idée de nous en aller, une bonne fois pour toutes. « Il y a tellement de choses qui nous attendent, mec, ça change rien. — C'est juste ! » s'est écrié Neal ; il s'est retourné vers sa Vénézuélienne ; elle avait enfin sombré dans l'inconscience et gisait sur un banc de bois, ses jambes blanches dépassant de la soie. Les spectateurs aux fenêtres profitaient du spectacle ; derrière eux, des ombres rouges s'allongeaient à présent. À la faveur d'une accalmie, j'ai entendu un bébé pleurer quelque part : nous étions bien au Mexique, après tout, et non pas dans les délices d'un ultime rêve orgiaque. On est sortis en titubant ; on avait oublié Frank ; on est rentrés le récupérer illico, comme ses compagnons courent chercher Ollie le marin dans *Les Hommes de la mer*, et on l'a trouvé en train de faire des grâces au nouveau contingent de putes — l'équipe de nuit. Il voulait remettre ça. Quand il est ivre, il traîne la patte comme un géant de trois mètres, et quand il est ivre, pas moyen de l'arracher aux femmes. En plus, les femmes s'accrochent à lui comme le lierre au tronc. Il tenait absolument à rester, pour essayer de nouvelles senoritas, plus singulières et plus expertes. Neal et moi, on lui a mis des bourrades dans le dos, et on l'a traîné dehors. Il faisait de grands au revoir à tout le monde, les filles, les flics, la foule, les enfants dans la rue, il envoyait des baisers aux quatre coins de la ville ; il est sorti chancelant, mais fier, au milieu des bandes, en essayant de leur parler, pour leur communiquer la joie et l'amour qui avaient baigné tous les instants de ce magnifique après-midi de la vie. Tout le monde riait ; on lui mettait des claques dans le dos. Neal s'est précipité pour payer les quatre pesos aux policiers, en leur serrant la main et en échangeant un sourire avec eux. Et puis il a sauté dans la voiture, et les filles qu'on avait connues, même Venezuela, réveillée pour les adieux, ont fait cercle, frissonnant dans leurs nippes vaporeuses, pour nous jacasser leurs au revoir et nous embrasser ; Venezuela s'est même mise à pleurer, non pas pour nous, on le savait bien, pas entièrement pour nous du moins, mais quand même, pour de bon. Ma belle ténébreuse avait disparu dans la pénombre, à l'intérieur. C'était bien fini. On a démarré en laissant derrière nous allégresse et réjouissances sous la forme de centaines de pesos : la journée n'était pas si mauvaise ! Le mambo lancinant nous a suivis sur quelques rues. C'était fini. « Au revoir, Victoria ! » a dit Neal en envoyant un baiser à la ville. Gregor était fier de nous, et fier de lui. « Maintenant vous aimez bain ? » il a demandé. Oui, nous avions tous envie d'un bain, quelle merveille ! Et il nous a conduits dans le lieu le plus bizarre qui soit, un établissement de bains classique, comme il y en a en Amérique, à deux kilomètres du highway, plein de gosses en train de s'éclabousser dans un bassin, avec des douches dans un édifice de pierres, pour quelques centavos le bain,

savon et serviette compris distribués par le préposé.
À côté se trouvait un parc pour enfants, triste avec
ses balançoires et son manège cassé; dans les dernières braises du soleil, c'était si étrange, si beau.
Frank et moi, on a pris des serviettes, et on a sauté
illico sous une douche glacée, dont on est sortis
rafraîchis, comme neufs. Neal ne s'est pas donné
cette peine, on l'a vu de l'autre côté du parc triste,
bras-dessus bras-dessous avec le brave Gregor,
disert et ravi, se penchant parfois vers lui dans son
enthousiasme pour souligner une remarque, en lui
donnant une bourrade. Puis ils reprenaient leur déam-
bulation, bras-dessus bras-dessous. L'heure viendrait
bientôt de dire au revoir à Gregor, alors Neal profitait
de ces instants en tête à tête avec lui; il inspectait le
parc; il s'enquérait de ses opinions sur les choses, il
se laissait aller au plaisir de sa compagnie en tout et
pour tout, comme seul Neal savait le faire et sait
encore. Gregor était bien triste, maintenant qu'il
nous fallait partir. «Tu reviens à Victoria me voir?
— Sûr, mec!» a dit Neal. Il a même promis de
ramener Gregor aux États-Unis s'il le souhaitait.
Gregor a dit qu'il lui faudrait y réfléchir mûrement:
«Moi j'ai femme et enfant, j'ai pas argent. Je vois.»
Nous lui avons fait signe depuis la voiture; son gentil
sourire brillait dans la lumière rouge. Derrière lui, le
jardin triste et les enfants. Tout à coup, il a couru
après nous en nous demandant de le ramener chez
lui en voiture. Neal était si concentré sur l'itinéraire
que la chose l'a agacé, sur le moment, et qu'il lui
a dit de monter avec brusquerie. On est retournés à
Victoria, et on l'a laissé à une rue de chez lui. Il ne
comprenait pas cette sécheresse business-business de

la part de Neal; Neal s'en est aperçu, et il a entrepris de lui parler, de lui représenter les choses de son mieux, si bien que le malentendu a été dissipé et que Gregor est parti arpenter les rues de sa vie. Quant à nous, on a bombé en direction de la jungle, cette jungle en folie, d'une folie qu'on n'avait pas imaginée. D'ailleurs, après tout ça, nous restait-il encore de la place pour absorber quoi que ce soit? Sitôt sortis de Victoria, la route dégringolait à pic, avec de grands arbres de chaque côté, et dans ces arbres, à la nuit tombante, le tintamarre de milliards d'insectes formait comme une plainte aiguë en continu. «Whoou!» s'est écrié Neal en tentant d'allumer les phares, qui ne fonctionnaient pas. «De quoi, de quoi, c'est quoi ce bazar?» Il a donné un coup de poing dans son tableau de bord, fumasse. «Oh la la, il va falloir rouler dans la jungle sans feux, mais quelle horreur, les seuls moments où j'y verrai clair ce sera en croisant une autre voiture, sauf qu'il passe *personne*, justement! Pas de phares, ben voyons! Mais comment on va faire, Jack? — Roulons, voilà tout. Tu crois qu'on devrait faire demi-tour? — Non, jamais, pas question. On continue. C'est tout juste si je vois la route. On va y arriver.» Nous voilà donc à débouler dans cette nuit d'encre, au milieu des insectes hurleurs, dans l'odeur rance, presque putride qui descendait; c'est alors qu'on s'est souvenu que juste après Victoria, selon la carte, on entrait sous le tropique du Cancer. «On est sous un nouveau tropique, pas étonnant que ça pue! Sens-moi ça!» J'ai sorti la tête par la vitre; des bestioles sont venues s'écraser sur mon visage; j'ai dressé l'oreille du côté au vent, et j'ai entendu une plainte stridente. Tout à coup, voilà que nos

phares remarchaient; ils fouillaient la nuit et illuminaient la route solitaire qui passait entre des murailles
d'arbres pleureurs et biscornus, parfois d'une hauteur de trente mètres. «Bordel de Dieu!» braillait
Frank à l'arrière. «Vingt dieux!» Il était encore
défoncé. Il n'était pas redescendu; les problèmes,
la jungle, son âme allègre s'en fichait. On s'est mis à
rire tous trois. «Eh merde! On va se jeter dans cette
foutue jungle, on y dormira cette nuit, en route!» a
braillé Neal. «Il a raison, ce vieux Frank, il s'en fout.
Il est tellement défoncé aux femmes et à l'herbe, et
à ce mambo divin, délirant, impossible à absorber,
qui hurlait tellement que j'en ai encore les tympans
qui vibrent... pfiou! Il est tellement défoncé qu'il
sait ce qu'il fait!» On a retiré nos T-shirts et déchiré
la jungle torse nu. Pas de villes, rien, que de la jungle
sur des kilomètres : à mesure qu'on s'enfonçait, la
chaleur montait, la puanteur empirait, les insectes
s'égosillaient, les murailles végétales s'élevaient, si
bien que finalement on s'y est fait, on a aimé, on a
adoré. «J'aimerais me mettre tout nu et me rouler
tant et plus dans cette jungle, a dit Neal, et sans
déconner, mec, je le fais dès que je trouve l'endroit
propice.» Tout à coup, Limon est apparu devant
nous, village de jungle, quelques loupiotes sales, des
ombres brunes, des ciels énormes, inimaginables, une
poignée d'hommes rassemblés autour de baraques en
vrac : un carrefour tropical. On s'est arrêtés dans cette
douceur inimaginable. Une chaleur! On se serait cru
dans un four, un soir de juin à La Nouvelle-Orléans.
D'un bout à l'autre de la rue, des familles entières
étaient assises dans l'obscurité, à bavarder; de temps
en temps, des filles passaient, mais très jeunes, et

seulement curieuses de voir la tête qu'on avait. Elles étaient pieds nus, crasseuses. Nous, on était appuyés contre le porche de bois d'une épicerie générale délabrée, avec des sacs de farine et des ananas frais en train de pourrir sur le comptoir au milieu des mouches. Il y avait une lampe à huile dans la boutique, et à l'extérieur quelques autres loupiotes ; tout autour, c'était noir, noir, noir. À présent, bien sûr, on était tellement fatigués qu'il fallait qu'on dorme tout de suite ; on a garé la voiture à quelques pas de là, sur une piste de terre, aux arrières de la ville, et on s'est effondrés pour dormir. Mais avec cette chaleur incroyable, pas moyen. Alors Neal a pris une couverture, et il l'a étendue sur le sable chaud et doux de la route, pour s'y allonger. Frank était étendu sur le siège avant de la Ford, les deux portières ouvertes pour faire courant d'air, mais il n'y avait pas le moindre souffle. Moi, sur le siège arrière, je baignais dans ma sueur, je souffrais. Je suis sorti de la voiture, chancelant dans le noir. Toute la ville s'était couchée en un clin d'œil ; on n'entendait plus que les chiens aboyer. Comment faire pour dormir ? Des milliers de moustiques nous avaient déjà piqués tous trois sur la poitrine, les bras, les chevilles, il n'y avait rien à faire que s'abandonner et, si possible, jouir. C'est alors qu'il m'est venu une brillante idée ; j'ai sauté sur le toit d'acier de la voiture, et je me suis étendu sur le dos. Il n'y avait pas davantage de brise, mais l'acier avait conservé une certaine fraîcheur qui a séché la sueur de mon dos, et collé des milliers de bestioles en couche sur ma peau, et là, j'ai compris que la jungle vous prend, et qu'on devient jungle. Allongé sur le toit de la voiture, visage plongé dans le ciel noir, je me faisais l'effet d'être enfermé dans un coffre, par une nuit d'été. Pour la première fois de ma vie, l'air du temps n'était pas quelque chose qui me touchait, me caressait, me glaçait ou me mettait en nage, mais se fondait en moi. L'atmosphère et moi ne faisions plus qu'un. Un déluge duveteux d'infinitésimales bestioles pleuvait sur moi dans mon sommeil, c'était très plaisant, apaisant. Le ciel était sans étoiles, totalement invisible, lourd. J'aurais pu rester toute la nuit, visage offert, sans que ça me fasse plus mal qu'un crêpe de velours tiré sur moi. Les bestioles mortes se mêlaient à mon sang, les moustiques vivants se répartissaient le territoire de mon corps qui me chatouillait, je puais la jungle chaude et putride de la racine des cheveux à la pointe des orteils. Bien entendu, j'étais pieds nus. Pour transpirer moins, j'ai remis mon T-shirt taché d'insectes et je me suis recouché. Un ballot sombre sur la route plus noire encore indiquait l'emplacement où Neal dormait. Je l'entendais ronfler. Frank aussi ronflait. De temps en temps, une pâle lueur s'allumait en ville, c'était le shérif qui faisait sa ronde avec une pile usée et soliloquait de manière indistincte dans la jungle-en-nuit. Et puis j'ai vu sa torche s'agiter dans notre direction, et j'ai entendu ses pas, amortis par la natte des sables et de la végétation. Il s'est arrêté, et il a braqué sa lampe sur la voiture. Je me suis redressé, et je l'ai regardé. Alors, d'une voix extrêmement tendre, frémissante et presque plaintive, il a dit : «Dormiendo?» en désignant Neal, sur la route. Je savais que ça voulait dire «dormir». «Si, dormiendo. — Bueno», il a répondu, pour lui-même, et comme à regret, tristement, il a fait demi-

tour et repris sa ronde solitaire. Des policiers aussi
adorables, Dieu n'en a pas créé en Amérique. Pas de
soupçons, pas d'histoires, pas de tracasseries. Lui, il
veillait sur le sommeil de la ville, point final. Je suis
retourné à ma couche d'acier, et je me suis étendu,
les bras en croix. Je ne savais même pas ce qu'il y
avait au-dessus de ma tête, branches d'arbres ou ciel,
peu importait. J'ai ouvert la bouche pour inspirer de
grandes goulées de jungle. Pas d'air, il ne risquait
pas d'y en avoir, mais une émanation palpable et
vivante des arbres et des marais. Je suis resté éveillé.
Les coqs ont commencé à chanter l'aube, quelque
part, par-delà les eaux stagnantes. Pourtant, toujours
pas d'air, de brise ni de rosée, mais la même lourdeur
du tropique du Cancer, qui nous rivait à la terre,
notre demeure fourmillante. Les ciels ne donnaient
aucun signe d'aube. Tout à coup, j'ai entendu des
aboiements furieux dans le noir, suivis du clapote-
ment léger des sabots d'un cheval. Ça se rapprochait.
Quel cavalier de la nuit, quel cavalier fou ? Et là, j'ai
vu une apparition : un cheval sauvage, blanc comme
un spectre, arrivait au trot le long de la route et se
dirigeait droit sur Neal. Derrière lui, les chiens en
chamaille jappaient. Je les voyais mal ; c'étaient de
vieux chiens de la jungle, crasseux ; mais le cheval
était immense, blanc comme neige, presque phos-
phorescent, il se voyait sans peine. Je n'ai pas eu
peur pour Neal. Le cheval l'a vu, il est passé au ras
de sa tête, tel un vaisseau, et il est parti traverser la
ville, talonné par les chiens, il a regagné la jungle,
de l'autre côté, et je n'ai plus entendu que l'écho
décroissant de ses sabots sous les arbres. Les chiens
se sont calmés et se sont assis pour se lécher. Qu'est-

ce que c'était que ce cheval? Mythe, fantôme,
esprit? J'en ai parlé à Neal quand il s'est réveillé. Il a
pensé que j'avais rêvé. Et puis il s'est souvenu
d'avoir vaguement rêvé lui-même d'un cheval blanc;
je lui ai dit que ce n'était pas un rêve. Frank Jeffries
s'est réveillé lentement. Au moindre geste nous
étions en sueur. Il faisait encore noir comme poix.
«Démarrons la voiture, ça nous fera de l'air» j'ai
crié. «Je meurs de chaleur!» — D'ac.» Et nous voilà
sortis du village, de retour sur la route démente.
L'aube arrivait rapidement, brume grise, qui découvrait des marécages denses, des deux côtés de la
route, avec de grands arbres-lianes inconsolés, penchés sur l'entrelacs des fonds. Pendant un moment,
on a bombé le long de la voie ferrée. La drôle d'antenne de la station radio de Ciudad Mante a surgi
devant nous, on se serait crus au Nebraska. On a
trouvé une pompe à essence, et on a fait le plein pendant que les derniers insectes de la jungle-en-nuit
se précipitaient, nuée noire, contre les ampoules et
tombaient à nos pieds dans un battement d'ailes
et un grouillement de pattes; il y avait des insectes
aquatiques avec des ailes de dix centimètres d'envergure, des libellules monstrueuses, qui vous auraient
bouffé un oiseau, sans compter des milliers de moustiques énormes, et une grande variété d'arachnides
innommables. Moi je sautais à cloche-pied sur le
trottoir pour les éviter. J'ai fini par me réfugier dans
la voiture, pas tranquille, pieds dans les mains, à les
regarder grouiller. «On décolle!» j'ai braillé. Neal et
Frank, les insectes ne leur faisaient ni chaud ni froid;
ils ont bu deux Mission Orange, qu'ils ont envoyés
valdinguer d'un coup de pied ensuite. Ils avaient

comme moi leur T-shirt et leur pantalon trempés du sang et du noir des milliers de bestioles mortes. On a reniflé nos fringues. «Vous savez qu'elle commence à me plaire, cette odeur, a dit Frank, je la sens même plus. — C'est pas une odeur désagréable, dans son genre, a dit Neal, moi je change pas de T-shirt pour entrer dans Mexico. Je veux retenir tout ça, et m'en souvenir.» On s'est donc arrachés, en faisant un courant d'air pour baigner nos visages craquelés et brûlants; on est allés sur Valles, puis sur le fabuleux village de Tamazunchale, au pied des montagnes. Malgré son altitude de 230 mètres, il n'échappe pas à la chaleur de la jungle. Des huttes de boue brunâtre se penchaient des deux côtés de la route; des groupes de gamins se massaient devant la seule pompe à essence. On a fait le plein en prévision de l'ascension des montagnes qui se profilaient, vertes, devant nous. Une fois au sommet, nous serions de nouveau sur le grand plateau central, prêts à débouler sur Mexico. En un rien de temps, nous nous sommes élevés à 1 700 mètres parmi les cols brumeux qui dominaient des rivières jaunes fumantes. C'était le Moctezuma, ce grand fleuve. Le long de la route, les Indiens devenaient très bizarres. «Tu vois, c'est une *nation* à part entière, ces gens sont des Indiens de la montagne, ils sont coupés du reste du monde!» a dit Neal. Ils étaient petits et trapus, les dents gâtées, et portaient d'immenses fardeaux sur leurs dos. De l'autre côté d'énormes ravins envahis par la végétation, on voyait le patchwork des cultures s'étager en terrasses. «Ils passent leur temps à grimper et descendre, ces pauvres bougres, pour cultiver leurs champs», s'est écrié Neal. Il roulait à dix à l'heure.

« Youhou, j'aurais jamais cru que ça existait ! » Au
sommet du plus haut pic — aussi haut qu'un pic des
Rocheuses —, on a vu des bananiers. Neal est sorti
de la voiture pour nous les montrer du doigt. On
s'est arrêtés sur une corniche où une petite hutte à
toit de chaume s'accrochait au bord du précipice
universel. Le soleil faisait naître des brumes dorées
qui voilaient le Moctezuma, à présent plus de quinze
cent mètres plus bas. Dans la cour, devant la hutte
(ses arrières donnaient sur le gouffre), une petite fille
de trois ans nous considérait de ses grands yeux
sombres, en suçant son doigt. « Elle n'a sans doute
jamais vu personne se garer ici ! a soufflé Neal. Hel-lo,
petite... ça va ?... on te plaît ? » La petite a détourné
le regard, intimidée, en faisant la moue. « Flûte,
dommage que j'aie rien à lui donner ! Vous vous
rendez compte, être né sur cette corniche et y passer
sa vie — cette corniche représente tout ce que tu
connais de la vie ! Son père est sans doute en train de
crapahuter dans le ravin avec une corde, de sortir ses
ananas d'une grotte et de couper du bois suspendu à
quatre-vingts degrés au-dessus de l'abîme. Elle ne
partira jamais d'ici, elle ne saura rien du monde extérieur. C'est une tribu. Ils ont sans doute un chef. À
l'écart de la route, sur l'autre versant, ils doivent être
encore plus étranges, encore plus sauvages, parce
qu'ici la route de la Pan Am les ont en partie civi-
lisés. Vous avez vu les gouttes de sueur, sur son
front... c'est pas une sueur comme la nôtre, elle est
grasse et elle disparaît JAMAIS, parce qu'il fait
chaud TOUTE L'ANNÉE, et la petite a pas idée
qu'on puisse ne pas transpirer, elle est née avec cette
sueur et elle mourra avec. » Sur son petit front, la

sueur était lourde, indolente, elle ne coulait pas, immobile, telle une huile d'olive fluide. « Quel effet ça peut faire sur leur âme ? Ils doivent être tellement différents de nous, dans leur mesure des choses, et leurs désirs ! » Neal roulait, bouche bée devant ces mystères, à quinze à l'heure, soucieux de ne rien rater d'un spécimen humain. On grimpait, on grimpait. La végétation se faisait plus dense, plus exubérante. Une femme vendait des ananas devant sa hutte. On s'est arrêtés pour lui en acheter quelques centimes. Elle les coupait avec un couteau indien. Ils étaient délicieux, juteux. Neal lui a donné un peso entier, de quoi subvenir à ses besoins pendant un mois. Elle n'a pas exprimé de joie, elle s'est contentée de prendre l'argent. On s'est rendu compte qu'il n'y avait pas la moindre boutique où acheter quoi que ce soit. « Bon sang, je voudrais bien donner quelque chose à quelqu'un ! » Sur les hauteurs, il faisait enfin plus frais, et les Indiennes portaient des châles sur les épaules et sur la tête. Elles nous hélaient avec l'énergie du désespoir. On s'est arrêtés pour voir. Elles voulaient nous vendre des petits cristaux de roche. Leurs grands yeux sombres, innocents, plongeaient dans les nôtres avec une intensité si triste qu'aucun d'entre nous ne pensait au sexe ; d'ailleurs elles étaient très jeunes, onze ans pour certaines, qui en paraissaient presque trente. « Regardez-moi ces yeux ! » a soufflé Neal. Les yeux de la Vierge Marie enfant. On y lisait toute la tendresse et la miséricorde de Jésus. Et ils plongeaient dans les nôtres sans ciller. Nous, les yeux bleus, on se frottait nerveusement les paupières pour leur rendre leur regard. Elles nous pénétraient toujours de leur éclat triste et hypnotique. Quand elles ouvraient la bouche, c'étaient des moulins à paroles, des vraies pies. Le silence leur restituait leur dignité. «Ça ne fait pas longtemps qu'elles ont appris à vendre ces cristaux, depuis le passage de la route, dix ans peut-être; jusque-là toute la tribu avait dû être *muette*.» Les filles jacassaient autour des portières. Une enfant particulièrement mélancolique avait agrippé Neal par son bras en sueur. Elle lui jacassait quelque chose en indien. «Ah oui, ah oui, ma chérie», a dit Neal tendrement, et presque tristement. Il est sorti de la voiture et il est allé fouiller dans sa valise cabossée, à l'arrière — son éternel débris de valise américaine — pour en retirer un bracelet-montre. Il l'a montré à l'enfant. Elle en piaulait d'allégresse. Les autres s'étaient massées autour d'eux, stupéfaites. Alors, Neal a cherché dans la main de la petite fille «le cristal le plus joli, le plus pur et le plus petit qu'elle ait ramassé pour nous dans la montagne». Il en a trouvé un pas plus gros qu'une baie, et il lui a tendu la montre en la balançant. Leurs bouches se sont arrondies comme celles des petits choristes. L'heureuse enfant a serré la montre sur sa poitrine, contre ses haillons. Elles ont cajolé Neal, l'ont remercié. Il était au milieu des filles, son visage ravagé tourné vers le ciel, en quête du col ultime et vertigineux; on aurait dit le Prophète arrivé parmi elles. Il est remonté en voiture. Elles étaient désolées de nous voir partir. Pendant une éternité, comme nous grimpions un long col rectiligne, elles nous ont fait des signes de la main et elles ont couru après nous, tels les chiens de la ferme après la voiture familiale qui finissent épuisés le long de la route, langue pendante.

On a pris un tournant, et on ne les a jamais revues — et elles nous couraient toujours après. « Ah, ça me fend le cœur ! a dit Neal en se frappant la poitrine. Leur fidélité et leur ravissement n'ont pas de limites ! Qu'est-ce qui va leur arriver ? Tu crois qu'elles auraient essayé de suivre la voiture jusqu'à Mexico, si on avait roulé assez lentement ? — Oui », j'ai dit, car j'en étais sûr. On est arrivés sur les hauteurs vertigineuses de la Sierra Madre orientale. Les bananiers luisaient dorés dans la brume. De vastes brouillards béaient derrière les murets de pierre, le long du précipice. Tout en bas, le Moctezuma n'était plus qu'un fil d'or sur le tapis vert de la jungle. Des vapeurs s'en élevaient, se mêlaient aux courants supérieurs et aux grandes atmosphères, et le vent poussait ce paradis blanc entre les cimes broussailleuses. D'étranges villes-carrefours du toit du monde défilaient, avec des Indiens en châle qui nous regardaient sous les bords de leur chapeau et de leurs rebozos. Ils avaient tous la main tendue, quêtant quelque chose que la civilisation, croyaient-ils, pouvait leur offrir ; ils étaient loin de se douter de la tristesse de cette pauvre illusion brisée. Ils ne savaient pas qu'une bombe était advenue, qui pouvait mettre en pièces nos ponts et nos rives, les déchiqueter comme une avalanche, et que nous serions aussi pauvres qu'eux, un jour, à tendre la main tout pareil. Notre Ford déglinguée, vestige des années trente et d'une Amérique en marche, fendait leurs rangs dans un bruit de ferraille et disparaissait dans la poussière. À Zimapan, ou Ixmiquilpan, ou Actopan, je ne sais plus, on a atteint les abords du dernier plateau. À présent, le soleil se dorait, l'air était vif et bleu, et le désert, où apparais-

saient par-ci par-là des rivières, une vaste étendue
lumineuse de sable chaud, avec, soudain, des
ombrages sortis de la Bible. Des bergers sont appa-
rus. Neal dormait, et Frank avait pris le volant. On a
franchi une zone où les Indiens étaient vêtus comme
au temps des commencements, de longs habits flot-
tants, les femmes portant des ballots de filasse dorée,
les hommes appuyés sur de grands bâtons. Au fil du
désert étincelant, on a vu de grands arbres, avec des
assemblées de bergers assis dessous, pendant que les
bêtes allaient et venaient au soleil en soulevant la
poussière. De grands agaves poussaient comme des
champignons dans cet étrange pays de Judée. « Mec,
mec ! » j'ai braillé pour tenter de réveiller Neal,
« réveille-toi, que tu voies les bergers, réveille-toi,
que tu voies de tes propres yeux le monde doré d'où
est venu Jésus ! ». Mais il n'a pas repris conscience.
Moi, j'ai disjoncté : voilà qu'on passait devant une
ville de torchis en ruine, où des centaines de bergers
étaient rassemblés à l'ombre d'un mur de pierres
délabré, leurs longs vêtements traînant dans la poussière ; leurs chiens bondissaient, leurs enfants couraient, leurs femmes gardaient la tête baissée, le regard
mélancolique, et les hommes aux grands bâtons nous
regardaient passer, avec leur port de chefs, comme
s'ils avaient été interrompus dans leurs méditations
communales au soleil vivant par la soudaine arrivée
de cette américaine ferraillante avec ses trois clowns
dedans. J'ai crié à Neal de regarder. Il a levé la tête
aussitôt, embrassé la scène du regard, dans les braises
du couchant, et il est retombé endormi. Quand il s'est
réveillé, il m'a tout décrit en détails, et il a dit : « Oui,
mec, je suis content que tu m'aies dit de regarder. Ô

Seigneur, que faire? où aller?» Il se frottait le
ventre, il levait au ciel ses yeux rouges, j'ai cru qu'il
allait pleurer. À Colonia, nous avons atteint le dernier palier du grand Plateau mexicain, où une route
droite comme une flèche menait à Zumpango, puis
Mexico. Là, bien sûr, l'air était formidablement
frais, et sec, et agréable. La fin de notre voyage s'annonçait. De grands champs s'étendaient des deux
côtés de la route. Un noble vent soufflait sur les
arbres immenses, çà et là, sur les bois, et les vieilles
missions, qui se teintaient de rose aux derniers
rayons. Les nuages étaient tout proches, énormes,
roses aussi. «Mexico au crépuscule!» On y était
arrivés. Quand on s'est arrêtés pisser, j'ai traversé un
champ pour m'approcher des grands arbres et je me
suis assis un moment méditer dans la plaine. Frank
et Neal gesticulaient dans la voiture. Les pauvres
diables, leur chair, mêlée à la mienne, venait de
bourlinguer sur trois mille cinq cents bornes depuis
les jardins de Denver, dans l'après-midi, jusqu'à ces
vastes contrées bibliques, et à présent nous arrivions
au bout de la route, et moi, qui ne m'en doutais
guère, j'arrivais au bout de ma route avec Neal. Or,
ma route avec Neal était bien plus longue que ces
trois mille cinq cents bornes. «On quitte nos T-shirts
pleins d'insectes? — Non, gardons-les pour entrer
en ville, nom de d'là.» Et nous sommes entrés dans
Mexico. Un bref col de montagne nous mène à un
sommet d'où nous voyons toute la ville dans son cra-
tère, en contrebas, avec ses fumerolles urbaines, et
ses lumières qui brillent déjà. On fond sur elle, on
fond sur Insurgentes Boulevard, plein pot, jusqu'au
Paseo de la Réforme, cœur battant de la cité. Des

gamins jouent au foot sur d'immenses terrains tristes, en faisant voler la poussière. Des chauffeurs de taxi nous rattrapent, pour savoir si nous voulons des filles. Non, des filles, pas tout de suite. De longs bidonvilles en torchis s'étendent sur la plaine; on voit des silhouettes solitaires dans les ruelles en crépuscule. La nuit viendra bientôt. Et puis c'est la clameur de la cité, nous voilà devant des cafés bondés, des cinémas; des mécaniciens passent, pieds nus, le pas traînant, avec leur clef anglaise et leur chiffon. Des chauffards indiens aux pieds nus nous coupent la route, nous encerclent, en klaxonnant, dans un trafic dément. Un boucan incroyable. Il n'y a pas de silencieux sur les voitures mexicaines; on écrase le klaxon allègrement, en permanence. «Yee! s'écrie Neal, faites gaffe!» Il balance la voiture dans la circulation, en jouant avec tout le monde. Il conduit comme un Indien. Il s'engage sur le rond-point de la Réforme, ses huit rayons nous crachent leurs voitures de tous les côtés, à gauche, à droite, en face, il braille, il saute, il se tient plus de joie. «Ça, c'est la circulation dont j'ai toujours rêvé, les gens ROULENT, ici!» Voilà qu'une ambulance déboule. En Amérique, l'ambulance se faufile dans la circulation sirène hurlante; les planétaires ambulances des Indiens fellahin déchirent les rues de la ville à cent vingt à l'heure, et il faut leur dégager le passage, pas de danger qu'elles s'arrêtent un seul instant sous aucun prétexte, elles te foncent dessus bille en tête

Voilà qu'une ambulance déboule. En Amérique,
l'ambulance se faufile dans la circulation sirène hurlante ; les planétaires ambulances des Indiens fellahin déchirent les rues de la ville à cent vingt à
l'heure, et il faut leur dégager le passage, pas de danger qu'elles s'arrêtent un seul instant sous aucun
prétexte, elles te foncent dessus bille en tête. On la
voit disparaître sur les chapeaux de roues. Les gens,
même les vieilles dames, courent après des bus qui
ne s'arrêtent jamais. Les jeunes hommes d'affaires
de la ville parient entre eux, leur courent après en
cohorte, et les attrapent au vol. Les chauffeurs sont
pieds nus ; accroupis très bas devant leur volant
énorme, avec des images pieuses au-dessus de leur
tête. À l'intérieur du bus, les lampes sont brunâtres,
verdâtres, des visages foncés s'alignent sur les banquettes de bois. Dans le centre ville, des milliers de
hipsters en chapeau de paille souple et vestes à larges
revers portées à même la peau traînent sur l'artère
principale, certains vendent des crucifix et de l'herbe
dans les ruelles, d'autres prient à genoux dans des
chapelles *beat*, à côté des théâtres burlesques mexicains, sous des auvents. Il y a des ruelles de terre
battue, avec égouts à ciel ouvert, des petites portes
qui donnent accès à des bars grands comme des pla-
cards, entre des murs de torchis. Il faut sauter par-
dessus un fossé pour aller chercher sa boisson, et
on ressort dos au mur, pour regagner la rue avec
circonspection. On y sert du café avec du rhum et
de la noix muscade. Partout résonne le mambo. Des
centaines de putes s'alignent le long des façades,
dans les ruelles sombres ; on voit luire leurs prunelles
tristes qui nous appellent, dans la nuit. On marche à

l'aventure, dans la frénésie, dans le rêve. On mange des steaks superbes pour 48 *cents* dans de drôles de cafétéria mexicaines dallées de tomettes, avec des joueurs de marimbas et des guitaristes itinérants. Rien ne s'arrête. Les rues vivent toute la nuit. Des mendiants dorment, entortillés dans des affiches publicitaires. Des familles entières sont assises sur le trottoir, à jouer de petites flûtes, et rire tout bas, dans la nuit. On voit dépasser leurs pieds nus. Au coin des rues, des vieilles découpent des têtes de vache bouillies, et les servent sur du journal. Telle est la grandiose, l'ultime cité, que nous savions trouver au bout de la route. Neal marche bras ballants comme un zombie, la bouche ouverte et l'œil allumé ; il mène ce pèlerinage dépenaillé qui va durer jusqu'à l'aube, sur un terrain où un gamin en chapeau de paille vient rire et causer avec nous, et veut qu'on joue au ballon, car il n'y a jamais de fin à rien. On a essayé de trouver Bill Burroughs, aussi, pour apprendre qu'il venait de partir en Amérique du Sud avec femme et enfants ; ainsi donc, il avait fini par disparaître à nos yeux, il était parti. Et puis j'ai attrapé une fièvre, je me suis mis à délirer, j'ai perdu connaissance. En levant les yeux du maelström noir de mon cerveau, j'ai compris que je me trouvais dans un lit à trois mille mètres d'altitude, sur le toit du monde, j'ai compris que j'avais vécu une vie complète et bien d'autres dans la pauvre gangue atomisée de mon corps, et que j'avais fait tous les rêves. Et puis j'ai vu Neal penché sur la table de cuisine. Plusieurs nuits étaient passées, il quittait Mexico. « Qu'est-ce que tu fais, mec ? » j'ai gémi. « Mon pauvre Jack, mon pauvre Jack, tu es malade, Frank va s'occuper de toi. Maintenant écoute-moi bien, si tu peux, dans ta maladie... Je viens d'obtenir le divorce d'avec Carolyn, et je rentre retrouver Diane à New York, si la voiture tient le coup. — Tu remets ça? » j'ai crié. « Je remets ça, mon brave pote. Faut que je retourne à ma vie. Je regrette de pas pouvoir rester avec toi. Prie pour que je puisse revenir. » Moi je me tenais le ventre à deux mains en gémissant. Quand j'ai levé les yeux, Neal était là avec sa vieille valise-épave, et il me regardait. Je ne le reconnaissais plus, et il le savait; avec compassion, il a remonté la couverture sur mes épaules. « Oui, oui, oui, faut que j'y aille. » Et il est parti. Douze heures plus tard, dans ma fièvre de chagrin, j'ai enfin compris qu'il était parti. À l'heure qu'il était, il roulait tout seul, de nouveau, à travers la montagne aux bananiers, et de nuit cette fois, nuit noire, nuit secrète, nuit sacrée. LIVRE CINQ : Une semaine plus tard, la guerre de Corée éclatait. Neal a quitté Mexico en voiture, il est repassé voir Gregor à Victoria, et il a même réussi à pousser jusqu'à Lake Charles, en Louisiane, où le train arrière a carrément dégringolé sur la chaussée comme il l'avait prévu; moyennant quoi, il a télégraphié à Diane de lui envoyer les 32 dollars du billet, et il est rentré à New York en avion. Une fois là-bas, papiers du divorce en mains, lui et Diane sont allés se marier à Newark sans plus attendre; le soir même, il lui a dit qu'il n'y avait pas de problème, qu'il ne fallait pas s'inquiéter, et il s'est lancé dans des démonstrations logiques là où il n'y avait rien d'autre que des angoisses et des chagrins insondables, il a sauté dans un car, et il a retraversé dare-dare le formidable continent jusqu'à San Francisco, où il a rejoint Carolyn et les deux petites. Il s'était donc marié trois fois, il avait divorcé deux fois et il vivait avec sa deuxième femme. À l'automne, j'ai quitté Mexico à mon tour, et un soir, sitôt passée la frontière à Laredo, je me trouvais à Dilley, au Texas, le long d'une route brûlante, sous une lampe contre laquelle venaient s'écraser des papillons d'été, quand j'entends des pas, dans le noir, et voilà qu'un grand vieux à la chevelure blanche flottante vient à passer, sac au dos. En me voyant sur son passage, il me crie : « *Va-t'en pleurer sur l'homme* », et il disparaît dans le noir. Est-ce que ça veut dire que je devrais au moins poursuivre mon pèlerinage à pied sur les routes d'Amérique, la nuit ? Je réussis à rentrer à New York, à force de batailler, et un soir, je suis dans une rue sombre de Manhattan, et j'appelle en direction de la fenêtre d'un loft où je crois que des amis à moi sont en train de faire la fête. Mais c'est une jolie fille qui passe la tête par la fenêtre et qui me lance : « Oui ? Qui est-ce ? — Jack Kerouac », je réponds, et mon nom résonne dans la tristesse de la rue déserte. « Montez, me dit-elle, je suis en train de faire du chocolat chaud. » Alors je suis monté, et je l'ai trouvée, la fille aux yeux purs et innocents, que j'avais toujours recherchée, que je cherchais depuis si longtemps. Cette nuit-là, je lui ai demandé de m'épouser, et elle a accepté, elle a consenti. Cinq jours plus tard, on se mariait. Puis, au cours de l'hiver, on a projeté d'émigrer à San Francisco, en emportant nos meubles branlants et nos hardes dans un camion. J'ai écrit à Neal, et je lui ai dit ce que j'avais fait. Il m'a répondu une lettre-fleuve de 18 000 mots, où il disait qu'il allait venir me chercher, et qu'il choisirait le camion lui-même, pour nous conduire chez nous. On avait six semaines pour économiser l'argent du camion, alors on s'est mis à travailler et à compter le moindre centime. Et puis, tout à coup, voilà que Neal arrive, avec cinq semaines et demie d'avance, si bien qu'aucun de nous n'a les fonds pour mettre le projet à exécution. J'étais parti me balader, je rentrais raconter à ma femme les pensées qui m'étaient venues en marchant, et je la trouve dans la pénombre du salon, avec un drôle de sourire aux lèvres. Je lui raconte choses et autres, mais je perçois un silence insolite, et puis j'avise un livre en triste état sur le poste de télévision. Je comprends qu'il appartient à Neal. Comme dans un rêve, je le vois sortir de la cuisine obscure sur la pointe des pieds, en chaussettes. Il ne peut plus parler. Il sautille, il rit, il bégaie avec des petits gestes de la main, et il dit : «Ah, ah, il faut écouter pour entendre.» On écoute, mais il a déjà oublié ce qu'il voulait dire. «Écouter pour de bon, hum.. tu vois, mon cher Jack... mignonne Joan... je suis venu... je suis allé... attendez voir... Ah oui.» Et il regarde ses mains, comme pétrifié dans sa mélancolie. «Peux plus parler... vous comprenez que c'est... que ça pourrait être... écoutez-moi!» On écoute tous. Il tend l'oreille aux bruits de la nuit. «Oui!» il chuchote, frappé d'étonnement. «Mais vous voyez... plus besoin de parler... et en plus. — Mais pourquoi tu arrives si tôt, Neal? — Ah», il dit en me regardant pour la première fois, «si tôt, oui. — Nous... nous allons le savoir... enfin, je ne sais pas. Je suis venu avec mon passe de chemin de fer... les wagons... le passe du serre-freins... joué de la flûte et de la patate douce en bois sur tout le trajet.» Il sort sa

nouvelle flûte en bois, et il en tire quelques grincements tout en sautant à pieds joints sur ses chaussettes. «Vous voyez?» il dit. «Mais bien sûr, Jack, je
peux parler aussi vite qu'avant et j'ai des tas de
choses à te raconter, en fait j'ai passé mon temps à
lire en traversant le continent, et j'ai maté des tas de
trucs que j'aurai jamais le TEMPS de te décrire, sans
compter qu'on a TOUJOURS pas parlé du Mexique
et de notre séparation en pleine fièvre... mais plus
besoin de parler. Plus du tout, à présent, non? —
D'accord, on parlera pas.» Là-dessus, il commence
à me raconter par le menu ce qu'il a fait à L.A., sur
le chemin; qu'il a rendu visite à une famille, qu'il a
dîné, parlé avec le père, les fils, les sœurs (ils sont
cousins); à quoi ils ressemblent, ce qu'ils mangent,
leur mobilier, leurs idées, ce qui les intéresse, le fond
de leur âme même, et, après avoir conclu sur ce chapitre, il dit : «Ah, mais tu vois, ce que je voulais
VRAIMENT te dire... beaucoup plus tard... Arkansas, par le train... joué de la flûte... joué aux cartes
avec les gars, mes cartes porno... gagné de l'argent,
patatedouce en bois... Long long voyage, cinq jours
et cinq nuits, voyage effroyable, rien que pour te
VOIR, Jack. — Et Carolyn? — Elle m'a donné la permission, bien sûr... m'attend... Carolyn et moi, on est
nickel, pour toujours-toujours... — Et Diane? — Je...
je... je veux qu'elle vienne vivre à Frisco avec moi, à
l'autre bout de la ville... tu crois pas? Sais pas pourquoi je suis venu.» Un peu plus tard, dans un instant
d'ébahissement, il a déclaré : «Oui, mais bien sûr, je
suis venu pour te voir, avec ta charmante épouse...
tu as réussi, mec... content de toi... t'aime toujours
autant.» Il est resté trois jours à New York, et il s'est

empressé de faire des préparatifs pour rentrer par le train avec ses passes, histoire de retraverser le continent qui gémit, cinq jours et cinq nuits dans des wagons poussiéreux, des fourgons aux banquettes dures, et il ne savait toujours pas pourquoi il était venu, et, bien entendu, on n'avait pas d'argent pour le camion, et on ne pouvait pas rentrer avec lui, à présent. Il n'avait pas la moindre idée de ce qui l'avait poussé à venir, sinon qu'il voulait me voir avec ma charmante épouse — charmante, elle l'était, nous étions d'accord. Diane était enceinte ; il a passé une nuit à se disputer avec elle, et elle l'a jeté dehors. Une lettre pour lui m'est arrivée, et j'ai pris le parti de l'ouvrir pour voir ce qui s'annonçait. Elle venait de Carolyn. « Ça m'a brisé le cœur de te voir partir sur les traverses, avec ton sac. Je prie jour et nuit pour que tu rentres sain et sauf... je voudrais bien que Jack et sa nouvelle femme viennent vivre dans notre rue. Je sais que tu vas t'en sortir, mais je ne peux pas m'empêcher de m'inquiéter... Maintenant qu'on a tout décidé. Neal chéri, c'est la fin de la première moitié du siècle. Tu es le bienvenu si tu veux passer la deuxième avec nous, affectueusement, baisers. Nous t'attendons toutes. (Signé :) Carolyn, Cathy, et petite Jami. » Ainsi, la vie de Neal s'était stabilisée avec Carolyn, son épouse la plus constante, la plus amère et la plus avisée, et j'ai remercié Dieu pour lui. La dernière fois que je l'ai vu, c'était dans des circonstances bizarres et tristes. Henri Cru venait d'arriver à New York après avoir fait plusieurs fois le tour du monde sur des bateaux. Je voulais qu'il rencontre Neal, qu'il fasse sa connaissance. Ils se sont bien rencontrés, en effet, mais Neal ne parlait plus, il n'a rien dit, alors Henri s'est désintéressé de lui. Il avait pris des billets pour le concert de Duke Ellington au Metropolitan Opera, et il tenait absolument à ce que Joan et moi, on vienne avec lui et sa nana. Henri avait grossi, il était devenu triste, mais c'était toujours un gentleman vibrant d'enthousiasme et à cheval sur les formes, qui voulait que les choses se fassent *dans les règles*, il le soulignait volontiers. Il avait donc demandé à son bookmaker de nous conduire au concert en Cadillac. C'était une froide nuit d'hiver. La Cadillac nous attendait, prête à démarrer. Neal était devant ma portière, avec son sac, il allait à Penn Station, d'où il traverserait le continent. « Au revoir, Neal », j'ai dit. « Je regrette bien de devoir aller à ce concert. — Tu crois pas que je pourrais monter avec vous jusqu'à la 40ᵉ ? » il a chuchoté, « je veux rester avec toi le plus longtemps possible, et en plus il fait un froid de canard, dans c'te ville... ». J'en ai touché un mot tout bas à Henri. Il n'en était pas question, il m'aimait bien, mais il n'aimait pas mes amis. Je n'allais pas recommencer à lui bousiller ses soirées comme je l'avais fait chez Alfred, en 1947, à San Francisco, avec Allan Temko. « C'est absolument hors de question, Jack ! » Pauvre Henri, il s'était fait faire une cravate pour la circonstance, sur laquelle étaient peints nos billets, aux noms de Jack et Joan, Henri et Vicki, la fille, ainsi qu'une série de blagues tristes, avec ses formules favorites comme « Le vieux maestro connaît la musique ». Donc Neal ne pouvait pas monter avec nous pour aller en ville. Je n'ai pu que lui faire un petit signe, depuis l'arrière de la Cadillac. Le bookmaker qui conduisait n'avait pas davantage voulu avoir affaire à lui. Neal, dans son pardessus mité et dépenaillé, acheté tout spécialement pour les températures glaciaires de l'Est, est parti tout seul, et je le revois, dernière image, au coin de la 7ᵉ Avenue, regardant droit devant lui, tête baissée, en route. Ma femme, la pauvre petite Joan, à qui j'avais tout dit de Neal, était au bord des larmes : «Oh, on peut pas le laisser partir comme ça. Qu'est-ce qu'on va faire ? » Moi j'ai pensé : «Il est parti, Neal, mon pote» et j'ai dit à voix haute : «T'en fais pas pour lui.» Nous sommes allés à ce concert de la tristesse et du désenchantement, où je n'avais nulle envie de me rendre, et pendant toute la durée du spectacle j'ai pensé à Neal qui rentrait en train, cinq mille kilomètres ou presque à travers ce terrible continent, sans même se rappeler pourquoi il était venu, sinon pour me voir, avec ma charmante épouse. Et il était parti. Si je n'avais pas été marié, je serais reparti avec lui. Alors, en Amérique, quand le soleil décline et que je vais m'asseoir sur le vieux môle délabré du fleuve pour regarder les longs longs ciels du New Jersey, avec la sensation de cette terre brute qui s'en va rouler sa bosse colossale jusqu'à la côte Ouest, de toute cette route qui va, de tous ceux qui rêvent sur son immensité, et dans l'Iowa je sais qu'à cette heure l'étoile du Berger s'étiole en effeuillant ses flocons pâle sur la prairie, juste avant la tombée de la nuit complète, bénédiction pour la terre, qui fait le noir sur les fleuves, pose sa chape sur les sommets de l'Ouest et borde la côte ultime et définitive, et personne, absolument personne ne sait ce qui va échoir à tel ou tel, sinon les guenilles solitaires de la vieillesse qui vient, moi je pense à Neal Cassady, je pense même au vieux Neal Cassady, le père que nous n'avons jamais trouvé, je pense à Neal Cassady, je pense à Neal Cassady.

PRÉFACES

À toute allure (Quand Kerouac écrivait « Sur la route »), par Howard Cunnell   9

Réécrire l'Amérique (Kerouac et sa tribu de « monstres souterrains »), par Penny Vlagopoulos   81

« Voyage au cœur des choses » (Neal Cassady et la quête de l'authenticité), par George Mouratidis   103

« La ligne droite ne mène qu'à la mort » (Le rouleau à la lumière de la théorie littéraire contemporaine), par Joshua Kupetz   121

Remerciements   141
Note sur le texte, par Howard Cunnell   145

SUR LA ROUTE (Le rouleau original)

    [Livre Un]   153
    Livre Deux   313
    Livre Trois   417
    Livre Quatre   523
    Appendice, par Howard Cunnell   601

DU MÊME AUTEUR

Aux Éditions Gallimard

SUR LA ROUTE, 1960 (Folio n° 766 et Folio Plus n° 31)

DOCTEUR SAX, 1962 (Folio n° 2607)

LES CLOCHARDS CÉLESTES, 1963 (Folio n° 565)

LES SOUTERRAINS, 1964 (Folio n° 1690)

BIG SUR, 1966 (Folio n° 1094)

LE VAGABOND SOLITAIRE, 1969 (Folio n° 1187)

SATORI À PARIS, 1971 (Folio n° 2458)

VISIONS DE GÉRARD, 1972 (Folio n° 5389)

VIEIL ANGE DE MINUIT, *suivi de* CITÉCITÉCITÉ *et de* SHAKESPEARE ET L'OUTSIDER, 1998

VRAIE BLONDE, ET AUTRES, 1998 (Folio n° 3904)

LE VAGABOND SOLITAIRE / *LONESOME TRAVELER*, choix (Folio Bilingue n° 81)

LE VAGABOND AMÉRICAIN EN VOIE DE DISPARITION, *précédé de* GRAND VOYAGE EN EUROPE, *nouvelles extraites du* Vagabond solitaire (Folio 2 € n° 3695)

LETTRES CHOISIES, 1940-1956, 2000

SUR LA ROUTE ET AUTRES ROMANS : Sur la route — Visions de Cody (I) — Les Souterrains — Tristessa — Les Clochards célestes — L'Écrit de l'éternité d'or — Big Sur — Vanité de Duluoz, coll. « Quarto », 2003

SATORI À PARIS / *SATORI IN PARIS*, 2007 (Folio Bilingue n° 150)

LETTRES CHOISIES 1957-1969, 2007

SUR LA ROUTE, Le rouleau original, 2010 (Folio n° 5388)

Dans la collection Folio biographies

JACK KEROUAC, par Yves Buin

Aux Éditions Denoël

GIRL DRIVER, récit à mon propos, 1983
LES ANGES VAGABONDS, 1987 (Folio n° 457)
ANGES DE LA DÉSOLATION, 1998
BOOK OF BLUES, édition bilingue, 2000
UNDERWOOD MEMORIES, 2006

Aux Éditions de La Table Ronde

LE LIVRE DES HAÏKU, 2006
LIVRE DES ESQUISSES (1952-1954), 2010

COLLECTION FOLIO

Dernières parutions

5186. Antoine Audouard — *L'Arabe*
5187. Gerbrand Bakker — *Là-haut, tout est calme*
5188. David Boratav — *Murmures à Beyoğlu*
5189. Bernard Chapuis — *Le rêve entouré d'eau*
5190. Robert Cohen — *Ici et maintenant*
5191. Ananda Devi — *Le sari vert*
5192. Pierre Dubois — *Comptines assassines*
5193. Pierre Michon — *Les Onze*
5194. Orhan Pamuk — *D'autres couleurs*
5195. Noëlle Revaz — *Efina*
5196. Salman Rushdie — *La terre sous ses pieds*
5197. Anne Wiazemsky — *Mon enfant de Berlin*
5198. Martin Winckler — *Le Chœur des femmes*
5199. Marie NDiaye — *Trois femmes puissantes*
5200. Gwenaëlle Aubry — *Personne*
5201. Gwenaëlle Aubry — *L'isolée* suivi de *L'isolement*
5202. Karen Blixen — *Les fils de rois* et autres contes
5203. Alain Blottière — *Le tombeau de Tommy*
5204. Christian Bobin — *Les ruines du ciel*
5205. Roberto Bolaño — *2666*
5206. Daniel Cordier — *Alias Caracalla*
5207. Erri De Luca — *Tu, mio*
5208. Jens Christian Grøndahl — *Les mains rouges*
5209. Hédi Kaddour — *Savoir-vivre*
5210. Laurence Plazenet — *La blessure et la soif*
5211. Charles Ferdinand Ramuz — *La beauté sur la terre*
5212. Jón Kalman Stefánsson — *Entre ciel et terre*
5213. Mikhaïl Boulgakov — *Le Maître et Marguerite*
5214. Jane Austen — *Persuasion*
5215. François Beaune — *Un homme louche*

5216. Sophie Chauveau — *Diderot, le génie débraillé*
5217. Marie Darrieussecq — *Rapport de police*
5218. Michel Déon — *Lettres de château*
5219. Michel Déon — *Nouvelles complètes*
5220. Paula Fox — *Les enfants de la veuve*
5221. Franz-Olivier Giesbert — *Un très grand amour*
5222. Marie-Hélène Lafon — *L'Annonce*
5223. Philippe Le Guillou — *Le bateau Brume*
5224. Patrick Rambaud — *Comment se tuer sans en avoir l'air*
5225. Meir Shalev — *Ma Bible est une autre Bible*
5226. Meir Shalev — *Le pigeon voyageur*
5227. Antonio Tabucchi — *La tête perdue de Damasceno Monteiro*
5228. Sempé-Goscinny — *Le Petit Nicolas et ses voisins*
5229. Alphonse de Lamartine — *Raphaël*
5230. Alphonse de Lamartine — *Voyage en Orient*
5231. Théophile Gautier — *La cafetière et autres contes fantastiques*
5232. Claire Messud — *Les Chasseurs*
5233. Dave Eggers — *Du haut de la montagne, une longue descente*
5234. Gustave Flaubert — *Un parfum à sentir ou Les Baladins* suivi de *Passion et vertu*
5235. Carlos Fuentes — *En bonne compagnie* suivi de *La chatte de ma mère*
5236. Ernest Hemingway — *Une drôle de traversée*
5237. Alona Kimhi — *Journal de Berlin*
5238. Lucrèce — *«L'esprit et l'âme se tiennent étroitement unis»*
5239. Kenzaburô Ôé — *Seventeen*
5240. P. G. Wodehouse — *Une partie mixte à trois* et autres nouvelles du green
5241. Melvin Burgess — *Lady*
5242. Anne Cherian — *Une bonne épouse indienne*
5244. Nicolas Fargues — *Le roman de l'été*

5245. Olivier
Germain-Thomas   *La tentation des Indes*
5246. Joseph Kessel   *Hong-Kong et Macao*
5247. Albert Memmi   *La libération du Juif*
5248. Dan O'Brien   *Rites d'automne*
5249. Redmond O'Hanlon   *Atlantique Nord*
5250. Arto Paasilinna   *Sang chaud, nerfs d'acier*
5251. Pierre Péju   *La Diagonale du vide*
5252. Philip Roth   *Exit le fantôme*
5253. Hunter S. Thompson   *Hell's Angels*
5254. Raymond Queneau   *Connaissez-vous Paris?*
5255. Antoni Casas Ros   *Enigma*
5256. Louis-Ferdinand Céline   *Lettres à la N.R.F.*
5257. Marlena de Blasi   *Mille jours à Venise*
5258. Éric Fottorino   *Je pars demain*
5259. Ernest Hemingway   *Îles à la dérive*
5260. Gilles Leroy   *Zola Jackson*
5261. Amos Oz   *La boîte noire*
5262. Pascal Quignard   *La barque silencieuse (Dernier royaume, VI)*
5263. Salman Rushdie   *Est, Ouest*
5264. Alix de Saint-André   *En avant, route!*
5265. Gilbert Sinoué   *Le dernier pharaon*
5266. Tom Wolfe   *Sam et Charlie vont en bateau*
5267. Tracy Chevalier   *Prodigieuses créatures*
5268. Yasushi Inoué   *Kôsaku*
5269. Théophile Gautier   *Histoire du Romantisme*
5270. Pierre Charras   *Le requiem de Franz*
5271. Serge Mestre   *La Lumière et l'Oubli*
5272. Emmanuelle Pagano   *L'absence d'oiseaux d'eau*
5273. Lucien Suel   *La patience de Mauricette*
5274. Jean-Noël Pancrazi   *Montecristi*
5275. Mohammed Aïssaoui   *L'affaire de l'esclave Furcy*
5276. Thomas Bernhard   *Mes prix littéraires*
5277. Arnaud Cathrine   *Le journal intime de Benjamin Lorca*
5278. Herman Melville   *Mardi*
5279. Catherine Cusset   *New York, journal d'un cycle*
5280. Didier Daeninckx   *Galadio*
5281. Valentine Goby   *Des corps en silence*

5282. Sempé-Goscinny — *La rentrée du Petit Nicolas*
5283. Jens Christian Grøndahl — *Silence en octobre*
5284. Alain Jaubert — *D'Alice à Frankenstein (Lumière de l'image, 2)*
5285. Jean Molla — *Sobibor*
5286. Irène Némirovsky — *Le malentendu*
5287. Chuck Palahniuk — *Pygmy* (à paraître)
5288. J.-B. Pontalis — *En marge des nuits*
5289. Jean-Christophe Rufin — *Katiba*
5290. Jean-Jacques Bernard — *Petit éloge du cinéma d'aujour-d'hui*
5291. Jean-Michel Delacomptée — *Petit éloge des amoureux du silence*
5292. Mathieu Terence — *Petit éloge de la joie*
5293. Vincent Wackenheim — *Petit éloge de la première fois*
5294. Richard Bausch — *Téléphone rose* et autres nouvelles
5295. Collectif — *Ne nous fâchons pas!* *Ou L'art de se disputer au théâtre*
5296. Collectif — *Fiasco! Des écrivains en scène*
5297. Miguel de Unamuno — *Des yeux pour voir*
5298. Jules Verne — *Une fantaisie du docteur Ox*
5299. Robert Charles Wilson — *YFL-500*
5300. Nelly Alard — *Le crieur de nuit*
5301. Alan Bennett — *La mise à nu des époux Ransome*
5302. Erri De Luca — *Acide, Arc-en-ciel*
5303. Philippe Djian — *Incidences*
5304. Annie Ernaux — *L'écriture comme un couteau*
5305. Élisabeth Filhol — *La Centrale*
5306. Tristan Garcia — *Mémoires de la Jungle*
5307. Kazuo Ishiguro — *Nocturnes. Cinq nouvelles de musique au crépuscule*
5308. Camille Laurens — *Romance nerveuse*
5309. Michèle Lesbre — *Nina par hasard*
5310. Claudio Magris — *Une autre mer*
5311. Amos Oz — *Scènes de vie villageoise*

5312. Louis-Bernard
      Robitaille   *Ces impossibles Français*
5313. Collectif   *Dans les archives secrètes de
                               la police*
5314. Alexandre Dumas   *Gabriel Lambert*
5315. Pierre Bergé   *Lettres à Yves*
5316. Régis Debray   *Dégagements*
5317. Hans Magnus
      Enzensberger   *Hammerstein ou l'intransigeance*
5318. Éric Fottorino   *Questions à mon père*
5319. Jérôme Garcin   *L'écuyer mirobolant*
5320. Pascale Gautier   *Les vieilles*
5321. Catherine Guillebaud   *Dernière caresse*
5322. Adam Haslett   *L'intrusion*
5323. Milan Kundera   *Une rencontre*
5324. Salman Rushdie   *La honte*
5325. Jean-Jacques Schuhl   *Entrée des fantômes*
5326. Antonio Tabucchi   *Nocturne indien* (à paraître)
5327. Patrick Modiano   *L'horizon*
5328. Ann Radcliffe   *Les Mystères de la forêt*
5329. Joann Sfar   *Le Petit Prince*
5330. Rabaté   *Les petits ruisseaux*
5331. Pénélope Bagieu   *Cadavre exquis*
5332. Thomas Buergenthal   *L'enfant de la chance*
5333. Kettly Mars   *Saisons sauvages*
5334. Montesquieu   *Histoire véritable et autres fic-
                               tions*
5335. Chochana Boukhobza   *Le Troisième Jour*
5336. Jean-Baptiste Del Amo   *Le sel*
5337. Bernard du Boucheron   *Salaam la France*
5338. F. Scott Fitzgerald   *Gatsby le magnifique*
5339. Maylis de Kerangal   *Naissance d'un pont*
5340. Nathalie Kuperman   *Nous étions des êtres vivants*
5341. Herta Müller   *La bascule du souffle*
5342. Salman Rushdie   *Luka et le Feu de la Vie*
5343. Salman Rushdie   *Les versets sataniques*
5344. Philippe Sollers   *Discours Parfait*
5345. François Sureau   *Inigo*

Composition Graphic Hainaut
Impression Maury-Imprimeur
45330 Malesherbes
le 28 juillet 2012.
Dépôt légal : juillet 2012.
1ᵉʳ dépôt légal dans la collection : mars 2012.
Numéro d'imprimeur : 175208.

ISBN 978-2-07-044469-4. / Imprimé en France.